Il pendolo di Foucault

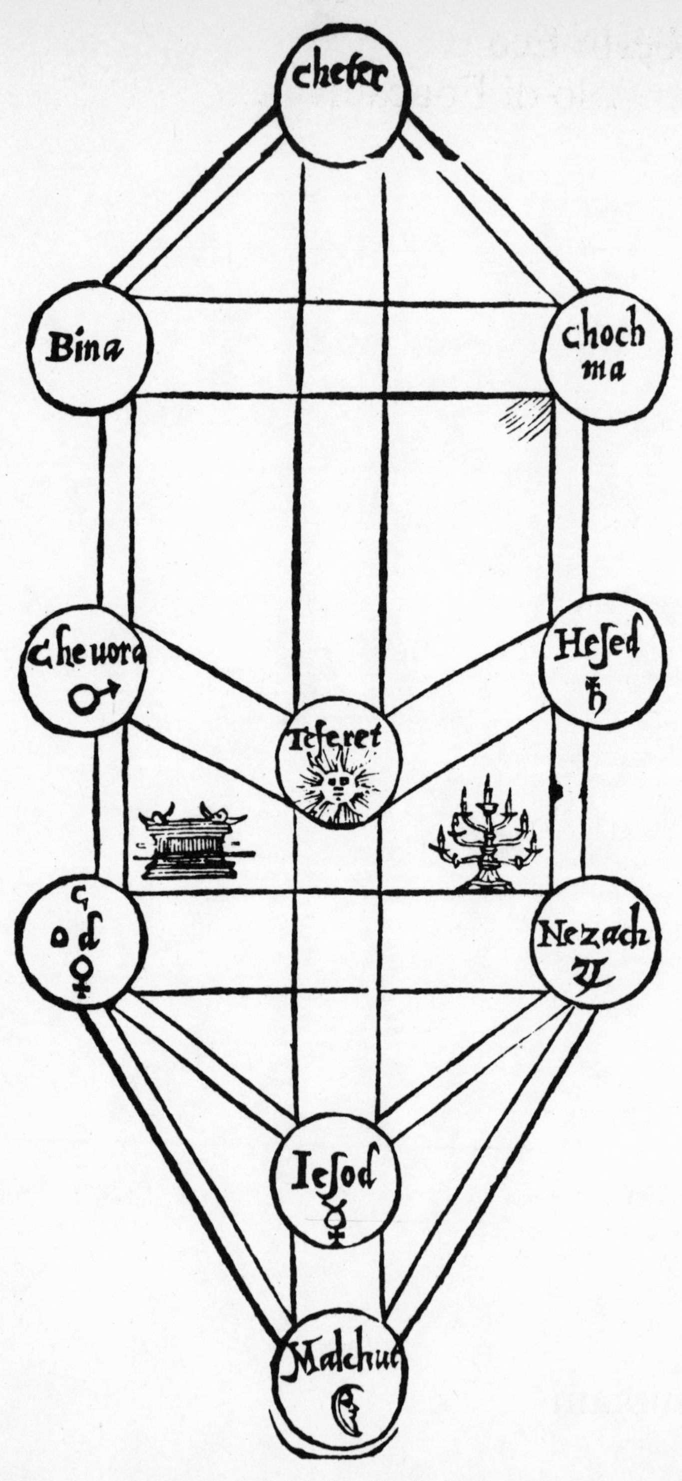
cheter
Bina
choch ma
Gheuora
Hesed
Teferet
Hod
Nezach
Iesod
Malchut

Umberto Eco
Il pendolo di Foucault

Bompiani

Dello stesso autore presso Bompiani:

Il problema estetico in Tommaso d'Aquino
Opera aperta
Apocalittici e integrati
Le poetiche di Joyce
La struttura assente
Trattato di semiotica generale
Dalla periferia dell'impero
Come si fa una tesi di laurea
Il superuomo di massa
Lector in fabula
Sette anni di desiderio
Il segno dei tre
Il nome della rosa
Sugli specchi
Arte e bellezza nell'estetica medievale

Via Mecenate 91 - 20138 Milano
I edizione Bompiani ottobre 1988
III edizione Bompiani gennaio 1989

Solo per voi, figli della dottrina e della sapienza, abbiamo scritto quest'opera. Scrutate il libro, raccoglietevi in quella intenzione che abbiamo dispersa e collocata in più luoghi; ciò che abbiamo occultato in un luogo, l'abbiamo manifestato in un altro, affinché possa essere compreso dalla vostra saggezza.

(Heinrich Cornelius Agrippa von Nettesheim, *De occulta philosophia*, 3, 65)

La superstizione porta sfortuna.

(Raymond Smullyan, *5000 B.C.*, 1.3.8)

1
KETER

1

ב) והנה בהיות אור הא״ס נמשך,
בבחינת (ה) קו ישר תוך החלל
הנ״ל, לא נמשך ונתפשט (ו) תיכף
עד למטה, אמנם היה מתפשט לאט
לאט, רצוני לומר, כי בתחילה הת-
חיל קו האור להתפשט, ושם תיכף
(ז) בתחילת התפשטותו בסוד קו,
נתפשט ונמשך ונעשה, כעין (ח)
גלגל אחד עגול מסביב.

Fu allora che vidi il Pendolo.

La sfera, mobile all'estremità di un lungo filo fissato alla volta del coro, descriveva le sue ampie oscillazioni con isocrona maestà.

Io sapevo – ma chiunque avrebbe dovuto avvertire nell'incanto di quel placido respiro – che il periodo era regolato dal rapporto tra la radice quadrata della lunghezza del filo e quel numero π che, irrazionale alle menti sublunari, per divina ragione lega necessariamente la circonferenza al diametro di tutti i cerchi possibili – così che il tempo di quel vagare di una sfera dall'uno all'altro polo era effetto di una arcana cospirazione tra le più intemporali delle misure, l'unità del punto di sospensione, la dualità di una astratta dimensione, la natura ternaria di π, il tetragono segreto della radice, la perfezione del cerchio.

Ancora sapevo che sulla verticale del punto di sospensione, alla base, un dispositivo magnetico, comunicando il suo richiamo a un cilindro nascosto nel cuore della sfera, garantiva la costanza del moto, artificio disposto a contrastare le resistenze della materia, ma che non si opponeva alla legge del Pendolo, anzi le permetteva di manifestarsi, perché nel vuoto qualsiasi punto materiale pesante, sospeso all'estremità di un filo inestensibile e senza peso, che non subisse la resistenza dell'aria, e non facesse attrito col suo punto d'appoggio, avrebbe oscillato in modo regolare per l'eternità.

La sfera di rame emanava pallidi riflessi cangianti, battuta com'era dagli ultimi raggi di sole che penetravano dalle vetrate. Se, come un tempo, avesse sfiorato con la sua punta uno strato di sabbia umida disteso sopra il pavimento del coro, avrebbe disegnato a ogni oscillazione un solco leggero sul suolo, e il solco, mutando infinitesimalmente di direzione ad ogni istante, si sarebbe allargato sempre più in forma di breccia, di vallo, lasciando indovinare una simmetria raggiata – come lo scheletro di un mandala, la struttura invisibile di un pentaculum, una stella, una mistica rosa. No, piuttosto una vicenda, registrata sulla distesa di un deserto, di tracce lasciate da infinite erratiche carovane. Una storia di lente e millenarie migrazioni, forse così si erano mossi gli atlantidi del continente di

Mu, in ostinato e possessivo vagabondaggio, dalla Tasmania alla Groenlandia, dal Capricorno al Cancro, dall'Isola del Principe Edoardo alle Svalbard. La punta ripeteva, narrava di nuovo in un tempo assai contratto, quello che essi avevano fatto dall'una all'altra glaciazione, e forse facevano ancora, ormai corrieri dei Signori – forse nel percorso tra le Samoa e la Zemlia la punta sfiorava, nella sua posizione di equilibrio, Agarttha, il Centro del Mondo. E intuivo che un unico piano univa Avalon, l'iperborea, al deserto australe che ospita l'enigma di Ayers Rock.

In quel momento, alle quattro del pomeriggio del 23 giugno, il Pendolo smorzava la propria velocità a un'estremità del piano d'oscillazione, per ricadere indolente verso il centro, acquistar velocità a metà del suo percorso, sciabolare confidente nell'occulto quadrato delle forze che ne segnava il destino.

Se fossi rimasto a lungo, resistente al passare delle ore, a fissare quella testa d'uccello, quell'apice di lancia, quel cimiero rovesciato, mentre disegnava nel vuoto le proprie diagonali, sfiorando i punti opposti della sua astigmatica circonferenza, sarei stato vittima di un'illusione fabulatoria, perché il Pendolo mi avrebbe fatto credere che il piano di oscillazione avesse compiuto una completa rotazione, tornando al punto di partenza, in trentadue ore, descrivendo un'ellisse appiattita – l'ellisse ruotando intorno al proprio centro con una velocità angolare uniforme, proporzionale al seno della latitudine. Come avrebbe ruotato se il punto fosse stato fissato al sommo della cupola del Tempio di Salomone? Forse i Cavalieri avevano provato anche laggiù. Forse il calcolo, il significato finale, non sarebbe cambiato. Forse la chiesa abbaziale di Saint-Martin-des-Champs era il vero Tempio. Comunque l'esperienza sarebbe stata perfetta solo al Polo, unico luogo in cui il punto di sospensione sta sul prolungamento dell'asse di rotazione terrestre, e dove il Pendolo realizzerebbe il suo ciclo apparente in ventiquattro ore.

Ma non era questa deviazione dalla Legge, che peraltro la Legge prevedeva, non era questa violazione di una misura aurea che rendeva meno mirabile il prodigio. Io sapevo che la terra stava ruotando, e io con essa, e Saint-Martin-des-Champs e tutta Parigi con me, e insieme ruotavamo sotto il Pendolo che in realtà non cambiava mai la direzione del proprio piano, perché lassù, da dove esso pendeva, e lungo l'infinito prolungamento ideale del filo, in alto verso le più lontane galassie, stava, immobile per l'eternità, il Punto Fermo.

La terra ruotava, ma il luogo ove il filo era ancorato era l'unico punto fisso dell'universo.

Dunque non era tanto alla terra che si rivolgeva il mio sguardo, ma lassù, dove si celebrava il mistero dell'immobilità assoluta. Il Pendolo mi stava dicendo che, tutto muovendo, il globo, il sistema solare, le nebulose, i buchi neri e i figli tutti della grande emanazione cosmica, dai primi eoni alla materia più vischiosa, un solo punto rimaneva, perno, chiavarda, aggancio ideale, lasciando che l'universo muovesse intorno a sé. E io partecipavo ora di quell'esperienza suprema, io che pure mi muovevo con tutto e col tutto, ma potevo vedere Quello, il Non Movente, la Rocca, la Garanzia, la caligine luminosissima che non è corpo, non ha figura forma peso quantità o qualità, e non vede, non sente, né cade sotto la sensibilità, non è in un luogo, in un tempo o in uno spazio, non è anima, intelligenza, immaginazione, opinione, numero, ordine, misura, sostanza, eternità, non è né tenebra né luce, non è errore e non è verità.

Mi scosse un dialogo, preciso e svogliato, tra un ragazzo con gli occhiali e una ragazza che purtroppo non li aveva.

"È il pendolo di Foucault," diceva lui. "Primo esperimento in cantina nel 1851, poi all'Observatoire, e poi sotto la cupola del Panthéon, con un filo di sessantasette metri e una sfera di ventotto chili. Infine, dal 1855 è qui, in formato ridotto, e pende da quel buco, a metà della crociera."

"E che fa, penzola e basta?"

"Dimostra la rotazione della terra. Siccome il punto di sospensione rimane fermo..."

"E perché rimane fermo?"

"Perché un punto... come dire... nel suo punto centrale, bada bene, ogni punto che stia proprio nel mezzo dei punti che tu vedi, bene, quel punto – il punto geometrico – tu non lo vedi, non ha dimensioni, e ciò che non ha dimensioni non può andare né a destra né a sinistra, né in basso né in alto. Quindi non ruota. Capisci? Se il punto non ha dimensioni, non può neppure girare intorno a se stesso. Non ha neanche se stesso..."

"Nemmeno se la terra gira?"

"La terra gira ma il punto non gira. Se ti piace, è così, se no ti gratti. Va bene?"

"Affari suoi."

Miserabile. Aveva sopra il capo l'unico luogo stabile del cosmo, l'unico riscatto alla dannazione del *panta rei*, e pensava che fossero affari Suoi, e non suoi. E infatti subito dopo la coppia si allontanò – lui educato su qualche manuale che gli aveva ottenebrato le possibilità di meraviglia, lei inerte, inaccessibile al brivido dell'infinito, entrambi senza aver registrato nella propria memoria l'esperienza terrificante di quel loro incontro – primo e ultimo – con l'Uno, l'En-sof, l'Indicibile. Come non cadere in ginocchio davanti all'altare della certezza?

Io guardavo con reverenza e paura. In quell'istante ero convinto che Jacopo Belbo avesse ragione. Quando mi parlava del Pendolo attribuivo la sua emozione a un vaneggiamento estetico, a quel cancro che stava lentamente prendendo forma, informe, nella sua anima, trasformando passo per passo, senza che egli se ne accorgesse, il suo gioco in realtà. Ma se aveva ragione sul Pendolo, forse era vero anche tutto il resto, il Piano, il

Complotto Universale, ed era stato giusto che fossi venuto là, alla vigilia del solstizio d'estate. Jacopo Belbo non era pazzo, semplicemente aveva scoperto per gioco, attraverso il Gioco, la verità.

È che l'esperienza del Numinoso non può durare a lungo senza sconvolgere la mente.

Cercai allora di distrarre lo sguardo, seguendo la curva che, dai capitelli delle colonne disposte a semicerchio, puntava lungo le nervature della volta verso la chiave, ripetendo il mistero dell'ogiva, che si sostiene su una assenza, suprema ipocrisia statica, e fa credere alle colonne di spingere verso l'alto i costoloni, e a questi, respinti dalla chiave, di fissare a terra le colonne, la volta essendo invece un tutto e un nulla, effetto e causa al tempo stesso. Ma mi resi conto che trascurare il Pendolo, pendulo dalla volta, e ammirare la volta, era come astenersi dal bere alla sorgente per inebriarsi della fonte.

Il coro di Saint-Martin-des-Champs esisteva solo perché poteva esistere, in virtù della Legge, il Pendolo, e questo esisteva perché esisteva quello. Non si sfugge a un infinito, mi dissi, fuggendo verso un altro infinito, non si sfugge alla rivelazione dell'identico, illudendosi di poter incontrare il diverso.

Sempre senza poter distogliere gli occhi dalla chiave di volta indietreggiai, passo per passo – perché in pochi minuti, da quando ero entrato, avevo appreso il percorso a memoria, e le grandi tartarughe di metallo che mi sfilavano ai lati erano abbastanza imponenti da segnalare la loro presenza alla coda dell'occhio. Rinculai lungo la navata, verso la porta d'ingresso, e di nuovo fui sovrastato da quei minacciosi uccelli preistorici di tela smangiata e fili metallici, da quelle libellule maligne che una volontà occulta aveva fatto pendere dal soffitto della navata. Le avvertivo come metafore sapienziali, ben più significanti e allusive di quanto il pretesto didascalico avesse finto di averle volute. Volo di insetti e rettili giurassici, allegoria delle lunghe migrazioni che il Pendolo a terra stava riassumendo, arconti, emanazioni perverse, ecco che calavano contro di me, coi loro lunghi becchi da archaeopteryx, l'aeroplano di Breguet, di Blériot, di Esnault, e l'elicottero di Dufaux.

Così si entra infatti al Conservatoire des Arts et Métiers, a Parigi, dopo aver passato una corte settecentesca, ponendo piede nella vecchia chiesa abbaziale, incastonata nel complesso più tardo, come era un tempo incastonata nel priorato originario. Si entra e si viene abbagliati da questa congiura che accomuna l'universo superiore delle ogive celesti e il mondo ctonio dei divoratori di oli minerali.

A terra si stende una teoria di veicoli automobili, bicicli e carrozze a vapore, dall'alto incombono gli aerei dei pionieri, in alcuni casi gli oggetti sono integri, ancorché scrostati, corrosi dal tempo, e tutti insieme appaiono, all'ambigua luce in parte naturale e in parte elettrica, come coperti da una patina, da una vernice di vecchio violino; talvolta rimangono scheletri, chassis, disarticolazioni di bielle e manovelle che minacciano inenarrabili torture, incatenato come già ti vedi a quei letti di contenzione dove qualcosa potrebbe muoversi e rovistarti nelle carni, sino alla confessione.

E al di là di questa sequenza di antichi oggetti mobili, ora immobili, dall'anima arrugginita, puri segni di un orgoglio tecnologico che li ha voluti esposti alla reverenza dei visitatori, vegliato a sinistra da una statua della Libertà, modello ridotto di quella che Bartholdi aveva progettato per un altro mondo, e a destra da una statua di Pascal, si apre il coro, dove fa corona alle oscillazioni del Pendolo l'incubo di un entomologo malato – chele, mandibole, antenne, proglottidi, ali, zampe – un cimitero di cadaveri meccanici che potrebbero rimettersi a funzionare tutti allo stesso tempo – magneti, trasformatori monofase, turbine, gruppi convertitori, macchine a vapore, dinamo – e in fondo, oltre il Pendolo, nell'ambulacro, idoli assiri, caldaici, cartaginesi, grandi Baal dal ventre un giorno rovente, vergini di Norimberga col loro cuore irto di chiodi messo a nudo, quelli che un tempo erano stati motori di aeroplano – indicibile corona di simulacri che giacciono in adorazione del Pendolo, come se i figli della Ragione e delle Luci fossero stati condannati a custodire per l'eternità il simbolo stesso della Tradizione e della Sapienza.

E i turisti annoiati, che pagano i loro nove franchi alla cassa ed entran gratis la domenica, possono dunque pensare che dei vecchi signori ottocenteschi con la barba ingiallita di nicotina, il colletto sgualcito e unto, la cravatta nera a fiocco, la redingote puzzolente di tabacco da fiuto, le dita imbrunite di acidi, la mente acida di invidie accademiche, fantasmi da pochade che si chiamavano a vicenda cher maître, abbiano posto quegli oggetti sotto quelle volte per virtuosa volontà espositiva, per soddisfare il contribuente borghese e radicale, per celebrare le magnifiche sorti e progressive? No, no, Saint-Martin-des-Champs era stato pensato, prima come priorato e poi come museo rivoluzionario, quale silloge di sapienze arcanissime e quegli aerei, quelle macchine automotrici, quegli scheletri elettromagnetici stavano lì a intrattenere un dialogo di cui mi sfuggiva ancora la formula.

Avrei dovuto credere, come mi diceva ipocritamente il catalogo, che la bella impresa era stata pensata dai signori della Convenzione per rendere accessibile alle masse un santuario di tutte le arti e i mestieri, quando era così evidente che il progetto, le stesse parole usate, erano quelle con cui Francesco Bacone descriveva la Casa di Salomone della sua Nuova Atlantide?

Possibile che solo io – io e Jacopo Belbo, e Diotallevi – avessimo intuito la verità? Quella sera forse avrei saputo la risposta. Occorreva che riuscissi a rimanere nel museo, oltre l'ora di chiusura, attendendo la mezzanotte.

Da dove Essi sarebbero entrati non lo sapevo – sospettavo che lungo il reticolo delle fogne di Parigi un condotto legasse qualche punto del museo a qualche altro punto della città, forse vicino alla Porte-St-Denis – ma certamente sapevo che, se fossi uscito, da quella parte non sarei rientrato. E dunque dovevo nascondermi, e rimanere dentro.

Cercai di sfuggire alla fascinazione del luogo e di guardare la navata con occhi freddi. Ora non stavo più cercando una rivelazione, volevo un'informazione. Immaginavo che nelle altre sale sarebbe stato difficile trovare un luogo dove sarei potuto sfuggire al controllo dei guardiani (è il loro mestiere, al momento di chiudere, fare il giro delle sale, attenti che un ladro non si acquatti da qualche parte), ma qui nella navata, affollata di veicoli, quale luogo migliore per allogarsi come passeggero da qualche parte? Nascondersi, vivo, in un veicolo morto. Di giochi ne avevamo fatti anche troppi, per non tentare ancora questo.

Orsù, animo, mi dissi, non pensare più alla Sapienza: chiedi aiuto alla Scienza.

2

> Abbiamo diversi e curiosi Orologi, e altri che sviluppano Moti Alternativi... E abbiam pure Case degli Inganni dei Sensi, dove realizziamo con successo ogni genere di Manipolazione, False Apparizioni, Imposture e Illusioni... Queste sono, o figlio mio, le ricchezze della Casa di Salomone.
>
> (Francis Bacon, *New Atlantis*, ed. Rawley, London, 1627, pp. 41-42)

Avevo riacquistato il controllo dei nervi e dell'immaginazione. Dovevo giocare con ironia, come avevo giocato sino a pochi giorni prima, senza farmi coinvolgere. Ero in un museo e dovevo essere drammaticamente astuto e lucido.

Guardai con confidenza gli aerei sopra di me: avrei potuto inerpicarmi nella carlinga di un biplano e attendere la notte come se stessi sorvolando la Manica, pregustando la Legion d'Onore. I nomi delle automobili a terra mi suonarono affettuosamente nostalgici... Hispano Suiza 1932, bella e accogliente. Da scartare perché troppo vicina alla cassa, ma avrei potuto ingannare l'impiegato se mi fossi presentato in knikerboker, cedendo il passo a una signora in tailleur crema, una lunga sciarpa intorno al collo filiforme, il cappellino a cloche sul taglio alla maschietta. La Citroën C 64 del '31 si offriva solo in spaccato, buon modello scolastico ma nascondiglio irrisorio. Neppure parlare della macchina a vapore di Cugnot, enorme, tutta caldaia, o marmitta che fosse. Bisognava guardare sul lato destro, dove stavano lungo il muro i velocipedi dalle grandi ruote floreali, le *draisiennes* dalla canna piatta, a monopattino, evocazione di gentiluomini in tuba che sgambettano per il Bois de Boulogne, cavalieri del progresso.

Di fronte ai velocipedi, buone carrozzerie, ghiotti ricettacoli. Forse non la Panhard Dynavia del '45, troppo trasparente e angusta nella sua tornita aerodinamica, ma certo da considerare l'alta Peugeot 1909, una mansarda, un'alcova. Una volta dentro, affondato nei divani in cuoio, nessuno mi avrebbe più sospettato. Ma difficile salirvi, uno dei guardiani era seduto proprio di fronte, su di una panca, con le spalle ai bicicli. Montare sul predellino, un po' impacciato dal cappotto col collo di pelliccia, mentre lui, gambali ai polpacci, berretto a visiera in mano, mi apre ossequiente la portiera...

Mi concentrai per un attimo sull'Obéissant, 1873, primo veicolo francese a trazione meccanica, per dodici passeggeri. Se la Peugeot era un appartamento, questo era un palazzo. Ma neppure pensare di potervi accedere senza attirare l'attenzione di tutti. Com'è difficile nascondersi quando i nascondigli sono i quadri di un'esposizione.

Riattraversai la sala: la statua della Libertà si ergeva, "éclairant le monde", su di uno zoccolo di quasi due metri, concepito come una prora, con un rostro tagliente. Celava all'interno una sorta di garitta, da cui si guardava dritti, attraverso un oblò di prua, su un diorama della baia di New York. Buon punto di osservazione quando fosse venuta la mezzanotte, perché si sarebbe potuto dominare nell'ombra il coro a sinistra e la navata a destra, le spalle coperte da una grande statua in pietra di Gramme, che guardava verso altri corridoi, posta com'era in una specie di transetto. Ma in piena luce si vedeva benissimo se la garitta era abitata, e un guardiano normale vi avrebbe gettato subito uno sguardo, a scarico di coscienza, una volta sfollati i visitatori.

Non avevo molto tempo, alle cinque e mezzo avrebbero chiuso. Mi affrettai a rivedere l'ambulacro. Nessuno dei motori poteva provvedere un rifugio. Neppure, a destra, i grandi apparati per bastimenti, reliquie di qualche Lusitania inghiottito dalle acque, né l'immenso motore a gas di Lenoir, con la sua varietà di ruote dentate. No, se mai, ora che la luce scemava e penetrava in modo acquoreo dalle vetrate grigie, mi prendeva di nuovo paura di nascondermi tra quegli animali e ritrovarli poi nel buio, alla luce della mia torcia elettrica, rinati nelle tenebre, ansimanti di un greve respiro tellurico, ossa e viscere senza più pelle, scricchiolanti e fetidi di bava oleosa. In quella mostra, che incominciavo a trovare immonda, di genitali Diesel, vagine a turbina, gole inorganiche che ai tempi loro eruttarono – e forse la notte stessa avrebbero di nuovo eruttato – fiamme, vapori, sibili, o avrebbero ronzato indolenti come cervi volanti, crepitato come cicale, tra quelle manifestazioni scheletriche di una pura funzionalità astratta, automi capaci di schiacciare, segare, spostare, rompere, affettare, accelerare, intoppare, deglutire a scoppio, singhiozzare a cilindri, disarticolarsi come marionette sinistre, far ruotare tamburi, convertire frequenze, trasformare energie, roteare volani – come avrei potuto sopravvivere? Mi avrebbero affrontato, istigate dai Signori del Mondo che le avevano volute per parlare dell'errore della creazione, dispositivi inutili, idoli dei padroni del basso universo – come avrei potuto resistere senza vacillare?

Dovevo andarmene, dovevo andarmene, era tutta una follia, stavo cadendo nel gioco che aveva fatto uscir di senno Jacopo Belbo, io, l'uomo dell'incredulità...

Non so se l'altra sera feci bene a restare. Altrimenti oggi saprei l'inizio ma non la fine della storia. Oppure non sarei qui, come ora sono, isolato su questa collina mentre i cani abbaiano lontano laggiù a valle, a chiedermi se quella era stata davvero la fine, o se la fine debba ancora venire.

Decisi di proseguire. Uscii dalla chiesa piegando a sinistra accanto alla statua di Gramme e prendendo una galleria. Ero nella sezione delle ferrovie e i modellini multicolori di locomotori e vagoni mi apparvero rassicuranti giocattoli, pezzi di una Bengodi, di una Madurodam, di una Italia in Miniatura... Ormai mi stavo abituando a quell'alternanza di angoscia e di confidenza, terrore e disincanto (non è questo infatti un principio di malattia?) e mi dissi che le visioni della chiesa mi avevano turbato perché vi arrivavo sedotto dalle pagine di Jacopo Belbo, che avevo decifrato a prezzo di tanti enigmatici raggiri – e che pure sapevo fittizie. Ero in un museo della tecnica, mi dicevo, sei in un museo della tecnica, una cosa onesta, forse un poco ottusa, ma un regno di morti inoffensivi, sai come sono i musei, nessuno è mai stato divorato dalla Gioconda – mostro androgino, Medusa solo per gli esteti – e tanto meno sarai divorato dalla macchina di Watt, che poteva spaventare solo gli aristocratici ossianici e neogotici, e per questo appare così pateticamente compromissoria, tutta funzione ed eleganze corinzie, manovella e capitello, calderone e colonna, ruota e timpano. Jacopo Belbo, se pure lontano, stava cercando di trascinarmi nella trappola allucinatoria che lo aveva perduto. Bisogna, mi dicevo, comportarsi come uno scienziato. Forse che il vulcanologo brucia come Empedocle? Frazer fuggiva braccato nel bosco di Nemi? Andiamo, tu sei Sam Spade, d'accordo? Devi solo esplorare i bassifondi, è mestiere. La donna che ti ha preso, prima della fine deve morire, e possibilmente per tua mano. Ciao Emily, è stato bello, ma eri un automa senza cuore.

Accade però che alla galleria dei trasporti segua l'atrio di Lavoisier, prospiciente il grande scalone che sale ai piani superiori.

Quel gioco di teche ai lati, quella sorta di altare alchemico al centro, quella liturgia da civilizzata macumba settecentesca, non erano effetto di disposizione casuale, bensì stratagemma simbolico.

Primo, l'abbondanza di specchi. Se c'è uno specchio, è stadio umano, vuoi vederti. E lì non ti vedi. Ti cerchi, cerchi la tua posizione nello spazio in cui lo specchio ti dica "tu sei lì, e sei tu", e molto patisci, e t'affanni, perché gli specchi di Lavoisier, concavi o convessi che siano, ti deludono, ti deridono: arretrando ti trovi, poi ti sposti, e ti perdi. Quel teatro catottrico era stato disposto per toglierti ogni identità e farti sentire insicuro del tuo luogo. Come a dirti: tu non sei il Pendolo, né nel luogo del Pendolo. E non ti senti solo incerto di te ma degli stessi oggetti collocati fra te e un altro specchio. Certo, la fisica sa dirti che cosa e perché avviene: poni uno specchio concavo che raccolga i raggi emanati dall'oggetto – in questo caso un alambicco su di una pignatta in rame – e lo specchio rinvierà i raggi incidenti in modo che tu non veda l'oggetto, ben delineato, dentro lo specchio, ma lo intuisca fantomatico, evanescente, a mezz'aria, e rovesciato, fuori dallo specchio. Naturalmente basterà che tu ti muova di poco e l'effetto svanisce.

Ma poi di colpo vidi me, rovesciato, in un altro specchio.

Insostenibile.

Che cosa voleva dire Lavoisier, che cosa volevano suggerire i registi del Conservatoire? È dal medioevo arabo, da Alhazen, che conosciamo tutte le magie degli specchi. Valeva la pena di fare l'Enciclopedia, e il Secolo dei Lumi, e la Rivoluzione, al fine di affermare che basta flettere la superficie di uno specchio per precipitare nell'immaginario? E non è illusione quella dello specchio normale, l'altro che ti guarda condannato a un mancinismo perpetuo, ogni mattina quando ti radi? Valeva la pena di dirti solo questo, in questa sala, o non è stato detto per suggerirti di guardare in modo diverso tutto il resto, le vetrinette, gli strumenti che fingono di celebrare i primordi della fisica e della chimica illuminista?

Maschera in cuoio per protezione nelle esperienze di calcinazione. Ma davvero? Davvero il signore delle candele sotto la campana si metteva quella bautta da topo di chiavica, quella parure da invasore ultraterreno, per non irritarsi gli occhi? *Oh, how delicate, doctor Lavoisier*. Se volevi studiare la teoria cinetica dei gas, perché ricostruire così puntigliosamente la piccola eolipila, un beccuccio su una sfera che, riscaldata, ruota vomitando vapore, quando la prima eolipila era stata costruita da Erone, al tempo della Gnosi, come sussidio per le statue parlanti e gli altri prodigi dei preti egizi?

E cos'era quell'apparecchio per lo studio della fermentazione putrida, 1781, bella allusione ai puteolenti bastardi del Demiurgo? Una sequenza di tubi vitrei che da un utero a bolla passano per sfere e condotti, sostenuti da forcelle, entro due ampolle, e dall'una trasmettono qualche essenza all'altra per serpentine che sfociano nel vuoto... Fermentazione putrida? *Balneum Mariae*, sublimazione dell'idrargirio, *mysterium conjunctionis*, produzione dell'Elisir!

E la macchina per studiare la fermentazione (ancora) del vino? Un gioco di archi di cristallo che va da atanòr ad atanòr, uscendo da un alambicco per finire in un altro? E quegli occhialini, e la minuscola clessidra, e il piccolo elettroscopio, e la lente, il coltellino da laboratorio che sembra un carattere cuneiforme, la spatola con leva d'espulsione, la lama di vetro, il crogiolino in terra refrattaria di tre centimetri per produrre un homunculus a misura di gnomo, utero infinitesimale per minuscolissime clonazioni, le scatole d'acajou piene di pacchettini bianchi, come cachet di apotecario di villaggio, avvolti in pergamene vergate di caratteri intraducibili, con specimen mineralogici (ci si dice), in verità frammenti della Sindone di Basilide, reliquiari col prepuzio di Ermete Trismegisto, e il martello da tappezziere lungo ed esile per battere l'inizio di un brevissimo giorno del giudizio, un'asta di quintessenze da svolgersi tra il Piccolo Popolo degli Elfi di Avalon, e l'ineffabile piccolo apparecchio per l'analisi della combustione degli oli, i globuli di vetro disposti a petali di quadrifoglio, più quadrifogli collegati l'un l'altro da tubi d'oro, e i quadrifogli ad altri tubi di cristallo, e questi a un cilindro cupreo, e poi – a picco in basso – un altro cilindro d'oro e di vetro, e altri tubi, a discesa, appendici pendule, testicoli, glandole, escrescenze, creste... Questa è la chimica moderna? E per questo occorreva ghigliottinare l'autore, quando intanto nulla si crea e nulla si distrugge? O lo si è ucciso per farlo tacere su ciò che fingendo rivelava, come Newton che tanta ala vi stese ma continuava a meditare sulla Cabbala e sulle essenze qualitative?

La sala Lavoisier del Conservatoire è una confessione, un messaggio cifrato, una epitome del conservatorio tutto, irrisione dell'orgoglio del pensiero forte della ragione moderna, sussurro di altri misteri. Jacopo Belbo aveva ragione, la Ragione aveva torto.

Mi affrettavo, l'ora incombeva. Ecco il metro, e il chilo, e le misure, false garanzie di garanzia. L'avevo appreso da Agliè che il segreto delle Piramidi si rivela se non le calcoli in metri, ma in antichi cubiti. Ecco le macchine aritmetiche, fittizio trionfo del quantitativo, in verità promessa delle qualità occulte dei numeri, ritorno alle origini del Notarikon dei rabbini in fuga per le lande d'Europa. Astronomia, orologi, automi, guai a intrattenermi tra quelle nuove rivelazioni. Stavo penetrando nel cuore di un messaggio segreto in forma di Theatrum razionalista, presto presto, avrei esplorato dopo, tra la chiusura e la mezzanotte, quegli oggetti che nell'obliqua luce del tramonto assumevano il loro vero volto, figure, non strumenti.

Su, attraverso le sale dei mestieri, dell'energia, dell'elettricità, tanto in quelle vetrine non avrei potuto nascondermi. Man mano che scoprivo o intuivo il senso di quelle sequenze ero preso dall'ansia di non aver tempo di trovare il nascondiglio per assistere alla rivelazione notturna della loro ragione segreta. Ormai mi muovevo come un uomo braccato – dall'orologio e dall'orrido avanzare del numero. La terra girava inesorabile, l'ora veniva, tra un poco mi avrebbero cacciato.

Sino a che, attraversata la galleria dei dispositivi elettrici, giunsi alla saletta dei vetri. Quale illogica aveva disposto che oltre gli apparecchi più avanzati e costosi dell'ingegno moderno dovesse esserci una zona riservata a pratiche che furono note ai fenici, millenni fa? Sala collettanea, era questa, che alternava porcellane cinesi e vasi androgini di Lalique, poteries, maioliche, faenze, muranerie, e in fondo, in una teca enorme, in grandezza naturale e a tre dimensioni, un leone che uccideva un serpente. La ragione apparente di quella presenza era che il gruppo figurava interamente realizzato in pasta di vetro, ma la ragione emblematica doveva essere un'altra... Cercavo di ricordarmi dove avessi già scorto quell'immagine. Poi ricordai. Il Demiurgo, l'odioso prodotto della Sophia, il primo arconte, Ildabaoth, il responsabile del mondo e del suo radicale difetto, aveva la forma di un serpente e di un leone, e i suoi occhi gettavano una luce di fuoco. Forse l'intero Conservatoire era un'immagine del processo infame per cui, dalla pienezza del primo principio, il Pendolo, e dal fulgore del Pleroma, di eone in eone, l'Ogdoade si sfalda e si perviene al regno cosmico, dove regna il Male. Ma allora quel serpente, e quel leone, mi stavano dicendo che il mio viaggio iniziatico – ahimè *à rebours* – era ormai terminato, e tra poco avrei rivisto il mondo, non come dev'essere, ma come è.

E infatti notai che nell'angolo destro, contro una finestra, stava la garitta del Periscope. Entrai. Mi trovai davanti a una lastra vitrea, come una plancia di comando, su cui vedevo muoversi le immagini di un film, molto sfocate, uno spaccato di città. Poi mi accorsi che l'immagine era proiettata da un altro schermo, posto sopra il mio capo, dove appariva rovesciata, e questo secondo schermo era l'oculare di un periscopio rudimentale, fatto per così dire di due scatoloni incastrati ad angolo ottuso, con la scatola più lunga che si protendeva a mo' di tubo fuori della garitta, sopra la mia testa e dietro le mie spalle, raggiungendo una finestra superiore da cui, certo per un gioco interno di lenti che gli consentiva un grande angolo di visione, captava le immagini esterne. Calcolando il percorso che avevo fatto salendo, capii che il periscopio mi permetteva di vedere l'esterno come se guardassi dalle vetrate superiori dell'abside di Saint-Martin – come se guardassi appeso al Pendolo, ultima visione di un impiccato. Adattai meglio la pupilla a quell'immagine scialba: potevo ora vedere la rue Vaucanson, su cui dava il coro, e la rue Conté, che idealmente prolungava la navata. Rue Conté sfociava su rue Montgolfier a sinistra e rue de Turbigo a destra, due bar agli angoli, Le Week End e La Rotonde, e di fronte una facciata su cui spiccava la scritta, che decifrai a fatica, LES CREATIONS JACSAM. Il periscopio. Non così ovvio che fosse nella sala delle vetrerie anziché in quella degli strumenti ottici, segno che era importante che la prospezione dell'esterno avvenisse in quel luogo, con quell'orientamento, ma non capivo le ragioni della scelta. Perché questo cubicolo, positivistico e verniano, accanto al richiamo emblematico del leone e del serpente?

In ogni caso, se avessi avuto la forza e il coraggio di restare lì ancora per poche decine di minuti, forse il guardiano non mi avrebbe visto.

E sottomarino rimasi per un tempo che mi parve lunghissimo. Sentivo i passi dei ritardatari, quello degli ultimi custodi. Fui tentato di rannicchiarmi sotto la plancia, per sfuggire meglio a un'eventuale sbirciata distratta, poi mi trattenni, perché restando in piedi, se mi avessero scoperto, avrei sempre potuto fingere di essere un visitatore assorto, rimasto a godersi il prodigio.

Poco dopo si spensero le luci e la sala restò avvolta nella penombra, la garitta diventò meno buia, tenuamente illuminata dallo schermo che continuavo a fissare perché rappresentava l'ultimo mio contatto col mondo.

La prudenza voleva che restassi in piedi, e se i piedi mi dolevano, accovacciato, almeno per due ore. L'ora di chiusura per i visitatori non coincide con quella di uscita degli impiegati. Mi colse il terrore delle pulizie: e se ora avessero incominciato a ripulire tutte le sale, palmo per palmo? Poi pensai che, visto che alla mattina il museo apriva tardi, gli inservienti avrebbero lavorato alla luce del giorno e non alla sera. Doveva essere così, almeno nelle sale superiori, perché non sentivo passare più nessuno. Solo dei brusii lontani, qualche rumore secco, forse porte che si chiudevano. Dovevo restare fermo. Avrei avuto tempo di raggiungere la chiesa tra le dieci e le undici, forse dopo, perché i Signori sarebbero venuti solo verso la mezzanotte.

In quel momento un gruppo di giovani usciva dalla Rotonde. Una ragazza passava in rue Conté, girando in rue Montgolfier. Non era una zona molto frequentata, avrei resistito ore ed ore guardando il mondo insipido che avevo dietro le spalle? Ma se il periscopio era lì, non avrebbe dovuto inviarmi messaggi di qualche segreto rilievo? Sentivo venire il bisogno di orinare: bisognava non pensarci, era un fatto nervoso.

Quante cose ti vengono in mente quando sei solo e clandestino in un periscopio. Deve essere la sensazione di chi si nasconde nella stiva di una nave per emigrare lontano. Infatti la meta finale sarebbe stata la statua della Libertà, con il diorama di New York. Avrebbe potuto sopravvenire la sonnolenza, forse sarebbe stato un bene. No, avrei potuto risvegliarmi troppo tardi...

La più temibile sarebbe stata una crisi di angoscia: quando hai la certezza che tra un istante griderai. Periscopio, sommergibile, bloccato sul fondo, forse intorno già ti navigano grandi pesci neri degli abissi, e non li vedi, e tu sai solo che ti sta mancando l'aria...

Respirai profondamente più volte. Concentrazione. L'unica cosa che in quei momenti non ti tradisce è la lista della lavandaia. Riandare ai fatti, elencarli, individuarne le cause, gli effetti. Sono arrivato a questo punto per questo, e per quest'altro motivo...

Sopravvennero i ricordi, nitidi, precisi, ordinati. I ricordi degli ultimi frenetici tre giorni, poi degli ultimi due anni, confusi con i ricordi di quarant'anni prima, come li avevo ritrovati violando il cervello elettronico di Jacopo Belbo.

Ricordo (e ricordavo), per dare un senso al disordine della nostra creazione sbagliata. Ora, come l'altra sera nel periscopio, mi contraggo in un punto remoto della mente per emanarne una storia. Come il Pendolo. Diotallevi me lo aveva detto, la prima sefirah è Keter, la Corona, l'origine, il vuoto primordiale. Egli creò dapprima un punto, che divenne il Pensiero, ove disegnò tutte le figure... Era e non era, chiuso nel nome e sfuggito al nome, non aveva ancora altro nome che “Chi?”, puro desiderio di essere chiamato con un nome... In principio egli tracciò dei segni nell'aura, una vampa scura scaturì dal suo fondo più segreto, come una nebbia senza colore che dia forma all'informe, e non appena essa cominciò a distendersi, al suo centro si formò una scaturigine di fiamme che si riversarono a illuminare le sefirot inferiori, giù sino al Regno.

Ma forse in questo *tsimtsum*, in questo ritiro, in questa solitudine, diceva Diotallevi, c'era già la promessa del *tiqqun*, la promessa del ritorno.

2
HOKMAH

3

In hanc utilitatem clementes angeli saepe figuras, characteres, formas et voces invenerunt proposueruntque nobis mortalibus et ignotas et stupendas nullius rei iuxta consuetum linguae usum significativas, sed per rationis nostrae summam admirationem in assiduam intelligibilium pervestigationem, deinde in illorum ipsorum venerationem et amorem inductivas.

(Johannes Reuchlin, *De arte cabalistica*, Hagenhau, 1517, III)

Era stato due giorni prima. Quel giovedì poltrivo a letto senza decidermi ad alzarmi. Ero arrivato il pomeriggio precedente e avevo telefonato in casa editrice. Diotallevi era sempre all'ospedale, e Gudrun era stata pessimista: sempre uguale, cioè sempre peggio. Non osavo andare a trovarlo.

Quanto a Belbo non era in ufficio. Gudrun mi aveva detto che aveva telefonato dicendo che doveva allontanarsi per motivi di famiglia. Quale famiglia? La cosa strana è che aveva portato via il word processor – Abulafia, come ormai lo chiamava – con la stampante. Gudrun mi aveva detto che se l'era messo in casa per terminare un lavoro. Perché tanta fatica? Non poteva scrivere in ufficio?

Mi sentivo senza patria. Lia e il bambino sarebbero tornati solo la settimana seguente. La sera prima avevo fatto un salto da Pilade, ma non avevo trovato nessuno.

Fui svegliato dal telefono. Era Belbo con la voce alterata, lontana.

"Allora? Da dove chiama? La stavo dando per disperso in Libia, nell'undici..."

"Non scherzi, Casaubon, è una cosa seria. Sono a Parigi."

"Parigi? Ma dovevo andarci io! Sono io che debbo finalmente visitare il Conservatoire!"

"Non scherzi, le ripeto. Sono in una cabina... no, in un bar, insomma, non so se posso parlare a lungo..."

"Se le mancano i gettoni chiami collect. Io sono qui e aspetto."

"Non è questione di gettoni. Sono nei guai." Incominciava a parlare rapidamente, per non darmi tempo di interromperlo. "Il Piano. Il Piano è vero. Per piacere non mi dica ovvietà. Mi stanno cercando."

"Ma chi?" Stentavo ancora a capire.

"I Templari, perdio Casaubon, lo so che non vorrà crederci, ma era tutto vero. Pensano che io abbia la mappa, mi hanno incastrato, mi han costretto a venire a Parigi. Sabato a mezzanotte mi vogliono al Conservatoire, sabato – capisce – la notte di San Giovanni..." Parlava in modo sconnesso, e non riuscivo a seguirlo. "Non voglio andarci, sto scappando, Casaubon, quelli mi ammazzano. Lei deve avvertire De Angelis – no, De Angelis è inutile – niente polizia per carità..."

"E allora?"

"E allora non so, legga i dischetti, su Abulafia, negli ultimi giorni ho messo tutto lì, anche quello che è accaduto nell'ultimo mese. Lei non c'era, non sapevo a chi raccontare, ho scritto per tre giorni e tre notti... Senta, vada in ufficio, nel cassetto della mia scrivania c'è una busta con due chiavi. Quella grossa non c'entra, è della casa di campagna, ma la piccola è quella dell'appartamento di Milano, vada là e legga tutto, poi decida lei, oppure ci parliamo, mio dio, non so bene che cosa fare..."

"Va bene, leggo. Ma poi dove la rintraccio?"

"Non so, qui sto cambiando albergo ogni notte. Diciamo che lei fa tutto oggi e poi mi aspetta a casa mia domattina, io tento di richiamarla, se posso. Mio dio, la parola d'ordine..."

Udii dei rumori, la voce di Belbo si avvicinava e si allontanava con intensità variabile, come se qualcuno cercasse di strappargli il microfono.

"Belbo! Cosa succede?"

"Mi hanno trovato, la parola..."

Un colpo secco, come uno sparo. Doveva essere il microfono che era caduto e aveva battuto contro il muro, o contro quelle tavolette che ci sono sotto il telefono. Un tramestio. Poi il clic del microfono riappeso. Non certo da Belbo.

Mi misi subito sotto la doccia. Dovevo svegliarmi. Non capivo che cosa stesse accadendo. Il Piano era vero? Che assurdità, lo avevamo inventato noi. Chi aveva catturato Belbo? I Rosa-Croce, il conte di San Germano, l'Ochrana, i Cavalieri del Tempio, gli Assassini? A quel punto tutto era possibile, dato che tutto era inverosimile. Poteva darsi che a Belbo fosse dato di volta il cervello, negli ultimi tempi era così teso, non capivo se a causa di Lorenza Pellegrini o perché era sempre più affascinato dalla sua creatura – o meglio, il Piano era comune, mio, suo, di Diotallevi, ma era lui che sembrava esserne preso, ormai, oltre i limiti del gioco. Inutile fare altre ipotesi. Andai in casa editrice, Gudrun mi accolse con osservazioni acide sul fatto che ormai era sola a mandare avanti l'azienda, mi precipitai in ufficio, trovai la busta, le chiavi, corsi nell'appartamento di Belbo.

Odore di chiuso, di mozziconi rancidi, i portacenere erano colmi dappertutto, il lavello in cucina pieno di piatti sporchi, la pattumiera ingombra di scatolette sventrate. Su di un ripiano in studio, tre bottiglie di whisky vuote, la quarta conteneva ancora due dita di alcool. Era l'appartamento di qualcuno che vi aveva speso gli ultimi giorni senza uscire, mangiando come veniva, lavorando in modo furioso, da intossicato.

Erano due stanze in tutto, affollate di libri accatastati in ogni angolo, coi piani degli scaffali che si incurvavano sotto il peso. Vidi subito il tavolo con il computer, la stampante, i contenitori dei dischetti. Pochi quadri nei pochi spazi non occupati dagli scaffali, e proprio di fronte al tavolo una stampa secentesca, una riproduzione incorniciata con cura, un'allegoria che non avevo notato il mese prima, quando ero salito lì a bere una birra, prima di partire per la mia vacanza.

Sul tavolo, una foto di Lorenza Pellegrini, con una dedica in caratteri minuti e un poco infantili. Si vedeva solo il volto, ma lo sguardo, il solo sguardo, mi turbava. Per un moto istintivo di delicatezza (o di gelosia?) voltai la foto senza leggere la dedica.

C'erano alcune cartelle. Cercai qualcosa di interessante, ma erano solo tabulati, preventivi editoriali. In mezzo a quei documenti trovai però lo stampato di un *file* che, a giudicare dalla data, doveva risalire ai primi esperimenti col word processor. Si intitolava infatti "Abu". Mi ricordavo quando Abulafia aveva fatto la sua apparizione in casa editrice, l'entusiasmo quasi infantile di Belbo, i mugugni di Gudrun, le ironie di Diotallevi.

"Abu" era stato certamente la risposta privata di Belbo ai suoi detrattori, un divertimento goliardico, da neofita, ma diceva molto sul furore combinatorio con cui Belbo si era avvicinato alla macchina. Lui che affermava sempre, col suo sorriso pallido, che dal momento che aveva scoperto di non poter essere un protagonista aveva deciso di essere uno spettatore intelligente – inutile scrivere se non c'è una seria motivazione, meglio riscrivere i libri degli altri, questo fa il buon redattore editoriale – lui aveva trovato nella macchina una sorta di allucinogeno, si era messo a far scorrere le dita sulla tastiera come se variasse sul *Petit Montagnard*, al vecchio pianoforte di casa, senza timore di essere giudicato. Non pensava di creare: lui, così terrorizzato dalla scrittura, sapeva che quella non era creazione, ma prova di efficienza elettronica, esercizio ginnastico. Ma, dimenticando i propri fantasmi abituali, stava trovando in quel gioco la formula per esercitare l'adolescenza di ritorno propria di un cinquantenne. In ogni caso, e in qualche modo, il suo pessimismo naturale, la sua difficile resa dei conti col passato, si erano stemperati nel dialogo con una memoria minerale, oggettiva, ubbidiente, irresponsabile, transistorizzata, così umanamente disumana da consentirgli di non avvertire il suo abituale male di vivere.

---

filename: Abu

O che bella mattina di fine novembre, in principio era il verbo, cantami o diva del pelide Achille le donne i cavalier l'arme gli amori. Punto e va a capo da solo. Prova prova prova parakalò parakalò, con il programma giusto fai anche gli anagrammi, se hai scritto un intero romanzo su un eroe sudista che si chiama Rhett Butler e una fanciulla capricciosa che si chiama Scarlett, e poi ti penti, non hai che da dare un ordine e Abu cambia tutti i Rhett Butler in principe Andreij e le Scarlett in Natascia, Atlanta in Mosca, e hai scritto guerra e pace.

Abu fa ora una cosa: batto questa frase, do ordine ad Abu di cambiare ciascun "a" con "akka" e ciascun "o" con "ulla", e ne verrà fuori un brano quasi finnico.

Akkabu fakka ullarakka unakka cullasakka: bakkattulla questakka frakkase, dulla ullardine akkad Akkabu di cakkambiakkare ciakkascun "akka" cullan "akkakkakka" e ciakkascun "ulla" cullan "ullakka", e ne verràkka fuullari un brakkanulla quakkasi finniculla.

Oh gioia, oh vertigine della differanza, o mio lettore/scrittore ideale affetto da un'ideale insomnia, oh veglia di finnegan, oh animale grazioso e benigno. Non aiuta te a pensare ma aiuta te a pensare per lui. Una macchina totalmente spirituale. Se scrivi con la penna d'oca devi grattare le sudate carte e intingere ad ogni istante, i pensieri si sovrappongono e il polso non tien dietro, se batti a macchina si accavallano le lettere, non puoi procedere alla velocità delle tue sinapsi ma solo coi ritmi goffi della meccanica. Con lui, con esso (essa?) invece le dita fantasticano, la mente sfiora la tastiera, via sull'ali dorate, mediti finalmente la severa ragion critica sulla felicità del primo acchito.

E d ecc cosa faccioora, prend questo bloco di treatologie ortigrfiche e comando la macchian cdi cipiarlo edi srstarlo in memoria ditransto e poi di farloiaffioriare da uel limbo sullo schemo, in conda a s stesso,

Ecco, stavo battendo alla cieca, e ora ho preso quel blocco di teratologie ortografiche e ho comandato alla macchina di ripetere il suo errore in coda a se stesso, ma questa volta l'ho corretto e finalmente esso appare pienamente leggibile, perfetto, da spazzatura ho tratto Pura Crusca.

Avrei potuto pentirmi e buttar via il primo blocco: lo lascio solo per mostrare come su questo schermo possano coesistere essere e dover essere, contingenza e necessità. Però potrei sottrarre il blocco infame al testo visibile e non alla memoria, conservando così l'archivio delle mie rimozioni, togliendo ai freudiani onnivori e ai virtuosi delle varianti il gusto della congettura, e il mestiere, e la gloria accademica.

Meglio della memoria vera perché quella, magari a prezzo di duro esercizio, impara a ricordare ma non a dimenticare. Diotallevi va sefarditicamente pazzo di quei palazzi con un gran scalone, e la statua di un guerriero che perpetra un orribile misfatto su una donna indifesa, e poi corridoi con centinaia di stanze, ciascuna con la raffigurazione di un portento, apparizioni subitanee, vicende inquietanti, mummie animate, e ad ogni immagine, memorabilissima, tu associ un pensiero, una categoria, un elemento dell'arredo cosmico, addirittura un sillogismo, un sorite immane, catene di apoftegmi, collane di ipallagi, rose di zeugmi, danze di ysteron proteron, logoi apofantici, gerarchie di stoicheia, precessioni di equinozi, parallassi, erbari, genealogie di gimnosofisti – e via all'infinito – o Raimundo, o Camillo, che vi bastava riandar con la mente alle vostre visioni e subito ricostruivate la grande catena dell'essere, in *love and joy*, perché tutto quel che nell'universo si squaderna nella vostra mente si era già riunito in un volume, e Proust vi avrebbe fatto sorridere. Ma quella volta che con Diotallevi pensavamo di costruire un'*ars oblivionalis*, non siamo riusciti a trovar le regole per la dimenticanza. È inutile, puoi andare alla ricerca del tempo perduto seguendo labili tracce come Pollicino nel bosco, ma non riesci a smarrire di proposito il tempo ritrovato. Pollicino torna sempre, come un chiodo fisso. Non esiste una tecnica dell'oblio, siamo ancora ai processi naturali casuali – lesioni cerebrali, amnesia o l'improvvisazione manuale, che so, un viaggio, l'alcool, la cura del sonno, il suicidio.

E invece Abu può consentirti anche dei piccoli suicidi locali, delle amnesie provvisorie, delle afasie indolori.

Dov'eri ieri sera, L

Ecco, indiscreto lettore, tu non saprai mai, ma quella linea spezzata lì sopra, che si affaccia sul vuoto, era proprio l'inizio di una lunga frase che di fatto ho scritto ma che poi ho voluto non aver scritto (e non aver neppure pensato) perché avrei voluto che quel che avevo scritto non fosse neppure avvenuto. È bastato un comando, una bava lattiginosa si è distesa sul blocco fatale e inopportuno, ho premuto un "cancella" e pssst, tutto sparito.

Ma non basta. La tragedia del suicida è che, appena fatto il salto dalla finestra, tra il settimo e il sesto piano, ci ripensa: "Oh, se potessi tornare indietro!" Niente. Mai successo. Splash. Invece Abu è indulgente, ti permette la resipiscenza, potrei ancora riavere il mio testo scomparso se decidessi in tempo e premessi il tasto di recupero. Che sollievo. Solo a sapere che, volendo, potrei ricordare, dimentico subito.

Non andrò mai più per baretti a disintegrare navicelle aliene con proiettili traccianti sino a che il mostro non disintegra te. Qui è più bello, disintegri pensieri. È una galassia di migliaia e migliaia di asteroidi, tutti in fila, bianchi o verdi, e li crei tu. Fiat Lux, Big Bang, sette giorni, sette minuti, sette secondi, e ti nasce davanti agli occhi un universo in perenne liquefazione, dove non esistono neppure linee cosmologiche precise e vincoli temporali, altro che numerus Clausius, qui si va indietro anche nel tempo, i caratteri sorgono e riaffiorano con aria indolente, fan capolino dal nulla e docili vi ritornano, e quando richiami, connetti, cancelli, si dissolvono e riectoplasmano nel loro luogo naturale, è una sinfonia sottomarina di allacciamenti e fratture molli, una danza gelatinosa di comete autofaghe, come il luccio di Yellow Submarine, premi il polpastrello e l'irreparabile incomincia a scivolare all'indietro verso una parola vorace e scompare nelle sue fauci, essa succhia e swrrrlurp, buio, se non ti arresti si mangia da sola e s'ingrassa del suo nulla, buco nero del Cheshire.

E se scrivi quel che il pudore non vorrebbe, tutto finisce nel dischetto e tu al dischetto metti una parola d'ordine e nessuno ti potrà più leggere, ottimo per agenti segreti, scrivi il messaggio, salvi e chiudi, poi ti metti il disco in tasca e vai a zonzo, e neppure Torquemada potrà mai sapere che cosa hai scritto, solo tu e l'altro (l'Altro?). Supponi anche che ti torturano, tu fingi di confessare e di digitare la parola, invece schiacci un tasto occulto e il messaggio non c'è più.

Oh, avevo scritto qualcosa, ho mosso il pollice per sbaglio, è scomparso tutto. Cos'era? Non ricordo. So che non stavo rivelando alcun Messaggio. Ma chissà in seguito.

4

Chi cerca di penetrare nel Roseto dei Filosofi senza la chiave, sembra un uomo che voglia camminare senza i piedi.

(Michael Maier, *Atalanta Fugiens*, Oppenheim, De Bry, 1618, emblema XXVII)

Non c'era altro, allo scoperto. Dovevo cercarlo nei dischetti del word processor. Erano ordinati per numero, e pensai che tanto valeva provare col primo. Ma Belbo aveva menzionato la parola d'ordine. Era sempre stato geloso dei segreti di Abulafia.

Infatti non appena caricai la macchina apparve un messaggio che mi chiedeva: "Hai la parola d'ordine?" Formula non imperativa, Belbo era un uomo educato.

Una macchina non collabora, sa che deve ricevere la parola, non la riceve, tace. Come se però mi dicesse: "Bada, tutto quello che vuoi sapere io l'ho qui nella mia pancia, ma gratta gratta, vecchia talpa, non lo ritroverai mai." Qui si parrà, mi dissi, ti piaceva tanto giocare di permutazioni con Diotallevi, eri il Sam Spade dell'editoria, come avrebbe detto Jacopo Belbo, trova il falcone.

Su Abulafia la parola d'ordine poteva essere di sette lettere. Quante permutazioni di sette lettere si potevano dare con le venticinque lettere dell'alfabeto, calcolando anche le ripetizioni, perché nulla impediva che la parola fosse "cadabra"? Esiste la formula da qualche parte, e il risultato dovrebbe fare sei miliardi e qualcosa. Ad avere un calcolatore gigante, capace di trovare sei miliardi di permutazioni a un milione al secondo, avrebbe dovuto però comunicarle ad Abulafia una per una, per provarle, e sapevo che Abulafia impiegava circa dieci secondi per chiedere e poi verificare il password. Dunque, sessanta miliardi di secondi. Visto che in un anno di secondi ve ne sono poco più di trentun milioni, facciamo trenta per arrotondare, il tempo di lavoro sarebbe stato di circa duemila anni. Non male.

Bisognava procedere per congettura. A che parola poteva aver pensato Belbo? Anzitutto, era una parola che aveva trovato all'inizio, quando aveva cominciato a usare la macchina, o che aveva escogitato, e cambiato, negli ultimi giorni quando si era reso conto che i dischetti contenevano materiale esplosivo e che, almeno per lui, il gioco non era più un gioco? Sarebbe stato molto diverso.

Meglio puntare sulla seconda ipotesi. Belbo si sente braccato dal Piano, prende il Piano sul serio (perché così mi aveva lasciato capire per telefono), e allora pensa a qualche termine connesso con la nostra storia.

O forse no: un termine connesso alla Tradizione sarebbe potuto venire in mente anche a Loro. Per un momento pensai che forse Essi erano entrati nell'appartamento, avevano fatto una copia dei dischetti, e in quell'istante stavano provando tutte le combinazioni possibili in qualche luogo remoto. Il calcolatore supremo in un castello dei Carpazi.

Che sciocchezza, mi dissi, quella non era gente da calcolatore, avrebbero proceduto col Notarikon, con la Gematria, con la Temurah, trattando i dischetti come la Torah. E ci avrebbero messo tanto tempo quanto ne era passato dalla stesura del *Sefer Jesirah*. Però la congettura non era da trascurare. Essi, se esistevano, avrebbero seguito un'ispirazione cabalistica, e se Belbo si era convinto che esistevano, avrebbe forse seguito la stessa via.

A scarico di coscienza provai con le dieci sefirot: Keter, Hokmah, Binah, Hesed, Geburah, Tiferet, Nezah, Hod, Jesod, Malkut, e ci misi anche la Shekinah per soprammercato... Non funzionava, naturale, era la prima idea che sarebbe potuta venire in mente a chiunque.

Tuttavia la parola doveva essere qualcosa di ovvio, che viene in mente quasi per forza di cose, perché quando lavori su di un testo, e in modo ossessivo, come aveva dovuto lavorare Belbo negli ultimi giorni, non ti puoi sottrarre all'universo di discorso in cui vivi. Inumano pensare che impazzisse sul Piano e gli venisse in mente, che so, Lincoln o Mombasa. Doveve essere qualche cosa connesso al Piano. Ma cosa?

Cercai di immedesimarmi nei processi mentali di Belbo, che aveva scritto fumando compulsivamente, e bevendo, e guardandosi intorno. Andai in cucina a versarmi l'ultimo goccio di whisky nell'unico bicchiere pulito che trovai, tornai alla consolle, la schiena contro la spalliera, le gambe sul tavolo, bevendo a piccoli sorsi (non faceva così Sam Spade – o forse no, era Marlowe?) e girando lo sguardo intorno. I libri erano troppo lontani e non si potevano leggere i titoli sulle coste.

Presi l'ultimo sorso di whisky, chiusi gli occhi, li riaprii. Davanti a me la stampa secentesca. Era una tipica allegoria rosacrociana di quel periodo, così ricco di messaggi in codice, alla ricerca dei membri della Fraternità. Evidentemente rappresentava il Tempio dei Rosa-Croce, e vi appariva una torre sormontata da una cupola, secondo il modello iconografico rinascimentale, cristiano ed ebraico, in cui il Tempio di Gerusalemme veniva ricostruito sul modello della moschea di Omar.

Il paesaggio intorno alla torre era incongruo e incongruamente abitato, come accade in quei rebus dove si vede un palazzo, una rana in primo piano, un mulo col basto, un re che riceve un dono da un paggio. Qui, a sinistra in basso, un gentiluomo usciva da un pozzo, appendendosi a una carrucola imperniata, per assurdi verricelli, a un punto all'interno della torre, attraverso una finestra circolare. Al centro un cavaliere e un passeggero, a destra un pellegrino inginocchiato che reggeva una grossa ancora a modo di bordone. Sul lato destro, quasi di fronte alla torre, un picco, una roccia da cui precipitava un personaggio con la spada, e al lato opposto, in prospettiva, l'Ararat, con l'Arca arenata sul culmine. In alto, agli angoli, due nubi illuminate ciascuna da una stella, che irraggiavano sopra la torre dei raggi obliqui, lungo i quali lievitavano due figure, un ignudo avvolto da un serpente, e un cigno. In alto, al centro, un nimbo sormontato dalla parola "oriens" con caratteri ebraici sovrimpressi, da cui spuntava la mano di Dio che reggeva per un filo la torre.

La torre muoveva su ruote, aveva una prima elevazione quadrata, delle finestre, una porta, un ponte levatoio, sul fianco destro, poi una sorta di balconata con quattro torricelle d'osservazione, ciascuna abitata da un armato con lo scudo (istoriato di caratteri ebraici) che agitava una palma. Ma degli armati se ne vedevan solo tre, e il quarto si indovinava, nascosto dalla mole della cupola ottagonale, su cui si elevava un tiburio, altrettanto ottagonale, e da questo spuntavano un paio di grandi ali. Sopra, un'altra cupola più piccola, con una torretta quadrangolare che, aperta su grandi archi retti da esili colonne, mostrava al proprio interno una campana. Poi una cupoletta finale, a quattro vele, su cui si imperniava il filo retto in alto dalla mano divina. Ai lati della cupoletta, la parola "Fa/ma", sopra la cupola un cartiglio: "Collegium Fraternitatis".

Le bizzarrie non finivano qui, perché da altre due finestre tonde della torre spuntavano, a sinistra, un braccio enorme, sproporzionato rispetto alle altre figure, che reggeva una spada, come se appartenesse all'essere alato rinchiuso nella torre, e a destra una grande tromba. La tromba, ancora una volta...

Ebbi un sospetto sul numero di aperture della torre: troppe e troppo regolari nei tiburi, casuali invece sui fianchi della base. La torre si vedeva solo di due quarti, in prospettiva ortogonale, e si poteva immaginare che per ragioni di simmetria le porte, le finestre e gli oblò che si vedevano su di un lato fossero riprodotti anche sul lato opposto nello stesso ordine. Dunque, quattro archi nel tiburio della campana, otto finestre in quello inferiore, quattro torricelle, sei aperture tra facciata orientale e occidentale, quattordici tra facciata settentrionale e meridionale. Addizionai: trentasei aperture.

Trentasei. Da più di dieci anni quel numero mi ossessionava. Insieme a centoventi. I Rosa-Croce. Centoventi diviso trentasei dava – conservando sette cifre – 3,333333. Esageratamente perfetto, ma forse valeva la pena di provare. Provai. Senza successo.

Mi venne in mente che, moltiplicata per due, quella cifra dava a un dipresso il numero della Bestia, 666. Ma anche quella congettura si rivelò troppo fantasiosa.

Mi colpì all'improvviso il nembo centrale, sede divina. Erano molto evidenti le lettere ebraiche, si potevano vedere anche dalla sedia. Ma Belbo non poteva scrivere su Abulafia lettere ebraiche. Guardai meglio: le conoscevo, certo, da destra a sinistra, *jod*, *he*, *waw*, *he*. Iahveh, il nome di Dio.

5

Le ventidue lettere fondamentali le incise, le plasmò, le combinò, le soppesò, le permutò e formò con esse tutto il creato e tutto ciò che c'è da formare nel futuro.

(*Sefer Jesirah*, 2.2)

Il nome di Dio... Ma certo. Ricordai il primo dialogo tra Belbo e Diotallevi, il giorno che avevano installato Abulafia in ufficio.

Diotallevi stava sulla porta della sua stanza, e ostentava indulgenza. L'indulgenza di Diotallevi era sempre offensiva, ma Belbo sembrava accettarla, appunto, con indulgenza.

"Non ti servirà a nulla. Non vorrai riscrivere lì sopra i manoscritti che non leggi?"

"Serve a classificare, a ordinare elenchi, ad aggiornare schede. Potrei scriverci un testo mio, non quelli degli altri."

"Ma hai giurato che non scriverai mai nulla di tuo."

"Ho giurato che non affliggerò il mondo con un altro manoscritto. Ho detto che siccome ho scoperto che non ho la stoffa del protagonista..."

"...sarai uno spettatore intelligente. Lo so. E allora?"

"E allora anche lo spettatore intelligente, quando torna da un concerto, canticchia il secondo movimento. Mica vuol dire che pretende di dirigerlo al Carnegie Hall..."

"Quindi farai esperimenti di scrittura canticchiata per scoprire che non devi scrivere."

"Sarebbe una scelta onesta."

"Lei dice?"

Diotallevi e Belbo erano entrambi di origine piemontese e dissertavano sovente su quella capacità, che hanno i piemontesi per bene, di ascoltarti con cortesia, di guardarti negli occhi, e di dire "Lei dice?" in un tono che sembra di educato interesse ma che in verità ti fa sentire oggetto di profonda disapprovazione. Io ero un barbaro, loro dicevano, e queste sottigliezze mi sarebbero sempre sfuggite.

"Barbaro?" protestavo io, "sono nato a Milano, ma la mia famiglia è di origini valdostane..."

"Sciocchezze," dicevano loro, "il piemontese si riconosce subito dal suo scetticismo."

"Io sono scettico."

"No. Lei è solo incredulo, ed è diverso."

Sapevo perché Diotallevi diffidava di Abulafia. Aveva sentito dire che ci si poteva alterare l'ordine delle lettere, così che un testo avrebbe potuto generare il proprio contrario e promettere oscuri vaticini. Belbo tentava di spiegargli. "Sono giochi di permutazione," gli diceva, "non si chiama Temurah? Non è così che procede il rabbino devoto per ascendere alle porte dello Splendore?"

"Amico mio," gli diceva Diotallevi, "non capirai mai nulla. È vero che la Torah, dico quella visibile, è solo una delle possibili permutazioni delle lettere della Torah eterna, quale Dio la concepì e la consegnò ad Adamo. E permutando nel corso dei secoli le lettere del libro si potrebbe arrivare a ritrovare la Torah originaria. Ma non è il risultato quello che conta. È il processo, la fedeltà con cui farai girare all'infinito il mulino della preghiera e della scrittura, scoprendo la verità a poco a poco. Se questa macchina ti desse subito la verità non la riconosceresti, perché il tuo cuore non sarebbe stato purificato da una lunga interrogazione. E poi, in un ufficio! Il Libro deve essere mormorato in una piccola stamberga del ghetto dove giorno per giorno apprendi ad incurvarti e a muovere le braccia strette sulle anche, e tra la mano che tiene il Libro e quella che lo sfoglia non deve esserci quasi spazio, e se ti umetti le dita le devi portare verticalmente alle labbra, come se smozzicassi pane azzimo, attento a non perderne una briciola. La parola va mangiata lentissimamente, puoi dissolverla e ricombinarla solo se la lasci sciogliere sulla lingua, e attento a non sbavarla sul caffettano, perché se una lettera evapora si spezza il filo che sta per unirti alle sefirot superiori. A questo ha dedicato la vita Abraham Abulafia, mentre il vostro santo Tommaso si affannava a trovare Dio con i suoi cinque viottoli. La sua *Hokmath ha-Zeruf* era al tempo stesso scienza della combinazione delle lettere e scienza della purificazione dei cuori. Logica mistica, il mondo delle lettere e del loro vorticare in permutazioni infinite è il mondo della beatitudine, la scienza della combinazione è una musica del pensiero, ma attento a muoverti con lentezza, e con cautela, perché la tua macchina potrebbe darti il delirio, e non l'estasi. Molti dei discepoli di Abulafia non hanno saputo trattenersi su quella soglia esilissima che separa la contemplazione dei nomi di Dio dalla pratica magica, dalla manipolazione dei nomi onde farne talismano, strumento di dominio sulla natura. E non sapevano, come tu non sai – e non sa la tua macchina – che ogni lettera è legata a una delle membra del corpo, e se sposti una consonante senza conoscerne il potere, uno dei tuoi arti potrebbe mutar posizione, o natura, e ti troveresti bestialmente storpiato, di fuori, per la vita, e di dentro, per l'eternità."

"Senti," gli aveva detto Belbo proprio quel giorno, "non mi hai dissuaso, mi incoraggi. Dunque ho tra le mani, e al mio comando, come i tuoi amici avevano il Golem, il mio Abulafia personale. Lo chiamerò Abulafia, Abu per gli intimi. E il mio Abulafia sarà più cauto e rispettoso del tuo. Più modesto. Il problema non è trovare tutte le combinazioni del nome di Dio? Bene, guarda su questo manuale, ho un piccolo programma in Basic per permutare tutte le sequenze di quattro lettere. Sembra fatto apposta per IHVH. Eccolo, vuoi che lo faccia girare?" E gli mostrava il programma, quello sì, cabalistico per Diotallevi:

```
10 REM anagrammi
20 INPUT L$(1),L$(2),L$(3),L$(4)
30 PRINT
```

```
40 FOR I1=1 TO 4
50 FOR I2=1 TO 4
60 IF I2=I1 THEN 130
70 FOR I3= 1 TO 4
80 IF I3=I1 THEN 120
90 IF I3=I2 THEN 120
100 LET I4=10-(I1+I2+I3)
110 LPRINT L$(I1);L$(I2);L$(I3);L$(I4)
120 NEXT I3
130 NEXT I2
140 NEXT I1
150 END
```

"Prova, scrivi I,H,V,H, quando ti chiede l'input, e fai partire il programma. Forse ci rimarrai male: le permutazioni possibili sono solo ventiquattro."

"Santi Serafini. E che cosa te ne fai con ventiquattro nomi di Dio? Credi che i nostri saggi non avessero già fatto il calcolo? Ma leggi il *Sefer Jesirah*, sedicesima sezione del capitolo quattro. E non avevano i calcolatori. 'Due Pietre costruiscono due Case. Tre Pietre costruiscono sei Case. Quattro Pietre costruiscono ventiquattro Case. Cinque Pietre costruiscono centoventi Case. Sei Pietre costruiscono settecentoventi Case. Sette Pietre costruiscono cinquemila e quaranta Case. Da qui in avanti vai e pensa a quello che la bocca non può dire e l'orecchio non può udire.' Sai come si chiama oggi questo? Calcolo fattoriale. E sai perché la Tradizione ti avverte che di qui in avanti è meglio che smetti? Perché se le lettere del nome di Dio fossero otto, le permutazioni sarebbero quarantamila, e se fossero dieci sarebbero tre milioni e seicentomila, e le permutazioni del tuo povero nome sarebbero quasi quaranta milioni, e ringrazia che non hai la *middle initial* come gli americani, altrimenti saliresti a più di quattrocento milioni. E se le lettere dei nomi di Dio fossero ventisette, perché l'alfabeto ebraico non ha vocali, bensì ventidue suoni più cinque varianti – i suoi nomi possibili sarebbero un numero di ventinove cifre. Ma dovresti calcolare anche le ripetizioni, perché non si può escludere che il nome di Dio sia Alef ripetuto ventisette volte, e allora il fattoriale non ti basterebbe più e dovresti calcolare ventisette alla ventisettesima: e avresti, credo, 444 miliardi di miliardi di miliardi di miliardi di possibilità, o giù di lì, in ogni caso un numero di trentanove cifre."

"Stai barando per impressionarmi. Ho letto anch'io il tuo *Sefer Jesirah*. Le lettere fondamentali sono ventidue e con quelle, e solo con quelle, Dio formò tutto il creato."

"Per intanto non tentare sofismi, perché se entri in quest'ordine di grandezze, se invece di ventisette alla ventisettesima fai ventidue alla ventiduesima, ti viene fuori lo stesso qualcosa come trecentoquaranta miliardi di miliardi di miliardi. Per la tua misura umana, che differenza fa? Ma lo sai che se dovessi contare uno due tre e così via, un numero al secondo, per arrivare a un miliardo, dico un piccolissimo miliardo, ci metteresti quasi trentadue anni? Ma la cosa è più complessa di quanto tu credi e la Cabbala non si riduce al *Sefer Jesirah*. E io ti dico perché una buona permutazione della Torah deve usare tutte e ventisette le lettere. È vero che le cinque finali, se nel corso di una permutazione dovessero cadere nel corpo della parola, si trasformerebbero nel loro equivalente normale. Ma non è sempre così. In Isaia nove sei sette, la parola LMRBH, Lemarbah – che guarda caso vuol dire moltiplicare – è scritta con la *mem* finale nel mezzo."

"E perché?"

"Perché ogni lettera corrisponde a un numero e la *mem* normale vale quaranta mentre la *mem* finale vale seicento. Non è in gioco la Temurah, che ti insegna a permutare, bensì la Gematria, che trova sublimi affinità tra la parola e il suo valore numerico. Con la *mem* finale la parola LMRBH non vale 277 bensì 837, ed equivale così a 'ThThZL, Thath Zal', che significa 'colui che dona profusamente'. E quindi vedi che bisogna tener conto di tutte le ventisette lettere, perché non conta solo il suono ma anche il numero. E allora torniamo al mio calcolo: le permutazioni sono più di quattrocento miliardi di miliardi di miliardi di miliardi. E sai quanto ci vorrebbe a provarle tutte, una al secondo, ammesso che una macchina, non certo la tua, piccola e miserabile, potesse farlo? Con una combinazione al secondo ci metteresti sette miliardi di miliardi di miliardi di miliardi di minuti, centoventitré milioni di miliardi di miliardi di miliardi di ore, un poco più di cinque milioni di miliardi di miliardi di miliardi di giorni, quattordicimila miliardi di miliardi di miliardi di anni, centoquaranta miliardi di miliardi di miliardi di secoli, quattordici miliardi di miliardi di miliardi di millenni. E se avessi un calcolatore capace di provare un milione di combinazioni al secondo, ah, pensa quanto tempo guadagneresti, quel tuo pallottoliere elettronico se la caverebbe in quattordicimila miliardi di miliardi di millenni! Ma in verità il vero nome di Dio, quello segreto, è lungo come tutta la Torah e non c'è macchina al mondo capace di esaurirne le permutazioni, perché la Torah è già di per se stessa il risultato di una permutazione con ripetizioni delle ventisette lettere, e l'arte della Temurah non ti dice che devi permutare le ventisette lettere dell'alfabeto ma tutti i segni della Torah, dove ogni segno vale come se fosse una lettera a se stante, anche se appare infinite altre volte in altre pagine, come a dire che le due *hau* del nome di Ihvh valgono come due lettere. Per cui, se tu volessi calcolare le permutazioni possibili di tutti i segni dell'intera Torah non ti basterebbero tutti gli zeri del mondo. Prova, prova con la tua miserabile macchinetta per ragionieri. La Macchina esiste, certo, ma non è stata prodotta nella tua valle del silicone, è la santa Cabbala o Tradizione, e i rabbini stanno facendo da secoli quello che nessuna macchina potrà mai fare e speriamo non faccia mai. Perché quando la combinatoria fosse esaurita, il risultato dovrebbe rimanere segreto e in ogni caso l'universo avrebbe cessato il suo ciclo – e noi sfolgoreremmo immemori nella gloria del grande Metatron."

"Amen," diceva Jacopo Belbo.

Ma a queste vertigini Diotallevi lo stava sin da allora spingendo, e avrei dovuto tenerne conto. Quante volte non avevo visto Belbo, dopo le ore d'ufficio, tentare programmi che gli permettessero di verificare i calcoli di Diotallevi, per mostrargli che almeno il suo Abu gli diceva la verità in pochi secondi, senza dover calcolare a mano, su pergamene ingiallite, con sistemi numerici prediluviani, che magari, dico per dire, non conoscevano neppure lo zero? Invano, anche Abu rispondeva, sin dove poteva arrivare, per notazione esponenziale e Belbo non riusciva a umiliare Diotallevi con uno schermo che si riempisse di zeri all'infinito, pallida imitazione visiva del moltiplicarsi degli universi combinatori e dell'esplosione di tutti i mondi possibili...

Ora però, dopo tutto quello che era successo, e con la stampa rosacrociana di fronte, impossibile che Belbo non fosse riandato, nella sua ricerca di un password, a quegli esercizi sul nome di Dio. Ma avrebbe dovuto giocare su numeri come trentasei o centoventi, se era vero, come congetturavo, che fosse ossessionato da quelle cifre. E quindi non poteva aver combinato le quattro lettere ebraiche perché, lo sapeva, quattro pietre costruiscono solo ventiquattro case.

Avrebbe potuto giocare sulla trascrizione italiana, che contiene anche due vocali. Con sei lettere aveva a disposizione settecentoventi permutazioni. Avrebbe potuto scegliere la trentaseiesima o la centoventesima.

Ero arrivato in casa verso le undici, era l'una. Dovevo comporre un programma per anagrammi di sei lettere, e bastava modificare quello già pronto per quattro.

Avevo bisogno di una boccata d'aria. Scesi in strada, mi comperai del cibo, un'altra bottiglia di whisky.

Risalii, lasciai i panini in un angolo, passai subito al whisky, misi il disco di sistema per il Basic, composi il programma per le sei lettere – coi soliti errori, e ci misi una buona mezz'ora, ma verso le due e mezzo il programma girava e lo schermo mi stava facendo sfilare davanti agli occhi i settecentoventi nomi di Dio.

```
iahveh   iahvhe   iahevh   iahehv   iahhve   iahhev   iavheh   iavhhe
iavehh   iavehh   iavhhe   iavheh   iaehvh   iaehhv   iaevhh   iaevhh
iaehhv   iaehvh   iahhve   iahhev   iahvhe   iahveh   iahehv   iahevh
ihaveh   ihavhe   ihaevh   ihaehv   ihahve   ihahev   ihvaeh   ihvahe
ihveah   ihveha   ihvhae   ihvhea   iheavh   iheahv   ihevah   ihevha
ihehav   ihehva   ihhave   ihhaev   ihhvae   ihhvea   ihheav   ihheva
ivaheh   ivahhe   ivaehh   ivaehh   ivahhe   ivaheh   ivhaeh   ivhahe
ivheah   ivheha   ivhhae   ivhhea   iveahh   iveahh   ivehah   ivehha
ivehah   ivehha   ivhahe   ivhaeh   ivhhae   ivhhea   ivheah   ivheha
ieahvh   ieahhv   ieavhh   ieavhh   ieahhv   ieahvh   iehavh   iehahv
iehvah   iehvha   iehhav   iehhva   ievahh   ievahh   ievhah   ievhha
ievhah   ievhha   iehahv   iehavh   iehhav   iehhva   iehvah   iehvha
ihahve   ihahev   ihavhe   ihaveh   ihaehv   ihaevh   ihhave   ihhaev
ihhvae   ihhvea   ihheav   ihheva   ihvahe   ihvaeh   ihvhae   ihvhea
ihveah   ihveha   iheahv   iheavh   ihehav   ihehva   ihevah   ihevha
aihveh   aihvhe   aihevh   aihehv   aihhve   aihhev   aivheh   aivhhe
aivehh   aivehh   aivhhe   aivheh   aiehvh   aiehhv   aievhh   aievhh
aiehhv   aiehvh   aihhve   aihhev   aihvhe   aihveh   aihehv   aihevh
ahiveh   ahivhe   ahievh   ahiehv   ahihve   ahihev   ahvieh   ahvihe
ahveih   ahvehi   ahvhie   ahvhei   aheivh   aheihv   ahevih   ahevhi
```

```
ahehiv    ahehvi    ahhive    ahhiev    ahhvie    ahhvei    ahheiv    ahhevi
aviheh    avihhe    aviehh    aviehh    avihhe    aviheh    avhieh    avhihe
avheih    avhehi    avhhie    avhhei    aveihh    aveihh    avehih    avehhi
avehih    avehhi    avhihe    avhieh    avhhie    avhhei    avheih    avhehi
aeihvh    aeihhv    aeivhh    aeivhh    aeihhv    aeihvh    aehivh    aehihv
aehvih    aehvhi    aehhiv    aehhvi    aevihh    aevihh    aevhih    aevhhi
aevhih    aevhhi    aehihv    aehivh    aehhiv    aehhvi    aehvih    aehvhi
ahihve    ahihev    ahivhe    ahiveh    ahiehv    ahievh    ahhive    ahhiev
ahhvie    ahhvei    ahheiv    ahhevi    ahvihe    ahvieh    ahvhie    ahvhei
ahveih    ahvehi    aheihv    aheivh    ahehiv    ahehvi    ahevih    ahevhi
hiaveh    hiavhe    hiaevh    hiaehv    hiahve    hiahev    hivaeh    hivahe
hiveah    hiveha    hivhae    hivhea    hieavh    hieahv    hievah    hievha
hiehav    hiehva    hihave    hihaev    hihvae    hihvea    hiheav    hiheva
haiveh    haivhe    haievh    haiehv    haihve    haihev    havieh    havihe
haveih    havehi    havhie    havhei    haeivh    haeihv    haevih    haevhi
haehiv    haehvi    hahive    hahiev    hahvie    hahvei    haheiv    hahevi
hviaeh    hviahe    hvieah    hvieha    hvihae    hvihea    hvaieh    hvaihe
hvaeih    hvaehi    hvahie    hvahei    hveiah    hveiha    hveaih    hveahi
hvehia    hvehai    hvhiae    hvhiea    hvhaie    hvhaei    hvheia    hvheai
heiavh    heiahv    heivah    heivha    heihav    heihva    heaivh    heaihv
heavih    heavhi    heahiv    heahvi    heviah    heviha    hevaih    hevahi
hevhia    hevhai    hehiav    hehiva    hehaiv    hehavi    hehvia    hehvai
hhiave    hhiaev    hhivae    hhivea    hhieav    hhieva    hhaive    hhaiev
hhavie    hhavei    hhaeiv    hhaevi    hhviae    hhviea    hhvaie    hhvaei
hhveia    hhveai    hheiav    hheiva    hheaiv    hheavi    hhevia    hhevai
viaheh    viahhe    viaehh    viaehh    viahhe    viaheh    vihaeh    vihahe
viheah    viheha    vihhae    vihhea    vieahh    vieahh    viehah    viehha
viehah    viehha    vihahe    vihaeh    vihhae    vihhea    viheah    viheha
vaiheh    vaihhe    vaiehh    vaiehh    vaihhe    vaiheh    vahieh    vahihe
vaheih    vahehi    vahhie    vahhei    vaeihh    vaeihh    vaehih    vaehhi
vaehih    vaehhi    vahihe    vahieh    vahhie    vahhei    vaheih    vahehi
vhiaeh    vhiahe    vhieah    vhieha    vhihae    vhihea    vhaieh    vhaihe
vhaeih    vhaehi    vhahie    vhahei    vheiah    vheiha    vheaih    vheahi
vhehia    vhehai    vhhiae    vhhiea    vhhaie    vhhaei    vhheia    vhheai
veiahh    veiahh    veihah    veihha    veihah    veihha    veaihh    veaihh
veahih    veahhi    veahih    veahhi    vehiah    vehiha    vehaih    vehahi
vehhia    vehhai    vehiah    vehiha    vehaih    vehahi    vehhia    vehhai
vhiahe    vhiaeh    vhihae    vhihea    vhieah    vhieha    vhaihe    vhaieh
vhahie    vhahei    vhaeih    vhaehi    vhhiae    vhhiea    vhhaie    vhhaei
vhheia    vhheai    vheiah    vheiha    vheaih    vheahi    vhehia    vhehai
eiahvh    eiahhv    eiavhh    eiavhh    eiahhv    eiahvh    eihavh    eihahv
eihvah    eihvha    eihhav    eihhva    eivahh    eivahh    eivhah    eivhha
eivhah    eivhha    eihahv    eihavh    eihhav    eihhva    eihvah    eihvha
eaihvh    eaihhv    eaivhh    eaivhh    eaihhv    eaihvh    eahivh    eahihv
eahvih    eahvhi    eahhiv    eahhvi    eavihh    eavihh    eavhih    eavhhi
eavhih    eavhhi    eahihv    eahivh    eahhiv    eahhvi    eahvih    eahvhi
ehiavh    ehiahv    ehivah    ehivha    ehihav    ehihva    ehaivh    ehaihv
ehavih    ehavhi    ehahiv    ehahvi    ehviah    ehviha    ehvaih    ehvahi
ehvhia    ehvhai    ehhiav    ehhiva    ehhaiv    ehhavi    ehhvia    ehhvai
eviahh    eviahh    evihah    evihha    evihah    evihha    evaihh    evaihh
evahih    evahhi    evahih    evahhi    evhiah    evhiha    evhaih    evhahi
evhhia    evhhai    evhiah    evhiha    evhaih    evhahi    evhhia    evhhai
ehiahv    ehiavh    ehihav    ehihva    ehivah    ehivha    ehaihv    ehaivh
ehahiv    ehahvi    ehavih    ehavhi    ehhiav    ehhiva    ehhaiv    ehhavi
ehhvia    ehhvai    ehviah    ehviha    ehvaih    ehvahi    ehvhia    ehvhai
hiahve    hiahev    hiavhe    hiaveh    hiaehv    hiaevh    hihave    hihaev
hihvae    hihvea    hiheav    hiheva    hivahe    hivaeh    hivhae    hivhea
hiveah    hiveha    hieahv    hieavh    hiehav    hiehva    hievah    hievha
haihve    haihev    haivhe    haiveh    haiehv    haievh    hahive    hahiev
hahvie    hahvei    haheiv    hahevi    havihe    havieh    havhie    havhei
haveih    havehi    haeihv    haeivh    haehiv    haehvi    haevih    haevhi
hhiave    hhiaev    hhivae    hhivea    hhieav    hhieva    hhaive    hhaiev
hhavie    hhavei    hhaeiv    hhaevi    hhviae    hhviea    hhvaie    hhvaei
hhveia    hhveai    hheiav    hheiva    hheaiv    hheavi    hhevia    hhevai
hviahe    hviaeh    hvihae    hvihea    hvieah    hvieha    hvaihe    hvaieh
hvahie    hvahei    hvaeih    hvaehi    hvhiae    hvhiea    hvhaie    hvhaei
hvheia    hvheai    hveiah    hveiha    hveaih    hveahi    hvehia    hvehai
heiahv    heiavh    heihav    heihva    heivah    heivha    heaihv    heaivh
heahiv    heahvi    heavih    heavhi    hehiav    hehiva    hehaiv    hehavi
hehvia    hehvai    heviah    heviha    hevaih    hevahi    hevhia    hevhai
Ok
```

Presi in mano i fogli della stampante, senza staccarli, come se consultassi il rotolo della Torah originaria. Provai con il nome numero trentasei. Buio completo. Un ultimo sorso di whisky e poi, con le dita esitanti, tentai col nome numero centoventi. Nulla.

Avrei voluto morire. Eppure ormai io ero Jacopo Belbo e Jacopo Belbo doveva aver pensato come stavo pensando io. Dovevo aver commesso un errore, uno stupidissimo errore, un errore da nulla. Ero a un passo dalla soluzione, forse Belbo, per ragioni che mi sfuggivano, aveva contato dal fondo?

Casaubon, imbecille – mi dissi. Sicuro, dal fondo. Ovvero, da destra a sinistra. Belbo aveva messo nel computer il nome di Dio traslitterato in lettere latine, con le vocali, certo, ma siccome la parola era ebraica l'aveva scritta da destra a sinistra. Il suo input non era stato IAHVEH – come non averci pensato prima – bensì HEVHAI. Naturale che a quel punto l'ordine delle permutazioni si invertisse.

Dovevo dunque contare dal fondo. Provai di nuovo entrambi i nomi.

Non accadde nulla.

Avevo sbagliato tutto. Mi ero incaponito su un'ipotesi elegante ma falsa. Succede ai migliori scienziati.

No, non ai migliori scienziati. A tutti. Non avevamo osservato proprio un mese prima che negli ultimi tempi erano usciti almeno tre romanzi in cui il protagonista cercava nel computer il nome di Dio? Belbo non sarebbe stato così banale. E poi suvvia, quando si sceglie una parola d'ordine si sceglie qualcosa che si ricorda facilmente, che venga spontaneo digitare quasi d'istinto. Figuriamoci, IHVHEA! Avrebbe poi dovuto sovrapporre il Notarikon alla Temurah, e inventare un acrostico per ricordare la parola. Che so: Imelda, Hai Vendicato Hiram Empiamente Assassinato...

E poi perché Belbo doveva pensare nei termini cabalistici di Diotallevi? Egli era ossessionato dal Piano, e nel Piano avevamo messo tante altre componenti, i Rosa-Croce, la Sinarchia, gli Omuncoli, il Pendolo, la Torre, i Druidi, l'Ennoia...

L'Ennoia... Pensai a Lorenza Pellegrini. Allungai la mano e rigirai la fotografia che avevo censurato. Cercai di rimuovere un pensiero importuno, il ricordo di quella sera in Piemonte... Avvicinai la foto e lessi la dedica. Diceva: "Perché io sono la prima e l'ultima. Io sono l'onorata e l'odiata. Io sono la prostituta e la santa. Sophia."

Doveva essere stato dopo la festa da Riccardo. Sophia, sei lettere. E perché poi occorreva anagrammarle? Ero io che pensavo in modo contorto. Belbo ama Lorenza, la ama proprio perché è così com'è, e lei è Sophia – e pensando che lei, in quel momento, chissà... No, anzi, Belbo pensa in modo molto più contorto. Mi tornavano alla memoria le parole di Diotallevi: "Nella seconda sefirah l'Alef tenebroso si muta nell'Alef luminoso. Dal Punto Oscuro scaturiscono le lettere della Torah, il corpo sono le consonanti, il soffio le vocali, e insieme accompagnano la cantilena del devoto. Quando la melodia dei segni si muove si muovono con essa le consonanti e le vocali. Ne sorge Hokmah, la Saggezza, la Sapienza, l'idea primordiale in cui tutto è contenuto come in uno scrigno, pronto a dispiegarsi nella creazione. In Hokmah è contenuta l'essenza di tutto quel che seguirà..."

E che era Abulafia, con la sua riserva segreta di *files*? Lo scrigno di ciò che Belbo sapeva, o credeva di sapere, la sua Sophia. Egli sceglie un nome segreto per penetrare nel profondo di Abulafia, l'oggetto con cui fa all'amore (l'unico) ma nel farlo pensa contemporaneamente a Lorenza, cerca una parola che conquisti Abulafia ma che gli serva da talismano anche per avere Lorenza, vorrebbe penetrare nel cuore di Lorenza e capire, così come può penetrare nel cuore di Abulafia, vuole che Abulafia sia impenetrabile a tutti gli altri così come Lorenza è impenetrabile a lui, si illude di custodire, conoscere e conquistare il segreto di Lorenza così come possiede quello di Abulafia...

Mi stavo inventando una spiegazione e mi illudevo che fosse vera. Come per il Piano: prendevo i miei desideri per la realtà.

Ma siccome ero ubriaco, mi rimisi alla tastiera e digitai SOPHIA. La macchina mi richiese con cortesia: "Hai la parola d'ordine?" Macchina stupida, non ti emozioni neppure al pensiero di Lorenza.

6

> Judá León se dio a permutaciones
> De letras y a complejas variaciones
> Y alfin pronunció el Nombre que es la Clave,
> La Puerta, el Eco, el Huésped y el Palacio...
>
> (J.L. Borges, *El Golem*)

Allora, per odio verso Abulafia, all'ennesima ottusa richiesta ("Hai la parola d'ordine?") risposi: "No."

Lo schermo iniziò a riempirsi di parole, di linee, di indici, di una cateratta di discorsi.

Avevo violato il segreto di Abulafia.

Ero così eccitato per la vittoria che non mi chiesi neppure perché Belbo avesse scelto proprio quella parola. Ora lo so, e so che lui, in un momento di chiarezza, aveva capito quello che io capisco ora. Ma giovedì pensai solo che avevo vinto.

Mi misi a ballare, a battere le mani, a cantare una canzone da caserma. Poi mi fermai e andai in bagno a lavarmi la faccia. Tornai e misi in stampa per primo l'ultimo *file*, quello scritto da Belbo prima della sua fuga a Parigi. Quindi, mentre la stampante gracchiava implacabile, mi misi a mangiare con ingordigia, e a bere ancora.

Quando la stampante si arrestò, lessi, e ne fui sconvolto, e ancora non ero capace di decidere se mi trovavo di fronte a rivelazioni straordinarie o alla testimonianza di un delirio. Che cosa sapevo in fondo di Jacopo Belbo? Che cosa avevo capito di lui nei due anni in cui gli ero stato accanto quasi ogni giorno? Quanta fiducia potevo dare al diario di un uomo che, per sua propria confessione, stava scrivendo in circostanze eccezionali, obnubilato dall'alcool, dal tabacco, dal terrore, tagliato fuori per tre giorni da ogni contatto col mondo?

Ormai era notte, la notte del ventuno giugno. Mi lacrimavano gli occhi. Dal mattino stavo a fissare quello schermo e il formicaio puntiforme prodotto dalla stampante. Vero o falso che fosse quello che avevo letto, Belbo aveva detto che avrebbe telefonato la mattina seguente. Dovevo attendere lì. Mi girava la testa.

Andai barcollando in camera da letto e mi lasciai cadere vestito sopra il letto ancora sfatto.

Mi risvegliai verso le otto da un sonno profondo, vischioso, e da principio non mi rendevo conto di dove fossi. Per fortuna era rimasto un barattolo di caffè, e me ne feci alcune tazze. Il telefono non squillava, non ardivo scendere per comperare qualcosa, temendo che Belbo chiamasse proprio in quegli istanti.

Tornai alla macchina e incominciai a stampare gli altri dischi, in ordine cronologico. Trovai giochi, esercizi, resoconti di eventi di cui sapevo ma, rifratti dalla visione privata di Belbo, anche quegli eventi mi apparivano ora in una luce diversa. Trovai brani di diario, confessioni, abbozzi di prove narrative registrate col puntiglio amaro di chi le sa già votate all'insuccesso. Trovai annotazioni, ritratti di persone che pure ricordavo ma che ora assumevano un'altra fisionomia – vorrei dire più sinistra, o più sinistro era solo il mio sguardo, il mio modo di ricomporre accenni casuali in un tremendo mosaico finale?

E soprattutto trovai un intero *file* che raccoglieva solo citazioni. Tratte dalle letture più recenti di Belbo, le riconoscevo a prima vista, quanti testi analoghi avevamo letto in quei mesi... Erano numerate: centoventi. Il numero non era casuale, oppure la coincidenza era inquietante. Ma perché quelle e non altre?

Ora non posso rileggere i testi di Belbo, e la storia intera che mi riportano alla mente, se non alla luce di quel *file*. Sgrano quegli excerpta come grani di un rosario eretico, e pur mi accorgo che alcuni di essi avrebbero potuto costituire, per Belbo, un allarme, una traccia di salvezza.

O sono io che non riesco più a distinguere il buon consiglio dalla deriva del senso? Cerco di convincermi che la mia rilettura è quella giusta, ma non più tardi di questa mattina qualcuno ha pur detto a me, e non a Belbo, che ero pazzo.

La luna sale lentamente all'orizzonte oltre il Bricco. La grande casa è abitata da strani fruscii, forse tarli, topi, o il fantasma di Adelino Canepa... Non oso percorrere il corridoio, sto nello studio di zio Carlo, e guardo dalla finestra. Ogni tanto vado in terrazzo, per controllare se qualcuno si avvicini salendo la collina. Mi sembra di essere in un film, che pena: "Essi stanno venendo..."

Eppure la collina è così calma in questa notte ormai d'estate.

Come era più avventurosa, incerta, demente, la ricostruzione che tentavo, per ingannare il tempo, e per tenermi vivo, l'altra sera, dalle cinque alle dieci, ritto nel periscopio, mentre per far circolare il sangue muovevo lentamente e mollemente le gambe, come se seguissi un ritmo afro-brasiliano.

Ripensare agli ultimi anni abbandonandomi al rullio incantatorio degli "atabaques"... Forse per accettare la rivelazione che le nostre fantasie, iniziate come balletto meccanico, ora in quel tempio della meccanica si sarebbero trasformate in rito, possessione, apparizione e dominio dell'Exu?

L'altra sera nel periscopio non avevo alcuna prova che ciò che mi aveva rivelato la stampante fosse vero. Potevo ancora difendermi col dubbio. Entro mezzanotte mi sarei forse accorto che ero venuto a Parigi, che mi ero nascosto come un ladro in un innocuo museo della tecnica, solo perché mi ero introdotto stolidamente in una macumba organizzata per turisti e mi ero lasciato prendere dall'ipnosi dei perfumadores, e dal ritmo dei pontos....

E la mia memoria tentava volta per volta il disincanto, la pietà e il sospetto, nel ricomporre il mosaico, e quel clima mentale, quella stessa oscillazione tra illusione fabulatoria e presentimento di una trappola, vorrei conservare ora, mentre a mente ben più lucida sto riflettendo su quello che allora pensavo, ricomponendo i documenti letti freneticamente il giorno prima, e la mattina stessa all'aeroporto e durante il viaggio verso Parigi.

Cercavo di chiarire a me stesso il modo irresponsabile con cui io, Belbo, Diotallevi eravamo arrivati a riscrivere il mondo e – Diotallevi me lo avrebbe detto – a riscoprire le parti del Libro che erano state incise a fuoco bianco, negli interstizi lasciati da quegli insetti a fuoco nero che popolavano, e sembravano rendere esplicita, la Torah.

Sono qui, ora, dopo aver raggiunto – spero – la serenità e l'Amor Fati, a riprodurre la storia che ricostruivo, pieno di inquietudine – e di speranza che fosse falsa – nel periscopio, due sere fa, per averla letta due giorni prima nell'appartamento di Belbo e per averla vissuta, in parte senza averne coscienza, negli ultimi dodici anni, tra il whisky di Pilade e la polvere della Garamond Editori.

3
BINAH

7

Non aspettatevi troppo dalla fine del mondo.

(Stanislaw J. Lec, *Aforyzmy. Fraszki*, Kraków, Wydawnictwo Literackie, 1977, "Myśli Nieuczesane")

Iniziare l'università due anni dopo il sessantotto è come essere ammesso all'Accademia di Saint-Cyr nel novantatré. Si ha l'impressione di avere sbagliato anno di nascita. D'altra parte Jacopo Belbo, che aveva almeno quindici anni più di me, mi convinse più tardi che questa è una sensazione che provano tutte le generazioni. Si nasce sempre sotto il segno sbagliato e stare al mondo in modo dignitoso vuol dire correggere giorno per giorno il proprio oroscopo.

Credo che si diventi quel che nostro padre ci ha insegnato nei tempi morti, mentre non si preoccupava di educarci. Ci si forma su scarti di saggezza. Avevo dieci anni e volevo che i miei mi abbonassero a un certo settimanale che pubblicava a fumetti i capolavori della letteratura. Non per tirchieria, forse per sospetto nei confronti dei fumetti, mio padre tendeva a svicolare. "Il fine di questa rivista," sentenziai allora, citando l'insegna della serie, perché ero un ragazzo scaltro e persuasivo, "è in fondo quello di educare in modo piacevole." Mio padre, senza alzare gli occhi dal suo giornale, disse: "Il fine del tuo giornale è il fine di tutti i giornali, e cioè di vendere più copie che si può."

Quel giorno incominciai a diventare incredulo.

Cioè, mi pentii di essere stato credulo. Mi ero fatto prendere da una passione della mente. Tale è la credulità.

Non è che l'incredulo non debba credere a nulla. Non crede a tutto. Crede a una cosa per volta, e a una seconda solo se in qualche modo discende dalla prima. Procede in modo miope, metodico, non azzarda orizzonti. Di due cose che non stiano insieme, crederle tutte e due, e con l'idea che da qualche parte ve ne sia una terza, occulta, che le unisce, questa è la credulità.

L'incredulità non esclude la curiosità, la conforta. Diffidente delle catene di idee, delle idee amavo la polifonia. Basta non crederci, e due idee – entrambe false – possono collidere creando un buon intervallo o un *diabolus in musica*. Non rispettavo le idee su cui altri scommettevano la vita, ma due o tre idee che non rispettavo potevano fare melodia. O ritmo, meglio se jazz.

Più tardi Lia mi avrebbe detto: "Tu vivi di superfici. Quando sembri profondo è perché ne incastri molte, e combini l'apparenza di un solido – un solido che se fosse solido non potrebbe stare in piedi."

"Stai dicendo che sono superficiale?"

"No," mi aveva risposto, "quello che gli altri chiamano profondità è solo un tesseract, un cubo tetradimensionale. Entri da un lato, esci dall'altro, e ti trovi in un universo che non può coesistere col tuo."

(Lia, non so se ti rivedrò, ora che Essi sono entrati dal lato sbagliato e hanno invaso il tuo mondo, e per colpa mia: gli ho fatto credere che ci fossero abissi, come essi volevano per debolezza.)

Che cosa davvero pensavo quindici anni fa? Conscio di non credere, mi sentivo colpevole fra tanti che credevano. Siccome sentivo che erano nel giusto, mi decisi di credere così come si prende un'aspirina. Male non fa, e si diventa migliori.

Mi trovai in mezzo alla Rivoluzione, o almeno alla più stupenda simulazione che mai ne sia stata fatta, cercando una fede onorevole. Giudicai onorevole partecipare alle assemblee e ai cortei, gridai con gli altri "fascisti, borghesi, ancora pochi mesi!", non tirai cubetti di porfido o biglie di metallo perché ho sempre avuto paura che gli altri facessero a me quello che io facevo a loro, ma provavo una sorta di eccitazione morale nel fuggire lungo le vie del centro, quando la polizia caricava. Tornavo a casa col senso di aver compiuto un qualche dovere. Nelle assemblee non riuscivo ad appassionarmi ai contrasti che dividevano i vari gruppi: sospettavo che sarebbe bastato trovare la citazione giusta per passare dall'uno all'altro. Mi divertivo a trovare le citazioni giuste. Modulavo.

Siccome mi era accaduto talora, nei cortei, di accodarmi sotto l'uno o l'altro striscione per seguire una ragazza che turbava la mia immaginazione, ne trassi la conclusione che per molti dei miei compagni la militanza politica fosse un'esperienza sessuale – e il sesso era una passione. Io volevo avere solo curiosità. È vero che nel corso delle mie letture sui Templari, e sulle varie efferatezze che erano state loro attribuite, mi ero imbattuto nell'affermazione di Carpocrate che, per liberarsi della tirannia degli angeli, signori del cosmo, occorre perpetrare ogni ignominia, liberandosi dei debiti contratti con l'universo e col proprio corpo, e solo commettendo tutte le azioni l'anima può affrancarsi dalle proprie passioni, ritrovando la purezza originaria. Mentre inventavamo il Piano scoprii che molti drogati del mistero, per trovare l'illuminazione, seguono quella via. Ma Aleister Crowley, che fu definito l'uomo più perverso di tutti i tempi, e che quindi faceva tutto quel che poteva fare con devoti di ambo i sessi, ebbe secondo i suoi biografi solo donne bruttissime (immagino che anche gli uomini, da quel che scrivevano, non fossero meglio), e mi rimane il sospetto che non abbia mai fatto all'amore in modo pieno.

Deve dipendere da un rapporto tra la sete di potere e l'impotentia coeundi. Marx mi era simpatico perché ero sicuro che con la sua Jenny facesse all'amore con gaiezza. Lo si sente dal respiro pacato della sua prosa, e dal suo humour. Una volta, invece, nei corridoi dell'università, dissi che ad andare sempre a letto con la Krupskaja si finiva poi con lo scrivere un libraccio come *Materialismo ed empiriocriticismo*. Rischiai di essere sprangato e dissero che ero un fascista. Lo disse un tipo alto, coi baffi alla tartara. Lo ricordo benissimo, oggi si è rasato al completo e appartiene a una comune dove intrecciano canestri.

Rievoco gli umori di allora solo per ricostruire con quale animo mi avvicinai alla Garamond e simpatizzai con Jacopo Belbo. Vi arrivai con lo spirito di chi affronta i discorsi sulla verità per prepararsi a correggerne le bozze. Pensavo che il problema fondamentale, se si cita “Io sono colui che è”, fosse decidere dove va il segno d’interpunzione, se fuori o dentro le virgolette.

Per questo la mia scelta politica fu la filologia. L’università di Milano era in quegli anni esemplare. Mentre in tutto il resto del paese si invadevano le aule e si assalivano i professori, chiedendogli che parlassero solo della scienza proletaria, da noi, salvo qualche incidente, valeva un patto costituzionale, ovvero un compromesso territoriale. La rivoluzione presidiava la zona esterna, l’aula magna e i grandi corridoi, mentre la Cultura ufficiale si era ritirata, protetta e garantita, nei corridoi interni e ai piani superiori, e continuava a parlare come se nulla fosse accaduto.

Così potevo spendere la mattinata da basso a discutere della scienza proletaria e i pomeriggi di sopra a praticare un sapere aristocratico. Vivevo a mio agio in questi due universi paralleli e non mi sentivo affatto in contraddizione. Credevo anch’io che fosse alle porte una società di uguali, ma mi dicevo che in quella società avrebbero dovuto funzionare (meglio di prima) i treni, per esempio, e i sanculotti che mi attorniavano non stavano affatto imparando a dosare il carbone nella caldaia, ad azionare gli scambi, a stendere una tabella degli orari. Bisognava pure che qualcuno si tenesse pronto per i treni.

Non senza qualche rimorso, mi sentivo come uno Stalin che ride sotto i baffi e pensa: “Fate fate, poveri bolscevichi, io intanto studio in seminario a Tiflis e poi il piano quinquennale lo traccio io.”

Forse perché al mattino vivevo nell’entusiasmo, al pomeriggio identificavo il sapere con la diffidenza. Così volli studiare qualcosa che mi permettesse di dire ciò che si poteva affermare in base a documenti, per distinguerlo da ciò che rimaneva materia di fede.

Per ragioni quasi casuali mi aggregai a un seminario di storia medievale e scelsi una tesi sul processo dei Templari. La storia dei Templari mi aveva affascinato, sin da quando avevo buttato l’occhio sui primi documenti. In quell’epoca in cui si lottava contro il potere, mi indignava generosamente la storia del processo, che è indulgente definire indiziario, con cui i Templari erano stati mandati al rogo. Ma avevo scoperto ben presto che, da quando erano stati mandati al rogo, una folla di cacciatori di misteri aveva cercato di ritrovarli ovunque, e senza mai produrre una prova. Questo spreco visionario irritava la mia incredulità, e decisi di non perdere tempo coi cacciatori di misteri, attenendomi solo a fonti dell’epoca. I Templari erano un ordine monastico-cavalleresco, che esisteva in quanto era riconosciuto dalla chiesa. Se la chiesa aveva disciolto l’ordine, e lo aveva fatto sette secoli fa, i Templari non potevano più esistere, e se esistevano non erano Templari. Così avevo schedato almeno cento libri, ma alla fine ne lessi solo una trentina.

Venni a contatto con Jacopo Belbo proprio a causa dei Templari, da Pilade, quando stavo già lavorando alla tesi, verso la fine del settantadue.

8

Venuto dalla luce e dagli dei, eccomi in esilio, separato da loro.
(*Frammento di Turfa'n M7*)

Il bar Pilade era a quei tempi il porto franco, la taverna galattica dove gli alieni di Ophiulco, che assediavano la Terra, si incontravano senza frizioni con gli uomini dell'Impero, che pattugliavano le fasce di van Allen. Era un vecchio bar lungo i Navigli, col banco di zinco, il bigliardo, e i tranvieri e gli artigiani della zona che venivan di prima mattina a farsi un bianchino. Verso il sessantotto, e negli anni seguenti, Pilade era divenuto un Rick's Bar dove allo stesso tavolo il militante del Movimento poteva giocare a carte col giornalista del quotidiano padronale, che andava a farsi un baby alla chiusura del numero, mentre già i primi camion partivano per distribuire nelle edicole le menzogne del sistema. Ma da Pilade anche il giornalista si sentiva un proletario sfruttato, un produttore di plusvalore incatenato a montare ideologia, e gli studenti lo assolvevano.

Tra le undici di sera e le due di notte vi passavano il funzionario editoriale, l'architetto, il cronista di nera che aspirava alla terza pagina, i pittori di Brera, alcuni scrittori di medio livello, e studenti come me.

Un minimo di eccitazione alcolica era di rigore e il vecchio Pilade, mantenendo i suoi bottiglioni di bianco per i tranvieri e i clienti più aristocratici, aveva sostituito la spuma e il Ramazzotti con frizzantini DOC per gli intellettuali democratici, e Johnny Walker per i rivoluzionari. Potrei scrivere la storia politica di quegli anni registrando i tempi e i modi in cui si passò gradatamente dall'etichetta rossa al Ballantine di dodici anni e finalmente al malto.

Con l'arrivo del nuovo pubblico Pilade aveva lasciato il vecchio bigliardo, su cui si sfidavano a boccette pittori e tranvieri, ma aveva istallato anche un flipper.

A me una pallina durava pochissimo e all'inizio credevo che fosse per distrazione, o per scarsa agilità manuale. Capii poi la verità anni dopo, vedendo giocare Lorenza Pellegrini. All'inizio non l'avevo notata, ma la misi a fuoco una sera seguendo lo sguardo di Belbo.

Belbo aveva un modo di stare al bar come se fosse di passaggio (lo abitava da almeno dieci anni). Interveniva sovente nelle conversazioni, al banco o a un tavolino, ma quasi sempre per lanciare una battuta che raggelava gli entusiasmi, di qualsiasi cosa si discorresse. Raggelava anche con un'altra tecnica, con una domanda. Qualcuno raccontava un fatto, coinvolgendo a fondo la compagnia, e Belbo guardava l'interlocutore con quei suoi occhi glauchi, sempre un po' distratti, tenendo il bicchiere all'altezza dell'anca, come se da tempo si fosse scordato di bere, e domandava: "Ma davvero è successo così?" Oppure: "Ma sul serio ha detto questo?" Non so cosa accadesse, ma chiunque a quel punto prendeva a dubitare del racconto, compreso il narratore. Doveva essere la sua cadenza piemontese che rendeva interrogative le sue affermazioni, e derisorie le sue interrogazioni. Era piemontese, in Belbo, quel modo di parlare senza guardare troppo negli occhi l'interlocutore, ma non come fa chi sfugga con lo sguardo. Lo sguardo di Belbo non si sottraeva al dialogo. Semplicemente muovendo, fissando improvvisamente convergenze di parallele a cui tu non avevi prestato attenzione, in un punto impreciso dello spazio, ti faceva sentire come se tu, sino ad allora, avessi ottusamente fissato l'unico punto irrilevante.

Ma non era solo lo sguardo. Con un gesto, con una sola interiezione Belbo aveva il potere di collocarti altrove. Voglio dire, poniamo che tu ti affannassi a dimostrare che Kant aveva davvero compiuto la rivoluzione copernicana della filosofia moderna e giocassi il tuo destino su quell'affermazione. Belbo, seduto davanti a te, poteva d'un tratto guardarsi le mani, o fissarsi il ginocchio, o socchiudere le palpebre abbozzando un sorriso etrusco, o restare qualche secondo a bocca aperta, con gli occhi al soffitto, e poi, con un leggero balbettio: "Eh, certo che quel Kant..." O, se si impegnava più esplicitamente in un attentato all'intero sistema dell'idealismo trascendentale: "Mah. Avrà poi davvero voluto fare tutto quel casino..." Poi ti guardava con sollecitudine, come se tu, e non lui, avessi turbato l'incanto, e ti incoraggiava: "Ma dica, dica. Perché certo lì sotto c'è... c'è qualcosa che... L'uomo aveva dell'ingegno."

Talora, quand'era al colmo dell'indignazione, reagiva scompostamente. Siccome la sola cosa che lo indignasse era la scompostezza altrui, la sua scompostezza di ritorno era tutta interiore, e regionale. Stringeva le labbra, volgeva prima gli occhi al cielo, poi piegava lo sguardo, e la testa, a sinistra verso il basso, e diceva a mezza voce: "Ma gavte la nata." A chi non conoscesse quell'espressione piemontese, qualche volta spiegava: "Ma gavte la nata, levati il tappo. Si dice a chi sia enfiato di sé. Si suppone si regga in questa condizione posturalmente abnorme per la pressione di un tappo che porta infitto nel sedere. Se se lo toglie, pffffiiisch, ritorna a condizione umana."

Questi suoi interventi avevano la capacità di farti percepire la vanità del tutto, e io ne ero affascinato. Ma ne traevo una lezione errata, perché li eleggevo a modello di supremo disprezzo per la banalità delle verità altrui.

Solo ora, dopo che ho violato, con i segreti di Abulafia, anche l'animo di Belbo, so che quella che a me pareva disincanto, e che io stavo elevando a principio di vita, per lui era una forma della melanconia. Quel suo depresso libertinismo intellettuale celava una disperata sete di assoluto. Difficile capirlo a prima vista, perché Belbo compensava i momenti di fuga, esitazione, distacco, con momenti di distesa conversevolezza, in cui si divertiva a produrre assoluti alternativi, con ilare miscredenza. Era quando con Diotallevi costruiva manuali dell'impossibile, mondi alla rovescia, teratologie bibliografiche. E vederlo così entusiasticamente loquace nel costruire la sua Sorbona rabelaisiana impediva di capire come egli soffrisse il suo esilio dalla facoltà di teologia, quella vera.

Capii dopo che io ne avevo cancellato l'indirizzo, mentre lui l'aveva smarrito, e non se ne dava pace.

Nei *files* di Abulafia ho trovato molte pagine di uno pseudodiario che Belbo aveva affidato al segreto dei dischetti, sicuro di non tradire la sua vocazione, tante volte ribadita, di semplice spettatore del mondo. Alcuni portano una data remota, evidentemente vi aveva trascritto antichi appunti, per nostalgia, o perché pensava di riciclarli in qualche modo. Altri sono di questi ultimi anni, da che aveva avuto Abu tra le mani. Scriveva per gioco meccanico, per riflettere solitario sui propri errori, si illudeva di non "creare" perché la creazione, anche se produce l'errore, si dà sempre per amore di qualcuno che non siamo noi. Ma Belbo, senza accorgersene, stava passando dall'altra parte della sfera. Creava, e non l'avesse mai fatto: il suo entusiasmo per il Piano è nato da questo bisogno di scrivere un Libro, fosse pure di soli, esclusivi, feroci errori intenzionali. Sino a che ti contrai nel tuo vuoto puoi ancora pensare di essere in contatto con l'Uno, ma non appena pasticci con la creta, sia pure elettronica, sei già diventato un demiurgo, e chi si impegna a fare un mondo si è già compromesso con l'errore e col male.

---

filename: Tre donne intorno al cor...

È così: toutes les femmes que j'ai rencontrées se dressent aux horizons – avec les gestes piteux et les régards tristes des sémaphores sous la pluie...

Miri in alto, Belbo. Primo amore, Maria Santissima. Mamma che canta tenendomi in grembo come se mi cullasse quando ormai non ho più bisogno di ninnananne ma io chiedevo che cantasse, perché amavo la sua voce e il profumo di lavanda del suo seno: "O Regina dell'Empireo – tutta pura e tutta bella – salve o figlia, sposa, ancella – salve o madre al Redentor."

Naturale: la prima donna della mia vita non fu mia – come del resto non fu di nessuno, per definizione. Mi sono innamorato subito dell'unica donna capace di far tutto senza di me.

Poi Marilena (Marylena? Mary Lena?). Descrivere liricamente il crepuscolo, i capelli d'oro, il gran fiocco azzurro, io dritto col naso in su davanti alla panchina, lei che cammina in equilibrio sul bordo della spalliera, le braccia aperte a bilanciare le sue oscillazioni (deliziose extrasistoli), la gonna che le svolazza leggermente intorno alle cosce rosa. In alto, irraggiungibile.

Bozzetto: la sera stessa la mamma che sta cospargendo di borotalco le carni rosa di mia sorella, io che chiedo quando le spunta finalmente il pistolino, la mamma che rivela che alle bambine il pistolino non spunta, e rimangono così. Io di colpo rivedo Mary Lena, e il bianco delle mutandine che si scorgeva sotto la gonna azzurra che alitava, e capisco che è bionda e altera e inaccessibile perché è diversa. Nessun rapporto possibile, appartiene a un'altra razza.

Terza donna subito perduta nell'abisso in cui sprofonda. È appena morta nel sonno, pallida Ofelia tra i fiori della sua bara virginale, mentre il prete le recita le preci dei defunti, di colpo si erge dritta sul catafalco, aggrottata, bianca, vindice, il dito teso, la voce cavernosa: "Padre, non preghi per me. Questa notte prima di addormentarmi ho concepito un pensiero impuro, il solo della mia vita, e ora sono dannata." Ritrovare il libro della prima comunione. C'era l'illustrazione o ho fatto tutto da solo? Certo era morta mentre pensava a me, il pensiero impuro ero io che desideravo Mary Lena intoccabile perché di altra specie e destino. Sono colpevole per la sua dannazione, sono colpevole della dannazione di chiunque si danni, giusto che non abbia avuto le tre donne: è la punizione per averle volute.

Perdo la prima perché è in paradiso, la seconda perché invidia in purgatorio il pene che non avrà mai, e la terza perché all'inferno. Teologicamente perfetto. Già scritto.

Ma c'è la storia di Cecilia e Cecilia sta in terra. La pensavo prima di addormentarmi, salivo la collina per andare a prendere il latte alla cascina e mentre i partigiani sparavano dalla collina di fronte sul posto di blocco mi vedevo accorrere in sua salvezza, liberandola da una torma di scherani neri che la inseguivano col mitra brandito... Più bionda di Mary Lena, più inquietante della fanciulla del sarcofago, più pura e ancella della vergine. Cecilia vivente ed accessibile, bastava un nulla e avrei potuto persino parlarle, avevo la certezza che poteva amare uno della mia razza, tant'è vero che lo amava, si chiamava Papi, aveva capelli biondi ispidi su di un cranio minuscolo, un anno più di me, ed un sassofono. E io neppure la tromba. Non li avevo mai visti insieme, ma tutti all'oratorio sussurravano tra colpi di gomito e risolini che facevano l'amore. Sicuramente mentivano, piccoli contadini lascivi come capre. Volevano farmi capire che essa (ella, Marylena Cecilia sposa e ancella) era talmente accessibile che qualcuno vi aveva avuto accesso. In ogni caso – quarto caso – io fuori gioco.

Si scrive un romanzo su una storia del genere? Forse dovrei scriverlo sulle donne che sfuggo perché ho potuto averle. O avrei potuto. Averle. O è la stessa storia.

Insomma, quando non si sa neppure di che storia si tratta, meglio correggere i libri di filosofia.

9

Nella mano destra stringeva una tromba dorata.
(Johann Valentin Andreae, *Die Chymische Hochzeit des Christian Rosencreutz*, Strassburg, Zetzner, 1616, 1)

Trovo in questo *file* la menzione di una tromba. L'altro ieri nel periscopio non sapevo ancora quanto fosse importante. Avevo solo un riferimento, assai pallido e marginale.

Durante i lunghi pomeriggi alla Garamond, talora Belbo, oppresso da un manoscritto, alzava gli occhi dai fogli e cercava di distrarre anche me, che stavo magari impaginando sul tavolo di fronte vecchie incisioni dell'Esposizione Universale, e si lasciava andare a qualche rievocazione – provvedendo subito a calare il sipario quando sospettava che lo prendessi troppo sul serio. Rievocava il proprio passato, ma solo a titolo d'exemplum, per castigare una qualche vanità. "Io mi chiedo dove andremo a finire," aveva detto un giorno.

"Parla del tramonto dell'occidente?"

"Tramonta? Dopotutto è il suo mestiere, non dice? No, parlavo di questa gente che scrive. Terzo manoscritto in una settimana, uno sul diritto bizantino, uno sul Finis Austriae e il terzo sui sonetti del Baffo. Son cose ben diverse, non le pare?"

"Mi pare."

"Bene, l'avrebbe detto che in tutti e tre appaiono a un certo punto il Desiderio e l'Oggetto d'Amore? È una moda. Capisco ancora il Baffo, ma il diritto bizantino..."

"E lei cestini."

"Ma no, sono lavori già completamente finanziati dal CNR, e poi non sono male. Al massimo chiamo questi tre e gli chiedo se possono far saltare queste righe. Ci fan brutta figura anche loro."

"E quale può essere l'oggetto d'amore nel diritto bizantino?"

"Oh, c'è sempre modo di farlo entrare. Naturalmente se nel diritto bizantino c'era un oggetto d'amore, non è quello che dice costui. Non è mai quello."

"Quello quale?"

"Quello che tu credi. Una volta, avrò avuto cinque o sei anni, mi sono sognato che avevo una tromba. Dorata. Sa, uno di quei sogni che si sente il miele colare nelle vene, una specie di polluzione notturna, come può averla un impubere. Non credo di essere mai stato felice come in quel sogno. Mai più. Naturalmente al risveglio mi accorsi che la tromba non c'era e mi misi a piangere come un vitello. Piansi tutto il giorno. Davvero quel mondo dell'anteguerra, sarà stato il trentotto, era un mondo povero. Oggi se avessi un figlio e lo vedessi così disperato gli direi andiamo, ti compero una tromba – si trattava di un giocattolo, non sarà mica costato un capitale. Ai miei non venne neppure in mente. Spendere, allora, era una cosa seria. Ed era una cosa seria educare i ragazzi a non avere tutto quel che si desidera. Non mi piace la minestra coi cavoli, dicevo – ed era vero, mio dio, i cavoli nella minestra mi facevano schifo. Mica che dicessero va bene, per oggi salti la minestra e prendi solo la pietanza (non eravamo poveri, avevamo primo, secondo e frutta). Nossignore, si mangia quel che c'è in tavola. Piuttosto, come soluzione di compromesso, la nonna si metteva a togliere i cavoli dal mio piatto, uno per uno, vermiciattolo per vermiciattolo, sbavatura per sbavatura, e io dovevo mangiare la minestra depurata, più schifosa di prima, ed era già una concessione che mio padre disapprovava."

"Ma la tromba?"

Mi aveva guardato esitando: "Perché le interessa tanto la tromba?"

"A me no. È lei che ha parlato di tromba a proposito dell'oggetto d'amore che poi non è quello giusto..."

"La tromba... Quella sera dovevano arrivare gli zii da ***, non avevano figli ed ero il nipote prediletto. Mi vedono piangere su quel fantasma di tromba e dicono che sistemano tutto loro, il giorno dopo saremmo andati alla Upim dove c'era un intero bancone di giocattoli, una meraviglia, e avrei trovato la tromba che volevo. Passai la notte sveglio, e scalpitai per tutta la mattina dopo. Al pomeriggio andiamo alla Upim, e c'erano trombe di almeno tre tipi, saranno state cosine di latta ma a me sembravano ottoni da golfo mistico. C'era una cornetta militare, un trombone a coulisse e una pseudotromba, perché aveva il bocchino ed era d'oro ma aveva dei tasti da sassofono. Non sapevo quale scegliere e forse ci misi troppo tempo. Le volevo tutte e detti l'impressione di non volerne nessuna. Intanto credo che gli zii avessero guardato ai cartellini dei prezzi. Non erano tirchi, ma io ebbi l'impressione che trovassero meno caro un clarino di bachelite, tutto nero, coi tasti d'argento. 'Non ti piacerebbe questo, invece?' chiesero. Io lo provai, belava in modo ragionevole, cercavo di convincermi che era bellissimo, ma in verità ragionavo e mi dicevo che gli zii volevano che prendessi il clarino perché costava meno, la tromba doveva valere una fortuna e non potevo imporre quel sacrificio agli zii. Mi avevano sempre insegnato che quando ti offrono una cosa che ti piace devi subito dire no grazie, e non una volta sola, non dire no grazie e tendere subito la mano, ma aspettare che il donatore insista, che dica ti prego. Solo allora il bambino educato cede. Così dissi che forse non volevo la tromba, che forse mi andava bene anche il clarino, se loro preferivano. E li guardavo di sotto in su, sperando che insistessero. Non insistettero, Dio li abbia in gloria. Furono molto felici di comperarmi il clarino, visto – dissero – che lo preferivo. Era troppo tardi per tornare indietro. Ebbi il clarino."

Mi aveva guardato con sospetto: "Vuole sapere se sognai ancora la tromba?"

"No," dissi, "voglio sapere qual era l'oggetto d'amore."

"Ah," disse, rimettendosi a sfogliare il manoscritto, "vede, anche lei è ossessionato da questo oggetto d'amore. Queste faccende si possono manipolare come si vuole. Mah... E se poi avessi ben preso la tromba? Sarei stato felice sul serio? Cosa ne dice lei, Casaubon?"

"Avrebbe forse sognato il clarino."

"No," aveva concluso seccamente. "Il clarino l'ho solo avuto. Non credo di averlo mai suonato."

"Sognato o suonato?"

"Suonato," disse scandendo le parole e, non so perché, mi sentii un buffone.

10

E finalmente altro non si inferisce cabalisticamente da *vinum* che VIS NUMerorum, dai quali numeri essa Magia dipende.

(Cesare della Riviera, *Il Mondo Magico degli Eroi*, Mantova, Osanna, 1603, pp. 65-66)

Ma dicevo del mio primo incontro con Belbo. Ci conoscevamo di vista, qualche scambio di battute da Pilade, ma non sapevo molto di lui, salvo che lavorava alla Garamond, e di libri Garamond me ne erano capitati alcuni tra le mani all'università. Editore piccolo, ma serio. Un giovane che sta per finire la tesi è sempre attratto da qualcuno che lavori per una casa editrice di cultura.

"E lei cosa fa?" mi aveva chiesto una sera che ci eravamo appoggiati tutti e due all'angolo estremo del banco di zinco, pressati da una folla da grandi occasioni. Era il periodo in cui tutti si davano del tu, gli studenti ai professori e i professori agli studenti. Non parliamo della popolazione di Pilade: "Pagami da bere," diceva lo studente con l'eschimo al caporedattore del grande quotidiano. Sembrava di essere a Pietroburgo ai tempi del giovane Sklovskij. Tutti Majakovskij e nessun Zivago. Belbo non si sottraeva al tu generalizzato, ma era evidente che lo comminava per disprezzo. Dava del tu per mostrare che rispondeva alla volgarità con la volgarità, ma che esisteva un abisso tra prendersi confidenza ed essere in confidenza. Lo vidi dare del tu con affetto, o con passione, poche volte e a poche persone, Diotallevi, qualche donna. A chi stimava, senza conoscere da molto tempo, dava del lei. Così fece con me per tutto il tempo che lavorammo insieme, e io apprezzai il privilegio.

"E lei cosa fa?" mi aveva chiesto, ora lo so, con simpatia.

"Nella vita o nel teatro?" dissi, accennando al palcoscenico Pilade.

"Nella vita."

"Studio."

"Fa l'università o studia?"

"Non le parrà vero ma le due cose non si contraddicono. Sto finendo una tesi sui Templari."

"Oh che brutta cosa," disse. "Non è una faccenda per matti?"

"Io studio quelli veri. I documenti del processo. Ma che cosa sa lei sui Templari?"

"Io lavoro in una casa editrice e in una casa editrice vengono savi e matti. Il mestiere del redattore è riconoscere a colpo d'occhio i matti. Quando uno tira in ballo i Templari è quasi sempre un matto."

"Non me lo dica. Il loro nome è legione. Ma non tutti i matti parleranno dei Templari. Gli altri come li riconosce?"

"Mestiere. Adesso le spiego, lei che è giovane. A proposito, come si chiama?"

"Casaubon."

"Non era un personaggio di *Middlemarch*?"

"Non so. In ogni caso era anche un filologo del Rinascimento, credo. Ma non siamo parenti."

"Sarà per un'altra volta. Beve ancora una cosa? Altri due, Pilade, grazie. Dunque. Al mondo ci sono i cretini, gli imbecilli, gli stupidi e i matti."

"Avanza qualcosa?"

"Sì, noi due, per esempio. O almeno, non per offendere, io. Ma insomma, chiunque, a ben vedere, partecipa di una di queste categorie. Ciascuno di noi ogni tanto è cretino, imbecille, stupido o matto. Diciamo che la persona normale è quella che mescola in misura ragionevole tutte queste componenti, questi tipi ideali."

"Idealtypen."

"Bravo. Sa anche il tedesco?"

"Lo mastico per le bibliografie."

"Ai miei tempi chi sapeva il tedesco non si laureava più. Passava la vita a sapere il tedesco. Credo che oggi succeda col cinese."

"Io non lo so abbastanza, così mi laureo. Ma torni alla sua tipologia. Cos'è il genio, Einstein, per dire?"

"Il genio è quello che fa giocare una componente in modo vertiginoso, nutrendola con le altre." Bevve. Disse: "Buonasera bellissima. Hai ancora tentato il suicidio?"

"No," rispose la passante, "ora sono in un collettivo."

"Brava," le disse Belbo. Ritornò a me: "Si possono fare anche suicidi collettivi, non crede?"

"Ma i matti?"

"Spero non abbia preso la mia teoria per oro colato. Non sto mettendo a posto l'universo. Sto dicendo cosa è un matto per una casa editrice. La teoria è ad hoc, va bene?"

"Va bene. Adesso offro io."

"Va bene. Pilade, per favore meno ghiaccio. Se no entra subito in circolo. Allora. Il cretino non parla neppure, sbava, è spastico. Si pianta il gelato sulla fronte, per mancanza di coordinamento. Entra nella porta girevole per il verso opposto."

"Come fa?"

"Lui ci riesce. Per questo è cretino. Non ci interessa, lo riconosci subito, e non viene nelle case editrici. Lasciamolo lì."

"Lasciamolo."

"Essere imbecille è più complesso. È un comportamento sociale. L'imbecille è quello che parla sempre fuori del bicchiere."

"In che senso?"

"Così." Puntò l'indice a picco fuori del suo bicchiere, indicando il banco. "Lui vuole parlare di quello che c'è nel bicchiere, ma com'è come non è, parla fuori. Se vuole, in termini comuni, è quello che fa la gaffe, che domanda come sta la sua bella signora al tipo che è stato appena abbandonato dalla moglie. Rendo l'idea?"

"Rende. Ne conosco."

"L'imbecille è molto richiesto, specie nelle occasioni mondane. Mette tutti in imbarazzo, ma poi offre occasioni di commento. Nella sua forma positiva, diventa diplomatico. Parla fuori del bicchiere quando la gaffe l'hanno fatta gli altri, fa deviare i discorsi. Ma non ci interessa, non è mai creativo, lavora di riporto, quindi non viene a offrire manoscritti nelle case editrici. L'imbecille non dice che il gatto abbaia, parla del gatto quando gli altri parlano del cane. Sbaglia le regole di conversazione e quando sbaglia bene è sublime. Credo che sia una razza in via di estinzione, è un portatore di virtù eminentemente borghesi. Ci vuole un salotto Verdurin, o addirittura casa Guermantes. Leggete ancora queste cose voi studenti?"

"Io sì."

"L'imbecille è Gioacchino Murat che passa in rassegna i suoi ufficiali e ne vede uno, decoratissimo, della Martinica. 'Vous êtes nègre?' gli domanda. E quello: 'Oui mon général!' E Murat: 'Bravò, bravò, continuez!' E via. Mi segue? Scusi ma questa sera sto festeggiando una decisione storica della mia vita. Ho smesso di bere. Un altro? Non risponda, mi fa sentir colpevole. Pilade!"

"E lo stupido?"

"Ah. Lo stupido non sbaglia nel comportamento. Sbaglia nel ragionamento. È quello che dice che tutti i cani sono animali domestici e tutti i cani abbaiano, ma anche i gatti sono animali domestici e quindi abbaiano. Oppure che tutti gli ateniesi sono mortali, tutti gli abitanti del Pireo sono mortali, quindi tutti gli abitanti del Pireo sono ateniesi."

"Che è vero."

"Sì, ma per caso. Lo stupido può anche dire una cosa giusta, ma per ragioni sbagliate."

"Si possono dire cose sbagliate, basta che le ragioni siano giuste."

"Perdio. Altrimenti perché faticare tanto ad essere animali razionali?"

"Tutte le grandi scimmie antropomorfe discendono da forme di vita inferiori, gli uomini discendono da forme di vita inferiori, quindi tutti gli uomini sono grandi scimmie antropomorfe."

"Abbastanza buona. Siamo già sulla soglia in cui lei sospetta che qualche cosa non quadri, ma ci vuole un certo lavoro per dimostrare cosa e perché. Lo stupido è insidiosissimo. L'imbecille lo riconosci subito (per non parlare del cretino), mentre lo stupido ragiona quasi come te, salvo uno scarto infinitesimale. È un maestro di paralogismi. Non c'è salvezza per il redattore editoriale, dovrebbe spendere un'eternità. Si pubblicano molti libri di stupidi perché di primo acchito ci convincono. Il redattore editoriale non è tenuto a riconoscere lo stupido. Non lo fa l'accademia delle scienze, perché dovrebbe farlo l'editoria?"

"Non lo fa la filosofia. L'argomento ontologico di sant'Anselmo è stupido. Dio deve esistere perché posso pensarlo come l'essere che ha tutte le perfezioni, compresa l'esistenza. Confonde l'esistenza nel pensiero con l'esistenza nella realtà."

"Sì, ma è stupida anche la confutazione di Gaunilone. Io posso pensare a un'isola nel mare anche se quell'isola non c'è. Confonde il pensiero del contingente col pensiero del necessario."

"Una lotta tra stupidi."

"Certo, e Dio si diverte come un pazzo. Si è voluto impensabile solo per dimostrare che Anselmo e Gaunilone erano stupidi. Che scopo sublime per la creazione, che dico, per l'atto stesso in virtù del quale Dio si vuole. Tutto finalizzato alla denunzia della stupidità cosmica."

"Siamo circondati da stupidi."

"Non si scappa. Tutti sono stupidi, tranne lei e me. Anzi, non per offendere, tranne lei."

"Mi sa che c'entra la prova di Gödel."

"Non lo so, sono cretino. Pilade!"

"Ma il giro è mio."

"Poi dividiamo. Epimenide cretese dice che tutti i cretesi sono bugiardi. Se lo dice lui che è cretese, e i cretesi li conosce bene, è vero."

"Questo è stupido."

"San Paolo. Lettera a Tito. Ora questa: tutti coloro che pensano che Epimenide sia bugiardo non possono che fidarsi dei cretesi, ma i cretesi non si fidano dei cretesi, pertanto nessun cretese pensa che Epimenide sia bugiardo."

"Questo è stupido o no?"

"Veda lei. Le ho detto che è difficile individuare lo stupido. Uno stupido può prendere anche il premio Nobel."

"Mi lasci pensare.... Alcuni di coloro che non credono che Dio abbia creato il mondo in sette giorni non sono fondamentalisti, ma alcuni fondamentalisti credono che Dio abbia creato il mondo in sette giorni, pertanto nessuno che non creda che Dio abbia creato il mondo in sette giorni è fondamentalista. È stupido o no?"

"Dio mio – è il caso di dirlo... Non saprei. Lei che dice?"

"Lo è in ogni caso, anche se fosse vero. Viola una delle leggi del sillogismo. Non si possono trarre conclusioni universali da due particolari."

"E se lo stupido fosse lei?"

"Sarei in buona e secolare compagnia."

"Eh sì, la stupidità ci circonda. E forse per un sistema logico diverso dal nostro, la nostra stupidità è la loro saggezza. Tutta la storia della logica consiste nel definire una nozione accettabile di stupidità. Troppo immenso. Ogni grande pensatore è lo stupido di un altro."

"Il pensiero come forma coerente di stupidità."

"No. La stupidità di un pensiero è l'incoerenza di un altro pensiero."

"Profondo. Sono le due, tra poco Pilade chiude e non siamo arrivati ai matti."

"Ci arrivo. Il matto lo riconosci subito. È uno stupido che non conosce i trucchi. Lo stupido la sua tesi cerca di dimostrarla, ha una logica sbilenca ma ce l'ha. Il matto invece non si preoccupa di avere una logica, procede per cortocircuiti. Tutto per lui dimostra tutto. Il matto ha una idea fissa, e tutto quel che trova gli va bene per confermarla. Il matto lo riconosci dalla libertà che si prende nei confronti del dovere di prova, dalla disponibilità a trovare illuminazioni. E le parrà strano, ma il matto prima o poi tira fuori i Templari."

"Sempre?"

"Ci sono anche i matti senza Templari, ma quelli coi Templari sono i più insidiosi. All'inizio non li riconosci, sembra che parlino in modo normale, poi, di colpo..." Accennò a chiedere un altro whisky, ci ripensò e domandò il conto. "Ma a proposito dei Templari. L'altro giorno un tizio mi ha lasciato un dattiloscritto sull'argomento. Credo proprio che sia un matto, ma dal volto umano. Il dattiloscritto incomincia in modo pacato. Vuole darci un'occhiata?"

"Volentieri. Potrei trovarci qualcosa che mi serve."

"Non credo proprio. Ma se ha mezz'ora libera faccia un salto da noi. Via Sincero Renato numero uno. Servirà più a me che a lei. Mi dice subito se le sembra un lavoro attendibile."

"Perché si fida di me?"

"Chi le ha detto che mi fido? Ma se viene mi fido. Mi fido della curiosità."

Entrò uno studente, col volto alterato: "Compagni, ci sono i fascisti lungo il Naviglio, con le catene!"

"Io li sprango," disse quello coi baffi alla tartara che mi aveva minacciato a proposito di Lenin. "Andiamo compagni!" Tutti uscirono.

"Che si fa? Andiamo?" chiesi, colpevolizzato.

"No," disse Belbo. "Sono allarmi che fa mettere in giro Pilade per sgombrare il locale. Per essere la prima sera che smetto di bere, mi sento alterato. Dev'essere la crisi di astinenza. Tutto quello che le ho detto, sino a quest'istante compreso, è falso. Buonanotte, Casaubon."

11

La sua sterilità era infinita. Partecipava dell'estasi.
(E.M. Cioran, *Le mauvais demiurge*, Paris, Gallimard, 1969, "Pensées étranglées")

La conversazione da Pilade mi aveva offerto, di Belbo, il volto esterno. Un buon osservatore avrebbe potuto intuire la natura melanconica del suo sarcasmo. Non posso dire che fosse una maschera. Forse maschera erano le confidenze a cui si abbandonava in segreto. Il suo sarcasmo rappresentato in pubblico in fondo rivelava la sua melanconia più vera, che in segreto egli cercava di celare a se stesso, mascherandola con una melanconia di maniera.

Vedo ora questo *file*, dove in fondo tentava di romanzare quello che del suo mestiere mi avrebbe detto il giorno dopo alla Garamond. Vi ritrovo la sua acribia, la sua passione, la sua delusione di redattore che scrive per interposta persona, la sua nostalgia di una creatività mai realizzata, il suo rigore morale che lo obbligava a punirsi perché desiderava ciò a cui non sentiva di avere diritto, dando del suo desiderio una immagine patetica e oleografica. Non ho mai trovato qualcuno che sapesse compiangersi con tanto disprezzo.

---

filename: Jim della Canapa

Vedere domani il giovane Cinti.

1. Bella monografia, rigorosa, forse un po' troppo accademica.

2. Nella conclusione, il paragone tra Catullo, i *poetae novi* e le avanguardie contemporanee è la cosa più geniale.

3. Perché no come introduzione?

4. Convincerlo. Dirà che questi colpi di testa in una collana filologica non si fanno. È condizionato dal maestro, rischia di perdersi la prefazione e di giocarsi la carriera. Un'idea brillante nelle ultime due pagine passa inosservata, ma all'inizio non sfugge, e può irritare i baroni.

5. Ma basta metterla in corsivo, sotto forma di discorso disteso, fuori dalla ricerca vera e propria, così l'ipotesi rimane solo un'ipotesi e non compromette la serietà del lavoro. Però i lettori saranno subito conquistati, affronteranno il libro in una prospettiva diversa.

Ma sto spingendolo davvero a un gesto di libertà, oppure sto usandolo per scrivere il mio libro?

Trasformare i libri con due parole. Demiurgo sull'opera altrui. Invece di prendere della creta molle e di plasmarla, piccoli colpi alla creta indurita in cui qualcun altro ha già scolpito la statua. Mosè, dargli la martellata giusta, e quello parla.

Ricevere Guglielmo S.

– Ho visto il suo lavoro, non c'è male. C'è tensione, fantasia, drammaticità. È la prima volta che scrive?

– No, ho già scritto un'altra tragedia, è la storia di due amanti veronesi che...

– Ma parliamo di questo lavoro, signor S. Mi stavo chiedendo perché lo situa in Francia. Perché non in Danimarca? Dico per dire, e non ci vuol molto, basta cambiare due o tre nomi, il castello di Châlons-sur-Marne che diventa, diciamo, il castello di Elsinore... È che in un ambiente nordico, protestante, dove aleggia l'ombra di Kierkegaard, tutte queste tensioni esistenziali...

– Forse ha ragione.

– Credo proprio. E poi il suo lavoro avrebbe bisogno di qualche scorcio stilistico, non più di una ripassatina, come quando il barbiere dà gli ultimi tocchi prima di piazzarle lo specchio dietro la nuca... Per esempio lo spettro paterno. Perché alla fine? Io lo sposterei all'inizio. In modo che il monito del padre domini subito il comportamento del giovane principe e lo metta in conflitto con la madre.

– Mi pare una buona idea, si tratta solo di spostare una scena.

– Appunto. E infine lo stile. Prendiamo un brano a caso, ecco, qui dove il ragazzo viene al proscenio e inizia questa sua meditazione sull'azione e sull'inazione. Il brano è bello, davvero, ma non lo sento abbastanza nervoso. "Agire o non agire? Tale la mia angosciata domanda! Debbo sopportare le offese di una sorte nemica oppure..." Perché la mia angosciata domanda? Io gli farei dire questa è la questione, questo è il problema, capisce, non il suo problema individuale ma la questione fondamentale dell'esistenza. L'alternativa fra l'essere e il non essere, per dire...

Popolare il mondo di figli che andranno sotto un altro nome, e nessuno saprà che sono tuoi. Come essere Dio in borghese. Tu sei Dio, giri per la città, senti la gente che parla di te, e Dio qua e Dio là, e che mirabile universo è questo, e che eleganza la gravitazione universale, e tu sorridi sotto i baffi (bisogna girare con una barba finta, oppure no, senza barba, perché dalla barba Dio lo riconosci subito), e dici fra te e te (il solipsismo di Dio è drammatico): "Ecco, questo sono io e loro non lo sanno." E qualcuno ti urta per strada, magari ti insulta, e tu umile dici scusi, e via, tanto sei Dio e se tu volessi, uno schiocco di dita, e il mondo sarebbe cenere. Ma tu sei così infinitamente potente da permetterti di esser buono.

Un romanzo su Dio in incognito. Inutile, se l'idea è venuta a me dev'essere già venuta a qualcun altro.

Variante. Tu sei un autore, non sai ancora quanto grande, colei che amavi ti ha tradito, la vita per te non ha più senso e un giorno, per dimenticare, fai un viaggio sul Titanic e naufraghi nei mari del sud, ti raccoglie (unico superstite) una piroga di indigeni e passi lunghi anni ignorato da tutti, su di un'isola abitata solo da papuasi, con le ragazze che ti cantano canzoni di intenso languore, agitando i seni appena coperti dalla collana di fiori di pua. Cominci ad abituarti, ti chiamano Jim, come fanno coi bianchi, una ragazza dalla pelle ambrata ti si introduce una sera nella capanna e ti dice: "Io tua, io con te." In fondo è bello, la sera, stare sdraiato sulla veranda a guardare la Croce del Sud mentre lei ti accarezza la fronte.

Vivi secondo il ciclo delle albe e dei tramonti, e non sai d'altro. Un giorno arriva una barca a motore con degli olandesi, apprendi che sono passati dieci anni, potresti andare via con loro, ma esiti, preferisci scambiare noci di cocco con derrate, prometti che potresti occuparti della raccolta della canapa, gli indigeni lavorano per te, tu cominci a navigare da isolotto a isolotto, sei diventato per tutti Jim della Canapa. Un avventuriero portoghese rovinato dall'alcool viene a lavorare con te e si redime, tutti parlano ormai di te in quei mari della Sonda, dai consigli al marajà di Brunei per una campagna contro i dajaki del fiume, riesci a riattivare un vecchio cannone dei tempi di Tippo Sahib, caricato a chiodaglia, alleni una squadra di malesi devoti, coi denti anneriti dal betel. In uno scontro presso la Barriera Corallina il vecchio Sampan, i denti anneriti dal betel, ti fa scudo col proprio corpo – Sono contento di morire per te, Jim della Canapa. – Vecchio, vecchio Sampan, amico mio.

Ormai sei famoso in tutto l'arcipelago tra Sumatra e Port-au-Prince, tratti con gli inglesi, alla capitaneria del porto di Darwin sei registrato come Kurtz, e ormai sei Kurtz per tutti – Jim della Canapa per gli indigeni. Ma una sera, mentre la ragazza ti accarezza sulla veranda e la Croce del Sud sfavilla come non mai, ahi quanto diversa dall'Orsa, tu capisci: vorresti tornare. Solo per poco, per vedere che cosa sia rimasto di te, laggiù.

Prendi la barca a motore, raggiungi Manila, di là un aereo a elica ti porta a Bali. Poi Samoa, Isole dell'Ammiragliato, Singapore, Tananarive, Timbuctu, Aleppo, Samarcanda, Bassora, Malta e sei a casa.

Sono passati diciott'anni, la vita ti ha segnato, il viso è abbronzato dagli alisei, sei più vecchio, forse più bello. Ed ecco che appena arrivato scopri che le librerie ostentano tutti i tuoi libri, in riedizioni critiche, c'è il tuo nome sul frontone della vecchia scuola dove hai imparato a leggere e a scrivere. Sei il Grande Poeta Scomparso, la coscienza della generazione. Fanciulle romantiche si uccidono sulla tua tomba vuota.

E poi incontro te, amore, con tante rughe intorno agli occhi, e il volto ancora bello che si strugge di ricordo, e tenero rimorso. Quasi ti ho sfiorata sul marciapiede, sono là a due passi, e tu mi hai guardato come guardi tutti, cercando un altro oltre la loro ombra. Potrei parlare, cancellare il tempo. Ma a che scopo? Non ho già avuto quello che volevo? Io sono Dio, la stessa solitudine, la stessa vanagloria, la stessa disperazione per non essere una delle mie creature come tutti. Tutti che vivono nella mia luce e io che vivo nello scintillio insopportabile della mia tenebra.

Vai, vai per il mondo, Guglielmo S.! Sei famoso, mi passi accanto e non mi riconosci. Io mormoro tra me essere o non essere e mi dico bravo Belbo, buon lavoro. Vai vecchio Guglielmo S., a prenderti la tua parte di gloria: tu hai solo creato, io ti ho rifatto.

Noi, che facciamo partorire i parti altrui, come gli attori non dovremmo essere seppelliti in terra consacrata. Ma gli attori fingono che il mondo, cosi com'è, vada in modo diverso, mentre noi fingiamo de l'infinito universo e mondi, la pluralità dei compossibili...

Come può essere così generosa la vita, che provvede un compenso tanto sublime alla mediocrità?

12

Sub umbra alarum tuarum, Jehova.
(*Fama Fraternitatis*, in *Allgemeine und general Reformation*, Cassel, Wessel, 1614, fine)

Il giorno dopo andai alla Garamond. Il numero 1 di via Sincero Renato immetteva in un androne polveroso, da cui si intravedeva un cortile col laboratorio di un cordaio. Entrando a destra c'era un ascensore che avrebbe potuto figurare in un padiglione di archeologia industriale, e come tentai di prenderlo diede alcuni scossoni sospetti, senza determinarsi a partire. Per prudenza discesi e feci due rampe di una scala quasi a chiocciola, in legno, assai polverosa. Come seppi dopo, il signor Garamond amava quella sede perché ricordava una casa editrice parigina. Sul pianerottolo una targa diceva "Garamond Editori, s.p.a.", e una porta aperta immetteva in un ingresso senza centralinista o custode di sorta. Ma non si poteva entrare senza essere scorti da un piccolo ufficio antistante, e subito fui abbordato da una persona di sesso probabilmente femminile, di età imprecisata, e di statura che un eufemista avrebbe definito inferiore alla media.

Costei mi aggredì in una lingua che mi pareva di avere già udito da qualche parte, sino a che non capii che era un italiano privo quasi del tutto di vocali. Le chiesi di Belbo. Dopo avermi fatto attendere qualche secondo, mi condusse lungo il corridoio in un ufficio sul fondo dell'appartamento.

Belbo mi accolse con gentilezza: "Allora lei è una persona seria. Entri." Mi fece accomodare di fronte alla sua scrivania, vecchia come il resto, sovraccarica di manoscritti, come gli scaffali alle pareti.

"Non si sarà spaventato di Gudrun," mi disse.

"Gudrun? Quella... signora?"

"Signorina. Non si chiama Gudrun. La chiamiamo così per il suo aspetto nibelungico e perché parla in un modo vagamente teutonico. Vuole dire tutto subito, e risparmia sulle vocali. Ma ha il senso della justitia aequatrix: quando batte a macchina risparmia sulle consonanti."

"Che ci fa qui?"

"Tutto, purtroppo. Vede, in ogni casa editrice c'è un tipo che è indispensabile perché è l'unica persona in grado di ritrovare le cose nel disordine che crea. Ma almeno, quando si perde un manoscritto, si sa di chi è la colpa."

"Perde anche i manoscritti?"

"Non più di altri. In una casa editrice tutti perdono i manoscritti. Credo sia l'attività principale. Ma bisogna pure avere un capro espiatorio, non le pare? Le rimprovero solo di non perdere quelli che io vorrei. Incidenti sgradevoli per quello che il buon Bacone chiamava *The advancement of learning.*"

"Ma dove si perdono?"

Allargò le braccia: "Mi scusi, ma si rende conto di quanto sia sciocca la domanda? Se si sapesse dove, non sarebbero persi."

"Logico," dissi. "Ma senta. Quando vedo in giro i libri della Garamond, mi sembrano edizioni molto curate e avete un catalogo abbastanza ricco. Fate tutto qui dentro? In quanti?"

"Di fronte c'è uno stanzone con i tecnici, qui a fianco il mio collega Diotallevi. Ma lui cura i manuali, le opere di lunga durata, lunghe da fare e lunghe da vendere, nel senso che vendono a lungo. Le edizioni universitarie le faccio io. Ma non deve credere, non è un lavoro immenso. Oh dio, su certi libri mi ci appassiono, i manoscritti debbo leggerli, ma in genere è tutto lavoro già garantito, economicamente e scientificamente. Pubblicazioni dell'Istituto Tal dei Tali, oppure atti di convegni, curati e finanziati da un ente universitario. Se l'autore è un esordiente, il maestro fa la prefazione e la responsabilità è sua. L'autore corregge almeno due mandate di bozze, controlla citazioni e note, e non prende diritti. Poi il libro viene adottato, se ne vendono mille o duemila copie in qualche anno, le spese sono coperte... Nessuna sorpresa, ogni libro è in attivo."

"E allora lei cosa fa?"

"Molte cose. Anzitutto bisogna scegliere. E poi ci sono alcuni libri che pubblichiamo a nostre spese, quasi sempre traduzioni di autori di prestigio, per tener su il catalogo. E infine ci sono i manoscritti che arrivano così, portati da un isolato. Di rado è roba attendibile, ma bisogna vederli, non si sa mai."

"Si diverte?"

"Mi diverto? È l'unica cosa che so fare bene."

Fummo interrotti da un tipo di una quarantina d'anni, che portava una giacca di alcune misure più ampia, pochi capelli biondo chiari che gli ricadevano su due sopracciglia folte, altrettanto gialle. Parlava in modo soffice, come se educasse un bambino.

"Mi sono proprio stancato di quel *Vademecum del Contribuente*. Dovrei riscriverlo tutto e non ne ho voglia. Disturbo?"

"È Diotallevi," disse Belbo, e ci presentò.

"Ah, è venuto a vedere i Templari? Poverino. Senti, me ne è venuta in mente una buona: Urbanistica Tzigana."

"Bella," disse Belbo ammirato. "Io stavo pensando a Ippica Azteca."

"Sublime. Ma questa la metti nella Poziosezione o negli Adynata?"

"Adesso dobbiamo vedere," disse Belbo. Frugò nel cassetto e ne trasse dei fogli. "La Poziosezione..." Mi guardò, notando la mia curiosità. "La Poziosezione, lei m'insegna, è l'arte di tagliare il brodo. Ma no," disse a Diotallevi, "la Poziosezione non è un dipartimento, è una materia, come l'Avunculogratulazione Meccanica e la Pilocatabasi, tutti nel dipartimento di Tetrapiloctomia."

"Cos'è la tetralo..." azzardai.

"È l'arte di tagliare un capello in quattro. Questo dipartimento comprende l'insegnamento delle tecniche inutili, per esempio l'Avunculogratulazione Meccanica insegna a costruire macchine per salutare la zia. Siamo incerti se lasciare in questo dipartimento la Pilocatabasi, che è l'arte di scamparsela per un pelo, e non pare del tutto inutile. No?"

"La prego, adesso mi dica che cos'è questa storia..." implorai.

"È che Diotallevi, e io stesso, stiamo progettando una riforma del sapere. Una Facoltà di Irrilevanza Comparata, dove si studino materie inutili o impossibili. La facoltà tende a riprodurre studiosi in grado di aumentare all'infinito il numero delle materie irrilevanti."

"E quanti dipartimenti ci sono?"

"Per ora quattro, ma potrebbero già contenere tutto lo scibile. Il dipartimento di Tetrapiloctomia ha funzione preparatoria, tende ad educare al senso dell'irrilevanza. Un dipartimento importante è quello di Adynata o Impossibilia. Per esempio Urbanistica Tzigana e Ippica Azteca... L'essenza della disciplina è la comprensione delle ragioni profonde della sua irrilevanza, e nel dipartimento di Adynata anche della sua impossibilità. Ecco pertanto Morfematica del Morse, Storia dell'Agricoltura Antartica, Storia della Pittura nell'Isola di Pasqua, Letteratura Sumera Contemporanea, Istituzioni di Docimologia Montessoriana, Filatelia Assiro-Babilonese, Tecnologia della Ruota negli Imperi Precolombiani, Iconologia Braille, Fonetica del Film Muto..."

"Che ne dice di Psicologia delle folle nel Sahara?"

"Buono," disse Belbo.

"Buono," disse Diotallevi con convinzione. "Lei dovrebbe collaborare. Il giovanotto ha della stoffa, vero Jacopo?"

"Sì, l'ho capito subito. Ieri sera ha costruito dei ragionamenti stupidi con molto acume. Ma continuiamo, visto che il progetto le interessa. Che cosa avevamo messo nel dipartimento di Ossimorica, che non trovo più l'appunto?"

Diotallevi si tolse di tasca un foglietto e mi fissò con sentenziosa simpatia: "In Ossimorica, come dice la parola stessa, conta l'autocontraddittorietà della disciplina. Ecco perché Urbanistica Tzigana secondo me dovrebbe finire qui..."

"No," disse Belbo, "solo se fosse Urbanistica Nomadica. Gli Adynata riguardano un'impossibilità empirica, l'Ossimorica una contraddizione in termini."

"Vedremo. Ma cosa avevamo messo nell'Ossimorica? Ecco, Istituzioni di Rivoluzione, Dinamica Parmenidea, Statica Eraclitea, Spartanica Sibaritica, Istituzioni di Oligarchia Popolare, Storia delle Tradizioni Innovative, Dialettica Tautologica, Eristica Booleana..."

Ormai mi sentivo sfidato a mostrare di che tempra fossi: "Posso suggerirvi una Grammatica della Devianza?"

"Bello, bello!" dissero entrambi, e si misero a prender nota.

"C'è un punto," dissi.

"Quale?"

"Se voi rendete pubblico il progetto, si presenterà un sacco di gente con pubblicazioni attendibili."

"Te l'ho detto che è un ragazzo acuto, Jacopo," disse Diotallevi. "Ma sa che questo è proprio il nostro problema? Senza volerlo abbiamo tracciato il profilo ideale di un sapere reale. Abbiamo dimostrato la necessità del possibile. Quindi occorrerà tacere. Ma ora debbo andare."

"Dove?" chiese Belbo.

"È venerdi pomeriggio."

"Oh Gesù santissimo," disse Belbo. Poi a me: "Qui di fronte ci sono due o tre case abitate da ebrei ortodossi, sa quelli col cappello nero, il barbone e il ricciolo. Non ce ne sono molti a Milano. Oggi è venerdi e al tramonto comincia il sabato. Così nell'appartamento di fronte iniziano a preparare tutto, a lucidare il candelabro, a cuocere i cibi, a disporre le cose in modo che domani non abbiano nessun fuoco da accendere. Anche il televisore rimane attivato tutta la notte, salvo che sono obbligati a scegliere subito il canale. Il nostro Diotallevi ha un piccolo cannocchiale, e ignominiosamente spia dalla finestra, e si delizia, sognando di essere dall'altra parte della strada."

"E perché?" chiesi.

"Perché il nostro Diotallevi si ostina a sostenere di essere ebreo."

"Come mi ostino?" chiese piccato Diotallevi. "Sono ebreo. Lei ha qualcosa contro, Casaubon?"

"Si figuri."

"Diotallevi," disse Belbo con decisione, "tu non sei ebreo."

"No? E il mio nome? Come Graziadio, Diosiacontè, tutte traduzioni dall'ebraico, nomi di ghetto, come Schalom Aleichem."

"Diotallevi è un nome benaugurale, spesso dato dagli ufficiali comunali ai trovatelli. E tuo nonno era un trovatello."

"Un trovatello ebreo."

"Diotallevi, hai la pelle rosa, la voce di gola e sei praticamente albino."

"Ci sono conigli albini, ci saranno anche ebrei albini."

"Diotallevi, non si può decidere di diventare ebrei come si decide di diventare filatelici o testimoni di Geova. Ebrei si nasce. Rassegnati, sei un gentile come tutti."

"Sono circonciso."

"Andiamo! Chiunque si può fare circoncidere per igiene. Basta un dottore col termocauterio. A che età ti sei fatto circoncidere?"

"Non sottilizziamo."

"Sottilizziamo, invece. Un ebreo sottilizza."

"Nessuno può dimostrare che mio nonno non fosse ebreo."

"Certo, era un trovatello. Ma avrebbe potuto essere anche l'erede del trono di Bisanzio, o un bastardo degli Asburgo."

"Nessuno può dimostrare che mio nonno non fosse ebreo, ed è stato trovato vicino al Portico d'Ottavia."

"Ma tua nonna non era ebrea, e la discendenza da quelle parti avviene per via materna..."

"... e al di sopra delle ragioni anagrafiche, perché anche i registri comunali possono essere letti oltre la lettera, ci sono le ragioni del sangue, e il sangue dice che i miei pensieri sono squisitamente talmudici, e sarebbe razzismo da parte tua sostenere che anche un gentile possa essere così squisitamente talmudico quale io mi trovo ad essere."

Uscì. Belbo mi disse: "Non ci faccia caso. Questa discussione avviene quasi ogni giorno, salvo che ogni giorno tento di portare un argomento nuovo. Il fatto è che Diotallevi è un devoto della Cabbala. Ma c'erano anche dei cabalisti cristiani. E poi senta, Casaubon, se Diotallevi vuole essere ebreo, posso mica oppormi."

"Non credo. Siamo democratici."

"Siamo democratici."

Si accese una sigaretta. Io mi ricordai perché ero venuto. "Mi aveva parlato di un dattiloscritto sui Templari," dissi.

"È vero... Vediamo. Era in una cartella di fintapelle..." Stava frugando in una pila di manoscritti e cercava di trarne fuori uno, posto a metà, senza togliere gli altri. Operazione rischiosa. Infatti la pila crollò in parte sul pavimento. Belbo teneva ora in mano la cartella di fintapelle.

Guardai l'indice e l'introduzione. "Riguarda l'arresto dei Templari. Nel 1307 Filippo il Bello decide di arrestare tutti i Templari di Francia. Ora c'è una leggenda che dice che due giorni prima che Filippo faccia partire gli ordini di arresto, una carretta di fieno, tirata da buoi, lascia la cinta del Tempio, a Parigi, per destinazione ignota. Si dice sia un gruppo di cavalieri guidati da un certo Aumont, e costoro si rifugerebbero in Scozia, unendosi a una loggia di muratori a Kilwinning. La leggenda vuole che i cavalieri si identificassero con le compagnie di muratori che si tramandavano i segreti del Tempio di Salomone. Ecco, lo prevedevo. Anche costui pretende di ritrovare l'origine della massoneria in questa fuga dei Templari in Scozia... Una storia rimasticata da due secoli, fondata su fantasie. Nessuna prova, le posso buttare sul tavolo una cinquantina di libretti che raccontano la stessa faccenda, uno scopiazzato dall'altro. Guardi qui, ho aperto a caso: 'La prova della spedizione scozzese sta nel fatto che ancor oggi, a seicentocinquanta anni di distanza, esistono ancora nel mondo ordini segreti che si richiamano alla Milizia del Tempio. Come spiegare altrimenti la continuità di questo retaggio?' Capisce? Com'è possibile che non esista il marchese di Carabas visto che anche il gatto con gli stivali dice di essere al suo servizio?"

"Ho capito," disse Belbo. "Lo faccio fuori. Ma la sua storia dei Templari mi interessa. La volta buona che ho sottomano un esperto, non voglio lasciarmelo sfuggire. Perché tutti parlano dei Templari e non dei cavalieri di Malta? No, non me lo dica adesso. Si è fatto tardi, Diotallevi e io tra poco dobbiamo andare a una cena col signor Garamond. Ma dovremmo finire verso le dieci e mezzo. Se posso, convinco anche Diotallevi a fare un salto da Pilade – lui di solito va a dormire presto ed è astemio. La trovo là?"

"E dove se no? Appartengo a una generazione perduta, e mi ritrovo soltanto quando assisto in compagnia alla solitudine dei miei simili."

13

Li frere, li mestre du Temple
Qu'estoient rempli et ample
D'or et d'argent et de richesse
Et qui menoient tel noblesse,
Où sont il? que sont devenu?
(*Chronique à la suite du roman de Favel*)

Et in Arcadia ego. Pilade quella sera era l'immagine dell'età dell'oro. Una di quelle serate in cui avverti che la Rivoluzione non solo si farà, ma sarà sponsorizzata dall'Unione industriali. Solo da Pilade si poteva vedere il proprietario di un cotonificio, in eschimo e barba, giocare a otto americano con un futuro latitante, in doppiopetto e cravatta. Eravamo agli albori di un grande rovesciamento di paradigma. Ancora all'inizio degli anni sessanta la barba era fascista – ma occorreva disegnarne il profilo, rasandola sulle guance, alla Italo Balbo – nel sessantotto era stata contestataria, e ora stava diventando neutra e universale, scelta di libertà. La barba è sempre stata maschera (ci si mette una barba finta per non essere riconosciuti), ma in quello scorcio d'inizio anni settanta ci si poteva camuffare con una barba vera. Si poteva mentire dicendo la verità, anzi, rendendo la verità enigmatica e sfuggente, perché di fronte a una barba non si poteva più inferire l'ideologia del barbuto. Ma quella sera, la barba risplendeva anche sui volti glabri di chi, non portandola, lasciava capire che avrebbe potuto coltivarla e vi aveva rinunciato solo per sfida.

Divago. Ma arrivarono a un certo punto Belbo e Diotallevi, mormorandosi a vicenda, con aria stravolta, acri commenti sulla loro recentissima cena. Solo dopo avrei saputo cos'erano le cene del signor Garamond.

Belbo passò subito ai suoi distillati preferiti, Diotallevi rifletté a lungo, frastornato, e si decise per un'acqua tonica. Trovammo un tavolino in fondo, appena liberato da due tranvieri che la mattina dopo dovevano alzarsi presto.

"Allora, allora," disse Diotallevi, "questi Templari..."

"No, adesso per piacere non mettetemi in crisi... Sono cose che potete leggere dappertutto..."

"Siamo per la tradizione orale," disse Belbo.

"È più mistica," disse Diotallevi. "Dio ha creato il mondo parlando, mica ha mandato un telegramma."

"Fiat lux, stop. Segue lettera," disse Belbo.

"Ai Tessalonicesi, immagino," dissi.

"I Templari," chiese Belbo.

"Dunque," dissi.

"Non si comincia mai con dunque," obiettò Diotallevi.

Feci l'atto di alzarmi. Attesi che mi implorassero. Non lo fecero. Mi sedetti e parlai.

“No, dico, la storia la sanno tutti. C’è la prima crociata, va bene? Goffredo il gran sepolcro adora e scioglie il voto, Baldovino diventa il primo re di Gerusalemme. Un regno cristiano in Terrasanta. Ma un conto è tenere Gerusalemme, un conto il resto della Palestina, i saraceni sono stati battuti ma non eliminati. La vita da quelle parti non è facile, né per i nuovi insediati, né per i pellegrini. Ed ecco che nel 1118, sotto il regno di Baldovino II, arrivano nove personaggi, guidati da un certo Ugo de Payns, e costituiscono il primo nucleo di un Ordine dei Poveri Cavalieri di Cristo: un ordine monastico, ma con spada e armatura. I tre voti classici, povertà, castità, obbedienza, più quello di difesa dei pellegrini. Il re, il vescovo, tutti, a Gerusalemme, danno subito aiuti in denaro, li alloggiano, li installano nel chiostro del vecchio Tempio di Salomone. Ed ecco come diventano Cavalieri del Tempio.”

“Chi sono?”

“Probabilmente Ugo e i primi otto sono degli idealisti, conquistati dalla mistica della crociata. Ma in seguito saranno dei cadetti in cerca di avventure. Il nuovo regno di Gerusalemme è un poco la California di quei tempi, c’è da far fortuna. A casa non hanno troppe prospettive, magari c’è tra di loro qualcuno che l’ha combinata grossa. Io penso alla faccenda in termini di legione straniera. Che fai se sei nei guai? Ti fai Templare, si vedono dei posti nuovi, ci si diverte, si menano le mani, ti nutrono, ti vestono e alla fine salvi anche l’anima. Certo, dovevi essere abbastanza disperato, perché si trattava di andare nel deserto, e dormire sotto la tenda, e passare giorni e giorni senza vedere anima viva salvo che gli altri Templari e qualche faccia di turco, e cavalcare sotto il sole, e patire la sete, e sbudellare degli altri poveri diavoli...”

Mi fermai un istante. “Forse la faccio un po’ troppo western. C’è probabilmente una terza fase: l’ordine è diventato potente, si cerca di farne parte anche se si ha una buona posizione in patria. Ma a quel punto essere Templare non vuol più dire necessariamente lavorare in Terrasanta, si fa il Templare anche a casa. Storia complessa. Certe volte sembrano dei soldatacci, altre volte mostrano di avere una certa sensibilità. Per esempio, non si può dire che fossero razzisti: combattevano i musulmani, erano lì per quello, ma con spirito cavalleresco, e si ammiravano a vicenda. Quando l’ambasciatore dell’emiro di Damasco visita Gerusalemme, i Templari gli assegnano una piccola moschea, già trasformata in chiesa cristiana, perché possa fare le sue devozioni. Un giorno entra un franco che si indigna vedendo un musulmano in un luogo sacro, e lo tratta male. Ma i Templari cacciano via l’intollerante e si scusano col musulmano. Questa fraternità d’armi col nemico li porterà poi alla rovina, perché al processo verranno anche accusati di avere avuto rapporti con sette esoteriche musulmane. E forse è vero, è un po’ come quegli avventurieri del secolo scorso che si prendono il mal d’Africa, non avevano un’educazione monastica regolare, non erano così sottili nel cogliere le differenze teologiche, pensateli come tanti Lawrence d’Arabia, che dopo un poco si vestono come uno sceicco... Ma poi, è difficile valutare le loro azioni, perché spesso gli storiografi cristiani come Guglielmo di Tiro non perdono occasione per denigrarli."

"Perché?"

"Perché diventano troppo potenti e troppo in fretta. Tutto succede con san Bernardo. Avete presente san Bernardo, no? Grande organizzatore, riforma l'ordine benedettino, elimina dalle chiese le decorazioni, quando un collega gli dà sui nervi, come Abelardo, lo attacca alla McCarthy, e se potesse lo farebbe salire sul rogo. Non potendolo, fa bruciare i suoi libri. Poi predica la crociata, armiamoci e partite..."

"Non le è simpatico," osservò Belbo.

"No, non lo posso soffrire, se era per me finiva in uno dei gironi brutti, altro che santo. Ma era un buon press agent di se stesso, vedi il servizio che gli fa Dante, lo nomina capo di gabinetto della Madonna. Diventa subito santo perché si è arruffianato con la gente giusta. Ma dicevo i Templari. Bernardo intuisce subito che l'idea è da coltivare, e appoggia quei nove avventurieri, trasformandoli in una Militia Christi, diciamo pure che i Templari, nella loro versione eroica, li inventa lui. Nel 1128 fa convocare un concilio a Troyes proprio per definire che cosa siano quei nuovi monaci soldati, e alcuni anni dopo scrive un elogio di questa Milizia di Cristo, e prepara una regola di settantadue articoli, divertente da leggere, perché vi si trova di tutto. Messa ogni giorno, non devono frequentare cavalieri scomunicati, però se uno di essi sollecita l'ammissione al Tempio bisogna accoglierlo cristianamente, e vedete che avevo ragione quando parlavo di legione straniera. Porteranno mantelli bianchi, semplici, senza pellicce, a meno che non siano di agnello o di montone, proibito portare calzature ricurve e sottili alla moda, si dorme in camicia e mutande, un materasso, un lenzuolo e una coperta..."

"Con quel caldo chissà che puzza..." disse Belbo.

"Quanto alla puzza ne riparleremo. La regola ha altre durezze: una stessa scodella per due, si mangia in silenzio, carne tre volte alla settimana, penitenza il venerdì, ci si alza all'alba, se il lavoro è stato faticoso viene concessa un'ora di sonno in più, ma in cambio si debbono recitare tredici pater a letto. C'è un maestro, tutta una serie di gerarchie inferiori, sino ai marescialli, agli scudieri, ai famigli e servi. Ogni cavaliere avrà tre cavalli e uno scudiero, nessuna decorazione di lusso a briglie sella e speroni, armi semplici, ma buone, vietata la caccia, tranne il leone, insomma, una vita di penitenza e di battaglia. Senza dire del voto di castità, su cui si insiste particolarmente, perché quella era gente che non stava in convento ma faceva la guerra, viveva in mezzo al mondo, se vogliamo chiamare mondo il verminaio che doveva essere a quei tempi la Terrasanta. Insomma, dice la regola che la compagnia di una donna è pericolosissima e che non si possono baciare che la mamma, la sorella e la zia."

Belbo nicchiò: "Be', però la zia, io sarei stato più attento.... Ma per quel che ricordo, i Templari non sono stati accusati di sodomia? C'è quel libro di Klossowski, *Il Bafometto*. Chi era Bafometto, una loro divinità diabolica, no?"

"Ci arrivo. Ma ragionate un momento. Facevano la vita del marinaio, mesi e mesi nel deserto. Ti trovi a casa del diavolo, è notte, ti sdrai sotto la tenda col tizio che ti ha mangiato nella stessa scodella, hai sonno freddo sete paura e vorresti la mamma. Che fai?"

"Amore virile, legione tebana," suggerì Belbo.

"Ma pensate che vita d'inferno, in mezzo ad altri armigeri che non hanno fatto il voto, quando invadono una città stuprano la moretta, ventre ambrato e occhi di velluto, che fa il Templare, tra gli aromi dei cedri del Libano? Lasciategli il moretto. Adesso capite perché si diffonde il detto 'bere e bestemmiare come un Templare'. È un poco la storia del cappellano in trincea, ingolla grappa e bestemmia coi suoi soldati analfabeti. E bastasse. Il loro sigillo li rappresenta sempre in due, uno stretto al dorso dell'altro, su uno stesso cavallo. Perché, visto che la regola gli consente tre cavalli ciascuno? Dev'essere stata un'idea di Bernardo, per simboleggiare la povertà, o la duplicità del loro ruolo di monaci e cavalieri. Ma vi vedete voi l'immaginazione popolare, che dire di questi monaci che vanno a rotta di collo, uno con la pancia contro il culo dell'altro? Saranno anche stati calunniati..."

"...ma certo se la sono cercata," commentò Belbo. "Sarà mica che quel san Bernardo era stupido?"

"No, stupido non lo era, ma era monaco anche lui, e a quei tempi il monaco aveva una sua strana idea del corpo... Poco fa temevo di aver buttato la mia storia troppo sul western, ma a ripensarci bene, sentite cosa ne dice Bernardo, dei suoi cavalieri prediletti, ho con me la citazione perché vale la pena: 'Evitano e aborriscono i mimi, i prestigiatori e i giocolieri, le canzoni sconvenienti e le farse, si tagliano i capelli corti, avendo appreso dall'apostolo che è un'ignominia per un uomo curare la propria capigliatura. Non li si vede mai pettinati, raramente lavati, la barba irsuta, fetidi di polvere, sporchi per le loro armature e per il caldo.'"

"Non avrei voluto soggiornare nei loro quartieri," disse Belbo.

Diotallevi sentenziò: "È sempre stato tipico dell'eremita coltivare una sana sporcizia, per umiliare il proprio corpo. Non era san Macario quello che viveva su una colonna e, quando i vermi gli cadevano di dosso, li raccoglieva e se li rimetteva sul corpo perché anch'essi, creature di Dio, avessero il loro festino?"

"Lo stilita era san Simeone," disse Belbo, "e a mio parere stava sulla colonna per sputare in testa a quelli che passavano di sotto."

"Odio lo spirito dell'illuminismo," disse Diotallevi. "In ogni caso, Macario o Simeone, c'era uno stilita coi vermi come dico io, ma non sono un'autorità in materia perché non mi occupo delle follie dei gentili."

"Erano puliti i tuoi rabbini di Gerona," disse Belbo.

"Stavano in luride stamberghe perché voi gentili li costringevate nel ghetto. I Templari invece si insozzavano per gusto."

"Non drammatizziamo," dissi. "Avete mai visto un plotone di reclute dopo una marcia? Ma ho raccontato queste cose per farvi capire la contraddizione del Templare. Deve essere mistico, ascetico, non mangiare, non bere, non scopare, però va per il deserto, taglia le teste ai nemici di Cristo, più ne taglia più guadagna tagliandi per il paradiso, puzza, si fa irsuto ogni giorno che passa, e poi Bernardo pretendeva che dopo aver conquistato una città non si buttasse su qualche fanciulletta o vecchietta che fosse, e che nelle notti illuni, quando com'è noto il simun soffia sul deserto, non si facesse fare qualche servizietto dal suo commilitone preferito. Come fai a essere monaco e spadaccino, sbudelli e reciti l'avemaria, non devi guardare in faccia tua cugina e poi entri in una città, dopo giorni di assedio, gli altri crociati si fottono la moglie del califfo davanti ai tuoi occhi, sulamite meravigliose si aprono il corsetto e dicono prendimi prendimi ma lasciami la vita... E il Templare no, dovrebbe stare duro, puzzolente, irsuto come lo voleva san Bernardo, e recitar compieta... D'altra parte, basta leggersi i Retraits..."

"Che cosa erano?"

"Statuti dell'ordine, di redazione abbastanza tarda, diciamo quando già l'ordine è in pantofole. Non c'è nulla di peggio di un esercito che si annoia perché la guerra è finita. Per esempio a un certo punto si proibiscono risse, ferite a un cristiano per vendetta, commercio con una donna, calunnia del fratello. Non si deve perdere uno schiavo, incollerirsi e dire 'me ne andrò dai saraceni!', smarrire per incuria un cavallo, donare un animale a eccezione di cani e gatti, partire senza permesso, spezzare il sigillo del maestro, lasciare la capitaneria di notte, prestare denaro dell'ordine senza autorizzazione, gettare l'abito a terra per rabbia."

"Da un sistema di divieti si può capire quel che la gente fa di solito," disse Belbo, "e se ne possono trarre bozzetti di vita quotidiana."

"Vediamo," disse Dioallevi, "un Templare, irritato per chi sa cosa i fratelli gli avevano detto o fatto quella sera, se ne esce di notte senza permesso, a cavallo, con un saracenino di scorta e tre capponi appesi alla sella, va da una ragazza di indecorosi costumi e locupletandola dei capponi ne trae occasione di illecito concubito.... Poi, durante la crapula, il moretto scappa col cavallo e il nostro Templare, più sporco sudato e irsuto che di costume, torna a casa con la coda fra le gambe e cercando di non farsi vedere passa denaro (del Tempio) al solito usuraio ebreo che attende come un avvoltoio sul trespolo..."

"Tu l'hai detto, Caifa," osservò Belbo.

"Suvvia, si va per stereotipi. Il Templare cerca di riavere, se non il moro, almeno una parvenza di cavallo. Ma un co-templare si accorge del marchingegno e alla sera (si sa, in quelle comunità l'invidia è di casa), quando tra la soddisfazione generale arriva la carne, fa pesanti allusioni. Il capitano s'insospettisce, il sospetto s'ingarbuglia, arrossisce, trae il pugnale e si butta sul compare..."

"Sul sicofante," precisò Belbo.

"Sul sicofante, ben detto, si butta sul miserabile sfregiandogli il volto. Quello mette mano alla spada, s'azzuffano indecorosamente, il capitano cerca di calmarli a piattonate, i fratelli sghignazzano..."

"Bevendo e bestemmiando come Templari..." disse Belbo.

"Giuraddio, nomedidio, poffardio, affedidio, sanguedidio!" drammatizzai.

"Senza dubbio, il nostro si altera, si... come diavolo fa un Templare quando si altera?"

"Si fa pavonazzo in volto," suggerì Belbo.

"Ecco, così come dici tu, si fa pavonazzo, si toglie l'abito e lo sbatte per terra ...."

"Tenetevi 'sta tunica di merda voi e il vostro tempio della malora!" proposi. "Anzi, dà un colpo di spada al sigillo, lo spezza e grida che lui se ne va coi saraceni."

"Ha violato almeno otto precetti in un colpo solo."

Conclusi, ad illustrare meglio la mia tesi: "Ve li vedete dei tipi così, che dicono io me ne vo coi saraceni, il giorno che il balivo del re li arresta e gli fa vedere i ferri roventi? Parla marrano, di' che ve lo mettevate nel sedere! Noi? Ma a me le vostre tenaglie mi fanno ridere, non sapete di cosa è capace un Templare, io lo metto nel sedere a voi, al papa, e se mi capita sottomano anche a re Filippo!"

"Ha confessato, ha confessato! È andata certo così," disse Belbo. "E via nelle segrete, ogni giorno una passata d'olio, così poi brucia meglio."

"Come bambini," concluse Diotallevi.

Fummo interrotti da una ragazza, con una voglia di fragola sul naso, che aveva dei fogli in mano. Ci chiese se avevamo già firmato per i compagni argentini arrestati. Belbo firmò subito, senza guardare il foglio. "In ogni caso stanno peggio di me," disse a Diotallevi che lo guardava con aria smarrita. Poi si rivolse alla ragazza: "Lui non può firmare, appartiene a una minoranza indiana che proibisce di scrivere il proprio nome. Molti di loro sono in galera perché il governo li perseguita." La ragazza fissò Diotallevi con comprensione e passò il foglio a me. Diotallevi si rilassò.

"Chi sono?" domandai.

"Come chi sono? Compagni argentini."

"Sì, ma di che gruppo?"

"Taquara, no?"

"Ma i Taquara sono fascisti," azzardai, per quel che ne sapevo.

"Fascista," mi sibilò con astio la ragazza. E se ne andò.

"Ma insomma, questi Templari erano allora dei poveretti?" chiese Diotallevi.

"No," dissi, "è colpa mia, cercavo di vivacizzare la storia. Quello che abbiamo detto riguarda la truppa, ma l'ordine sin dall'inizio aveva ricevuto donazioni immense e a poco a poco aveva costituito capitanerie in tutta Europa. Pensate che Alfonso di Castiglia e di Aragona gli regala un intero paese, anzi, fa testamento e gli lascia il regno nel caso che dovesse morire senza eredi. I Templari non si fidano e fanno una transazione, come a dire pochi maledetti e subito, ma questi pochi maledetti sono una mezza dozzina di fortezze in Spagna. Il re del Portogallo gli dona una foresta, visto che era ancora occupata dai saraceni i Templari si buttano all'assalto, scacciano i mori, e tanto per dire fondano Coimbra. E sono solo episodi. Insomma, una parte combatte in Palestina, ma il grosso dell'ordine si sviluppa in patria. E cosa succede? Che se qualcuno deve andare in Palestina e ha bisogno di denaro, e non si fida a viaggiare con gioielli e oro, versa ai Templari in Francia, o in Spagna, o in Italia, riceve un buono, e riscuote in Oriente."

"È la lettera di credito," disse Belbo.

"Sicuro, hanno inventato l'assegno, e prima dei banchieri fiorentini. Quindi capite, tra donazioni, conquiste a mano armata e provvigioni sulle operazioni finanziarie i Templari diventano una multinazionale. Per dirigere un'impresa del genere ci voleva gente con la testa sulle spalle. Gente che riesce a convincere Innocenzo II ad accordargli privilegi eccezionali: l'ordine può conservare tutto il bottino di guerra, e dovunque abbia beni non risponde né al re, né ai vescovi, né al patriarca di Gerusalemme, ma solo al papa. Esentati in ogni luogo dalle decime, hanno diritto di imporle essi stessi sulle terre che controllano... Insomma, è un'impresa sempre in attivo in cui nessuno può mettere il naso. Si capisce perché sono mal visti da vescovi e regnanti, e tuttavia non si può fare a meno di loro. I crociati sono dei pasticcioni, gente che parte senza sapere dove va e cosa troverà, i Templari invece da quelle parti sono di casa, sanno come trattare col nemico, conoscono il terreno e l'arte militare. L'ordine del Tempio è una cosa seria, anche se si regge sulle rodomontate delle sue truppe d'assalto."

"Ma erano rodomontate?" chiese Diotallevi.

"Spesso sì, ancora una volta si è stupiti del divario tra la loro sapienza politica e amministrativa, e il loro stile da berretto verde, tutto fegato e niente cervello. Prendiamo la storia di Ascalona..."

"Prendiamola," disse Belbo, che si era distratto per salutare con ostentata lussuria una certa Dolores.

Costei si sedette accanto a noi dicendo: "Voglio sentire la storia di Ascalona, voglio sentire."

"Dunque, un giorno il re di Francia, l'imperatore tedesco, Baldovino III di Gerusalemme e i due gran maestri dei Templari e degli Ospitalieri decidono di assediare Ascalona. Partono tutti per l'assedio, il re, la corte, il patriarca, i preti con le croci e gli stendardi, gli arcivescovi di Tiro, di Nazareth, di Cesarea, insomma, una gran festa, con le tende rizzate davanti alla città nemica, e le orifiamme, i gran palvesi, i tamburi... Ascalona era difesa da centocinquanta torri e gli abitanti si erano preparati da tempo all'assedio, ogni casa era traforata di feritoie, tante fortezze nella fortezza. Dico, i Templari, che erano così bravi, queste cose avrebbero dovuto saperle. Ma niente, tutti si eccitano, si costruiscono testuggini e torri in legno, sapete quelle costruzioni a ruote che si spingono sotto le mura nemiche e lanciano fuoco, sassi, frecce, mentre da lontano le catapulte bombardano coi macigni... Gli ascaloniti cercano di incendiare le torri, il vento gli è sfavorevole, le fiamme si attaccano alle mura, che almeno in un punto crollano. La breccia! A questo punto tutti gli assedianti si buttano come un sol uomo, e accade il fatto strano. Il gran maestro dei Templari fa fare sbarramento, in modo che in città entrino solo i suoi. I maligni dicono che fa così affinché il saccheggio arricchisca solo il Tempio, i benigni suggeriscono che temendo un agguato volesse mandare in avanscoperta i suoi ardimentosi. In ogni caso non darei a costui da dirigere una scuola di guerra, perché quaranta Templari fanno tutta la città a centottanta all'ora, sbattono contro la cinta dal lato opposto, frenano con un gran polverone, si guardano negli occhi, si chiedono che cosa fanno lì, invertono la marcia e sfilano a rotta di collo tra i mori, che li tempestano di sassi e verrettoni dalle finestre, li massacrano tutti gran maestro compreso, chiudono la breccia, appendono alle mura i cadaveri e squadrano le fiche ai cristiani tra sghignazzamenti immondi."

"Il moro è crudele," disse Belbo.

"Come bambini," ripeté Diotallevi.

"Ma erano katanga un casino questi tuoi Templari," disse la Dolores, eccitata.

"A me fa venire in mente Tom and Jerry," disse Belbo.

Mi pentii. In fondo vivevo da due anni coi Templari, e li amavo. Ricattato dallo snobismo dei miei interlocutori, li avevo presentati come personaggi da cartone animato. Forse era colpa di Guglielmo di Tiro, storiografo infido. Non erano così i cavalieri del Tempio, barbuti e fiammeggianti, con la bella croce rossa sul mantello candido, caracollanti all'ombra della loro bandiera bianca e nera, il Beauceant, intenti – e meravigliosamente – alla loro festa di morte e di ardimento, e il sudore di cui parlava san Bernardo era forse un lucore bronzeo che conferiva una nobiltà sarcastica al loro sorriso tremendo, mentre erano intenti a festeggiare così crudelmente l'addio alla vita... Leoni in guerra, come diceva Jacques de Vitry, agnelli pieni di dolcezza in pace, rudi nella battaglia, devoti nella preghiera, feroci coi nemici, benevoli ai fratelli, segnati dal bianco e dal nero del loro stendardo perché pieni di candore per gli amici di Cristo, cupi e terribili per i suoi avversari...

Patetici campioni della fede, ultimo esempio di una cavalleria al tramonto, perché comportarmi con loro come un Ariosto qualsiasi, quando avrei potuto essere il loro Joinville? Mi vennero alla mente le pagine che dedicava loro l'autore della *Storia di San Luigi*, che con Luigi il Santo era andato in Terrasanta, scrivano e combattente al tempo stesso. Ormai i Templari esistevano da centocinquant'anni, di crociate se ne erano fatte abbastanza da sfiancare ogni ideale. Scomparse come fantasmi le figure eroiche della regina Melisenda e di Baldovino il re lebbroso, consumate le lotte intestine di quel Libano insanguinato sin d'allora, caduta già una volta Gerusalemme, Barbarossa affogato in Cilicia, Riccardo Cuor di Leone sconfitto e umiliato che rimpatria travestito, appunto, da Templare, la cristianità ha perso la sua battaglia, i mori hanno un senso ben diverso della confederazione tra potentati autonomi ma uniti nella difesa di una civiltà – hanno letto Avicenna, non sono ignoranti come gli europei, come si può restare per due secoli esposti a una cultura tollerante, mistica e libertina, senza cederne alle lusinghe, potendola commisurare alla cultura occidentale, rozza, becera, barbara e germanica? Sinché nel 1244 si ha l'ultima e definitiva caduta di Gerusalemme, la guerra, iniziata centocinquant'anni prima, è perduta, i cristiani dovranno cessare di portare le armi in una landa destinata alla pace e al profumo dei cedri del Libano, poveri Templari, a che è servita la vostra epopea?

Tenerezza, melanconia, pallore di una gloria senescente, perché non darsi allora all'ascolto delle dottrine segrete dei mistici musulmani, all'accumulazione ieratica di tesori nascosti? Forse di lì nasce la leggenda dei cavalieri del Tempio, che ancora ossessiona le menti deluse e desideranti, il racconto di una potenza senza limiti che ormai non sa più su cosa esercitarsi...

Eppure, già al tramonto del mito, arriva Luigi, il re santo, il re che ha per commensale l'Aquinate, lui alla crociata ancora ci crede, malgrado due secoli di sogni e tentativi falliti per la stupidità dei vincitori, vale la pena di tentare ancora una volta? Vale la pena, dice Luigi il Santo, i Templari ci stanno, lo seguono nella disfatta, perché è il loro mestiere, come giustificare il Tempio senza la crociata?

Luigi attacca dal mare Damietta, la riva nemica è tutto un rilucere di picche e alabarde e orifiamme, scudi e scimitarre, gran bella gente a vedersi, dice Joinville con cavalleria, che portano armi d'oro percosse dal sole. Luigi potrebbe attendere, decide invece di sbarcare a ogni costo. "Miei fedeli, saremo invincibili se inseparabili nella nostra carità. Se saremo vinti saremo dei martiri. Se trionferemo, la gloria di Dio ne sarà accresciuta." I Templari non ci credono, ma sono stati educati ad essere dei cavalieri dell'ideale, e quella è l'immagine che debbono dare di sé. Seguiranno il re nella sua follia mistica.

Lo sbarco incredibilmente riesce, i saraceni incredibilmente lasciano Damietta, tanto che il re esita ad entrarvi perché non crede a quella fuga. Ma è vero, la città è sua e suoi ne sono i tesori e le cento moschee che subito Luigi converte in chiese del Signore. Ora si tratta di prendere una decisione: marciare su Alessandria o sul Cairo? La decisione saggia sarebbe stata Alessandria, per sottrarre all'Egitto un porto vitale. Ma c'era il cattivo genio della spedizione, il fratello del re, Roberto d'Artois, megalomane, ambizioso, assetato di gloria e subito, come ogni cadetto. Consiglia di puntare sul Cairo, cuore dell'Egitto. Il Tempio, prima prudente, ora morde il freno. Il re aveva vietato gli scontri isolati, ma è il maresciallo del Tempio ad infrangere il divieto. Vede un drappello di mammalucchi del sultano e grida: "Ora a loro, in nome di Dio, perché non posso sopportare un'onta del genere!"

A Mansurah i saraceni si arroccano al di là di un fiume, i francesi cercano di costruire una diga per creare un guado, e la proteggono con le loro torri mobili, ma i saraceni conoscono dai bizantini l'arte del fuoco greco. Il fuoco greco aveva una punta grossa quanto una botte, la coda era come una grande lancia, arrivava come una folgore e sembrava un dragone che volasse per l'aria. E gettava una tale luce che nel campo ci si vedeva come di giorno.

Mentre il campo cristiano è tutto una fiamma, un beduino traditore indica al re un guado, per trecento bisanti. Il re decide di attaccare, la traversata non è facile, molti annegano e son trascinati dalle acque, sulla riva opposta attendono trecento saraceni a cavallo. Ma finalmente il grosso tocca terra, e secondo gli ordini i Templari cavalcano all'avanguardia, seguiti dal conte d'Artois. I cavalieri musulmani si danno alla fuga e i Templari attendono il resto dell'esercito cristiano. Ma il conte d'Artois balza coi suoi all'inseguimento dei nemici.

Allora i Templari, per non essere disonorati, si buttano anch'essi all'assalto, ma giungono solo a ridosso dell'Artois, il quale è già penetrato nel campo nemico e ha fatto strage. I musulmani si danno alla fuga verso Mansurah. Invito a nozze per l'Artois, che fa per inseguirli. I Templari cercano di fermarlo, fratello Gilles, gran comandante del Tempio, lo blandisce dicendogli che ha già compiuto un'impresa mirabile, delle più grandi mai realizzate in terra d'oltremare. Ma l'Artois, moscardino assetato di gloria, accusa di tradimento i Templari, anzi aggiunge che, se Templari e Ospitalieri avessero voluto, quella terra sarebbe già stata conquistata da molto tempo, e lui aveva dato una prova di cosa si potesse fare se si aveva sangue nelle vene. Troppo per l'onore del Tempio. Il Tempio non è secondo a nessuno, tutti si buttano verso la città, vi entrano, inseguono i nemici sino alle mura del lato opposto, e a quel punto i Templari si accorgono di aver ripetuto l'errore di Ascalona. I cristiani – Templari compresi – si sono attardati a saccheggiare il palazzo del sultano, gli infedeli si ricompattano, piombano su quella masnada ormai dispersa di avvoltoi. Ancora una volta i Templari si son fatti accecare dall'avidità? Ma altri riferiscono che prima di seguire l'Artois in città, fratello Gilles gli aveva detto con lucido stoicismo: "Signore, io e i miei fratelli non abbiamo paura e vi seguiremo. Ma sappiate che dubitiamo, e forte, che voi ed io possiamo tornare." In ogni caso l'Artois, la Dio mercé, viene ucciso, e con lui tanti altri bravi cavalieri, e duecentottanta Templari.

Peggio che una disfatta, un'onta. Eppure non viene registrata come tale, neppure da Joinville: accade, è la bellezza della guerra.

Sotto la penna del signor di Joinville molte di queste battaglie, o scaramucce che fossero, diventano balletti gentili, con qualche testa che rotola, e molte implorazioni al buon Signore, e qualche pianto del re per un suo fedele che spira, ma tutto come girato a colori, tra gualdrappe rosse, finimenti dorati, lampeggiare d'elmi e di spade sotto il sole giallo del deserto, e di fronte al mare turchino, e chissà che i Templari non vivessero così la loro macelleria quotidiana.

Lo sguardo di Joinville si muove dall'alto in basso o dal basso in alto, a seconda che lui cada da cavallo o vi risalga, e mette a fuoco scene isolate, il piano della battaglia gli sfugge, tutto si risolve in duello individuale, e non di rado dall'esito casuale. Joinville si lancia in aiuto del signor di Wanon, un turco lo colpisce di lancia, il cavallo cade sui ginocchi, Joinville vola in avanti oltre la testa dell'animale, si rialza con la spada in mano e messer Erardo di Siverey ("Dio l'assolva") gli fa cenno di rifugiarsi in una casa diroccata, sono letteralmente calpestati da un drappello di turchi, si rialzano indenni, raggiungono la casa, vi si asserragliano, i turchi li assalgono dall'alto con le lance. Messer Federico di Loupey viene colpito alle spalle "e fu tale la ferita che il sangue ne sprizzava come il tappo che sbalza da una botte" e il Siverey vien preso da un fendente in mezzo al viso "sì che il naso gli cadeva sulle labbra". E via, poi arrivano gli aiuti, si esce dalla casa, ci si sposta in altra area del campo di battaglia, nuova scena, altri morti e salvataggi in extremis, preghiere ad alta voce a messer san Giacomo. E intanto grida il buon conte di Soissons, mentre dà di taglio, "signor di Joinville, lasciamo urlare codesta canaglia, per Dio, che dovremo parlarne ancora di questa giornata, quando saremo in mezzo alle dame!" E il re chiede notizie di suo fratello, il dannato conte d'Artois, e frate Henry de Ronnay, preposto dell'Ospedale, gli risponde "che ne aveva di buone, tenendo per certo che il conte d'Artois era in paradiso". Il re dice che Dio sia lodato per tutto quel che gli manda, e grosse lacrime gli cadono dagli occhi.

Non è sempre balletto, per angelico e sanguinario che sia. Muore il gran maestro Guglielmo di Sonnac, arso vivo dal fuoco greco, l'esercito cristiano, dal gran lezzo dei cadaveri, e dalla scarsità dei viveri, viene colto dallo scorbuto, l'armata di san Luigi è in rotta, il re è succhiato dalla dissenteria, da doversi tagliare, per guadagnar tempo in battaglia, il fondo dei calzoni. Damietta è perduta, la regina deve trattare coi saraceni e paga cinquecentomila lire tornesi per aver salva la vita.

Ma le crociate si facevano con teologale malafede. A San Giovanni d'Acri Luigi viene accolto da trionfatore e si reca ad incontrarlo tutta la città in processione, col clero e le dame e i fanciulli. I Templari la sanno più lunga e cercano di entrare in trattative con Damasco. Luigi lo viene a sapere, non sopporta di essere scavalcato, sconfessa il nuovo gran maestro di fronte agli ambasciatori musulmani, e il gran maestro si rimangia la parola data ai nemici, si inginocchia davanti al re e gli chiede scusa. Non si può dire che i cavalieri non si fossero battuti bene, e disinteressatamente, ma il re di Francia li umilia, per riaffermare il suo potere – e per riaffermare il suo potere, mezzo secolo dopo, il suo successore Filippo li manderà al rogo.

Nel 1291 San Giovanni d'Acri viene conquistata dai mori, tutti gli abitanti sono immolati. Il regno cristiano di Gerusalemme è finito. I Templari sono più ricchi, più numerosi e più potenti che mai ma, nati per combattere in Terrasanta, in Terrasanta non ci sono più.

Vivono splendidamente seppelliti nelle capitanerie di tutta Europa e nel Tempio di Parigi, e sognano ancora la spianata del Tempio di Gerusalemme ai tempi della gloria, con la bella chiesa di Santa Maria in Laterano costellata di cappelle votive, bouquet di trofei, e un fervore di fucine, sellerie, drapperie, granai, una scuderia di duemila cavalli, un caracollare di scudieri, aiutanti, turcopoli, le croci rosse sui mantelli bianchi, le cotte brune degli ausiliari, i messi del sultano dai grandi turbanti e dagli elmi dorati, i pellegrini, un crocevia di belle pattuglie e di staffette, e la letizia dei forzieri, il porto da cui si dipartivano ordini e disposizioni e carichi per i castelli della madrepatria, delle isole, delle coste dell'Asia Minore...

Tutto finito, i miei poveri Templari.

Mi accorsi quella sera, da Pilade, ormai al quinto whisky, che Belbo mi stava provvedendo d'imperio, che avevo sognato, con sentimento (che vergogna), ma ad alta voce, e dovevo aver raccontato una storia bellissima, con passione e compassione, perché Dolores aveva gli occhi lucidi, e Diotallevi, precipitato nell'insania di una seconda acqua tonica, volgeva serafico gli occhi al cielo, ovvero al soffitto per nulla sefirotico del bar, e mormorava: "E forse erano tutto questo, anime perse e anime sante, cavallanti e cavalieri, banchieri ed eroi..."

"Certo che erano singolari," fu la silloge di Belbo. "Ma lei, Casaubon, li ama?"

"Io ci faccio la tesi, uno che fa la tesi sulla sifilide finisce per amare anche la spirocheta pallida."

"Bello come un film," disse Dolores. "Ora però devo andare, mi spiace, devo ciclostilare dei volantini per domani mattina. Si picchetta alla Marelli."

"Beata te che te lo puoi permettere," disse Belbo. Levò stancamente una mano, le accarezzò i capelli. Ordinò, disse, l'ultimo whisky. "È quasi mezzanotte," osservò. "Non dico per gli umani, ma per Diotallevi. Però finiamo la storia, voglio sapere del processo. Quando, come, perché..."

"Cur, quomodo, quando," assentì Diotallevi. "Sì, sì."

14

Afferma che aveva visto il giorno prima cinquantaquattro fratelli dell'ordine condotti al rogo, perché non avevano voluto confessare i sopradetti errori, e che aveva udito dire che erano stati bruciati, e che lui stesso temendo di non offrire buona resistenza se fosse stato bruciato, avrebbe confessato, per timor della morte, in presenza dei signori commissari e di non importa chi, se fosse stato interrogato, che tutti gli errori imputati all'ordine erano veri e che egli, se gli fosse stato richiesto, avrebbe anche confessato di aver ucciso Nostro Signore.

(Deposizione di Aimery di Villiers-le Duc, 13.5.1310)

Un processo pieno di silenzi, contraddizioni, enigmi e stupidità. Le stupidità erano le più appariscenti, e in quanto inspiegabili coincidevano di regola con gli enigmi. In quei giorni felici credevo che la stupidità creasse enigma. L'altra sera nel periscopio pensavo che gli enigmi più terribili, per non rivelarsi come tali, si travestano da follia. Ora penso invece che il mondo sia un enigma benigno, che la nostra follia rende terribile perché pretende di interpretarlo secondo la propria verità.

I Templari erano rimasti senza scopo. Ovvero, avevano trasformato i mezzi in scopo, amministravano la loro immensa ricchezza. Naturale che un monarca accentratore come Filippo il Bello li vedesse di malocchio. Come si poteva tenere sotto controllo un ordine sovrano? Il gran maestro aveva il rango di un principe del sangue, comandava un esercito, amministrava un patrimonio fondiario immenso, era eletto come l'imperatore, e aveva un'autorità assoluta. Il tesoro francese non era nelle mani del re, ma era custodito nel Tempio di Parigi. I Templari erano i depositari, i procuratori, gli amministratori di un conto corrente intestato formalmente al re. Incassavano, pagavano, giocavano sugli interessi, si comportavano da grande banca privata, ma con tutti i privilegi e le franchigie di una banca di stato... E il tesoriere del re era un Templare. Si può regnare in queste condizioni?

Se non puoi batterli, unisciti a loro. Filippo chiese di essere fatto Templare onorario. Risposta negativa. Offesa che un re si lega al dito. Allora suggerì al papa di fondere Templari e Ospitalieri e di mettere il nuovo ordine sotto il controllo di uno dei suoi figli. Il gran maestro del Tempio, Jacques de Molay, arrivò in gran pompa da Cipro, dove ormai risiedeva come un monarca in esilio, e presentò al papa un memoriale in cui fingeva di analizzare i vantaggi, ma in realtà metteva in luce gli svantaggi della fusione. Senza pudore, Molay osservava tra l'altro che i Templari erano più ricchi degli Ospitalieri, e la fusione avrebbe impoverito gli uni per arricchire gli altri, il che sarebbe stato di grave danno alle anime dei suoi cavalieri. Molay vinse questa prima mano del gioco che stava iniziando, la pratica venne archiviata.

Non rimaneva che la calunnia, e qui il re aveva buon gioco. Di voci, sui Templari, ne circolavano già da tempo. Come dovevano apparire questi "coloniali" ai buoni francesi che se li vedevano d'intorno a raccogliere decime e a non dar nulla in cambio, neppure – ormai – il proprio sangue di custodi del Santo Sepolcro? Francesi anche loro, ma non del tutto, quasi *pieds noirs* ovvero, come si diceva allora, *poulains*. Magari ostentavano vezzi esotici, chissà che tra loro non parlassero la lingua dei mori, a cui erano assuefatti. Erano monaci, ma davano pubblico spettacolo dei loro costumi trucibaldi, e già anni prima papa Innocenzo III era stato indotto a scrivere una bolla *De insolentia Templariorum*. Avevano fatto voto di povertà, ma si presentavano col fasto di una casta aristocratica, l'avidità dei nuovi ceti mercantili, l'improntitudine di un corpo di moschettieri.

Ci vuole poco per passare alla mormorazione allusiva: omosessuali, eretici, idolatri che adorano una testa barbuta che non si sa da dove venga, ma certo non dal panteon dei buoni credenti, forse condividono i segreti degli Ismailiti, hanno commercio con gli Assassini del Veglio della Montagna. Filippo e i suoi consiglieri in qualche modo trassero partito da queste dicerie.

Alle spalle di Filippo si muovono le sue anime dannate, Marigny e Nogaret. Marigny è quello che alla fine metterà le mani sul tesoro del Tempio e lo amministrerà per conto del re, in attesa che passi agli Ospitalieri, e non è chiaro chi fruisca degli interessi. Nogaret, guardasigilli del re, era stato nel 1303 lo stratega dell'incidente di Anagni quando Sciarra Colonna aveva preso a schiaffi Bonifacio VIII, e il papa ne era morto di umiliazione nel giro di un mese.

A un certo punto entra in scena tale Esquieu de Floyran. Pare che, in prigione per delitti imprecisati e sull'orlo della condanna capitale, incontri in cella un Templare rinnegato, anche lui in attesa del capestro, e ne raccolga delle terribili confessioni. Floyran, in cambio dell'incolumità e di una buona somma, vende quello che sa. Quello che sa è quello che tutti ormai mormorano. Ma ormai si è passati dalla mormorazione alla deposizione in istruttoria. Il re comunica le sensazionali rivelazioni di Floyran al papa, che ora è Clemente V, colui che ha portato la sede papale ad Avignone. Il papa ci crede e non ci crede, e poi sa che non è facile mettere le mani negli affari del Tempio. Ma nel 1307 acconsente ad aprire un'inchiesta ufficiale. Molay ne è informato, ma si dichiara tranquillo. Continua a partecipare, accanto al re, alle cerimonie ufficiali, principe tra principi. Clemente V la tira per le lunghe, il re sospetta che il papa voglia dar tempo ai Templari di eclissarsi. Nulla di più falso, i Templari bevono e bestemmiano nelle loro capitanerie all'oscuro di tutto. Ed è il primo enigma.

Il 14 settembre del 1307 il re invia messaggi sigillati a tutti i balivi e i siniscalchi del regno, ordinando l'arresto in massa dei Templari e la confisca dei loro beni. Tra l'invio dell'ordine e l'arresto, che avviene il 13 ottobre, passa un mese. I Templari non sospettano di nulla. La mattina dell'arresto cadono tutti nella rete e – altro enigma – si arrendono senza colpo ferire. E si noti che nei giorni precedenti gli ufficiali del re, per essere sicuri che nulla fosse sottratto alla confisca, avevano fatto una specie di censimento del patrimonio templare, in tutto il territorio nazionale, con scuse amministrative puerili. E i Templari niente, si accomodi balivo, guardi dove vuole, come fosse a casa sua.

Il papa, come viene a sapere dell'arresto, tenta una protesta, ma è troppo tardi. I commissari reali han già cominciato a lavorar di ferro e corda, e molti cavalieri, sotto tortura, hanno preso a confessare. A questo punto non si può che passarli agli inquisitori, i quali non usano ancora il fuoco, ma tanto basta. I confessi confermano.

E questo è il terzo mistero: è vero che tortura c'è stata, e vigorosa, se trentasei cavalieri ne muoiono, ma di questi uomini di ferro, abituati a tener testa al turco crudele, nessuno tiene testa ai balivi. A Parigi solo quattro cavalieri su centotrentotto rifiutano di confessare. Gli altri confessano tutti, compreso Jacques de Molay.

"Ma cosa confessano?" chiese Belbo.

"Confessano esattamente quello che c'era già scritto nell'ordine di arresto. Pochissime variazioni nelle deposizioni, almeno in Francia e in Italia. Invece in Inghilterra, dove nessuno vuole veramente processarli, nelle deposizioni appaiono le accuse canoniche, ma attribuite a testimoni estranei all'ordine, che parlano solo per sentito dire. Insomma, i Templari confessano solo dove qualcuno vuole che confessino e solo quello che si vuole che confessino."

"Normale processo inquisitorio. Ne abbiamo visti altri," osservò Belbo.

"Eppure il comportamento degli accusati è bizzarro. I capi d'accusa sono che i cavalieri durante i loro riti d'iniziazione rinnegavano tre volte Cristo, sputavano sul crocifisso, venivano denudati e baciati *in posteriori parte spine dorsi*, vale a dire sul sedere, sull'ombelico e poi sulla bocca, *in humane dignitatis opprobrium*; infine si davano a concubito reciproco, dice il testo, l'uno con l'altro. L'orgia. Poi gli veniva mostrata la testa di un idolo barbuto, ed essi dovevano adorarlo. Ora, che cosa rispondono gli accusati quando sono messi di fronte a queste contestazioni? Geoffroy de Charney, quello che poi morirà sul rogo con Molay, dice che sì, gli è capitato, ha rinnegato Cristo, ma con la bocca, non con il cuore, e non si ricorda se ha sputato sul crocifisso perché quella sera si andava di fretta. Quanto al bacio sul sedere, anche questo gli è accaduto, e ha udito il precettore d'Alvernia dire che in fondo era meglio unirsi coi fratelli che compromettersi con una donna, ma lui però non ha mai commesso peccati carnali con altri cavalieri. Quindi, sì, ma era quasi un gioco, nessuno ci prestava veramente fede, gli altri lo facevano, io no, ci stavo per educazione. Jacques de Molay, il gran maestro, non l'ultimo della banda, dice che quando gli han dato il crocifisso da sputarci, lui ha fatto finta e ha sputato per terra. Ammette che le cerimonie d'iniziazione fossero di questo genere, ma – guarda caso – non lo saprebbe dire con esattezza perché lui durante la sua carriera aveva iniziato pochissimi fratelli. Un altro dice che ha baciato il maestro, ma non sul culo, solo sulla bocca, ma però il maestro aveva baciato lui sul culo. Alcuni confessano più del necessario, non solo rinnegavano Cristo ma affermavano che era un criminale, negavano la verginità di Maria, sul crocifisso ci avevano persino orinato, non solo il giorno della loro iniziazione, ma anche durante la settimana santa, non credevano ai sacramenti, non si limitavano ad adorare il Bafometto, adoravano persino il diavolo sotto forma di gatto..."

Altrettanto grottesco, se pure meno incredibile, il balletto che inizia a questo punto tra il re e il papa. Il papa vuole prendere in mano la faccenda, il re preferisce condurre a termine il processo da solo, il papa vorrebbe sopprimere l'ordine solo provvisoriamente, condannando i colpevoli, e poi restaurandolo nella primitiva purezza, il re vuole che lo scandalo dilaghi, che il processo coinvolga l'ordine nel suo complesso e lo porti allo smembramento definitivo, politico e religioso, certo, ma soprattutto finanziario.

A un certo punto appare un documento che è un capolavoro. Dei maestri in teologia stabiliscono che non si deve concedere ai condannati un difensore, per impedire che ritrattino: visto che han confessato, non c'è neppure da istruire un processo, il re deve procedere d'ufficio, il processo si fa quando il caso è dubbio, e qui di dubbio non ce n'è. "Perché allora dar loro un difensore se non per difendere i loro errori confessi, dato che l'evidenza dei fatti rende il crimine notorio?"

Ma siccome si rischia che il processo sfugga al re e passi nelle mani del papa, il re e Nogaret mettono in piedi un caso clamoroso che coinvolge il vescovo di Troyes, accusato di stregoneria, su delazione di un misterioso mestatore, tale Noffo Dei. Poi si scoprirà che Dei aveva mentito – e sarà impiccato – ma frattanto sul povero vescovo si sono rovesciate accuse pubbliche di sodomia, sacrilegio, usura. Le stesse colpe dei Templari. Forse il re vuole mostrare ai figli di Francia che la chiesa non ha il diritto di giudicare i Templari, perché non va immune dalle loro macchie, oppure lancia semplicemente un avvertimento al papa. È una storia oscura, un gioco di polizie e servizi segreti, di infiltrazioni e delazioni... Il papa è messo alle strette e acconsente ad interrogare settantadue Templari, i quali confermano le confessioni rese sotto tortura. Il papa però tien conto del loro pentimento e gioca la carta dell'abiura, per poterli perdonare.

E qui succede qualcosa d'altro – che costituiva un punto da risolvere per la mia tesi, ed ero dilaniato tra fonti contraddittorie: il papa ha appena ottenuto a fatica, e finalmente, la custodia dei cavalieri, che subito li restituisce al re. Non ho mai capito cosa fosse successo. Molay ritratta le confessioni rese, Clemente gli offre l'occasione di difendersi e gli invia tre cardinali per interrogarlo, Molay il 26 novembre del 1309 assume una sdegnosa difesa dell'ordine e della sua purezza, giungendo a minacciare gli accusatori, poi viene avvicinato da un inviato del re, Guillaume de Plaisans, che egli crede suo amico, riceve qualche oscuro consiglio e il 28 dello stesso mese rilascia una deposizione timidissima e vaga, dice di essere un cavaliere povero e senza cultura, e si limita a elencare i meriti (ormai remoti) del Tempio, le elemosine che ha fatto, il tributo di sangue dato in Terrasanta e così via. Per soprammercato arriva il Nogaret, che ricorda come il Tempio abbia avuto contatti, più che amichevoli, col Saladino: siamo all'insinuazione di un reato di alto tradimento. Le giustificazioni di Molay sono penose, in questa deposizione l'uomo, provato ormai da due anni di carcere, sembra uno straccio, ma uno straccio si era mostrato anche subito dopo l'arresto. A una terza deposizione, nel marzo dell'anno seguente, Molay adotta un'altra strategia: non parla, e non parlerà se non di fronte al papa.

Colpo di scena, e questa volta si passa al dramma epico. Nell'aprile del 1310 cinquecentocinquanta Templari chiedono di essere ascoltati in difesa dell'ordine, denunciano le torture a cui erano stati sottoposti i confessi, negano e dimostrano inconcepibili tutte le accuse. Ma il re e Nogaret conoscono il loro mestiere. Alcuni Templari ritrattano? Meglio, debbono essere dunque considerati recidivi e spergiuri, ovvero *relapsi* – terribile accusa a quei tempi – perché negano protervamente quello che avevano già ammesso. Si può anche perdonare chi confessa e si pente, ma non chi non si pente perché ritratta la confessione e dice, spergiurando, di non aver nulla di cui pentirsi. Cinquantaquattro ritrattatori spergiuri vengono condannati a morte.

Facile pensare alla reazione psicologica degli altri arrestati. Chi confessa rimane vivo in galera, e chi vivrà vedrà. Chi non confessa, o peggio ritratta, va sul rogo. I cinquecento ritrattatori ancora in vita ritrattano la ritrattazione.

Il calcolo dei pentiti fu quello vincente, perché nel 1312 coloro che non avevano confessato furono condannati alla prigione perpetua mentre i confessi vennero perdonati. A Filippo non interessava un massacro, voleva solo smembrare l'ordine. I cavalieri liberati, ormai distrutti nel corpo e nello spirito dopo quattro o cinque anni di carcere, defluiscono silenziosamente in altri ordini, vogliono solo esser dimenticati, e questa scomparsa, questa cancellazione peserà a lungo sulla leggenda della sopravvivenza clandestina dell'ordine.

Molay continua a chiedere di essere ascoltato dal papa. Clemente indice un concilio a Vienne, nel 1311, ma non convoca Molay. Sancisce la soppressione dell'ordine e ne assegna i beni agli Ospitaleri, anche se per il momento li amministra il re.

Passano altri tre anni, alla fine si raggiunge un accordo col papa, e il 19 marzo del 1314, sul sagrato di Notre-Dame, Molay viene condannato a vita. Udendo questa sentenza, Molay ha un sussulto di dignità. Aveva atteso che il papa gli permettesse di scolparsi, si sente tradito. Sa benissimo che se ritratta ancora una volta sarà anche lui spergiuro e recidivo. Cosa passa nel suo cuore, dopo quasi sette anni in attesa di giudizio? Ritrova il coraggio dei suoi maggiori? Decide che, ormai distrutto, con la prospettiva di finire i suoi giorni murato vivo e disonorato, tanto vale affrontare una bella morte? Protesta l'innocenza sua e dei suoi fratelli. I Templari hanno commesso un solo delitto, dice: per viltà hanno tradito il Tempio. Lui non ci sta.

Nogaret si frega le mani: a pubblico delitto, pubblica condanna, e definitiva, con procedura d'urgenza. Come Molay si era comportato anche il precettore di Normandia, Geoffroy di Charnay. Il re decide in giornata: si erige un rogo sulla punta dell'isola della Cité. Al tramonto, Molay e Charnay sono bruciati.

La tradizione vuole che il gran maestro prima di morire avesse profetizzato la rovina dei suoi persecutori. In effetti il papa, il re e Nogaret sarebbero morti entro l'anno. Quanto a Marigny, dopo la scomparsa del re sarà sospettato di malversazioni. I suoi nemici lo accuseranno di stregoneria e lo faranno impiccare. Molti incominciano a pensare a Molay come a un martire. Dante riecheggerà lo sdegno di molti per la persecuzione dei Templari.

Qui finisce la storia e inizia la leggenda. Uno dei suoi capitoli vuole che uno sconosciuto, il giorno in cui Luigi XVI viene ghigliottinato, salga sul patibolo e gridi: "Jacques de Molay, sei stato vendicato!"

Questa più o meno la vicenda che raccontai quella sera da Pilade, interrotto ad ogni istante.

Belbo mi chiedeva: "Ma è sicuro, questa, di non averla letta in Orwell o in Koestler?" Oppure: "Ma andiamo, questo è il caso... come si chiama quello della rivoluzione culturale?..." Diotallevi allora interloquiva sentenzioso, ogni volta: "Historia magistra vitae." Belbo gli diceva: "Suvvia, un cabalista non crede alla storia." E lui, invariabilmente: "Appunto, tutto si ripete in circolo, la storia è maestra perché ci insegna che non c'è. Però contano le permutazioni."

"Ma insomma," disse Belbo alla fine, "chi erano i Templari? Prima ce li ha presentati come sergenti di un film di John Ford, poi come dei sudicioni, quindi come cavalieri di una miniatura, poi ancora come banchieri di Dio che si facevano i loro sporchi affari, poi ancora come un esercito in rotta, poi come adepti di una setta luciferina, infine come martiri del libero pensiero... Chi erano?"

"Ci sarà pure una ragione per cui sono diventati un mito. Erano probabilmente tutte queste cose insieme. Che cos'è stata la chiesa cattolica, potrebbe chiedersi uno storico marziano del tremila, quelli che si facevano mangiare dai leoni o quelli che ammazzavano gli eretici? Tutto insieme."

"Ma insomma, quelle cose, le hanno fatte o no?"

"La cosa più divertente è che i loro seguaci, voglio dire i neotemplaristi di epoche diverse, dicono di sì. Le giustificazioni sono molte. Prima tesi, si trattava di riti goliardici: vuoi diventare Templare, mostra che hai un paio di coglioni così, sputa sul crocifisso e vediamo se Dio ti fulmina, come entri in questa milizia devi darti mani e piedi ai fratelli, fatti baciare sul culo. Seconda tesi, venivano invitati a rinnegare Cristo per vedere come se la sarebbero cavata quando i saraceni li avessero presi. Spiegazione idiota, perché non si educa qualcuno a resistere alla tortura facendogli fare, sia pure simbolicamente, quello che il torturatore gli richiederà. Terza tesi: i Templari in oriente erano entrati in contatto con eretici manichei che disprezzavano la croce, perché era lo strumento della tortura del Signore, e predicavano che occorre rinunciare al mondo e scoraggiare il matrimonio e la procreazione. Idea vecchia, tipica di molte eresie dei primi secoli, che passerà ai catari – e c'è tutta una tradizione che vuole i Templari imbevuti di catarismo. E allora si capirebbe il perché della sodomia, anche solo simbolica. Poniamo che i cavalieri fossero entrati in contatto con questi eretici: non erano certo degli intellettuali, un po' per ingenuità, un po' per snobismo e per spirito di corpo, si creano un loro folclore personale, che li distingue dagli altri crociati. Praticano dei riti come gesti di riconoscimento, senza chiedersi che cosa significhino."

"Ma quel Bafometto lì?"

"Guardi, in molte deposizioni si parla di una *figura Baffometi*, ma potrebbe trattarsi di un errore del primo scrivano e, se i verbali sono manipolati, il primo errore si sarebbe riprodotto in tutti i documenti. In altri casi qualcuno ha parlato di Maometto (*istud caput vester deus est, et vester Mahumet*), e questo vorrebbe dire che i Templari avevano creato una loro liturgia sincretistica. In alcune deposizioni si dice anche che furono invitati a invocare 'yalla', che doveva essere Allah. Ma i musulmani non veneravano immagini di Maometto, e quindi da chi mai sarebbero stati influenzati i Templari? Le deposizioni dicono che molti hanno visto queste teste, talora invece di una testa è un idolo intero, in legno, coi capelli crespi, coperto d'oro, e ha sempre una barba. Pare che gli inquirenti trovino queste teste e le mostrino agli inquisiti, ma insomma, delle teste non rimane traccia, tutti le hanno viste, nessuno le ha viste. Come la storia del gatto, chi lo ha visto grigio, chi lo ha visto rosso, chi lo ha visto nero. Ma immaginatevi un interrogatorio col ferro rovente: hai visto un gatto durante l'iniziazione? E come no, una fattoria templare, con tutti i raccolti da salvare dai topi, doveva essere piena di gatti. A quei tempi, in Europa, il gatto non era molto comune come animale domestico, mentre in Egitto sì. Chissà che i Templari non avessero tenuto gatti in casa, contro gli usi della brava gente, che li considerava animali sospetti. E così avviene per le teste di Bafometto, forse erano reliquiari in forma di testa, all'epoca si usava. Naturalmente c'è chi sostiene che il Bafometto era una figura alchemica."

"L'alchimia c'entra sempre," disse Diotallevi con convinzione, "i Templari probabilmente conoscevano il segreto della fabbricazione dell'oro."

"Certo che lo conoscevano," disse Belbo. "Si assale una città saracena, si sgozzano donne e bambini, si arraffa tutto quello che capita sottomano. La verità è che tutta questa storia è un gran casino."

"E forse avevano un casino nella testa, capite, cosa gliene importava dei dibattiti dottrinali? La Storia è piena di storie di questi corpi scelti che si creano il loro stile, un po' spaccone, un po' mistico, neppure loro sapevano bene che cosa facevano. Naturalmente c'è poi l'interpretazione esoterica, loro sapevano benissimo tutto, erano adepti dei misteri orientali, e persino il bacio sul culo aveva un significato iniziatico."

"Mi spieghi un poco il significato iniziatico del bacio sul sedere," disse Diotallevi.

"Certi esoteristi moderni ritengono che i Templari si rifacessero a dottrine indiane. Il bacio sul culo sarebbe servito a risvegliare il serpente Kundalini, una forza cosmica che risiede nella radice della spina dorsale, nelle ghiandole sessuali, e che una volta risvegliato raggiunge la ghiandola pineale..."

"Quella di Cartesio?"

"Credo, e lì dovrebbe aprire nella fronte un terzo occhio, quello della visione diretta nel tempo e nello spazio. Per questo si ricerca ancora il segreto dei Templari."

"Filippo il Bello avrebbe dovuto bruciare gli esoteristi moderni, non quei poveretti."

"Sì, ma gli esoteristi moderni non hanno una lira."

"Ma guardi lei che storie si debbono sentire," concluse Belbo. "Adesso capisco perché questi Templari ossessionano tanti dei miei matti."

"Credo che sia un poco la sua storia dell'altra sera. Tutta la loro vicenda è un sillogismo contorto. Comportati da stupido e diventerai impenetrabile per l'eternità. Abracadabra, Manel Tekel Phares, Pape Satan Pape Satan Aleppe, le vierge le vivace et le bel aujourd'hui, ogni volta che un poeta, un predicatore, un capo, un mago hanno emesso borborigmi insignificanti, l'umanità spende secoli a decifrare il loro messaggio. I Templari rimangono indecifrabili a causa della loro confusione mentale. Per questo tanti li venerano."

"Spiegazione positivistica," disse Diotallevi.

"Sì," dissi, "forse sono un positivista. Con una bella operazione chirurgica alla ghiandola pineale i Templari avrebbero potuto diventare Ospitalieri, vale a dire persone normali. La guerra corrompe i circuiti cerebrali, deve essere il rumore delle cannonate, o del fuoco greco... Guardi i generali."

Era l'una. Diotallevi, inebriato dall'acqua tonica, ciondolava. Ci salutammo. Mi ero divertito. E anche loro. Non sapevamo ancora che stavamo iniziando a giocare col fuoco greco, che brucia, e consuma.

15

Erardo di Siverey mi disse: "Sire, se voi provvedete che né io né il mio erede ne abbiamo disonore, andrò a chiedervi soccorso al conte d'Angiò, che vedo là mezzo ai campi." E io gli dissi: "Messere Erardo, parmi che vi farete grand'onore se andrete a cercare aiuto per le nostre vite, essendo ben incerta la vostra."

(Joinville, *Histoire de Saint Louis*, 46, 226)

Dopo la giornata dei Templari non ebbi con Belbo che conversazioni fugaci al bar, dove andavo sempre più di rado, perché stavo lavorando alla tesi.

Un giorno c'era un grande corteo contro le trame nere, che doveva partire dall'università, e a cui erano stati invitati, come accadeva allora, tutti gli intellettuali antifascisti. Fastoso schieramento di polizia, ma sembrava che l'intesa fosse di lasciar correre. Tipico di quei tempi: corteo non autorizzato, ma se non fosse successo nulla di grave la forza pubblica sarebbe stata a guardare e a controllare (allora i compromesssi territoriali erano molti) che la sinistra non trasgredisse alcuni confini ideali che erano stati tracciati nel centro di Milano. Entro un'area si muoveva la contestazione, al di là di largo Augusto e in tutta la zona di piazza San Babila stazionavano i fascisti. Se qualcuno sconfinava erano incidenti, ma per il resto non succedeva nulla, come tra domatore e leone. Noi crediamo di solito che il domatore sia assalito dal leone, ferocissimo, e che poi lo domi levando in alto la frusta o sparando un colpo di pistola. Errore: il leone è già sazio e drogato quando entra nella gabbia e non desidera aggredire nessuno. Come tutti gli animali ha un'area di sicurezza, al di fuori della quale può succedere quel che vuoi, e lui sta tranquillo. Quando il domatore mette il piede nell'area del leone, il leone ruggisce; poi il domatore leva la frusta, ma in effetti fa un passo indietro (come per prendere lo slancio per un balzo in avanti), e il leone si calma. Una rivoluzione simulata deve avere le proprie regole.

Ero andato al corteo, ma non mi ero collocato in uno dei gruppi. Stavo ai margini, in piazza Santo Stefano, dove circolavano giornalisti, redattori editoriali, artisti venuti a manifestare solidarietà. Tutto il bar Pilade.

Mi trovai accanto a Belbo. Era con una donna con cui l'avevo visto sovente al bar, e ritenevo che fosse la sua compagna (scomparve più tardi – ora so anche il perché, per aver letto la storia nel *file* sul dottor Wagner).

"Anche lei?" chiesi.

"Cosa vuole," sorrise imbarazzato. "Bisogna pur salvare l'anima. Crede firmiter et pecca fortiter. Non le ricorda qualcosa questa scena?"

Mi guardai intorno. Era un pomeriggio di sole, di quei giorni in cui Milano è bella, con le facciate gialle delle case e un cielo dolcemente metallico. La polizia di fronte a noi era catafratta nei suoi elmi e nei suoi scudi di plastica, che sembravano rinviare bagliori d'acciaio, mentre un commissario in borghese, ma cinto di un tricolore sgargiante, caracollava lungo il fronte dei suoi. Guardai dietro di me, la testa del corteo: la folla si muoveva, ma segnando il passo, le file erano composte ma irregolari, quasi serpentine, la massa appariva irta di picche, stendardi, striscioni, bastoni. Schieramenti impazienti intonavano a tratti slogan ritmati; lungo i fianchi del corteo caracollavano i katanga, con fazzoletti rossi sul viso, camicie multicolori, cinture borchiate sui jeans che avevano conosciuto tutte le piogge e tutti i soli; anche le armi improprie che impugnavano, mascherate da bandiere arrotolate, apparivano come elementi di una tavolozza, pensai a Dufy e alla sua allegria. Per associazione, da Dufy passai a Guillaume Dufay. Ebbi l'impressione di vivere in una miniatura, intravidi nella piccola folla ai lati delle schiere, alcune dame, androgine, che attendevano la grande festa di ardimento che era stata loro promessa. Ma tutto mi traversò la mente in un lampo, sentii di rivivere un'altra esperienza, ma senza riconoscerla.

"Non è la presa di Ascalona?" domandò Belbo.

"Per il signor san Giacomo, mio buon signore," gli dissi, "è veramente la tenzone crociata! Tengo per fermo che questa sera alcuni tra costoro saranno in paradiso!"

"Sì," disse Belbo, "ma il problema è di sapere da che parte stanno i saraceni."

"La polizia è teutonica," osservai, "tanto che noi potremmo essere le orde di Aleksandr Nevskij, ma forse confondo i miei testi. Guardi laggiù quel gruppo, debbono essere i sodali del conte d'Artois, fremono di attaccar tenzone, ché non possono sopportar l'oltraggio, e già si dirigono verso la fronte nemica, e la provocano con grida di minaccia!"

Fu a questo punto che accadde l'incidente. Non ricordo bene, il corteo si era mosso, un gruppo di attivisti, con catene e passamontagna, aveva cominciato a forzare lo schieramento della polizia per dirigersi in piazza San Babila, lanciando slogan aggressivi. Il leone si mosse, e con una certa decisione. La prima fila dello schieramento si aprì ed apparvero gli idranti. Dagli avamposti del corteo partirono le prime biglie, le prime pietre, un gruppo di poliziotti partì deciso in avanti, picchiando con violenza, e il corteo si mise a ondeggiare. In quel momento, lontano, verso il fondo di via Laghetto, si udì uno sparo. Forse era soltanto lo scoppio di un pneumatico, forse un petardo, forse una vera pistolettata d'avviso da parte di quei gruppi che entro qualche anno avrebbero usato regolarmente la P38.

Fu il panico. La polizia incominciò a mostrare le armi, si udirono gli squilli di tromba della carica, il corteo si divise tra i pugnaci, che accettavano lo scontro, e gli altri, che consideravano finito il loro compito. Mi trovai a fuggire per via Larga, con la paura folle di essere raggiunto da qualsiasi corpo contundente, manovrato da chiunque. Improvvisamente mi trovai accanto Belbo con la sua compagna. Correvano abbastanza veloci, ma senza panico.

Sull'angolo di via Rastrelli, Belbo mi afferrò per un braccio: "Per di qua, giovanotto," mi disse. Tentai di chiedere perché, via Larga mi pareva più confortevole e abitata, e fui preso da claustrofobia nel dedalo di viuzze tra via Pecorari e l'Arcivescovado. Mi pareva che, dove Belbo mi stava conducendo, mi sarebbe stato più difficile mimetizzarmi nel caso che la polizia ci venisse incontro da qualche parte. Mi fece cenno di stare zitto, girò due o tre angoli, decelerò gradatamente, e ci trovammo a camminare, senza correre, proprio sul retro del Duomo, dove il traffico era normale e non arrivavano echi della battaglia che si stava svolgendo a meno di duecento metri. Sempre in silenzio circumnavigammo il Duomo, e ci trovammo davanti alla facciata, dalla parte della Galleria. Belbo comperò un sacchetto di mangime e si mise a nutrire i piccioni con serafica letizia. Eravamo completamente mimetizzati con la folla del sabato, io e Belbo in giacca e cravatta, la donna in divisa da signora milanese, un maglione girocollo grigio e un filo di perle, coltivate o meno che fossero. Belbo me la presentò: "Questa è Sandra, vi conoscete?"

"Di vista. Salve."

"Vede Casaubon," mi disse allora Belbo, "non si scappa mai in linea retta. Sull'esempio dei Savoia a Torino, Napoleone III ha fatto sventrare Parigi trasformandola in una rete di boulevard, che tutti ammiriamo come capolavoro di sapienza urbanistica. Ma le strade dritte servono a controllare meglio le folle in rivolta. Quando si può, vedi i Champs Elysées, anche le vie laterali debbono essere larghe e dritte. Quando non si è potuto, come nelle stradette del Quartiere Latino, allora è lì che il maggio '68 ha dato il meglio di sé. Quando si scappa si entra nelle viuzze. Nessuna forza pubblica può controllarle tutte, e anche i poliziotti hanno paura di penetrarvi in gruppi isolati. Se ne incontri due da soli, hanno più paura di te, e per comune accordo vi mettete a scappare in direzioni opposte. Quando si partecipa a un raduno di massa, se non si conosce bene la zona il giorno prima si fa una ricognizione dei luoghi, e poi ci si colloca all'angolo da dove si dipartono le strade piccole."

"Ha seguito un corso in Bolivia?"

"Le tecniche di sopravvivenza si imparano solo da bambini, a meno che uno da grande non si arruoli nei Berretti Verdi. Io ho passato i tempi brutti, quelli della guerra partigiana, a ***," e mi nominò un paese tra Monferrato e Langhe. "Sfollati dalla città nel '43, un calcolo mirabile: il luogo e il tempo giusto per goderci tutto, i rastrellamenti, le SS, le sparatorie per le strade... Ricordo una sera, salivo la collina per andare a prendere del latte fresco in una cascina, e sento un rumore sopra la testa, tra le cime degli alberi: frr, frr. Mi rendo conto che da una collina distante, davanti a me, stanno mitragliando la linea ferroviaria, che è a valle, dietro di me. L'istinto è quello di scappare, o di buttarsi a terra. Io commetto un errore, corro verso valle, e a un certo punto sento nei campi intorno a me un ciacc ciacc ciacc. Erano i tiri corti, che cadevano prima di arrivare alla ferrovia. Capisco che se sparano da monte, molto in alto, lontano verso valle, devi scappare in salita: più sali, più i proiettili ti passano alti sopra la testa. Mia nonna, durante una sparatoria tra fascisti e partigiani che si affrontavan dai due lati di un campo di granoturco, ebbe un'idea sublime: siccome da qualsiasi parte fosse scappata rischiava di beccarsi una pallottola vagante, si è buttata a terra nel mezzo del campo, proprio tra le due linee di tiro. È stata dieci minuti così, faccia a terra, sperando che una delle due schiere non avanzasse troppo. Le è andata bene. Vede, quando uno queste cose le impara da piccolo, rimangono nei circuiti nervosi."

"Così lei si è fatto la resistenza, come si suol dire."

"Da spettatore," disse. E avvertii un lieve imbarazzo nella sua voce. "Nel quarantatré avevo undici anni, alla fine della guerra ne avevo appena tredici. Troppo presto per prendere parte, abbastanza per seguire tutto, con un'attenzione direi fotografica. Ma che potevo fare? Stavo a guardare. E a scappare, come oggi."

"Adesso potrebbe raccontare, invece di correggere i libri degli altri."

"È già stato raccontato tutto, Casaubon. Se allora avessi avuto vent'anni, negli anni cinquanta avrei fatto poesia della memoria. Per fortuna sono nato troppo tardi, quando avrei potuto scrivere non mi rimaneva che leggere i libri già scritti. D'altra parte, avrei potuto anche finire con una pallottola in testa, sulla collina."

"Da che parte?" chiesi, poi mi sentii imbarazzato. "Scusi, era una battuta."

"No, non era una battuta. Certo, io oggi lo so, ma lo so oggi. Lo sapevo allora? Sa che si può essere ossessionati dal rimorso tutta la vita, non per aver scelto l'errore, di cui almeno ci si può pentire, ma per essersi trovati nell'impossibilità di provare a se stessi che non si sarebbe scelto l'errore... Io sono stato un traditore potenziale. Che diritto avrei ormai di scrivere qualsiasi verità e di insegnarla agli altri?"

"Mi scusi," dissi, "potenzialmente lei poteva diventare anche il mostro della via Salaria, ma non lo è diventato. Questa è nevrosi. O il suo rimorso si appoggia su indizi concreti?"

"Che cos'è un indizio in queste cose? E a proposito di nevrosi, questa sera c'è una cena col dottor Wagner. Vado a prendere un tassì in piazza della Scala. Andiamo, Sandra?"

"Il dottor Wagner?" chiesi, mentre li salutavo. "In persona?"

"Sì, è a Milano per qualche giorno e forse lo convinco a darci qualcuno dei suoi saggi inediti per farne un volumetto. Sarebbe un bel colpo."

Dunque a quell'epoca Belbo era già in contatto col dottor Wagner. Mi chiedo se sia stata quella sera che Wagner (pronuncia Wagnère) psicoanalizzò Belbo gratis, e senza che nessuno dei due lo sapesse. O forse accadde dopo.

Comunque quel giorno fu la prima volta che Belbo accennò alla sua infanzia a ***. Curioso che fosse il racconto di alcune fughe – quasi gloriose, nella gloria del ricordo, ma riaffiorate alla memoria dopo che, con me ma di fronte a me, ingloriosamente, se pure con saggezza, egli era di nuovo fuggito.

16

> Dopodiché fratello Stefano di Provins, portato alla presenza dei detti commissari, e richiesto da questi se voleva difendere l'ordine, disse che non voleva, e che se i maestri volevano difenderlo, che lo facessero, ma lui prima dell'arresto era stato nell'ordine solo per nove mesi.
>
> (Deposizione del 27.11.1309)

Avevo trovato su Abulafia il racconto di altre fughe. E ci pensavo l'altra sera nel periscopio, mentre al buio percepivo una sequenza di fruscii, scricchiolii, cigolii – e mi dicevo di star calmo perché quello era il modo in cui i musei, le biblioteche, gli antichi palazzi si parlano addosso di notte, sono solo vecchi armadi che si assestano, cornici che reagiscono all'umidità vespertina, intonachi che si sgretolano avari, un millimetro al secolo, muraglie che sbadigliano. Non puoi fuggire, mi dicevo, perché sei qui proprio per sapere cosa sia accaduto a qualcuno che ha cercato di por fine a una serie di fughe con un atto di coraggio dissennato (o disperato), forse per accelerare quell'incontro tante volte rinviato con la verità.

---

filename: Canaletto

Sono scappato davanti a una carica di polizia o di nuovo davanti alla storia? E fa differenza? Sono andato al corteo per una scelta morale o per mettermi ancora una volta alla prova davanti all'Occasione? Va bene, ho perduto le grandi occasioni perché arrivavo troppo presto, o troppo tardi, ma la colpa era dell'anagrafe. Avrei voluto essere in quel prato a sparare, anche a costo di colpire la nonna. Non ero assente per viltà, ma per età. D'accordo. E al corteo? Sono fuggito di nuovo per ragioni generazionali, quello scontro non mi riguardava. Ma avrei potuto rischiare, anche senza entusiasmo, per provare che allora, nel prato, avrei saputo scegliere. Ha senso scegliere l'Occasione sbagliata per convincersi che si sarebbe scelta l'Occasione giusta? Chissà quanti di quelli che oggi hanno accettato lo scontro hanno fatto così. Ma un'occasione falsa non è l'Occasione buona.

Si può essere vili perché il coraggio degli altri ti pare sproporzionato alla vacuità della circostanza? Allora la saggezza rende vili. E quindi si manca l'Occasione buona quando si passa la vita a spiare l'Occasione e a ragionarci su. L'Occasione si sceglie d'istinto, e sul momento non sai che è l'Occasione. Forse una volta l'ho colta, e non l'ho mai saputo? Come si fa ad avere la coda di paglia e a sentirsi vigliacco solo perché si è nato nel decennio sbagliato? Risposta: ti senti vigliacco perché una volta sei stato vigliacco.

E se anche quella volta avessi evitato l'Occasione perché la sentivi inadeguata?

Descrivere la casa di ***, isolata sulla collina tra le vigne – non si dice le colline a forma di mammella? – e poi la strada che conduceva ai margini del paese, all'imbocco dell'ultimo viale abitato – o il primo (certo che non lo saprai mai se non scegli il punto di vista). Il piccolo sfollato che abbandona la protezione familiare e penetra nell'abitato tentacolare, lungo il viale costeggia e invidioso paventa il Viottolo.

Il Viottolo era il luogo di raccolta della banda del Viottolo. Ragazzi di campagna, sporchi, vocianti. Ero troppo di città, meglio evitarli. Ma per raggiungere la piazza, e l'edicola, e la cartoleria, a meno di tentare un periplo quasi equatoriale e poco dignitoso, non restava che passare per il Canaletto. I ragazzi del Viottolo erano dei piccoli gentiluomini rispetto a quelli della banda del Canaletto, dal nome di un ex torrente, diventato canalaccio di scolo, che ancora traversava la zona più povera dell'abitato. Quelli del Canaletto erano davvero luridi, sottoproletari e violenti.

Quelli del Viottolo non potevano attraversare la zona del Canaletto senza essere assaliti e picchiati. All'inizio non sapevo di essere del Viottolo, ero appena arrivato, ma quelli del Canaletto mi avevano già identificato come nemico. Passavo dalle loro parti con un giornalino aperto davanti agli occhi, camminavo leggendo, e quelli mi avvistarono. Mi misi a correre, e loro dietro, tirarono dei sassi, uno attraversò il giornalino, che continuavo a tenere aperto davanti a me mentre correvo, per darmi un contegno. Salvai la vita ma perdetti il giornalino. Il giorno dopo decisi di arruolarmi nella banda del Viottolo.

Mi presentai al loro sinedrio, accolto da cachinni. A quell'epoca avevo molti capelli, tendenzialmente ritti sul capo, come nella reclame delle matite Presbitero. I modelli che mi offrivano il cinema, la pubblicità, la passeggiata della domenica dopo la messa, erano dei giovanotti con la giacca doppiopetto a spalle larghe, baffetti e capelli impomatati aderenti al cranio, lucidi. All'epoca la pettinatura all'indietro si chiamava, presso il popolo, la mascagna. Io volevo la mascagna. Acquistavo sulla piazza del mercato, al lunedì, per somme irrisorie rispetto alla situazione della borsa valori, ma enormi per me, delle scatole di brillantina ruvida come miele di favo, e passavo ore a spalmarmela sui capelli sino a laminarli come una sola calotta plumbea, un camauro. Poi mi mettevo una reticella per tenerli compressi. Quelli del Viottolo mi avevano già visto passare con la reticella, e avevano lanciato frizzi in quel loro dialetto asperrimo, che capivo ma non parlavo. Quel giorno, dopo essere restato due ore in casa con la reticella, me la tolsi, controllai l'effetto superbo allo specchio, e mi avviai per incontrare coloro a cui stavo per giurare fedeltà. Li avvicinai quando ormai la brillantina del mercato aveva terminato la sua funzione glutinosa, e i capelli incominciavano a rimettersi in posizione verticale, ma al rallentatore. Entusiasmo di quelli del Viottolo, in cerchio intorno a me, che si davano di gomito. Chiesi di essere ammesso.

Purtroppo mi esprimevo in italiano: ero un diverso. Si fece avanti il capo, Martinetti, che allora mi parve torreggiante, corrusco a piedi nudi. Decise che avrei dovuto subire cento calci nel sedere. Forse dovevano risvegliare il serpente Kundalini. Accettai. Mi misi contro il muro, tenuto per le braccia da due marescialli, e subii cento colpi di piede nudo. Martinetti compiva il suo lavoro con forza, con entusiasmo, con metodo, colpendo di pianta e non di punta, per non farsi male agli alluci. Il coro dei banditi ritmava il rito. Contavano in dialetto. Poi decisero di chiudermi in una conigliera, per una mezz'ora, mentre loro si intrattenevano in conversari gutturali. Mi fecero uscire quando mi lamentai per il formicolio alle gambe. Ero fiero, perché avevo saputo adeguarmi alla liturgia selvaggia di un gruppo selvaggio, con dignità. Ero un uomo chiamato cavallo.

C'erano a quei tempi, a ***, i cavalieri teutonici, non molto vigili perché i partigiani non si erano ancora fatti sentire – eravamo verso la fine del '43, o i primi del '44. Una delle nostre prime imprese fu di introdurci in una baracca, mentre alcuni di noi corteggiavano il soldato di guardia, un gran longobardo che mangiava un enorme panino con – ci parve, e orripilammo – salame e marmellata. La squadra di disturbo blandiva il tedesco lodandone le armi, e noialtri nella baracca (penetrabile dal retro, sconnesso) rubavamo alcuni panini di tritolo. Non credo che poi il tritolo sia stato mai usato, ma si sarebbe trattato, nei piani di Martinetti, di farlo esplodere in campagna, a fini pirotecnici, e con metodi che ora so molto rozzi e inadeguati. Più tardi ai tedeschi succedettero quelli della Decima Mas, che costituirono un posto di blocco lungo il fiume, proprio al bivio dove, alle sei di sera, discendevano dal viale le ragazze del collegio di Maria Ausiliatrice. Si trattava di convincere quelli della Decima (non dovevano aver più di diciott'anni) a legare un mazzo di bombe a mano tedesche, di quelle col bastone lungo, e togliergli la sicura per farle esplodere a filo d'acqua nel momento preciso in cui arrivavano le ragazze. Martinetti sapeva bene cosa occorresse fare, e come calcolare i tempi. Lo spiegava ai marò, e l'effetto era prodigioso: una colonna d'acqua si levava sul greto, tra fragore di tuono, proprio mentre le ragazze svoltavano l'angolo. Fuga generale tra molti squittii, e noi e i marò a sbellicarci. Si sarebbero ricordati di quei giorni di gloria, dopo il rogo di Molay, i sopravvissuti di Coltano.

Il diporto principale dei ragazzi del Viottolo era raccogliere bossoli e residuati vari, che dopo l'otto settembre non mancavano, come vecchi elmetti, giberne, tascapane, talora pallottole ancora vergini. Per utilizzare una pallottola buona, si procedeva così: tenendo il bossolo in mano si introduceva il proiettile nel buco di una serratura, e si faceva forza; la pallottola fuoriusciva e andava a far parte della collezione speciale. Il bossolo veniva svuotato della polvere (talora si trattava di fettuccine sottili di balistite), che veniva poi disposta in strutture serpentine, a cui si dava fuoco. Il bossolo, tanto più pregiato se la capsula era intatta, entrava ad arricchire l'Armata. Il buon collezionista ne aveva molti, e li disponeva a schiera, distinti per fattura, colore, forma e altezza. C'erano i manipoli di pedoni, i bossoli del mitra e dello sten, poi alfieri e cavalieri – moschetto, fucile novantuno (il Garand l'avremmo visto solo con gli americani) – e aspirazione suprema, grandi maestri torreggianti, i bossoli di mitragliatrice.

Mentre eravamo intenti a questi giochi di pace, una sera Martinetti ci disse che il momento era venuto. Il cartello di sfida era stato inviato alla banda del Canaletto e quelli avevano accettato. Lo scontro era previsto in territorio neutro, dietro alla stazione. Quella sera, alle nove.

Fu un tardo pomeriggio, estivo e spossato, di grande eccitazione. Ciascuno di noi si preparò coi parafernali più terrorizzanti, cercando pezzi di legno che potessero essere agilmente impugnati, riempiendo le giberne e il tascapane di sassi di varia grandezza. Qualcuno, con la cinghia di un moschetto, si era fatto una frusta, terribile se manovrata con decisione. Almeno in quelle ore vespertine, ci sentivamo tutti eroi, io più di tutti. Era l'eccitazione prima dell'assalto, acre, dolorosa, splendida – addio mia bella addio, dura, dolce fatica essere uomo d'arme, andavamo a immolare la nostra giovinezza, come ci avevano insegnato a scuola prima dell'otto settembre.

Il piano di Martinetti era sagace: avremmo attraversato la scarpata della ferrovia più a nord, prendendoli alle spalle, inattesi, e già praticamente vincitori. Poi assalto deciso, e nessun quartiere.

Al crepuscolo tagliammo così la scarpata arrancando per rampe e declivi, carichi come eravamo di sassi e manganelli. A picco sulla scarpata, li vedemmo, già appostati dietro le latrine della stazione. Ci videro perché guardavano in su, sospettando che arrivassimo da quella parte. Non rimaneva che scendere senza dargli tempo di stupirsi per l'ovvietà della nostra mossa.

Nessuno ci aveva provvisti di grappa prima dell'assalto, ma ci precipitammo egualmente, vociando. E il fatto avvenne a cento metri dalla stazione. Là iniziavano a sorgere le prime case che, per quanto rade, costituivano già un reticolo di viuzze. Avvenne che il gruppo più ardito si buttò in avanti, senza paura, mentre io e – per mia fortuna – alcuni altri, rallentammo il passo e ci disponemmo dietro gli angoli delle case, osservando di lontano.

Se Martinetti ci avesse organizzato in avanguardia e retroguardia, avremmo fatto il nostro dovere, ma fu una sorta di distribuzione spontanea. I fegatosi avanti, i vili indietro. E dal nostro rifugio, il mio più arretrato di quello degi altri, osservammo lo scontro. Che non ci fu.

Arrivati a pochi metri gli uni dagli altri, i due gruppi si fronteggiarono, digrignanti, poi i capi si fecero avanti e parlamentarono. Fu una Yalta, decisero di dividersi le zone di influenza e di rispettare i transiti occasionali, come avveniva tra cristiani e musulmani in Terrasanta. La solidarietà tra le due cavallerie la importò (è un francesismo?) sulla ineluttabilità della battaglia. Ciascuno aveva dato buona prova di sé. In buona armonia si ritirarono da bande opposte. In buona armonia si ritirarono le bande da bande opposte. Si ritirarono da parti opposte.

Ora mi dico che non sono andato all'attacco perché mi veniva da ridere. Ma allora non me lo dissi. Mi sentii vile e basta.

Ora, più vilmente ancora mi dico che se mi fossi buttato avanti con gli altri non avrei rischiato nulla, e sarei vissuto meglio per gli anni a venire. Ho mancato l'Occasione, a dodici anni. Come mancare l'erezione la prima volta, è l'impotenza per tutta la vita.

Un mese dopo, quando per uno sconfinamento casuale il Viottolo e il Canaletto si trovarono di fronte in un campo, e incominciarono a volare zolle di terra, non so se rassicurato dalla dinamica dello scorso evento, o desideroso di martirio, mi esposi in prima linea. Fu una sassaiola incruenta, salvo che per me. Una zolla, che evidentemente celava un cuore di pietra, mi prese sul labbro e lo spaccò. Fuggii a casa piangendo, e mia madre dovette lavorare con le pinzette da toeletta per togliermi la terra dalla fessura che si era formata all'interno della bocca. Sta di fatto che mi è rimasto un nodulo, in corrispondenza del canino destro inferiore, e quando ci faccio passare sopra la lingua sento una vibrazione, un brivido.

Ma questo nodulo non mi assolve, perché me lo sono procurato per incoscienza, non per coraggio. Mi passo la lingua contro le labbra e che faccio? Scrivo. Ma la cattiva letteratura non redime.

Dopo la giornata del corteo non vidi più Belbo per circa un anno. Mi ero innamorato di Amparo e non andavo più da Pilade, ovvero le poche volte che ci ero passato con Amparo, Belbo non c'era. E Amparo non amava quel luogo. Il suo rigore morale e politico – pari solo alla sua grazia, e alla sua splendida fierezza – le faceva sentire Pilade come un club per dandy democratici, e il dandysmo democratico era per lei una delle trame, la più sottile, del complotto capitalista. Fu un anno di grande impegno, di grande serietà e di grande dolcezza. Lavoravo con gusto ma con calma alla tesi.

Un giorno Belbo lo incontrai lungo i Navigli, a poca distanza dalla Garamond. "Guarda guarda," mi disse con allegria, "il mio Templare preferito! Mi hanno appena regalato un distillato di inenarrabile vetustà. Perché non fa un salto su da me? Ho dei bicchieri di carta e il pomeriggio libero."

"È uno zeugma," osservai.

"No, un bourbon imbottigliato, credo, prima della caduta di Alamo."

Lo seguii. Ma avevamo appena iniziato a degustare che Gudrun entrò e venne a dire che c'era un signore. Belbo si batté una mano sulla fronte. Si era scordato di quell'appuntamento, ma il caso ha il gusto del complotto, mi disse. Per quanto aveva capito, quel tizio voleva presentare un libro che riguardava anche i Templari. "Lo liquido subito," disse, "ma mi sostenga con acute obiezioni."

Era stato certamente un caso. E così fui preso nella rete.

17

> Così disparvero i cavalieri del Tempio con il loro segreto, nell'ombra del quale palpitava una bella speranza della città terrena. Ma l'Astratto al quale era incatenato il loro sforzo proseguiva in regioni sconosciute la sua vita inaccessibile... e più di una volta, nel corso dei tempi, lasciò fluire la sua ispirazione negli spiriti capaci di accoglierlo.
>
> (Victor Emile Michelet, *Le secret de la Chevalerie,* 1930, 2)

Aveva una faccia da anni quaranta. A giudicare dalle vecchie riviste che avevo trovato nella cantina di casa, negli anni quaranta tutti avevano una faccia del genere. Doveva essere la fame del tempo di guerra: incavava il volto sotto gli zigomi e rendeva l'occhio vagamente febbricitante. Era una faccia che avevo visto nelle scene di fucilazione, da ambo le parti. A quei tempi uomini con la stessa faccia si fucilavano tra loro.

Il nostro visitatore indossava un completo blu con camicia bianca e cravatta grigio perla, e istintivamente mi chiesi perché si fosse messo in borghese. I capelli, innaturalmente neri, erano tirati indietro lungo le tempie su due bande impomatate, seppur con misura, e lasciavano al sommo del capo, lucido, una calvizie solcata da strisce sottili e regolari come fili del telegrafo, che si dipartivano a vu dal sommo della fronte. Il volto era abbronzato, segnato, e non solo dalle rughe – esplicitamente coloniali. Una cicatrice pallida gli attraversava la guancia sinistra, dal labbro all'orecchio, e siccome portava baffetti neri e lunghi, alla Adolphe Menjou, il baffo sinistro ne era impercettibilmente solcato là dove, per meno di un millimetro, la pelle si era aperta e poi richiusa. *Mensur* o pallottola di striscio?

Si presentò: colonnello Ardenti, porse la mano a Belbo, mi fece un semplice cenno col capo quando Belbo mi definì come suo collaboratore. Si sedette, accavallò le gambe, si tirò i pantaloni sul ginocchio, scoprendo due calzini amaranto – corti.

"Colonnello... in servizio?" chiese Belbo.

Ardenti scoprì alcune protesi pregiate: "Caso mai in pensione. O, se vuole, della riserva. Forse non sembra, ma sono un uomo anziano."

"Non sembra," disse Belbo.

"Eppure ho fatto quattro guerre."

"Dovrebbe aver cominciato con Garibaldi."

"No. Tenente, volontario, in Etiopia. Capitano, volontario, in Spagna. Maggiore di nuovo in Africa, sino all'abbandono della quarta sponda. Medaglia d'argento. Nel quarantatré... diciamo che ho scelto la parte dei vinti: e ho perso tutto, salvo l'onore. Ho avuto il coraggio di ricominciare da capo. Legione straniera. Palestra d'ardimento. Nel quarantasei sergente, nel cinquantotto colonnello, con Massu. Evidentemente scelgo sempre la parte perdente. Con l'andata al potere del sinistro de Gaulle mi sono ritirato e sono passato a vivere in Francia. Avevo fatto buone conoscenze ad Algeri e ho impiantato un'impresa di import-export, a Marsiglia. Quella volta ho scelto la parte vincente, credo, dato che ora vivo di rendita, e posso occuparmi del mio hobby – si dice così oggi, non è vero? E negli ultimi anni ho steso i risultati delle mie ricerche. Ecco..." Trasse da una borsa di cuoio una cartella voluminosa, che allora mi parve rossa.

"Dunque," disse Belbo, "un libro sui Templari?"

"I Templari," concedette il colonnello. "Una passione quasi giovanile. Anche loro erano capitani di ventura che cercarono la gloria attraversando il Mediterraneo."

"Il signor Casaubon si occupa dei Templari," disse Belbo. "Conosce l'argomento meglio di me. Ci racconti."

"I Templari mi hanno sempre interessato. Un manipolo di generosi che porta la luce dell'Europa tra i selvaggi delle due Tripoli..."

"Gli avversari dei Templari non erano poi così selvaggi," dissi in tono conciliante.

"È mai stato catturato dai ribelli del Magreb?" mi chiese con sarcasmo.

"Non ancora," dissi.

Mi fissò, e fui felice di non aver servito nei suoi plotoni. Parlò direttamente a Belbo. "Mi scusi, sono di un'altra generazione." Riguardò me, con aria di sfida: "Siamo qui per subire un processo o per..."

"Siamo qui per parlare del suo lavoro, colonnello," disse Belbo. "Ce ne parli, la prego."

"Voglio mettere subito in chiaro una cosa," disse il colonnello, posando le mani sulla cartella. "Sono disposto a contribuire alle spese di pubblicazione, non le propongo nulla in perdita. Se cercate garanzie scientifiche, ve le farò avere. Proprio due ore fa ho incontrato un esperto del ramo, venuto apposta da Parigi. Potrà fare una prefazione autorevole..." Indovinò la domanda di Belbo e fece un cenno, come a dire che per il momento era meglio restare nel vago, data la delicatezza della cosa.

"Dottor Belbo," disse, "qui in queste pagine io ho il materiale per una storia. Vera. Non banale. Meglio dei romanzi gialli americani. Ho trovato qualcosa, e di molto importante, ma è solo l'inizio. Io voglio dire a tutti quello che so, in modo che se c'è qualcuno che è in grado di completare questo gioco a incastri, legga, e si faccia vivo. Intendo lanciare un'esca. E inoltre devo farlo subito. Chi sapeva ciò che so io, prima di me, è stato probabilmente ucciso, proprio perché non lo divulgasse. Se ciò che so lo dico a duemila lettori, nessuno avrà più interesse ad eliminarmi." Fece una pausa: "Loro sanno qualcosa dell'arresto dei Templari..."

"Me ne ha parlato recentemente il signor Casaubon, e mi ha colpito che questo arresto avvenga senza colpo ferire, e i cavalieri vengano colti di sorpresa..."

Il colonnello sorrise, con commiserazione. "Infatti. È puerile pensare che gente così potente da far paura al re di Francia non fosse in grado di sapere in anticipo che quattro cialtroni stavano sobillando il re e che il re stava sobillando il papa. Andiamo! Occorre pensare a un piano. A un piano sublime. Supponga che i Templari avessero un progetto di conquista del mondo, e conoscessero il segreto di un'immensa fonte di potere, un segreto per preservare il quale valesse la pena di sacrificare l'intero quartiere del Tempio in Parigi, le commende sparse in tutto il reame, e in Spagna, Portogallo, Inghilterra e Italia, i castelli di Terrasanta, i depositi monetari, tutto... Filippo il Bello lo sospetta, altrimenti non si comprende perché avrebbe scatenato la persecuzione, gettando discredito sul fior fiore della cavalleria francese. Il Tempio capisce che il re ha capito e tenterà di distruggerlo, non serve opporre resistenza frontale, il piano richiede ancora tempo, il tesoro o quel che sia dev'essere ancora definitivamente localizzato, o bisogna sfruttarlo lentamente... E il direttorio segreto del Tempio, di cui tutti ormai riconoscono l'esistenza..."

"Tutti?"

"Certo. Non è pensabile che un ordine così potente abbia potuto sopravvivere a lungo senza l'esistenza di una regola segreta."

"L'argomento non fa una grinza," disse Belbo, guardandomi di scorcio.

"Di qui," disse il colonnello, "altrettanto evidenti le conclusioni. Il gran maestro certo fa parte del direttorio segreto, ma dev'esserne la copertura esterna. Gauthier Walther, ne *La chevalerie et les aspects sécrets de l'histoire*, dice che il piano templare per la conquista del potere contemplava come termine finale l'anno duemila! Il Tempio decide di passare alla clandestinità, e per poterlo fare occorre che agli occhi di tutti l'ordine scompaia. Si sacrificano, ecco che cosa fanno, gran maestro compreso. Alcuni si lasciano ammazzare, probabilmente sono stati sorteggiati. Altri si sottomettono, si mimetizzano. Dove finiscono le gerarchie minori, i fratelli laici, i maestri d'ascia, i vetrai?... È la nascita della corporazione dei liberi muratori, che si diffonde per il mondo, ed è storia nota. Ma che succede in Inghilterra? Il re resiste alle pressioni del papa, e li mette tutti in pensione, a finire tranquillamente la loro vita nelle capitanerie dell'ordine. E quelli, zitti zitti, ci stanno. Lei la beve? Io no. E in Spagna l'ordine decide di cambiar nome, diventa ordine di Montesa. Signori miei, quella era gente che poteva convincere un re, avevano tante sue cambiali nei loro forzieri che potevano mandarlo in bancarotta in una settimana. Anche il re del Portogallo viene a patti: facciamo così cari amici, dice, non vi chiamate più cavalieri del Tempio ma cavalieri di Cristo, e per me va bene. E in Germania? Pochi processi, abolizione puramente formale dell'ordine, ma lì in casa hanno l'ordine fratello, i Teutonici, che a quell'epoca fanno qualcosa di più che creare uno stato nello stato: sono lo stato, hanno messo insieme un territorio grande come quello dei paesi che sono oggi sotto il tallone dei russi, vanno avanti di questo passo sino alla fine del Quattrocento, perché a quel punto arrivano i mongoli – ma questa è un'altra storia, perché i mongoli li abbiamo ancora alle porte... ma non divaghiamo..."

"No, per favore," disse Belbo. "Andiamo avanti."

"Dunque. Come tutti sanno, due giorni prima che Filippo faccia partire l'ordine di arresto, e un mese prima che venga eseguito, una carretta di fieno, tirata da buoi, lascia la cinta del Tempio per destinazione ignota. Ne parla anche Nostradamus in una delle sue centurie...." Cercò una pagina del suo manoscritto:

Souz la pasture d'animaux ruminant
par eux conduits au ventre herbipolique
soldats cachés, les armes bruit menant...

"La carretta di fieno è una leggenda," dissi, "e non prenderei Nostradamus come un'autorità in materia storiografica..."

"Persone più anziane di lei, signor Casaubon, hanno prestato fede a molte profezie di Nostradamus. D'altra parte non sono così ingenuo da prestar fede alla storia della carretta. È un simbolo. Il simbolo del fatto, evidente e assodato, che in vista dell'arresto Jacques de Molay passa il comando e le istruzioni segrete a suo nipote, il conte di Beaujeu, che diventa il capo occulto del Tempio ormai occulto."

"Ci sono documenti storici?"

"La storia ufficiale," sorrise amaramente il colonnello, "è quella che scrivono i vincitori. Secondo la storia ufficiale gli uomini come me non esistono. No, sotto la vicenda della carretta c'è altro. Il nucleo segreto si trasferisce in un centro tranquillo e di lì inizia a costituire la sua rete clandestina. Da questa evidenza sono partito io. Da anni, ancora prima della guerra, mi chiedevo sempre dove fossero finiti questi fratelli in eroismo. Quando mi ritirai a vita privata decisi finalmente di cercare una pista. Perché in Francia era avvenuta la fuga della carretta, in Francia dovevo trovare il luogo della riunione originaria del nucleo clandestino. Dove?"

Aveva senso del teatro. Belbo e io volevamo ora sapere dove. Non trovammo di meglio che dire: "Dica."

"Lo dico. Dove nascono i Templari? Da dove viene Ugo de Payns? Dalla Champagne, vicino a Troyes. E in Champagne governa Ugo de Champagne che pochi anni dopo, nel 1125, li raggiunge a Gerusalemme. Poi torna a casa e pare che si metta in contatto con l'abate di Cîteaux, e lo aiuta a iniziare nel suo monastero la lettura e la traduzione di certi testi ebraici. Pensino, i rabbini dell'alta Borgogna vengono invitati a Cîteaux, dai benedettini bianchi, e di chi? di san Bernardo, a studiare chi sa quali testi che Ugo ha trovato in Palestina. E Ugo offre ai monaci di san Bernardo una foresta, a Bar-sur-Aube, dove sorgerà Clairvaux. E che cosa fa san Bernardo?"

"Diventa il sostenitore dei Templari," dissi.

"E perché? Ma lo sa che fa diventare i Templari più potenti dei benedettini? Che ai benedettini proibisce di ricevere terre e case in regalo e le terre e le case le fa dare ai Templari? Ha mai visto la Forêt d'Orient vicino a Troyes? Una cosa immensa, una capitaneria dopo l'altra. E intanto i cavalieri in Palestina non combattono, lo sa? Si installano nel Tempio, e invece di ammazzare i musulmani ci fanno amicizia. Prendono contatto con i loro iniziati. Insomma, san Bernardo, con l'appoggio economico dei conti di Champagne, costituisce un ordine che in Terrasanta entra in contatto con le sette segrete arabe ed ebraiche. Una direzione sconosciuta pianifica le crociate per far vivere l'ordine, e non il contrario, e costituisce una rete di potere che si sottrae alla giurisdizione reale... Io non sono un uomo di scienza, sono un uomo d'azione. Invece di far troppe congetture, ho fatto quello che tanti studiosi, troppo verbosi, non hanno mai fatto. Sono andato là da dove i Templari venivano e dove avevano la loro base da due secoli, dove potevano nuotare come pesci nell'acqua..."

"Il presidente Mao dice che il rivoluzionario deve stare tra il popolo come un pesce nell'acqua," dissi.

"Bravo il suo presidente. I Templari, che stavano preparando una rivoluzione ben più grande di quella dei suoi comunisti col codino..."

"Non hanno più il codino."

"No? Peggio per loro. I Templari, dicevo, non potevano non cercare rifugio in Champagne. A Payns? A Troyes? Nella Foresta d'Oriente? No. Payns era ed è un borgo di quattro case, e allora ci sarà stato al massimo un castello. Troyes era una città, troppa gente del re intorno. La foresta, templare per definizione, era il primo posto dove le guardie reali sarebbero andate a cercarli, come fecero. No: Provins, mi dissi. Se c'era un luogo, doveva essere Provins!"

18

Se potessimo penetrar con l'occhio e vedere l'interno della terra, da polo a polo, o dai nostri piedi sino agli antipodi, con orrore scorgeremmo una mole tremendamente traforata di fessure e caverne.

(T. Burnet, *Telluris Theoria Sacra*, Amsterdam, Wolters, 1694, p. 38)

"Perché Provins?"

"Mai stato a Provins? Luogo magico, anche oggi lo si sente, ci vada. Luogo magico, ancora tutto profumato di segreti. Per intanto, nell'undicesimo secolo è sede del conte di Champagne, e rimane zona franca dove il potere centrale non può mettere il naso. I Templari vi sono di casa, ancora oggi c'è una strada intitolata a loro. Chiese, palazzi, una rocca che domina tutta la pianura, e soldi, circolazione di mercanti, fiere, confusione in cui ci si può confondere. Ma soprattutto, e dai tempi preistorici, gallerie. Una rete di gallerie che si estende sotto tutta la collina, vere e proprie catacombe, alcune le può visitare ancora oggi. Posti dove se qualcuno si riunisce in segreto, anche se i nemici vi penetrano, i congiurati possono disperdersi in pochi secondi, e Dio sa dove, e se conoscono bene i condotti sono già usciti da chissà quale parte, sono rientrati dalla parte opposta, felpati come gatti, e sono arrivati alle spalle degli invasori, e li fanno fuori al buio. Dio mio, assicuro, signori miei, quelle gallerie sembrano fatte per i commandos, rapidi ed invisibili, ci si insinua nella notte, pugnale tra i denti, due bombe a mano, e gli altri a far la morte del topo, perdio!"

Gli scintillavano gli occhi. "Capiscono che nascondiglio favoloso può essere Provins? Un nucleo segreto che si riunisce nel sottosuolo, e tutta la gente del luogo che se vede non parla. Gli uomini del re arrivano anche a Provins, certo, arrestano i Templari che si mostrano in superficie, e li portano a Parigi. Reynaud de Provins subisce la tortura ma non parla. Secondo il piano segreto, è chiaro, doveva farsi arrestare per far credere che Provins fosse stata bonificata, ma doveva al tempo stesso lanciare un segnale: Provins non molla. Provins, il luogo dei nuovi Templari sotterranei... Gallerie che portano da edificio a edificio, si finge di entrare in un deposito di grano o in un fondaco e si fuoriesce in una chiesa. Gallerie costruite con pilastri e volte in muratura, ogni casa della città alta ha ancor oggi una cantina, con le volte ogivali, ce ne saranno più di cento, ogni cantina, che dico, ogni sala sotterranea era l'ingresso di uno dei condotti."

"Congetture," dissi.

"No, signor Casaubon. Prove. Lei non ha visto le gallerie di Provins. Sale e sale, nel cuore della terra, piene di graffiti. Si trovano per lo più in quelle che gli speleologi chiamano alveoli laterali. Sono raffigurazioni ieratiche, di origine druidica. Graffite prima dell'arrivo dei romani. Cesare passava di sopra, e qui si tramava la resistenza, l'incantesimo, l'agguato. E ci sono i simboli dei catari, sissignori, i catari non erano solo in Provenza, quelli di Provenza sono stati distrutti, quelli della Champagne sono sopravvissuti in segreto e si riunivano qui, in queste catacombe dell'eresia. Centottantatré ne furono bruciati in superficie, e gli altri sopravvissero qui. Le cronache li definivano come *bougres et manichéens* – guarda caso, i *bougres* erano i bogomili, catari di origine bulgara, le dice nulla la parola *bougre* in francese? Alle origini voleva dire sodomita, perché si diceva che i catari bulgari avessero questo vizietto..." Fece una risatina imbarazzata. "E chi viene accusato di questo stesso vizietto? Loro, i Templari... Curioso, vero?"

"Sino a un certo punto," dissi, "a quei tempi se si voleva far fuori un eretico lo si accusava di sodomia..."

"Certo, e non pensi che io pensi che i Templari... Suvvia, erano uomini d'arme, a noi uomini d'arme piacciono le belle donne, anche se avevano pronunciato i voti l'uomo è uomo. Ma ricordo questo perché non credo che sia un caso che in un ambiente templare abbiano trovato rifugio eretici catari, e in ogni caso i Templari avevano imparato da loro come si usavano i sotterranei."

"Ma insomma," disse Belbo, " le sue sono ancora solo ipotesi..."

"Ipotesi di partenza. Le ho detto le ragioni per cui mi sono messo a esplorare Provins. Adesso veniamo alla storia vera e propria. Al centro di Provins c'è un grande edificio gotico, la Grange-aux-Dîmes, il granaio delle decime, e loro sanno che uno dei punti di forza dei Templari era che essi raccoglievano direttamente le decime senza dover nulla allo stato. Sotto, come dappertutto, una rete di sotterranei, oggi in pessimo stato. Bene, mentre frugavo negli archivi di Provins, mi capita tra le mani un giornale locale del 1894. Vi si racconta che due dragoni, i cavalieri Camille Laforge di Tours e Edouard Ingolf di Pietroburgo (proprio così, di Pietroburgo), stavano visitando alcuni giorni prima la Grange con il guardiano, ed erano discesi in una delle sale sotterranee, al secondo piano sotto la superficie del suolo, quando il guardiano, per dimostrare che esistevano altri piani soggiacenti, picchiò col piede per terra e si sentirono echi e rimbombi. Il cronista loda gli ardimentosi dragoni che si muniscono di lanterne e corde, entrano in chissà quali gallerie come fanciulli in miniera, strisciando sui gomiti, e si insinuano per misteriosi condotti. E arrivano, dice il giornale, ad una grande sala, con un bel camino, e un pozzo al centro. Calano una corda con una pietra e scoprono che il pozzo è profondo undici metri... Tornano una settimana dopo con delle corde più robuste, e mentre gli altri due tengono la corda, Ingolf si cala nel pozzo e scorge una grande camera dalle pareti di pietra, dieci metri per dieci, e alta cinque. A turno scendono anche gli altri due, e si rendono conto di essere al terzo piano sotto la superficie del suolo, a trenta metri di profondità. Cosa vedano e facciano i tre in quella sala non si sa. Il cronista confessa che quando si è recato a controllare sul posto, non ha avuto la forza di calarsi nel pozzo. La storia mi eccitò, e mi venne voglia di visitare il posto. Ma dalla fine del secolo scorso a oggi molti sotterranei erano crollati, e se pure quel pozzo era mai esistito, chissà dove si trovava ora. Mi balenò per il capo che i dragoni avessero trovato laggiù qualche cosa. Avevo letto proprio in quei giorni un libro sul segreto di Rennes-le-Château, anche quella una vicenda in cui in qualche modo c'entrano i Templari. Un curato senza soldi e senza avvenire, mentre procede al restauro di una vecchia chiesa in un paesino di duecento anime, alza una pietra del pavimento del coro e trova un astuccio con manoscritti antichissimi, dice. Solo manoscritti? Non si sa bene che cosa succede, ma negli anni che seguono costui diventa immensamente ricco, spende e spande, conduce vita dissipata, va sotto processo ecclesiastico... E se a uno dei dragoni o a entrambi fosse accaduto qualche cosa di simile? Ingolf scende per primo, trova un oggetto prezioso di dimensioni ridotte, lo nasconde sotto la giubba, risale, non dice nulla agli altri due... Insomma, sono cocciuto, e se non fosse stato sempre così avrei avuto una vita diversa." Si era sfiorato la cicatrice con le dita. Poi si era portato le mani alle tempie, muovendole verso la nuca, per assicurarsi che i capelli aderissero a dovere.

"Vado a Parigi ai telefoni centrali e controllo sulle guide di tutta la Francia alla ricerca di una famiglia Ingolf. Ne trovo una sola, ad Auxerre, e scrivo presentandomi come uno studioso di cose archeologiche. Due settimane dopo ricevo la risposta da una vecchia levatrice: è la figlia di quell'Ingolf, ed è curiosa di sapere perché mi interessi a lui, anzi mi domanda se per amor di dio ne so qualcosa... Lo dicevo che c'era sotto un mistero. Mi precipito ad Auxerre, la signorina Ingolf vive in una casetta tutta coperta di edera, un cancelletto di legno chiuso da una funicella e un chiodo. Una signorina attempata, linda, gentile, di scarsa cultura. Mi chiede subito che cosa so di suo padre e io le dico che so solo che un giorno è sceso in un sotterraneo a Provins, e che sto scrivendo un saggio storico su quella zona. Lei cade dalle nuvole, mai saputo che suo padre fosse stato a Provins. Era stato nei dragoni, certo, ma aveva lasciato il servizio nel '95, prima che lei nascesse. Aveva comperato quella casetta ad Auxerre, e nel '98 aveva sposato una ragazza del luogo, con qualche cosa di suo. La madre era morta nel 1915 quando lei aveva cinque anni. Quanto al padre era scomparso nel 1935. Scomparso, letteralmente. Era partito per Parigi, come faceva almeno due volte all'anno, e non aveva più dato notizie di sé. La gendarmeria locale aveva telegrafato a Parigi: volatilizzato. Dichiarazione di morte presunta. E così la nostra signorina era rimasta sola e si era messa a lavorare, perché l'eredità paterna non era gran che. Evidentemente non aveva trovato un marito, e dai sospiri che fece ci doveva essere stata una storia, la sola della sua vita, che era finita male. 'E sempre con questa angoscia, con questo rimorso continuo, monsieur Ardentì, di non sapere nulla del povero papà, neppure dove sia la sua tomba, se pur c'è da qualche parte.' Aveva voglia di parlare di lui: tenerissimo, tranquillo, metodico, così colto. Passava le giornate in un suo studiolo lassù in mansarda, a leggere e scrivere. Per il resto, una zappettata in giardino e due chiacchiere col farmacista – morto anche lui ormai. Ogni tanto, come aveva detto, un viaggio a Parigi, per affari, così si esprimeva. Ma tornava sempre con qualche pacco di libri. Lo studiolo ne era ancora pieno, volle farmeli vedere. Salimmo. Una cameretta ordinata e pulita, che la signorina Ingolf spolverava ancora una volta alla settimana, alla mamma poteva portare i fiori al cimitero, per il povero papà poteva fare solo questo. Tutto come l'aveva lasciato lui, le sarebbe piaciuto aver studiato per poter leggere quelle sue cose, ma era tutta roba in francese antico, in latino, in tedesco, persino in russo, perché il papà era nato e aveva passato l'infanzia laggiù, era figlio di un funzionario dell'ambasciata francese. La biblioteca conteneva un centinaio di volumi, la maggior parte (ed esultai) sul processo dei Templari, per esempio i *Monumens historiques relatifs à la condamnation des chevaliers du Temple*, di Raynouard, del 1813, un pezzo d'antiquariato. Molti volumi su scritture segrete, una vera e propria collezione da crittologo, alcuni volumi di paleografia e diplomatica. C'era un registro con vecchi conti, e come lo sfogliai trovai una nota che mi fece sobbalzare: concerneva la vendita di un astuccio, senza altre precisazioni, e senza il nome dell'acquirente. Non si menzionavano cifre, ma la data era del 1895, e subito dopo seguivano conti precisi, il libro mastro di un signore prudente che amministra con oculatezza il suo gruzzolo. Alcune note sull'acquisto di libri da antiquari parigini. La meccanica della vicenda mi diventava chiara: Ingolf trova nella cripta un astuccio d'oro incrostato di pietre preziose, non ci pensa sopra un momento, se lo infila nella casacca, risale e non apre bocca coi compagni. A casa vi trova dentro una pergamena, mi pare evidente. Va a Parigi, contatta un antiquario, uno strozzino, un collezionista, e con la vendita dell'astuccio, sia pure sottocosto, diventa quantomeno agiato. Ma fa di più, lascia il servizio, si ritira in campagna e incomincia ad acquistare libri e a studiare la pergamena. Forse c'è già in lui il cercatore di tesori, altrimenti non sarebbe andato per sotterranei a Provins, probabilmente ha abbastanza cultura per decidere che può decifrare da sé quanto ha trovato. Lavora tranquillo, senza preoccupazioni, da buon monomane, per più di trent'anni. Racconta a qualcuno delle sue scoperte? Chissà. Fatto sta che nel 1935 deve sentirsi arrivato a buon punto oppure, al contrario, a un punto morto, perché decide di rivolgersi a qualcuno, o per dirgli ciò che sa o per farsi dire ciò che non sa. Ma ciò che egli sa deve essere così segreto, e terribile, che il qualcuno a cui si rivolge lo fa scomparire. Ma torniamo alla mansarda. Per intanto bisognava vedere se Ingolf aveva lasciato qualche traccia. Dissi alla buona signorina che forse, esaminando i libri del padre, avrei trovato qualche traccia di quella sua scoperta di Provins, e nel mio saggio avrei dato ampia testimonianza di lui. Lei ne fu entusiasta, povero papà suo, mi disse che potevo restare per tutto il pomeriggio, e tornare il giorno dopo se fosse stato necessario, mi portò un caffè, mi accese le luci, e se ne tornò in giardino lasciandomi padrone della piazza. La camera aveva pareti lisce e bianche, non presentava stipi, scrigni, anfratti dove potessi frugare, ma non trascurai nulla, guardai sopra, sotto e dentro ai pochi mobili, in un armadio quasi vuoto con qualche abito imbottito solo di naftalina, rivoltai quei tre o quattro quadri con stampe di paesaggio. Risparmio loro i particolari, dico solo che lavorai bene, l'imbottitura dei divani non va solo tastata, occorre anche infilarvi degli aghi per sentire se non si incontrano corpi estranei..."

Capii che il colonnello non aveva frequentato solo campi di battaglia.

"Mi rimanevano i libri, in ogni caso era bene annotarmi i titoli, e controllare se non ci fossero appunti a margine, sottolineature, qualche indizio... E finalmente presi malamente in mano un vecchio volume dalla rilegatura pesante, quello cadde, e ne fuoriuscì un foglio scritto a mano. Dal tipo di carta da quaderno e dall'inchiostro, non pareva molto antico, poteva essere stato scritto negli ultimi anni della vita di Ingolf. Lo scorsi appena, abbastanza per leggervi un'annotazione a margine: "Provins 1894." Immagineranno la mia emozione, l'onda di sentimenti che mi assalì... Capii che Ingolf era andato a Parigi con la pergamena originale, ma quel foglio ne costituiva la copia. Non esitai. La signorina Ingolf aveva spolverato quei libri per anni, ma non aveva mai individuato quel foglio, altrimenti me ne avrebbe parlato. Bene, avrebbe continuato a ignorarlo. Il mondo si divide tra vinti e vincitori. Avevo avuto a sufficienza la mia parte di sconfitta, ora dovevo afferrare la vittoria per i capelli. Presi il foglio e me lo misi in tasca. Mi accomiatai dalla signorina dicendole che non avevo trovato nulla di interessante ma che avrei citato suo padre, se avessi scritto qualcosa, e lei mi benedì. Signori, un uomo d'azione, e bruciato da una passione come quella che mi bruciava, non deve farsi troppi scrupoli di fronte al grigiore di un essere che il destino ha ormai condannato."

"Non si giustifichi," disse Belbo. "Lo ha fatto. Ora dica."

"Ora mostro a lor signori quel testo. Mi consentiranno di esibire una fotocopia. Non per diffidenza. Per non sottoporre a usura l'originale."

"Ma quello di Ingolf non era l'originale," dissi. "Era la sua copia di un presunto originale."

"Signor Casaubon, quando gli originali non ci sono più, l'ultima copia è l'originale."

"Ma Ingolf potrebbe aver trascritto male."

"Lei non sa se è così. E io so che la trascrizione di Ingolf dice la verità, perché non vedo come la verità potrebbe essere altrimenti. Quindi la copia di Ingolf è l'originale. Siamo d'accordo su questo punto, o ci mettiamo a fare giochini da intellettuali?"

"Li odio," disse Belbo. "Vediamo la sua copia originale."

19

> Dopo Beaujeu l'Ordine non ha mai cessato un istante di sussistere e noi conosciamo dopo Aumont una sequenza ininterrotta di Grandi Maestri dell'Ordine sino ai giorni nostri e, se il nome e la sede del vero Gran Maestro e dei veri Superiori che reggono l'Ordine e dirigono oggi i suoi sublimi lavori è un mistero che è conosciuto solo dai veri illuminati, tenuto in un segreto impenetrabile, è perché l'ora dell'Ordine non è ancora venuta e i tempi non si sono compiuti...
>
> (Manoscritto del 1760, in G.A. Schiffmann, *Die Entstehung der Rittergrade in der Freimauerei um die Mitte des XVIII Jahrhunderts*, Lipsia, Zechel, 1882, pp. 178-190)

Fu il nostro primo, remoto contatto con il Piano. Quel giorno avrei potuto essere altrove. Se quel giorno non fossi stato nell'ufficio di Belbo ora sarei... a Samarcanda a vendere semi di sesamo, a fare l'editor di una collana in Braille, a dirigere la First National Bank nella Terra di Francesco Giuseppe? I condizionali controfattuali sono sempre veri perché la premessa è falsa. Ma quel giorno ero là, e per questo ora sono dove sono.

Con gesto teatrale il colonnello ci aveva mostrato il foglio. Ce l'ho ancora qui, tra le mie carte, in una cartellina di plastica, più giallo e sbiadito di quanto non fosse allora, su quella carta termica che si usava in quegli anni. Erano in realtà due testi, il primo fitto, che occupava la prima metà della pagina, e il secondo diviso nei suoi versicoli mutilati...

Il primo testo era una sorta di litania demoniaca, una parodia di lingua semitica:

Kuabris Defrabax Rexulon Ukkazaal Ukzaab Urpaefel Taculbain Habrak Hacoruin Maquafel Tebrain Hmcatuin Rokasor Himesor Argaabil Kaquaan Docrabax Reisaz Reisabrax Decaiquan Oiquaquil Zaitabor Qaxaop Dugraq Xaelobran Disaeda Magisuan Raitak Huidal Uscolda Arabaom Zipreus Mecrim Cosmae Duquifas Rocarbis

"Non è perspicuo," osservò Belbo.

"No, vero?" acconsentì con malizia il colonnello. "E ci avrei perso la vita sopra se un giorno, quasi per caso, non avessi trovato su una bancarella un libro su Tritemio e non mi fossero caduti gli occhi su uno dei suoi messaggi in cifra: 'Pamersiel Oshurmy Delmuson Thafloyn....' Avevo trovato una traccia, e la seguii sino in fondo. Tritemio per me era uno sconosciuto, ma a Parigi ritrovai un'edizione della sua *Steganographia, hoc est ars per occultam scripturam animi sui voluntatem absentibus aperiendi certa,* Francoforte 1606. L'arte di aprire attraverso occulta scrittura il proprio animo alle persone lontane. Personaggio affascinante, questo Tritemio. Abate benedettino di Spannheim, vissuto tra Quattro e Cinquecento, un dotto che sapeva di ebraico e di caldaico, di lingue orientali come il tartaro, in contatto con teologi, cabalisti, alchimisti, certamente col grande Cornelio Agrippa di Nettesheim e forse con Paracelso... Tritemio maschera le sue rivelazioni sulle scritture segrete con fumisterie negromantiche, dice che bisogna inviare messaggi cifrati del tipo di quello che avete sotto gli occhi, e poi il destinatario dovrà evocare angeli come Pamersiel, Padiel, Dorothiel e così via, i quali lo aiuteranno a comprendere il messaggio vero. Ma gli esempi che fornisce sono sovente messaggi militari, e il libro è dedicato al conte palatino e duca di Baviera Filippo, e costituisce uno dei primi esempi di serio lavoro crittografico, cose da servizi segreti."

"Mi scusi," domandai, "ma se ho ben capito Tritemio è vissuto almeno cent'anni dopo la stesura del manoscritto di cui ci stiamo occupando..."

"Tritemio era affiliato a una Sodalitas Celtica, in cui ci si occupava di filosofia, astrologia, matematica pitagorica. Colgono il nesso? I Templari sono un ordine iniziatico che si rifà anche alla sapienza degli antichi celti, è ormai ampiamente provato. Per qualche via Tritemio apprende gli stessi sistemi crittografici usati dai Templari."

"Impressionante," disse Belbo. "E la trascrizione del messaggio segreto, che cosa dice?"

"Calma, signori. Tritemio presenta quaranta criptosistemi maggiori e dieci minori. Sono stato fortunato, ovvero i Templari di Provins non si erano spremuti troppo le meningi, sicuri che nessuno avrebbe indovinato la loro chiave. Ho provato subito col primo dei quaranta criptosistemi maggiori e ho fatto l'ipotesi che in questo testo contino solo le iniziali."

Belbo chiese il foglio e lo scorse: "Ma anche così ne esce una sequenza senza senso: kdruuuth..."

"Naturale," disse con condiscendenza il colonnello. "I Templari non si erano spremuti troppo le meningi, ma non erano neppure troppo pigri. Questa prima sequenza è a sua volta un altro messaggio cifrato, e io ho subito pensato alla seconda serie dei dieci criptosistemi. Vedono, per questa seconda serie Tritemio usava delle rotule, e quella del primo criptosistema è questa..."

Trasse dalla sua cartella un'altra fotocopia, avvicinò la sedia al tavolo e ci fece seguire la sua dimostrazione toccando le lettere con la stilografica chiusa.

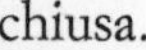

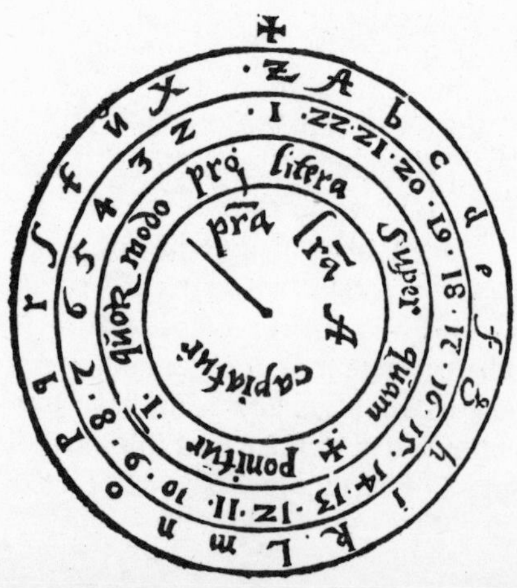

"È il sistema più semplice. Considerino solo il cerchio esterno. Per ogni lettera del messaggio in chiaro si sostituisce la lettera che precede. Per A si scrive Z, per B si scrive A e così via. Cose da fanciulli per un agente segreto, oggi, ma a quei tempi era considerata una stregoneria. Naturalmente per decifrare si segue la via inversa, e si sostituisce ogni lettera del cifrato con la lettera che segue. Ho provato, certo sono stato fortunato a riuscire al primo tentativo, ma ecco la soluzione." Trascrisse: "*Les* XXXVI *inuisibles separez en six bandes*, i trentasei invisibili divisi in sei gruppi."

"E che cosa significa?"

"A prima vista nulla. Si tratta di una sorta di intestazione, di costituzione di un gruppo, scritta in lingua segreta per ragioni rituali. Poi, per il resto i nostri Templari, sicuri che stavano collocando il loro messaggio in un penetrale inviolabile, si sono limitati al francese del quattordicesimo secolo. Vediamo infatti il secondo testo."

a la ... Saint Jean
36 p charrete de fein
6 ... entiers avec saiel
p ... les blancs mantiax
r ... s ... chevaliers de Pruins pour la ... j . nc .
6 foiz 6 en 6 places
chascune foiz 20 a .... 120 a ....
iceste est l'ordonation
al donjon li premiers
it li secunz joste iceus qui ... pans
it al refuge
it a Nostre Dame de l'altre part de l'iau
it a l'ostel des popelicans
it a la pierre
3 foiz 6 avant la feste ... la Grant Pute.

"E questo sarebbe il messaggio non cifrato?" chiese Belbo, deluso e divertito.

"È evidente che nella trascrizione di Ingolf i puntini rappresentano delle parole illeggibili, degli spazi dove la pergamena era corrosa... Ma ecco qui la mia trascrizione finale dove, per congetture che mi permetteranno di definire lucide e inattaccabili, restituisco il testo al suo antico splendore – come si suol dire."

Voltò con gesto da prestidigitatore la fotocopia e ci mostrò dei suoi appunti a stampatello.

LA (NOTTE DI) SAN GIOVANNI
36 (ANNI) P(OST) LA CARRETTA DI FIENO
6 (MESSAGGI) INTATTI CON SIGILLO
P(ER I CAVALIERI DAI) BIANCHI MANTELLI [I TEMPLARI]
R(ELAP)S(I) DI PROVINS PER LA (VAIN)JANCE [VENDETTA]

6 VOLTE 6 IN SEI LOCALITÀ
OGNI VOLTA 20 A(NNI FA) 120 A(NNI)
QUESTO È IL PIANO:
VADANO AL CASTELLO I PRIMI
IT(ERUM) [DI NUOVO DOPO 120 ANNI] I SECONDI RAGGIUNGANO QUELLI (DEL) PANE
DI NUOVO AL RIFUGIO
DI NUOVO A NOSTRA SIGNORA AL DI LÀ DAL FIUME
DI NUOVO ALL'OSTELLO DEI POPELICANT
DI NUOVO ALLA PIETRA
3 VOLTE 6 [666] PRIMA DELLA FESTA (DELLA) GRANDE MERETRICE.

"Peggio che andar di notte," disse Belbo.

"Certo è ancora tutto da interpretare. Ma Ingolf ci era certamente riuscito, come ci sono riuscito io. È meno oscuro di quanto sembri, per chi conosce la storia dell'ordine."

Pausa. Chiese un bicchiere d'acqua, e continuò a farci seguire il testo, parola per parola.

"Allora: nella notte di San Giovanni, trentasei anni dopo la carretta di fieno. I Templari destinati alla perpetuazione dell'ordine sfuggono alla cattura nel settembre 1307, su una carretta di fieno. A quei tempi l'anno si calcolava da una Pasqua all'altra. Dunque il 1307 finisce verso quello che secondo il nostro computo sarebbe la Pasqua del 1308. Provino a calcolare trentasei anni dopo la fine del 1307 (che è la nostra Pasqua 1308) e arriviamo alla Pasqua del 1344. Dopo i trentasei anni fatidici, siamo nel nostro 1344. Il messaggio viene deposto nella cripta in un contenitore prezioso, come suggello, atto notarile di un qualche evento che si è compiuto in quel luogo, dopo la costituzione dell'ordine segreto, la notte di San Giovanni, e cioè il 23 giugno 1344."

"Perché il 1344?"

"Ritengo che dal 1307 al 1344 l'ordine segreto si riorganizzi e attenda al progetto di cui la pergamena sancisce l'avvio. Bisognava attendere che le acque si calmassero, che le fila si riannodassero fra i Templari di cinque o sei paesi. D'altra parte i Templari hanno atteso trentasei anni, non trentacinque o trentasette, perché evidentemente il numero 36 aveva per loro valenze mistiche, come ci conferma anche il messaggio cifrato. La somma interna di 36 dà nove, e non c'è bisogno che ricordi loro le significazioni profonde di questo numero."

"Posso?" Era la voce di Diotallevi, che si era introdotto alle nostre spalle, felpato come un Templare di Provins.

"Pane per i tuoi denti," disse Belbo. Lo presentò rapidamente, il colonnello non ne parve eccessivamente disturbato, dava anzi l'impressione di desiderare un'udienza numerosa e attenta. Continuò a interpretare, e Diotallevi salivava su quelle ghiottonerie numerologiche. Pura Gematria.

"Arriviamo ai sigilli: sei cose intatte con un sigillo. Ingolf trova un astuccio, evidentemente chiuso da un sigillo. Per chi è stato sigillato questo astuccio? Per i Mantelli Bianchi, e perciò per i Templari. Ora troviamo nel messaggio una *r*, alcune lettere cancellate, e una *s*. Io leggo 'relapsi'. Perché? Perché sappiamo tutti che i relapsi erano i rei confessi che ritrattavano, e i relapsi hanno giocato un ruolo non indifferente nel processo dei Templari. I Templari di Provins assumono orgogliosamente la loro natura di relapsi. Sono coloro che si dissociano dall'infame commedia del processo. Dunque, si sta parlando di cavalieri di Provins, relapsi, pronti per che cosa? Le poche lettere a nostra disposizione suggeriscono 'vainjance', per la vendetta."

"Quale vendetta?"

"Signori! Tutta la mistica templare, dal processo in poi, si incentra intorno al progetto di vendicare Jacques de Molay. Io non tengo in gran conto i riti massonici, ma essi, caricatura borghese della cavalleria templare, ne sono pur sempre un riflesso, per quanto degenerato. E uno dei gradi della massoneria di rito scozzese è quello di Cavaliere Kadosch, in ebraico cavaliere della vendetta."

"Va bene, i Templari si dispongono alla vendetta. E poi?"

"Quanto tempo dovrà prendere questo piano di vendetta? Il messaggio cifrato ci aiuta a capire il messaggio in lingua. Sono richiesti sei cavalieri per sei volte in sei luoghi, trentasei divisi in sei gruppi. Poi si dice 'Ogni volta venti', e qui c'è qualcosa che non è chiaro ma che nella trascrizione di Ingolf sembra essere una *a*. Ciascuna volta venti anni, ne ho dedotto, per sei volte, centoventi anni. Se seguiamo il resto del messaggio troviamo un elenco di sei luoghi, o di sei compiti da svolgere. Si parla di una 'ordonation', un piano, un progetto, un procedimento da seguire. E si dice che i primi debbono andare a un donjon o castello, i secondi in un altro posto, e così via sino al sesto. Quindi il documento ci dice che dovrebbero esserci altri sei documenti ancora sigillati, sparsi in luoghi diversi, e mi pare evidente che i sigilli si debbano aprire l'uno dopo l'altro, e a distanza di centoventi anni l'uno dall'altro..."

"Ma perché ogni volta venti anni?" chiese Diotallevi.

"Questi cavalieri della vendetta debbono compiere una missione in un determinato luogo ogni centoventi anni. Si tratta di una forma di staffetta. È chiaro che dopo la notte del 1344 sei cavalieri partono e ciascuno va in uno dei sei posti previsti dal piano. Ma il guardiano del primo sigillo non può certo rimanere in vita per centoventi anni. È da intendersi che ogni guardiano di ogni sigillo deve rimanere in carica venti anni, e poi passare il comando a un successore. Venti anni è un termine ragionevole, sei guardiani per sigillo, per venti anni ciascuno, garantiscono che al centoventesimo anno il custode del sigillo possa leggere un'istruzione, poniamo, e passarla al primo dei guardiani del secondo sigillo. Ecco perché il messaggio si esprime al plurale, vadano i primi colà, vadano i secondi costà... Ogni luogo è per così dire controllato, nell'arco di centoventi anni, da sei cavalieri. Facciano il conto, dal primo al sesto luogo ci sono cinque passaggi, che prendono seicento anni. Aggiunga seicento a 1344 e viene fuori 1944. Il che è confermato anche dall'ultima riga. Chiaro come il sole."

"Cioè?"
"L'ultima riga dice 'tre volte sei prima della festa (della) Grande Meretrice'. Anche qui un gioco numerologico, perché la somma interna di 1944 dà appunto 18. Diciotto è tre volte sei, e questa nuova mirabile coincidenza numerica suggerisce ai Templari un altro sottilissimo enigma. Il 1944 è l'anno in cui deve concludersi il piano. In vista di che cosa? Ma dell'anno duemila! I Templari pensano che il secondo millennio segnerà l'avvento della loro Gerusalemme, una Gerusalemme terrestre, l'Antigerusalemme. Sono perseguitati come eretici? In odio alla chiesa si identificano con l'Anticristo. Loro sanno che il 666 in tutta la tradizione occulta è il numero della Bestia. Il seicentosessantasei, anno della Bestia, è il duemila in cui trionferà la vendetta templare, l'Antigerusalemme è la Nuova Babilonia, ed ecco perché il 1944 è l'anno del trionfo della Grande Pute, la grande meretrice di Babilonia di cui parla l'Apocalisse! Il riferimento al 666 è una provocazione, una bravata da uomini d'arme. Un'assunzione della diversità, come si direbbe oggi. Bella storia, vero?"
Ci guardava con gli occhi umidi, umide le labbra e i baffi, mentre con le mani accarezzava la sua cartella.
"Va bene," disse Belbo, "qui si tratteggiano le scadenze di un piano. Ma quale?"
"Chiede troppo. Se lo sapessi non avrei bisogno di gettare la mia esca. Ma so una cosa. Che in questo lasso di tempo è accaduto un incidente, e il piano non si è compiuto, altrimenti, mi permetta, lo sapremmo. E posso anche capire perché: il 1944 non è un anno facile, i Templari non potevano sapere che vi sarebbe stata una guerra mondiale che avrebbe reso ogni contatto più difficile."
"Scusate se m'intrometto," disse Diotallevi, "ma se comprendo bene, una volta aperto il primo sigillo la dinastia dei suoi guardiani non si estingue. Continua sino all'apertura dell'ultimo sigillo, quando si richiederà la presenza di tutti i rappresentanti dell'ordine. E dunque ogni secolo, ovvero ogni centoventi anni, avremmo sempre sei guardiani per ogni luogo, quindi trentasei."
"Esatto," disse Ardenti.
"Trentasei cavalieri per ciascuno dei sei posti, fa 216, la cui somma interna fa 9. E siccome i secoli sono 6, moltiplichiamo 216 per 6 e abbiamo 1296, la cui somma interna fa 18, vale a dire tre per sei, 666." Diotallevi avrebbe forse proceduto alla rifondazione aritmologica della storia universale se Belbo non lo avesse arrestato con un'occhiata, come fanno le madri quando il bambino commette una gaffe. Ma il colonnello stava riconoscendo in Diotallevi un illuminato.
"È splendido quello che lei mi sta mostrando, dottore! Lei sa che nove è il numero dei primi cavalieri che costituirono il nucleo del Tempio a Gerusalemme!"
"Il Grande Nome di Dio, come espresso dal tetragrammaton," disse Diotallevi, "è di settantadue lettere, e sette e due fanno nove. Ma le dirò di più, se permette. Secondo la tradizione pitagorica, che la Cabbala ri-

prende (o ispira), la somma dei numeri dispari da uno a sette dà sedici, e la somma dei numeri pari da due a otto dà venti, e venti più sedici fa trentasei."

"Mio dio, dottore," fremeva il colonnello, "lo sapevo, lo sapevo. Lei mi conforta. Sono vicino alla verità."

Io non capivo sino a qual punto Diotallevi facesse dell'aritmetica una religione o della religione un'aritmetica, e probabilmente erano vere entrambe le cose, e avevo di fronte un ateo che godeva del rapimento in qualche cielo superiore. Poteva diventare un devoto della roulette (e sarebbe stato meglio), e si era voluto rabbino miscredente.

Ora non ricordo esattamente che cosa accadde, ma Belbo intervenne col suo buon senso padano e spezzò l'incanto. Restavano al colonnello altre righe da interpretare e tutti volevamo sapere. Ed erano già le sei di sera. Le sei, pensai, che sono anche le diciotto.

"Va bene," disse Belbo. "Trentasei per secolo, i cavalieri passo per passo si apprestano a scoprire la Pietra. Ma qual è questa Pietra?"

"Suvvia! Si tratta naturalmente del Graal."

20

> Il Medio Evo attendeva l'eroe del Graal e che il capo del Sacro Romano Impero divenisse una immagine e una manifestazione dello stesso "Re del Mondo"... l'Imperatore invisibile fosse anche quello manifesto e l'Età del Mezzo... avesse anche il senso di una Età del Centro... Il centro invisibile e inviolabile, il sovrano che deve ridestarsi, lo stesso eroe vendicatore e restauratore, non sono fantasie di un passato morto più o meno romantico, bensì la verità di coloro che oggi, soli, possono legittimamente chiamarsi viventi.
>
> (Julius Evola, *Il mistero del Graal*, Roma, Edizioni Mediterranee, 1983, c. 23 e Epilogo)

"Lei dice che c'entra anche il Graal?" s'informò Belbo.

"Naturalmente. E non sono io a dirlo. Su cosa sia la leggenda del Graal non credo di dovermi dilungare, sto parlando con persone colte. I cavalieri della tavola rotonda, la ricerca mistica di questo oggetto prodigioso, che per alcuni sarebbe la coppa che raccolse il sangue di Gesù, portata in Francia da Giuseppe d'Arimatea, per altri una pietra dai misteriosi poteri. Sovente il Graal appare come luce sfolgorante... Si tratta di un simbolo, che sta per qualche forza, per qualche sorgente di immensa energia. Dà nutrimento, guarisce ferite, accieca, fulmina... Un raggio laser? Qualcuno ha pensato alla pietra filosofale degli alchimisti, ma se così anche fosse, che cos'è stata la pietra filosofale se non il simbolo di qualche energia cosmica? La letteratura in proposito è sterminata, ma si individuano facilmente alcuni segnali inconfutabili. Se loro leggono il *Parzival* di Wolfram von Eschenbach vedranno che il Graal vi appare come custodito in un castello di Templari! Eschenbach era un iniziato? Un imprudente che ha rivelato qualcosa che era meglio tacere? Ma non basta. Questo Graal custodito dai Templari è definito come una pietra caduta dal cielo: *lapis exillis*. Non si sa se significhi pietra dal cielo ('ex coelis') o che vien dall'esilio. In ogni caso è qualcosa che viene da lontano, e qualcuno ha suggerito che avrebbe potuto essere un meteorite. Per quel che ci riguarda, ci siamo: una Pietra. Qualsiasi cosa fosse il Graal, per i Templari simbolizza l'oggetto o il fine del piano."

"Scusi," dissi, "la logica del documento vorrebbe che al sesto appuntamento i cavalieri dovessero trovarsi presso o sopra una pietra, non trovare una pietra."

"Altra sottile ambiguità, altra luminosa analogia mistica! Certamente il sesto appuntamento è su una pietra, e vedremo dove, ma su quella pietra, ormai compiutasi la trasmissione del piano e l'apertura dei sei sigilli, i cavalieri sapranno dove trovare la Pietra! Che è poi il gioco evangelico, tu sei Pietro e su questa pietra... Sulla pietra troverete la Pietra."

"Non può che essere così," disse Belbo. "Prego, proceda. Casaubon, non interrompa sempre. Siamo ansiosi di conoscere il resto."

"Dunque," disse il colonnello, "il riferimento evidente al Graal mi ha fatto a lungo pensare che il tesoro fosse un immenso deposito di materiale radioattivo, magari caduto da altri pianeti. Considerino per esempio, nella leggenda, la misteriosa ferita di re Amfortas... Sembra un radiologo che si sia esposto troppo... E infatti non lo si deve toccare. Perché? Pensino all'emozione che i Templari debbono aver provato quando sono arrivati sulle rive del mar Morto, loro lo sanno, acque bituminose pesantissime, su cui si galleggia come sughero, e con proprietà curative... Potrebbero aver scoperto in Palestina un deposito di radio, di uranio, che hanno capito di non poter sfruttare subito. I rapporti tra il Graal, i Templari e i catari sono stati studiati scientificamente da un valoroso ufficiale tedesco, parlo di Otto Rahn, un Obersturmbannführer delle SS che ha dedicato la vita a meditare con alto rigore sulla natura europea ed ariana del Graal – non voglio dire come e perché perse la vita nel 1939, ma c'è chi asserisce... be', posso dimenticare quel che accadde a Ingolf?... Rahn ci mostra i rapporti tra il Vello d'Oro degli Argonauti e il Graal... insomma è evidente che c'è un legame tra il Graal mistico della leggenda, la pietra filosofale (*lapis*!) e quella sorgente di potenza immensa a cui aspiravano i fedeli di Hitler alla vigilia della guerra, e sino all'ultimo respiro. Notino che in una versione della leggenda gli Argonauti vedono una coppa, dico una coppa, planare al di sopra della Montagna del Mondo con l'Albero della Luce. Gli Argonauti trovano il Vello d'Oro e la loro nave viene portata per incantesimo in piena Via Lattea, nell'emisfero boreale dove con la Croce, il Triangolo e l'Altare domina e afferma la natura luminosa del Dio eterno. Il triangolo simboleggia la Trinità divina, la croce il divino Sacrificio d'amore e l'altare è la Tavola della Cena, che portava la Coppa della Resurrezione. È evidente l'origine celtica e ariana di tutti questi simboli."

Il colonnello sembrava preso dalla stessa esaltazione eroica che aveva spinto al supremo sacrificio il suo obersturmunddrang o come diavolo si chiamava. Occorreva riportarlo alla realtà.

"La conclusione?" chiesi.

"Signor Casaubon, non la vede coi suoi occhi? Si è parlato del Graal come Pietra Luciferina, avvicinandolo alla figura del Bafometto. Il Graal è una fonte di energia, i Templari erano i custodi di un segreto energetico, e tracciano il loro piano. Dove si stabiliranno le sedi ignote? Qui, signori miei," e il colonnello ci guardò con aria complice, come se stessimo cospirando insieme, "io avevo una pista, errata ma utile. Un autore che doveva aver orecchiato qualche segreto, Charles-Louis Cadet-Gassicourt (guarda caso, la sua opera appariva nella bibliotechina di Ingolf) scrive nel 1797 un libro, *Le tombeau de Jacques Molay ou le secret des conspirateurs à ceux qui veulent tout savoir*, e sostiene che Molay, prima di morire, costituisce quattro logge segrete, a Parigi, in Scozia, a Stoccolma e a Napoli. Queste quattro logge avrebbero dovuto sterminare tutti i monarchi e distruggere la potenza del papa. D'accordo, Gassicourt era un esaltato, ma io sono partito dalla sua idea per stabilire dove veramente i Templari potevano collocare le loro sedi segrete. Non avrei potuto comprendere gli enigmi del messaggio se non avessi avuto un'idea guida, è naturale. Ma l'avevo, ed era la persuasione, fondata su innumerevoli evidenze, che lo spirito templare era di ispirazione celtica, druidica, era lo spirito dell'arianesimo nordico che la tradizione identifica con l'isola di Avalon, sede della vera civiltà iperborea. Sapranno che vari autori hanno identificato Avalon col giardino delle Esperidi, con la Ultima Thule e con la Colchide del Vello d'Oro. Non a caso il più grande ordine cavalleresco della storia è il Toson d'Oro. Col che diventa chiaro che cosa celi l'espressione 'Castello'. È il castello iperboreo dove i Templari custodivano il Graal, probabilmente il Monsalvato della leggenda."

Fece una pausa. Voleva che pendessimo dalle sue labbra. Pendevamo.

"Veniamo al secondo comando: i guardiani del sigillo dovranno andare là dove ci sono colui o coloro che hanno fatto qualcosa con il pane. Di per sé l'indicazione è chiarissima: il Graal è la coppa del sangue di Cristo, il pane è la carne di Cristo, il luogo dove si è mangiato il pane è il luogo dell'Ultima Cena, a Gerusalemme. Impossibile pensare che i Templari, anche dopo la riconquista saracena, non avessero conservato una base segreta laggiù. A esser franco, all'inizio mi disturbava questo elemento giudaico in un piano che sta interamente sotto il segno di una mitologia ariana. Poi ci ho ripensato, siamo noi che continuiamo a considerare Gesù come espressione della religiosità giudaica, perché così ci ripete la chiesa di Roma. I Templari sapevano benissimo che Gesù è un mito celtico. Tutto il racconto evangelico è un'allegoria ermetica, resurrezione dopo essersi dissolto nelle viscere della terra eccetera eccetera. Cristo altro non è che l'Elisir degli alchimisti. D'altra parte tutti sanno che la trinità è nozione ariana, ed ecco perché tutta la regola templare, dettata da un druida come san Bernardo, è dominata dal numero tre."

Il colonnello aveva bevuto un altro sorso d'acqua. Era rauco. "E veniamo alla terza tappa, il Rifugio. È il Tibet."

"E perché il Tibet?"

"Ma perché, anzitutto, von Eschenbach racconta che i Templari abbandonano l'Europa e trasportano il Graal in India. La culla della stirpe ariana. Il rifugio è ad Agarttha. Loro avranno sentito parlare di Agarttha, sede del re del mondo, la città sotterranea da cui i Signori del Mondo dominano e dirigono le vicende della storia umana. I Templari hanno costituito uno dei loro centri segreti là alle radici stesse della loro spiritualità. Loro conosceranno i rapporti tra il regno di Agarttha e la Sinarchia..."

"Veramente no..."

"Meglio così, ci sono segreti che uccidono. Non divaghiamo. In ogni caso tutti sanno che Agarttha è stato fondato seimila anni fa, all'inizio dell'epoca del Kali-Yuga, nella quale stiamo ancora vivendo. Il compito degli ordini cavallereschi è sempre stato quello di mantenere il rapporto con questo centro segreto, la comunicazione attiva tra la saggezza d'Oriente e la saggezza dell'Occidente. E a questo punto è chiaro dove debba avvenire il quarto appuntamento, in un altro dei santuari druidici, la città della Vergine, e cioè la cattedrale di Chartres. Chartres rispetto a Provins si trova dall'altro lato del fiume principale dell'Ile de France, la Senna."

Non riuscivamo più a seguire il nostro interlocutore: "Ma che cosa c'entra Chartres nel suo percorso celtico e druidico?"

"Ma da dove credono che venga l'idea della Vergine? Le primi vergini che appaiono in Europa sono le vergini nere dei celti. San Bernardo da giovane stava in ginocchio, nella chiesa di Saint Voirles, davanti a una vergine nera ed essa spremette dal seno tre gocce di latte che caddero sulle labbra del futuro fondatore dei Templari. Di lì i romanzi del Graal, per creare una copertura alle crociate, e le crociate per ritrovare il Graal. I benedettini sono gli eredi dei druidi, lo sanno tutti."

"Ma dove sono queste vergini nere?"

"Fatte scomparire da chi voleva inquinare la tradizione nordica e trasformare la religiosità celtica nella religiosità mediterranea, inventando il mito di Maria di Nazareth. Oppure travestite, snaturate, come le tante madonne nere che ancora si espongono al fanatismo delle masse. Ma se si va a leggere bene le immagini delle cattedrali, come ha fatto il grande Fulcanelli, si vede che questa storia è raccontata a chiare lettere e a chiare lettere viene rappresentato il rapporto che lega le vergini celtiche alla tradizione alchemica di origine templare, che farà della vergine nera il simbolo della materia prima su cui lavorano i cercatori di quella pietra filosofale che, lo si è visto, altro non è che il Graal. E ora riflettano da dove è giunta l'ispirazione a quell'altro grande iniziato dai druidi, Maometto, per la pietra nera della Mecca. A Chartres qualcuno ha murato la cripta che mette in comunicazione con il sito sotterraneo dove sta ancora la statua pagana originaria, ma a cercar bene potete ancora trovare una vergine nera, Notre-Dame du Pillier, scolpita da un canonico odinista. La statua stringe in mano il cilindro magico delle grandi sacerdotesse di Odino e alla sua sinistra è scolpito il calendario magico dove apparivano – dico purtroppo apparivano, perché queste sculture non si sono salvate dal vandalismo dei canonici ortodossi – gli animali sacri dell'odinismo, il cane, l'aquila, il leone, l'orso bianco e il lupo mannaro. D'altra parte non è sfuggito a nessuno tra gli studiosi dell'esoterismo gotico che sempre a Chartres appare una statua che reca in mano la coppa del Graal. Eh, signori miei, se si sapesse ancora leggere la cattedrale di Chartres non secondo le guide turistiche cattoliche apostoliche e romane, ma sapendo vedere, dico vedere con gli occhi della Tradizione, la vera storia che quella rocca di Erec racconta..."

"E adesso arriviamo ai popelicans. Chi sono?"

"Sono i catari. Uno degli appellativi dati agli eretici era popelicani o popelicant. I catari di Provenza sono stati distrutti, non sarò così ingenuo da pensare a un appuntamento tra le rovine di Montsegur, ma la setta non è morta, c'è tutta una geografia del catarismo occulto da cui nascono persino Dante, gli Stilnovisti, la setta dei Fedeli d'Amore. Il quinto appuntamento è da qualche parte nell'Italia settentrionale o nella Francia meridionale."

"E l'ultimo appuntamento?"

"Ma qual è la più antica, la più sacra, la più stabile delle pietre celtiche, il santuario della divinità solare, l'osservatorio privilegiato da cui, giunti alla fine del piano, i discendenti dei Templari di Provins possono confrontare, ormai riuniti, i segreti celati dai sei sigilli e scoprire infine il modo di sfruttare l'immenso potere consentito dal possesso del Santo Graal? Ma è in Inghilterra, è il cerchio magico di Stonehenge! E che altro?"

"O basta là," disse Belbo. Solo un piemontese può capire l'animo con cui si pronuncia questa espressione di educata stupefazione. Nessuno dei suoi equivalenti in altra lingua o dialetto (non mi dica, dis donc, are you kidding?) può rendere il sovrano senso di disinteresse, il fatalismo con cui essa riconferma l'indefettibile persuasione che gli altri siano, e irrimediabilmente, figli di una divinità maldestra.

Ma il colonnello non era piemontese, e parve lusingato dalla reazione di Belbo.

"Eh sì. Ecco il piano, ecco l'ordonation, nella sua mirabile semplicità e coerenza. E notino, prendano una carta dell'Europa e dell'Asia, traccino la linea di sviluppo del piano, dal nord dove sta il Castello a Gerusalemme, da Gerusalemme ad Agarttha, da Agarttha a Chartres, da Chartres ai bordi del Mediterraneo e di lì a Stonehenge. Ne verrà fuori un tracciato, una runa pressapoco di questa forma."

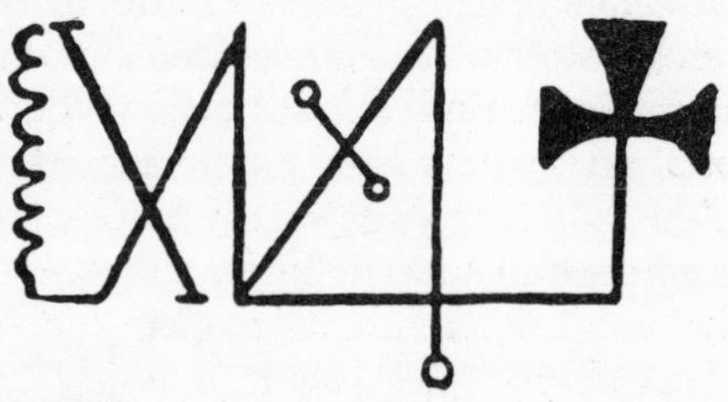

"E allora?" chiese Belbo.

"E allora è la stessa runa che connette idealmente alcuni dei principali centri dell'esoterismo templare, Amiens, Troyes, regno di San Bernardo, ai bordi della Forêt d'Orient, Reims, Chartres, Rennes-le-Château e il Mont Saint-Michel, luogo di antichissimo culto druidico. E questo stesso disegno ricorda la costellazione della Vergine!"

"Mi diletto di astronomia," disse timidamente Diotallevi, "e per quanto ricordo la Vergine ha un disegno diverso e conta, mi pare, undici stelle..."

Il colonnello sorrise con indulgenza: "Signori, signori, sanno meglio di me che tutto dipende da come si tracciano le linee, e si può avere un carro o un'orsa, a piacere, e come è difficile decidere se una stella stia fuori o dentro una costellazione. Si rivedano la Vergine, fissino la Spica come punto inferiore, corrispondente alla costa provenzale, identifichino solo cinque stelle, e la rassomiglianza fra i tracciati sarà impressionante."

"Basta decidere quali stelle scartare," disse Belbo.

"Appunto," confermò il colonnello.

"Senta," disse Belbo, "come può escludere che gli incontri siano avvenuti regolarmente e che i cavalieri siano già al lavoro senza che lo sappiamo?"

"Non ne colgo i sintomi, e mi permetta di aggiungere 'purtroppo'. Il piano si è interrotto e forse coloro che dovevano portarlo a termine non ci sono più, i gruppi dei trentasei si sono dissolti nel corso di qualche catastrofe mondiale. Ma un gruppo di animosi che avesse le informazioni giuste potrebbe riprendere le fila della trama. Quel qualcosa è ancora là. E io sto cercando gli uomini giusti. Per questo voglio pubblicare il libro, per stimolare delle reazioni. E contemporaneamente cerco di pormi in contatto con persone che possano aiutarmi a cercare la risposta nei meandri del sapere tradizionale. Oggi ho voluto incontrare il massimo esperto in materia. Ma ahimè, pur essendo un luminare, non ha saputo dirmi nulla, anche se si è molto interessato alla mia storia e mi ha promesso una prefazione..."

"Mi scusi," gli chiese Belbo, "ma non è stato imprudente confidare il suo segreto a quel signore? È lei che ci ha parlato dell'errore di Ingolf..."

"La prego," rispose il colonnello, "Ingolf era uno sprovveduto. Io ho preso contatto con uno studioso al di sopra di ogni sospetto. Persona che non azzarda ipotesi avventate. Tanto che oggi mi ha chiesto di attendere ancora a presentare la mia opera a un editore, sino a che non avessi chiarito tutti i punti controversi... Non volevo alienarmi la sua simpatia e non gli ho detto che sarei venuto qui, ma capiranno che giunto a questa fase della mia fatica sono giustamente impaziente. Quel signore.... oh via, al diavolo la riservatezza, non vorrei che loro pensassero che millanto. Si tratta del Rakosky..."

Fece una pausa, attendendo le nostre reazioni.

"Chi?" lo deluse Belbo.

"Ma il Rakosky! Un'autorità negli studi tradizionali, già direttore dei *Cahiers du Mystère* !"

"Ah," disse Belbo, "Sì, sì, mi pare, Rakosky, certo..."

"Ebbene, mi riservo di stendere definitivamente il mio testo dopo aver ascoltato ancora i consigli di quel signore, ma intendo bruciare le tappe e se intanto raggiungessi un accordo con la vostra casa... Lo ripeto, ho fretta di suscitare reazioni, raccogliere notizie... In giro c'è chi sa e non parla... Signori, malgrado si accorga che la guerra è perduta, proprio intorno al '44 Hitler incomincia a parlare di un'arma segreta che gli permetterà di rovesciare la situazione. È pazzo, si dice. E se non fosse stato pazzo? Mi seguono?" Aveva la fronte coperta di sudore e i baffi quasi irti, come un felino. "Insomma," disse, "io lancio l'esca. Vedremo se qualcuno si fa vivo."

Da quello che sapevo e pensavo allora di lui, mi attendevo quel giorno che Belbo lo mettesse fuori con qualche frase di circostanza. Invece disse: "Senta colonnello, la cosa è enormemente interessante, al di là del fatto se sia opportuno concludere con noi o con altri. Lei può rimanere ancora una decina di minuti, vero colonnello?" Poi si rivolse a me: "Per lei è tardi, Casaubon, e l'ho trattenuta qui anche troppo. Ci vediamo caso mai domani, no?"

Era un congedo. Diotallevi mi prese sottobraccio e disse che veniva via anche lui. Salutammo. Il colonnello strinse con calore la mano a Diotallevi e a me fece un cenno col capo, accompagnato da un sorriso freddo.

Mentre scendevamo le scale Diotallevi mi disse: "Si chiederà certamente perché Belbo le ha chiesto di uscire. Non la prenda come una scortesia. Belbo dovrà fare al colonnello una proposta editoriale molto riservata. Riservatezza, ordine del signor Garamond. Me ne vado anch'io, per non creare imbarazzo."

Come capii in seguito, Belbo cercava di gettare il colonnello nelle fauci della Manuzio.

Trascinai Diotallevi da Pilade, dove io bevvi un Campari e lui un rabarbaro. Gli sembrava, disse, monacale, arcaico e quasi templare.

Gli chiesi che cosa pensasse del colonnello.

"Nelle case editrici," rispose, "confluisce tutta l'insipienza del mondo. Ma poiché nell'insipienza del mondo sfolgora la sapienza dell'Altissimo, il saggio osserva l'insipiente con umiltà." Poi si scusò, doveva andare. "Questa sera ho un convito," disse.

"Una festa?" chiesi.

Parve sconcertato dalla mia vanità. "*Zohar*," precisò, "*Lekh Lekha*. Pagine ancora del tutto incomprese."

21

> Il Graal... è peso sì grave che a creature in preda al peccato non è dato di rimuoverlo di posto.
>
> (Wolfram von Eschenbach, *Parzival*, IX, 477)

Il colonnello non mi era piaciuto ma mi aveva interessato. Si può osservare a lungo, affascinati, anche un ramarro. Stavo assaporando le prime gocce di veleno che ci avrebbero portati tutti a perdizione.

Tornai da Belbo il pomeriggio seguente, e parlammo un poco del nostro visitatore. Belbo disse che gli era parso un mitomane: "Ha visto come citava quel Rocoschi o Rostropovich come se fosse Kant?"

"Ma poi sono storie vecchie," dissi. "Ingolf era un matto che ci credeva e il colonnello è un matto che crede a Ingolf."

"Forse ci credeva ieri e oggi crede a qualche cosa d'altro. Le dirò, ieri prima di lasciarlo gli ho fissato per stamane un appuntamento con... con un altro editore, una casa di bocca buona, disposta a pubblicare libri autofinanziati dall'autore. Sembrava entusiasta. Ebbene, ho saputo poco fa che non ci è andato. E dire che mi aveva lasciato qui la fotocopia del messaggio, guardi. Lascia in giro il segreto dei Templari come niente fosse. Sono personaggi fatti così."

Fu in quell'istante che squillò il telefono. Belbo rispose: "Sì? Sono Belbo, sì, casa editrice Garamond. Buongiorno, mi dica... Sì, è venuto ieri pomeriggio, per propormi un libro. Mi scusi, c'è un problema di riservatezza da parte mia, se lei mi dicesse..."

Ascoltò per qualche secondo, poi mi guardò, pallido, e mi disse: "Hanno ammazzato il colonnello, o qualcosa del genere." Tornò al suo interlocutore: "Mi scusi, lo stavo dicendo a Casaubon, un mio collaboratore che ieri era presente al colloquio... Dunque, il colonnello Ardenti è venuto a parlarci di un suo progetto, una storia che ritengo fantasiosa, su un presunto tesoro dei Templari. Erano dei cavalieri del Medioevo..."

Istintivamente coprì il microfono con la mano, come per isolare l'ascoltatore, poi vide che lo osservavo, ritirò la mano e parlò con qualche esitazione. "No, dottor De Angelis, quel signore ha parlato di un libro che voleva scrivere, ma sempre in modo vago... Come? Tutti e due? Ora? Mi segno l'indirizzo."

Riappese. Rimase in silenzio qualche secondo, tamburellando sulla scrivania. "Dunque, Casaubon, mi scusi, senza pensarci ho tirato in mezzo anche lei. Sono stato colto di sorpresa. Era un commissario, un certo De Angelis. Pare che il colonnello abitasse in un residence, e qualcuno dice di averlo trovato morto ieri notte..."

"Dice? E questo commissario non sa se è vero?"

"Sembra strano, ma il commissario non lo sa. Pare che abbiano trovato il mio nome e l'appuntamento di ieri segnati su di un taccuino. Credo che siamo la loro unica traccia. Che debbo dirle, andiamo."

Chiamammo un tassì. Durante il tragitto Belbo mi prese per un braccio. "Casaubon, magari si tratta di una coincidenza. In ogni caso, mio dio, forse ho uno spirito contorto, ma dalle mie parti si dice 'sempre meglio non far nomi'... C'era una commedia natalizia, in dialetto, che andavo a vedere quand'ero ragazzo, una farsa devota, coi pastori che non si capiva se abitavano a Betlemme o sulle rive del Tanaro... Arrivano i re magi e domandano al garzone del pastore come si chiama il suo padrone e lui risponde Gelindo. Quando Gelindo lo viene a sapere, prende a bastonate il garzone perché, dice, non si mette un nome a disposizione di chiunque... In ogni caso, se lei è d'accordo, il colonnello non ci ha detto nulla di Ingolf e del messaggio di Provins."

"Non vogliamo fare la fine di Ingolf," dissi, tentando di sorridere.

"Le ripeto, è una sciocchezza. Ma da certe storie è meglio tenersi fuori."

Mi dissi d'accordo, ma rimasi turbato. Alla fin fine ero uno studente che partecipava ai cortei, e un incontro con la polizia mi metteva a disagio. Arrivammo al residence. Non dei migliori, fuori centro. Ci indirizzarono subito all'appartamento – così lo definivano – del colonnello Ardenti. Agenti sulle scale. Ci introdussero al numero 27 (sette e due nove, pensai): camera da letto, ingresso con un tavolino, cucinotto, bagnetto con doccia, senza tenda, dalla porta semiaperta non si vedeva se c'era il bidet, ma in un residence del genere era probabilmente la prima e l'unica comodità che i clienti pretendevano. Arredamento scialbo, non molti effetti personali, ma tutti in gran disordine, qualcuno aveva rovistato in fretta negli armadi e nelle valigie. Forse era stata la polizia, tra agenti in borghese e agenti in divisa contai una decina di persone.

Ci venne incontro un individuo abbastanza giovane, coi capelli abbastanza lunghi. "Sono De Angelis. Il dottor Belbo? Il dottor Casaubon?"

"Non sono dottore, studio ancora."

"Studi, studi. Se non si laurea non potrà fare i concorsi per entrare nella polizia e non sa che cosa perde." Aveva l'aria seccata. "Mi scusino, ma cominciamo subito dai preliminari necessari. Ecco, questo è il passaporto che apparteneva all'abitante di questa stanza, registrato come colonnello Ardenti. Lo riconoscono?"

"È lui," disse Belbo, "ma mi aiuti a orientarmi. Al telefono non ho capito se è morto, o se..."

"Mi piacerebbe tanto se me lo dicesse lei," disse De Angelis con una smorfia. "Ma immagino che loro abbiano il diritto di sapere qualcosa di più. Dunque, il signor Ardenti, o colonnello che fosse, era sceso qui da quattro giorni. Si saranno accorti che non è il Grand Hotel. Ci sono il portiere, che va a dormire alle undici perché i clienti hanno una chiave del portone, una o due cameriere che vengono alla mattina per far le camere, e un vecchio alcolizzato che fa da facchino e porta da bere in camera ai clienti quando suonano. Alcolizzato, insisto, e arteriosclerotico: interrogarlo è stato uno strazio. Il portiere sostiene che ha il pallino dei fantasmi e ha già spaventato alcuni clienti. Ieri sera verso le dieci il portiere vede rientrare l'Ardenti insieme a due persone che fa salire in camera. Qui non fanno caso se uno si porta di sopra una banda di travestiti, figuriamoci due persone normali, anche se secondo il portiere avevano un accento straniero. Alle dieci e mezzo l'Ardenti chiama il vecchio e si fa portare una bottiglia di whisky, una minerale e tre bicchieri. Verso l'una o l'una e mezzo il vecchio sente suonare dalla camera ventisette, a strappi, dice. Ma da come lo abbiamo trovato stamane, a quell'ora doveva già essersi scolato molti bicchieri di qualche cosa, e di quella cattiva. Il vecchio sale, bussa, non rispondono, apre la porta col passepartout, trova tutto in disordine com'è ora e sul letto il colonnello, con gli occhi sbarrati e un filo di ferro stretto intorno al collo. Allora scende di corsa, sveglia il portiere, nessuno dei due ha voglia di risalire, afferrano il telefono ma la linea sembra interrotta. Questa mattina funzionava benissimo, ma diamogli credito. Allora il portiere corre alla piazzetta all'angolo dove c'è un telefono a gettoni, per chiamare la questura, mentre il vecchio si trascina dalla parte opposta, dove abita un dottore. Insomma, ci mettono venti minuti, tornano, aspettano da basso, tutti spaventati, il dottore intanto si è vestito e arriva quasi insieme alla pantera della polizia. Salgono al ventisette, e sul letto non c'è nessuno."

"Come nessuno?" chiese Belbo.

"Non c'è nessun cadavere. E da quel momento il medico se ne torna a casa e i miei colleghi trovano solo quel che vedete. Interrogano vecchio e portiere, coi risultati che vi ho detto. Dove erano i due signori saliti con l'Ardenti alle dieci? E chi lo sa, potevano essere usciti tra le undici e l'una e nessuno se ne sarebbe accorto. Erano ancora in camera quando è entrato il vecchio? E chi lo sa, lui ci è rimasto un minuto, e non ha guardato né nel cucinotto né nel gabinetto. Possono essere usciti mentre i due disgraziati andavano a chiamare aiuto, e portandosi via un cadavere? Non sarebbe impossibile, perché c'è una scala esterna che finisce in cortile, e lì si potrebbe uscire dal portone, che dà su una via laterale. Ma soprattutto, c'era davvero il cadavere, o il colonnello se ne era uscito diciamo a mezzanotte coi due tipi, e il vecchio si è sognato tutto? Il portiere ripete che non è la prima volta che ha le traveggole, anni fa ha detto che aveva visto una cliente impiccata nuda, e poi la cliente era rientrata mezz'ora dopo fresca come una rosa, e sulla brandina del vecchio era stata trovata una rivista sadoporno, magari gli era venuta la bella idea di andare a sbirciare nella camera della signora dal buco della serratura e aveva visto una tenda che si agitava nel chiaroscuro. L'unico dato sicuro è che la camera non è in stato normale, e che l'Ardenti si è volatilizzato. Ma adesso ho parlato troppo. Tocca a lei, dottor Belbo. L'unica traccia che abbiamo trovato è un foglio che stava per terra vicino a quel tavolino. Ore quattordici, Hotel Principe e Savoia, Mr. Rakosky; ore sedici, Garamond, dottor Belbo. Lei mi ha confermato che è venuto da voi. Mi dica quello che è successo."

22

I cavalieri del Graal non volevano più che si facessero loro domande.

(Wolfram von Eschenbach, *Parzival*, XVI, 819)

Belbo fu breve: gli ripeté tutto quello che aveva già detto per telefono, senza altri particolari, se non inessenziali. Il colonnello aveva raccontato una storia fumosa, dicendo di aver scoperto le tracce di un tesoro in certi documenti trovati in Francia, ma non ci aveva detto molto di più. Pareva pensasse di possedere un segreto pericoloso, e voleva renderlo pubblico prima o poi, per non esserne l'unico depositario. Aveva accennato al fatto che altri prima di lui, una volta scoperto il segreto, erano scomparsi misteriosamente. Avrebbe mostrato i documenti solo se gli avessimo assicurato il contratto, ma Belbo non poteva assicurare alcun contratto se prima non vedeva qualcosa, e si erano lasciati con un vago appuntamento. Aveva menzionato un incontro con tale Rakosky, e aveva detto che era il direttore dei *Cahiers du Mystère*. Voleva chiedergli una prefazione. Sembrava che Rakosky gli avesse consigliato di soprassedere alla pubblicazione. Il colonnello non gli aveva detto che sarebbe venuto alla Garamond. Era tutto.

"Bene, bene," disse De Angelis. "Che impressione vi ha fatto?"

"Ci è parso un esaltato ed ha accennato a un passato, come dire, un poco nostalgico, e a un periodo nella legione straniera."

"Vi ha detto la verità, anche se non tutta. In un certo senso lo si teneva già d'occhio, ma senza troppo impegno. Di casi così ne abbiamo tanti... Dunque, Ardenti non era neppure il suo nome, ma aveva un regolare passaporto francese. Era riapparso in Italia, saltuariamente, da qualche anno, ed era stato identificato, senza certezza, con un certo capitano Arcoveggi, condannato a morte in contumacia nel 1945. Collaborazione con le SS per mandare un po' di gente a Dachau. Anche in Francia lo tenevano d'occhio, era stato processato per truffa e se l'era cavata per un pelo. Si presume, si presume, badino, che sia la stessa persona che sotto il nome di Fassotti, l'anno scorso, è stato denunciato da un piccolo industriale di Peschiera Borromeo. Lo aveva convinto che nel lago di Como si trovava ancora il tesoro di Dongo, che lui aveva identificato il posto, che bastavano poche decine di milioni per due sommozzatori e un motoscafo... Una volta presi i soldi si era volatilizzato. Ora loro mi confermano che aveva la mania dei tesori."

"E quel Rakosky?" chiese Belbo.

"Già controllato. Al Principe e Savoia è sceso un Rakosky, Wladimir, registrato con passaporto francese. Descrizione vaga, signore distinto. La stessa descrizione del portiere di qui. Al banco Alitalia risulta registrato stamattina sul primo volo per Parigi. Ho interessato l'Interpol. Annunziata, è arrivato qualche cosa da Parigi?"

"Ancora nulla, dottore."

"Ecco. Dunque il colonnello Ardenti, o come si chiama, arriva a Milano quattro giorni fa, non sappiamo che cosa faccia i primi tre, ieri alle due vede presumibilmente il Rakosky all'hotel, non gli dice che sarebbe venuto da voi, e questo mi pare interessante. Alla sera viene qui, probabilmente con lo stesso Rakosky e un altro tipo... dopo di che tutto diventa impreciso. Anche se non lo ammazzano, certo gli perquisiscono l'appartamento. Che cosa cercano? Nella giacca – ah sì, perché anche se esce, esce in maniche di camicia, la giacca col passaporto rimane in camera, ma non credano che questo semplifichi le cose, perché il vecchio dice che era steso sul letto con la giacca, ma magari era una giacca da camera, mio dio, qui mi pare di muovermi in una gabbia di matti – dicevo, nella giacca aveva ancora parecchio denaro, anche troppo.... Quindi cercavano altro. E l'unica idea buona mi viene da loro. Il colonnello aveva dei documenti. Che aspetto avevano?"

"Aveva in mano una cartella marrone," disse Belbo.

"A me è parsa rossa," dissi io.

"Marrone," insistette Belbo, "ma forse mi sbaglio."

"Rossa o marrone che fosse," disse De Angelis, "qui non c'è. I signori di ieri sera se la sono portata via. Quindi è intorno a quella cartella che si deve girare. Secondo me l'Ardenti non voleva affatto pubblicare un libro. Aveva messo insieme qualche dato per ricattare il Rakosky e cercava di millantare contatti editoriali come elemento di pressione. Sarebbe nel suo stile. E a questo punto si potrebbero fare altre ipotesi. I due se ne vanno minacciandolo, Ardenti si spaventa e fugge nella notte lasciando tutto, con la cartella sottobraccio. E magari per chissà quale ragione fa credere al vecchio di essere stato ucciso. Ma sarebbe tutto troppo romanzesco, e non spiegherebbe la stanza in disordine. D'altra parte se i due l'ammazzano e rubano la cartella, perché rubare anche il cadavere? Vedremo. Scusino, sono costretto a richiedere le loro coordinate."

Girò due volte tra le mani il mio tesserino universitario. "Studente di filosofia, eh?"

"Siamo in molti," dissi.

"Anche troppi. E fa degli studi su questi Templari... Se dovessi farmi una cultura su questa gente, che cosa dovrei leggere?"

Gli suggerii due libri divulgativi, ma abbastanza seri. Gli dissi che avrebbe trovato notizie attendibili sino al processo e che dopo erano solo farneticazioni.

"Vedo, vedo," disse. "Anche i Templari, adesso. Un gruppuscolo che non conoscevo ancora."

Arrivò quell'Annunziata con un fonogramma: "Ecco la risposta di Parigi, dottore."

Lesse. "Ottimo. A Parigi questo Rakosky è ignoto, e comunque il numero del suo passaporto corrisponde a quello di un documento rubato due anni fa. E cosi siamo a posto. Il signor Rakosky non esiste. Lei dice che era direttore di una rivista... come si chiamava?" Prese nota. "Proveremo, ma scommetto che scopriremo che non esiste neppure la rivista, o che ha cessato le pubblicazioni chissà da quanto. Bene, signori. Grazie per la collaborazione, forse li disturberò ancora qualche volta. Oh, un'ultima domanda. Questo Ardenti ha lasciato capire di avere connessioni con qualche gruppo politico?"

"No," disse Belbo. "Aveva l'aria di aver lasciato la politica per i tesori."

"E per la circonvenzione d'incapace." Si rivolse a me: "A lei non è piaciuto, immagino."

"A me non piacciono i tipi come lui," dissi. "Ma non mi viene in mente di strangolarli con il fil di ferro. Se non idealmente."

"Naturale. Troppo faticoso. Non tema, signor Casaubon, non sono di quelli che pensano che tutti gli studenti siano criminali. Vada tranquillo. Auguri per la sua tesi."

Belbo chiese: "Scusi, commissario, ma è tanto per capire. Lei è dell'omicidi o della politica?"

"Buona domanda. Il mio collega dell'omicidi è venuto stanotte. Dopo che in archivio hanno scoperto qualcosa di più sui trascorsi dell'Ardenti, ha passato la faccenda a me. Sono della politica. Ma proprio non so se sono la persona giusta. La vita non è semplice come nei libri gialli."

"Lo supponevo," disse Belbo, dandogli la mano.

Ce ne andammo, e non ero tranquillo. Non per via del commissario, che mi era parso una brava persona, ma mi ero trovato, per la prima volta in vita mia, al centro di una storia oscura. E avevo mentito. E Belbo con me.

Lo lasciai sulla porta della Garamond ed eravamo entrambi imbarazzati.

"Non abbiamo fatto niente di male," disse Belbo in tono colpevole. "Che il commissario sappia di Ingolf o dei catari, non fa molta differenza. Erano tutti vaneggiamenti. Magari Ardenti è stato costretto a eclissarsi per altre ragioni, e ce n'erano mille. Magari Rakosky è del servizio segreto israeliano e ha regolato dei vecchi conti. Magari è stato mandato da un pezzo grosso che il colonnello ha raggirato. Magari era un commilitone della legione straniera con vecchi rancori. Magari era un sicario algerino. Magari la storia del tesoro templare era solo un episodio secondario nella vita del nostro colonnello. Sì, lo so, manca la cartella, rossa o marrone che fosse. Ha fatto bene a contraddirmi, così era chiaro che l'avevamo vista solo di sfuggita..."

Io tacevo, e Belbo non sapeva come concludere.

"Mi dirà che sono scappato di nuovo, come in via Larga."

"Sciocchezze. Abbiamo fatto bene. Arrivederci."

Provavo pietà per lui, perché si sentiva un vile. Io no, mi avevano insegnato a scuola che con la polizia si mente. Per principio. Ma così è, la cattiva coscienza inquina l'amicizia.

Da quel giorno non lo vidi più. Io ero il suo rimorso, e lui era il mio.

Ma fu allora che mi convinsi che ad essere studenti si è sempre più sospetti che ad essere laureati. Lavorai ancora un anno e compilai duecentocinquanta cartelle sul processo dei Templari. Erano anni in cui presentare la tesi era prova di leale adesione alle leggi dello stato, e si era trattati con indulgenza.

Nei mesi che seguirono alcuni studenti cominciarono a sparare, l'epoca delle grandi manifestazioni a cielo aperto stava finendo.

Ero a corto di ideali. Avevo un alibi, perché amando Amparo facevo all'amore con il Terzo Mondo. Amparo era bella, marxista, brasiliana, entusiasta, disincantata, aveva una borsa di studio e un sangue splendidamente misto. Tutto insieme.

L'avevo incontrata a una festa e avevo agito d'impulso: "Scusami, ma vorrei fare all'amore con te."

"Sei uno sporco maschilista."

"Come non detto."

"Come detto. Sono una sporca femminista."

Stava per rientrare in patria e non volevo perderla. Fu lei che mi mise in contatto con un'università di Rio dove cercavano un lettore d'italiano. Ottenni il posto per due anni, rinnovabili. Visto che l'Italia mi stava andando stretta, accettai.

E poi, nel Nuovo Mondo, mi dicevo, non avrei incontrato i Templari.

Illusione, pensavo sabato sera nel periscopio. Salendo i gradini della Garamond mi ero introdotto nel Palazzo. Diceva Diotallevi: Binah è il palazzo che Hokmah si costruisce espandendosi dal punto primordiale. Se Hokmah è la fonte, Binah è il fiume che ne scaturisce dividendosi poi nei suoi vari rami, sino a che tutti non si gettano nel gran mare dell'ultima sefirah – e in Binah tutte le forme sono già preformate.

4
HESED

23

L'analogia dei contrari è il rapporto della luce all'ombra, della vetta all'abisso, del pieno al vuoto. L'allegoria, madre di tutti i dogmi, è la sostituzione dell'impronta al suggello, delle ombre alla realtà, è la menzogna della verità e la verità della menzogna.

(Eliphas Levi, *Dogme de la haute magie*, Paris, Baillère, 1856, XXII, 22)

Ero arrivato in Brasile per amore di Amparo, vi ero rimasto per amore del paese. Non ho mai capito perché questa discendente di olandesi che si erano installati a Recife e si erano mescolati con indios e negri sudanesi, dal volto di una giamaicana e dalla cultura di una parigina, avesse un nome spagnolo. Non sono mai riuscito a venire a capo dei nomi propri brasiliani. Sfidano ogni dizionario onomastico ed esistono solo laggiù.

Amparo mi diceva che nel loro emisfero, quando l'acqua viene risucchiata dallo scolo del lavabo, il mulinello va da destra a sinistra, mentre da noi va al contrario – o viceversa. Non ho potuto verificare se fosse vero. Non solo perché nel nostro emisfero nessuno ha mai guardato da che parte vada l'acqua, ma anche perché dopo vari esperimenti in Brasile mi ero accorto che è molto difficile capirlo. Il risucchio è troppo rapido per poterlo seguire, e probabilmente la sua direzione dipende dalla forza e dall'inclinazione del getto, dalla forma del lavabo o della vasca. E poi, se fosse vero, che cosa accadrebbe all'equatore? Forse l'acqua colerebbe a picco, senza mulinello, o non colerebbe affatto?

A quel tempo non drammatizzai troppo il problema, ma sabato sera pensavo che tutto dipendesse dalle correnti telluriche e che il Pendolo ne celasse il segreto.

Amparo era ferma nella sua fede. "Non importa che cosa accada nel caso empirico," mi diceva, "si tratta di un principio ideale, da verificare in condizioni ideali, e quindi mai. Ma è vero."

A Milano Amparo mi era apparsa desiderabile per il suo disincanto. Laggiù, reagendo agli acidi della sua terra, diventava qualcosa di più imprendibile, lucidamente visionaria e capace di razionalità sotterranee. La sentivo agitata da passioni antiche, vigile nel tenerle a freno, patetica nel suo ascetismo che le comandava di rifiutarne la seduzione.

Misurai le sue splendide contraddizioni vedendola discutere coi suoi compagni. Erano riunioni in case malmesse, decorate con pochi poster e molti oggetti folcloristici, ritratti di Lenin e terrecotte nordestine che celebravano il cangaceiro, o feticci amerindi. Non ero arrivato in uno dei momenti politicamente più limpidi e avevo deciso, dopo l'esperienza in patria, di tenermi lontano dalle ideologie, specie laggiù, dove non le capivo. I discorsi dei compagni di Amparo aumentarono la mia incertezza, ma mi stimolarono nuove curiosità. Erano naturalmente tutti marxisti, e a prima vista parlavano quasi come un marxista europeo, ma parlavano di una cosa diversa, e improvvisamente nel corso di una discussione sulla lotta di classe parlavano di "cannibalismo brasiliano", o del ruolo rivoluzionario dei culti afro-americani.

Fu sentendo parlare di questi culti che mi convinsi che laggiù anche il risucchio ideologico va per il verso opposto. Mi disegnavano un panorama di migrazioni pendolari interne, coi diseredati del nord che scendevano verso il sud industriale, si sottoproletarizzavano in metropoli immense, asfissiati da nuvole di smog, ritornavano disperati al nord, per riprendere un anno dopo la fuga verso il sud; ma in questa oscillazione molti si arenavano nelle grandi città e venivano assorbiti da una pleiade di chiese autoctone, si davano allo spiritismo, all'evocazione di divinità africane... E qui i compagni di Amparo si dividevano, per alcuni questo dimostrava un ritorno alle radici, un'opposizione al mondo dei bianchi, per altri i culti erano la droga con cui la classe dominante teneva a freno un immenso potenziale rivoluzionario, per altri ancora erano il crogiolo dove bianchi, indios e negri si fondevano, disegnando prospettive ancora vaghe e dall'incerto destino. Amparo era decisa, le religioni sono state ovunque l'oppio dei popoli e a maggior ragione lo erano i culti pseudotribali. Poi la tenevo alla vita nelle "escolas de samba", quando partecipavo anch'io ai serpenti di danzatori, che disegnavano sinusoidi ritmate dal battito insostenibile dei tamburi, e mi accorgevo che a quel mondo essa aderiva coi muscoli dell'addome, col cuore, con la testa, con le narici... E poi ancora uscivamo, e lei era la prima ad anatomizzarmi con sarcasmo e rancore la religiosità profonda, orgiastica, di quella lenta dedizione, settimana per settimana, mese per mese, al rito del carnevale. Altrettanto tribale e stregonesco, diceva con odio rivoluzionario, dei riti calcistici, che vedono i diseredati spendere la loro energia combattiva, e il senso della rivolta, per praticare incantesimi e fatture, e ottenere dagli dei di ogni mondo possibile la morte del terzino avversario, dimentichi del dominio che li voleva estatici ed entusiasti, condannati all'irrealtà.

Lentamente smarrii il senso della differenza. Così come mi stavo a poco a poco abituando a non cercar di riconoscere le razze, in quell'universo di volti che raccontavano storie centenarie di ibridazioni incontrollate. Rinunciai a stabilire dove stesse il progresso, dove la rivolta, dove la trama – come si esprimevano i campagni di Amparo – del capitale. Come potevo pensare ancora europeo, quando apprendevo che le speranze dell'estrema sinistra erano tenute vive da un vescovo del Nordeste, sospetto di aver simpatizzato in gioventù per il nazismo, che con intrepida fede teneva alta la fiaccola della rivolta, sconvolgendo il Vaticano spaurito, e i barracuda di Wall Street, infiammando di giubilo l'ateismo dei mistici proletari, conquistati dallo stendardo minaccioso e dolcissimo di una Bella Signora, che trafitta di sette dolori mirava le sofferenze del suo popolo?

Una mattina, uscito con Amparo da un seminario sulla struttura di classe del Lumpenproletariat, percorrevamo in macchina una litoranea.

Lungo la spiaggia vidi delle offerte votive, delle candeline, delle corbeille bianche. Amparo mi disse che erano offerte a Yemanjá, la dea delle acque. Scese dalla macchina, si recò compunta sulla battigia, ristette alcuni momenti in silenzio. Le chiesi se ci credeva. Mi domandò con rabbia come potessi crederlo. Poi aggiunse: "Mia nonna mi portava qui sulla spiaggia, ed invocava la dea, perché io potessi crescere bella e buona e felice. Chi è quel vostro filosofo che parlava dei gatti neri, e delle corna di corallo, e ha detto 'non è vero, ma ci credo'? Bene, io non ci credo, ma è vero." Fu quel giorno che decisi di risparmiare sugli stipendi, e tentare un viaggio a Bahia.

Ma fu anche allora, lo so, che iniziai a lasciarmi cullare dal sentimento della somiglianza: tutto poteva avere misteriose analogie con tutto.

Quando tornai in Europa trasformai questa metafisica in una meccanica – e per questo precipitai nella trappola ove ora mi trovo. Ma allora mi mossi in un crepuscolo dove si annullavano le differenze. Razzista, pensai che le credenze altrui sono per l'uomo forte occasioni di blando fantasticare.

Appresi dei ritmi, dei modi di lasciare andare il corpo e la mente. Me lo dicevo l'altra sera nel periscopio, mentre per combattere il formicolio delle membra le muovevo come se percotessi ancora l'agogõ. Vedi, mi dicevo, per sottrarti al potere dell'ignoto, per mostrare a te stesso che non ci credi, ne accetti gli incantamenti. Come un ateo confesso, che di notte veda il diavolo, e ragioni ateisticamente così: lui certo non esiste, e questa è un'illusione dei miei sensi eccitati, forse dipende dalla digestione, ma lui non lo sa, e crede nella sua teologia a rovescio. Che cosa, a lui sicuro di esistere, farebbe paura? Ti fai il segno della croce e lui, credulo, scompare in un'esplosione di zolfo.

Così è accaduto a me come a un etnologo saccente che per anni abbia studiato il cannibalismo e, per sfidare l'ottusità dei bianchi, racconti a tutti che la carne umana ha un sapore delicato. Irresponsabile, perché sa che non gli accadrà mai di assaggiarla. Sino a che qualcuno, ansioso di verità, non voglia provare su di lui. E mentre viene divorato brano a brano non saprà più chi abbia ragione, e quasi spera che il rito sia buono, per giustificare almeno la propria morte. Così l'altra sera dovevo credere che il Piano fosse vero, altrimenti negli ultimi due anni sarei stato l'architetto onnipossente di un incubo maligno. Meglio che l'incubo fosse realtà, se una cosa è vera è vera, e tu non c'entri.

24

Sauvez la faible Aischa des vertiges de Nahash, sauvez la plaintive Héva des mirages de la sensibilité, et que les Khérubs me gardent.

(Joséphin Péladan, *Comment on devient Fée*, Paris, Chamuel, 1893, p. XIII)

Mentre mi inoltravo nella selva delle somiglianze, ricevetti la lettera di Belbo.

Caro Casaubon,

Non sapevo, sino all'altro giorno, che lei fosse in Brasile, avevo perso del tutto le sue tracce, non sapevo neppure che si fosse laureato (complimenti), ma da Pilade ho trovato chi mi ha fornito le sue coordinate. Mi pare opportuno metterla al corrente di alcuni fatti nuovi che riguardano la sfortunata vicenda del colonnello Ardenti. Sono passati più di due anni, mi pare, e mi deve scusare ancora, sono io che l'ho messa nei pasticci quella mattina, senza volerlo.

Avevo quasi dimenticato quella brutta storia, ma due settimane fa sono andato in gita nel Montefeltro e sono capitato alla rocca di San Leo. Pare che nel Settecento fosse dominio pontificio, e il papa vi abbia chiuso dentro Cagliostro, in una cella senza porta (si entrava, per la prima e per l'ultima volta, da una botola nel soffitto) e con una finestrella da cui il condannato poteva vedere solo le due chiese del villaggio. Sul ripiano dove Cagliostro dormiva ed è morto ho visto un mazzo di rose, e mi hanno spiegato che vi sono ancora molti devoti che vanno in pellegrinaggio nel luogo del martirio. Mi hanno detto che tra i pellegrini più assidui c'erano i membri di Picatrix, un cenacolo milanese di studi misteriosofici, che pubblica una rivista – apprezzi la fantasia – che si chiama *Picatrix*.

Sa che sono curioso di queste bizzarrie, e a Milano mi sono procurato un numero di *Picatrix*, da cui ho appreso che si doveva celebrare entro qualche giorno un'evocazione dello spirito di Cagliostro. Ci sono andato.

Le pareti erano damascate con stendardi pieni di segni cabalistici, grande spreco di gufi e civette, scarabei e ibis, divinità orientali di incerta provenienza. Sul fondo c'era un palco, con un proscenio di fiaccole ardenti su supporti di rozzo ceppo, sullo sfondo un altare con pala triangolare e due statuette di Iside e Osiride. Intorno, un anfiteatro di figure di Anubi, un ritratto di Cagliostro (di chi se no, le pare?), una mummia dorata formato Cheope, due candelabri a cinque braccia, un gong sostenuto da due serpenti rampanti, un leggio su un podio ricoperto di cotonina stampata a geroglifici, due corone, due tripodi, un sarcofaghetto ventiquattrore, un trono, una poltrona falso Seicento, quattro sedie scompagnate tipo banchetto presso lo sceriffo di Nottingham, candele, candeline, candelone, tutto un ardore molto spirituale.

Insomma, entrano sette chierichetti in sottanina rossa e torcia, e poi il celebrante, che pare sia il direttore di Picatrix – e si chiamava Brambilla, gli dei lo perdonino – con paramenti rosa e oliva, e poi la pupilla, o medium, e poi sei accoliti biancovestiti che sembravano tanti Ninetto Davoli ma con infula, quella del dio, se ricorda i nostri poeti.

Il Brambilla si mette in testa un triregno con mezzaluna, afferra uno spadone rituale, traccia sul palco figure magiche, evoca alcuni spiriti angelici col finale in "el", e a quel punto a me vengono vagamente in mente quelle diavolerie pseudo-semitiche del messaggio di Ingolf, ma è faccenda di un attimo e poi mi distraggo. Anche perché a quel punto succede qualcosa di singolare, i microfoni del palco sono collegati con un sintonizzatore, che dovrebbe raccogliere delle onde vaganti per lo spazio, ma l'operatore, con infula, deve aver commesso un errore, e prima si sente della disco-music e poi entra in onda Radio Mosca. Il Brambilla apre il sarcofago, ne trae un *grimoire*, sciabola con un turibolo e grida "o signore venga il tuo regno" e sembra ottenere qualcosa perché Radio Mosca tace, ma nel momento più magico riprende con un canto di cosacchi avvinazzati, di quelli che ballano col sedere raso terra. Brambilla invoca la Clavicula Salomonis, brucia una pergamena sul tripode rischiando un rogo, evoca alcune divinità del tempio di Karnak, chiede con petulanza di essere posto sulla pietra cubica di Esod, e chiama insistentemente un certo Familiare 39, che al pubblico doveva essere familiarissimo perché un fremito pervade la sala. Una spettatrice cade in trance con gli occhi in su, che si vede solo il bianco, la gente grida un medico un medico, a questo punto il Brambilla chiama in causa il Potere dei Pentacoli e la pupilla, che si era frattanto seduta sulla poltrona falso Seicento, incomincia ad agitarsi, a gemere, il Brambilla le si fa addosso interrogandola ansiosamente, ovvero interrogando il Familiare 39, che come intuisco in quel momento è il Cagliostro stesso medesimo.

Ed ecco che incomincia la parte inquietante, perché la ragazza fa davvero pena e soffre sul serio, suda, trema, bramisce, incomincia a pronunciare frasi spezzate, parla di un tempio, di una porta da aprire, dice che si sta creando un vortice di forza, che bisogna salire verso la Grande Piramide, il Brambilla si agita sul palco percotendo il gong e chiamando Iside a gran voce, io mi sto godendo lo spettacolo, quando sento che la ragazza, tra un sospiro e un gemito, parla di sei sigilli, di centoventi anni di attesa e di trentasei invisibili. Non ci sono più dubbi, sta parlando del messaggio di Provins. Mentre mi attendo di sentire di più, la ragazza si accascia esausta, il Brambilla la accarezza sulla fronte, benedice gli astanti col turibolo e dice che il rito è finito.

Un poco ero impressionato, un poco volevo capire, e cerco di avvicinarmi alla ragazza, che intanto si è riavuta, si è infilata un soprabito abbastanza malmesso e sta uscendo dal retro. Sto per toccarla su una spalla e mi sento prendere per un braccio. Mi volto ed è il commissario De Angelis, che mi dice di lasciarla stare, tanto lui sa dove trovarla. Mi invita a prendere un caffè. Lo seguo, come se mi avesse colto in fallo, e in un certo senso era vero, e al bar mi chiede perché io ero là e perché cercavo di avvicinare la ragazza. Mi secco, gli rispondo che non viviamo in una dittatura, e che io posso avvicinare chi voglio. Lui si scusa, e mi spiega: le indagini su Ardenti erano andate a rilento, ma avevano cercato di ricostruire come avesse passato i due giorni a Milano prima di vedere quelli della Garamond e il misterioso Rakosky. A distanza di un anno, per un colpo di fortuna, era venuto fuori che qualcuno aveva visto l'Ardenti uscire dalla sede di Picatrix, con la sensitiva. La sensitiva d'altra parte lo interessava perché conviveva con un individuo non ignoto alla squadra narcotici.

Gli dico che ero là per puro caso, e che mi aveva colpito il fatto che la ragazza aveva detto una frase su sei sigilli che avevo sentito dire dal colonnello. Lui mi fa osservare che è strano che mi ricordi così bene a due anni di distanza che cosa aveva detto il colonnello, visto che il giorno dopo avevo accennato solo a un vago discorso sul tesoro dei Templari. Io gli dico che il colonnello aveva parlato appunto di un tesoro, protetto da qualcosa come sei sigilli, ma che non avevo pensato fosse un particolare importante, perché tutti i tesori sono protetti da sette sigilli e da scarabei d'oro. E lui osserva che non vede perché avessero dovuto colpirmi le parole della medium, dato che tutti i tesori sono protetti da scarabei d'oro. Gli chiedo che non mi tratti come un pregiudicato, e lui cambia tono e si mette a ridere. Dice che non trovava strano che la ragazza avesse detto quello che aveva detto, perché in qualche modo Ardenti doveva averle parlato delle sue fantasie, magari cercando di usarla come tramite per qualche contatto astrale, come dicono in quell'ambiente. La sensitiva è una spugna, una lastra fotografica, deve avere un inconscio che sembra un luna park – mi ha detto – quelli di Picatrix le fanno probabilmente il lavaggio del cervello tutto l'anno, non è inverosimile che in stato di trance – perché la ragazza fa sul serio, non finge, e non ha la testa a posto – le siano riaffiorate delle immagini che l'avevano impressionata tempo fa.

Ma due giorni dopo De Angelis mi capita in ufficio, e mi dice guarda che strano, il giorno dopo lui è andato a cercare la ragazza, e questa non c'era. Chiede ai vicini, nessuno l'ha vista, più o meno dal pomeriggio prima della sera del rito fatale, lui si insospettisce, entra nell'appartamento, lo trova tutto in disordine, lenzuola per terra, cuscini in un angolo, giornali calpestati, cassetti vuoti. Scomparsa, lei e il suo drudo o amante o convivente che dir si volesse.

Mi dice che se so qualcosa di più è meglio che parli perché è strano che la ragazza si sia volatilizzata e le ragioni sono due: o qualcuno si è accorto che lui, De Angelis, la teneva d'occhio, o hanno notato che un certo Jacopo Belbo cercava di parlarle. E quindi le cose che aveva detto in trance forse si riferivano ad alcunché di serio, e nemmeno Essi, fossero chi fossero, si erano mai resi conto che lei sapesse tanto. “Metta poi che a qualche mio collega venisse in mente che ad ammazzarla è stato lei,” ha aggiunto De Angelis con un bel sorriso, “e vede che ci conviene marciare uniti.” Stavo per perdere la calma, dio sa che non mi succede spesso, gli ho chiesto perché mai una persona che non si fa trovare in casa dovrebbe essere stata ammazzata, e lui mi ha chiesto se ricordavo la storia di quel colonnello. Gli ho detto che in ogni caso, se l'avevano ammazzata o rapita, era stato quella sera mentre io ero con lui, e lui mi ha chiesto come facevo ad esserne così sicuro, perché ci eravamo lasciati verso mezzanotte e dopo non sapeva cosa fosse successo, gli ho chiesto se diceva sul serio, lui mi ha chiesto se non avevo mai letto un libro giallo e non sapevo che la polizia deve sospettare per principio di chiunque non abbia un alibi luminoso come Hiroshima, e che donava la testa per un trapianto anche subito se io avevo un alibi per il periodo tra la una e il mattino dopo.

Che dirle, Casaubon, forse facevo bene a raccontargli la verità, ma quelli delle nostre parti sono testardi e non riescono mai a fare marcia indietro.

Le scrivo perché, come io ho trovato il suo indirizzo, così potrebbe trovarlo De Angelis: se si mette in contatto con lei, sappia almeno la linea che ho tenuto io. Ma siccome mi pare una linea pochissimo retta, se lei crede, dica tutto. Mi vergogno, mi scusi, mi sento complice di qualche cosa, e cerco una ragione, appena appena nobile, per giustificarmi, e non la trovo. Devono essere le mie origini contadine, in quelle nostre campagne siamo brutta gente.

Tutta una storia – come si dice in tedesco – *unheimlich*.

Il suo Jacopo Belbo.

25

... questi misteriosi iniziati, divenuti numerosi, arditi, cospiratori: gesuitismo, magnetismo, martinismo, pietra filosofale, sonnambulismo, eclettismo, tutto nasce da loro.

(C.-L. Cadet-Gassicourt, *Le tombeau de Jacques de Molay*, Paris, Desenne, 1797, p. 91)

La lettera mi turbò. Non per timore di essere cercato da De Angelis, figuriamoci, in un altro emisfero, ma per ragioni più impercettibili. In quel momento pensai che mi irritava che mi tornasse di rimbalzo laggiù un mondo che avevo lasciato. Ora comprendo che ciò che mi perturbava era un'ennesima trama della somiglianza, il sospetto di un'analogia. Come reazione istintiva pensai che mi infastidiva ritrovare Belbo con la sua eterna coda di paglia. Decisi di rimuovere tutto, e non menzionai la lettera ad Amparo.

Fui aiutato dalla seconda lettera, che Belbo mi inviò due giorni dopo, e per rassicurarmi.

La storia della sensitiva si era conclusa in modo ragionevole. Un confidente della polizia aveva raccontato che l'amante della ragazza era stato implicato in un regolamento di conti per via di una partita di droga, che aveva venduto alla spicciolata invece di consegnarla all'onesto grossista che l'aveva già pagata. Cose che nell'ambiente sono molto mal viste. Per salvare la pelle si era volatilizzato. Ovvio che avesse portato con sé la sua donna. Spulciando poi tra i giornali rimasti nel loro appartamento De Angelis aveva trovato delle riviste tipo *Picatrix* con una serie di articoli vistosamente sottolineati in rosso. Uno riguardava il tesoro dei Templari, un altro i Rosa-Croce che vivevano in un castello o in una caverna o che diavolo d'altro, in cui stava scritto "post 120 annos patebo", ed erano stati definiti come trentasei invisibili. Per De Angelis quindi era tutto chiaro. La sensitiva si cibava di quella letteratura (che era la stessa di cui si cibava il colonnello) e poi la rigurgitava quando era in trance. La faccenda era chiusa, passava alla squadra narcotici.

La lettera di Belbo grondava sollievo. La spiegazione di De Angelis appariva la più economica.

L'altra sera nel periscopio mi dicevo che invece i fatti erano forse andati ben diversamente: la sensitiva aveva, sì, citato qualcosa udito da Ardenti, ma qualcosa che le riviste non avevano detto mai, e che nessuno doveva conoscere. Nell'ambiente di Picatrix c'era qualcuno che aveva fatto scomparire il colonnello per farlo tacere, questo qualcuno si era accorto che Belbo intendeva interrogare la sensitiva, e l'aveva eliminata. Poi, per depistare le indagini, aveva eliminato anche il suo amante, e aveva istruito un confidente della polizia perché raccontasse la storia della fuga.

Così semplice, se ci fosse stato un Piano. Ma c'era, visto che lo avremmo inventato noi, e molto tempo dopo? È possibile che la realtà non solo superi la finzione, ma la preceda, ovvero corra in anticipo a riparare i danni che la finzione creerà?

Eppure allora, in Brasile, non furono quelli i pensieri che mi suscitò la lettera. Piuttosto, di nuovo, sentii che qualcosa assomigliava a qualcosa d'altro. Pensavo al viaggio a Bahia, e dedicai un pomeriggio a visitare negozi di libri e oggetti di culto, che sino ad allora avevo trascurato. Trovai bottegucce quasi segrete, ed empori sovraccarichi di statue e di idoli. Acquistai perfumadores di Yemanjá, zampironi mistici dal profumo pungente, bacchette di incenso, bombole di spray dolciastro intitolato al Sacro Cuore di Gesù, amuleti da pochi soldi. E trovai molti libri, alcuni per i devoti, altri per chi studiava i devoti, tutti insieme, formulari di esorcismi, *Como adivinar o futuro na bola de cristal* e manuali di antropologia. E una monografia sui Rosa-Croce.

Tutto si amalgamò di colpo. Riti satanici e moreschi nel Tempio di Gerusalemme, stregoni africani per i sottoproletari nordestini, il messaggio di Provins coi suoi centoventi anni, e i centoventi anni dei Rosa-Croce.

Ero diventato uno shaker ambulante, buono solo a mescolare intrugli di liquori diversi, o avevo provocato un cortocircuito inciampando in un intrico di fili multicolori che si stavano aggrovigliando da soli, e da lunghissimo tempo? Acquistai il libro sui Rosa-Croce. Poi mi dissi che se solo fossi restato qualche ora in quelle librerie, di colonnelli Ardenti e di sensitive ne avrei incontrato almeno dieci.

Tornai a casa e comunicai ufficialmente ad Amparo che il mondo era pieno di snaturati. Lei mi promise conforto e terminammo la giornata secondo natura.

Eravamo verso la fine del '75. Decisi di dimenticare le somiglianze e di dedicare tutte le mie energie al mio lavoro. In fin dei conti dovevo insegnare la cultura italiana, non i Rosa-Croce.

Mi dedicai alla filosofia dell'Umanesimo e scoprii che, non appena usciti dalle tenebre del Medioevo, gli uomini della modernità laica non avevano trovato di meglio che dedicarsi a Cabbala e magia.

Dopo due anni di frequentazione di umanisti che recitavano formule per convincere la natura a fare cose che non aveva intenzione di fare, ricevetti notizie dall'Italia. I miei antichi compagni, o almeno alcuni di loro, sparavano nella nuca a chi non era d'accordo con loro, per convincere la gente a fare cose che non aveva intenzione di fare.

Non capivo. Decisi che ormai ero parte del Terzo Mondo, e mi risolsi a visitare Bahia. Partii con una storia della cultura rinascimentale sottobraccio e il libro sui Rosa-Croce, che era rimasto intonso in uno scaffale.

26

Tutte le tradizioni della terra debbono essere viste come le tradizioni di una tradizione-madre e fondamentale che, sin dall'origine, era stata confidata all'uomo colpevole e ai suoi primi rampolli.

(Louis-Claude de Saint Martin, *De l'esprit des choses*, Paris, Laran, 1800, II, "De l'esprit des traditions en général")

E vidi Salvador, Salvador da Bahia de Todos os Santos, la "Roma negra", e le sue trecentosessantacinque chiese, che si stagliano sulla linea delle colline, o si adagiano lungo la baia, e dove si onorano gli dei del panteon africano.

Amparo conosceva un artista naïf, che dipingeva grandi tavole lignee affollate di visioni bibliche e apocalittiche, smaglianti come una miniatura medievale, con elementi copti e bizantini. Era naturalmente marxista, parlava della rivoluzione imminente, passava le giornate a sognare nelle sacrestie del santuario di Nosso Senhor do Bomfim, trionfo dell'horror vacui, squamose di ex voto che pendevano dal soffitto e incrostavano le pareti, un assemblage mistico di cuori d'argento, protesi di legno, gambe, braccia, immagini di fortunosi salvataggi nel pieno di rutilanti fortunali, trombe marine, maelstrom. Ci condusse nella sacrestia di un'altra chiesa, piena di grandi mobili odorosi di jacaranda. "Chi rappresenta quel quadro," chiese Amparo al sacrestano, "san Giorgio?"

Il sacrestano ci guardò con complicità: "Lo chiamano san Giorgio, ed è meglio chiamarlo così, altrimenti il parroco si arrabbia, ma è Oxossi."

Il pittore ci fece visitare per due giorni navate e chiostri, al riparo delle facciate decorate come piatti d'argento ormai anneriti e consunti. Eravamo accompagnati da famigli rugosi e zoppicanti, le sacrestie erano malate d'oro e di peltro, di pesanti cassettoni, di cornici preziose. In teche di cristallo troneggiavano lungo le pareti immagini di santi in grandezza naturale, grondanti sangue, con le piaghe aperte cosparse di gocce di rubino, Cristi contorti dalla sofferenza con gambe rosse di emorragia. In un baluginare di oro tardo barocco, vidi angeli dal viso etrusco, grifoni romanici e sirene orientali che facevano capolino dai capitelli.

Mi muovevo per strade antiche, incantato da nomi che parevan canzoni, Rua da Agonia, Avenida dos Amores, Travessa de Chico Diabo... Ero capitato a Salvador all'epoca in cui il governo, o chi per esso, stava risanando la città vecchia per espellerne le migliaia di bordelli, ma si era ancora a metà strada. Ai piedi di quelle chiese deserte e lebbrose, impacciate dal loro fasto, si stendevano ancora vicoli maleodoranti in cui brulicavano prostitute negre quindicenni, vecchie venditrici di dolciumi africani, accosciate lungo i marciapiedi con le loro pentole accese, torme di sfruttatori che ballavano tra i rigagnoli di scolo al suono del transistor del bar vicino. Gli antichi palazzi dei colonizzatori, sormontati da stemmi oramai illeggibili, erano diventati case di tolleranza.

Il terzo giorno accompagnammo la nostra guida nel bar di un albergo della città alta, nella parte già ristrutturata, in una via piena di antiquari di lusso. Doveva incontrare un signore italiano, ci aveva detto, che stava per acquistare, e senza discutere sul prezzo, un suo quadro di tre metri per due, dove pullulanti schiere angeliche stavano combattendo una battaglia finale contro le altre legioni.

Fu così che conoscemmo il signor Agliè. Correttamente vestito di un doppiopetto gessato, malgrado il caldo, lenti con montatura d'oro sul viso roseo, capelli argentati. Baciò la mano ad Amparo, come chi non conoscesse altro modo di salutare una signora, e ordinò champagne. Il pittore doveva andare, Agliè gli consegnò un mazzo di travellers' cheques, disse di mandargli l'opera in albergo. Restammo a conversare, Agliè parlava il portoghese con correttezza, ma come chi lo avesse appreso a Lisbona, il che gli dava ancor più il tono di un gentiluomo d'altri tempi. Si informò su di noi, fece alcune riflessioni sulla possibile origine ginevrina del mio nome, si incuriosì sulla storia familiare di Amparo, ma chissà come aveva già arguito che il ceppo fosse di Recife. Quanto alla sua, di origine, rimase nel vago. "Sono come uno di quaggiù," disse, "mi si sono accumulate nei geni innumerevoli razze... Il nome è italiano, da un vecchio possedimento di un antenato. Sì, forse nobile, ma chi ci bada più ai giorni nostri. Sono in Brasile per curiosità. Mi appassionano tutte le forme della Tradizione."

Aveva una bella biblioteca di scienze religiose, mi disse, a Milano, dove viveva da alcuni anni. "Mi venga a trovare quando torna, ho molte cose interessanti, dai riti afro-brasiliani ai culti di Iside nel basso Impero."

"Adoro i culti di Iside," disse Amparo, che spesso per orgoglio amava fingersi fatua. "Lei sa tutto sui culti di Iside, immagino."

Agliè rispose con modestia. "Solo quel poco che ne ho visto."

Amparo cercò di riguadagnar terreno: "Non era duemila anni fa?"

"Non sono giovane come lei," sorrise Agliè.

"Come Cagliostro," scherzai. "Non è lui che una volta passando davanti a un crocifisso si fece udire mentre mormorava al suo famiglio: 'Gliel'avevo detto io a quel giudeo di stare attento, quella sera, ma non ha voluto darmi ascolto'?"

Agliè si irrigidì, temetti che la celia fosse greve. Accennai a scusarmi, ma il nostro ospite mi interruppe con un sorriso conciliante. "Cagliostro era un mestatore, perché si sa benissimo quando e dove era nato, e non ce l'ha fatta neppure a vivere a lungo. Millantava."

"Lo credo bene."

"Cagliostro era un mestatore," ripeté Agliè, "ma questo non vuol dire che non siano esistiti e non esistano personaggi privilegiati che hanno potuto attraversare molte vite. La scienza moderna sa così poco sui processi di senescenza, che non è impensabile che la mortalità sia un semplice effetto di cattiva educazione. Cagliostro era un mestatore, ma il conte di San Germano no, e quando diceva di aver appreso alcuni dei suoi segreti chimici dagli antichi egizi, forse non millantava. Ma siccome quando citava questi episodi nessuno gli credeva, per cortesia verso i suoi interlocutori fingeva di scherzare."

"Ma lei finge di scherzare per provarci che dice la verità," disse Amparo.

"Non solo lei è bella, è straordinariamente percettiva," disse Agliè. "Ma la scongiuro di non credermi. Se le apparissi nel fulgore polveroso dei miei secoli, la sua bellezza ne appassirebbe di colpo, e non potrei perdonarmelo."

Amparo era conquistata, e io provai una punta di gelosia. Portai il discorso sulle chiese, e sul san Giorgio-Oxossi che avevamo visto. Agliè disse che dovevamo assolutamente assistere a un candomblé. "Non andate dove vi chiedono dei soldi. I posti veri sono quelli dove vi accolgono senza domandarvi nulla, neppure di credere. Di assistere con rispetto, questo sì, con la stessa tolleranza di tutte le fedi con cui essi ammettono anche la vostra miscredenza. Alcuni *pai* o *mãe-de-santo*, a vederli sembrano appena usciti dalla capanna dello zio Tom, ma hanno la cultura di un teologo della Gregoriana."

Amparo posò una mano sulla sua. "Ci porti!" disse, "io sono stata una volta, tanti anni fa, in una tenda de umbanda, ma ho ricordi confusi, mi rammento solo di un gran turbamento..."

Agliè parve imbarazzato dal contatto, ma non vi si sottrasse. Solo, come lo vidi fare in seguito nei momenti di riflessione, con l'altra mano trasse dal panciotto una piccola scatola d'oro e d'argento, forse una tabacchiera o un portapillole, col coperchio adorno di un'agata. Sul tavolo del bar ardeva un piccolo lume di cera, e Agliè, come per caso, vi avvicinò la scatoletta. Vidi che al calore l'agata non si scorgeva più, e al suo posto appariva una miniatura, finissima, in verde blu e oro, che rappresentava una pastorella con un cestino di fiori. La rigirò tra le dita con devozione distratta, come se sgranasse un rosario. Si accorse del mio interesse, sorrise, e ripose l'oggetto.

"Turbamento? Non vorrei, mia dolce signora, che oltre che percettiva lei fosse esageratamente sensibile. Squisita qualità, quando si associa alla grazia e all'intelligenza, ma pericolosa, per chi vada in certi luoghi senza sapere cosa cercare e cosa troverà... E d'altra parte non mi confonda l'umbanda con il candomblé. Questo è del tutto autoctono, afro-brasiliano, come si suol dire, mentre quello è un fiore assai tardo, nato dagli innesti dei riti indigeni con la cultura esoterica europea, con una mistica che direi templare..."

I Templari mi avevano di nuovo ritrovato. Dissi ad Agliè che avevo lavorato su di loro. Mi guardò con interesse. "Curiosa congiuntura, mio giovane amico. Qui sotto la Croce del Sud, trovare un giovane Templare..."

"Non vorrei mi considerasse un adepto..."

"Per carità, signor Casaubon. Sapesse quanta cialtroneria c'è in questo campo."

"Lo so, lo so."

"E dunque. Ma dobbiamo rivederci, prima che ripartiate." Ci demmo appuntamento per il giorno dopo: volevamo tutti e tre esplorare il mercatino coperto lungo il porto.

Laggiù infatti ci ritrovammo la mattina seguente, ed era un mercato del pesce, un suk arabo, una fiera patronale che avesse proliferato con virulenza cancerosa, una Lourdes invasa dalle forze del male, dove i maghi della pioggia potevano convivere con cappuccini estatici e stigmatizzati, tra sacchettini propiziatori con preghiere cucite nell'imbottitura, manine in pietra dura che mostravano le fiche, corni di corallo, crocifissi, stelle di Davide, simboli sessuali di religioni pregiudaiche, amache, tappeti, borse, sfingi, sacri cuori, turcassi bororo, collane di conchiglie. La mistica degenerata dei conquistatori europei si fondeva con la scienza qualitativa degli schiavi, così come la pelle di ogni astante raccontava una storia di genealogie perdute.

"Ecco," disse Agliè, "un'immagine di quello che i manuali etnologici chiamano il sincretismo brasiliano. Brutta parola, secondo la scienza ufficiale. Ma nel suo senso più alto il sincretismo è il riconoscimento di un'unica Tradizione, che attraversa e nutre tutte le religioni, tutti i saperi, tutte le filosofie. Il saggio non è colui che discrimina, è colui che mette insieme i brandelli di luce da dovunque provengano... E dunque sono più saggi questi schiavi, o discendenti di schiavi, che non gli etnologi della Sorbona. Mi capisce, almeno lei, mia bella signora?"

"Non con la mente," disse Amparo. "Con l'utero. Mi scusi, immagino che il conte di San Germano non si esprimesse così. Voglio dire che sono nata in questo paese, e anche quello che non so mi parla da qualche parte, qui, credo..." Si toccò il seno.

"Come disse quella sera il cardinal Lambertini alla signora con una splendida croce di diamanti sul decolleté? Che gioia morire su questo calvario. E così amerei io ascoltare quelle voci. Ora mi debbo scusare io, e con entrambi. Vengo da un'epoca in cui ci si sarebbe dannati pur di rendere omaggio all'avvenenza. Vorrete restar soli. Ci terremo in contatto."

"Potrebbe essere tuo padre," dissi ad Amparo mentre la trascinavo tra le mercanzie.

"Anche il mio bisavolo. Ci ha fatto capire di avere almeno mille anni. Sei geloso della mummia del faraone?"

"Sono geloso di chi ti fa accendere una lampadina in testa."

"Che bello, questo è amore."

27

Raccontando un giorno che aveva conosciuto Ponzio Pilato a Gerusalemme, descriveva minuziosamente la casa del governatore, e citava i piatti serviti a cena. Il cardinale di Rohan, credendo di ascoltare delle fantasie, si rivolse al cameriere del conte di San Germano, un vecchio dai capelli bianchi e dall'aria onesta: "Amico mio, gli disse, faccio fatica a credere quel che dice il vostro padrone. Che sia ventriloquo, passi; che faccia dell'oro, d'accordo; ma che abbia duemila anni e abbia veduto Ponzio Pilato è troppo. Voi eravate lì?" "Oh no, monsignore, rispose ingenuamente il cameriere, sono al servizio del signor conte solo da quattrocento anni."

(Collin de Plancy, *Dictionnaire infernal*, Paris, Mellier, 1844, p. 434)

Nei giorni che seguirono fui preso da Salvador. Passai poco tempo in albergo. Sfogliando l'indice del libro sui Rosa-Croce trovai un riferimento al conte di San Germano. Guarda guarda, mi dissi, tout se tient.

Di lui Voltaire scriveva "c'est un homme qui ne meurt jamais et qui sait tout", ma Federico di Prussia gli rispondeva che "c'est un comte pour rire". Horace Walpole ne parlava come di un italiano, o spagnolo, o polacco, che aveva fatto una grande fortuna in Messico e che poi era fuggito a Costantinopoli, coi gioielli di sua moglie. Le cose più sicure su di lui si apprendono dalle memorie di madame de Hausset, dame de chambre della Pompadour (bella referenza, diceva Amparo, intollerante). Si era fatto passare sotto vari nomi, Surmont a Bruxelles, Welldone a Lipsia, marchese di Aymar, di Bedmar, o di Belmar, conte Soltikoff. Arrestato a Londra nel 1745, dove brillava come musicista suonando violino e clavicembalo nei salotti; tre anni dopo a Parigi offre i suoi servigi al Luigi XV come esperto in tinture, in cambio di una residenza nel castello di Chambord. Il re lo impiega per missioni diplomatiche in Olanda, dove combina qualche guaio e fugge di nuovo a Londra. Nel 1762 lo troviamo in Russia, poi di nuovo in Belgio. Lì lo incontra Casanova, che racconta come avesse trasformato una moneta in oro. Nel '76 è alla corte di Federico II a cui presenta vari progetti chimici, otto anni dopo muore nello Schleswig, presso il landgravio di Hesse, dove stava mettendo a punto una fabbrica di colori.

Nulla di eccezionale, la tipica carriera dell'avventuriero settecentesco, con meno amori di Casanova e truffe meno teatrali di quelle di Cagliostro. In fondo, con qualche incidente, gode di un certo credito presso i potenti, a cui promette le meraviglie dell'alchimia, ma con piglio industriale. Salvo che intorno a lui, e certo animata da lui, prende forma la diceria della sua immortalità. Si fa udire nei salotti a citare con disinvoltura avvenimenti remoti come se ne fosse stato testimone oculare, e coltiva la sua leggenda con grazia, quasi in sordina.

Il mio libro citava anche un brano da *Gog*, di Giovanni Papini, dove è descritto un incontro notturno, sulla tolda di un transatlantico, con il conte di San Germano: oppresso dal suo passato millenario, dalle memorie che affollano la sua mente, con degli accenti di disperazione che ricordano Funes, "el memorioso" di Borges, salvo che il testo di Papini era del 1930. "Non v'immaginate che la nostra sorte sia degna d'invidia," dice il conte a Gog. "Dopo un paio di secoli un tedio incurabile prende possesso degli sciagurati immortali. Il mondo è monotono, gli uomini non imparan nulla e ricascano a ogni generazione negli stessi errori ed orrori, gli avvenimenti non si ripetono ma si somigliano... finiscono le novità, le sorprese, le rivelazioni. Posso confessarlo a voi, ora che soltanto il mar Rosso ci ascolta: la mia immortalità m'è venuta a noia. La terra non ha più segreti per me e non ho più speranza nei miei simili."

"Curioso personaggio," commentai. "È chiaro che il nostro Agliè gioca ad impersonarlo. Gentiluomo maturo, un po' frollato, con denaro da spendere, tempo libero per viaggiare, e una propensione per il sovrannaturale."

"Un reazionario coerente, che ha il coraggio di essere decadente. In fondo lo preferisco ai borghesi democratici," disse Amparo.

"Women power, women power, e poi cadi in estasi per un baciamano."

"Ci avete educate così, per secoli. Lasciate che ci liberiamo a poco a poco. Non ho detto che vorrei sposarlo."

"Meno male."

La settimana seguente fu Agliè a telefonarmi. Quella sera saremmo stati accolti in un terreiro de candomblé. Non saremmo stati ammessi al rito, perché la Ialorixá diffidava dei turisti, ma lei stessa ci avrebbe ricevuti prima dell'inizio, e ci avrebbe mostrato l'ambiente.

Ci venne a prendere in macchina, e guidò attraverso le favelas, oltre la collina. L'edificio davanti a cui ci fermammo aveva un aspetto dimesso, come un casermone industriale, ma sulla soglia un vecchio negro ci accolse purificandoci con suffumigi. Più avanti, in un giardinetto disadorno, trovammo una sorta di corbeille immensa, fatta di grandi foglie di palma, su cui apparivano alcune ghiottonerie tribali, le *comidas de santo*.

All'interno trovammo una grande sala, dalle pareti ricoperte di quadri, specie di ex voto, maschere africane. Agliè ci spiegò la disposizione degli arredi: in fondo le panche per i non iniziati, presso il fondo il palchetto per gli strumenti, e le sedie per gli Ogã. "Sono persone di buona condizione, non necessariamente credenti, ma rispettosi del culto. Qui a Bahia il grande Jorge Amado è Ogã in un terreiro. È stato eletto da Iansã, signora della guerra e dei venti..."

"Ma da dove vengono queste divinità?" chiesi.

"È una storia complessa. Anzitutto c'è un ramo sudanese, che s'impone nel nord sin dagli inizi dello schiavismo, e da questo ceppo proviene il candomblé degli orixás, e cioè delle divinità africane. Negli stati del sud si ha l'influenza dei gruppi bantu e a questo punto iniziano commistioni a catena. Mentre i culti del nord rimangono fedeli alle religioni africane originarie, nel sud la macumba primitiva si evolve verso l'umbanda, che viene influenzata da cattolicesimo, kardecismo e occultismo europeo..."

"Quindi stasera non c'entrano i Templari."

"I Templari erano una metafora. In ogni caso questa sera non c'entrano. Ma il sincretismo ha una meccanica molto sottile. Ha notato fuori della porta, vicino alle comidas de santo, una statuetta in ferro, una specie di diavoletto col forcone, con alcune offerte votive ai piedi? È l'Exu, potentissimo nell'umbanda, ma non nel candomblé. E tuttavia anche il candomblé l'onora, lo considera uno spirito messaggero, una sorta di Mercurio degenerato. Nell'umbanda si è posseduti dall'Exu, qui no. Però lo si tratta con benevolenza, non si sa mai. Veda laggiù sulla parete..." Mi indicò la statua policroma di un indio nudo e quella di un vecchio schiavo negro vestito di bianco, seduto a fumare la pipa: "Sono un *caboclo* e un *preto velho*, spiriti di trapassati, che nei riti umbanda contano moltissimo. Cosa fanno qui? Ricevono omaggio, non vengono utilizzati perché il candomblé stabilisce rapporti solo con gli orixás africani, ma non vengono per questo rinnegati."

"Ma cosa rimane in comune, di tutte queste chiese?"

"Diciamo che tutti i culti afro-brasiliani sono comunque caratterizzati dal fatto che durante il rito gli iniziati sono posseduti, come in trance, da un essere superiore. Nel candomblé sono gli orixás, nell'umbanda sono spiriti di trapassati..."

"Avevo dimenticato il mio paese e la mia razza," disse Amparo. "Mio dio, un po' d'Europa e un po' di materialismo storico mi avevano fatto scordare tutto, eppure queste storie le ascoltavo da mia nonna..."

"Un po' di materialismo storico?" sorrise Agliè. "Mi pare di averne sentito parlare. Un culto apocalittico praticato in quel di Treviri, vero?"

Strinsi il braccio ad Amparo. "No pasarán, amore."

"Cristo," mormorò lei.

Agliè aveva seguito senza interferire il nostro breve dialogo a mezza voce. "Le potenze del sincretismo sono infinite, mia cara. Se vuole, le posso offrire la versione politica di tutta questa storia. Le leggi dell'Ottocento restituiscono la libertà agli schiavi, ma nel tentativo di abolire le stimmate della schiavitù si bruciano tutti gli archivi del mercato schiavistico. Gli schiavi diventano formalmente liberi ma senza passato. E allora cercano di ricostruire un'identità collettiva, in difetto di quella familiare. Tornano alle radici. È il loro modo di opporsi, come dite voi giovani, alle forze dominanti."

"Ma se mi ha appena detto che ci si mettono in mezzo quelle sette europee..." disse Amparo.

"Mia cara, la purezza è un lusso, e gli schiavi prendono quello che c'è. Ma si vendicano. Oggi hanno catturato più bianchi di quanto lei non pensi. I culti africani originari avevano la debolezza di tutte le religioni, erano locali, etnici, miopi. A contatto con i miti dei conquistatori hanno riprodotto un antico miracolo: hanno ridato vita ai culti misterici del secondo e del terzo secolo della nostra era, nel Mediterraneo, tra Roma che si sfaceva a poco a poco e i fermenti che venivano dalla Persia, dall'Egitto, dalla Palestina pregiudaica... Nei secoli del basso impero l'Africa riceve gli influssi di tutta la religiosità mediterranea, e se ne fa scrigno, condensatore. L'Europa viene corrotta dal cristianesimo della ragion di stato, l'Africa conserva tesori di sapere, come già li aveva conservati e diffusi al tempo degli egizi, donandoli ai greci, che ne han fatto scempio."

28

C'è un corpo che avvolge tutto l'insieme del mondo, e rappresentatelo di forma circolare perché questa è la forma del Tutto... Immagina ora che sotto il cerchio di questo corpo stiano i 36 decani, al centro tra il cerchio totale e il cerchio dello zodiaco, separando questi due cerchi e per così dire delimitando lo zodiaco, trasportati lungo lo zodiaco coi pianeti... Il cambiamento dei re, il sollevamento delle città, la carestia, la peste, il riflusso del mare, i terremoti, nulla di tutto ciò ha luogo senza influsso dei decani...

(*Corpus Hermeticum*, Stobaeus, excerptum VI)

"Ma quale sapere?"

"Si rende conto di come sia stata grande l'epoca tra il secondo e il terzo secolo dopo Cristo? Non per i fasti dell'impero, al tramonto, ma per quello che fioriva intanto nel bacino mediterraneo. A Roma i pretoriani scannavano i loro imperatori, e nel Mediterraneo fioriva l'epoca di Apuleio, dei misteri di Iside, di quel grande ritorno di spiritualità che furono il neoplatonismo, la gnosi... Tempi beati, quando i cristiani non avevano ancora preso il potere e mandato a morte gli eretici. Epoca splendida, abitata dal Nous, folgorata di estasi, popolata di presenze, emanazioni, dèmoni e coorti angeliche. È un sapere diffuso, sconnesso, antico come il mondo, che risale oltre Pitagora, ai brahmani dell'India, agli ebrei, ai magi, ai gimnosofisti, e persino ai barbari dell'estremo nord, ai druidi delle Gallie e delle isole britanniche. I greci consideravano che i barbari fossero tali perché non sapevano esprimersi, con quei linguaggi che alle loro orecchie troppo educate suonavano come latrati. E invece in quest'epoca si decide che i barbari ne sapevano molto più degli elleni, e proprio perché il loro linguaggio era impenetrabile. Crede che coloro che danzeranno questa sera sappiano il senso di tutti i canti e nomi magici che pronunzieranno? Fortunatamente no, perché il nome ignoto funzionerà come esercizio di respiro, vocalizzazione mistica. L'epoca degli Antonini... Il mondo era pieno di meravigliose corrispondenze, di somiglianze sottili, occorreva penetrarle, farsene penetrare, attraverso il sogno, l'oracolo, la magia, che permette di agire sulla natura e sulle sue forze muovendo il simile con il simile. La sapienza è imprendibile, volatile, sfugge a ogni misura. Ecco perché in quell'epoca il dio vincente è stato Hermes, inventore di tutte le astuzie, dio dei crocicchi, dei ladri, ma artefice della scrittura, arte dell'elusione e della differenza, della navigazione, che trae verso la fine di ogni confine, dove tutto si confonde all'orizzonte, delle gru per elevare le pietre dal suolo, e delle armi, che mutano la vita in morte, e delle pompe ad acqua, che fanno lievitare la materia pesante, della filosofia, che illude e inganna... E sa dove sta oggi Hermes? Qui, lo ha visto sulla porta, lo chiamano Exu, questo messaggero degli dei, mediatore, commerciante, ignaro della differenza tra il bene ed il male."

Ci osservò con divertita diffidenza. "Voi credete che come Hermes con le merci, io sia troppo lesto nel ridistribuire gli dei. Guardate questo libretto, che ho comperato stamane in una libreria popolare nel Pelourinho. Magie e misteri del santo Cipriano, ricette di fatture per ottenere un amore, o per far morire il proprio nemico, invocazioni agli angeli e alla Vergine. Letteratura popolare, per questi mistici di colore nero. Ma si tratta di san Cipriano di Antiochia, su cui esiste un'immensa letteratura dei secoli argentei. I suoi genitori vogliono che egli sia istruito su tutto e che sappia ciò che c'è in terra, nell'aria e nell'acqua del mare e lo inviano nei paesi più remoti ad apprendere tutti i misteri, perché conosca la generazione e la corruzione delle erbe e le virtù delle piante e degli animali, non quelle della storia naturale, ma quelle della scienza occulta, sepolta nel profondo delle tradizioni arcaiche e lontane. E Cipriano si vota a Delfo ad Apollo e alla drammaturgia del serpente, conosce i misteri di Mitra, a quindici anni sul monte Olimpo, sotto la guida di quindici ierofanti, assiste a riti di evocazione del Principe di Questo Mondo, per dominarne le trame, ad Argo viene iniziato ai misteri di Era, in Frigia apprende la mantica dell'epatoscopia e non c'era ormai nulla nella terra, nel mare e nell'aria che egli non conoscesse, né fantasma, né oggetto di sapienza, né artificio di alcuna sorta, neppure l'arte di cambiare per sortilegio le scritture. Nei templi sotterranei di Menfi impara come i demoni comunichino con le cose terrestri, i luoghi che aborrono, gli oggetti che amano, e come abitino le tenebre, e quali resistenze oppongano in certi domini, e come sappian possedere le anime e i corpi, e quali effetti ottengano di conoscenza superiore, memoria, terrore, illusione, e l'arte di produrre commozioni terrestri e di influenzare le correnti del sottosuolo... Poi, ahimè, si converte, ma qualcosa del suo sapere resta, si trasmette, e ora lo ritroviamo qui, nella bocca e nella mente di questi cenciosi che voi dite idolatri. Amica mia, poco fa lei mi guardava come se fossi un *ci devant*. Chi vive nel passato? Lei che vorrebbe regalare a questo paese gli orrori del secolo operaio e industriale, o io che voglio che la nostra povera Europa ritrovi la naturalezza e la fede di questi figli di schiavi?"

"Cristo," sibilò Amparo, cattiva, "lo sa anche lei che è un modo per tenerli buoni..."

"Non buoni. Capaci ancora di coltivare l'attesa. Senza il senso dell'attesa non c'è neppure il paradiso, non ce l'avete insegnato voi europei?"

"Io sarei l'europea?"

"Non conta il colore della pelle, conta la fede nella Tradizione. Per ridare il senso dell'attesa a un Occidente paralizzato dal benessere, costoro pagano, forse soffrono, ma conoscono ancora il linguaggio degli spiriti della natura, delle arie, delle acque, dei venti..."

"Ci sfruttate ancora una volta."

"Ancora?"

"Sì, lei dovrebbe averlo imparato nell'ottantanove, conte. Quando ci stanchiamo, zac!" E sorridendo come un angelo si era passata la mano tesa, bellissima, sotto la gola. Di Amparo desideravo anche i denti.

"Drammatico," disse Agliè traendo di tasca la sua tabacchiera e carezzandola a mani giunte. "Dunque mi ha riconosciuto? Ma nell'ottantanove le teste non le han fatte rotolare gli schiavi, bensì quei bravi borghesi che lei dovrebbe detestare. E poi, il conte di San Germano in tanti secoli di teste ne ha viste rotolare tante, e tante ritornare sul collo. Ma ecco che arriva la mãe-de-santo, la Ialorixá."

L'incontro con la badessa del terreiro fu calmo, cordiale, popolaresco e colto. Era una grande negra, dal sorriso smagliante. A prima vista la si sarebbe detta una massaia, ma quando incominciammo a parlare capii perché donne del genere potevano dominare la vita culturale di Salvador.

"Ma questi orixás sono persone o forze?" le chiesi. La mãe-de-santo rispose che erano forze, certo, acqua, vento, foglie, arcobaleno. Ma come impedire ai semplici di vederli come guerrieri, donne, santi delle chiese cattoliche? Anche voi, disse, non adorate forse una forza cosmica sotto la forma di tante vergini? L'importante è venerare la forza, l'aspetto deve adeguarsi alle possibilità di comprensione di ciascuno.

Poi ci invitò a uscire nel giardino posteriore, per visitare le cappelle, prima dell'inizio del rito. Nel giardino stavano le case degli orixás. Uno stuolo di ragazze negre, in costume bahiano, si affollavano gaiamente per gli ultimi preparativi.

Le case degli orixás erano disposte per il giardino come le cappelle di un Sacro Monte, e mostravano all'esterno l'immagine del santo corrispondente. All'interno stridevano i colori crudi dei fiori, delle statue, dei cibi cotti da poco e offerti agli dei. Bianco per Oxalá, azzurro e rosa per Yemanjá, rosso e bianco per Xangõ, giallo e oro per Ogun.... Gli iniziati si inginocchiavano baciando la soglia e toccandosi sulla fronte e dietro l'orecchio.

Ma allora, chiesi, Yemanjá è o non è Nostra Signora della Concezione? E Xangõ è o non è san Gerolamo?

"Non faccia domande imbarazzanti," mi consigliò Agliè. "Nell'umbanda è ancora più complicato. Della linea di Oxalá fanno parte Santo Antonio e i santi Cosma e Damiano. Della linea di Yemanjá fanno parte sirene, ondine, caboclas del mare e dei fiumi, marinai, e stelle guida. Della linea di oriente fan parte indu, medici, scienziati, arabi e marocchini, giapponesi, cinesi, mongoli, egiziani, aztechi, inca, caribi e romani. Della linea di Oxossi fan parte il sole, la luna, il caboclo delle cascate e il caboclo dei neri. Della linea di Ogun fan parte Ogun Beira-Mar, Rompe-Mato, Iara, Megé, Narueé... Insomma, dipende."

"Cristo," disse ancora Amparo.

"Si dice Oxalá," le mormorai sfiorandole l'orecchio. "Stai calma, no pasarán."

La Ialorixá ci mostrò una serie di maschere che alcuni accoliti stavano portando nel tempio. Erano grandi bautte di paglia, o cappucci, di cui avrebbero dovuto rivestirsi i medium a mano a mano che entravano in trance, preda della divinità. È una forma di pudore, ci disse, in certi terreiro i prediletti danzano a volto nudo, esponendo agli astanti la loro passione. Ma l'iniziato va protetto, rispettato, sottratto alla curiosità dei profani, o di chi comunque non ne possa comprendere l'interno giubilo, e la grazia. Era costume di quel terreiro, ci disse, e perciò non si ammettevano volentieri gli estranei. Ma forse un giorno, chissà, commentò. Il nostro era solo un arrivederci.

Però non voleva lasciarci andare prima di averci offerto, non dalle corbeille, che dovevano restare integre sino alla fine del rito, ma dalla sua cucina, qualche assaggio delle comidas de santo. Ci portò nel retro del terreiro, e fu un festino policromo di mandioca, pimenta, coco, amendoim, gemgibre, moqueca de siri mole, vatapá, efó, caruru, fagioli neri con farofa, tra un odore molle di spezie africane, sapori tropicali dolciastri e forti, che gustammo con compunzione, sapendo che partecipavamo al cibo degli antichi dei sudanesi. Giustamente, ci disse la Ialorixá, perché ciascuno di noi, senza saperlo, era figlio di un orixá, e spesso si poteva dire di chi. Chiesi arditamente di chi ero figlio. La Ialorixá dapprima si schermì, disse che non si poteva stabilire con certezza, poi acconsentì a esaminarmi il palmo della mano, vi passò sopra le dita, mi guardò negli occhi, poi disse: "Sei figlio di Oxalá."

Ne fui fiero. Amparo, ormai distesa, suggerì che si scoprisse di chi era figlio Agliè, ma egli disse che preferiva non saperlo.

Tornati a casa Amparo mi disse: "Hai guardato la sua mano? Invece della linea della vita, ha una serie di linee spezzate. Come un ruscello che incontra un sasso e ricomincia a scorrere un metro più in là. La linea di uno che dovrebbe essere morto molte volte."

"Il campione internazionale di metempsicosi in lungo."

"No pasarán," rise Amparo.

29

> Per il semplice fatto che essi cambiano e nascondono il loro nome, che mentono sulla loro età, e che per loro stessa ammissione vengono senza farsi riconoscere, non vi è logico che possa negare che necessariamente occorre che essi esistano davvero.
>
> (Heinrich Neuhaus, *Pia et ultimissima admonestatio de Fratribus Roseae-Crucis, nimirum: an sint? quales sint? unde nomen illud sibi asciverint*, Danzica, Schmidlin, 1618 - ed. fr. 1623, p. 5)

Diceva Diotallevi che Hesed è la sefirah della grazia e dell'amore, fuoco bianco, vento del sud. L'altra sera nel periscopio pensavo che gli ultimi giorni vissuti a Bahia con Amparo si ponevano sotto quel segno.

Ricordavo – quanto si ricorda, mentre si attende nel buio, per ore e ore – una delle ultime sere. Avevamo i piedi che ci dolevano dal molto camminare per vicoli e piazze, e ci eravamo messi a letto presto, ma senza voglia di dormire. Amparo si era rannicchiata contro il cuscino in posizione fetale, e fingeva di leggere attraverso le ginocchia leggermente divaricate uno dei miei manualetti sull'umbanda. A tratti neghittosamente si stendeva supina, le gambe aperte e il libro sul ventre, e stava ad ascoltare me, che leggevo il libro sui Rosa-Croce e cercavo di coinvolgerla nelle mie scoperte. La sera era dolce ma, come avrebbe scritto Belbo nei suoi *files*, esausto di letteratura, non spirava un alito di vento. Ci eravamo concessi un buon hotel, dalla finestra si scorgeva il mare e dal vano cucina ancora illuminato mi confortava un cesto di frutti tropicali acquistati quella mattina al mercato.

"Dice che nel 1614 appare in Germania uno scritto anonimo *Allgemeine und general Reformation*, ovvero *Riforma generale e comune dell'universo intero, seguito dalla Fama Fraternitatis dell'Onorevole Confraternita della Rosa-Croce, indirizzato a tutti i sapienti e i sovrani d'Europa, insieme a una breve risposta del Signor Haselmeyer che per questo motivo è stato gettato in carcere dai Gesuiti e messo ai ferri su una galera. Ora dato alle stampe e reso noto a tutti i cuori sinceri. Edito a Cassel da Wilhelm Wessel.*"

"Non è un po' lungo?"

"Pare che nel Seicento i titoli fossero tutti così. Li scriveva Lina Wertmüller. È un'opera satirica, una favola su una riforma generale dell'umanità, e per di più copiata in parte dai *Ragguagli di Parnaso* di Traiano Boccalini. Ma contiene un opuscolo, un libello, un manifesto di una dozzina di paginette, la *Fama Fraternitatis*, che verrà ripubblicata a parte l'anno dopo, contemporaneamente a un altro manifesto, questa volta in latino, la *Confessio fraternitatis Roseae Crucis, ad eruditos Europae*. In entrambi la Confraternita dei Rosa-Croce si presenta e parla del proprio fondatore, un misterioso C.R. Solo dopo, e da altre fonti, si appurerà o si deciderà che si tratta di un certo Christian Rosencreutz."

"Perché lì non c'è il nome completo?"
"Guarda, è tutto uno spreco di iniziali, qui nessuno è nominato per intero, si chiamano tutti G.G.M.P.I. e chi proprio ha un nomignolo affettuoso si chiama P.D. Si raccontano gli anni di formazione di C.R., che prima visita il Santo Sepolcro, poi fa vela per Damasco, poi passa in Egitto, e di lì a Fez, che all'epoca doveva essere uno dei santuari della saggezza musulmana. Laggiù il nostro Christian, che già sapeva greco e latino, apprende le lingue orientali, la fisica, la matematica, le scienze della natura, e accumula tutta la saggezza millenaria degli arabi e degli africani, sino alla Cabbala e alla magia, traducendo anzi in latino un misterioso *Liber M*, e conosce così tutti i segreti del macro e del microcosmo. È da due secoli che va di moda tutto quello che è orientale, specie se non si capisce cosa dica."
"Fanno sempre così. Affamati, frustrati, sfruttati? Chiedete la coppa del mistero! Tieni..." E mi arrotolava una cartina. "È di quella buona."
"Vedi che vuoi smemorare anche tu."
"Ma io so che è chimica, e basta. Non c'è mistero, sballa anche chi non sa l'ebraico. Vieni qui."
"Aspetta. Poi il Rosencreutz passa in Spagna e anche lì fa bottino delle più occulte dottrine, e dice che si avvicina sempre di più sempre di più al Centro di ogni sapere. E nel corso di questi viaggi, che per un intellettuale dell'epoca rappresentavano veramente un trip di saggezza totale, capisce che bisogna fondare in Europa una società che indirizzi i governanti lungo le vie della sapienza e del bene."
"Un'idea originale. Valeva la pena di studiare tanto. Voglio della mamaia fresca."
"È in frigo. Fai la brava, vai tu, io lavoro."
"Se lavori sei formica e se sei formica fai la formica, quindi vai per provviste."
"La mamaia è voluttà, quindi va la cicala. Se no vado io e leggi tu."
"Cristo no. Odio la cultura dell'uomo bianco. Vado."
Amparo andava verso il cucinotto, e mi piaceva desiderarla controluce. E intanto C.R. tornava dalla Germania, e invece di dedicarsi alla trasmutazione dei metalli, come ormai il suo immenso sapere gli avrebbe permesso, decideva di consacrarsi a una riforma spirituale. Fondava la Confraternita inventando una lingua e una scrittura magica, che sarebbe servita di fondamento alla sapienza dei fratelli a venire.
"No che sporco il libro, mettimela in bocca, no – non far la stupida – così, ecco. Dio che buona la mamaia, rosencreutzlische Mutti-ja-ja... Ma lo sai che quello che i primi Rosa-Croce scrissero nei primi anni avrebbe potuto illuminare il mondo, ansioso di verità?"
"E che hanno scritto?"
"Qui è l'inghippo, il manifesto non lo dice, ti lascia con l'acquolina in bocca. È una cosa così importante, ma così importante che deve rimanere segreta."
"Che troie."

"No, no, ahi, smettila. Comunque i Rosa-Croce, come si moltiplicano, decidono di disseminarsi ai quattro angoli del mondo, con l'impegno di curare gratuitamente i malati, di non indossare abiti che li facessero riconoscere, di mimetizzarsi sempre secondo i costumi di ogni paese, di incontrarsi una volta all'anno, e di rimanere segreti per cento anni."

"Ma scusa, che riforma volevano fare se ce n'era appena stata una? E che era Lutero, cacca?"

"Ma questo avveniva prima della riforma protestante. Qui in nota si dice che da una lettura attenta della *Fama* e della *Confessio* si evince..."

"Chi evince?"

"Quando si evince si evince. Non importa chi. È la ragione, il buon senso... Ehi, ma che sei? Stiamo parlando dei Rosa-Croce, una cosa seria..."

"Capirai."

"Allora, come si evince, il Rosencreutz è nato nel 1378 e muore nel 1484, alla bella età di centosei anni e non è difficile intuire che la confraternita segreta abbia contribuito non poco a quella Riforma che nel 1615 festeggiava il suo centenario. Tanto è vero che nello stemma di Lutero c'è una rosa e una croce."

"Bella fantasia."

"Volevi che Lutero mettesse nello stemma una giraffa in fiamme o un orologio liquefatto? Ciascuno è figlio del proprio tempo. Ho capito di chi sono figlio io, sta' zitta, lasciami andare avanti. Verso il 1604 i Rosa-Croce, mentre restaurano parte del loro palazzo o castello segreto, trovano una lapide in cui era conficcato un grande chiodo. Estraggono il chiodo, cade una parte del muro, appare una porta, su cui è scritto a grandi lettere POST CXX ANNOS PATEBO..."

L'avevo già appreso dalla lettera di Belbo, ma non potei evitare di reagire: "Dio mio..."

"Cosa succede?"

"È come un documento dei Templari che... È una storia che non ti ho mai raccontato, di un certo colonnello..."

"E allora? I Templari han copiato dai Rosa-Croce."

"Ma i Templari vengono prima."

"E allora i Rosa-Croce han copiato dai Templari."

"Amore, senza di te andrei in cortocircuito."

"Amore, ti ha rovinato quell'Agliè. Stai aspettando la rivelazione."

"Io? Io non mi aspetto niente!"

"Meno male, attento all'oppio dei popoli."

"El pueblo unido jamás será vencido."

"Ridi, ridi tu. Vai avanti, fammmi sentire cosa dicevano quei cretini."

"Quei cretini hanno imparato tutto in Africa, non hai sentito?"

"Quelli in Africa stavano già incominciando a impacchettarci e a mandarci qui."

"Ringrazia il cielo. Potevi nascere a Pretoria." La baciavo e proseguivo. "Oltre la porta si scopre un sepolcro a sette lati e sette angoli, illuminato prodigiosamente da un sole artificiale. Nel mezzo, un altare rotondo, ornato da vari motti o emblemi, del tipo NEQUAQUAM VACUUM..."

"Ne quà quà? Firmato Donald Duck?"

"È latino, hai presente? Vuol dire il vuoto non esiste."

"Meno male, altrimenti sai che orrore."

"Mi accenderesti il ventilatore, animula vagula blandula?"

"Ma è inverno."

"Per voi dell'emisfero sbagliato, amore. Siamo in luglio, abbi pazienza, accendi il ventilatore, non è perché io sono il maschio, è che sta dalla tua parte. Grazie. Insomma, sotto l'altare si ritrova il corpo intatto del fondatore. In mano tiene un *Libro I*, ricolmo di infinita sapienza, e peccato che il mondo non lo possa conoscere – dice il manifesto – altrimenti gulp, wow, brr, sguisssh!"

"Ahi."

"Dicevo. Il manifesto termina promettendo un immenso tesoro tutto ancora da scoprire e stupende rivelazioni sui rapporti tra macrocosmo e microcosmo. Non illudetevi che siamo alchimisti da quattro soldi e che vi insegniamo a produrre l'oro. È cosa da bricconi e noi vogliamo di meglio e miriamo più in alto, in tutti i sensi. Stiamo diffondendo questa *Fama* in cinque lingue, per non dire della *Confessio*, prossimamente su questo schermo. Attendiamo risposte e giudizi da dotti e ignoranti. Scriveteci, telefonate, diteci i vostri nomi, vediamo se siete degni di partecipare ai nostri segreti, di cui vi abbiamo dato solo un pallido assaggio. *Sub umbra alarum tuarum Iehova.*"

"Che dice?"

"È la frase di congedo. Passo e chiudo. Insomma, sembra che ai Rosa-Croce scappi di far sapere quello che essi hanno appreso, e aspettino solo di trovare l'interlocutore giusto. Ma non una parola su quel che sanno."

"Come quel tipo con la sua foto, quell'inserzione sulla rivista che abbiamo visto in aereo: se mi mandate dieci dollari vi insegno il segreto per diventare milionari."

"Ma lui non mente. *Lui* il segreto lo ha scoperto. Come me."

"Senti, meglio che continui a leggere. Sembra che non mi hai mai vista prima di questa sera."

"È sempre come fosse la prima volta."

"Peggio. Non do confidenza al primo venuto. Ma possibile che le trovi tutte tu? Prima i Templari, poi i Rosa-Croce, ma hai letto, che so, Plechanov?"

"No, aspetto di scoprirne il sepolcro, tra centoventi anni. Se Stalin non lo ha interrato coi caterpillar."

"Che scemo. Vado in bagno."

30

> E già la famosa fraternità dei Rosa-Croce dichiara che per tutto l'universo corrono deliranti vaticini. Non appena infatti quel fantasma è apparso (benché *Fama* e *Confessio* provino che si trattava del semplice divertimento di menti oziose) subito ha prodotto una speranza di riforma universale, e ha generato cose in parte ridicole e assurde, in parte incredibili. E così uomini probi e onesti di diversi paesi si sono prestati allo scherno e alla derisione per far pervenire il loro aperto patrocinio, o per persuadersi che avrebbero potuto palesarsi a questi fratelli... attraverso lo Specchio di Salomone o in altro modo occulto.
>
> (Christoph von Besold (?), Appendice a Tommaso Campanella, *Von der Spanischen Monarchy*, 1623)

Dopo veniva il meglio, e al ritorno di Amparo ero già in grado di anticiparle vicende mirabili. "È una storia incredibile. I manifesti escono in un'epoca in cui testi del genere pullulavano, tutti cercano un rinnovamento, un secolo d'oro, un paese di cuccagna dello spirito. Chi scartabella nei testi magici, chi fa sudar fornelli a preparar metalli, chi cerca di dominare le stelle, chi elabora alfabeti segreti e lingue universali. A Praga Rodolfo II trasforma la corte in un laboratorio alchemico, invita Comenio e John Dee, l'astrologo della corte d'Inghilterra che aveva rivelato tutti i segreti del cosmo in poche paginette di una *Monas Ierogliphica*, giuro che si intitola così, *monas* significa monade."

"E che ho detto?"

"Il medico di Rodolfo II è quel Michael Maier che scrive un libro di emblemi visivi e musicali, l'*Atalanta Fugiens*, una festa di uova filosofali, dragoni che si mordono la coda, sfingi, nulla è luminoso quanto la cifra segreta, tutto è geroglifico di qualcosa d'altro. Ti rendi conto, Galileo butta le pietre dalla Torre di Pisa, Richelieu gioca a Monopoli con mezza Europa, e qui tutti girano a occhi spalancati per leggere le segnature del mondo: me la contate bella voi, altro che la caduta dei gravi, qui sotto (anzi, qui sopra) c'è ben altro. Adesso ve lo dico: *abracadabra*. Torricelli costruiva il barometro e questi facevano balletti, giochi d'acqua e fuochi d'artificio nell'Hortus Palatinus di Heidelberg. E stava per scoppiare la guerra dei trent'anni."

"Chissà come era contenta Madre Coraggio."

"Ma anche loro non se la spassavano sempre. L'elettore palatino nel '19 accetta la corona di Boemia, credo che lo faccia perché muore dalla voglia di regnare su Praga città magica, e invece gli Asburgo un anno dopo lo inchiodano alla Montagna Bianca, a Praga si massacrano i protestanti, a Comenio gli bruciano la casa, la biblioteca, gli ammazzano la moglie e il figlio, e lui scappa di corte in corte a ripetere com'era grande e piena di speranze l'idea dei Rosa-Croce."

"E poverino anche lui, volevi che si consolasse col barometro? Ma scusa un attimo, sai che noi donne non afferriamo tutto subito come voi: chi ha scritto i manifesti?"

"Qui sta il bello, non si sa. Lasciami capire, grattami la rosacroce... no, tra le due scapole, no più su, no più a sinistra, ecco, lì. Dunque, in questo ambiente tedesco ci sono dei personaggi incredibili. Ecco Simon Studion che scrive la *Naometria*, un trattato occulto sulle misure del Tempio di Salomone, Heinrich Khunrath che scrive un *Amphitheatrum sapientiae aeternae*, pieno di allegorie con alfabeti ebraici, e caverne cabalistiche che devono aver ispirato gli autori della *Fama*. Costoro sono probabilmente degli amici di una di queste diecimila conventicole di utopisti della rinascita cristiana. La voce pubblica vuole che l'autore sia un certo Johann Valentin Andreae, l'anno dopo pubblicherà *Le nozze chimiche di Christian Rosencreutz*, ma l'aveva scritto da giovane, quindi l'idea dei Rosa-Croce gli girava in testa da tempo. Ma intorno a lui a Tubinga c'erano altri entusiasti, sognavano la repubblica di Cristianopoli, forse si sono messi tutti insieme. Ma pare lo abbiano fatto per scherzo, per gioco, non pensavano affatto di creare il pandemonio che han creato. Andreae passerà poi la vita a giurare che i manifesti non li aveva scritti lui, che comunque era un *lusus*, un *ludibrium*, una goliardata, ci rimette la reputazione accademica, si arrabbia, dice che i Rosa-Croce se anche c'erano erano tutti impostori. Ma niente. Non appena i manifesti escono sembra che la gente non aspettasse altro. I dotti di tutta Europa scrivono davvero ai Rosa-Croce, e siccome non sanno dove trovarli mandano lettere aperte, opuscoli, libri a stampa. Maier pubblica subito lo stesso anno un *Arcana arcanissima* dove non nomina i Rosa-Croce ma tutti son convinti che parli di loro e ne sappia più di quel che vuol dire. Alcuni millantano, dicono che avevano già letto la *Fama* in manoscritto. Io non credo fosse cosa da poco a quell'epoca preparare un libro, magari con incisioni, ma Robert Fludd nello stesso 1615 (e scrive in Inghilterra e stampa a Leida, calcola anche il tempo dei viaggi per le bozze) mette in circolazione una *Apologia compendiaria Fraternitatem de Rosea Cruce suspicionis et infamiis maculis aspersam, veritatem quasi Fluctibus abluens et abstergens*, per difendere i Rosa-Croce e liberarli dai sospetti, dalle 'macchie' di cui sono stati gratificati – e questo vuol dire che stava già infuriando un dibattito tra Boemia, Germania, Inghilterra, Olanda, tutto con corrieri a cavallo ed eruditi itineranti."

"E i Rosa-Croce?"

"Silenzio di tomba. Post centoventi annos patebo un cavolo. Osservano dal nulla del loro palazzo. Credo che sia proprio il loro silenzio a eccitare gli animi. Se non rispondono vuol dire che ci sono davvero. Nel 1617 Fludd scrive un *Tractatus apologeticus integritatem societatis de Rosea Cruce defendens*, e un certo Aloisius Marlianus dice che è giunto il momento di svelare il segreto dei Rosa-Croce."

"E lo svela."

"Figurati. Lo complica. Perché scopre che se si sottrae da 1618 i 188 anni promessi dai Rosa-Croce si ottiene il 1430 che è l'anno in cui viene istituito l'ordine del Toson d'Oro."

"E che c'entra?"

"Non capisco i 188 anni perché dovrebbero essere 120, ma quando vuoi fare sottrazioni e addizioni mistiche il conto torna sempre. Quanto al Toson d'Oro, è il Vello d'Oro degli Argonauti, e ho saputo da fonte sicura che ha qualcosa a che vedere col Santo Graal, e quindi se mi permetti anche con i Templari. Ma non è finita. Tra '17 e '19 Fludd, che evidentemente pubblicava più di Barbara Cartland, dà alle stampe altri quattro libri, tra cui la sua *Utriusque cosmi historia*, qualcosa come brevi cenni sull'universo, illustrato, tutto rosa e croce. Maier prende il coraggio a due mani e pubblica il suo *Silentium post clamores* e sostiene che la confraternita esiste, non solo è legata al Toson d'Oro ma anche all'ordine della Giarrettiera. Però lui è persona troppo umile per esservi accolto. Figurati i dotti d'Europa. Se quelli non accolgono neppure Maier, si tratta di una cosa davvero esclusiva. E quindi tutte le mezze calze fanno carte false per essere ammessi. Tutti a dire che i Rosa-Croce ci sono, tutti a confessare di non averli mai visti, tutti a scrivere come per fissare un appuntamento, per piatire un'udienza, nessuno è così sfacciato da dire io lo sono, alcuni dicono che non esistono perché non sono stati contattati, altri dicono che esistono proprio per essere contattati."

"E i Rosa-Croce zitti."

"Come pesci."

"Apri la bocca. Ti ci vuole della mamaia."

"Delizia. Intanto inizia la guerra dei trent'anni e Johann Valentin Andreae scrive una *Turris Babel* per promettere che entro l'anno sarà sconfitto l'Anticristo, mentre un certo Mundus scrive un *Tintinnabulum sophorum...*"

"Che bello il tintinnabulum!"

"... dove non capisco che cavolo dice, ma è certo che Campanella o chi per lui interviene nella *Monarchia Spagnola* e dice che tutta la faccenda rosacrociana è un divertimento di menti corrotte... E poi basta, tra il 1621 e 1623 tutti smettono."

"Così?"

"Così. Si sono stancati. Come i Beatles. Però solo in Germania. Perché sembra la storia di una nube tossica. Si sposta in Francia. Una bella mattina del 1623 sui muri di Parigi appaiono dei manifesti Rosa-Croce che avvertono i buoni cittadini che i deputati del collegio principale della confraternita si sono trasferiti laggiù e sono pronti ad aprire le iscrizioni. Però secondo un'altra versione i manifesti dicono chiaro chiaro che si tratta di trentasei invisibili sparsi per il mondo in gruppi di sei, e che hanno il potere di rendere invisibili i loro adepti... Cribbio, di nuovo i trentasei..."

"Quali?"

"Quelli del mio documento dei Templari."

"Gente senza fantasia. E poi?"
"E poi ne nasce una follia collettiva, chi li difende, chi li vuol conoscere, chi li accusa di diabolismo, alchimia ed eresia, con Astarotte che interviene a renderli ricchi, potenti, capaci di spostarsi a volo da un luogo all'altro, insomma, lo scandalo del giorno."
"Furbi, i Rosa-Croce. Non c'è niente come un lancio a Parigi per diventare di moda."
"Sembra che tu abbia ragione perché sta a sentire cosa succede, mamma mia che epoca. Cartesio, proprio lui, negli anni precedenti era stato in Germania e li aveva cercati, ma dice il suo biografo che non li aveva trovati perché, lo sappiamo, giravano sotto false spoglie. Quando torna a Parigi, dopo l'apparizione dei manifesti, apprende che tutti lo considerano un Rosa-Croce. Con l'aria che tirava, non era una bella nomea, e dava noia anche al suo amico Mersenne, che contro i Rosa-Croce stava già tuonando trattandoli come miserabili, sovversivi, maghi, cabalisti, intenti a seminare dottrine perverse. E allora cosa ti fa il Cartesio? Si fa vedere in giro, dappertutto dove può. E poiché tutti lo vedono, ed è innegabile, è segno che non è invisibile, dunque non è Rosa-Croce."
"Questo è metodo."
"Certo non bastava negare. Così come avevano messo le cose, se uno ti veniva davanti e ti diceva buonasera, sono un Rosa-Croce, era segno che non lo era. Il Rosa-Croce che si rispetta non lo dice. Anzi, lo nega a gran voce."
"Però non si può dire che chi afferma di non essere un Rosa-Croce lo sia, perché io dico che non lo sono, ma non per questo lo sono."
"Però il negarlo è già indizio sospetto."
"No. Perché cosa fa il Rosa-Croce quando ha capito che la gente non crede a chi dice di esserlo e sospetta chi dice di non esserlo? Incomincia a dire di esserlo per far credere di non esserlo."
"Diamine. Allora d'ora in poi tutti quelli che dicono di essere Rosa-Croce mentono, e quindi lo sono davvero! Ah no no, Amparo, non cadiamo nella loro trappola. Loro hanno spie dappertutto, persino sotto questo letto, e quindi oramai sanno che noi sappiamo. Quindi dicono che non lo sono."
"Amore, adesso ho paura."
"Stai calma, amore, ci sono qui io che sono stupido, quando dicono di non esserlo io credo che lo siano, e così li smaschero subito. Il Rosa-Croce smascherato diventa innocuo, e lo fai uscire dalla finestra agitando il giornale."
"E Agliè? Lui cerca di farci credere che è il conte di San Germano. Evidentemente affinché noi pensiamo che non lo sia. Dunque è Rosa-Croce. O no?"
"Senti Amparo, mettiamoci a dormire?"
"Ah no, adesso voglio sentire la fine."
"Spappolamento generale. Tutti Rosa-Croce. Nel '27 Francis Bacon scrive la *Nuova Atlantide* e i lettori pensano che lui parli del paese dei

Rosa-Croce anche se non li nomina mai. Il povero Johann Valentin Andreae muore continuando a spergiurare che o non era stato lui o se era stato lui aveva detto per ridere, ma ormai la cosa è fatta. Avvantaggiati dal fatto di non esserci, i Rosa-Croce sono dappertutto."

"Come Dio."

"Adesso che mi ci fai pensare... Vediamo, Matteo, Luca, Marco e Giovanni sono una banda di buontemponi che si riuniscono da qualche parte e decidono di fare una gara, inventano un personaggio, stabiliscono pochi fatti essenziali e poi via, per il resto ciascuno è libero e poi si vede chi ha fatto meglio. Poi i quattro racconti finiscono in mano agli amici che cominciano a sdottorare, Matteo è abbastanza realista ma insiste troppo con quella faccenda del messia, Marco non è male ma un po' disordinato, Luca è elegante, bisogna ammetterlo, Giovanni esagera con la filosofia... ma insomma i libri piacciono, girano di mano in mano, quando i quattro si accorgono di quello che sta succedendo è troppo tardi, Paolo ha già incontrato Gesù sulla via di Damasco, Plinio inizia la sua inchiesta per ordine dell'imperatore preoccupato, una legione di apocrifi fanno finta di saperla lunga anche loro... toi, apocryphe lecteur, mon semblable, mon frère... Pietro si monta la testa, si prende sul serio, Giovanni minaccia di dire la verità, Pietro e Paolo lo fanno catturare, lo incatenano nell'isola di Patmos e il poveretto incomincia ad aver le traveggole, vede le cavallette sulla spalliera del letto, fate tacere quelle trombe, da dove viene tutto questo sangue... E gli altri a dire che beve, che è l'arteriosclerosi... E se fosse andata davvero così?"

"È andata così. Leggi Feuerbach invece dei tuoi libracci."

"Amparo, è l'alba."

"Siamo matti."

"L'aurora dalle dita di rosacroce carezza dolcemente le onde..."

"Sì, fai così. È Yemanjá, senti, essa viene."

"Fammi dei ludibria..."

"Oh il Tintinnabulum!"

"Sei la mia Atalanta Fugiens..."

"Oh la Turris Babel..."

"Voglio gli Arcana Arcanissima, il Vello d'Oro, pallido e rosa come una conchiglia marina ...."

"Sss... Silentium post clamores," disse.

31

È probabile che la maggioranza dei pretesi Rosa-Croce, comunemente designati per tali, fossero in realtà soltanto dei Rosicruciani... È anzi certo che non lo erano in modo alcuno, per il semplice fatto che facevano parte di tali associazioni, il che può sembrare paradossale e a prima vista contraddittorio, ma è tuttavia facilmente comprensibile...

(René Guénon, *Aperçu sur l'initiation*, Paris, Editions Traditionnelles, 1981, XXXVIII, p. 241)

Tornammo a Rio e ripresi a lavorare. Un giorno su una rivista illustrata vidi che in città esisteva un Ordine della Rosa-Croce Antico e Accettato. Proposi ad Amparo di andare a dare un'occhiata, e lei mi seguì di malavoglia.

La sede era in una via secondaria, all'esterno c'era una vetrina con statuette in gesso che riproducevano Cheope, Nefertiti, la Sfinge.

Seduta plenaria proprio in quel pomeriggio: "I Rosa-Croce e l'Umbanda". Oratore un certo professor Bramanti, Referendario dell'Ordine in Europa, Cavaliere Segreto del Gran Priorato In Partibus di Rodi, Malta e Tessalonica.

Decidemmo di entrare. L'ambiente era piuttosto malmesso, decorato da miniature tantriche che rappresentavano il serpente Kundalini, quello che i Templari volevano risvegliare con il bacio sul sedere. Mi dissi che in fin dei conti non era valsa la pena di attraversare l'Atlantico per scoprire un nuovo mondo, visto che avrei potuto trovare le stesse cose nella sede della Picatrix.

Dietro un tavolo ricoperto di un panno rosso, e davanti a una platea piuttosto rada e assonnata, stava il Bramanti, un signore corpulento che, se non fosse stato per la mole, si sarebbe potuto definire un tapiro. Aveva già iniziato a parlare, con oratoria rotonda, ma non da molto, perché si stava intrattenendo sui Rosa-Croce al tempo della diciottesima dinastia, sotto il regno di Amosis I.

Quattro Signori Velati vegliavano sull'evoluzione della razza che venticinquemila anni prima della fondazione di Tebe aveva dato origine alla civiltà del Sahara. Il faraone Amosis, influenzato da costoro, aveva fondato una Grande Fraternità Bianca, custode di quella saggezza prediluviana che gli egizi avevano sulla punta delle dita. Il Bramanti sosteneva di aver documenti (naturalmente inaccessibili ai profani) che risalivano ai saggi del Tempio di Karnac e ai loro archivi segreti. Il simbolo della rosa e della croce era poi stato ideato dal faraone Akenaton. C'è chi ha il papiro, diceva Bramanti, ma non chiedetemi chi.

Nell'alveo della Grande Fraternità Bianca si erano formati Ermete Trismegisto, la cui influenza sul Rinascimento italiano era altrettanto irrefutabile di quella sulla Gnosi di Princeton, Omero, i druidi delle Gallie, Salomone, Solone, Pitagora, Plotino, gli esseni, i terapeuti, Giuseppe d'Arimatea che ha portato il Graal in Europa, Alcuino, re Dagoberto, san Tommaso, Bacone, Shakespeare, Spinoza, Jakob Boehme e Debussy, Einstein. Amparo mi sussurrò che le pareva mancassero solo Nerone, Cambronne, Geronimo, Pancho Villa e Buster Keaton.

Per quanto riguardava l'influenza dei Rosa-Croce originari sul cristianesimo, Bramanti faceva osservare, a chi non vi avesse ancora fatto mente locale, che non era un caso che la leggenda voleva che Gesù fosse morto sulla croce.

I saggi della Grande Fraternità Bianca erano gli stessi che avevano fondato la prima loggia massonica ai tempi di re Salomone. Che Dante fosse Rosa-Croce e massone – come d'altra parte san Tommaso – era iscritto a chiare lettere nella sua opera. Nei canti XXIV e XXV del Paradiso si trovano il triplice bacio del principe Rosa-Croce, il pellicano, le tuniche bianche, le stesse di quelle dei vegliardi dell'Apocalisse, le tre virtù teologali dei capitoli massonici (Fede, Speranza e Carità). Infatti il fiore simbolico dei Rosa-Croce (la rosa candida dei canti XXX e XXXI) è stato adottato dalla chiesa di Roma come figura della Madre del Salvatore – ed ecco perché la *Rosa Mystica* delle litanie.

E che i Rosa-Croce avessero attraversato i secoli medievali era palese non solo dalla loro infiltrazione presso i Templari, ma da documenti ben più espliciti. Bramanti citava un certo Kiesewetter che alla fine del secolo scorso aveva dimostrato che i Rosa-Croce nel Medioevo avevano fabbricato quattro quintali d'oro per il principe elettore di Sassonia, prova alla mano la pagina precisa del *Theatrum Chemicum* pubblicato a Strasburgo nel 1613. Pochi però hanno notato i riferimenti templari nella leggenda di Guglielmo Tell: Tell taglia la sua freccia da un ramo di vischio, pianta della mitologia ariana, e colpisce la mela, simbolo del terzo occhio attivato dal serpente Kundalini – e si sa che gli ariani venivano dall'India, dove vanno poi a nascondersi i Rosa-Croce quando abbandonano la Germania.

Quanto invece ai vari movimenti che pretendono di riannodarsi, se pure con molte puerilità, alla Grande Fraternità Bianca, Bramanti riconosceva come abbastanza ortodossa la Rosicrucian Fellowship di Max Heindel, ma solo perché in quell'ambiente si era formato Alain Kardec. Tutti sanno che Kardec è stato il padre dello spiritismo, e che è dalla sua teosofia, che contempla il contatto con le anime dei trapassati, che si è formata la spiritualità umbanda, gloria del nobilissimo Brasile. In questa teosofia Aum Bhandà è espressione sanscrita che designa il principio divino e la fonte della vita ("Ci hanno di nuovo ingannato," mormorò Amparo, "neppure umbanda è una parola nostra, di africano ha solo il suono.")

La radice è Aum o Um, che è poi lo Om buddista, ed è il nome di Dio nella lingua adamica. *Um* è una sillaba che se viene pronunciata nel modo giusto si trasforma in un poderoso mantra e provoca correnti fluidiche di armonia nella psiche attraverso la *siakra* o Plesso Frontale.

"Che cos'è il plesso frontale?" chiese Amparo. "Un male incurabile?"

Bramanti precisò che occorreva distinguere tra veri Rosa-Croce, eredi della Grande Fraternità Bianca, ovviamente segreti, come l'Ordine Antico e Accettato che egli indegnamente rappresentava, e i "rosicruciani", vale a dire chiunque per ragioni di interesse personale si ispirasse alla mistica rosacroce senza averne diritto. Raccomandò al pubblico di non prestare fede a nessun rusicruciano che si definisse Rosa-Croce.

Amparo osservò che ogni Rosa-Croce è il rosicruciano dell'altro.

Un imprudente tra il pubblico si alzò e gli chiese perché mai il suo ordine pretendeva di essere autentico, dato che violava la regola del silenzio, caratteristica di ogni vero adepto della Grande Fraternità Bianca.

Bramanti si alzò e disse: "Non sapevo che anche qui si infiltrassero dei provocatori assoldati dal materialismo ateo. A queste condizioni non parlo più." E uscì, con una qualche maestà.

Quella sera telefonò Agliè, chiedendo nostre notizie e avvertendoci che il giorno dopo saremmo stati finalmente invitati a un rito. Nell'attesa, mi proponeva di bere qualcosa. Amparo aveva una riunione politica coi suoi amici, e andai da solo all'appuntamento.

32

Valentiniani... nihil magis curant quam occultare quod praedicant: si tamen praedicant, qui occultant... Si bona fides quaeres, concreto vultu, suspenso supercilio – altum est – aiunt. Si subtiliter tentes, per ambiguitates bilingues communem fidem affirmant. Si scire te subostendas, negant quidquid agnoscunt... Habent artificium quo prius persuadeant, quam edoceant.

(Tertulliano, *Adversus Valentinianos*)

Agliè mi invitò a visitare un posto dove si faceva ancora una *batida* come sanno fare solo uomini senza età. Uscimmo, in pochi passi, dalla civiltà di Carmen Miranda, e mi ritrovai in un luogo oscuro, dove alcuni nativi fumavano un tabacco grasso come una salsiccia, arrotolato in gomene da vecchio marinaio. Si manipolavano le gomene coi polpastrelli, se ne ottenevano foglie larghe e trasparenti, e si arrotolavano in cartine di paglia oleosa. Occorreva riaccendere sovente, ma si capiva che cosa fosse il tabacco, quando lo scoprì sir Walter Raleigh.

Gli raccontai della mia avventura pomeridiana.

"Anche i Rosa-Croce, ora? Il suo desiderio di sapere è insaziabile, amico mio. Ma non presti orecchio a quei folli. Parlano tutti di documenti inoppugnabili, ma nessuno li ha mai mostrati. Quel Bramanti lo conosco. Abita a Milano, salvo che gira il mondo a diffondere il suo verbo. È innocuo, ma crede ancora a Kiesewetter. Legioni di rosicruciani si appoggiano a quella pagina del *Theatrum Chemicum*. Ma se va a consultarlo – e modestamente fa parte della mia piccola biblioteca milanese – la citazione non c'è."

"Un buffone, il signor Kiesewetter."

"Citatissimo. È che anche gli occultisti ottocenteschi sono stati vittime dello spirito del positivismo: una cosa è vera solo se la si può provare. Veda il dibattito sul *Corpus Hermeticum*. Quando fu introdotto in Europa nel Quattrocento, Pico della Mirandola, Ficino e tante altre persone di grande saggezza, videro la verità: esso doveva essere opera di una sapienza antichissima, anteriore agli egizi, anteriore allo stesso Mosè, perché vi si trovano già delle idee che dopo sarebbero state enunciate da Platone e da Gesù."

"Come dopo? Sono gli stessi argomenti di Bramanti su Dante massone. Se il *Corpus* ripete le idee di Platone e di Gesù significa che è stato scritto dopo di loro!"

"Vede? Anche lei. E infatti questo fu l'argomento dei filologi moderni, che vi aggiunsero anche fumose analisi linguistiche per mostrare che il *Corpus* era stato scritto tra il secondo e il terzo secolo della nostra era. Come dire che Cassandra era nata dopo Omero perché già sapeva che Troia sarebbe stata distrutta. È illusione moderna credere che il tempo sia una successione lineare e orientata, che va da A verso B. Può anche andare da B verso A, e l'effetto produce la causa... Che cosa vuol dire venire prima e venire dopo? Quella sua bellissima Amparo viene prima o dopo i suoi confusi antenati? È troppo splendida – se permette un giudizio spassionato a chi potrebbe essere suo padre. Dunque viene prima. Essa è l'origine misteriosa di ciò che ha contribuito a crearla."

"Ma a questo punto..."

"È il concetto di 'questo punto' che è sbagliato. I punti sono posti dalla scienza, dopo Parmenide, per stabilire da dove a dove qualcosa si muove. Nulla si muove, e c'è un punto solo, il punto da cui si generano in uno stesso istante tutti gli altri punti. L'ingenuità degli occultisti ottocenteschi, e di quelli del nostro tempo, è di dimostrare la verità della verità coi metodi della menzogna scientifica. Non bisogna ragionare secondo la logica del tempo, ma secondo la logica della Tradizione. Tutti i tempi si simboleggiano tra loro, e dunque il Tempio invisibile dei Rosa-Croce esiste ed è esistito in ogni tempo, indipendentemente dai flussi della storia, della vostra storia. Il tempo della rivelazione ultima non è il tempo degli orologi. I suoi legami si stabiliscono nel tempo della 'storia sottile' dove i prima e i dopo della scienza contano assai poco."

"Ma insomma, tutti quelli che sostengono l'eternità dei Rosa-Croce..."

"Buffoni scientisti perché cercano di provare quello che si deve invece sapere, senza dimostrazione. Crede che i fedeli che vedremo domani sera sappiano o siano in grado di dimostrare tutto quello che gli ha detto Kardec? Sanno perché sono disposti a sapere. Se tutti avessimo conservato questa sensibilità al segreto, saremmo abbacinati di rivelazioni. Non è necessario volere, basta essere disposti."

"Ma insomma, e mi scusi se sono banale. I Rosa-Croce esistono o no?"

"Che cosa significa esistere?"

"Faccia lei."

"La Grande Fraternità Bianca, li chiami Rosa-Croce, li chiami cavalleria spirituale di cui i Templari sono incarnazione occasionale, è una coorte di saggi, pochi, pochissimi eletti, che viaggia attraverso la storia dell'umanità per preservare un nucleo di sapienza eterna. La storia non si sviluppa a caso. Essa è opera dei Signori del Mondo, a cui nulla sfugge. Naturalmente i Signori del Mondo si difendono attraverso il segreto. E quindi ogni qual volta troverà qualcuno che si dice Signore, o Rosa-Croce, o Templare, costui mentirà. Essi vanno cercati altrove."

"Ma allora questa storia continua all'infinito?"

"È così. Ed è l'astuzia dei Signori."

"Ma che cosa vogliono che la gente sappia?"

"Che c'è un segreto. Altrimenti perché vivere, se tutto fosse così come appare?"

"E qual è il segreto?"

"Quello che le religioni rivelate non hanno saputo dire. Il segreto sta oltre."

33

> Le visioni sono bianche, blu, bianco rosso chiaro. Infine esse sono miste e tutte chiare, color di fiamma di una candela bianca, vedrete delle scintille, sentirete la pelle d'oca lungo tutto il corpo, tutto ciò annuncia il principio della trazione che la cosa fa con colui che compie l'opera.
>
> (Papus, *Martines de Pasqually*, Paris, Chamuel, 1895, p. 92)

Venne la sera promessa. Come a Salvador, fu Agliè a venirci a prendere. La tenda dove si sarebbe svolta la sessione, o *gira*, era in una zona piuttosto centrale, se si può parlare di centro in una città che estende le sue lingue di terra in mezzo alle sue colline, sino a lambire il mare, così che vista dall'alto, illuminata nella sera, sembra una chioma chiazzata di alopecia scura.

"Ricordate, questa sera si tratta di umbanda. Non si ha possessione da parte degli orixás ma degli eguns, che sono spiriti di trapassati. E poi da parte dell'Exu, l'Hermes africano che avete visto a Bahia, e della sua compagna, la Pomba Gira. L'Exu è una divinità ioruba, un demone incline al maleficio e allo scherzo, ma esisteva un dio burlone anche nella mitologia amerindia."

"E i trapassati chi sono?"

"*Pretos velhos* e *caboclos*. I pretos velhos sono vecchi saggi africani che hanno guidato la loro gente al tempo della deportazione, come Rei Congo o Pai Agostinho... Sono il ricordo di una fase mitigata dello schiavismo, quando il negro non è più un animale e sta diventando un amico di famiglia, uno zio, un nonno. I caboclos sono invece spiriti indios, forze vergini, la purezza della natura originaria. Nell'umbanda gli orixás africani rimangono sullo sfondo, ormai del tutto sincretizzati con i santi cattolici, e intervengono solo queste entità. Sono esse che producono la trance: il medium, il *cavalo*, a un certo punto della danza avverte di essere penetrato da un'entità superiore e perde coscienza di sé. Danza, sino a che l'entità divinità non lo ha abbandonato, e dopo si sentirà meglio, limpido e purificato."

"Beati loro," disse Amparo.

"Beati sì," disse Agliè. "Entrano in contatto con la terra madre. Questi fedeli sono stati sradicati, buttati nell'orrido crogiolo della città e, come diceva Spengler, l'occidente mercantile, nel momento della crisi, si rivolge di nuovo al mondo della terra."

Arrivammo. Dall'esterno la tenda sembrava un edificio comune: anche qui si entrava da un giardinetto, più modesto di quello di Bahia, e davanti alla porta del *barracão*, una sorta di magazzeno, trovammo la statuetta dell'Exu, già circondata di offerte propiziatorie.

Mentre entravamo Amparo mi trasse da parte: "Io ho già capito tutto. Non hai sentito? Quel tapiro della conferenza parlava di epoca ariana, questo parla di tramonto dell'occidente, *Blut und Boden*, sangue e terra, è puro nazismo."

"Non è così semplice, amore, siamo in un altro continente."

"Grazie dell'informazione. La Grande Fraternità Bianca! Vi ha portato a mangiare il vostro Dio."

"Quelli sono i cattolici, amore, non è la stessa cosa."

"È la stessa cosa, non hai sentito? Pitagora, Dante, Maria Vergine e i massoni. Sempre per fregare noi. Fate l'umbanda, non fate l'amore."

"Allora la sincretizzata sei tu. Andiamo a vedere, su. È cultura anche questa."

"C'è una sola cultura: impiccare l'ultimo prete con le budella dell'ultimo Rosa-Croce."

Agliè ci fece cenno di entrare. Se l'esterno era dimesso, l'interno era una fiammata di colori violenti. Era una sala quadrangolare, con una zona riservata alla danza dei cavalos, l'altare in fondo, protetta da una cancellata, a ridosso della quale si ergeva il palco dei tamburi, gli atabaques. Lo spazio rituale era ancora sgombro, mentre al di qua della cancellata si agitava già una folla composita, fedeli, curiosi, bianchi e neri mescolati, tra cui spiccavano i medium coi loro assistenti, i cambonos, vestiti di bianco, alcuni a piedi nudi, altri con scarpe da tennis. Mi colpì subito l'altare: pretos velhos, caboclos dalle penne multicolori, santi che avrebbero potuto sembrare di pan di zucchero, se non fosse stato per le loro dimensioni pantagrueliche, san Giorgio con la corazza scintillante e il manto scarlatto, i santi Cosma e Damiano, una Vergine trafitta di spade, e un Cristo spudoratamente iperrealista, con le braccia aperte come il redentore del Corcovado, ma a colori. Mancavano gli orixás, ma se ne avvertiva la presenza nei volti degli astanti, e nell'odore dolciastro di canna e di cibi cotti, nell'afrore di tante traspirazioni dovute al caldo e all'eccitazione per la gira imminente.

Si fece avanti il pai-de-santo, che si assise vicino all'altare e accolse alcuni fedeli, e gli ospiti, perfumandoli con espirazioni dense del suo sigaro, benedicendoli e offrendo loro una tazza di liquore, come per un rapido rito eucaristico. Mi inginocchiai, con i miei compagni, e bevvi: notai, vedendo un cambono che versava il liquido da una bottiglia, che era Dubonnet, ma mi impegnai a sorseggiarlo come se fosse un elisir di lunga vita. Sul palco gli atabaques stavano già rumoreggiando, con colpi sordi, mentre gli iniziati stavano intonando un canto propiziatorio all'Exu, e alla Pomba Gira: *Seu Tranca Ruas é Mojuba! É Mojuba, é Mojuba! Sete Encruzilhadas é Mojuba! É Mojuba, é Mojuba! Seu Marabœ é Mojuba! Seu Tiriri, é Mojuba! Exu Veludo, é Mojuba! A Pomba Gira é Mojuba!*

Iniziarono le defumazioni che il pai-de-santo fece con un turibolo, in un greve odore di incenso indiano, con orazioni speciali a Oxalá e a Nossa Senhora.

Gli atabaques accelerarono il ritmo, e i cavalos invasero lo spazio davanti all'altare iniziando ad arrendersi al fascino dei pontos. La maggior parte erano donne, e Amparo ironizzò sulla debolezza del suo sesso ("siamo più sensibili, vero?").

Tra le donne vi erano anche alcune europee. Agliè ci indicò una bionda, una psicologa tedesca, che da anni seguiva i riti. Aveva tentato di tutto, ma se non si è predisposti, e prediletti, è inutile: la trance per lei non arrivava mai. Danzava con gli occhi perduti nel vuoto, mentre gli atabaques non davano tregua ai suoi e ai nostri nervi, acri fumigazioni invadevano la sala e stordivano praticanti e astanti, prendendo tutti – credo, e certo me – allo stomaco. Ma mi era accaduto anche alle "escolas de samba" a Rio, conoscevo la potenza psicagogica della musica e del rumore, la stessa a cui soggiacciono i nostri febbricitanti del sabato sera nelle discoteche. La tedesca danzava con gli occhi sbarrati, chiedeva oblio con ogni movimento delle proprie membra isteriche. A poco a poco le altre figlie di santo cadevano in estasi, rovesciavano la testa all'indietro, si agitavano acquoree, navigavano in un mare di smemoratezza, e lei tesa, quasi piangente, sconvolta, come chi cerchi disperatamente di raggiungere l'orgasmo, e si agita, e si affanna, e non scarica umori. Cercava di perdere il controllo e lo ritrovava a ogni istante, povera teutone ammalata di clavicembali ben temperati.

Gli eletti compivano frattanto il loro salto nel vuoto, lo sguardo diventava atono, le membra si irrigidivano, i movimenti si facevano vieppiù automatici, ma non casuali, perché rivelavano la natura dell'entità che li visitava: morbidi alcuni, con le mani che si muovevano di lato a palme abbassate, come nuotando, altri curvi e con movimenti lenti, e i cambonos ricoprivano di un bianco lino, per sottrarli alla visione della folla, quelli toccati da uno spirito eccellente...

Certi cavalos scuotevano violentemente il corpo e quelli invasati da pretos velhos emettevano suoni sordi – *hum hum hum* – muovendosi col corpo inclinato in avanti, come un vecchio che si appoggi a un bastone, sporgendo la mascella, assumendo fisionomie smagrite e sdentate. Gli impossessati dai caboclos emettevano invece grida stridenti di guerrieri – *hiahou!!* – e i cambonos si affannavano a sostenere chi non reggesse la violenza del dono.

I tamburi battevano, i pontos si elevavano nell'aria spessa di fumi. Tenevo Amparo sottobraccio e a un tratto sentii le sue mani che traspiravano, il suo corpo che tremava, le labbra semiaperte. "Non mi sento bene," disse, "vorrei uscire."

Agliè si accorse dell'incidente e mi aiutò ad accompagnarla fuori. Nell'aria della sera si riebbe. "Non è nulla," disse, "debbo aver mangiato qualcosa. E poi quei profumi, e il caldo..."

"No," disse il pai-de-santo che ci aveva seguiti, "è che lei ha qualità medianiche, ha reagito bene ai pontos, io la osservavo."

"Basta!" gridò Amparo, ed aggiunse qualche parola in una lingua che non conoscevo. Vidi il pai-de-santo impallidire, o ingrigire, come si diceva nei romanzi di avventure che impallidissero gli uomini di pelle nera.

"Basta, ho nausea, ho mangiato qualcosa che non dovevo... Per piacere, lasciatemi qui a prendere una boccata d'aria, rientrate. Preferisco star sola, non sono un'invalida."

L'accontentammo, ma come rientrai, dopo l'interruzione all'aperto, i profumi, i tamburi, il sudore ormai invadente che impregnava ogni corpo, e l'aria stessa viziata, agirono come un sorso di alcool su chi riprende a bere dopo una lunga astinenza. Mi passai una mano sulla fronte, e un vecchio mi offrì un agogõ, un piccolo strumento dorato, una sorta di triangolo con delle campanelle, su cui si batteva con una sbarretta. "Salga sul palco," disse, "suoni, le farà bene."

C'era sapienza omeopatica in quel consiglio. Battevo sull'agogõ, cercando di adeguarmi al ritmo dei tamburi, e via via entravo a far parte dell'evento, partecipandovi lo dominavo, sfogavo la tensione coi movimenti delle gambe e dei piedi, mi liberavo da ciò che mi circondava provocandolo e incoraggiandolo. Più tardi Agliè mi avrebbe parlato della differenza tra chi conosce e chi patisce.

A mano a mano che i medium raggiungevano la trance i cambonos li conducevano ai bordi del locale, li facevano sedere, gli offrivano sigari e pipe. I fedeli esclusi dal possesso correvano a inginocchiarsi ai loro piedi, gli parlavano all'orecchio, ne ascoltavano il consiglio, ne ricevevano l'influsso benefico, si effondevano in confessioni, ne traevano sollievo. Alcuni accennavano a un inizio di trance, che i cambonos incoraggiavano con moderazione, riconducendoli poi tra la folla, ormai più distesi.

Nell'area dei danzatori si muovevano ancora molti candidati all'estasi. La tedesca innaturalmente si agitava attendendo di essere agitata, ma invano. Alcuni erano stati presi dall'Exu ed esibivano un'espressione malvagia, subdola, astuta, procedendo a scatti disarticolati.

Fu a quel punto che vidi Amparo.

Ora so che Hesed non è solo la sefirah della grazia e dell'amore. Come ricordava Diotallevi, è anche il momento dell'espansione della sostanza divina che si diffonde verso la sua infinita periferia. È cura dei vivi verso i morti, ma qualcuno deve aver pur detto che è anche cura dei morti verso i vivi.

Io, battendo l'agogõ, non stavo più seguendo quanto andava svolgendosi nella sala, impegnato com'ero ad articolare il mio controllo e a farmi guidare dalla musica. Amparo doveva essere rientrata da una decina di minuti, e certamente aveva provato lo stesso effetto che io avevo provato prima. Ma nessuno le aveva dato un agogõ, e forse non lo avrebbe più voluto. Chiamata da voci profonde, si era spogliata di ogni volontà di difesa.

La vidi buttarsi di colpo in mezzo alla danza, arrestarsi con il viso anormalmente teso verso l'alto, il collo quasi rigido, poi abbandonarsi smemorata a una sarabanda lasciva, con le mani che accennavano all'offerta del proprio corpo. "A Pomba Gira, a Pomba Gira!" gridarono alcuni lieti del miracolo, perché quella sera la diavolessa non si era ancora manifestata: *O seu manto é de veludo, rebordado todo em ouro, o seu garfo é de prata, muito grande é seu tesouro... Pomba Gira das Almas, vem toma cho cho...*

Non osai intervenire. Forse accelerai i battiti della mia verga di metallo per unirmi carnalmente alla mia donna, o allo spirito ctonio che essa incarnava.

I cambonos si presero cura di lei, le fecero indossare la veste rituale, la sostennero mentre dava termine alla sua trance, breve ma intensa. La accompagnarono a sedere quando ormai era madida di sudore e respirava con affanno. Rifiutò di accogliere chi accorreva a mendicare oracoli, e si mise a piangere.

La gira volgeva al termine, abbandonai il palco e corsi da lei, che aveva già accanto Agliè, il quale le massaggiava lievemente le tempie.

"Che vergogna," diceva Amparo, "io non ci credo, io non volevo, ma come ho potuto?"

"Succede, succede," le diceva Agliè con dolcezza.

"Ma allora non c'è redenzione," piangeva Amparo, "sono ancora una schiava. Vai via tu," mi disse con rabbia, "sono una sporca povera negra, datemi un padrone, me lo merito!"

"Succedeva anche ai biondi achei," la confortava Agliè. "È la natura umana..."

Amparo chiese di essere condotta alla toeletta. Il rito si stava concludendo. Sola in mezzo alla sala la tedesca danzava ancora, dopo aver seguito con sguardo invidioso la vicenda di Amparo. Ma si muoveva ormai con ostinazione svogliata.

Amparo tornò dopo una decina di minuti, mentre noi già ci accomiatavamo dal pai-de-santo, che si rallegrava per la splendida riuscita del nostro primo contatto col mondo dei morti.

Agliè guidò in silenzio nella notte ormai alta, e accennò a salutarci quando si arrestò sotto casa nostra. Amparo disse che preferiva salire da sola. "Perché non vai a fare due passi," mi disse, "torna quando sono già addormentata. Prenderò una pastiglia. Scusatemi tutti e due. L'ho detto, debbo aver mangiato qualcosa di cattivo. Tutte quelle ragazze avevano mangiato e bevuto qualcosa di cattivo. Odio il mio paese. Buona notte."

Agliè comprese il mio disagio e mi propose di andare a sederci in un bar di Copacabana, aperto tutta la notte.

Io tacevo. Agliè attese che iniziassi a sorseggiare la mia batida, poi ruppe il silenzio, e l'imbarazzo.

"La razza, o la cultura, se vuole, costituiscono parte del nostro inconscio. E un'altra parte è abitata da figure archetipe, uguali per tutti gli uomini e per tutti i secoli. Questa sera il clima, l'ambiente, hanno allentato la vigilanza di tutti noi, lei lo ha provato su se stesso. Amparo ha scoperto che gli orixás, che credeva di aver distrutto nel suo cuore, abitavano ancora nel suo ventre. Non creda che lo giudichi un fatto positivo. Lei mi ha sentito parlare con rispetto di queste energie soprannaturali che vibrano intorno a noi in questo paese. Ma non creda che veda con particolare simpatia le pratiche di possessione. Non è la stessa cosa essere un iniziato ed essere un mistico. L'iniziazione, la comprensione intuitiva dei misteri che la ragione non può spiegare, è un processo abissale, una lenta trasformazione dello spirito e del corpo, che può portare all'esercizio di qualità superiori e persino alla conquista dell'immortalità, ma è qualcosa di intimo, di segreto. Non si manifesta all'esterno, è pudica, e soprattutto è fatta di lucidità e di distacco. Per questo i Signori del Mondo sono iniziati, ma non indulgono alla mistica. Il mistico è per essi uno schiavo, il luogo di una manifestazione del numinoso, attraverso il quale si spiano i sintomi di un segreto. L'iniziato incoraggia il mistico, se ne serve come lei si serve di un telefono, per stabilire contatti a distanza, come il chimico si serve della cartina di tornasole, per sapere che in qualche luogo agisce una sostanza. Il mistico è utile, perché è teatrale, si esibisce. Gli iniziati invece si riconoscono solo tra di loro. L'iniziato controlla le forze che il mistico patisce. In questo senso non c'è differenza tra la possessione dei cavalos e le estasi di santa Teresa de Avila o di san Juan de la Cruz. Il misticismo è una forma degradata di contatto col divino. L'iniziazione è frutto di lunga ascesi della mente e del cuore. Il misticismo è un fenomeno democratico, se non demagogico, l'iniziazione è aristocratica."

"Un fatto mentale e non carnale?"

"In un certo senso. La sua Amparo sorvegliava ferocemente la sua mente e non si guardava dal proprio corpo. Il laico è più debole di noi."

Era molto tardi. Agliè mi rivelò che stava lasciando il Brasile. Mi lasciò il suo indirizzo di Milano.

Rientrai a casa e trovai Amparo che dormiva. Mi sdraiai in silenzio accanto a lei, al buio, e passai la notte insonne. Mi sembrava di avere al mio fianco un essere sconosciuto.

Il mattino dopo Amparo mi disse, secca, che andava a Petropolis a visitare un'amica. Ci salutammo con imbarazzo.

Partì, con una borsa di tela, e un volume di economia politica sotto il braccio.

Per due mesi non dette notizie, e io non la cercai. Poi mi scrisse una breve lettera, molto evasiva. Mi diceva che aveva bisogno di un periodo di riflessione. Non le risposi.

Non provai passione, gelosia, nostalgia. Mi sentivo vuoto, lucido, pulito e limpido come una pentola d'alluminio.

Stetti ancora un anno in Brasile, ma sentendomi ormai sul piede di partenza. Non vidi più Agliè, non vidi più gli amici di Amparo, passavo ore lunghissime sulla spiaggia a prendere il sole.

Facevo volare gli aquiloni, che laggiù sono bellissimi.

5
GEBURAH

34

Beydelus, Demeymes, Adulex, Metucgayn, Atine, Ffex, Uquizuz, Gadix, Sol, Veni cito cum tuis spiritibus.
(*Picatrix*, Ms. Sloane 1305, 152, verso)

La Rottura dei Vasi. Diotallevi ci avrebbe parlato sovente del tardo cabalismo di Isaac Luria, in cui si perdeva l'ordinata articolazione delle sefirot. La creazione, diceva, è un processo di inspirazione ed espirazione divina, come un alito ansioso, o l'azione di un mantice.

"La Grande Asma di Dio," chiosava Belbo.

"Provati tu a creare dal nulla. È una cosa che si fa una volta sola nella vita. Dio, per soffiare il mondo come si soffia un'ampolla di vetro, ha bisogno di contrarsi in se stesso, per prendere fiato, e poi emette il lungo sibilo luminoso delle dieci sefirot."

"Sibilo o luce?"

"Dio soffia e la luce fu."

"Multimedia."

"Ma è necessario che le luci delle sefirot siano raccolte in recipienti capaci di resistere al loro splendore. I vasi destinati ad accogliere Keter, Hokmah e Binah resistettero al loro fulgore, mentre con le sefirot inferiori, da Hesed sino a Jesod, luce e sospiro si emanarono in un solo colpo e con troppo vigore, e i vasi si spezzarono. I frammenti della luce si dispersero per l'universo, e ne nacque la materia grossolana."

La rottura dei vasi è una catastrofe seria, diceva Diotallevi preoccupato, niente è meno vivibile di un mondo abortito. Doveva esserci un difetto nel cosmo sin dalle origini, e i rabbini più sapienti non erano riusciti a spiegarlo del tutto. Forse nel momento in cui Dio espira e si svuota, nel recipiente originario rimangono delle gocce d'olio, un residuo materiale, il *reshimu*, e Dio già si effonde insieme a questo residuo. Oppure da qualche parte le conchiglie, le *qelippot*, i principi della rovina attendevano sornioni in agguato.

"Gente viscida le *qelippot*," diceva Belbo, "agenti del diabolico dottor Fu Manchù... E poi?"

E poi, spiegava paziente Diotallevi, alla luce del Giudizio Severo, di Geburah, detta anche Pachad, o Terrore, la sefirah dove secondo Isacco il Cieco il Male si esibisce, le conchiglie prendono un'esistenza reale.

"Esse sono tra noi," diceva Belbo.

"Guardati intorno," diceva Diotallevi.

"Ma se ne esce?"

"Si rientra, piuttosto," diceva Diotallevi. "Tutto emana da Dio, nella contrazione dello *tsimtsum*. Il nostro problema è realizzare il *tiqqun*, il ritorno, la reintegrazione dell'Adam Qadmon. Allora ricostruiremo il tutto nell'equilibrata struttura dei *partsufim*, i volti, ovvero le forme che prenderanno il posto delle sefirot. L'ascensione dell'anima è come un cordone di seta che permette all'intenzione devota di trovare come a tastoni, nell'oscurità, il cammino verso la luce. Così a ogni istante il mondo, combinando le lettere della Torah, si sforza di ritrovare la forma naturale che lo faccia uscire dalla sua orrenda confusione."

E così sto facendo io, ora, a notte piena, nella calma innaturale di queste colline. Ma l'altra sera nel periscopio mi trovavo ancora avvolto dalla bava vischiosa delle conchiglie, che avvertivo intorno a me, impercettibili lumache incrostate nelle vasche di cristallo del Conservatoire, confuse tra barometri e ruote rugginose di orologi in sorda ibernazione. Pensavo che, se rottura dei vasi ci fu, la prima crepa si formò forse quella sera a Rio durante il rito, ma fu al mio ritorno in patria che avvenne l'esplosione. Lenta, senza fragore, così che ci trovammo tutti presi nella melma della materia grossolana, dove creature verminose si schiudono per generazione spontanea.

Ero tornato dal Brasile senza più sapere chi fossi. Stavo ormai avvicinandomi alla trentina. A quell'età mio padre era padre, sapeva chi era e dove viveva.

Ero restato troppo distante dal mio paese, mentre avvenivano grandi fatti, ed ero vissuto in un universo gonfio di incredibile, dove anche le vicende italiane pervenivano alonate di leggenda. Poco prima di lasciare l'altro emisfero, mentre concludevo il mio soggiorno offrendomi un viaggio aereo sopra le foreste dell'Amazzonia, mi capitò tra le mani un quotidiano locale, imbarcato durante una sosta a Fortaleza. In prima pagina campeggiava la foto di qualcuno che riconobbi, perché l'avevo visto sorseggiare bianchini per anni da Pilade. La didascalia diceva: "O homem que matou Moro."

Naturalmente, come seppi al ritorno, Moro non l'aveva ammazzato lui. Lui, di fronte a una pistola carica si sarebbe sparato nell'orecchio per controllare se funzionava. Era solo presente mentre la Digos faceva irruzione in un appartamento dove qualcuno aveva nascosto sotto il letto tre pistole e due pacchetti di esplosivo. Lui al letto ci stava sopra, estatico, perché era l'unico mobile di quel monolocale che un gruppo di reduci del sessantotto affittava in società, per soddisfare i bisogni della carne. Se non fosse stato unicamente arredato con un manifesto degli Inti Illimani, si sarebbe potuto chiamarlo una garçonnière. Uno degli affittuari era legato a un gruppo armato, e gli altri non sapevano di finanziargli il covo. Così erano finiti tutti dentro, per un anno.

Dell'Italia degli ultimi anni avevo capito molto poco. L'avevo lasciata sull'orlo di grandi mutamenti, quasi sentendomi in colpa perché fuggivo nel momento della resa dei conti. Ero partito che sapevo riconoscere l'ideologia di qualcuno dal tono di voce, dal giro delle frasi, dalle citazioni canoniche. Tornavo, e non capivo più chi stesse con chi. Non si parlava più di rivoluzione, si citava il Desiderio, chi si diceva di sinistra menzionava Nietzsche e Céline, le riviste di destra celebravano la rivoluzione del Terzo Mondo.

Tornai da Pilade, ma mi sentii in terra straniera. Rimaneva il bigliardo, c'erano più o meno gli stessi pittori, ma era cambiata la fauna giovanile. Appresi che alcuni dei vecchi avventori avevano ormai aperto scuole di meditazione trascendentale e ristoranti macrobiotici. Chiesi se qualcuno aveva già aperto una tenda de umbanda. No, forse ero in anticipo, avevo acquisito delle competenze inedite.

Per compiacere il nucleo storico, Pilade ospitava ancora un flipper vecchio modello, di quelli che ormai sembravano copiati da Lichtenstein ed erano stati acquistati in massa dagli antiquari. Ma accanto, affollate dai più giovani, si allineavano altre macchine con lo schermo fluorescente, dove planavano a schiera poiane bullonate, kamikaze dello Spazio Esterno, o una rana saltava di palo in frasca emettendo borborigmi in giapponese. Pilade era ormai un lampeggiare di luci sinistre, e forse davanti allo schermo di Galactica erano passati anche i corrieri delle Brigate Rosse in missione di arruolamento. Ma certamente avevano dovuto abbandonare il flipper perché non si può giocarvi tenendo una pistola nella cintola.

Me ne resi conto quando seguii lo sguardo di Belbo che si fissava su Lorenza Pellegrini. Capii in modo impreciso quello che Belbo aveva capito con maggiore lucidità, e che ho trovato in uno dei suoi *files*. Lorenza non viene nominata, ma è ovvio che si trattasse di lei: solo lei giocava a flipper in quel modo.

---

filename: Flipper

Non si gioca a flipper solo con le mani ma anche col pube. Col flipper il problema non è di arrestare la pallina prima che venga ingoiata alla foce, né di riproiettarla a metà campo con la foga di un terzino, ma di obbligarla a indugiare a monte, dove i bersagli luminosi sono più abbondanti, rimbalzando dall'uno all'altro, aggirandosi scombussolata e demente, ma per volontà propria. E questo l'ottieni non imponendo colpi alla palla, ma trasmettendo vibrazioni alla cassa portante, e in modo dolce, che il flipper non se ne renda conto e non vada in tilt. Lo puoi fare solo col pube, anzi con un gioco di anche, in modo che il pube più che battere strisci, sempre trattenendoti al di qua dell'orgasmo. E più che il pube, se l'anca muove secondo natura, sono i glutei che danno il colpo in avanti, ma con grazia, in modo che quando l'impeto arriva al pube sia già smorzato, come nell'omeopatia dove, quante più succussioni hai imposto alla soluzione, e la sostanza si è ormai quasi dissolta nell'acqua che aggiungi via via, sino a quasi scomparire del tutto, tanto più l'effetto medicamentoso è potente. Ed ecco che dal pube una corrente infinitesimale si trasmette alla cassa e il flipper obbedisce senza nevrotizzarsi, la pallina scorre contro natura, contro l'inerzia, contro la gravità, contro le leggi della dinamica, contro l'astuzia del costruttore che la voleva fugace, e s'inebria di vis movendi, resta in gioco per tempi memorabili e immemoriali. Ma ci vuole un pube femminile, che non frapponga corpi cavernosi tra l'ileo e la macchina, e che non vi sia in mezzo materia erettile, ma solo pelle nervi ossa, fasciati da un paio di jeans, e un furore erotico sublimato, una frigidità maliziosa, una disinteressata adattabilità alla sensibilità del partner, un gusto di attizzarne il desiderio senza patire l'eccesso del proprio: l'amazzone deve far impazzire il flipper e godere in anticipo del fatto che poi lo abbandonerà.

Credo che Belbo si sia innamorato di Lorenza Pellegrini in quel momento, quando ha avvertito che essa avrebbe potuto promettergli una felicità irraggiungibile. Ma credo che attraverso di lei egli iniziasse ad avvertire il carattere erotico degli universi automatici, la macchina come metafora del corpo cosmico, e il gioco meccanico come evocazione talismanica. Stava già drogandosi con Abulafia e forse era già entrato nello spirito del progetto Hermes. Certamente aveva già visto il Pendolo. Lorenza Pellegrini, non so per quale cortocircuito, gli prometteva il Pendolo.

Per i primi tempi avevo provato fatica a riadattarmi a Pilade. A poco a poco, e non tutte le sere, tra la selva di volti estranei riscoprivo quelli, familiari, dei sopravvissuti, anche se annebbiati dallo sforzo dell'agnizione: chi copywriter in un'agenzia pubblicitaria, chi consulente fiscale, chi venditore di libri a rate – ma se prima piazzavano le opere del Che, ora offrivano erboristeria, buddhismo, astrologia. Li rividi, un poco blesi, qualche filo bianco tra i capelli, un bicchiere di whisky tra le mani, e mi parve che fosse lo stesso baby di dieci anni prima, che avevano gustato con lentezza, una goccia al semestre.

"Che fai, perché non ti fai più vedere da noi?" mi chiese uno di costoro.

"Chi siete *voi* adesso?"

Mi guardò come se fossi stato via per anni: "Dico l'assessorato alla cultura, no?"

Avevo perso troppe battute.

Mi decisi a inventarmi un lavoro. Mi ero accorto che sapevo tante cose, tutte sconnesse tra loro, ma che ero in grado di connetterle in poche ore con qualche visita in biblioteca. Ero partito che occorreva avere una teoria, e soffrivo di non averla. Ora bastava avere nozioni, tutti ne erano ghiotti, e tanto meglio se erano inattuali. Anche all'università, dove avevo rimesso piede per vedere se potevo collocarmi da qualche parte. Le aule erano calme, gli studenti scivolavano per i corridoi come fantasmi, prestandosi a vicenda bibliografie fatte male. Io sapevo fare una buona bibliografia.

Un giorno un laureando, scambiandomi per un docente (gli insegnanti avevano ormai la stessa età degli studenti, o viceversa) mi chiese che cosa avesse scritto questo Lord Chandos di cui si parlava in un corso sulle crisi cicliche in economia. Gli dissi che era un personaggio di Hofmannsthal, non un economista.

Quella sera stessa ero a una festa da vecchi amici e riconobbi un tale, che lavorava per una casa editrice. Era entrato dopo che la casa aveva smesso di pubblicare i romanzi dei collaborazionisti francesi per dedicarsi a testi politici albanesi. Scoprii che facevano ancora dell'editoria politica, ma nell'area governativa. Però non trascuravano qualche buon libro di filosofia. Sul classico, mi precisò.

"A proposito," mi disse, "tu che sei un filosofo..."

"Grazie, purtroppo no."

"Dai, eri uno che sapevi tutto ai tuoi tempi. Oggi stavo rivedendo la traduzione di un testo sulla crisi del marxismo, e ho trovato citato un brano di un certo Anselm of Canterbury. Chi è? Non l'ho trovato neppure sul Dizionario degli Autori." Gli dissi che era Anselmo d'Aosta, solo che gli inglesi lo chiamano così perché vogliono sempre far diverso dagli altri.

Ebbi un'illuminazione: avevo un mestiere. Decisi di mettere in piedi un'agenzia di informazioni culturali.

Come una specie di piedipiatti del sapere. Invece di ficcare il naso nei bar notturni e nei bordelli, dovevo andare per librerie, biblioteche, corridoi di istituti universitari. E poi, stare nel mio ufficio, i piedi sul tavolo e un bicchiere di carta con whisky portato su in un sacchetto dal droghiere sull'angolo. Uno ti telefona e ti dice: "Sto traducendo un libro e m'imbatto in un certo – o certi – Motocallemin. Non riesco a venirne a capo."

Tu non lo sai ma non importa, chiedi due giorni di tempo. Vai a sfogliare qualche schedario in biblioteca, offri una sigaretta al tizio dell'ufficio consulenza, cogli una traccia. La sera inviti un assistente di islamistica al bar, gli paghi una birra, due, quello allenta il controllo, ti dà l'informazione che cerchi, per niente. Poi chiami il cliente: "Dunque, i Motocallemin erano teologi radicali musulmani dei tempi di Avicenna, dicevano che il mondo era, come dire, un pulviscolo di accidenti, e si coagulava in forme solo per un atto istantaneo e provvisorio della volontà divina. Bastava che Dio si distraesse per un momento e l'universo cadeva in pezzi. Pura anarchia di atomi senza senso. Basta? Ci ho lavorato tre giorni, faccia lei."

Ebbi la fortuna di trovare due stanze e un cucinotto in un vecchio edificio di periferia, che doveva essere stato una fabbrica, con un'ala per gli uffici. Gli appartamenti che ne avevano ricavato si aprivano tutti su di un lungo corridoio: stavo tra un'agenzia immobiliare e il laboratorio di un impagliatore di animali (A. Salon – Taxidermista). Sembrava di essere in un grattacielo americano degli anni trenta, mi sarebbe bastato avere la porta a vetri e mi sarei sentito Marlowe. Sistemai un divano letto nella seconda stanza, e l'ufficio all'ingresso. Collocai in due scaffalature atlanti, enciclopedie, cataloghi che acquisivo a poco a poco. Al principio dovetti venire a patti con la coscienza e scrivere anche delle tesi per studenti disperati. Non era difficile, bastava andare a copiare quelle del decennio precedente. Poi gli amici editori mi mandarono manoscritti e libri stranieri in lettura, naturalmente i più sgradevoli e per modico compenso.

Ma accumulavo esperienze, nozioni, e non buttavo via nulla. Schedavo tutto. Non pensavo a tenere le schede su un computer (entravano in commercio proprio allora, e Belbo sarebbe stato un pioniere), procedevo con mezzi artigianali, ma mi ero creato una sorta di memoria fatta di tesserine di cartone tenero, con indici incrociati. Kant... nebulosa... Laplace, Kant... Koenigsberg... i sette ponti di Koenigsberg... teoremi della topologia... Un poco come quel gioco che ti sfida ad andare da salsiccia a Platone in cinque passaggi, per associazione di idee. Vediamo: salsiccia-maiale-setola-pennello-manierismo-Idea-Platone. Facile. Anche il manoscritto più spappolato mi faceva guadagnare venti schedine per la mia catena di sant'Antonio. Il criterio era rigoroso, e credo sia lo stesso seguito dai servizi segreti: non ci sono informazioni migliori delle altre, il potere sta nello schedarle tutte, e poi cercare le connessioni. Le connessioni ci sono sempre, basta volerle trovare.

Dopo circa due anni di lavoro ero soddisfatto di me stesso. Mi divertivo. E frattanto avevo incontrato Lia.

35

Sappia qualunque il mio nome dimanda
ch'i' mi son Lia, e vo movendo intorno
le belle mani a farmi una ghirlanda.
(*Purgatorio*, XXVII, 100-102)

Lia. Ora dispero di rivederla, ma potrei non averla mai incontrata, e sarebbe stato peggio. Vorrei che fosse qui, a tenermi per mano, mentre ricostruisco le tappe della mia rovina. Perché lei me lo aveva detto. Ma deve rimanere fuori da questa storia, lei e il bambino. Spero che ritardino il ritorno, che arrivino a cose finite, comunque le cose finiscano.

Era il 16 luglio dell'ottantuno. Milano si stava spopolando, la sala consultazione della biblioteca era quasi vuota.

"Guarda che il tomo 109 stavo per prenderlo io."

"E allora perché l'hai lasciato nello scaffale?"

"Ero andata al tavolo a controllare un appunto."

"Non è una scusa."

Era andata proterva al tavolo col suo tomo. Mi ero seduto davanti, cercavo di scorgerle il viso.

"Come fai a leggere, se non è in Braille?" avevo chiesto.

Aveva alzato la testa, e davvero non capivo se era il volto o la nuca. "Come?" aveva chiesto. "Ah, vedo benissimo attraverso." Ma per dirlo si era sollevata il ciuffo, e aveva gli occhi verdi.

"Hai gli occhi verdi," le avevo detto.

"Credo. Perché? È male?"

"Figurati. Ce ne fossero."

È incominciata così. "Mangia, che sei magro come un chiodo," mi aveva detto a cena. A mezzanotte eravamo ancora nel ristorante greco vicino a Pilade, con la candela quasi liquefatta sul collo della bottiglia, a raccontarci tutto. Facevamo quasi lo stesso mestiere, lei rivedeva voci di enciclopedia.

Avevo l'impressione di doverle dire una cosa. A mezzanotte e mezzo si era scostata il ciuffo, per guardarmi meglio, io le avevo puntato contro l'indice tenendo il pollice alzato e le avevo fatto: "Pim."

"È strano," aveva detto, "anch'io."

Così eravamo diventati carne di una sola carne, e da quella sera per lei ero stato Pim.

Non potevamo permetterci una nuova casa, dormivo da lei, e lei stava sovente con me in ufficio, o partiva in caccia, perché era più brava di me nel seguire le nostre piste, e sapeva suggerirmi connessioni preziose.

"Mi pare che abbiamo una scheda semivuota sui Rosa-Croce," mi diceva.

"Devo riprenderla un giorno o l'altro, sono appunti del Brasile..."
"Be', mettici un incrocio con Yeats."
"E che c'entra Yeats?"
"C'entra sì. Leggo qui che era affiliato a una società rosacrociana che si chiamava Stella Matutina."
"Cosa farei senza di te?"

Avevo ripreso a frequentare Pilade perché era come una piazza degli affari, vi trovavo i committenti.
Una sera rividi Belbo (negli anni precedenti doveva esservi venuto di rado, e poi era tornato dopo aver incontrato Lorenza Pellegrini). Sempre uguale, forse più brizzolato, leggermente dimagrito, ma non molto.
Fu un incontro cordiale, nei limiti della sua espansività. Qualche battuta sui vecchi tempi, sobrie reticenze sull'ultimo evento che ci aveva visto complici e sui suoi strascichi epistolari. Il commissario De Angelis non si era fatto più vivo. Caso archiviato, chissà.
Gli dissi del mio lavoro e ne parve interessato. "In fondo è quel che mi piacerebbe fare, il Sam Spade della cultura, venti dollari al giorno più le spese."
"Ma non mi arrivano donne misteriose e affascinanti, e nessuno viene a parlarmi del falcone maltese," dissi.
"Non si sa mai. Si diverte?"
"Mi diverto?" gli chiesi. E, citandolo: "È l'unica cosa che mi sembra di poter fare bene."
"*Good for you*," rispose.
Ci vedemmo altre volte, gli raccontai delle mie esperienze brasiliane, ma lo trovai sempre un poco distratto, più del solito. Quando non c'era Lorenza Pellegrini teneva lo sguardo fisso sulla porta, quando c'era lo muoveva con nervosismo per il bar, e ne seguiva le mosse. Una sera, era già verso l'ora di chiusura, mi disse, guardando altrove: "Senta, potremmo aver bisogno di lei, ma non per una consulenza volante. Potrebbe dedicarci, diciamo, qualche pomeriggio alla settimana?"
"Si può vedere. Di che cosa si tratta?"
"Un'azienda siderurgica ci ha commissionato un libro sui metalli. Qualcosa narrato più che altro per immagini. Sul popolare, ma serio. Capisce il genere: i metalli nella storia dell'umanità, dall'età del ferro alle leghe per le astronavi. Abbiamo bisogno di qualcuno che giri per le biblioteche e gli archivi per trovare belle immagini, vecchie miniature, incisioni da libri ottocenteschi, che so, sulla fusione o sul parafulmine."
"D'accordo, passo domani da lei."
Gli si avvicinò Lorenza Pellegrini. "Mi accompagni a casa?"
"Perché io stasera?" chiese Belbo.
"Perché sei l'uomo della mia vita."
Arrossì, come poteva arrossire lui, guardando ancora più altrove. Le disse: "C'è un testimone." E a me: "Sono l'uomo della sua vita. Lorenza."
"Ciao."

"Ciao."

Si alzò e le sussurrò qualcosa all'orecchio.

"Che c'entra?" disse lei. "Ti ho chiesto se mi accompagni a casa con la macchina."

"Ah," disse lui. "Scusi Casaubon, debbo fare il taxi driver per la donna della vita di non so chi."

"Scemo," disse lei con tenerezza, e lo baciò sulla guancia.

36

> Permettetemi intanto di dare un consiglio al mio futuro o attuale lettore, che sia effettivamente malinconico: non deve leggere i sintomi o le prognosi nella parte che segue, per non risultarne turbato e trarne infine più male che bene, applicando quello che legge a se stesso... come fa la maggior parte dei malinconici.
>
> (R. Burton, *Anatomy of Melancholy*, Oxford, 1621, Introduzione)

Era evidente che Belbo era legato in qualche modo a Lorenza Pellegrini. Non capivo con quale intensità e da quando. Neppure i *files* di Abulafia mi hanno aiutato a ricostruire la vicenda.

Per esempio è senza data il *file* sulla cena col dottor Wagner. Il dottor Wagner, Belbo lo conosceva prima della mia partenza, e avrebbe avuto rapporti con lui anche dopo l'inizio della mia collaborazione con la Garamond, tanto che lo avvicinai anch'io. Quindi la cena avrebbe potuto precedere o seguire la sera che sto ricordando. Se la precede, capisco l'imbarazzo di Belbo, la sua composta disperazione.

Il dottor Wagner – un austriaco che da anni professava a Parigi, da cui la pronuncia "Wagnère" per chi voleva millantarne la consuetudine – da circa dieci anni veniva invitato regolarmente a Milano da due gruppi rivoluzionari dell'immediato post-sessantotto. Se lo disputavano, e naturalmente ciascun gruppo dava una versione radicalmente alternativa del suo pensiero. Come e perché quest'uomo famoso avesse accettato di farsi sponsorizzare dagli extraparlamentari non ho mai capito. Le teorie di Wagner non avevano colore, per così dire, e lui se voleva poteva essere invitato dalle università, dalle cliniche, dalle accademie. Credo che avesse accettato l'invito di costoro perché era sostanzialmente un epicureo, e pretendeva rimborsi spese principeschi. I privati potevano mettere insieme più soldi delle istituzioni, e per il dottor Wagner questo significava viaggio in prima classe, albergo di lusso, più le parcelle per conferenze e seminari, calcolate secondo il suo tariffario di terapeuta.

Perché poi i due gruppi trovassero una fonte di ispirazione ideologica nelle teorie di Wagner era un'altra storia. Ma in quegli anni la psicoanalisi di Wagner appariva abbastanza decostruttiva, diagonale, libidinale, non cartesiana, da suggerire spunti teorici all'attività rivoluzionaria.

Risultava complicato farla digerire agli operai, e forse per questo i due gruppi, a un certo punto, furono costretti a scegliere tra gli operai e Wagner, e scelsero Wagner. Fu elaborata l'idea che il nuovo soggetto rivoluzionario non fosse il proletario ma il deviante.

"Invece di far deviare i proletari meglio proletarizzare i devianti, ed è più facile, dati i prezzi del dottor Wagner," mi disse un giorno Belbo.

Quella dei wagneriani fu la rivoluzione più costosa della storia.

La Garamond, finanziata da un istituto di psicologia, aveva tradotto una raccolta di saggi minori di Wagner, molto tecnici, ma ormai introvabili, e quindi molto richiesti dai fedeli. Wagner era venuto a Milano per la presentazione, e in quell'occasione era iniziato il suo rapporto con Belbo.

---

filename: Doktor Wagner

Il diabolico doktor Wagner
Ventiseiesima puntata

Chi, in quella grigia mattina del

Al dibattito gli avevo mosso un'obiezione. Il satanico vegliardo ne fu certo irritato ma non lo diede a divedere. Anzi rispose come se avesse voluto sedurmi.

Sembrava Charlus con Jupien, ape e fiore. Un genio non sopporta di non essere amato e deve sedurre subito chi dissente, in modo che dopo lo ami. Ci è riuscito, l'ho amato.

Ma non doveva avermi perdonato, perché quella sera del divorzio mi ha vibrato un colpo mortale. Senza saperlo, d'istinto: senza saperlo aveva cercato di sedurmi e senza saperlo ha deciso di punirmi. A costo della deontologia mi ha psicoanalizzato gratis. L'inconscio morde anche i suoi guardiani.

Storia del marchese di Lantenac in *Novantatré*. La nave dei vandeani viaggia nella tempesta al largo delle coste bretoni, a un tratto un cannone si scioglie dalla sua incavigliatura e mentre la nave rolla e beccheggia inizia una corsa pazza da fiancata a fiancata e bestione immenso qual è rischia di sfondare babordo e tribordo. Un cannoniere (ahimè, proprio colui per la cui incuria il cannone non era stato assicurato a dovere), con un coraggio senza eguali, una catena in mano, si butta quasi sotto al bestione che sta per stritolarlo e lo ferma, lo inchiavarda, lo riconduce alla sua mangiatoia, salvando la nave, l'equipaggio, la missione. Con sublime liturgia, il terribile Lantenac fa schierare gli uomini sul ponte, loda l'ardimentoso, si toglie dal collo un'alta decorazione, ne lo insignisce, l'abbraccia, mentre la ciurma grida al cielo i suoi urrah.

Poi Lantenac, adamantino, ricorda che lui, l'insignito, è il responsabile dell'incidente, e ordina che sia fucilato.

Splendido Lantenac, virtuoso, giusto e incorruttibile! E così fece con me il dottor Wagner, mi onorò della sua amicizia, e mi uccise donandomi la verità

e mi uccise rivelandomi che cosa veramente volessi

e mi rivelò che cosa, volendo, paventassi.

Storia che incomincia per baretti. Bisogno di innamorarsi.

Certe cose le senti venire, non è che ti innamori perché ti innamori, ti innamori perché in quel periodo avevi un disperato bisogno di innamorarti. Nei periodi in cui senti la voglia di innamorarti devi stare attento a dove metti piede: come aver bevuto un filtro, di quelli che ti innamorerai del primo essere che incontri. Potrebbe essere un ornitorinco.

Perché provavo bisogno proprio in quel periodo, che da poco avevo smesso di bere. Rapporto tra fegato e cuore. Un nuovo amore è un buon motivo per rimettersi a bere. Qualcuno con cui andare per baretti. Sentirsi bene.

Il baretto è breve, furtivo. Ti permette un'attesa lunga dolce per tutto il giorno, sino a che vai a celarti nella penombra sulle poltrone di cuoio, alle sei del pomeriggio non c'è nessuno, la sordida clientela verrà alla sera, con il pianista. Scegliere un american bar equivoco vuoto al tardo pomeriggio, il cameriere viene solo se lo chiami tre volte, e ha già pronto l'altro martini.

Il martini è essenziale. Non il whisky, il martini. Il liquido è bianco, alzi il bicchiere e la vedi dietro all'oliva. Differenza tra guardare l'amata attraverso il martini cocktail dove il calice triangolare è troppo piccolo e guardarla attraverso il gin martini on the rocks, bicchiere largo, il suo volto si scompone nel cubismo trasparente del ghiaccio, l'effetto si duplica se avvicinate i due bicchieri ciascuno con la fronte contro il freddo dei bicchieri e tra fronte e fronte i due bicchieri – col calice non puoi.

L'ora breve del baretto. Dopo aspetterai tremando un altro giorno. Non c'è il ricatto della sicurezza.

Chi si innamora per baretti non ha bisogno di una donna tutta sua. Qualcuno vi impresta l'uno all'altro.

La figura di lui. Le consentiva molta libertà, era sempre in viaggio. La sospetta liberalità di colui: potevo telefonare anche a mezzanotte, lui c'era e tu no, lui mi rispondeva che tu eri fuori, anzi visto che telefoni non sai per caso dove sia? Gli unici momenti di gelosia. Ma anche in quel modo strappavo Cecilia al suonatore di sassofono. Amare o credere di amare come eterno sacerdote di un'antica vendetta.

Le cose si erano complicate con Sandra: quella volta si era resa conto che la storia mi prendeva troppo, la vita a due era diventata piuttosto tesa. Dobbiamo lasciarci? Allora lasciamoci. No, aspetta, riparliamone. No, così non può andare avanti. Insomma, il problema era Sandra.

Quando vai per baretti il dramma passionale non è con chi trovi ma con chi lasci.

Avviene allora la cena col dottor Wagner. Alla conferenza aveva appena dato a un provocatore una definizione della psicoanalisi: – La psychanalyse? C'est qu'entre l'homme et la femme... chers amis... ça ne colle pas.

Si discuteva sulla coppia, sul divorzio come illusione della Legge. Preso dai miei problemi partecipavo alla conversazione con calore. Ci lasciammo trascinare in ludi dialettici, parlando noi mentre Wagner taceva, dimenticando di avere con noi un oracolo. E fu con aria assorta

e fu con aria sorniona

e fu con melanconico disinteresse

e fu come se si inserisse nella conversazione giocando fuori tema che Wagner disse (cerco di ricordare le sue parole esatte, ma mi si sono scolpite nella mente, impossibile che mi sia ingannato): – In tutta la mia attività non ho mai avuto un paziente nevrotizzato dal suo proprio divorzio. La causa del malessere era sempre il divorzio dell'Altro.

Il dottor Wagner, anche quando parlava, diceva sempre Altro con la A maiuscola. Sta di fatto che io sobbalzai, come morso da un aspide il visconte sobbalzò come morso da un aspide

un sudore diaccio gli imperlava la fronte

il barone lo fissava tra le pigre volute di fumo delle sue sottili sigarette russe

– Intende dire, chiesi, che si entra in crisi non per il divorzio dal proprio partner ma per il possibile o impossibile divorzio della terza persona che ha messo in crisi la coppia di cui si è membro?

Wagner mi guardò con la perplessità del laico che incontra per la prima volta una persona mentalmente disturbata. Mi chiese che cosa volevo dire.

In verità, qualunque cosa avessi voluto dire, l'avevo detta male. Cercai di rendere concreto il mio ragionamento. Presi dal tavolo il cucchiaio e lo misi accanto alla forchetta: – Ecco, qui ci sono io, Cucchiaio, sposato a lei, Forchetta. E qui c'è un'altra coppia, lei Coltellina sposata a Coltellone o Mackie Messer. Ora io Cucchiaio credo di soffrire perché dovrò abbandonare la mia Forchetta, e non vorrei, amo Coltellina ma mi va bene che stia col suo Coltellone. Ma in verità, Lei mi dice dottor Wagner, io sto male perché Coltellina non si separa da Coltellone. È così?

Wagner rispose a un altro commensale che non aveva mai detto una cosa simile.

– Come, non l'ha detta? Ha detto che non ha mai trovato qualcuno nevrotizzato dal suo proprio divorzio ma sempre dal divorzio dell'altro.

– Puo' darsi, non ricordo, disse allora Wagner, annoiato.

– E se lo ha detto, non voleva intendere quello che io ho inteso?

Wagner tacque per alcuni minuti.

Mentre i commensali attendevano senza neppur deglutire, Wagner fece cenno che gli versassero un bicchiere di vino, guardò con attenzione il liquido contro luce e infine parlò.

– Se lei ha inteso così è perché voleva intendere così.

Poi si voltò da un'altra parte, disse che faceva caldo, accennò a un'aria d'opera lirica muovendo un grissino come se dirigesse un'orchestra lontana, sbadigliò, si concentrò su di una torta con panna, e infine, dopo una nuova crisi di mutismo, chiese di essere riportato in albergo.

Gli altri mi guardarono come chi ha rovinato un simposio da cui avrebbero potuto uscire Parole definitive.

In verità io avevo udito parlare la Verità.

Ti telefonai. Eri in casa, e con l'Altro. Passai una notte insonne. Tutto era chiaro: io non potevo sopportare che tu stessi con lui. Sandra non c'entrava.

Seguirono sei mesi drammatici, in cui ti stavo addosso, fiato sul collo, per insidiare la tua convivenza, dicendoti che ti volevo tutta per me, e convincendoti che tu odiavi l'Altro. Incominciasti a litigare con l'Altro, l'Altro incominciò a diventare esigente, geloso, non usciva la sera, quando era in viaggio telefonava due volte al giorno, e in piena notte. Una sera ti schiaffeggiò. Mi chiedesti dei soldi perché volevi fuggire, racimolai il poco che avevo in banca. Abbandonasti il talamo, te ne andasti in montagna con alcuni amici, senza lasciare l'indirizzo. L'Altro mi telefonava disperato chiedendomi se sapevo dove fossi, io non lo sapevo, e sembrava mentissi perché gli avevi detto che lo lasciavi per me.

Quando tornasti, mi annunciasti radiosa che gli avevi scritto una lettera di addio. A quel punto mi chiesi cosa sarebbe accaduto tra me e Sandra, ma tu non mi lasciasti il tempo di inquietarmi. Mi dicesti che avevi conosciuto un tale, con una cicatrice sulla guancia e un appartamento molto zingaresco. Saresti andata a stare con lui. – Non mi ami più? – Al contrario, sei l'unico uomo della mia vita, ma dopo quello che è successo ho bisogno di vivere questa esperienza, non essere puerile, cerca di capirmi, in fondo ho abbandonato mio marito per te, lascia alla gente i propri tempi.

– I propri tempi? Mi stai dicendo che te ne vai con un altro.

– Sei un intellettuale, e di sinistra, non comportarti come un mafioso. A presto.

Devo tutto al dottor Wagner.

37

Chiunque rifletta su quattro cose, meglio sarebbe se non fosse mai nato: ciò che è sopra, ciò che è sotto, ciò che è prima e ciò che è dopo.

(*Talmud*, Hagigah 2.1)

Mi feci vivo alla Garamond proprio la mattina in cui installavano Abulafia, mentre Belbo e Diotallevi si perdevano nella loro diatriba sui nomi di Dio, e Gudrun osservava sospettosa gli uomini che inserivano quella nuova inquietante presenza tra le pile, sempre più polverose, dei manoscritti.

"Si segga, Casaubon, ecco qua i progetti di questa nostra storia dei metalli." Rimanemmo soli e Belbo mi fece vedere degli indici, degli abbozzi di capitoli, degli schemi di impaginazione. Io dovevo leggere i testi e trovare le illustrazioni. Nominai alcune biblioteche milanesi che mi parevano ben fornite.

"Non basterà," disse Belbo. "Occorrerà visitare qualche altro posto. Per esempio al museo della scienza di Monaco c'è una fototeca meravigliosa. Poi a Parigi c'è il Conservatoire des Arts et Métiers. Vorrei tornarci io, se avessi tempo."

"Bello?"

"Inquietante. Il trionfo della macchina in una chiesa gotica..." Esitò, riordinò alcune carte sul tavolo. Poi, come temendo di dare eccessiva importanza alla sua rivelazione: "C'è il Pendolo," disse.

"Che pendolo?"

"Il Pendolo. Si chiama pendolo di Foucault."

Mi spiegò il Pendolo, così come l'ho visto sabato – e forse sabato l'ho visto così perché Belbo mi aveva preparato alla visione. Allora non dovetti mostrare troppo entusiasmo, e Belbo mi guardò come chi, di fronte alla Cappella Sistina, chieda se è tutto lì.

"Sarà l'atmosfera della chiesa, ma le assicuro che si prova una sensazione molto forte. L'idea che tutto scorra e solo là in alto esista l'unico punto fermo dell'universo.... Per chi non ha fede è un modo di ritrovare Dio, e senza mettere in questione la propria miscredenza, perché si tratta di un Polo Nulla. Sa, per gente della mia generazione, che ha mangiato delusioni a colazione e a cena, può essere confortevole."

"Ha mangiato più delusioni la mia, di generazione."

"Presuntuoso. No, per voi è stata solo una stagione, avete cantato la Carmagnola e poi vi siete ritrovati in Vandea. Passerà presto. Per noi è stato diverso. Prima il fascismo, anche se lo abbiamo vissuto da ragazzi, come un romanzo di avventure, ma i destini immortali erano un punto fermo. Poi il punto fermo della resistenza, specie per quelli come me che l'hanno guardata dal di fuori, e ne han fatto un rito di vegetazione, il ritorno della primavera, un equinozio, o un solstizio, confondo sempre...

Poi per alcuni Dio e per altri la classe operaia, e per molti entrambi. Era consolante per un intellettuale pensare che ci fosse l'operaio, bello, sano, forte, pronto a rifare il mondo. E poi, lo avete visto anche voi, l'operaio c'era ancora, ma la classe no. Debbono averla ammazzata in Ungheria. E siete arrivati voi. Per lei è stato naturale, forse, ed è stata una festa. Per quelli della mia età no, era la resa dei conti, il rimorso, il pentimento, la rigenerazione. Noi avevamo mancato e voi arrivavate a portare l'entusiasmo, il coraggio, l'autocritica. Per noi che allora avevamo trentacinque o quarant'anni è stata una speranza, umiliante, ma speranza. Dovevamo ridiventare come voi, a costo di ricominciare da capo. Non portavamo più la cravatta, buttavamo via il trench coat per comperarci un eskimo usato, qualcuno ha dato le dimissioni dal lavoro per non servire i padroni..."

Accese una sigaretta e finse di fingere rancore, per farsi perdonare il suo abbandono.

"E avete ceduto su tutti i fronti. Noi, con i nostri pellegrinaggi penitenziali alle catacombe ardeatine, rifiutavamo di inventare uno slogan per la Coca-Cola, perché eravamo antifascisti. Ci accontentavamo di quattro soldi alla Garamond perché il libro almeno è democratico. E voi adesso, per vendicarvi dei borghesi che non siete riusciti a impiccare, gli vendete videocassette e fanzines, li rimbecillite con lo zen e la manutenzione della motocicletta. Ci avete imposto a prezzo di sottoscrizione la vostra copia dei pensieri di Mao e coi soldi siete andati a comperarvi i mortaretti per le feste della nuova creatività. Senza vergogna. Noi abbiamo passato la vita a vergognarci. Ci avete ingannato, non rappresentavate nessuna purezza, era solo acne giovanile. Ci avete fatto sentire come vermi perché non avevamo il coraggio di affrontare a faccia aperta la gendarmeria boliviana, e poi avete sparato nella schiena a disgraziati che passavano lungo i viali. Dieci anni fa ci è capitato di mentire per tirarvi fuori di prigione, e voi avete mentito per mandare in prigione i vostri amici. Ecco perché mi piace questa macchina: è stupida, non crede, non mi fa credere, fa quello che le dico, stupido io stupida lei – o lui. È un rapporto onesto."

"Io..."

"Lei è innocente, Casaubon. È scappato invece di tirare le pietre, si è laureato, non ha sparato. Eppure qualche anno fa io mi sentivo ricattato anche da lei. Badi bene, nulla di personale. Cicli generazionali. E quando ho visto il Pendolo, l'anno scorso, ho capito tutto."

"Tutto che?"

"Quasi tutto. Veda Casaubon, anche il Pendolo è un falso profeta. Lei lo guarda, crede che sia l'unico punto fermo nel cosmo, ma se lo stacca dalla volta del Conservatoire e va ad appenderlo in un bordello funziona lo stesso. Ci sono altri pendoli, uno è a New York al palazzo dell'ONU, un altro a San Francisco al museo della scienza, e chissà quanti ancora. Il pendolo di Foucault sta fermo con la terra che gli gira sotto in qualsiasi posto si trovi. Ogni punto dell'universo è un punto fermo, basta attaccarci il Pendolo."

"Dio è in ogni luogo?"

"In un certo senso sì. Per questo il Pendolo mi disturba. Mi promette l'infinito, ma lascia a me la responsabilità di decidere dove voglio averlo. Così non basta adorare il Pendolo là dove è, occorre prendere di nuovo una decisione, e cercare il punto migliore. Eppure...."

"Eppure?"

"Eppure – non mi prenderà mica sul serio, vero Casaubon? No, posso stare tranquillo, siamo gente che non prende sul serio... Eppure, dicevo, la sensazione è che uno nella vita ha attaccato il Pendolo da tante parti, e non ha mai funzionato, e là, al Conservatoire, funziona così bene... E se nell'universo ci fossero punti privilegiati? Qui sul soffitto di questa stanza? No, non ci crederebbe nessuno. Ci vuole atmosfera. Non so, forse stiamo sempre cercando il punto giusto, forse è vicino a noi, ma non lo riconosciamo, e per riconoscerlo bisognerebbe crederci... Insomma, andiamo dal signor Garamond."

"Ad attaccare il Pendolo?"

"Oh stoltezza. Andiamo a fare cose serie. Per pagarla ho bisogno che il padrone la veda, la tocchi, l'annusi, e dica che lei va bene. Venga a farsi toccare dal padrone, il suo tocco guarisce dalla scrofola."

38

Maestro Segreto, Maestro Perfetto, Maestro per Curiosità, Intendente degli Edifici, Eletto dei Nove, Cavaliere del Real Arco di Salomone o Maestro del Nono Arco, Grande Scozzese della Sacra Volta, Cavaliere d'Oriente o della Spada, Principe di Gerusalemme, Cavaliere d'Oriente e d'Occidente, Principe Cavaliere di Rosa-Croce e Cavaliere dell'Aquila e del Pellicano, Gran Pontefice o Sublime Scozzese della Gerusalemme Celeste, Venerabile Gran Maestro di Tutte le Logge ad vitam, Cavaliere Prussiano e Patriarca Noachita, Cavaliere dell'Ascia Reale o Principe del Libano, Principe del Tabernacolo, Cavaliere del Serpente di Rame, Principe di Compassione o di Grazia, Grande Commendatore del Tempio, Cavaliere del Sole o Principe Adepto, Cavaliere di Sant'Andrea di Scozia o Gran Maestro della Luce, Cavaliere Grand'Eletto Kadosh e Cavaliere dell'Aquila Bianca e Nera.

(*Alti gradi della Massoneria di Rito Scozzese Antico e Accettato*)

Percorremmo il corridoio, salimmo tre scalini, e passammo attraverso una porta a vetri smerigliati. Di colpo entrammo in un altro universo. Se i locali che avevo visto sinora erano bui, polverosi, slabbrati, questi sembravano la saletta vip di un aeroporto. Musica diffusa, pareti azzurre, una sala d'aspetto confortevole con mobili firmati, le pareti adorne di fotografie in cui si intravedevano signori con la faccia da deputato che consegnavano una vittoria alata a signori con la faccia da senatore. Su un tavolinetto, gettate con disinvoltura, come nella saletta di un dentista, alcune riviste in carta patinata, *L'Arguzia Letteraria, L'Atanòr Poetico, La Rosa e la Spina, Parnaso Enotrio, Il Verso Libero*. Non le avevo mai viste in circolazione, e dopo seppi il perché: erano diffuse solo presso i clienti della Manuzio.

Se all'inizio avevo creduto di essere entrato nella zona direzionale della Garamond, dovetti subito ricredermi. Eravamo negli uffici di un'altra casa editrice. Nell'atrio della Garamond c'era una vetrinetta oscura e appannata, con gli ultimi libri pubblicati, ma i libri della Garamond erano dimessi, coi fogli ancora da tagliare e una sobria copertina grigiastra – dovevano ricordare le pubblicazioni universitarie francesi, con la carta che si faceva gialla in pochi anni, in modo da suggerire che l'autore, specie se giovane, avesse pubblicato da lunga data. Qui c'era un'altra vetrinetta, illuminata dall'interno, che ospitava i libri della casa editrice Manuzio, alcuni aperti su pagine ariose: copertine bianche, leggere, ricoperte di plastica trasparente, molto elegante, e una carta tipo riso con bei caratteri nitidi.

Le collane della Garamond avevano nomi seri e pensosi, come Studi Umanistici o Philosophia. Le collane della Manuzio avevano nomi delicati e poetici: Il Fiore che Non Colsi (poesia), La Terra Incognita (narrativa), L'Ora dell'Oleandro (ospitava titoli tipo *Diario di una fanciulla malata*), L'Isola di Pasqua (mi parve di saggistica varia), Nuova Atlantide (l'ultima opera pubblicata era *Koenigsberg Redenta - Prolegomeni a ogni metafisica futura che si presenti come doppio sistema trascendentale e scienza del noumeno fenomenale*). Su tutte le copertine, il marchio della casa, un pellicano sotto una palma, con il motto "io ho quel che ho donato".

Belbo fu vago e sintetico: il signor Garamond possedeva due case editrici, ecco tutto. Nei giorni seguenti mi resi conto che il passaggio tra la Garamond e la Manuzio era del tutto privato e confidenziale. Di fatto l'ingresso ufficiale della Manuzio era in via Marchese Gualdi e in via Gualdi l'universo purulento di via Sincero Renato lasciava posto a facciate pulite, marciapiedi spaziosi, ingressi con ascensore in alluminio. Nessuno avrebbe potuto sospettare che un appartamento di un vecchio stabile di via Sincero Renato comunicasse, con soli tre scalini di dislivello, con un uno stabile di via Gualdi. Per ottenere il permesso il signor Garamond doveva aver fatto salti mortali, credo si fosse raccomandato a uno dei suoi autori, funzionario del Genio Civile.

Eravamo stati ricevuti subito dalla signora Grazia, blandamente matronale, foulard di marca e tailleur dello stesso colore delle pareti, che ci aveva introdotto con un accurato sorriso nella sala del mappamondo.

La sala non era immensa, ma richiamava alla mente il salone di Palazzo Venezia, con un globo terracqueo all'ingresso, e la scrivania di mogano del signor Garamond là in fondo, che pareva di guardarlo con un binocolo rovesciato. Garamond ci aveva fatto cenno di avvicinarci, e mi ero sentito intimidito. Più tardi, all'ingresso di De Gubernatis, Garamond gli sarebbe andato incontro, e questo gesto di cordialità gli avrebbe conferito ancor più carisma, perché il visitatore avrebbe visto prima lui che attraversava la sala, e poi l'avrebbe attraversata al braccio dell'ospite, e lo spazio quasi per magia si sarebbe raddoppiato.

Garamond ci fece sedere di fronte alla sua scrivania, e fu brusco e cordiale. "Il dottor Belbo mi ha parlato bene di lei, dottor Casaubon. Abbiamo bisogno di collaboratori valenti. Come avrà capito, non si tratta di un'assunzione, non possiamo permettercelo. Sarà compensata adeguatamente la sua assiduità, la sua devozione, se mi consente, perché il nostro lavoro è una missione."

Mi disse una cifra a forfait in base alle ore di lavoro presunte, che a quei tempi mi parve ragionevole.

"Ottimo, caro Casaubon." Aveva eliminato il titolo, dal momento che ero diventato un dipendente. "Questa storia dei metalli deve diventare splendida, dirò di più, bellissima. Popolare, accessibile, ma scientifica. Deve colpire la fantasia del lettore, ma scientificamente. Le faccio un esempio. Leggo qui nei primi abbozzi che esisteva questa sfera, come si chiama, di Magdeburgo, due semisfere accostate e dentro viene fatto il vuoto pneumatico. Gli attaccano due pariglie di cavalli normanni, una di qua e una di là, tira di qua e tira di là, e le due semisfere non si separano.

Bene, questa è una notizia scientifica. Ma lei deve individuarmela, fra tutte le altre meno pittoresche. E una volta individuata, deve trovarmi l'immagine, l'affresco, l'olio, quel che sia. Dell'epoca. E poi lo sbattiamo a piena pagina, a colori."

"C'è un'incisione," dissi, "la conosco."

"Vede? Bravo. A piena pagina, a colori."

"Se è un'incisione sarà in bianco e nero," dissi.

"Sì? Benissimo, allora in bianco e nero. L'esattezza è l'esattezza. Ma su fondo oro, deve colpire il lettore, deve farlo sentire là, quel giorno che han fatto l'esperimento. Chiaro? Scientificità, realismo, passione. Si può usare la scienza e prendere il lettore per le viscere. C'è qualcosa di più teatrale, drammatico, di madame Curie che rientra a casa la sera e nel buio vede una luce fosforescente, dio mio che cosa sarà mai... È l'idrocarburo, la golconda, il flogisto o come diavolo si chiamava e voilà, Maria Curie ha inventato i raggi X. Drammatizzare. Nel rispetto della verità."

"Ma i raggi X c'entrano coi metalli?" chiesi.

"Il radio non è un metallo?"

"Credo di sì."

"E allora? Dal punto di vista dei metalli si può mettere a fuoco l'intero universo del sapere. Come abbiamo deciso di intitolare il libro, Belbo?"

"Pensavamo a una cosa seria, come *I metalli e la cultura materiale.*"

"E seria dev'essere. Ma con quel richiamo in più, con quel nulla che dice tutto, vediamo... Ecco, *Storia universale dei metalli.* Ci sono anche i cinesi?"

"Ci sono sì."

"E allora universale. Non è un trucco pubblicitario, è la verità. Anzi, *La meravigliosa avventura dei metalli.*"

Fu in quel momento che la signora Grazia annunciò il commendator De Gubernatis. Il signor Garamond esitò un momento, mi guardò dubbioso, Belbo gli fece un segno, come per dirgli che ormai poteva fidarsi. Garamond ordinò che l'ospite fosse fatto entrare e gli andò incontro. De Gubernatis era in doppiopetto, aveva una rosetta all'occhiello, una stilografica al taschino, un quotidiano ripiegato nella tasca della giacca, una cartella sottobraccio.

"Caro commendatore si accomodi, il carissimo amico De Ambrosiis mi ha parlato di Lei, una vita spesa al servizio dello stato. E una vena poetica segreta, non è vero? Faccia, faccia vedere questo tesoro che tiene tra le mani... Le presento due dei miei direttori generali."

Lo fece sedere davanti alla scrivania ingombra di manoscritti, e accarezzò con le mani vibranti di interesse la copertina dell'opera che gli veniva porta: "Non parli, so tutto. Lei viene da Vipiteno, grande e nobile città. Una vita spesa al servizio delle dogane. E in segreto, giorno per giorno, notte dopo notte, queste pagine, agitate dal demone della poesia. La poesia... Ha bruciato la giovinezza di Saffo, e ha nutrito la canizie di Goethe... Farmaco – dicevano i greci – veleno e medicina. Naturalmente dovremo leggerla, questa sua creatura, come minimo io pretendo tre rapporti di lettura, uno interno e due dei consulenti (anonimi, mi dispiace, sono persone molto esposte), la Manuzio non pubblica un libro se non è sicura della qualità e la qualità, Lei lo sa meglio di me, è una cosa impalpabile, bisogna scoprirla con un sesto senso, certe volte un libro ha delle imperfezioni, delle zeppe – anche Svevo scriveva male, Lei mi insegna – ma perdio, si sente un'idea, un ritmo, una forza. Lo so, non me lo dica, appena ho gettato l'occhio sull'incipit di queste sue pagine ho sentito qualcosa, ma non voglio giudicare da solo, anche se tante volte – oh quante – i rapporti di lettura erano tiepidi ma io mi sono impuntato perché non si può condannare un autore senza essere entrati come dire in sintonia con lui, ecco per esempio io apro a caso questo suo testo e mi cadono gli occhi su di un verso, 'come d'autunno, il ciglio smagrito' – bene, non so come sia il resto, ma sento un afflato, colgo un'immagine, talora con un testo si parte così, un'estasi, un rapimento.... *Cela dit*, caro amico, ah perdio, se si potesse fare quel che si vuole! Ma anche l'editoria è un'industria, la più nobile tra le industrie, ma industria. Ma sa quanto costa oggi la tipografia, e la carta? Guardi, guardi sul giornale di stamane, a quanto è salita la *prime rate* a Wall Street. Non ci riguarda, dice? Ci riguarda, invece. Sa che ci tassano anche il magazzino? Io non vendo, e quelli tassano le rese. Pago anche l'insuccesso, il calvario del genio che i filistei non riconoscono. Questa carta velina – è molto fine, mi permetta, che abbia battuto il testo su questa carta così sottile, si sente il poeta, un cialtrone qualsiasi avrebbe usato carta extra strong, per abbagliare l'occhio e confondere lo spirito, ma questa è poesia scritta col cuore, eh, le parole sono pietre e sconvolgono il mondo – questa carta velina a me costa come carta moneta."

Squillò il telefono. Avrei poi appreso che Garamond aveva schiacciato un bottone sotto la scrivania e la signora Grazia gli aveva passato una telefonata fasulla.

"Caro Maestro! Come? Che bello! Grande notizia, si suonino le campane. Un nuovo libro Suo è un evento. Ma certo, la Manuzio è fiera, commossa, dirò di più, lieta di averLa tra i suoi autori. Ha visto cosa hanno scritto i giornali del suo ultimo poema epico. Cose da Nobel. Purtroppo Lei è in anticipo sui tempi. Abbiamo fatto fatica a vendere tremila copie..."

Il commendator De Gubernatis sbiancava: tremila copie erano per lui un traguardo insperato.

"Non hanno coperto i costi di produzione. Vada a vedere al di là della porta a vetri quanta gente ho in redazione. Oggi per rifarmi di un libro io debbo distribuire almeno diecimila copie, e per fortuna di molti se ne vendono anche di più, ma sono scrittori, come dire, con una vocazione diversa, Balzac era grande e vendeva i libri come panini, Proust era altrettanto grande e ha pubblicato a proprie spese. Lei finirà sulle antologie scolastiche ma non nelle edicole delle stazioni, è successo anche a Joyce che ha pubblicato a proprie spese, come Proust. Di libri come i suoi posso permettermene uno ogni due o tre anni. Mi dia tre anni di tempo..." Seguì una lunga pausa. Sul volto di Garamond si dipinse un doloroso imbarazzo.

"Come? A sue spese? No, no, non è la cifra, la cifra si può contenere... È che la Manuzio non usa... Certo, lei mi insegna, anche Joyce e Proust... Certo, capisco..."

Altra pausa sofferta. "Va bene, parliamone. Io sono stato sincero, lei è impaziente, facciamo quel che si dice una *joint venture*, gli americani ci insegnano. Passi domani, e faremo una botta di conti... I miei ossequi e la mia ammirazione."

Garamond uscì come da un sogno, e si passò una mano sugli occhi, poi mostrò di sovvenirsi di colpo della presenza dell'ospite. "Scusi. Era uno Scrittore, un vero scrittore, forse un Grande. Eppure, proprio per questo... Talora ci si sente umiliati, a fare questo mestiere. Se non ci fosse la vocazione. Ma torniamo a Lei. Ci siamo detti tutto, Le scriverò, diciamo tra un mese. Il suo testo rimane qui, in buone mani."

Il commendator De Gubernatis era uscito senza parole. Aveva messo piede nella fucina della gloria.

39

Cavaliere dei Planisferi, Principe dello Zodiaco, Sublime Filosofo Ermetico, Supremo Commendatore degli Astri, Sublime Pontefice d'Iside, Principe della Collina Sacra, Filosofo di Samotracia, Titano del Caucaso, Fanciullo della Lira d'Oro, Cavaliere della Vera Fenice, Cavaliere della Sfinge, Sublime Saggio del Labirinto, Principe Brahmano, Mistico Guardiano del Santuario, Architetto della Torre Misteriosa, Sublime Principe della Cortina Sacra, Interprete dei Geroglifici, Dottore Orfico, Guardiano dei Tre Fuochi, Custode del Nome Incomunicabile, Sublime Edipo dei Gran Segreti, Pastore Amato dell'Oasi dei Misteri, Dottore del Fuoco Sacro, Cavaliere del Triangolo Luminoso.

(*Gradi del Rito Antico e Primitivo di Memphis-Misraim*)

La Manuzio era una casa editrice per APS.

Un APS, nel gergo Manuzio, era – ma perché uso l'imperfetto? gli APS sono ancora, laggiù tutto continua come se nulla fosse accaduto, sono io che ormai proietto tutto in un passato tremendamente remoto, perché quello che è successo l'altra sera ha segnato come una lacerazione nel tempo, nella navata di Saint-Martin-des-Champs è stato sconvolto l'ordine dei secoli... o forse è perché di colpo, dall'altra sera sono invecchiato di decenni, o il timore che Essi mi raggiungano mi fa parlare come se ormai facessi cronaca di un impero in sfacelo, disteso nel balneum, le vene ormai lacerate, attendendo di annegare nel mio sangue...

Un APS è un Autore a Proprie Spese e la Manuzio è una di quelle imprese che nei paesi anglosassoni si chiamano "vanity press". Fatturato altissimo, spese di gestione nulle. Garamond, la signora Grazia, il ragioniere detto direttore amministrativo nel bugigattolo in fondo, e Luciano, lo spedizioniere mutilato, nel vasto magazzino del seminterrato.

"Non ho mai capito come Luciano riesca ad impaccare i libri con un braccio solo," mi aveva detto Belbo, "credo che si aiuti coi denti. D'altra parte non impacca gran che: gli spedizionieri delle case editrici normali spediscono libri ai librai mentre Luciano spedisce solo libri agli autori. La Manuzio non s'interessa dei lettori... L'importante, dice il signor Garamond, è che non ci tradiscano gli autori, senza lettori si può sopravvivere."

Belbo ammirava il signor Garamond. Lo vedeva portatore di una forza che a lui era stata negata.

Il sistema Manuzio era molto semplice. Poche inserzioni sui quotidiani locali, le riviste di categoria, le pubblicazioni letterarie di provincia, specie quelle che durano pochi numeri. Spazi pubblicitari di media grandezza, con foto dell'autore e poche righe incisive: "un'altissima voce della nostra poesia", oppure "la nuova prova narrativa dell'autore di *Floriana e le sorelle*".

"A questo punto la rete è tesa," spiegava Belbo, "e gli APS vi cadono a grappoli, se in una rete si cade a grappoli, ma la metafora incongrua è tipica degli autori della Manuzio e ne ho preso il vezzo, mi scusi."

"E poi?"

"Prenda il caso De Gubernatis. Tra un mese, mentre già il nostro pensionato si macera nell'ansia, una telefonata del signor Garamond lo invita a cena con alcuni scrittori. Appuntamento in un ristorante arabo, molto esclusivo, senza insegne all'esterno: si suona un campanello e si dice il proprio nome a uno spioncino. Interno lussuoso, luci diffuse, musiche esotiche. Garamond stringe la mano al maître, dà del tu ai camerieri e rinvia le bottiglie perché quell'annata non lo convince, oppure dice scusami caro, ma questo non è il cuscus che si mangia a Marrakesh. De Gubernatis viene presentato al commissario Caio, tutti i servizi aeroportuali sotto il suo controllo, ma soprattutto l'inventore, l'apostolo del Cosmoranto, il linguaggio per la pace universale, che se ne sta discutendo all'Unesco. Poi il professor Tizio, forte tempra di narratore, premio Petruzzellis della Gattina 1980, ma anche un luminare della scienza medica. Quanti anni ha insegnato professore? Altri tempi, allora sì che gli studi erano una cosa seria. E la nostra squisita poetessa, la gentile Olinda Mezzofanti Sassabetti, l'autrice di *Casti palpiti*, avrà letto."

Belbo mi confidò che si era chiesto a lungo perché tutti gli APS di sesso femminile firmassero con due cognomi, Lauretta Solimeni Calcanti, Dora Ardenzi Fiamma, Carolina Pastorelli Cefalù. Perché le scrittrici importanti hanno un cognome solo, salvo Ivy Compton-Burnett, e alcune addirittura neppure il cognome, come Colette, e un'APS si chiama Odolinda Mezzofanti Sassabetti? Perché uno scrittore vero scrive per amore della sua opera, e non gl'importa d'essere conosciuto con uno pseudonimo, vedi Nerval, mentre un APS vuole essere riconosciuto dai vicini, dagli abitanti del quartiere, e di quello dove ha abitato prima. All'uomo basta il suo nome, alla donna no, perché ci sono quelli che la conoscono da signorina e quelli che la conoscono da signora. Per questo usa due nomi.

"In breve, serata densa di esperienze intellettuali. De Gubernatis avrà l'impressione di bere un cocktail di LSD. Ascolterà i pettegolezzi dei commensali, l'aneddoto sapido sul grande poeta notoriamente impotente, e che anche come poeta non vale gran che, getterà sguardi lucidi di commozione sulla nuova edizione dell'*Enciclopedia degli Italiani Illustri* che Garamond farà apparire all'improvviso, mostrando la pagina al commissario (ha visto, caro, anche Lei è entrato nel Panteon, oh, pura giustizia)."

Belbo mi aveva mostrato l'enciclopedia. "Un'ora fa le ho fatto una paternale: invece nessuno è innocente. L'enciclopedia la facciamo esclusivamente io e Diotallevi. Ma le giuro, non è per arrotondare lo stipendio. È una delle cose più divertenti del mondo, e ogni anno occorre preparare la nuova edizione aggiornata. La struttura è più o meno di questo tipo: una voce si riferisce a uno scrittore celebre, una voce a un APS, e il problema è di calibrare bene l'ordine alfabetico, e non sciupare spazio per gli scrittori celebri. Veda per esempio la lettera L."

LAMPEDUSA, Giuseppe Tomasi di (1889-1959). Scrittore siciliano. Visse a lungo ignorato e divenne celebre dopo la morte per il romanzo Il gattopardo.

LAMPUSTRI, Adeodato (1919-). Scrittore, educatore, combattente (una medaglia di bronzo in Africa Orientale), pensatore, narratore e poeta. La sua figura giganteggia nella letteratura italiana del nostro secolo. Il Lampustri si è rivelato sin dal 1959 col primo volume di una trilogia di ampio respiro, I fratelli Carmassi, *vicenda disegnata con crudo realismo e alto afflato poetico di una famiglia di pescatori lucani. A quest'opera, che venne insignita nel 1960 del premio Petruzzellis della Gattina, seguirono negli anni successivi* I benserviti *e* La pantera dagli occhi senza ciglio, *che forse ancor più dell'opera prima danno la misura del vigore epico, della sfolgorante immaginazione plastica, del respiro lirico di questo incomparabile artista. Solerte funzionario ministeriale, il Lampustri è stimato nel proprio ambiente come personalità integerrima, padre e sposo esemplare, finissimo oratore.*

"Il De Gubernatis," spiegò Belbo, "dovrà desiderare di essere presente nell'enciclopedia. Lo aveva sempre detto che quella dei famosissimi era fama fasulla, una cospirazione di critici compiacenti. Ma soprattutto capirà di essere entrato in una famiglia di scrittori che sono al tempo stesso direttori di enti pubblici, funzionari bancari, aristocratici, magistrati. Di colpo avrà allargato la cerchia delle sue conoscenze, ora se deve chiedere un favore saprà a chi rivolgersi. Il signor Garamond ha il potere di far uscire il De Gubernatis dalla provincia, di proiettarlo al vertice. Verso la fine della cena Garamond gli dirà all'orecchio di passare il mattino dopo da lui."

"E la mattina dopo viene."

"Ci può giurare. Passerà la notte insonne sognando la grandezza di Adeodato Lampustri."

"E poi?"

"Poi la mattina dopo Garamond gli dirà: ieri sera non ho osato parlarne per non umiliare gli altri, che cosa sublime, non dico i rapporti di lettura entusiasti, dirò di più, positivi, ma io stesso in prima persona ho passato una notte su queste sue pagine. Libro da premio letterario. Grande, grande. Tornerà alla scrivania, batterà la mano sul manoscritto – ormai sgualcito, usurato dallo sguardo amoroso di almeno quattro lettori – sgualcire i manoscritti è compito della signora Grazia – e fisserà l'APS con aria perplessa. Che cosa ne facciamo? Che cosa ne facciamo? chiederà De Gubernatis. E Garamond dirà che sul valore dell'opera non si discute neppure un secondo, ma è chiaro che è una cosa in anticipo sui tempi, e quanto a copie non si andrà al di là delle duemila, duemilacinque al massimo. Per De Gubernatis duemila copie sarebbero abbastanza per coprire tutte le persone che conosce, l'APS non pensa in termini planetari, ovvero il suo pianeta è fatto di volti noti, di compagni di scuola, di direttori di banca, di colleghi insegnanti della stessa scuola media, di colonnelli in pensione. Tutte persone che l'APS vuole che entrino nel suo mondo poetico, anche coloro che non vorrebbero come il salumaio o il prefetto... Di fronte al rischio che Garamond si tiri indietro, dopo che tutti in casa, in paese, in ufficio, sanno che ha presentato il manoscritto a un grande editore di Milano, De Gubernatis farà i suoi conti. Potrebbe estinguere il libretto al portatore, chiedere la cessione del quinto, fare un mutuo, vendere quei pochi BOT, Parigi val bene una messa. Offre timidamente di partecipare alle spese. Garamond si mostrertà turbato, la Manuzio non usa, e poi via – affare fatto, mi ha convinto, in fondo anche Proust e Joyce hanno dovuto piegarsi alla dura necessità, i costi sono tot, noi ne stampiamo per ora duemila copie, ma il contratto sarà per un massimo di diecimila. Calcoli che duecento copie vengono a lei, omaggio, per inviarle a chi vuole, duecento sono di invio stampa perché vogliamo fare un battage come fosse l'Angelica dei Golon, e ne distribuiamo milleseicento. E su queste, lo capisce, niente diritti per lei, ma se il libro va, ristampiamo e a quel punto lei si prende il dodici per cento."

Avevo poi visto il contratto tipo che De Gubernatis, ormai in pieno trip poetico, avrebbe firmato senza neppure leggere, mentre l'amministratore si sarebbe lamentato che il signor Garamond aveva tenuto le spese troppo basse. Dieci pagine di clausole in corpo otto, traduzioni estere, diritti sussidiari, adattamenti per il teatro, riduzioni radiofoniche e cinematografiche, edizioni in Braille per i ciechi, cessione del riassunto al *Reader's Digest*, garanzie in caso di processo per diffamazione, diritto dell'autore di approvare i mutamenti redazionali, competenza del foro di Milano in caso di vertenza... L'APS doveva giungere esausto con l'occhio ormai perduto in sogni di gloria alle clausole deleterie, dove si dice che diecimila è la tiratura massima ma non si parla di tiratura minima, che la somma da pagare non è ancorata alla tiratura, di cui si è parlato solo a voce, e soprattutto che entro un anno l'editore ha il diritto di mandare al macero le copie invendute, a meno che l'autore non le rilevi a metà prezzo di copertina. Firma.

Il lancio sarebbe stato satrapico. Comunicato stampa di dieci cartelle, con biografia e saggio critico. Nessun pudore, tanto nelle redazioni dei giornali sarebbe stato cestinato. Stampa effettiva: mille copie in fogli stesi di cui solo trecentocinquanta rilegati. Duecento all'autore, una cinquantina a librerie secondarie e consorziate, cinquanta alle riviste di provincia, una trentina per scaramanzia ai giornali, nel caso gli avanzasse una riga tra i libri ricevuti. La copia l'avrebbero mandata in dono agli ospedali o alle carceri – e si capisce perché i primi non guariscano e le seconde non redimano.

Nell'estate sarebbe arrivato il premio Petruzzellis della Gattina, creatura di Garamond. Costo totale: vitto e alloggio per la giuria, due giorni, e Nike di Samotracia in vermiglione. Telegrammi di felicitazione degli autori Manuzio.

Sarebbe infine arrivato il momento della verità, un anno e mezzo dopo. Garamond gli avrebbe scritto: Amico mio, lo avevo previsto, Lei è apparso con cinquant'anni di anticipo. Recensioni, lo ha visto, a palate, premi e consensi della critica, *ça va sans dire*. Ma copie vendute pochine, il pubblico non è pronto. Siamo costretti a sgomberare il magazzino, a termini di contratto (accluso). O al macero, o lei le acquista a metà prezzo di copertina, com'è suo privilegio.

De Gubernatis impazzisce dal dolore, i parenti lo consolano, la gente non ti capisce, certo che se eri dei loro, se mandavi la bustarella a quest'ora ti avevano recensito anche sul Corriere, è tutta una mafia, bisogna resistere. Delle copie omaggio ne sono restate solo cinque, ci sono ancora tante persone importanti da locupletare, non puoi permettere che la tua opera vada al macero a far carta igienica, vediamo quanto si può racimolare, sono soldi ben spesi, si vive una volta sola, diciamo che possiamo acquistarne cinquecento copie e per il resto sic transit gloria mundi.

Alla Manuzio sono rimaste 650 copie in fogli stesi, il signor Garamond ne rilega 500 e le invia contrassegno. Consuntivo: l'autore ha pagato generosamente i costi di produzione di 2000 copie, la Manuzio ne ha stampate 1000 e ne ha rilegato 850, di cui 500 sono state pagate una seconda volta. Una cinquantina di autori all'anno, e la Manuzio chiude sempre in forte attivo.

E senza rimorsi: distribuisce felicità.

40

I vigliacchi muoiono molte volte prima di morire.
(Shakespeare, *Julius Caesar*, II, 2)

Avevo sempre avvertito un contrasto tra la devozione con cui Belbo lavorava sui suoi rispettabili autori della Garamond, cercando di trarne libri di cui andar fiero, e la pirateria con cui non solo collaborava a circonvenire gli sventurati della Manuzio, ma inviava in via Gualdi coloro che giudicava impresentabili alla Garamond – come l'avevo visto tentare con il colonnello Ardenti.

Mi ero chiesto sovente, lavorando con lui, perché accettasse quella situazione. Non per denaro, credo. Conosceva abbastanza bene il suo mestiere per trovare un lavoro meglio pagato.

Avevo creduto a lungo che lo facesse perché così poteva coltivare i suoi studi sulla stoltezza umana, e da un osservatorio esemplare. Quella che lui chiamava stupidità, il paralogismo imprendibile, l'insidioso delirio travestito da argomentazione impeccabile, lo affascinava – e non faceva che ripeterlo. Ma anche questa era una maschera. Era Diotallevi che ci stava per gioco, forse sperando che in un libro Manuzio, un giorno, gli sarebbe apparsa una combinazione inedita della Torah. E per gioco, per puro divertimento, e beffa, e curiosità, ci ero stato io, specie dopo che Garamond aveva lanciato il Progetto Hermes.

Per Belbo la storia era diversa. Mi è stato chiaro solo dopo che ho rovistato tra i suoi *files*.

---

filename: Vendetta tremenda vendetta

Arriva così. Anche se c'è gente in ufficio, mi afferra per il bavero della giacca, protende il viso e mi bacia. Anna che quando bacia sta in punta di piedi. Mi bacia come se giocasse a flipper.

Lo sa che mi imbarazza. Ma mi esibisce.

Non mente mai.

– Ti amo.

– Ci vediamo domenica?

– No, ho il week end con un amico....

– Un'amica vorrai dire.

– No, un amico, lo conosci, è quello che era al bar con me l'altra settimana. Ho promesso, non vorrai mica che mi tiri indietro?

– Non tirarti indietro, ma non venire a farmi... Ti prego, devo ricevere un autore.

– Un genio da lanciare?

– Un miserabile da distruggere.

Un miserabile da distruggere.

Ero venuto a prenderti da Pilade. Non c'eri. Ti ho atteso a lungo, poi mi sono mosso da solo, se no avrei trovato la galleria chiusa. Qualcuno laggiù mi ha detto che eravate già andati al ristorante. Ho finto di guardare i quadri – tanto l'arte è morta sin dai tempi di Hölderlin, mi dicono. Ho impiegato venti minuti a trovare il ristorante, perché i galleristi scelgono sempre quelli che diventeranno famosi solo il mese dopo.

Eri là, in mezzo alle solite facce, e avevi vicino l'uomo con la cicatrice. Non hai avuto un attimo d'imbarazzo. Mi hai guardato con complicità e – come fai, al tempo stesso? – in tono di sfida, come dire: e allora? L'intruso con la cicatrice mi ha squadrato come un intruso. Gli altri al corrente di tutto, in attesa. Avrei dovuto trovare un pretesto per cercar lite. Ne sarei uscito bene anche se lui avesse picchiato me. Tutti sapevano che tu eri lì con lui per provocare me. Che io avessi provocato o no, il mio ruolo era segnato. Stavo comunque dando spettacolo.

Spettacolo per spettacolo, ho scelto la commedia brillante, ho preso parte con amabilità alla conversazione, sperando che qualcuno ammirasse il mio controllo.

L'unico che mi ammiravo ero io.

Si è vigliacchi quando ci si sente vigliacchi.

Il vendicatore mascherato. Come Clark Kent curo i giovani geni incompresi e come Superman punisco i vecchi geni giustamente incompresi. Collaboro a sfruttare chi non ha avuto il mio coraggio, e non ha saputo limitarsi al ruolo di spettatore.

Possibile? Passare la vita a punire chi non saprà mai di essere stato punito? Hai voluto diventare Omero? Prendi, paltoniere, e credici.

Odio chi tenta di vendermi un'illusione di passione.

41

> Quando ricordiamo che Daath è situato nel punto in cui l'Abisso riseca il Pilastro Mediano, e che in cima al Pilastro Mediano c'è il Sentiero della Freccia... e che anche qui c'è Kundalini, vediamo che in Daath c'è il segreto sia della generazione che della rigenerazione, la chiave della manifestazione di tutte le cose tramite la differenziazione delle coppie di opposti e la loro Unione in un Terzo.
>
> (Dion Fortune, *The mystical Qabalah*, London, Fraternity of the Inner Light, 1957, 7.19)

Comunque non dovevo occuparmi della Manuzio, ma della meravigliosa avventura dei metalli. Incominciai le mie esplorazioni delle biblioteche milanesi. Partivo dai manuali, ne schedavo la bibliografia, e di lì risalivo agli originali più o meno antichi, dove potevo trovare delle illustrazioni decenti. Non c'è nulla di peggio che illustrare un capitolo sui viaggi spaziali con una foto dell'ultima sonda americana. Il signor Garamond mi aveva insegnato che come minimo ci vuole un angelo di Doré.

Feci messe di riproduzioni curiose, ma non erano sufficienti. Quando si prepara un libro illustrato, per scegliere un'immagine buona bisogna scartarne almeno altre dieci.

Ottenni il permesso di andare a Parigi, per quattro giorni. Pochi per girare tutti gli archivi. Ero andato con Lia, ero arrivato di giovedì e avevo il treno del ritorno prenotato per il lunedì sera. Commisi l'errore di programmare il Conservatoire per il lunedì, e il lunedì scoprii che il Conservatoire restava chiuso proprio in quel giorno. Troppo tardi, me ne tornai con le pive nel sacco.

Belbo ne fu contrariato, ma avevo raccolto tante cose interessanti e le portammo a vedere al signor Garamond. Sfogliava le riproduzioni che avevo raccolto, molte delle quali a colori. Poi guardò la fattura ed emise un sibilo: "Caro, caro. La nostra è una missione, si lavora per la cultura, *ça va sans dire*, ma non siamo la Croce Rossa, dirò di più, non siamo l'Unicef. Era necessario acquistare tutto questo materiale? Dico, qui vedo un signore in mutande coi baffi che sembra d'Artagnan, circondato da abracadabra e capricorni, ma che è, Mandrake?"

"Primordi della medicina. Influenza dello zodiaco sulle varie parti del corpo, con le erbe salutifere corrispondenti. E i minerali, metalli compresi. Dottrina delle segnature cosmiche. Erano tempi che i confini tra magia e scienza erano ancora esili."

"Interessante. Ma questo frontespizio, cosa dice? Philosophia Moysaica. Che c'entra Mosè, non è troppo primordiale?"

"È la disputa sull'*unguentum armarium* ovvero sul *weapon salve*. Medici illustri discutono per cinquant'anni se questo unguento, spalmato sull'arma che ha colpito, possa guarire la ferita."

"Cose da pazzi. Ed è scienza?"

"Non nel senso che intendiamo noi. Ma discutevano di questa faccenda perché da poco si erano scoperte le meraviglie del magnete, e ci si era convinti che ci può essere azione a distanza. Come diceva anche la magia. E allora, azione a distanza per azione a distanza... Capisce, questi si sbagliano, ma Volta e Marconi non si sbaglieranno. Che cosa sono elettricità e radio se non azione a distanza?"

"Guarda guarda. E bravo il nostro Casaubon. Scienza e magia che vanno a braccetto, eh? Grossa idea. E allora diamoci sotto, mi tolga un poco di quelle dinamo disgustose, e metta più Mandrake. Qualche evocazione demoniaca, non so, su fondo oro."

"Non vorrei esagerare. Questa è la meravigliosa avventura dei metalli. Le bizzarrie stanno bene solo quando cadono a proposito."

"La meravigliosa avventura dei metalli deve essere soprattutto la storia dei suoi errori. Si mette la bella bizzarria e poi nella didascalia si dice che è falsa. Intanto c'è, e il lettore si appassiona, perché vede che anche i grandi uomini sragionavano come lui."

Raccontai di una strana esperienza che avevo avuto sul lungosenna, non distante dal Quai St-Michel. Ero entrato in una libreria che, sin dalle due vetrine simmetriche, vantava la propria schizofrenia. Da un lato opere sui computer e sul futuro dell'elettronica, dall'altro solo scienze occulte. E così all'interno: Apple e Cabbala.

"Incredibile," disse Belbo.

"Ovvio," disse Diotallevi. "O almeno, tu sei l'ultimo che dovrebbe stupirsi, Jacopo. Il mondo delle macchine cerca di ritrovare il segreto della creazione: lettere e numeri."

Garamond non parlò. Aveva congiunto le mani, come se pregasse, e teneva gli occhi al cielo. Poi batté le palme: "Tutto quello che avete detto oggi mi conferma in un pensiero che da qualche giorno... Ma tutto a suo tempo, ci debbo ancora riflettere. Andate pure avanti. Bravo Casaubon, rivedremo anche il suo contratto, lei è un collaboratore prezioso. E metta, metta molta Cabbala e computer. I computer li fanno col silicio. O no?"

"Ma il silicio non è un metallo, è un metalloide."

"E vuole sottilizzare sulle desinenze? E che è, rosa rosarum? Computer. E Cabbala."

"Che non è un metallo," insistetti.

Ci accompagnò alla porta. Sulla soglia mi disse: "Casaubon, l'editoria è un'arte, non una scienza. Non facciamo i rivoluzionari, che il tempo è passato. Metta la Cabbala. Ah, a proposito della sua nota spese, mi sono permesso di defalcarne la cuccetta. Non per avarizia, spero mi faccia credito. Ma è che la ricerca si giova, come dire, di un certo spirito spartano. Altrimenti non ci si crede più."

Ci riconvocò qualche giorno dopo. Aveva in ufficio, disse a Belbo, un visitatore che desiderava farci conoscere.

Andammo. Garamond stava intrattenendo un signore grasso, con la faccia da tapiro, due baffetti biondi sotto un grande naso animale, e niente mento. Mi pareva di conoscerlo, poi mi ricordai, era il professor Bramanti che avevo ascoltato a Rio, il referendario o cos'altro fosse di quell'ordine Rosa-Croce.

"Il professor Bramanti," disse Garamond, "sostiene che sarebbe il momento giusto, per un editore accorto e sensibile al clima culturale di questi anni, di iniziare una collana di scienze occulte."

"Per... la Manuzio," suggerì Belbo.

"Per chi altro?" sorrise astutamente il signor Garamond. "Il professor Bramanti, che tra l'altro mi è stato raccomandato da un caro amico, il dottor De Amicis, l'autore di quello splendido *Cronache dello zodiaco* che abbiamo pubblicato quest'anno, lamenta che le sparse collane esistenti in materia – quasi sempre opera di editori di scarsa serietà e attendibilità, notoriamente superficiali, disonesti, scorretti, dirò di più, imprecisi – non rendano affatto giustizia alla ricchezza, alla profondità di questo campo di studi..."

"I tempi sono maturi per questa rivalutazione della cultura dell'inattualità, dopo i fallimenti delle utopie del mondo moderno," disse Bramanti.

"Lei dice cose sante, professore. Ma deve perdonare la nostra – oddio, non dirò ignoranza, ma perlomeno la nostra vaghezza in proposito: a che cosa pensa lei parlando di scienze occulte? Spiritismo, astrologia, magia nera?"

Bramanti fece un gesto di sconforto: "O per carità! Ma queste sono le fanfaluche che vengono propinate agli ingenui. Io parlo di scienza, se pur occulta. Certo, anche l'astrologia, se sarà il caso, ma non per dire alla dattilografa se domenica prossima incontrerà il giovanotto della sua vita. Sarà piuttosto uno studio serio sui Decani, tanto per dire."

"Vedo. Scientifico. La cosa è nella nostra linea, certo, ma vorrebbe essere un poco più esauriente?"

Bramanti si rilassò sulla poltrona e volse gli occhi intorno alla stanza, come per cercare ispirazioni astrali. "Si potrebbero fare esempi, certo. Direi che il lettore ideale di una collana del genere dovrebbe essere un adepto Rosa-Croce, e quindi un esperto *in magiam*, *in necromantiam*, *in astrologiam*, *in geomantiam*, *in pyromantiam*, *in hydromantiam*, *in chaomantiam*, *in medicinam adeptam*, per citare il libro di Azoth – quello che fu dato da una fanciulla misteriosa allo Stauroforo, come si racconta nel *Raptus philosophorum*. Ma la conoscenza dell'adepto abbraccia altri campi, c'è la fisiognosia, che concerne fisica occulta, statica, dinamica e cinematica, astrologia o biologia esoterica, e lo studio degli spiriti della natura, zoologia ermetica e astrologia biologica. Aggiunga la cosmognosia, che studia l'astrologia ma sotto l'aspetto astronomico, cosmologico, fisiologico, ontologico, o l'antropognosia, che studia l'anatomia omologica, le scienze divinatorie, la fisiologia fluidica, la psicurgia, l'astrologia sociale e l'ermetismo della storia. Poi ci sono le matematiche qualitative, e cioè come lei mi insegna l'aritmologia... Ma le conoscenze preliminari postulerebbero la cosmografia dell'invisibile, magnetismo, aure, sonni, fluidi, psicometria e chiaroveggenza – e in genere lo studio degli altri cinque sensi iperfisici – per non parlare di astrologia oroscopica, che è già una degenerazione del sapere quando non sia condotta con le dovute precauzioni – e poi fisiognomica, lettura del pensiero, arti divinatorie (tarocchi, smorfia) sino ai gradi superiori come profezia ed estasi. Si richiederanno informazioni sufficienti su maneggiamenti fluidici, alchimia, spagirica, telepatia, esorcismo, magia cerimoniale ed evocatoria, teurgia di base. Per l'occultismo vero e proprio consiglierei esplorazioni nei campi della Cabbala primitiva, brahmanesimo, gimnosofia, geroglifici di Menfi..."

"Fenomenologia templare," insinuò Belbo.

Bramanti si illuminò: "Senza dubbio. Ma dimenticavo, prima qualche nozione di necromanzia e stregoneria delle razze non bianche, onomanzia, furori profetici, taumaturgia volontaria, suggestione, yoga, ipnotismo, sonnambulismo, chimica mercuriale... Wronski per la tendenza mistica consigliava di tener presenti le tecniche delle possesse di Loudun, dei convulsionari di San Medardo, i beveraggi mistici, vino d'Egitto, elisir di vita e acqua tofana. Per il principio del male, ma capisco che qui si arriva alla sezione più riservata di una possibile collana, direi che occorre familiarizzarsi coi misteri di Belzebù come distruzione propria, e di Satana come principe detronizzato, d'Eurinomio, di Moloch, incubi e succubi. Per il principio positivo, misteri celesti di san Michele, Gabriele e Raffaele e degli agatodèmoni. Poi misteri di Iside, di Mitra, di Morfeo, di Samotracia e di Eleusi e i misteri naturali del sesso virile, fallo, Legno di Vita, Chiave di Scienza, Bafometto, maglio, i misteri naturali del sesso femminile, Ceres, Cteis, Patera, Cibele, Astarte."

Il signor Garamond si protese in avanti con un sorriso insinuante: "Non trascurerà gli gnostici..."

"Ma certo no, benché sull'argomento specifico circoli molta paccottiglia, di scarsa serietà. In ogni caso ogni sano occultismo è una Gnosi."

"Lo dicevo io," disse Garamond.

"E tutto questo sarebbe abbastanza," disse Belbo, con tono blandamente interrogativo.

Bramanti gonfiò le guance, trasformandosi di colpo da tapiro in criceto. "Abbastanza... per iniziare, non per iniziati – mi perdoni il gioco di parole. Ma già con una cinquantina di volumi loro potrebbero mesmerizzare un pubblico di migliaia di lettori, che non attendono altro che una parola sicura.... Con un investimento di qualche centinaio di milioni – vengo proprio da lei dottor Garamond perché la so disposto alle avventure più generose – e una modesta percentuale a me, come direttore della collana..."

Bramanti aveva detto abbastanza e perdeva ogni interesse agli occhi di Garamond. Infatti fu congedato in fretta e con grandi promesse. Il solito comitato di consulenti avrebbe attentamente misurato la proposta.

42

Ma sappiate che noi siamo tutti d'accordo, qualunque cosa diciamo.

(*Turba Philosophorum*)

Quando Bramanti fu uscito, Belbo osservò che avrebbe dovuto levarsi il tappo. Il signor Garamond non conosceva l'espressione e Belbo tentò alcune rispettose parafrasi, ma senza successo.

"In ogni caso," disse Garamond, "non facciamo i difficili. Quel signore non aveva detto più di cinque parole e già sapevo che non era un cliente per noi. Lui. Ma quelli di cui lui parla sì, autori e lettori. Questo Bramanti è arrivato a confortare delle riflessioni che stavo facendo proprio da qualche giorno. Ecco qua signori." E trasse teatralmente dal cassetto tre libri.

"Qui ci sono tre volumi usciti in questi anni, e tutti di successo. Il primo è in inglese e non l'ho letto, ma l'autore è un critico illustre. E che cosa ha scritto? Guardate il sottotitolo, un romanzo gnostico. E ora guardate questo: apparentemente un romanzo a sfondo criminale, un best seller. E di che cosa parla? Di una chiesa gnostica nei dintorni di Torino. Voi saprete chi sono questi gnostici..." Ci fermò con un cenno della mano: "Non importa, mi basta sapere che sono una cosa demoniaca... Lo so, lo so, forse vado troppo in fretta, ma non voglio parlare come voi, voglio parlare come quel Bramanti. In questo momento faccio l'editore, non il professore di gnoseologia comparata o che sia. Cos'ho visto di lucido, promettente, invitante, dirò di più, curioso, nel discorso del Bramanti? Questa straordinaria capacità di mettere tutto insieme, lui non ha detto gnostici, ma avete visto che avrebbe potuto dirlo, tra geomanzia, gerovital e radames al mercurio. E perché insisto? Perché qui ho un altro libro, di una giornalista famosa, che racconta di cose incredibili che accadono a Torino, Torino dico, la città dell'automobile: fattucchiere, messe nere, evocazioni del diavolo, e tutto per gente che paga, non per le tarantolate del meridione. Casaubon, Belbo mi ha detto che lei viene dal Brasile e ha assistito a dei riti satanici di quei selvaggi di laggiù... Va bene, poi mi dirà esattamente che cosa erano, ma fa lo stesso. Il Brasile è qui, signori. Sono entrato l'altro giorno in prima persona in quella libreria, come si chiama, fa lo stesso, era una libreria che sei o sette anni fa vendeva dei testi anarchici, rivoluzionari, tupamari, terroristi, dirò di più, marxisti.... Ebbene? Come si è riciclata? Con le cose di cui parlava Bramanti. È vero, oggi siamo in un'epoca di confusione e se andate in una libreria cattolica, che una volta c'era solo il catechismo, adesso vi trovate anche la rivalutazione di Lutero, ma almeno non venderebbero un libro in cui si dice che la religione è tutta una truffa. Invece in queste librerie che dico io si vende l'autore che ci crede e quello che ne dice corna, purché tocchino un argomento come dire..."

"Ermetico," suggerì Diotallevi.

"Ecco, credo sia la parola giusta. Ho visto almeno dieci libri su Hermes. E io vengo a parlarvi di un Progetto Hermes. Entriamo nel ramo."

"Nel ramo d'oro," disse Belbo.

"Proprio così," disse Garamond, senza cogliere la citazione, "è un filone d'oro. Io mi son reso conto che quelli mangiano di tutto, purché sia ermetico, come diceva lei, purché dica il contrario di quel che han trovato sui libri di scuola. E credo che sia anche un dovere culturale: non sono un benefattore per vocazione, ma in questi tempi così bui offrire a qualcuno una fede, uno spiraglio sul sovrannaturale... La Garamond ha pur sempre una missione scientifica..."

Belbo si irrigidì. "M'era parso che lei pensasse alla Manuzio."

"A tutte e due. Mi ascolti. Ho frugato in quella libreria, e poi sono andato in un'altra, serissima, dove però c'era il suo bravo scaffale di scienze occulte. Su questi argomenti ci sono studi a livello universitario, e stanno accanto ai libri scritti da gente come quel Bramanti lì. Ora ragioniamo: quel Bramanti lì forse gli autori universitari non li ha mai incontrati, ma li ha letti, e li ha letti come se fossero uguali a lui. Quella è gente che qualsiasi cosa gli diciate pensano che si riferisca al loro problema, come la storia del gatto che i due coniugi litigavano per il divorzio e lui pensava che discutessero sulle frattaglie per la sua colazione. Lo ha visto anche lei Belbo, lei ha buttato là quella faccenda della cosa templare, e lui subito, okay, anche i templari, e la Cabbala e il lotto e i fondi di caffè. Sono onnivori. Onnivori. Ha visto la faccia di Bramanti: un roditore. Un pubblico immenso, diviso in due grandi categorie, già me le vedo sfilare davanti agli occhi e sono legione. In primis quelli che ne scrivono, e la Manuzio è qui a braccia aperte. Basta attirarli aprendo una collana che si faccia notare, che potrebbe intitolarsi, vediamo..."

"La Tabula Smaragdina," disse Diotallevi.

"Cosa? No, troppo difficile, a me per esempio non dice nulla, ci vuole qualcosa che ricordi qualche cosa d'altro..."

"Iside Svelata," dissi.

"Iside Svelata! Suona bene, bravo Casaubon, c'è dentro del Tutankamen, dello scarabeo delle piramidi. Iside Svelata, con una copertina leggermente iettatoria, ma non troppo. E andiamo avanti. Poi c'è la seconda schiera, quelli che comperano. Bene, amici miei, voi mi dite che la Manuzio non è interessata a quelli che comperano. Lo ha detto il medico? Questa volta vendiamo i Manuzio, signori, sarà un salto qualitativo! E infine rimangono gli studi di livello scientifico, e qui entra in scena la Garamond. Accanto agli studi storici e alle altre collane universitarie, ci troviamo un consulente serio e pubblichiamo tre o quattro libri all'anno, in una collana seria, rigorosa, con un titolo esplicito ma non pittoresco..."

"Hermetica," disse Diotallevi.

"Ottimo. Classico, dignitoso. Voi mi chiederete perché spendere soldi con la Garamond quando possiamo guadagnarne con la Manuzio. Ma la collana seria fa da da richiamo, attira persone sensate che faranno altre proposte, indicheranno piste, e poi attira gli altri, i Bramanti, che saranno dirottati alla Manuzio. Mi pare un progetto perfetto, il Progetto Hermes, un'operazione pulita, redditizia, che rinsalda il flusso ideale tra le due case... Signori, al lavoro. Visitate librerie, stendete bibliografie, richiedete cataloghi, vedete cosa si fa negli altri paesi... E poi chissà quanta gente vi è sfilata davanti che portava tesori di un certo tipo, e l'avete liquidata perché non ci serviva. E mi raccomando, Casaubon, anche nella storia dei metalli mettiamo un po' di alchimia. L'oro è un metallo, voglio sperare. I commenti a dopo, sapete che sono aperto a critiche, suggerimenti, contestazioni, come si fa tra persone di cultura. Il progetto diventa esecutivo da questo momento. Signora Grazia, faccia entrare quel signore che aspetta da due ore, non è il modo di trattare un Autore!" disse, aprendoci la porta e cercando di farsi sentire sino al salotto d'attesa.

43

> Persone che si incontrano per strada... si danno in segreto a operazioni di Magia Nera, si legano o cercano di legarsi agli Spiriti delle Tenebre, per soddisfare il loro desiderio di ambizione, di odio, di amore, per fare – in una parola – il Male.
>
> (J.K. Huysmans, Prefazione a J.Bois, *Le satanisme et la magie*, 1895, pp. VIII-IX)

Avevo creduto che il progetto Hermes fosse un'idea appena abbozzata. Non conoscevo ancora il signor Garamond. Mentre io nei giorni seguenti mi attardavo nelle biblioteche per cercare illustrazioni sui metalli, alla Manuzio stavano già lavorando.

Dopo due mesi trovai da Belbo un numero, fresco di stampa, di *Parnaso Enotrio*, con un lungo articolo, "Rinascita dell'occultismo", in cui il noto ermetista dottor Moebius – pseudonimo nuovo di zecca di Belbo, che si era guadagnato così il primo gettone del Progetto Hermes – parlava della miracolosa rinascita delle scienze occulte nel mondo moderno e annunciava che la Manuzio intendeva mettersi su questa strada con la nuova collana Iside Svelata.

Nel frattempo il signor Garamond aveva scritto una serie di lettere alle varie riviste di ermetismo, astrologia, tarocchi, ufologia, firmandosi con un nome qualsiasi, e chiedendo informazioni sulla nuova collana annunciata dalla Manuzio. Per il che i redattori delle riviste avevano telefonato a lui per chiedere informazioni e lui aveva fatto il misterioso, dicendo che non poteva ancora rivelare i primi dieci titoli, che erano peraltro in fabbricazione. In tal modo l'universo degli occultisti, certamente assai agitato da continui rulli di tam tam, era ormai al corrente del Progetto Hermes.

"Travestiamoci da fiore," ci stava dicendo il signor Garamond, che ci aveva appena convocato nella sala del mappamondo, "e le api verranno."

Ma non era tutto. Garamond voleva mostrarci il depliant ("dépliant", come lo chiamava lui – ma così si dice nelle case editrici milanesi, come si dice "Cìtroen" e "trecéncinquanta"): una cosa semplice, quattro pagine, ma in carta patinata. La prima pagina riproduceva quello che sarebbe stato lo schema della copertina della serie, una sorta di sigillo in oro (si chiama Pentacolo di Salomone, spiegava Garamond) su fondo nero, il bordo della pagina inquadrato da una decorazione che evocava molte svastiche intrecciate (la svastica asiatica, precisava Garamond, quella che va nel senso del sole, non quella nazista che va come le lancette dell'orologio). In alto, al posto del titolo dei volumi, una scritta: "ci sono più cose in cielo e in terra..." Nelle pagine interne si celebravano le glorie della Manuzio al servizio della cultura, poi con alcuni slogan efficaci si accennava al fatto che il mondo contemporaneo chiede certezze più profonde e luminose di quelle che possa dare la scienza: "Dall'Egitto, dalla Caldea, dal Tibet, una sapienza dimenticata – per la rinascita spirituale dell'Occidente."

Belbo gli chiese a chi andavano i depliant, e Garamond sorrise come sorride, avrebbe detto Belbo, l'anima dannata del rajah dell'Assam. "Mi sono fatto inviare dalla Francia l'annuario di tutte le società segrete esistenti oggi nel mondo, e non chiedetemi come possa esserci un annuario pubblico delle società segrete, c'è, eccolo qua, éditions Henry Veyrier, con indirizzo, numero di telefono, codice postale. Anzi, lei Belbo lo veda ed elimini quelle che non c'entrano, perché vedo che ci sono anche i gesuiti, l'Opus Dei, i Carbonari e il Rotary Club, ma cerchi tutte quelle con sfumature occulte, io ne ho già segnate alcune."

Sfogliava: "Ecco: Assolutisti (che credono nella metamorfosi), Aetherius Society in California (relazioni telepatiche con Marte), Astara di Losanna (giuramento di segretezza assoluta), Atlanteans in Gran Bretagna (ricerca della felicità perduta), Builders of the Adytum in California (alchimia, cabala, astrologia), Circolo E.B. di Perpignano (dedicato a Hator, dea dell'amore e guardiana della Montagna dei Morti), Circolo Eliphas Levi di Maule (non so chi sia questo Levi, dev'essere quell'antropologo francese o come si chiama), Cavalieri dell'Alleanza Templare di Tolosa, Collegio Druidico delle Gallie, Convent Spiritualiste de Jericho, Cosmic Church of Truth in Florida, Seminario Tradizionalista di Ecône in Svizzera, Mormoni (questi li ho trovati anche una volta in un libro giallo, ma forse non ce ne sono più), Chiesa di Mitra a Londra e a Bruxelles, Chiesa di Satana a Los Angeles, Chiesa Luciferiana Unificata di Francia, Chiesa Rosicruciana Apostolica a Bruxelles, Fanciulli della Tenebra o Ordine Verde in Costa d'Oro (forse questi no, chissà in che lingua scrivono), Escuela Hermetista Occidental di Montevideo, National Institute of Kabbalah di Manhattan, Central Ohio Temple of Hermetic Science, Tetra-Gnosis di Chicago, Fratelli Anziani della Rosa-Croce di Saint Cyr-sur-Mer, Fraternità Gioannita per la Resurrezione Templare a Kassel, Fraternità Internazionale di Isis a Grenoble, Ancient Bavarian Illuminati di San Francisco, The Sanctuary of the Gnosis di Sherman Oaks, Grail Foundation of America, Sociedade do Graal do Brasil, Hermetic Broterhood of Luxor, Lectorium Rosicrucianum in Olanda, Movimento del Graal a Strasburgo, Ordine di Anubis a New York, Temple of Black Pentacle a Manchester, Odinist Fellowship in Florida, Ordine della Giarrettiera (ci deve essere di mezzo persino la regina d'Inghilterra), Ordine del Vril (massoneria neonazista, senza indirizzo), Militia Templi di Montpellier, Ordine Sovrano del Tempio Solare a Montecarlo, Rosacroce di Harlem (capite, anche i negri, adesso), Wicca (associazione luciferina di obbedienza celtica, invocano i 72 geni della Cabbala)... insomma, debbo continuare?"

"Esistono tutte, davvero?" chiese Belbo.

"Anche di più. Al lavoro, faccia l'elenco definitivo e poi spediamo. Anche se sono stranieri. Tra costoro le notizie viaggiano. Ora non rimane che una cosa da fare. Bisogna circolare nelle librerie giuste e parlare non solo coi librai ma anche coi clienti. Lasciar cadere nel discorso che esiste questa collana così e così."

Diotallevi gli fece notare che loro non potevano esporsi in quel modo, occorreva trovare dei propagandisti civetta, e Garamond disse di cercarli: "Purché siano gratis."

Bella pretesa, commentò Belbo una volta tornati in ufficio. Ma gli dei del sottosuolo ci proteggevano. Proprio in quell'istante entrò Lorenza Pellegrini, più solare che mai, Belbo divenne raggiante, lei vide i depliant e si incuriosì.

Come seppe del progetto della casa accanto, si illuminò in volto: "Che bello, ho un amico simpaticissimo, un ex tupamaro uruguayano, che lavora in una rivista che si chiama *Picatrix*, mi porta sempre alle sedute spiritiche. Ho fatto amicizia con un ectoplasma favoloso, ormai chiede sempre di me appena si materializza!"

Belbo guardò Lorenza come per chiederle qualcosa, poi vi rinunciò. Credo si fosse abituato ad attendersi da Lorenza le frequentazioni più preoccupanti, ma avesse deciso di preoccuparsi solo di quelle che potevano gettare un'ombra sul suo rapporto d'amore (l'amava?). E in quell'accenno a *Picatrix* più che il fantasma del colonnello aveva intravisto quello dell'uruguayano troppo simpatico. Ma Lorenza stava già parlando d'altro e ci rivelava come ella frequentasse molte di quelle piccole librerie dove si vendono i libri che Iside Svelata avrebbe voluto pubblicare.

"Sono uno spettacolo, sapete," stava dicendo. "Ci trovo erbe medicamentose, e le istruzioni per fare l'homunculus, proprio come Faust con Elena di Troia, oh Jacopo facciamolo, vorrei tanto un homunculus da te, poi ce lo teniamo come un bassotto. È facile, diceva quel libro che basta raccogliere in una fiala un poco di seme umano, non ti sarà difficile, spero, non arrossire scemo, poi lo mescoli con ippomene, che pare sia un liquido che viene... secernùto... secèrnito... come si dice?..."

"Secreto," suggerì Diotallevi.

"Possibile? Insomma, quello che secernono le cavalle gravide, capisco che questo è più difficile, se fossi una cavalla gravida non vorrei che mi venissero a raccogliere l'ippomene, specie se sono degli sconosciuti, ma credo se ne possa trovare in confezione, come gli agarbatties. Poi metti tutto in un vaso e lasci macerare per quaranta giorni e a poco a poco vedi formarsi una figurina, un fetino, che in altri due mesi diventa un homunculus graziosissimo, esce e si pone al tuo servizio – credo che non muoiano mai, pensa ti porterà persino i fiori sulla tomba quando sarai morto!"

"E chi vedi d'altro in quelle librerie?" chiese Belbo.

"Gente fantastica, gente che parla con gli angeli, che fa l'oro, e poi maghi professionisti con la faccia da mago professionista..."

"Com'è la faccia da mago professionista?"

"Hanno di solito il naso aquilino, le sopracciglia come un russo e gli occhi grifagni, portano i capelli sul collo, come i pittori di una volta, e la barba, ma non folta, con qualche chiazza tra mento e guance, e i baffi spiovono in avanti e scendono sul labbro a ciuffi, e per forza, perché il labbro è molto sollevato sui denti, poverini, e i denti sporgono, tutti un poco accavallati. Non dovrebbero con quei denti, ma sorridono con dolcezza, però gli occhi (vi ho detto che sono grifagni, no?) ti guardano in modo inquietante."

"Facies hermetica," commentò Diotallevi.

"Sì? Vedete, dunque. Quando entra qualcuno a chiedere un libro, metti, con preghiere contro gli spiriti del male, suggeriscono subito al libraio il titolo giusto, che è poi quello che il libraio non ha. Se però fai amicizia e gli chiedi se è un libro efficace, sorridono di nuovo con comprensione come se parlassero di bambini e ti dicono che a questo genere di cose occorre stare molto attenti. Poi ti citano casi di diavoli che han fatto cose orrende ai loro amici, tu ti spaventi e loro ti rassicurano dicendo che molte volte è solo isteria. Insomma, non sai mai se ci credono o no. Spesso i librai mi regalano delle bacchette d'incenso, una volta uno mi ha dato una manina d'avorio contro il malocchio."

"Allora se ti capita," le aveva detto Belbo, "mentre giri da quelle parti chiedi se sanno qualcosa di questa nuova collana Manuzio, e magari fai vedere il depliant."

Lorenza se ne andò con una decina di depliant. Immagino che nelle settimane seguenti avesse lavorato bene anche lei, ma non credevo che le cose potessero procedere tanto in fretta. In capo a pochi mesi la signora Grazia già non poteva più tener testa ai diabolici, come avevamo definito gli APS con interessi occultistici. E, come voleva la loro natura, furono legione.

44

Invoca le forze della Tavola dell'Unione seguendo il Supremo Rituale del Pentagramma, con lo Spirito Attivo e Passivo, con Eheieh e Agla. Ritorna all'altare e recita la seguente Invocazione agli Spiriti Enochiani: Ol Sonuf Vaorsag Goho Iad Balt, Lonsh Calz Vonpho, Sobra Z-ol Ror I Ta Nazps, od Graa Ta Malprg... Ds Hol-q Qaa Nothoa Zimz, Od Commah Ta Nopbloh Zien...

(Israel Regardie, *The Original Account of the Teachings, Rites and Ceremonies of the Hermetic Order of the Golden Dawn*, Ritual for Invisibility, St. Paul, Llewellyn Publications, 1986, p. 423)

Fummo fortunati, e avemmo un primo colloquio di altissima qualità, almeno ai fini della nostra iniziazione.

Per l'occasione il trio era al completo, io Belbo e Diotallevi, e poco mancò che all'ingresso dell'ospite non lanciassimo un grido di sopresa. Aveva la *facies hermetica* descritta da Lorenza Pellegrini, e per di più era vestito di nero.

Entrò guardandosi intorno con circospezione e si presentò (professor Camestres). Alla domanda "professore di che?" fece un gesto vago, come per invitarci alla riservatezza. "Scusino," disse, "non so se loro si occupano del problema da un punto di vista puramente tecnico, commerciale, o se sono legati a qualche gruppo iniziatico..."

Lo rassicurammo. "Non è eccesso di prudenza da parte mia," disse, "ma non mi sentirei di aver rapporti con qualcuno dell'OTO." Poi, di fronte alla nostra perplessità: "Ordo Templi Orientis, la conventicola degli ultimi pretesi fedeli di Aleister Crowley... Vedo che loro sono estranei a... Meglio così, non ci saranno pregiudizi da parte loro." Accettò di sedersi. "Perché vedono, l'opera che ora vorrei presentare loro si pone coraggiosamente in contrasto con Crowley. Noi tutti, io compreso, siamo ancora fedeli alle rivelazioni del *Liber AM vel legis*, che come forse sanno fu dettato a Crowley nel 1904, al Cairo, da un'intelligenza superiore di nome Aiwaz. E a questo testo si attengono i seguaci dell'OTO, ancora oggi, e alle sue quattro edizioni, la prima delle quali precedette di nove mesi lo scoppio della guerra nei Balcani, la seconda di nove mesi lo scoppio della prima guerra mondiale, la terza di nove mesi la guerra cino-giapponese, la quarta di nove mesi le stragi della guerra civile spagnola..."

Non potei evitare di incrociare le dita. Se ne accorse e sorrise funereo: "Capisco la loro esitazione. Visto che ciò che io porto loro, adesso, è la quinta riproposta di quel libro, che cosa accadrà tra nove mesi? Nulla, si rassicurino, perché ciò che io ripropongo è il *Liber legis* accresciuto, dato che ho avuto la ventura di essere visitato non da una semplice intelligenza superiore, ma dallo stesso Al, principio supremo, ovvero Hoor-paar-Kraat, che poi sarebbe il doppio o il gemello mistico di Ra-Hoor-Khuit.

L'unica mia preoccupazione, anche per impedire influenze nefaste, è che questa mia opera possa essere pubblicata per il solstizio d'inverno."

"Questo si può vedere," disse Belbo incoraggiante.

"Sono proprio contento. Il libro farà rumore negli ambienti iniziatici, perché come loro possono capire la mia fonte mistica è più seria e accreditata di quella di Crowley. Non so come Crowley potesse mettere in opera i rituali della Bestia senza tener conto della Liturgia della Spada. Solo sguainando la spada si comprende cosa sia il Mahapralaya, ovvero il Terzo occhio di Kundalini. E poi nella sua aritmologia, tutta fondata sul Numero della Bestia, non ha considerato 93, 118, 444, 868 e 1001, i Nuovi Numeri."

"Che significano?" chiese Diotallevi subito eccitato.

"Ah," disse il professor Camestres, "come già si diceva nel primo *Liber legis*, ogni numero è infinito, e non c'è differenza!"

"Capisco," disse Belbo. "Ma non pensa che tutto questo sia un poco oscuro per il lettore comune?"

Camestres quasi sobbalzò sulla sedia. "Ma è assolutamente indispensabile. Chi comprendesse questi segreti senza la dovuta preparazione precipiterebbe nell'Abisso! Già nel renderli pubblici in modo velato io corro dei rischi, mi credano. Io mi muovo nell'ambito dell'adorazione della Bestia, ma in modo più radicale di Crowley, vedranno le mie pagine sul *congressus cum daemone*, le prescrizioni per gli arredi del tempio e il congiungimento carnale con la Donna Scarlatta e la Bestia che Essa Cavalca. Crowley si era arrestato al congresso carnale detto contro natura, io cerco di portare il rituale oltre il Male quale lo concepiamo, io sfioro l'inconcepibile, la purezza assoluta della Goetia, la soglia estrema del Bas-Aumgn e del Sa-Ba-Ft..."

Non rimaneva a Belbo che sondare le possibilità finanziarie di Camestres. Lo fece con lunghi giri di parole, e alla fine emerse che costui, come già Bramanti, non aveva nessuna intenzione di autofinanziarsi. Iniziava allora la fase di sganciamento, con blanda richiesta di trattenere il dattiloscritto in esame per una settimana, e poi si sarebbe visto. Ma a questo punto Camestres si era stretto il dattiloscritto al petto affermando che non era mai stato trattato con tanta sfiducia, ed era uscito lasciando capire che aveva mezzi non comuni per farci pentire di averlo offeso.

In breve tempo avemmo però decine di manoscritti sicuramente APS. Occorreva un minimo di scelta, visto che si voleva anche venderli. Escluso che si potesse leggere tutto, consultavamo gli indici, dando un'occhiata, poi ci comunicavamo le nostre scoperte.

45

Da ciò scaturisce una straordinaria domanda. Gli Egizi conoscevano l'elettricità?

(Peter Kolosimo, *Terra senza tempo*, Milano, Sugar, 1964, p. 111)

"Io ho individuato un testo sulle civiltà scomparse e i paesi misteriosi," diceva Belbo. "Pare che in principio esistesse un continente di Mu, dalle parti dell'Australia, e di lì si sono diramate le grandi correnti migratorie. Una va nell'isola di Avalon, una nel Caucaso e alle sorgenti dell'Indo, poi ci sono i celti, i fondatori della civiltà egiziana e infine Atlantide..."

"Roba vecchia: di signori che scrivono libri su Mu ve ne sbatto sul tavolo quanti ne volete," dicevo.

"Ma questo forse paga. E poi ha anche un bellissimo capitolo sulle migrazioni greche nello Yucatán, racconta del bassorilievo di un guerriero, a Chichén Itzá, che assomiglia a un legionario romano. Due gocce d'acqua..."

"Tutti gli elmi del mondo o hanno piume o criniere di cavallo," disse Diotallevi. "Non è una prova."

"Per te, non per lui. Lui trova adorazioni del serpente in tutte le civiltà e ne deduce che c'è un'origine comune..."

"Chi non ha adorato il serpente?" disse Diotallevi. "Salvo naturalmente il Popolo Eletto."

"Sì, quelli adoravano i vitelli."

"È stato un momento di debolezza. Io scarterei invece questo, anche se paga. Celtismo e arianesimo, Kaly-yuga, tramonto dell'occidente e spiritualità SS. Sarò un paranoico, ma mi pare nazista."

"Per Garamond non è necessariamente una controindicazione."

"Sì, ma c'è un limite a tutto. Invece ne ho visto un altro su gnomi, ondine, salamandre, elfi e silfidi, fate... Però entrano in ballo anche qui le origini della civiltà ariana. Sembra che le SS nascano dai Sette Nani."

"Non i Sette Nani, sono i Nibelunghi."

"Ma questi di cui si parla sono il Piccolo Popolo irlandese. E le cattive sono le fate, i piccoletti sono buoni, solo un poco dispettosi."

"Mettilo da parte. E lei Casaubon, che cosa ha visto?"

"Solo un testo curioso su Cristoforo Colombo: analizza la sua firma e vi trova addirittura un riferimento alle piramidi. Il suo intento era di ricostruire il Tempio di Gerusalemme, dato che era gran maestro dei Templari in esilio. Siccome era notoriamente un ebreo portoghese e quindi esperto cabalista, è con evocazioni talismaniche che ha calmato le tempeste e domato lo scorbuto. Non ho guardato i testi sulla Cabbala perché immagino li abbia visti Diotallevi."

"Tutti con lettere ebraiche sbagliate, fotocopiate dai libercoli sulla Smorfia."

"Attenzione che stiamo scegliendo testi per Iside Svelata. Non facciamo della filologia. Forse ai diabolici piacciono le lettere ebraiche tratte dalla Smorfia. Sono incerto su tutti i contributi sulla massoneria. Il signor Garamond mi ha raccomandato di andare coi piedi di piombo, non vuole immischiarsi nelle diatribe tra i diversi riti. Però non trascurerei questo sul simbolismo massonico nella grotta di Lourdes. Né quest'altro, molto bello, sull'apparizione di un gentiluomo, probabilmente il conte di San Germano, intimo di Franklin e di Lafayette, al momento dell'invenzione della bandiera degli Stati Uniti. Salvo che spiega bene il significato delle stelle, ma entra in stato confusionale a proposito delle strisce."

"Il conte di San Germano!" dissi. "Guarda guarda!"

"Perché, lo conosce?"

"Se vi dico di sì non mi credete. Lasciamo perdere. Io ho qui una mostruosità di quattrocento pagine contro gli errori della scienza moderna: L'atomo, una menzogna giudaica, L'errore di Einstein e il segreto mistico dell'energia, L'illusione di Galileo e la natura immateriale della luna e del sole."

"Se è per questo," disse Diotallevi, "quello che mi è piaciuto di più è questa rassegna di scienze fortiane."

"E che sono?"

"Da un certo Charles Hoy Fort, che aveva raccolto un'immensa collezione di notizie inspiegabili. Una pioggia di rane a Birmingham, impronte di un animale favoloso nel Devon, scale misteriose e impronte di ventose sul dorso di alcune montagne, irregolarità nella precessione degli equinozi, iscrizioni su meteoriti, neve nera, temporali di sangue, esseri alati a ottomila metri nel cielo di Palermo, ruote luminose nel mare, resti di giganti, cascata di foglie morte in Francia, precipitazioni di materia vivente a Sumatra, e naturalmente tutte le impronte sul Machu Picchu e altre cime dell'America del Sud che attestano l'atterraggio di potenti astronavi in epoca preistorica. Non siamo soli nell'universo."

"Mica male," disse Belbo. "Quello che mi intriga, a me, sono invece queste cinquecento pagine sulle piramidi. Lo sapevate che la piramide di Cheope si trova proprio sul trentesimo parallelo che è quello che attraversa il maggior numero di terre emerse? Che i rapporti geometrici che si trovano nella piramide di Cheope sono gli stessi che si trovano a Pedra Pintada in Amazzonia? Che l'Egitto possedeva due serpenti piumati, uno sul trono di Tutankhamon e l'altro sulla piramide di Sakkara, e questo rinvia a Quetzalcoatl?"

"Che cosa c'entra Quetzalcoatl con l'Amazzonia, se fa parte del panteon messicano?" chiesi.

"Be', forse ho perso un nesso. D'altra parte come giustificare che le statue dell'isola di Pasqua siano megaliti come quelli celtici? Uno degli dei polinesiani si chiama Ya ed è chiaramente lo Iod degli ebrei, come l'antico ungherese Io-v', il dio grande e buono. Un antico manoscritto messicano mostra la terra come un quadrato circondato dal mare e al centro della terra vi è una piramide che reca sulla base l'iscrizione Aztlan, che assomiglia a Atlas o Atlantide. Perché su entrambi i lati dell'Atlantico si trovano piramidi?"

"Perché è più facile costruire piramidi che sfere. Perché il vento produce le dune a forma di piramidi e non di Partenone."

"Odio lo spirito dell'Illuminismo," disse Diotallevi.

"Continuo. Il culto di Ra non appare nella religione egizia prima del Nuovo Impero e quindi proviene dai celti. Si ricordi san Nicola e la sua slitta. Nell'Egitto preistorico la nave solare era una slitta. Siccome questa slitta non avrebbe potuto scivolare sulla neve in Egitto, la sua origine doveva essere nordica..."

Non demordevo: "Ma prima dell'invenzione della ruota si usavano slitte anche sulla sabbia."

"Non interrompa. Il libro dice che prima bisogna identificare le analogie, e poi trovare le ragioni. E qui dice che alla fin fine le ragioni sono scientifiche. Gli egizi conoscevano l'elettricità, altrimenti non avrebbero potuto fare quello che hanno fatto. Un ingegnere tedesco incaricato delle fognature di Bagdad ha scoperto pile elettriche ancora funzionanti che risalivano ai Sassanidi. Negli scavi di Babilonia sono venuti alla luce accumulatori fabbricati quattromila anni fa. E infine l'arca dell'alleanza (che avrebbe dovuto raccogliere le tavole della legge, la verga di Aronne e un vaso di manna del deserto) era una specie di forziere elettrico capace di produrre scariche dell'ordine dei cinquecento volt."

"L'ho già visto in un film."

"E allora? Da dove crede che tirino fuori le idee i soggettisti? L'arca era fatta di legno d'acacia, rivestita d'oro all'interno e all'esterno – il medesimo principio dei condensatori elettrici, due conduttori separati da un isolante. Era circondata da una ghirlanda pure d'oro. Era posta in una zona secca dove il campo magnetico raggiungeva 500-600 volt per metro verticale. Si dice che Porsenna abbia liberato attraverso l'elettricità il suo regno dalla presenza di un terribile animale chiamato Volt."

"È per questo che Volta ha scelto quel soprannome esotico. Prima si chiamava solo Szmrszlyn Krasnapolskij."

"Siamo seri. Anche perché oltre ai manoscritti ho qui una sventola di lettere che propongono rivelazioni sui rapporti tra Giovanna d'Arco e i Libri Sibillini, Lilith demone talmudico e la grande madre ermafrodita, il codice genetico e la scrittura marziana, l'intelligenza segreta delle piante, il rinascimento cosmico e la psicoanalisi, Marx e Nietzsche nella prospettiva di una nuova angelologia, il Numero d'Oro e i Sassi di Matera, Kant e l'occultismo, misteri eleusini e jazz, Cagliostro e l'energia atomica, omosessualità e gnosi, Golem e lotta di classe, per finire con un'opera in otto volumi sul Graal e il Sacro Cuore."

"Che cosa vuole dimostrare? Che il Graal è un'allegoria del Sacro Cuore o che il Sacro Cuore è un'allegoria del Graal?"

"Capisco la differenza e l'apprezzo, ma credo che per lui vadano bene tutte e due le cose. Insomma, a questo punto io non so più come regolarmi. Bisognerebbe sentire il signor Garamond."

Lo sentimmo. Lui disse che per principio non si doveva buttare via nulla, e ascoltare tutti.

"Guardi che la maggior parte di questa roba ripete cose che si trovano in tutte le edicole delle stazioni," dissi. "Gli autori, anche quelli a stampa, si copiano tra loro, uno dà come testimonianza l'affermazione dell'altro, e tutti usano come prova decisiva una frase di Giamblico, per dire."

"E allora?" disse Garamond. "Vorrà vendere ai lettori qualcosa che ignorano? Occorre che i libri di Iside Svelata parlino esattamente delle stesse cose di cui parlano gli altri. Si confermano tra loro, dunque sono veri. Diffidate dell'originalità."

"D'accordo," disse Belbo, "ma bisogna pur sapere che cosa è ovvio e che cosa no. Ci serve un consulente."

"Di che tipo?"

"Non lo so. Deve essere più smagato di un diabolico, ma deve conoscere il loro mondo. E poi deve dirci su che cosa dobbiamo puntare per Hermetica. Uno studioso serio dell'ermetismo rinascimentale..."

"Bravo," gli disse Diotallevi, "e poi la prima volta che gli metti in mano il Graal e il Sacro Cuore se ne esce sbattendo la porta."

"Non è detto."

"Io conoscerei la persona giusta," dissi. "È un tipo certamente erudito, che prende abbastanza sul serio queste cose, ma con eleganza, direi con ironia. L'ho incontrato in Brasile, ma ora dovrebbe essere a Milano. Dovrei avere il telefono da qualche parte."

"Contattatelo," disse Garamond. "Con cautela, dipende dal prezzo. E poi cercate anche di utilizzarlo per la meravigliosa avventura dei metalli."

Agliè parve felice di risentirmi. Mi domandò notizie della deliziosa Amparo, gli feci timidamente capire che era una storia passata, si scusò, fece alcune garbate osservazioni sulla freschezza con cui un giovane può aprire sempre nuovi capitoli alla sua vita. Gli accennai a un progetto editoriale. Si mostrò interessato, disse che ci avrebbe visto volentieri, e fissammo un appuntamento a casa sua.

Dalla nascita del Progetto Hermes sino a quel giorno mi ero divertito spensieratamente alle spalle di mezzo mondo. Ora Essi incominciavano a presentare il conto. Ero anch'io un'ape, e correvo verso un fiore, ma non lo sapevo ancora.

46

Durante il giorno ti accosterai alla rana parecchie volte e proferirai parole di adorazione. E le chiederai di compiere i miracoli che desideri... Intanto intaglierai una croce su cui immolarla.

(Da un Rituale di Aleister Crowley)

Agliè abitava dalle parti di piazzale Susa: una piccola via riservata, una palazzina fine secolo, sobriamente floreale. Ci aprì un vecchio cameriere in giacca a righe, che ci introdusse in un salottino e ci pregò di attendere il signor conte.

"Allora è conte," sussurrò Belbo.

"Non gliel'ho detto? È San Germano, redivivo."

"Non può essere redivivo se non è mai morto," sentenziò Diotallevi. "Non sarà mica Asvero, l'ebreo errante?"

"Secondo alcuni il conte di San Germano è stato anche Asvero."

"Vede?"

Entrò Agliè, sempre impeccabile. Ci strinse la mano e si scusò: una noiosa riunione, del tutto imprevista, lo obbligava a trattenersi ancora per una decina di minuti nel suo studio. Disse al cameriere di portarci del caffè e ci pregò di accomodarci. Poi uscì, scostando una pesante cortina di vecchio cuoio. Non era una porta e, mentre prendevamo il caffè sentivamo arrivare voci concitate dalla stanza accanto. Sulle prime parlammo tra di noi ad alta voce, per non ascoltare, poi Belbo osservò che forse disturbavamo. In un istante di silenzio udimmo una voce, e una frase, che suscitarono la nostra curiosità. Diotallevi si alzò con l'aria di ammirare una stampa secentesca alla parete, proprio accanto alla cortina. Era una caverna montana, a cui alcuni pellegrini salivano per sette scalini. Dopo poco fingevamo tutti e tre di studiare l'incisione.

Colui che avevamo udito era certamente Bramanti, e stava dicendo: "Insomma, io non mando diavoli a casa di nessuno!"

Quel giorno realizzammo che del tapiro Bramanti aveva non solo l'aspetto ma anche la voce.

L'altra voce era quella di uno sconosciuto, dal forte accento francese, e dal tono stridulo, quasi isterico. A tratti si intrometteva nel dialogo la voce di Agliè, morbida e conciliante.

"Andiamo signori," stava dicendo ora Agliè, "loro si sono appellati al mio verdetto, e ne sono onorato, ma in tal caso mi stiano ad ascoltare. Mi permetta anzitutto di dire che lei, caro Pierre, è stato per lo meno imprudente a scrivere quella lettera..."

"L'affare è molto sèmplice, signor conte," rispondeva la voce francese, "questo signor Bramanti scrive un articolo, in una rivista che noi tutti stimiamo, dove fa dell'ironia piuttosto lorda su alcuni luciferiani che vorrebbero delle ostie senza neppure credere nella presenza reale, per tirarne argento e patatì e patatà. Bon, ora tutti sanno che l'unica Eglise Luciferienne riconosciuta è quella di cui sono modestamente Tauroboliaste e Psicopompo, e si sa sa che la mia Chiesa non fa del satanismo volgare e non fa della ratatuglia con le ostie, cose da chanoine Docre a Saint-Sulpice. Io nella lettera ho detto che non siamo satanisti vieux jeu, adoratori du Grand Tenancier du Mal, e che non abbiamo bisogno di fare simmierie della Chiesa di Roma, con tutte quelle pissidi e quelle come si dice casubole... Noi siamo piuttosto dei Palladiani, ma lo sa tutto il mondo, per noi Lucifero è il prensipio del bene, caso mai è Adonai che è il prensipio del male perché questo mondo lo ha creato lui e Lucifero aveva tentato di si opporre..."

"Va bene," diceva Bramanti eccitato, "l'ho detto, posso aver peccato di leggerezza, ma questo non l'autorizzava a minacciarmi di sortilegio!"

"Ma vediamo! La mia era una metafòra! Siete voi, piuttosto, che di rinvio mi avete fatto l'envoûtement!"

"Eh già, io e i miei confratelli abbiamo tempo da perdere a mandare i diavoletti in giro! Noi pratichiamo Dogma e Rituale dell'Alta Magia, non siamo delle fattucchiere!"

"Signor conte, mi appello a voi. Il signor Bramanti ha notoriamente rapporti con l'abate Boutroux, e voi sapete bene che di questo sacerdote si dice che si sia fatto tatuare sulla pianta dei piedi il crocifisso per poter marciare su nostro signore, ovvero sul suo... Bon, io incontro sette giorni fa questo pretenduto abate alla libreria Du Sangreal, voi conoscete, lui mi sorride, molto viscido come suo costume, e lui mi dice bene bene ci sentiremo una di queste sere... Ma che cosa vuol dire una di queste sere? Vuol dire che, due sere dopo incominciano le visite, io sto per andare a letto e mi sento colpire al viso da chocs fluidici, voi sapete che sono emanazioni facilmente riconoscibili."

"Avrà sfregato le suole sulla moquette."

"Ah sì. E allora perché volavano i bibelotti, uno dei miei alambicchi mi colpisce alla testa, cade per terra il mio Baphomet in gesso, che era un ricordo del mio povero padre, e sul muro appaiono delle scritte in rosso, delle ordure che non oso dire? Ora sapete bene che non più di un anno fa il fu monsieur Gros aveva accusato quell'abate là di fare cataplasmi con materia fecale, perdonatemi, e l'abate lo ha condannato a morte – e due settimane dopo il povero monsieur Gros moriva misteriosamente. Che questo Boutroux maneggi sostanze velenose lo ha stabilito anche il jury d'onore convocato dai martinisti di Lyon..."

"In base a calunnie..." diceva Bramanti.

"Oh dì dunque! Un processo su materie di questa sorta è sempre indiziario..."

"Sì, ma che monsieur Gros fosse un alcolizzato con la cirrosi all'ultimo stadio al tribunale non è stato detto."

"Ma non siate enfantino! Ma la sorcelleria procede per vie naturali, se uno ha la cirrosi lo si va a colpire nell'organo malato, è l'abbecedario della magia nera..."

"E allora tutti quelli che muoiono di cirrosi è il buon Boutroux, mi faccia ridere!"

"E allora raccontatemi cosa si è passato a Lyon in quelle due settimane... Cappella sconsacrata, ostia col tetragrammatòn, il suo Boutroux con una gran roba rossa con la croce rovesciata, e madame Olcott, la sua voyante personale, per non dire altro, che le appare il tridente sulla fronte, e i calici vuoti che si riempiono da soli di sangue, e l'abate che crasciava in bocca ai fedeli... È vero o no?"

"Ma lei ha letto troppo Huysmans, caro mio!" rideva Bramanti. "È stato un evento culturale, una rievocazione storica, come le celebrazioni della scuola di Wicca e dei collegi druidici!"

"Ouais, il carnivale di Venise..."

Udimmo un trambusto, come se Bramanti stesse per scagliarsi sull'avversario, e Agliè lo trattenesse a fatica. "Voi lo vedete, voi lo vedete," diceva il francese con la voce sopra il rigo. "Ma state attento Bramanti, chiedete al vostro amico Boutroux che cosa gli è arrivato! Voi non lo sapete ancora, ma è all'ospitale, chiedetegli chi gli ha cassato la figura! Anche se non pratico quella vostra goetìa là, ne so qualcosa anch'io, e quando ho capito che la mia casa era abitata ho tracciato sul parquet il cerchio di defensa, e siccome io non ci credo ma i vostri diablotini sì, ho levato lo scapolare del Carmelo, e gli ho fatto il contresigne, l'envoûtement retourné, ah sì. Il suo abate ha passato un brutto momento!"

"Vede, vede?" ansava Bramanti, "vede che è lui che fa i malefici?"

"Signori, ora basta," disse Agliè, gentile ma fermo. "Ora ascoltino me. Sanno quanto apprezzi sul piano conoscitivo queste rivisitazioni di rituali desueti, e per me la chiesa luciferiana o l'ordine di Satana sono ugualmente rispettabili al di là delle differenze demonologiche. Sanno del mio scetticismo al riguardo, ma infine, apparteniamo pur sempre alla stessa cavalleria spirituale e li invito a un minimo di solidarietà. E poi signori, mescolare il Principe delle Tenebre con dispetti personali! Se fosse vero sarebbe puerile. Andiamo, fole da occultisti. Si comportano come volgari frammassoni. Boutroux è un dissociato, siamo franchi, e caso mai lei, caro Bramanti, lo inviti a rivendere a un rigattiere quel suo materiale di trovarobato per il Mefistofele di Boito..."

"Ah ah, c'est bien dit ça," ridacchiava il francese, "c'est de la brocanterie..."

"Ridimensioniamo i fatti. C'è stato un dibattito su quelli che chiameremo formalismi liturgici, gli animi si sono infiammati, ma non diamo corpo alle ombre. Badi, caro Pierre, non escludo affatto la presenza in casa sua di entità estranee, è la cosa più normale del mondo, ma con un minimo di buon senso si potrebbe spiegare tutto con un *poltergeist*..."

"Ah, questo non lo escludo," disse Bramanti, "la congiuntura astrale in questo periodo..."

"E allora! Su, una stretta di mano, e un abbraccio fraterno."

Udimmo sussurri di scusa reciproca. "Lo sa anche lei," stava dicendo Bramanti, "talora per individuare chi veramente attende l'iniziazione, bisogna indulgere anche al folclore. Persino quei mercanti del Grand Orient, che non credono a nulla, hanno un cerimoniale."

"Bien entendu, le rituel, ah ça...."

"Ma non siamo più ai tempi di Crowley, intesi?" disse Agliè. "Li lascio ora, ho altri ospiti."

Tornammo rapidamente al divano, e attendemmo Agliè con compostezza e disinvoltura.

47

> L'alta adunque fatica nostra è stata di trovar ordine in queste sette misure, capace, bastante, distinto, et che tenga sempre il senso svegliato et la memoria percossa... Questa alta et incomparabile collocatione fa non solamente officio di conservarci le affidate cose parole et arti... ma ci dà ancora la vera sapientia...
>
> (Giulio Camillo Delminio, *L'Idea del Theatro*, Firenze, Torrentino, 1550, Introduzione)

Dopo pochi minuti Agliè entrava. "Mi scusino, cari amici. Esco da una discussione a dir poco spiacevole. Come l'amico Casaubon sa, mi considero un cultore di storia delle religioni, e questo fa sì che alcuni, e non di rado, ricorrano ai miei lumi, forse più al mio buon senso che alla mia dottrina. È curioso, sanno, come tra gli adepti di studi sapienziali si trovino talora personalità singolari... Non dico i soliti cercatori di consolazioni trascendentali o gli spiriti melanconici, ma anche persone di profondo sapere, e di grande finezza intellettuale, che tuttavia indulgono a fantasticherie notturne e perdono il senso del limite tra verità tradizionale e arcipelago del sorprendente. Le persone con cui avevo convegno dianzi stavano questionando su congetture puerili. Ahimè, come si dice, accade nelle migliori famiglie. Ma mi seguano nel mio studiolo, prego, converseremo in un ambiente più confortevole."

Sollevò la cortina in cuoio, e ci fece passare nell'altra stanza. Studiolo non l'avremmo definita, ampia com'era, e arredata con squisite scaffalature d'antiquariato, ricolme di libri ben rilegati, certamente tutti di venerabile età. Ciò che ci colpì, più che i libri, furono alcune vetrinette ricolme di oggetti incerti, pietre ci parvero, e piccoli animali, non capimmo se impagliati o mummificati o finemente riprodotti. Il tutto come sommerso in una luce diffusa e crepuscolare. Sembrava provenire da una grande bifora di fondo, dalle vetrate piombate a losanghe dalle trasparenze ambrate, ma la luce della bifora si amalgamava con quella di una grande lampada posata su un tavolo di mogano scuro, ricoperto di carte. Era una di quelle lampade che si trovano talora sui tavoli di lettura delle vecchie biblioteche, dalla boccia verde a cupola, capaci di gettare un ovale bianco sulle pagine, lasciando l'ambiente in una penombra di opalescenze. Questo gioco di luci diverse, innaturali entrambe, in qualche modo però ravvivava anziché spegnere la policromia del soffitto.

Era un soffitto a volta, che la finzione decorativa voleva sostenuto ai quattro lati da colonnine rosso mattone con minuti capitelli dorati, ma il *trompe-l'oeil* delle immagini che lo invadevano, ripartite in sette zone, lo faceva apparire a vela, e tutta la sala assumeva il tono di una cappella mortuaria, impalpabilmente peccaminosa, melanconicamente sensuale.

“Il mio piccolo teatro,” disse Agliè, “alla maniera di quelle fantasie rinascimentali dove si disponevano delle enciclopedie visive, sillogi dell'universo. Più che un'abitazione, una macchina per ricordare. Non v'è immagine che voi vediate che, combinandosi dovutamente con altre, non riveli e riassuma un mistero del mondo. Noterete quella teoria di figure, che il pittore ha voluto affini a quelle del palazzo di Mantova: sono i trentasei decani, signori del cielo. E per vezzo, e fedeltà alla tradizione, da che ho trovato questa splendida ricostruzione dovuta a chissà chi, ho voluto che anche i piccoli reperti che corrispondono, nelle teche, alle immagini del soffitto, riassumessero gli elementi fondamentali dell'universo, l'aria, l'acqua, la terra e il fuoco. Il che spiega la presenza di questa graziosa salamandra, per esempio, capolavoro di taxidermia di un caro amico, o questa delicata riproduzione in miniatura, invero un poco tarda, della eolipila di Erone, dove l'aria contenuta nella sfera, se attivassi questo fornellino ad alcole che le fa da conca, riscaldandosi e sfuggendo da questi beccucci laterali, ne provocherebbe la rotazione. Magico strumento, che già usavano i preti egizi nei loro santuari, come ci ripetono tanti testi illustri. Loro la usavano per fingere un prodigio, e le folle il prodigio veneravano, ma il vero prodigio è nella legge aurea che ne regola la meccanica segreta e semplice, aerea ed elementare, aria e fuoco. E questa è la sapienza, che ebbero i nostri antichi, e gli uomini dell'alchimia, e che han perduto i costruttori di ciclotroni. Così io volgo lo sguardo al mio teatro della memoria, figlio di tanti, più vasti, che affascinarono i grandi spiriti del passato, e so. So, più dei cosiddetti sapienti. So che così com'è in basso, così è in alto. E altro non c'è da sapere.”

Ci offrì dei sigari cubani, di forma curiosa, non diritti, ma contorti, arricciati, benché corposi e grassi. Emettemmo alcune esclamazioni di ammirazione e Diotallevi si avvicinò agli scaffali.

“Oh,” diceva Agliè, “una bibliotechina minima, come vedete, non più di due centinaia di volumi, ho di meglio nella mia casa di famiglia. Ma modestamente tutti di qualche pregio e rarità, naturalmente non disposti a caso, e l'ordine delle materie verbali segue quello delle immagini e degli oggetti.”

Diotallevi accennò timidamente a toccare i volumi. “La prego,” disse Agliè, “è l'*Oedypus Aegyptiacus* di Athanasius Kircher. Loro lo sanno, fu il primo dopo Orapollo che tentasse di interpretare i geroglifici. Uomo affascinante, vorrei che questo mio fosse come il suo museo delle meraviglie, che ora si vuole disperso, perché chi non sa cercare non trova... Conversatore amabilissimo. Come era fiero il giorno che scoprì che questo geroglifico significava ‘i benefici del divino Osiride siano provvisti da cerimonie sacre e dalla catena dei geni...’ Poi venne quel mestatore di Champollion, uomo odiosissimo, mi credano, di una vanità infantile, e insistette nell'affermare che il segno corrispondeva soltanto al nome di un faraone. Che ingenio hanno i moderni nello svilire i simboli sacri. L'opera non è poi così rara: costa meno di una Mercedes. Guardino piuttosto questa, la prima edizione 1595 dell'*Amphitheatrum sapientiae aeternae* del

Khunrath. Si dice che al mondo ve ne siano solo due copie. Questa è la terza. E questa invece è la prima edizione del *Telluris Theoria Sacra* del Burnetius. Non posso guardarne le tavole di sera senza provare una sensazione di claustrofobia mistica. Le profondità del nostro globo... Insospettate, vero? Vedo che il dottor Diotallevi è affascinato da quei caratteri ebraici del *Traicté des Chiffres* del Vigenère. Veda allora questo: è la prima edizione della *Kabbala denudata* di Knorr Christian von Rosenroth. Loro certamente sanno, poi il libro fu tradotto, parzialmente e malamente, e divulgato in inglese all'inizio di questo secolo da quello sciagurato di McGregor Mathers... Conosceranno qualcosa di quella scandalosa conventicola che affascinò tanto gli esteti britannici, la Golden Dawn. Da tal banda di falsificatori di documenti iniziatici non poteva che nascerne una serie di degenerazioni senza fine, dalla Stella Mattutina alle chiese sataniche di Aleister Crowley, che evocava i demoni per ottenere le grazie di alcuni gentiluomini devoti al *vice anglais*. Sapessero, cari amici, quante persone dubbie, a dir poco, occorre incontrare quando ci si dedica a questi studi, lo vedranno loro stessi se inizieranno a pubblicare in questo campo."

Belbo colse l'occasione fornitagli da Agliè per entrare in argomento. Gli disse che la Garamond desiderava pubblicare pochi libri all'anno di carattere, disse, esoterico.

"Oh, esoterico," sorrise Agliè, e Belbo arrossì.

"Diciamo... ermetico?"

"Oh, ermetico," sorrise Agliè.

"Bene," disse Belbo, "forse uso i termini sbagliati, ma certamente lei capisce il genere."

"Oh," sorrise ancora Agliè, "non c'è un genere. È il sapere. Quello che loro vogliono è pubblicare una rassegna del sapere non degenerato. Forse per loro sarà solo una scelta editoriale, ma se dovrò occuparmene sarà per me una ricerca di verità, una *queste du Graal*."

Belbo avvertì che, così come il pescatore getta la rete e può raccogliere anche conchiglie vuote e sacchetti di plastica, alla Garamond sarebbero arrivati molti manoscritti di discutibile serietà, e si cercava un lettore severo che sceverasse il grano dal loglio, segnalando anche le scorie curiose, perché c'era una casa editrice amica che avrebbe gradito che le fossero dirottati autori di minore degnità... Naturalmente si trattava di definire anche una forma dignitosa di compenso.

"Grazie al cielo sono quello che si definisce un benestante. Un benestante curioso e persino avveduto. Mi basta, nel corso delle mie esplorazioni, trovare un'altra copia del Khunrath, o un'altra bella salamandra imbalsamata, o un corno di narvalo (che mi vergognerei di tenere in collezione, ma che persino il tesoro di Vienna esibisce come corno di unicorno), e guadagno con una breve e piacevole transazione più di quanto mi possa dare lei in dieci anni di consulenza. Vedrò i loro dattiloscritti in spirito di umiltà. Sono convinto che anche nel testo più squallido troverò una scintilla, se non di verità, almeno di bizzarra menzogna, e spesso gli estremi si toccano. Mi annoierò solo sull'ovvietà, e per quella noia mi compenseranno. In base alla noia che avrò provato, mi limiterò a inviare a fine anno una breve notula, che manterrò nei limiti del simbolico. Se la giudicheranno eccessiva, mi invieranno una cassetta di vini pregiati."

Belbo era perplesso. Era abituato a trattare con consulenti queruli e affamati. Aprì la borsa che aveva portato con sé e ne trasse un dattiloscritto voluminoso.

"Non vorrei si facesse idee troppo ottimistiche. Veda per esempio questo, che mi pare tipico della media."

Agliè aprì il dattiloscritto: "La lingua segreta delle Piramidi... Vediamo l'indice... Il Pyramidion... Morte di Lord Carnavon... La testimonianza di Erodoto..." Lo richiuse. "Loro lo hanno letto?"

"Rapidamente io, nei giorni scorsi," disse Belbo.

Gli restituì l'oggetto. "Ecco, mi confermi se il mio riassunto è corretto." Si sedette dietro la scrivania, mise la mano nella tasca del panciotto, ne trasse il portapillole che già avevo visto in Brasile, lo rigirò tra quelle sue dita sottili e affusolate che sino a poco prima avevano accarezzato i suoi libri prediletti, alzò gli occhi verso le decorazioni del soffitto, e mi parve recitare un testo che conosceva da lungo tempo.

"L'autore di questo libro dovrebbe ricordare che il Piazzi Smyth scopre le misure sacre ed esoteriche delle piramidi nel 1864. Mi lascino citare solo per numeri interi, alla mia età la memoria comincia a far difetto... È singolare che la loro base sia un quadrato il cui lato misura 232 metri. In origine l'altezza era di 148 metri. Se traduciamo in cubiti sacri egiziani abbiamo una base di 366 cubiti e cioè il numero dei giorni di un anno bisestile. Per Piazzi Smyth l'altezza moltiplicata per 10 alla nona dà la distanza Terra-Sole: 148 milioni di chilometri. Una buona approssimazione per quei tempi, visto che oggi la distanza calcolata è di 149 milioni e mezzo di chilometri, e non è detto che abbiano ragione i moderni. La base divisa per la larghezza di una delle pietre dà 365. Il perimetro della base è di 931 metri. Si divida per il doppio dell'altezza e si ha 3,14, il numero. Splendido, vero?"

Belbo sorrideva imbarazzato. "Impossibile! Mi dica come fa a..."

"Lascia parlare il dottor Agliè, Jacopo," disse sollecito Diotallevi.

Agliè lo ringraziò con un sorriso educato. Parlava lasciando vagare lo sguardo sul soffitto, ma mi parve che la sua ispezione non fosse né oziosa né casuale. I suoi occhi seguivano una traccia, come se leggessero nelle immagini quello che egli fingeva di riesumare nella memoria.

48

> Ora, dall'apice alla base, le misure della Grande Piramide, in pollici egizi, sono 161.000.000. Quante anime umane sono vissute sulla terra da Adamo a oggi? Una buona approssimazione sarebbe qualcosa tra 153.000.000 e 171.000.000.
>
> (Piazzi Smyth, *Our Inheritance in the Great Pyramid*, London, Isbister, 1880, p. 583)

"Immagino che il suo autore sostenga che l'altezza della piramide di Cheope è uguale alla radice quadrata del numero dato dalla superficie di ciascuno dei lati. Naturalmente le misure vanno prese in piedi, più vicini al cubito egiziano ed ebraico, e non in metri, perché il metro è una misura astratta inventata nei tempi moderni. Il cubito egiziano in piedi fa 1,728. Se poi non abbiamo le altezze precise possiamo rifarci al pyramidion, che era la piccola piramide posta sull'apice della grande piramide per costituirne la punta. Era d'oro o di altro metallo che lucesse nel sole. Ora prenda l'altezza del pyramidion, la moltiplichi per l'altezza della piramide intera, moltiplichi il tutto per dieci alla quinta e abbiamo la lunghezza della circonferenza equatoriale. Non solo, se prende il perimetro della base e lo moltiplica per ventiquattro alla terza diviso due, ha il raggio medio della terra. In più l'area coperta dalla base della piramide moltiplicata per 96 per dieci all'ottava dà centonovantasei milioni ottocentodiecimila miglia quadrate che corrispondono alla superficie terrestre. È così?"

Belbo amava manifestare stupefazione, di solito, con un'espressione che aveva appreso in cineteca, vedendo l'edizione originale di *Yankee Doodle Dandy* con James Cagney: "I am flabbergasted!" E così disse. Evidentemente Agliè conosceva bene anche l'inglese colloquiale perché non riuscì a celare la sua soddisfazione senza vergognarsi di questo atto di vanità. "Cari amici," disse, "quando un signore, il cui nome mi è ignoto, concuoce una compilazione sul mistero delle piramidi, non può dire che quello che ormai sanno anche i bambini. Mi sarei stupito se avesse detto qualche cosa di nuovo."

"Quindi," esitò Belbo, "questo signore sta dicendo semplicemente delle verità assodate."

"Verità?" rise Agliè, aprendoci di nuovo la scatola dei suoi sigari rachitici e deliziosi. "Quid est veritas, come diceva un mio conoscente di tanti anni fa. In parte si tratta di un cumulo di sciocchezze. Per cominciare se si divide la base esatta della piramide per il doppio esatto dell'altezza, calcolando anche i decimali, non si ha il numero bensì 3,1417254. Piccola differenza, ma conta. Inoltre un discepolo del Piazzi Smyth, Flinders Petrie, che fu anche il misuratore di Stonehenge, dice di aver sorpreso il maestro che un giorno, per far tornare i conti, limava le sporgenze granitiche dell'anticamera reale... Pettegolezzi, forse, ma il Piazzi Smyth non era uomo da ispirare fiducia, bastava vedere come si annodava la cravatta. Tuttavia fra tante sciocchezze ci sono anche inoppugnabili verità. Signori, vogliono seguirmi alla finestra?"

Spalancò teatralmente i battenti, ci invitò ad affacciarci, e ci mostrò lontano, all'angolo fra la stradetta e i viali, un chioschetto di legno, dove si vendevano presumibilmente i biglietti della lotteria di Merano.

"Signori," disse, "invito loro ad andare a misurare quel chiosco. Vedranno che la lunghezza del ripiano è di 149 centimetri, vale a dire un centomiliardesimo della distanza Terra-Sole. L'altezza posteriore divisa per la larghezza della finestra fa 176/56 = 3,14. L'altezza anteriore è di 19 decimetri e cioè pari al numero di anni del ciclo lunare greco. La somma delle altezze dei due spigoli anteriori e dei due spigoli posteriori fa 190×2+176×2 =732, che è la data della vittoria di Poitiers. Lo spessore del ripiano è di 3,10 centimetri e la larghezza della cornice della finestra di 8,8 centimetri. Sostituendo ai numeri interi la corrispondente lettera alfabetica avremo C_{10} H_8, che è la formula della naftalina."

"Fantastico," dissi, "ha provato?"

"No," disse Agliè. "Lo ha fatto su un altro chiosco un certo Jean-Pierre Adam. Immagino che tutti i chioschi della lotteria abbiano più o meno le stesse dimensioni. Con i numeri si può fare quello che si vuole. Se ho il numero sacro 9 e voglio ottenere 1314, data del rogo di Jacques de Molay – data cara a chi come me si professa devoto alla tradizione cavalleresca templare – come faccio? Lo moltiplico per 146, data fatidica della distruzione di Cartagine. Come sono arrivato al risultato? Ho diviso 1314 per due, per tre, eccetera, sino a che non ho trovato una data soddisfacente. Avrei anche potuto dividere 1314 per 6,28, il doppio di 3,14, e avrei avuto 209. Ebbene, è l'anno dell'ascesa al trono di Attalo I re di Pergamo. Soddisfatti?"

"Quindi lei non crede alle numerologie di nessun tipo," disse deluso Diotallevi.

"Io? Ci credo fermamente, credo che l'universo sia un concerto mirabile di corrispondenze numeriche e che la lettura del numero, e la sua interpretazione simbolica, siano una via di conoscenza privilegiata. Ma se il mondo, infero e sùpero, è un sistema di corrispondenze dove tout se tient, è naturale che il chiosco e la piramide, entrambi opera umana, inconsciamente abbiano riprodotto nella loro struttura le armonie del cosmo. Questi cosiddetti piramidologi scoprono con mezzi incredibilmente complicati una verità lineare, e ben più antica, e già saputa. È la logica della ricerca e della scoperta che è perversa, perché è la logica della scienza. La logica della sapienza non ha bisogno di scoperte, perché già sa. Perché si deve dimostrare ciò che non potrebbe essere altrimenti? Se c'è un segreto, è ben più profondo. Questi vostri autori rimangono semplicemente in superficie. Immagino che costui riporti anche tutte le fole sugli egizi che conoscevano l'elettricità..."

"Non le chiedo più come ha fatto a indovinare."

"Vede? Si accontentano dell'elettricità, come un qualsiasi ingegner

Marconi. Sarebbe meno puerile l'ipotesi della radioattività. È un'interessante congettura che, a differenza dell'ipotesi elettrica, spiegherebbe la conclamata maledizione di Tutankhamon. Come hanno fatto gli egizi a sollevare i massi delle piramidi? Si sollevano i macigni con scosse elettriche, si fanno volare con la fissione nucleare? Gli egizi avevano trovato il modo di eliminare la forza di gravità, e possedevano il segreto della levitazione. Un'altra forma di energia... Si sa che i sacerdoti caldei azionavano macchine sacre mediante puri suoni, e che i preti di Karnak e di Tebe potevano far spalancare le porte di un tempio col suono della loro voce – e a che altro si riferisce, riflettano, la leggenda di Sesamo apriti?"

"E allora?" chiese Belbo.

"Qui la voglio, amico mio. Elettricità, radioattività, energia atomica, il vero iniziato sa che sono metafore, coperture superficiali, menzogne convenzionali, al massimo pietosi succedanei di qualche forza più ancestrale, e dimenticata, che l'iniziato cerca, e un giorno conoscerà. Dovremmo parlare, forse," ed esitò un istante, "delle correnti telluriche."

"Che cosa?" domandò non so più chi di noi tre.

Agliè parve deluso: "Vedono? Già speravo che tra i loro postulanti fosse apparso qualcuno che poteva dirmi qualche cosa di più interessante. Mi accorgo che si è fatto tardi. Bene, amici miei, il patto è fatto, e il resto erano divagazioni da vecchio studioso."

Mentre ci tendeva la mano, entrò il cameriere e gli sussurrò qualche cosa all'orecchio. "Oh, la cara amica," disse Agliè, "mi ero scordato. La faccia attendere un minuto... no, non nel salotto, nel salottino turco."

La cara amica doveva aver familiarità con la casa, perché era ormai già sulla soglia dello studiolo, e senza neppure guardarci, nella penombra del giorno ormai alla fine, si dirigeva sicura verso Agliè, gli accarezzava il viso con civetteria e gli diceva: "Simone, non mi farai fare anticamera!" Era Lorenza Pellegrini.

Agliè si scostò lievemente, le baciò la mano, e le disse, indicandoci: "Mia cara, mia dolce Sophia, lei sa di essere di casa in ogni casa che lei illumina. Ma stavo congedando questi ospiti."

Lorenza si accorse di noi e fece un gioioso cenno di saluto – né mi ricordo di averla mai vista sorpresa o imbarazzata di alcunché. "Oh che bello," disse, "anche voi conoscete il mio amico! Jacopo, come stai." (Non chiese come stava, lo disse.)

Vidi Belbo impallidire. Salutammo, Agliè si disse lieto di questa conoscenza comune. "Giudico la nostra comune amica una delle creature più genuine che mai abbia avuto la ventura di conoscere. Nella sua freschezza incarna, consentitemi questa fantasia di vecchio sapiente, la Sophia esiliata su questa terra. Ma mia dolce Sophia, non ho fatto in tempo ad avvertirla, la serata promessa è stata rimandata di alcune settimane. Sono desolato."

"Non importa," disse Lorenza, "aspetterò. Andate al bar voi?" ci chiese, ovvero ci comandò. "Bene, io sto qui una mezz'oretta, voglio che

Simone mi dia uno dei suoi elisir, dovreste provarli, ma dice che sono solo per gli eletti. Poi vi raggiungo."

Agliè sorrise col tono di uno zio indulgente, la fece accomodare, ci accompagnò verso l'uscita.

Ci ritrovammo in strada e ci avviammo verso Pilade, con la mia macchina. Belbo era muto. Non parlammo per tutto il tragitto. Ma al banco del bar occorreva rompere l'incanto.

"Non vorrei avervi portato nelle mani di un pazzo," dissi.

"No," disse Belbo. "L'uomo è acuto, e sottile. Solo che vive in un mondo diverso dal nostro." Poi aggiunse, tetro: "O quasi."

49

La *Traditio Templi* postula di per sé la tradizione di una cavalleria *templare*, cavalleria spirituale e iniziatica...

(Henri Corbin, *Temple et contemplation*, Paris, Flammarion, 1980)

"Credo di aver capito il suo Agliè, Casaubon," disse Diotallevi, che da Pilade aveva chiesto un bianco frizzante, mentre tutti noi temevamo per la sua salute spirituale. "È un curioso delle scienze segrete, che diffida degli orecchianti e dei dilettanti. Ma, come abbiamo indebitamente orecchiato oggi, disprezzandoli li ascolta, li critica, e non se ne dissocia."

"Oggi il signor, il conte, il margravio Agliè o cosa sia mai, ha pronunziato un'espressione chiave," disse Belbo. "Cavalleria spirituale. Li disprezza ma si sente unito a loro da un legame di cavalleria spirituale. Credo di capirlo."

"In che senso?" chiedemmo.

Belbo era ormai al terzo gin martini (whisky di sera, sosteneva, perché calma e induce alla rêverie, gin martini nel tardo pomeriggio perché eccita e rinsalda). Iniziò a raccontare della sua infanzia a ***, come già aveva fatto una volta con me.

"Eravamo tra il 1943 e il 1945, voglio dire nel periodo di passaggio dal fascismo alla democrazia, poi di nuovo alla dittatura della repubblica di Salò, ma con la guerra partigiana sulle montagne. Io avevo all'inizio di questa storia undici anni, e vivevo a casa di zio Carlo. Noi abitavamo in città, ma nel 1943 si erano infittiti i bombardamenti e mia madre aveva deciso che dovevamo sfollare, come si diceva allora. A *** abitavano zio Carlo e zia Caterina. Zio Carlo veniva da una famiglia di coltivatori, e aveva ereditato la casa di ***, con delle terre, date in mezzadria a tale Adelino Canepa. Il mezzadro lavorava, mieteva il grano, faceva il vino, e versava la metà dei proventi al proprietario. Situazione di tensione, ovvio: il mezzadro si considerava sfruttato, e altrettanto il proprietario perché percepiva solo la metà dei redditi delle sue terre. I proprietari odiavano i mezzadri e i mezzadri odiavano i proprietari. Ma convivevano, nel caso di zio Carlo. Zio Carlo nel '14 si era arruolato volontario negli alpini. Rude tempra di piemontese, tutto dovere e patria, era diventato prima tenente e poi capitano. Breve, in una battaglia sul Carso, si era trovato vicino a un soldato idiota che si era fatto scoppiare una bomba tra le mani – altrimenti perché le avrebbero chiamate bombe a mano? Insomma, stava per essere gettato nella fossa comune quando un infermiere si era accorto che era ancora vivo. Lo portarono in un ospedale da campo, gli tolsero un occhio, che ormai penzolava fuori dall'orbita, gli tagliarono un braccio, e a detta di zia Caterina gli inserirono anche una placca di metallo sotto il cuoio capelluto, perché aveva perduto un pezzo di scatola cranica. Insomma, un capolavoro di chirurgia, da un lato, e un eroe, dall'altro. Medaglia d'argento, croce di cavaliere della corona d'Italia, e dopo la guerra un posto sicuro nella pubblica amministrazione. Zio Carlo finì direttore delle imposte a ***, dove aveva ereditato la proprietà dei suoi, ed era andato ad abitare nella casa avita, accanto ad Adelino Canepa e alla sua famiglia."

Zio Carlo, come direttore delle imposte, era un notabile locale. E come mutilato di guerra e cavaliere della corona d'Italia, non poteva che simpatizzare col governo in carica, che si dava il caso fosse la dittatura fascista. Era fascista zio Carlo?

"Nella misura in cui, come si diceva nel sessantotto, il fascismo aveva rivalutato gli ex combattenti e li gratificava con decorazioni e avanzamenti di carriera, diciamo che zio Carlo era moderatamente fascista. Abbastanza per farsi odiare da Adelino Canepa, che invece era antifascista, per ragioni molto chiare. Doveva recarsi da lui ogni anno per concordare la sua dichiarazione dei redditi. Arrivava in ufficio con aria complice e baldanzosa, dopo aver tentato di sedurre zia Caterina con qualche dozzina d'uova. E si trovava di fronte a zio Carlo, che non solo come eroe era incorruttibile, ma che conosceva meglio di chiunque altro quanto il Canepa gli avesse rubato nel corso dell'anno, e non gli perdonava un centesimo. Adelino Canepa si giudicò vittima della dittatura, e iniziò a diffondere voci calunniose su zio Carlo. Abitavano l'uno al piano nobile e l'altro al pianterreno, si incontravano mattino e sera, ma non si salutavano più. I contatti li teneva zia Caterina, e dopo il nostro arrivo mia madre – a cui Adelino Canepa esprimeva tutta la sua simpatia e comprensione per il fatto che fosse cognata di un mostro. Lo zio rientrava, tutte le sere alle sei, col suo consueto doppiopetto grigio, la lobbia e una copia della *Stampa* ancora da leggere. Camminava diritto, da alpino, con gli occhi grigi che fissavano la vetta da conquistare. Passava davanti ad Adelino Canepa che a quell'ora prendeva il fresco su una panchina del giardino, ed era come se non l'avesse visto. Poi incrociava la signora Canepa sulla porta a pianterreno, e si toglieva cerimoniosamente il cappello. Così tutte le sere, anno dopo anno."

Erano le otto, Lorenza non tornava come aveva promesso, Belbo era al quinto gin martini.

"Venne il 1943. Una mattina zio Carlo entrò da noi, mi svegliò con un gran bacio e disse ragazzo mio vuoi sapere la notizia più grossa dell'anno? Hanno fatto fuori Mussolini. Non capii mai se zio Carlo ne soffrisse. Era un cittadino integerrimo e un servitore dello stato. Se soffrì non ne parlò, e continuò a dirigere le imposte per il governo Badoglio. Poi venne l'otto settembre, la zona in cui vivevamo cadde sotto il controllo della Repubblica Sociale, e zio Carlo si adeguò. Riscosse i tributi per la Repubblica Sociale. Adelino Canepa vantava intanto i suoi contatti con le prime formazioni partigiane, là sui monti, e prometteva esemplari vendette. Noi ragazzi non sapevamo ancora chi fossero i partigiani. Se ne favoleggiava, ma nessuno li aveva ancora visti. Si parlava di un capo dei badogliani, certo Terzi (un soprannome, naturalmente, come accadeva allora, e molti dicevano che l'aveva preso da quel Terzi dei fumetti, l'amico di Dick Fulmine), ex maresciallo dei carabinieri, che nei primi combattimenti contro i fascisti e le SS aveva perso una gamba, e comandava tutte le brigate sulle colline intorno a ***. E avvenne il fattaccio. Un giorno i partigiani si mostrarono in paese. Erano scesi dalle colline e scorrazzavano per le strade, ancora senza uniformi definite, con fazzoletti azzurri, sparando raffiche di mitra verso il cielo, per dire che erano lì. La notizia circolò, tutti si chiusero in casa, non si sapeva ancora che razza di gente fossero. Zia Caterina espresse alcune blande preoccupazioni, in fondo si dicevano amici di Adelino Canepa, o almeno Adelino Canepa si diceva amico loro, avrebbero mica fatto qualcosa contro lo zio? Lo fecero. Fummo informati che verso le undici una schiera di partigiani coi mitra spianati erano entrati nell'ufficio imposte e avevano arrestato lo zio, portandolo verso destinazione ignota. Zia Caterina si sdraiò sul letto, incominciò a secernere una spuma biancastra dalle labbra e dichiarò che zio Carlo sarebbe stato ucciso. Bastava un colpo col calcio del moschetto, e per via della placca sottocutanea sarebbe morto sul colpo. Attirato dalle grida della zia arrivò Adelino Canepa con la moglie e i figli. La zia gli urlò che era un giuda, che era lui che aveva denunciato lo zio ai partigiani perché riscuoteva i tributi per la Repubblica Sociale, Adelino Canepa giurò su quanto aveva di più sacro che non era vero, ma si vedeva che si sentiva responsabile, perché aveva parlato troppo in giro. La zia lo cacciò. Adelino Canepa pianse, si appellò a mia madre, ricordò tutte le volte che aveva ceduto un coniglio o un pollo per una cifra irrisoria, mia madre si chiuse in un dignitoso silenzio, zia Caterina continuò a emettere spuma biancastra. Io piangevo. Finalmente, dopo due ore di calvario, udimmo delle grida, e zio Carlo apparve in bicicletta, che conduceva con un solo braccio, e sembrava tornasse da una passeggiata. Vide subito del trambusto in giardino ed ebbe la faccia tosta di domandare che cosa era successo. Odiava i drammi, come tutta la gente delle nostre parti. Salì, si avvicinò al letto di dolore di zia Caterina che ancora scalciava con le gambe smagrite, e le chiese perché era così agitata."

"Che cosa era successo?"

"Era successo che probabilmente i partigiani di Terzi avevano raccolto le mormorazioni di Adelino Canepa e avevano identificato zio Carlo come uno dei rappresentanti locali del regime, arrestandolo per dare una lezione a tutto il paese. Zio Carlo era stato condotto con un camion fuori città e si era trovato di fronte a Terzi, corrusco nelle sue decorazioni di guerra, il mitra nella mano destra, la sinistra appoggiata alla stampella. E zio Carlo, ma proprio non credo che fosse astuzia, era stato istinto, abitudine, rituale cavalleresco, era scattato sull'attenti, e si era presentato, maggiore degli alpini Carlo Covasso, mutilato e grande invalido di guerra, medaglia d'argento. E Terzi era scattato anche lui sull'attenti e si era presentato, maresciallo Rebaudengo, dei Reali Carabinieri, comandante della brigata badogliana Bettino Ricasoli, medaglia di bronzo. Dove, aveva chiesto zio Carlo? E Terzi, messo in soggezione: Pordoi, signor maggiore, quota 327. Perdio aveva detto zio Carlo, io ero alla quota 328, terzo reggimento, Sasso di Stria! La battaglia del solstizio? La battaglia del solstizio. E il cannoneggiamento sulle Cinque Dita? Dioboia se me lo ricordo. E quell'assalto alla baionetta alla vigilia di San Crispino? Diocane! Insomma, cose del genere. Poi, l'uno senza un braccio, l'altro senza una gamba, come un sol uomo avevano fatto un passo avanti e si erano abbracciati. Terzi gli aveva detto veda cavaliere, veda signor maggiore, ci risulta che lei raccoglie tributi per il governo fascista asservito all'invasore. Veda comandante, gli aveva detto zio Carlo, ho famiglia e ricevo lo stipendio dal governo centrale, che è quello che è ma non l'ho scelto io, che cosa farebbe lei al mio posto? Caro maggiore, gli aveva risposto Terzi, al suo posto farei come lei, ma veda almeno di rallentare le pratiche, se la prenda comoda. Vedrò, gli aveva detto zio Carlo, non ho nulla contro di voi, anche voi siete figli d'Italia e valorosi combattenti. Credo si siano intesi perché tutti e due dicevano Patria con la P maiuscola. Terzi aveva comandato che al maggiore fosse data una bicicletta e zio Carlo era tornato. Adelino Canepa non si fece più vedere per alcuni mesi. Ecco, non so mica se la cavalleria spirituale sia questa cosa qui, ma certo sono legami che sopravvivono al di sopra delle parti."

50

Perché io sono la prima e l'ultima. Io sono l'onorata e l'odiata. Io sono la prostituta e la santa.

(Frammento di Nag Hammadi 6, 2)

Entrò Lorenza Pellegrini. Belbo guardò il soffitto e chiese un ultimo martini. C'era tensione nell'aria e accennai ad alzarmi. Lorenza mi trattenne. "No, venite tutti con me, stasera si apre la nuova mostra di Riccardo, inaugura un nuovo stile! È grande, tu Jacopo lo conosci."

Sapevo chi era Riccardo, girava sempre da Pilade, ma allora non capii perché Belbo si concentrò con maggior impegno sul soffitto. Dopo aver letto i *files* so che Riccardo era l'uomo con la cicatrice, con cui Belbo non aveva avuto il coraggio di ingaggiar rissa.

Lorenza insisteva, la galleria non era lontano da Pilade, avevano organizzato una festa vera e propria, anzi un'orgia. Diotallevi ne fu sconvolto e disse subito che doveva rientrare, io ero incerto, ma era evidente che Lorenza voleva anche me, e anche questo faceva soffrire Belbo, che vedeva allontanarsi il momento del dialogo a tu per tu. Ma non potei sottrarmi all'invito e ci avviammo.

Io non amavo molto quel Riccardo. All'inizio degli anni sessanta produceva quadri molto noiosi, tessiture minute di neri e di grigi, molto geometriche, un poco optical, che facevano ballare gli occhi. Erano intitolati *Composizione 15*, *Parallasse 17*, *Euclide X*. Appena iniziato il sessantotto esponeva nelle case occupate, aveva di poco cambiato la tavolozza, ora erano solo contrasti violenti di neri e bianchi, la maglia era più grande, e i titoli suonavano *Ce n'est qu'un debut*, *Molotov*, *Cento fiori*. Quando ero tornato a Milano lo avevo visto esporre in un circolo dove si adorava il dottor Wagner, aveva eliminato i neri, lavorava su strutture bianche, dove i contrasti erano dati solo dai rilievi del tracciato su una carta Fabriano porosa, in modo che i quadri, spiegava, rivelassero profili diversi a seconda dell'incidenza della luce. Si intitolavano *Elogio dell'ambiguità*, *A/Traverso*, *Ça*, *Bergstrasse* e *Denegazione 15*.

Quella sera, non appena entrati nella nuova galleria, capii che la poetica di Riccardo aveva subito una profonda evoluzione. L'esposizione si intitolava *Megale Apophasis*. Riccardo era passato al figurativo, con una tavolozza smagliante. Giocava di citazioni, e poiché non credo sapesse disegnare, immagino lavorasse proiettando sulla tela la diapositiva di un quadro celebre – le scelte si aggiravano tra pompiers fine secolo e simbolisti del primo Novecento. Sul tracciato originale lavorava con una tecnica puntinata, attraverso gradazioni infinitesimali di colore, percorrendo punto a punto tutto lo spettro, in modo da iniziare sempre da un nucleo molto luminoso e fiammeggiante e finire sul nero assoluto – o viceversa, a seconda del concetto mistico o cosmologico che voleva esprimere. C'erano montagne che emanavano raggi di luce, scomposti in un pulviscolo di sfere dai colori tenui, si intravedevano cieli concentrici con accenni di angeli dalle ali trasparenti, qualcosa di simile al Paradiso del Doré. I titoli erano *Beatrix, Mystica Rosa, Dante Gabriele 33, Fedeli d'Amore, Atanòr, Homunculus 666* – ecco da dove viene la passione di Lorenza per gli omuncoli, mi dissi. Il quadro più grande si intitolava *Sophia*, e rappresentava una specie di colata di angeli neri che sfumava alla base generando una creatura bianca accarezzata da grandi mani livide, ricalcate su quella che si vede ritta contro il cielo in *Guernica*. La commistione era dubbia, e da vicino l'esecuzione risultava rozza, ma da due o tre metri l'effetto era molto lirico.

"Io sono un realista vecchio stampo," mi sussurrò Belbo, "capisco solo Mondrian. Che cosa rappresenta un quadro non geometrico?"

"Prima lui era geometrico," dissi.

"Quella non era geometria. Era piastrellatura per bagni."

Frattanto Lorenza era corsa ad abbracciare Riccardo, lui e Belbo si erano scambiati un cenno di saluto. C'era ressa, la galleria si presentava come un loft di New York, tutto bianco, e con i tubi del riscaldamento, o dell'acqua, a nudo sul soffitto. Chissà quanto avevano speso a retrodatarla così. In un angolo un sistema di amplificazione stordiva gli astanti con musiche orientali, cose col sitar, se ben ricordo, di quelle che non riconosci la melodia. Tutti passavano distratti davanti ai quadri per affollarsi ai tavoli sul fondo, e afferrare bicchieri di carta. Eravamo arrivati a serata inoltrata, l'atmosfera era densa di fumo, qualche ragazza ogni tanto accennava a movenze di danza al centro della sala, ma tutti erano ancora occupati a conversare, e a consumare il buffet, invero assai ricco. Mi sedetti su un divano ai cui piedi giaceva una grande coppa di vetro, ancora piena a metà di macedonia. Stavo per prenderne un poco, perché non avevo cenato, ma ebbi l'impressione di scorgervi come lo stampo di un piede, che aveva pressato al centro i cubetti di frutta, riducendoli a un pavé omogeneo. Non era impossibile, perché il pavimento era ormai bagnato da chiazze di vino bianco, e qualcuno degli invitati si muoveva già a fatica.

Belbo aveva catturato un bicchiere e si muoveva con indolenza, senza meta apparente, battendo ogni tanto la mano sulla spalla a qualcuno. Cercava di ritrovare Lorenza.

Ma pochi stavano fermi. La folla era intenta a una sorta di movimento circolare, come api che cercassero un fiore ancora ignoto. Io non cercavo nulla, eppure mi ero alzato, e mi spostavo seguendo gli impulsi che mi venivano inviati dal gruppo. Vedevo poco lontano da me Lorenza che vagava mimando agnizioni passionali con l'uno o con l'altro, la testa alta, lo sguardo volutamente miope, le spalle e il seno fermi e dritti, un passo svagato di giraffa.

A un certo punto, il flusso naturale mi immobilizzò in un angolo dietro un tavolo, con Lorenza e Belbo che mi davano le spalle, finalmente incrociatisi, forse per caso, e anche loro bloccati. Non so se si erano accorti della mia presenza, ma in quel gran rumore di fondo nessuno ormai sentiva quel che dicevano gli altri. Si considerarono isolati, e io fui obbligato ad ascoltare la loro conversazione.

"Allora," diceva Belbo, "dove hai conosciuto il tuo Agliè?"

"Mio? Anche tuo, da quel che ho visto oggi. Tu puoi conoscere Simone e io no. Bravo."

"Perché lo chiami Simone? Perché ti chiama Sophia?"

"Ma è un gioco! L'ho conosciuto da amici, va bene? E lo trovo affascinante. Mi bacia la mano come fossi una principessa. E potrebbe essere mio padre."

"Sta' attenta che non diventi il padre di tuo figlio."

Mi sembrava di essere io che parlavo, a Bahia, con Amparo. Lorenza aveva ragione. Agliè sapeva come si bacia la mano a una giovane signora che ignora questo rito.

"Perché Simone e Sophia?" insisteva Belbo. "Si chiama Simone, lui?"

"È una storia meravigliosa. Tu lo sapevi che il nostro universo è frutto di un errore e che un poco è colpa mia? Sophia era la parte femminile di Dio, perché allora Dio era più femmina che maschio, siete stati poi voi che gli avete messo la barba e lo avete chiamato Lui. Io ero la sua metà buona. Dice Simone che io ho voluto generare il mondo senza chiedere il permesso, io la Sophia, che si chiama anche, aspetta, ecco, l'Ennoia. Credo che la mia parte maschile non volesse creare – forse non ne aveva il coraggio, forse era impotente – e io invece di congiungermi con lui ho voluto fare il mondo da sola, non resistevo, credo che fosse per eccesso di amore, è vero, adoro tutto questo universo incasinato. Per questo sono l'anima di questo mondo. Lo dice Simone."

"Che gentile. Dice a tutte così?"

"No stupido, solo a me. Perché mi ha capito meglio di te, non cerca di ridurmi alla sua immagine. Capisce che occorre lasciarmi vivere la vita a modo mio. E così ha fatto Sophia, si è buttata a fare il mondo. Si è scontrata con la materia primordiale, che era schifosa, credo che non usasse deodoranti, e non l'ha fatto apposta ma pare che sia lei che ha fatto il Demo... come si dice?"

"Non sarà il Demiurgo?"

"Ecco, lui. Non ricordo se questo Demiurgo lo ha fatto Sophia oppure c'era già e lei lo ha sobillato, dai scemo, fa' il mondo che poi ci divertiamo. Il Demiurgo doveva essere un casinista e non sapeva fare il mondo come si deve, anzi non avrebbe neppure dovuto farlo, perché la materia è cattiva e lui non era autorizzato a metterci le mani. Insomma ha combinato quello che ha combinato e Sophia ci è rimasta dentro. Prigioniera del mondo."

Lorenza parlava, e beveva molto. Ogni due minuti, mentre molti si erano messi a oscillare blandamente in mezzo alla sala, con gli occhi chiusi, Riccardo le passava davanti e le versava qualcosa nel bicchiere. Belbo cercava di interromperlo, dicendo che Lorenza aveva già bevuto troppo, ma Riccardo rideva scuotendo la testa, e lei si ribellava, dicendo che teneva l'alcool meglio di Jacopo perché lei era più giovane.

"Okay, okay," diceva Belbo. "Non dare ascolto al nonno. Da' ascolto a Simone. Cosa ti ha detto ancora?"

"Questo, che sono prigioniera del mondo, anzi degli angeli cattivi... perché in questa storia gli angeli sono cattivi e hanno aiutato il Demiurgo a fare tutto il casino... gli angeli cattivi, dicevo, mi tengono tra di loro, non mi vogliono lasciar scappare, e mi fanno soffrire. Ma ogni tanto tra gli uomini c'è chi mi riconosce. Come Simone. Dice che gli era già accaduto un'altra volta, mille anni fa – perché non te l'ho detto ma Simone è praticamente immortale, sapessi quante cose ha visto..."

"Certo, certo. Ma adesso non bere più."

"Ssst... Simone mi ha trovato una volta che ero una prostituta in un bordello di Tiro, e mi chiamavo Elena..."

"Questo ti dice quel signore? E tu sei tutta contenta. Permetta che le baci la mano, puttanella del mio universo di merda... Che gentiluomo."

"Caso mai la puttanella era quell'Elena. E poi quando a quei tempi si diceva prostituta si diceva una donna libera, senza vincoli, un'intellettuale, una che non voleva fare la casalinga, lo sai anche tu che una prostituta era una cortigiana, una che teneva salotto, oggi sarebbe una che fa le pubbliche relazioni, chiami puttana una che fa le pubbliche relazioni, come fosse una baldracca di quelle che accendono i falò per i camionisti?"

A quel punto Riccardo le passò di nuovo accanto e la prese per un braccio. "Vieni a ballare," disse.

Stavano in mezzo alla sala, accennando a lievi movimenti un poco trasognati, come se battessero su di un tamburo. Ma a tratti Riccardo la traeva a sé, e le poneva una mano sulla nuca, possessivamente, e lei lo seguiva a occhi chiusi, il volto acceso, il capo gettato all'indietro, coi capelli che le cadevano oltre le spalle, in verticale. Belbo si accendeva una sigaretta dietro l'altra.

Dopo un poco Lorenza afferrò Riccardo alla vita e lo fece muovere lentamente, sino a che non furono a un passo da Belbo. Continuando a ballare, Lorenza gli prese il bicchiere di mano. Teneva Riccardo con la sinistra, il bicchiere con la destra, volgeva lo sguardo un poco umido a Jacopo, e sembrava che piangesse, ma sorrideva... E gli parlava.

"E non è stata mica l'unica volta, sai?"

"L'unica che?" chiese Belbo.

"Che ha incontrato Sophia. Tanti secoli dopo Simone è stato anche Guglielmo Postel."

"Era uno che portava le lettere?"

"Idiota. Era un sapiente del Rinascimento, che leggeva l'ebreo..."

"L'ebraico."

"E cosa cambia? Lo leggeva come i ragazzini leggono Topolino. A prima vista. Ebbene, in un ospedale di Venezia incontra una serva vecchia e analfabeta, la sua Joanna, la guarda e dice, ecco, io ho capito, questa è la nuova incarnazione della Sophia, dell'Ennoia, è la Gran Madre del Mondo scesa tra noi per redimere il mondo intero che ha un'anima femminile. E così Postel si porta Joanna con sé, tutti gli danno del matto, ma lui niente, l'adora, vuole liberarla dalla prigionia degli angeli, e quando lei muore lui rimane a fissare il sole per un'ora e sta tanti giorni senza bere e senza mangiare, abitato da Joanna che non c'è più ma è come se ci fosse, perché è sempre lì, che abita il mondo, e ogni tanto riaffiora, come dire, si incarna... Non è una storia da piangere?"

"Mi sciolgo in lacrime. E a te piace tanto essere Sophia?"

"Ma lo sono anche per te, amore. Sai che prima di conoscermi avevi delle orribili cravatte e la forfora sulle spalle?"

Riccardo le aveva ripreso la nuca. "Posso partecipare alla conversazione?" aveva detto.

"Tu stai buono e balla. Sei lo strumento della mia lussuria."

"Mi va bene."

Belbo continuava come se l'altro non esistesse: "Allora tu sei la sua prostituta, la sua femminista che fa le PR, e lui è il tuo Simone."

"Io non mi chiamo Simone," disse Riccardo, con la bocca già impastata.

"Non stiamo parlando di te," disse Belbo. Da un poco stavo a disagio per lui. Lui, di solito così geloso dei propri sentimenti, stava mettendo in scena il suo diverbio amoroso di fronte a un testimone, anzi, a un rivale. Ma da quell'ultima battuta mi accorsi che, mettendosi a nudo di fronte all'altro – nel momento in cui l'avversario vero era un altro ancora – egli riaffermava nell'unico modo che gli era concesso il suo possesso di Lorenza.

Intanto Lorenza stava rispondendo, dopo aver sollecitato un altro bicchiere da qualcuno: "Ma per gioco. Ma io amo te."

"Meno male che non mi odi. Senti, io vorrei andare a casa, ho un attacco di gastrite. Io sono ancora prigioniero della materia bassa. A me Simone non ha promesso niente. Vieni via con me?"

"Ma stiamo ancora un poco. È così bello. Non ti diverti? E poi non ho ancora guardato i quadri. Hai visto che Riccardo ne ha fatto uno su di me?"

"Quante cose vorrei fare su di te," disse Riccardo.

"Sei volgare. Stai lontano. Sto parlando con Jacopo. Jacopo, Cristo, solo tu puoi fare i giochi intellettuali coi tuoi amici, io no? Chi è che mi tratta come una prostituta di Tiro? Tu."

"L'avrei giurato. Io. Sono io che ti spingo nelle braccia dei vecchi signori."

"Lui non ha mai tentato di prendermi tra le braccia. Non è un satiro. Ti dà noia che non voglia portarmi a letto ma mi consideri un partner intellettuale."

"Allumeuse."

"Questo proprio non lo dovevi dire. Riccardo, portami a cercare qualcosa da bere."

"No, aspetta," disse Belbo. "Adesso mi dici se lo prendi sul serio, voglio capire se sei matta o no. E smetti di bere. Dimmi se lo prendi sul serio, perdio!"

"Ma amore, è il nostro gioco, tra me e lui. E poi il bello della storia è che quando Sophia capisce chi è, e si libera dalla tirannia degli angeli, può muoversi libera dal peccato..."

"Hai smesso di peccare?"

"Ti prego, ripensaci," disse Riccardo baciandola pudicamente sulla fronte.

"Al contrario," rispose lei a Belbo, senza guardare il pittore, "tutte quelle cose là non sono più peccato, si può fare tutto quel che si vuole per liberarsi dalla carne, si è al di là del bene e del male."

Diede una spinta a Riccardo e lo allontanò da sé. Proclamò ad alta voce: "Io sono la Sophia e per liberarmi dagli angeli debbo perpetare... prerpretare... per-pe-trare tutti i peccati, anche i più deliziosi!"

Andò, barcollando lievemente, in un angolo dove sedeva una ragazza vestita di nero, con gli occhi molto bistrati, la carnagione pallida. L'attrasse al centro della sala e iniziò a ondeggiare con lei. Stavano quasi ventre contro ventre, le braccia rilassate lungo i fianchi. "Io posso amare anche te," disse. E la baciò sulla bocca.

Gli altri si erano fatti intorno a semicerchio, un poco eccitati, e qualcuno gridò qualcosa. Belbo si era seduto, con un'espressione impenetrabile, e guardava la scena come un impresario che assista a un provino. Era sudato e aveva un tic all'occhio sinistro, che non gli avevo mai notato. A un tratto, quando Lorenza ballava da almeno cinque minuti, accennando sempre più a movimenti di profferta, ebbe uno scatto: "Adesso vieni qui."

Lorenza si arrestò, allargò le gambe, protese le braccia avanti e gridò: "Io sono la prostituta e la santa!"

"Tu sei la stronza," disse Belbo alzandosi. Andò dritto verso di lei, la prese con violenza per un polso, e la trascinò verso la porta.

"Fermo," gridò lei, "non ti permettere..." Poi scoppiò in lacrime e gli buttò le braccia al collo. "Amore, ma io sono la Sophia di te, ti sarai mica arrabbiato per questo..."

Belbo le passò teneramente il braccio intorno alle spalle, la baciò su una tempia, le ravviò i capelli, poi disse verso la sala: "Scusatela, non è abituata a bere così."

Udii qualche risatina fra gli astanti. Credo le avesse udite anche Belbo. Mi scorse sulla soglia, e fece qualcosa che non ho mai saputo se fosse per me, per gli altri, per lui. Lo fece in sordina, a mezza voce, quando ormai gli altri si erano disinteressati di loro.

Sempre tenendo Lorenza per le spalle, si rigirò di tre quarti verso la sala e disse piano, col tono di chi dice un'ovvietà: "Chicchiricchì."

51

Quando adunque vn Ceruellone Cabalista ti vuol dir qualche cosa, non pensar che ti dica cosa friuola, cosa volgare, cosa commune: ma vn mistero, vn oracolo....

(Thomaso Garzoni, *Il Theatro de vari e diversi cervelli mondani*, Venezia, Zanfretti, 1583, discorso XXXVI)

Il materiale iconografico trovato a Milano e a Parigi non bastava. Il signor Garamond mi autorizzò a spendere qualche giorno a Monaco, al Deutsches Museum.

Passai alcune sere per i baretti dello Schwabing – o in quelle cripte immense dove suonano signori anziani coi baffi, in pantaloni corti di cuoio, e gli amanti si sorridono tra un fumo denso di vapori suini al di sopra di boccali di birra da un litro, una coppia accanto all'altra – e i pomeriggi a sfogliare lo schedario delle riproduzioni. A tratti lasciavo l'archivio, e passeggiavo per il museo, dove hanno ricostruito tutto quello che un essere umano può avere inventato, manovri un pulsante e diorami petroliferi si animano di trivelle in azione, entri in un vero sottomarino, fai girare i pianeti, giochi a produrre acidi e reazioni a catena – un Conservatoire meno gotico e del tutto futuribile, abitato da scolaresche invasate che imparano ad amare gli ingegneri.

Al Deutsches Museum si apprende anche tutto sulle miniere: si scende una scala e si entra in una miniera, completa di cunicoli, ascensori per uomini e cavalli, budelli in cui strisciano fanciulli (spero in cera) macilenti e sfruttati. Si percorrono corridoi tenebrosi e interminabili, ci si arresta sull'orlo di pozzi senza fondo, si sente freddo nelle ossa, e quasi si percepisce l'odore del grisou. Scala uno a uno.

Vagavo in una galleria secondaria, disperando di rivedere la luce del giorno, e scorsi, affacciato sull'orlo di un abisso, qualcuno che mi parve di riconoscere. La faccia non mi era nuova, rugosa e grigia, i capelli bianchi, lo sguardo da civetta, ma sentivo che l'abito avrebbe dovuto essere diverso, come se quel volto lo avessi visto su una qualche divisa, come se ritrovassi dopo tanto tempo un prete in borghese, o un cappuccino senza barba. Anche lui mi guardò, anche lui esitando. Come avviene in quei casi, dopo una schermaglia di sguardi furtivi, egli prese l'iniziativa e mi salutò in italiano. Di colpo mi riuscì di immaginarlo nei suoi panni: avrebbe dovuto portare una lunga palandrana giallastra, e sarebbe stato il signor Salon. A. Salon, taxidermista. Aveva il laboratorio poche porte dopo il mio ufficio, nel corridoio del fabbricone in disarmo in cui facevo il Marlowe della cultura. Talora lo avevo incrociato per le scale e ci si era scambiati un accenno di saluto.

"Curioso," disse tendendomi la mano, "siamo coinquilini da tanto tempo e ci presentiamo nelle viscere della terra, a mille miglia di distanza."

Dicemmo alcune frasi di circostanza. Ebbi l'impressione che sapesse benissimo quello che facevo, e non era poco, dato che non lo sapevo con esattezza neppure io. "Come mai in un museo della tecnica? Alla vostra casa editrice vi occupate di cose più spirituali, mi pare."

"Come fa a saperlo?"

"Oh," fece un gesto vago, "la gente parla, io ricevo molte visite..."

"Che gente viene da un impagliatore, mi scusi, da un taxidermista?"

"Tanta. Lei dirà come tutti che non è un mestiere comune. Ma i clienti non mancano, e sono di tutti i tipi. Musei, collezionisti privati."

"Non mi capita sovente di vedere animali impagliati, nelle case," dissi.

"No? Dipende dalle case che frequenta... O dalle cantine."

"Si tengono animali impagliati in cantina?"

"Alcuni lo fanno. Non tutti i presepi sono alla luce del sole, o della luna. Diffido di questi clienti, ma sa, il lavoro... Diffido dei sotterranei."

"Per questo passeggia nei sotterranei?"

"Controllo. Diffido dei sotterranei ma voglio capirli. Non è che ci siano molte possibilità. Le catacombe a Roma, mi dirà. Non c'è mistero, sono piene di turisti, e sotto il controllo della chiesa. Ci sono le fogne a Parigi... Ci è stato? Si possono visitare il lunedì, il mercoledì e l'ultimo sabato di ogni mese, entrando dal Pont de l'Alma. Anche quello è un percorso per turisti. Naturalmente a Parigi ci sono anche le catacombe, e le cave sotterranee. Per non dire del metró. È mai stato al numero 145 di rue Lafayette?"

"Confesso di no."

"Un poco fuori mano, tra la Gare de l'Est e la Gare du Nord. Un edificio a prima vista impercettibile. Solo se lo guarda meglio si accorge che le porte sembrano di legno ma sono di ferro dipinto, e le finestre danno su stanze disabitate da secoli. Mai una luce. Ma la gente passa e non sa."

"Non sa cosa?"

"Che la casa è finta. È una facciata, un involucro senza tetti, senza interni. Vuoto. È solo la bocca di un camino. Serve per l'aerazione e lo scarico dei vapori del metró regionale. E quando lo capisce, lei prova l'impressione di essere davanti alla bocca degli inferi, se solo potesse penetrare entro quelle mura avrebbe accesso alla Parigi sotterranea. Mi è capitato di passare ore e ore davanti a quelle porte che mascherano la porta delle porte, la stazione di partenza per il viaggio al centro della terra. Perché crede che l'abbiano fatto?"

"Per dare aria al metró, ha detto."

"Bastavano dei boccaporti. No, è di fronte a questi sotterranei che io inizio a sospettare. Mi capisce?"

Parlando dell'oscurità pareva illuminarsi. Gli chiesi perché sospettasse dei sotterranei.

"Ma perché se ci sono i Signori del Mondo, non possono che stare nel sottosuolo, è una verità che tutti indovinano ma che pochi osano esprimere. Forse l'unico che ha ardito dirlo a chiare lettere è stato Saint-Yves d'Alveydre. Conosce?"

Forse l'avevo sentito nominare da qualcuno dei diabolici, ma avevo ricordi imprecisi.

"È colui che ci ha parlato di Agarttha, la sede sotterranea del Re del Mondo, il centro occulto della Sinarchia," disse Salon. "Non ha avuto paura, si sentiva sicuro di sé. Ma tutti quelli che lo hanno seguito pubblicamente sono stati eliminati, perché sapevano troppo."

Prendemmo a muoverci per le gallerie, e il signor Salon mi parlava gettando sguardi distratti lungo il cammino, all'imboccatura di nuove vie, all'aprirsi di altri pozzi, come se cercasse nella penombra la conferma dei suoi sospetti.

"Si è mai chiesto perché tutte le grandi metropoli moderne, nel secolo scorso, si sono affrettate a costruire le metropolitane?"

"Per risolvere problemi di circolazione. O no?"

"Quando non c'era il traffico automobilistico ma giravano solo le carrozze? Da un uomo del suo ingegno mi attenderei una spiegazione più sottile!"

"Lei ce l'ha?"

"Forse," disse il signor Salon, e sembrò dirlo con aria assorta e assente. Ma era un modo per bloccare il discorso. E infatti si accorse che doveva andare. Poi, dopo avermi stretto la mano, si trattenne ancora un secondo, come colto da un pensiero casuale: "A proposito, quel colonnello... come si chiamava, quello che era venuto anni fa alla Garamond a parlarvi di un tesoro dei Templari? Non ne avete saputo più nulla?"

Rimasi come frustato da quella brutale e indiscreta ostentazione di conoscenze che ritenevo riservate e sepolte. Volevo chiedergli come faceva a sapere, ma ne ebbi paura. Mi limitai a dirgli, con aria indifferente: "Oh, una storia vecchia, me l'ero dimenticata. Ma a proposito: perché ha detto 'a proposito'?"

"Ho detto a proposito? Ah sì, certo, mi pareva che avesse trovato qualcosa in un sotterraneo..."

"Come lo sa?"

"Non so. Non ricordo chi me ne abbia parlato. Forse un cliente. Ma io mi incuriosisco quando entra in scena un sotterraneo. Manie dell'età. Buona sera."

Se ne andò, e io rimasi a riflettere sul significato di quell'incontro.

52

In certe regioni dell'Himalaya, tra i ventidue templi che rappresentano i ventidue Arcani di Hermes e le ventidue lettere di alcuni alfabeti sacri, l'Agarttha forma lo Zero mistico, l'introvabile... Una scacchiera colossale che si estende sotto la terra, attraverso quasi tutte le regioni del Globo.

(Saint-Yves d'Alveydre, *Mission de l'Inde en Europe*, Paris, Calmann Lévy, 1886, p. 54 e 65)

Quando tornai, ne raccontai a Belbo e a Diotallevi e facemmo varie ipotesi. Salon, eccentrico e pettegolo, che in qualche modo si dilettava di misteri, aveva conosciuto Ardenti, e tutto finiva lì. Oppure: Salon sapeva qualcosa sulla scomparsa di Ardenti e lavorava per coloro che lo avevano fatto scomparire. Altra ipotesi: Salon era un informatore della polizia...

Poi vedemmo altri diabolici, e Salon si confuse tra i suoi simili.

Qualche giorno dopo avemmo Agliè in ufficio, a riferire su alcuni manoscritti che Belbo gli aveva mandato. Li giudicava con precisione, severità, indulgenza. Agliè era astuto, non gli era occorso molto per comprendere il doppio gioco Garamond-Manuzio, e non gli avevamo più taciuto la verità. Sembrava capire e giustificare. Distruggeva un testo con poche osservazioni taglienti, e poi osservava con educato cinismo che per la Manuzio poteva andare benissimo.

Gli chiesi cosa poteva dirmi di Agarttha e di Saint-Yves d'Alveydre.

"Saint-Yves d'Alveydre..." disse. "Un uomo bizzarro, senza dubbio, sin da giovane frequentava i seguaci di Fabre d'Olivet. Era solo un impiegato al ministero degli interni, ma era ambizioso... Non lo giudicammo certo bene quando sposò Marie-Victoire..."

Agliè non aveva resistito. Era passato alla prima persona. Evocava ricordi. "Chi era Marie-Victoire? Adoro i pettegolezzi," disse Belbo.

"Marie-Victoire de Risnitch, bellissima quando era intima dell'imperatrice Eugenia. Ma quando incontrò Saint-Yves aveva passato i cinquanta. E lui era sulla trentina. Misalliance per lei, è naturale. Non solo, ma per dargli un titolo lei aveva comperato non ricordo quale terra, appartenuta a certi marchesi d'Alveydre. E così il nostro disinvolto personaggio poté fregiarsi di quel titolo, e a Parigi si cantavano dei couplet sul 'gigolò'. Potendo vivere di rendita, si era dedicato al suo sogno. Si era messo in testa di trovare una formula politica capace di portare a una società più armonica. Sinarchia come il contrario di anarchia. Una società europea, governata da tre consigli che rappresentassero il potere economico, i magistrati e il potere spirituale, e cioè le chiese e gli scienziati. Un'oligarchia illuminata che eliminasse le lotte di classe. Ne abbiamo sentite di peggio."

"Ma Agarttha?"

"Diceva che era stato visitato un giorno da un misterioso afgano, tale Hadji Scharipf, che afgano non poteva essere, perché il nome è chiaramente albanese... E costui gli aveva rivelato il segreto della sede del Re del Mondo – anche se Saint-Yves non ha mai usato questa espressione, sono stati poi gli altri – Agarttha, l'Introvabile."

"Ma dove si dicono queste cose?"

"In *Mission de l'Inde en Europe*. Un'opera che ha influenzato molto pensiero politico contemporaneo. Ci sono in Agarttha città sotterranee, sotto di esse e andando verso il centro ci sono cinquemila pundit che la governano – ovviamente la cifra di cinquemila ricorda le radici ermetiche della lingua vedica, come loro mi insegnano. E ogni radice è uno ierogramma magico, legato a una potenza celeste e con la sanzione di una potenza infernale. La cupola centrale di Agarttha è rischiarata dall'alto da sorte di specchi che lasciano arrivare la luce solo attraverso la gamma enarmonica dei colori, di cui lo spettro solare dei nostri trattati di fisica non costituisce che la diatonica. I saggi di Agarttha studiano tutte le lingue sacre per arrivare alla lingua universale, il Vattan. Quando abbordano misteri troppo profondi si levano da terra lievitando verso l'alto e andrebbero a sfracellarsi il cranio sulla volta della cupola se i loro confratelli non li trattenessero. Preparano le folgori, orientano le correnti cicliche dei fluidi interpolari e intertropicali, le derivazioni interferenziali nelle differenti zone di latitudine e di longitudine della terra. Selezionano le specie, e hanno creato animali piccoli ma di virtù psichiche straordinarie, con un dorso di tartaruga con una croce gialla sul dorso e un occhio e una bocca a ogni estremità. Animali polipodi che si possono muovere in tutte le direzioni. Ad Agarttha si sono probabilmente rifugiati i Templari dopo la loro dispersione, e lì esercitano mansioni di sorveglianza. Altro?"

"Ma... diceva sul serio?" chiesi.

"Credo che lui prendesse la storia alla lettera. Dapprima lo considerammo un esaltato, poi ci rendemmo conto che alludeva, forse in modo visionario, a una direzione occulta della storia. Non si dice che la storia sia un enigma sanguinoso e insensato? Non è possibile, deve esserci un disegno. Occorre che ci sia una Mente. Per questo uomini non sprovveduti hanno pensato, nel corso dei secoli, ai Signori o al Re del Mondo, forse non una persona fisica, un ruolo, un ruolo collettivo, l'incarnazione volta a volta provvisoria di una Intenzione Stabile. Qualcosa con cui erano certamente in contatto i grandi ordini sacerdotali e cavallereschi scomparsi."

"Lei ci crede?" chiese Belbo.

"Persone più equilibrate di lui cercano i Superiori Sconosciuti."

"E li trovano?"

Agliè rise quasi tra sé e sé, con bonomia. "E che Superiori Sconosciuti sarebbero se si lasciassero conoscere dal primo venuto? Signori, dobbiamo lavorare. Ho ancora un manoscritto, e guarda caso è proprio un trattato sulle società segrete."

"Roba buona?" chiese Belbo.

"Può immaginarselo. Ma per la Manuzio potrebbe andare."

53

> Non potendo scopertamente dirigere i destini terrestri perché i governi vi si opporrebbero, questa associazione misteriosa non può agire che per mezzo di società segrete... Queste società segrete, create man mano che se ne sentiva il bisogno, sono divise in gruppi distinti e in apparenza opposti, professanti di volta in volta le più opposte opinioni per dirigere separatamente e con fiducia tutti i partiti religiosi, politici, economici e letterari, e sono allacciate, per ricevervi un indirizzo comune, a un centro sconosciuto dove è nascosta la molla potente che cerca di muovere così invisibilmente tutti gli scettri della terra.
>
> (J.M. Hoene-Wronski, cit. da P. Sédir, *Histoire et doctrine des Rose-Croix*, Rouen, 1932)

Un giorno vidi il signor Salon sulla porta del suo laboratorio. Di colpo, tra il lusco e il brusco, mi attendevo che emettesse il verso della civetta. Mi salutò come un vecchio amico e mi chiese come andava laggiù. Feci un gesto vago, gli sorrisi, e filai via.

Mi riassalì il pensiero di Agarttha. Come me le aveva raccontate Agliè, le idee di Saint-Yves potevano risultare affascinanti per un diabolico, ma non inquietanti. Eppure nelle parole, e nel volto, di Salon a Monaco avevo avvertito inquietudine.

Così uscendo decisi di fare un salto in biblioteca e di cercare la *Mission de l'Inde en Europe*.

C'era la solita ressa nella sala schedari e al banco richieste. A spintoni mi impadronii del cassettino che cercavo, trovai l'indicazione, riempii la scheda e la passai all'impiegato. Mi comunicò che il libro era in prestito e, come avviene nelle biblioteche, pareva ne godesse. Ma proprio in quel momento udii una voce alle mie spalle: "Guardi che c'è, l'ho appena restituito io." Mi voltai. Era il commissario De Angelis.

Lo riconobbi, e lui riconobbe me – troppo in fretta, direi. Io lo avevo visto in circostanze che per me erano eccezionali, lui nel corso di un'indagine di routine. Inoltre ai tempi di Ardenti avevo una barbetta rada e i capelli un poco più lunghi. Che occhio.

Che mi tenesse sotto osservazione sin da quando ero tornato? O forse era solo fisionomista, i poliziotti debbono coltivare lo spirito di osservazione, memorizzare i volti, e i nomi...

"Il signor Casaubon! E stiamo leggendo gli stessi libri!"

Gli tesi la mano: "Ora sono dottore, da un pezzo. Può darsi che faccia il concorso per entrare in polizia, come mi ha consigliato lei quella mattina. Così potrò avere i libri per primo."

"Basta arrivare per primo," mi disse. "Ma ormai il libro è tornato, potrà recuperarlo più tardi. Ora lasci che le offra un caffè."

L'invito mi imbarazzava, ma non potevo sottrarmi. Ci sedemmo in un bar dei paraggi. Mi chiese come mai mi occupavo della missione dell'India, e io fui tentato di chiedergli subito perché se ne occupava lui, ma decisi di coprirmi prima le spalle. Gli dissi che continuavo a tempo perso i miei studi sui Templari: i Templari secondo von Eschenbach lasciano l'Europa e vanno in India e secondo alcuni nel regno di Agarttha. Ora toccava a lui scoprirsi. "Piuttosto," gli domandai, "come mai interessa anche a lei?"

"Oh sa," rispose, "da quando lei mi ha consigliato quel libro sui Templari ho incominciato a farmi una cultura su questo argomento. Lei mi insegna che dai Templari si arriva automaticamente ad Agarttha." Touché. Poi disse: "Scherzavo. Cercavo il libro per altre ragioni. È perché..." Esitò. "Insomma, quando sono fuori servizio frequento le biblioteche. Per non diventare una macchina, o per non rimanere un questurino, veda lei qual è la formula più gentile. Ma mi racconti di lei."

Mi esibii in un riassunto autobiografico, sino alla meravigliosa storia dei metalli.

Mi chiese: "Ma lì in quella casa editrice, e in quella accanto, non state facendo dei libri di scienze misteriose?"

Come faceva a sapere della Manuzio? Notizie raccolte quando teneva Belbo sotto controllo, anni prima? O era ancora sulle tracce di Ardenti?

"Con tutti i tipi come il colonnello Ardenti che capitavano alla Garamond e che la Garamond cercava di scaricare sulla Manuzio," dissi, "il signor Garamond ha deciso di coltivare il filone. Pare che renda. Se cerca dei tipi come il vecchio colonnello lì ne trova a bizzeffe."

Disse: "Sì, ma Ardenti è scomparso. Spero che tutti quegli altri no."

"Non ancora, e mi viene da dire purtroppo. Ma mi levi una curiosità, commissario. Immagino che nel suo mestiere di gente che scompare, o peggio, gliene capiti ogni giorno. Dedica a ciascuno un tempo così... lungo?"

Mi guardò con aria divertita: "E cosa le fa pensare che dedichi ancora tempo al colonnello Ardenti?"

E va bene, giocava e aveva rilanciato. Dovevo avere il coraggio di vedere, e lui avrebbe dovuto scoprire le carte. Non avevo nulla da perdere. "Suvvia, commissario," dissi, "lei sa tutto sulla Garamond e sulla Manuzio, lei è qui a cercare un libro su Agarttha..."

"Perché, allora Ardenti vi aveva parlato di Agarttha?"

Toccato, di nuovo. In effetti Ardenti ci aveva parlato anche di Agarttha, per quel che ricordavo. Me la cavai bene: "No, ma aveva una storia sui Templari, lo ricorderà."

"Giusto," disse. Poi aggiunse: "Ma non deve credere che noi si segua un solo caso sino a che non è risolto. Questo succede solo in televisione. Fare il poliziotto è come fare il dentista, un paziente viene, gli si dà un colpo di trapano, lo si medica, torna dopo quindici giorni, e intanto si seguono altri cento pazienti. Un caso come quello del colonnello può rimanere in archivio anche per dieci anni, poi nel corso di un altro caso, raccogliendo la confessione di uno qualsiasi, torna fuori un'indicazione, bang, cortocircuito mentale, e ci si ripensa per un po'... Sino a che non scatta un'altro cortocircuito, oppure non scatta più nulla, e buonasera."

"E lei che cosa ha trovato di recente che le ha fatto scattare il cortocircuito?"

"Domanda indelicata, non crede? Ma non ci sono misteri, mi creda. Il colonnello è tornato in ballo per caso, tenevamo d'occhio un tizio, per tutt'altre ragioni, e ci siamo accorti che frequentava il club Picatrix, ne avrà sentito parlare..."

"No, conosco la rivista, ma non l'associazione. Che vi succede?"

"Oh nulla, nulla, gente tranquilla, forse un po' esaltata. Ma mi sono ricordato che ci bazzicava anche Ardenti – l'abilità del poliziotto sta tutta qui, nel ricordare dove ha già sentito un nome o visto un volto, anche a dieci anni di distanza. E così mi sono chiesto che cosa accadesse alla Garamond. Tutto qui."

"E che cosa c'entra il club Picatrix con la squadra politica?"

"Sarà l'improntitudine della coscienza pulita, ma lei ha l'aria di essere tremendamente curioso."

"È lei che mi ha invitato a prendere il caffè."

"Infatti, e siamo entrambi fuori servizio. Guardi, da un certo punto di vista a questo mondo tutto c'entra con tutto." Era un bel filosofema ermetico, pensai. Ma subito aggiunse: "Con ciò non sto dicendo che quelli c'entrino con la politica, ma sa... Una volta andavamo a cercare i brigatisti rossi nelle case occupate e i brigatisti neri nei club di arti marziali, oggi potrebbe addirittura succedere il contrario. Viviamo in un mondo bizzarro. Le assicuro, il mio mestiere era più facile dieci anni fa. Oggi anche tra le ideologie non c'è più religione. Certe volte vorrei passare all'antidroga. Almeno uno che spaccia l'eroina spaccia l'eroina e non si discute. Si fila su valori sicuri."

Rimase per un poco in silenzio, incerto – credo. Poi trasse di tasca un taccuino che sembrava un libro da messa. "Senta Casaubon, lei frequenta per mestiere della gente strana, lei va a cercare in biblioteca dei libri ancora più strani. Mi aiuti. Che cosa sa della sinarchia?"

"Adesso mi fa fare brutta figura. Quasi niente. Ne ho sentito parlare a proposito di Saint-Yves, e basta."

"E che cosa se ne dice in giro?"

"Se ne parlano in giro lo fanno a mia insaputa. A dirla franca, a me sa di fascismo."

"E infatti, molte di queste tesi vengono riprese dall'Action Française. E se le cose si fermassero lì, io sarei a cavallo. Trovo un gruppo che parla di sinarchia e riesco a dargli un colore. Ma sto facendomi una cultura sull'argomento, e apprendo che verso il 1929 tali Vivian Postel du Mas e Jeanne Canudo fondano il gruppo Polaris che si ispira al mito di un Re del Mondo, e poi propongono un progetto sinarchico: servizio sociale contro profitto capitalistico, eliminazione della lotta di classe attraverso movimenti cooperativi... Sembra un socialismo di tipo fabiano, un movimento personalista e comunitario. E infatti sia il Polaris che i fabiani irlandesi sono accusati di essere emissari di un complotto sinarchico guidato dagli ebrei. E chi li accusa? Una *Revue internationale des sociétés secrètes* che parlava di un complotto giudeo-massonico-bolscevico. Molti suoi collaboratori sono legati a una società integrista di destra, più segreta ancora, la Sapinière. E dicono che tutte le organizzazioni politiche rivoluzionarie sono solo la facciata di un complotto diabolico, ordito da un cenacolo occultistico. Lei mi dirà, va bene, ci siamo sbagliati, Saint-Yves finisce per ispirare dei gruppi riformisti, la destra fa di ogni erba un fascio e li vede tutti come filiazioni demo-pluto-social-giudaiche. Anche Mussolini faceva così. Ma perché li si accusa di essere dominati da cenacoli occultisti? Per quel poco che ne so, vada a vedere la Picatrix, quella è gente che al movimento operaio ci pensa pochissimo."

"Così pare anche a me, o Socrate. E allora?"

"Grazie per il Socrate, ma qui sta il bello. Più leggo sull'argomento e più mi confondo le idee. Negli anni quaranta nascono vari gruppi che si dicono sinarchici, e parlano di un nuovo ordine europeo guidato da un governo di saggi, al di sopra dei partiti. E dove vanno a convergere questi gruppi? Nell'ambiente dei collaborazionisti di Vichy. Allora, lei dice, ci siamo sbagliati di nuovo, la sinarchia è di destra. Altolà. Dopo aver letto tanto, mi rendo conto che su un tema solo tutti sono d'accordo: la sinarchia esiste e governa segretamente il mondo. Ma qui viene il ma..."

"Ma?"

"Ma il 24 gennaio '37 Dimitri Navachine, massone e martinista (non so che voglia dire martinista, ma mi sembra una di quelle sette), consigliere economico del Fronte popolare dopo essere stato direttore di una banca moscovita, viene assassinato da una Organisation secrète d'action révolutionnaire et nationale, meglio nota come la Cagoule, finanziata da Mussolini. Si dice allora che la Cagoule è mossa da una sinarchia segreta e che Navachine sarebbe stato ucciso perché ne aveva scoperto i misteri. Un documento uscito da ambienti di sinistra denuncia durante l'occupazione tedesca un Patto sinarchico dell'Impero, responsabile della disfatta francese, e il patto sarebbe la manifestazione di un fascismo latino di tipo portoghese. Ma viene poi fuori che il patto sarebbe stato redatto dalla du Mas e dalla Canudo, e contiene le idee che loro avevano pubblicato e pubblicizzato dappertutto. Niente di segreto. Ma come segrete, anzi, segretissime, queste idee le rivela nel 1946 un certo Husson, denunciando un patto sinarchico rivoluzionario di sinistra, e lo scrive in un *Synarchie, panorama de 25 années d'activité occulte*, firmandosi... aspetti che cerco, ecco, Geoffroy de Charnay."

"Questa è bella," dissi, "de Charnay è il compagno di Molay, il gran maestro dei Templari. Muoiono insieme sul rogo. Qui abbiamo un neo-Templare che attacca la sinarchia da destra. Ma la sinarchia nasce ad Agarttha, che è il rifugio dei Templari!"

"E che le dicevo? Vede, lei mi sta dando una traccia in più. Sfortunatamente serve solo ad aumentare la confusione. Quindi da destra si denuncia un Patto sinarchico dell'Impero, socialista e segreto, che segreto non è, ma lo stesso patto sinarchico segreto, lo ha visto, viene denunciato anche da sinistra. E ora veniamo a una nuova interpretazione: la sinarchia è un complotto gesuita per sovvertire la Terza repubblica. Tesi esposta da Roger Mennevée, di sinistra. Per farmi vivere tranquillo, le mie letture mi dicono anche che nel 1943 in alcuni ambienti militari di Vichy, petainisti sì, ma antitedeschi, circolano documenti che dimostrano come la sinarchia sia un complotto nazista: Hitler è un Rosa-Croce influenzato dai massoni, i quali come vede qui passano dal complotto giudeo-bolscevico a quello imperiale tedesco."

"E così siamo a posto."

"Bastasse. Ecco un'altra rivelazione. La sinarchia è un complotto dei tecnocrati internazionali. Lo sostiene nel 1960 un tale Villemarest, *Le 14e complot du 13 mai*. Il complotto tecno-sinarchico vuole destabilizzare i governi, e per farlo provoca guerre, appoggia e fomenta colpi di stato, provoca scissioni interne nei partiti politici favorendo le lotte di corrente... Riconosce questi sinarchi?"

"Mio dio, è il SIM, lo Stato Imperialista delle Multinazionali come ne parlavano le Brigate Rosse qualche anno fa..."

"Risposta esatta! E adesso che cosa fa il commissario De Angelis se trova da qualche parte un riferimento alla sinarchia? Lo chiedo al dottor Casaubon, esperto di Templari."

"Io dico che esiste una società segreta con ramificazioni in tutto il mondo, che complotta per diffondere la voce che esiste un complotto universale."

"Lei scherza, ma io..."

"Io non scherzo. Venga a leggersi i manoscritti che arrivano alla Manuzio. Ma se vuole un'interpretazione più terra terra, è come la storiella del balbuziente che dice che non l'hanno assunto come annunciatore alla radio perché non è iscritto al partito. Bisogna sempre attribuire a qualcuno i propri fallimenti, le dittature trovano sempre un nemico esterno per unire i propri seguaci. Come diceva quel tale, per ogni problema complesso c'è una soluzione semplice, ed è sbagliata."

"E se io trovo una bomba su un treno avvolta in un ciclostilato che parla di sinarchia, mi accontento di dire che è una soluzione semplice per un problema complesso?"

"Perché? Ha trovato bombe sui treni che.... No, mi scusi. Davvero questi non sarebbero fatti miei. Ma allora perché me ne parla?"

"Perché speravo che lei ne sapesse più di me. Perché forse mi solleva vedere che anche lei non ci si raccapezza. Lei dice che deve leggere troppi matti, e la considera una perdita di tempo. Io no, per me i testi dei vostri matti – dico vostri, della gente normale – sono testi importanti. A me forse il testo di un matto spiega come ragiona chi mette la bomba sul treno. O ha paura di diventare una spia della polizia?"

"No, parola d'onore. In fondo cercare idee negli schedari è il mio mestiere. Se mi capita la notizia giusta mi ricorderò di lei."

Mentre si alzava, lasciò cadere l'ultima domanda: "E tra i suoi manoscritti... non ha mai trovato nessun accenno al Tres?"

"Che cos'è?"

"Non lo so. Dev'essere un'associazione, o qualcosa del genere, non so neppure se esista davvero. Ne ho sentito parlare, e mi è venuto in mente a proposito dei matti. Mi saluti il suo amico Belbo. Gli dica che non sto spiando le vostre mosse. È che faccio un brutto mestiere, e ho la disgrazia che mi piace."

Tornando a casa mi domandavo chi avesse fatto l'affare. Lui mi aveva raccontato un quantità di cose, io nulla. A esser sospettosi, forse mi aveva sottratto qualcosa senza che io me ne accorgessi. Ma a esser sospettosi si cade nella psicosi del complotto sinarchico.

Quando raccontai l'episodio a Lia, mi disse: "Secondo me era sincero. Voleva davvero sfogarsi. Credi che in questura trovi qualcuno che gli dà ascolto quando si chiede se Jeanne Canudo era di destra o di sinistra? Lui voleva solo capire se era lui che non capiva, o se la storia era davvero troppo difficile. E tu non hai saputo dargli l'unica risposta vera."

"Ce n'è una?"

"Certo. Che non c'è nulla da capire. Che la sinarchia è Dio."

"Dio?"

"Sì. L'umanità non sopporta il pensiero che il mondo sia nato per caso, per sbaglio, solo perché quattro atomi scriteriati si sono tamponati sull'autostrada bagnata. E allora occorre trovare un complotto cosmico, Dio, gli angeli o i diavoli. La sinarchia svolge la stessa funzione su dimensioni più ridotte."

"E allora dovevo spiegargli che la gente mette le bombe sui treni perché è alla ricerca di Dio?"

"Forse."

54

Il principe delle tenebre è un galantuomo.
(Shakespeare, *King Lear*, III, iv, 140)

Eravamo in autunno. Una mattina andai in via Marchese Gualdi, perché dovevo chiedere al signor Garamond l'autorizzazione per ordinare all'estero dei fotocolor. Scorsi Agliè nell'ufficio della signora Grazia, chino sullo schedario autori della Manuzio. Non lo disturbai, perché ero in ritardo all'appuntamento.

Finita la nostra conversazione tecnica, chiesi a Garamond che cosa facesse Agliè in segreteria.

"Quello è un genio," mi disse Garamond. "È un uomo di una sottigliezza, di una dottrina straordinaria. L'altra sera l'ho portato a cena con alcuni dei nostri autori e mi ha fatto fare un figurone. Che conversazione, che stile. Gentiluomo di vecchia razza, gran signore, se ne è perso lo stampo. Che erudizione, che cultura, dirò di più, che informazione. Ha raccontato aneddoti gustosissimi su personaggi di cent'anni fa, le giuro, come se li avesse conosciuti di persona. E sa che idea mi ha dato, tornando a casa? Lui al primo sguardo aveva subito fotografato i miei ospiti, ormai li conosceva meglio di me. Mi ha detto che non bisogna aspettare che gli autori per Iside Svelata arrivino da soli. Fatica sprecata, e manoscritti da leggere, e poi non si sa se sono disposti a contribuire alle spese. Invece abbiamo una miniera da sfruttare: lo schedario di tutti gli autori Manuzio degli ultimi vent'anni! Capisce? Si scrive a questi nostri vecchi, gloriosi autori, o almeno a quelli che hanno acquistato anche le rimanenze, e gli si dice caro signore, lo sa che abbiamo iniziato una collana sapienziale e tradizionale di alta spiritualità? Un autore della sua finezza non vorrebbe provarsi a penetrare in questa terra incognita eccetera eccetera? Un genio, le dico. Credo che ci voglia tutti con lui domenica sera. Ci vuole condurre in un castello, una rocca, dirò di più, una splendida villa nel torinese. Pare che vi accadranno cose straordinarie, un rito, una celebrazione, un sabba, in cui qualcuno fabbricherà oro o argento vivo o qualcosa di simile. È tutto un mondo da scoprire, caro Casaubon, anche se lei sa che ho il massimo rispetto per quella scienza a cui lei si sta dedicando con tanta passione, e anzi sono molto, molto soddisfatto della sua collaborazione – lo so, c'è quel piccolo ritocco finanziario di cui mi aveva accennato, non me lo dimentico, a suo tempo ne parleremo. Agliè mi ha detto che ci sarà anche quella signora, quella bella signora – forse non bellissima, ma un tipo, ha qualcosa nello sguardo – quell'amica di Belbo, come si chiama..."

"Lorenza Pellegrini."

"Credo. C'è qualcosa tra lei e il nostro Belbo, eh?"

"Penso siano buoni amici."

"Ah! Così risponde un gentiluomo. Bravo Casaubon. Ma non era per curiosità, è che io per tutti voi mi sento come un padre e ... glissons, à la guerre comme à la guerre... Addio caro."

Avevamo davvero un appuntamento con Agliè, sulle colline del torinese, mi confermò Belbo. Doppio appuntamento. Prima parte della serata, una festa nel castello di un rosacrociano molto benestante, e dopo Agliè ci avrebbe portato a qualche chilometro di distanza dove si sarebbe svolto, naturalmente a mezzanotte, un rito druidico su cui era stato molto vago.

"Però pensavo," aggiunse Belbo, "che dovremmo fare anche il punto sulla storia dei metalli, e qui siamo sempre troppo disturbati. Perché non partiamo sabato e non passiamo due giorni nella mia vecchia casa di ***? È un bel posto, vedrà, le colline valgono la pena. Diotallevi ci sta e forse viene anche Lorenza. Naturalmente... venga con chi vuole."

Non conosceva Lia, ma sapeva che avevo una compagna. Dissi che sarei venuto solo. Da due giorni avevo litigato con Lia. Era stata una sciocchezza, infatti tutto si sarebbe sistemato in una settimana. Ma sentivo il bisogno di allontanarmi da Milano per due giorni.

Arrivammo così a ***, il trio della Garamond e Lorenza Pellegrini. C'era stato un momento di tensione alla partenza. Lorenza si era trovata all'appuntamento ma al momento di salire in macchina aveva detto: "Forse io rimango, così voi lavorate in pace. Vi raggiungo poi con Simone."

Belbo, che aveva le mani sul volante, aveva teso le braccia e, guardando fisso davanti a sé, aveva detto piano: "Sali." Lorenza era salita e per tutto il viaggio, seduta davanti, aveva tenuto la mano sul collo di Belbo, che guidava in silenzio.

*** era ancora il paesotto che Belbo aveva conosciuto durante la guerra. Poche case nuove, ci disse, agricoltura in declino, perché i giovani si erano spostati in città. Ci mostrò certe colline, ora a pascolo, che un tempo erano state gialle di frumento. Il paese appariva all'improvviso dopo una svolta, ai piedi di un colle, dove stava la casa di Belbo. Il colle era basso e lasciava intravedere dietro la distesa monferrina, coperta di una leggera foschia luminosa. Mentre salivamo Belbo ci mostrò una collinetta di fronte, quasi calva, e sul culmine una cappella, fiancheggiata da due pini. "Il Bricco," disse. Poi aggiunse: "Non fa nulla se non vi dice nulla. Ci si andava a fare il merendino dell'Angelo, il lunedì di Pasqua. Ora in macchina ci si arriva in cinque minuti, ma allora ci si andava a piedi, ed era un pellegrinaggio."

55

> Chiamo teatro [il luogo in cui] tutte le azioni di parole e di pensieri, e i particolari di un discorso e di argomenti sono mostrati come in un pubblico teatro, dove si rappresentano tragedie e commedie.
>
> (Robert Fludd, *Utriusque Cosmi Historia*, Tomi Secundi Tractatus Primi Sectio Secunda, Oppenheim (?), 1620 (?), p. 55)

Arrivammo alla villa. Villa per modo di dire: costruzione padronale, ma che aveva al pianterreno le grandi cantine dove Adelino Canepa – il mezzadro rissoso, quello che aveva denunciato lo zio ai partigiani – faceva il vino dai vigneti della tenuta dei Covasso. Si vedeva che era disabitata da tempo.

In una piccola casa colonica accanto c'era ancora una vecchia, ci disse Belbo, la zia di Adelino – gli altri erano ormai morti tutti e due, gli zii, i Canepa, restava solo la centenaria a coltivare un orticello, con quattro galline e un maiale. Le terre erano andate per pagare le tasse di successione, i debiti, chi si ricordava più. Belbo andò a bussare alla porta della casa colonica, la vecchia si fece sull'uscio, ci mise qualche tempo a riconoscere il visitatore, poi gli fece ampie manifestazioni di omaggio. Voleva farci entrare in casa sua, ma Belbo tagliò corto, dopo averla abbracciata e confortata.

Come entrammo nella villa, Lorenza lanciava esclamazioni di gioia a mano a mano che scopriva scale, corridoi, stanze ombrose con antichi mobili. Belbo stava sull'understatement, osservando che ciascuno ha la Donnafugata che può, ma era commosso. Lì ci veniva ogni tanto, ci disse, ma assai di rado.

"Però ci si lavora bene, d'estate è fresca e d'inverno ha mura spesse che la proteggono dal gelo, e ci sono stufe dappertutto. Naturalmente quand'ero ragazzo, da sfollato, abitavamo solo quelle due stanze laterali là in fondo al corridoio grande. Ora ho preso possesso dell'ala degli zii. Lavoro qui nello studio di zio Carlo." C'era una di quelle scrivanie a secrétaire, poco spazio per posare il foglio ma tanto per cassettini palesi e nascosti. "Qui sopra non riuscirei a metterci Abulafia," disse. "Ma le poche volte che vengo qui mi piace scrivere a mano, come facevo allora." Ci mostrò un armadio maestoso: "Ecco, quando sarò morto, ricordate, lì c'è tutta la mia produzione letteraria giovanile, le poesie che scrivevo a sedici anni, gli abbozzi di saga in sei volumi che scrivevo a diciotto... e via via..."

"Vedere, vedere!" gridò Lorenza battendo le mani, e poi avanzando felina verso l'armadio.

"Ferma là," disse Belbo. "Non c'è nulla da vedere. Neppure io ci guardo più. E in ogni caso dopo morto verrò a bruciare tutto."

"Questo dev'essere un posto di fantasmi, spero," disse Lorenza.

"Ora sì. Ai tempi di zio Carlo no, era molto allegro. Era georgico. Ora ci vengo proprio perché è bucolico. È bello lavorare la sera mentre i cani abbaiano a valle."

Ci fece vedere le camere dove avremmo dormito: a me, a Diotallevi e a Lorenza. Lorenza guardò la stanza, toccò il vecchio letto con una gran coperta bianca, annusò le lenzuola, disse che sembrava di essere in un racconto della nonna perché odoravano di spigo, Belbo osservò che non era vero, era solo odor di umido, Lorenza disse che non importava e poi, appoggiandosi al muro, spingendo leggermente le anche e il pube in avanti, come se dovesse sconfiggere il flipper, chiese: "Ma io dormo qui da sola?"

Belbo guardò da un'altra parte, da quella parte c'eravamo noi, guardò da un'altra parte ancora, poi si avviò nel corridoio e disse: "Ne riparleremo. In ogni caso lì hai un rifugio tutto per te." Diotallevi e io ci allontanammo, e sentimmo Lorenza che gli chiedeva se si vergognava di lei. Lui osservava che se non le avesse dato la stanza sarebbe stata lei a chiedere dove lui credesse che lei avrebbe dormito. "Ho fatto io la prima mossa, così non hai scelta," diceva. "L'astuto afgano!" diceva lei, "e io allora dormo nella mia cameretta." "Va bene, va bene," diceva Belbo irritato, "ma quelli sono qui per lavorare, andiamo in terrazza."

E così lavorammo su una grande terrazza, su cui era sistemata una pergola, davanti a bibite fresche e molto caffè. Alcool bandito sino a sera.

Dalla terrazza si vedeva il Bricco, e sotto la collinetta del Bricco una grande costruzione disadorna, con un cortile e un campo di calcio. Il tutto abitato da figurine variopinte, bambini, mi parve. Belbo vi accennò una prima volta: "È l'oratorio salesiano. È lì che don Tico mi ha insegnato a suonare. In banda."

Mi ricordai della tromba che Belbo si era negato, quella volta dopo il sogno. Chiesi: "La tromba o il clarino?"

Ebbe un attimo di panico: "Come fa a... Ah, è vero, le avevo raccontato il sogno e la tromba. No, don Tico mi ha insegnato a suonare la tromba, ma in banda suonavo il genis."

"Cos'è il genis?"

"Vecchie storie di ragazzi. Adesso lavoriamo."

Ma mentre lavoravamo vidi che gettava l'occhio sovente verso l'oratorio. Ebbi l'impressione che, per poterlo guardare, ci parlasse d'altro. A tratti interrompeva la discussione: "Qui sotto c'è stata una delle più furibonde sparatorie di fine guerra. Qui a *** si era stabilito come un accordo tra fascisti e partigiani. D'estate, per due anni, i partigiani avevano occupato la città, e i fascisti non venivano a disturbare. I fascisti non erano di queste parti, i partigiani erano tutti ragazzi del luogo. In caso di scontro sapevano come muoversi tra i filari di granturco, i boschetti, le siepi. I fascisti si arroccavano in città, e partivano solo per i rastrellamenti. D'inverno era più difficile per i partigiani stare in pianura, non ti potevi nascondere, ti si scorgeva da lontano nella neve e con una mitragliatrice ti beccavano anche a un chilometro. Allora i partigiani salivano sulle colline più alte. E lì di nuovo erano loro a conoscere i passi, gli anfratti, i rifugi. E i fascisti venivano a controllare la pianura. Ma quella primavera eravamo alla vigilia della liberazione. Qui c'erano ancora i fascisti, ma non si fidavano, credo, a ritornare in città, perché subodoravano che il colpo finale sarebbe stato vibrato laggiù, come avvenne poi verso il venticinque aprile. Credo fossero intercorsi degli accordi, i partigiani aspettavano, non volevano lo scontro, ormai si sentivano sicuri che presto sarebbe avvenuto qualcosa, di notte Radio Londra dava notizie sempre più confortanti, si infittivano i messaggi speciali per la Franchi, domani pioverà ancora, zio Pietro ha portato il pane, o cose del genere, forse tu Diotallevi li hai sentiti... Insomma, dev'esserci stato un malinteso, i partigiani sono scesi quando i fascisti non si erano ancora mossi, fatto sta che un giorno mia sorella era qui in terrazza e venne dentro a dire che c'erano due che giocavano a rincorrersi con il mitra. Non ci siamo stupiti, erano ragazzi, gli uni e gli altri, che ingannavano la noia giocando con le armi; una volta per scherzo due hanno sparato davvero e la pallottola è andata a piantarsi nel tronco di un albero del viale dov'era appoggiata mia sorella. Lei non se n'era neppure accorta, ce lo han detto i vicini, e da allora le era stato insegnato che quando vedeva due giocare col mitra doveva andare via. Stanno giocando di nuovo, ha detto rientrando, per mostrare che ubbidiva. E a quel punto abbiamo udito la prima raffica. Solo che è stata seguita da una seconda, da una terza, poi le raffiche erano molte, si sentivano i colpi secchi dei moschetti, il ta-ta-ta dei mitra, qualche colpo più sordo, forse bombe a mano, e infine la mitragliatrice. Abbiamo capito che non giocavano più. Ma non abbiamo fatto in tempo a discuterne perché ormai non sentivamo più le nostre voci. Pim pum bang ratatatà. Ci siamo acquattati sotto il lavandino, io mia sorella e la mamma. Poi è arrivato zio Carlo, carponi lungo il corridoio, a dire che dalla nostra parte eravamo troppo esposti, di andare da loro. Ci siamo spostati nell'altra ala, dove zia Caterina piangeva perché la nonna era fuori..."

"È quando la nonna si è trovata a faccia in giù in un campo, in mezzo a due fuochi..."

"E questo come lo sa?"

"Me lo ha raccontato nel settantatré, quel giorno dopo il corteo."

"Dio che memoria. Con lei bisogna stare attenti a quel che si dice.... Sì. Ma era fuori anche mio padre. Come abbiamo saputo dopo, era in centro, si era riparato in un portone, e non poteva uscire perché facevano a tirassegno da un capo all'altro della strada, e dalla torre del municipio un manipolo di Brigate Nere stava spazzando la piazza con la mitragliatrice. C'era sotto il portone anche l'ex podestà fascista della città. A un certo punto ha detto che ce la faceva a correre a casa, non aveva che da svoltare l'angolo. Ha atteso un momento di silenzio, si è buttato fuori del portone, ha raggiunto l'angolo ed è stato falciato alla schiena dalla mitragliatrice del municipio. La reazione emotiva di mio padre, che si era già fatto anche la prima guerra mondiale, è stata: è meglio rimanere nel portone."

"È un luogo pieno di ricordi dolcissimi, questo," osservò Diotallevi.

"Non ci crederai," disse Belbo, "ma sono dolcissimi. E sono l'unica cosa vera che ricordo."

Gli altri non capirono, io intuii – e ora so. Specie in quei mesi, in cui stava navigando nella menzogna dei diabolici, e dopo anni che aveva fasciato la sua disillusione di menzogne romanzesche, i giorni di *** gli apparivano alla memoria come un mondo in cui una pallottola è una pallottola, o ti scansi o la prendi, e le due parti si stagliavano una di fronte all'altra, contrassegnate dai loro colori, il rosso e il nero, o il cachi e il grigioverde, senza equivoci – o almeno allora gli pareva. Un morto era un morto era un morto era un morto. Non come il colonnello Ardenti, viscidamente scomparso. Pensai che forse dovevo raccontargli della sinarchia, che già strisciava in quegli anni. Non era stato forse sinarchico l'incontro tra zio Carlo e Terzi, entrambi mossi su opposti fronti dallo stesso ideale cavalleresco? Ma perché dovevo togliere a Belbo la sua Combray? I ricordi erano dolci perché gli parlavano dell'unica verità che aveva conosciuto, e solo dopo era iniziato il dubbio. Salvo che, me lo aveva lasciato capire, persino nei giorni della verità egli era rimasto a guardare. Guardava nel ricordo il tempo in cui guardava il nascere della memoria altrui, della Storia, e di tante storie che non sarebbe stato lui a scrivere.

O c'era stato un momento di gloria e di scelta? Perché disse: "E poi quel giorno feci l'atto di eroismo della mia vita."

"Il mio John Wayne," disse Lorenza. "Dimmi."

"Oh nulla. Dopo aver strisciato dagli zii, io mi ostinavo a stare in piedi in corridoio. La finestra era in fondo, eravamo al primo piano, nessuno mi può colpire, dicevo. E mi sentivo come il capitano che sta ritto in mezzo al quadrato, mentre gli fischiano intorno le pallottole. Poi zio Carlo si è arrabbiato, mi ha tirato dentro in malo modo, io stavo per mettermi a piangere perché finiva il divertimento, e in quell'attimo abbiamo sentito tre colpi, vetri infranti e una specie di rimbalzo, come se qualcuno giocasse in corridoio con una palla da tennis. Una pallottola era entrata dalla finestra, aveva battuto contro un tubo dell'acqua ed era rimbalzata andando a conficcarsi in basso, proprio nel punto dove stavo io prima. Se ero ancora fuori in piedi, mi avrebbe azzoppato. Forse."

"Dio mio, non ti avrei voluto zoppo," disse Lorenza.

"Magari oggi ne sarei contento," disse Belbo. Infatti, anche in quel caso non aveva scelto. Si era fatto tirare dentro dallo zio.

Dopo un'oretta si distrasse di nuovo. "Poi a un certo punto è arrivato di sopra Adelino Canepa. Diceva che saremmo stati tutti più sicuri in cantina. Lui e lo zio non si parlavano da anni, ve l'ho raccontato. Ma nel momento della tragedia Adelino era ritornato un essere umano, e lo zio gli ha persino stretto la mano. Così abbiamo passato un'ora al buio fra i tini, dentro l'odore del mosto che dava un poco alla testa, fuori gli spari. Poi le raffiche sono scemate, i colpi ci arrivavano più attutiti. Abbiamo capito che qualcuno si ritirava e non sapevamo ancora chi. Sino a che da una finestrella sopra le nostre teste, che dava in un viottolo, abbiamo sentito una voce, in dialetto: 'Monssu, i'è d'la repubblica bele si?' "

"Cosa significa?" chiese Lorenza.

"A un dipresso: gentleman, vorrebbe essere così cortese da informarmi se vi sono ancora nei paraggi adepti della Repubblica Sociale Italiana? A quei tempi repubblica era una brutta parola. Era un partigiano che interpellava un passante, o qualcuno alla finestra, e quindi il viottolo era ridivenuto praticabile, e i fascisti se n'erano andati. Si stava facendo buio. Dopo un poco sono arrivati sia il papà che la nonna, a raccontare ciascuno la sua avventura. La mamma e la zia hanno preparato qualcosa da mangiare, mentre lo zio e Adelino Canepa si stavano cerimoniosamente ritogliendo il saluto. Per tutto il resto della sera abbiamo udito raffiche lontane, verso le colline. I partigiani braccavano i fuggiaschi. Avevamo vinto."

Lorenza lo baciò sui capelli e Belbo fece un sogghigno col naso. Sapeva di aver vinto per interposta brigata. In realtà aveva assistito a un film. Ma per un momento, rischiando la pallottola di rimbalzo, era entrato nel film. Appena appena di corsa, come in *Hellzapoppin'*, quando si confondono le pellicole e un indiano arriva a cavallo nel corso di una festa da ballo e chiede dove sono andati, qualcuno gli dice "di là", e quello scompare in un'altra storia.

56

Prese a suonare la sua splendida tromba con tale forza che l'intera montagna ne risuonò.

(Johann Valentin Andreae, *Die Chymische Hochzeit des Christian Rosencreutz*, Strassburg, Zetzner, 1616, 1, p. 4)

Eravamo al capitolo sulle meraviglie dei condotti idraulici, e in un'incisione cinquecentesca dagli *Spiritalia* di Erone si vedeva una specie di altare con sopra un automa che – in virtù di un marchingegno a vapore – suonava una tromba.

Riportai Belbo ai suoi ricordi: "Ma allora com'era la storia di quel don Ticho Brahe o come si chiamava, che le ha insegnato la tromba?"

"Don Tico. Non ho mai saputo se fosse un soprannome o il suo cognome. Non sono più tornato all'oratorio. Ci ero capitato per caso: la messa, il catechismo, tanti giochi, e si vinceva un'immaginetta del Beato Domenico Savio, quell'adolescente con i pantaloni spiegazzati di panno ruvido, che nelle statue sta sempre attaccato alla sottana di don Bosco, con gli occhi al cielo, per non sentire i compagni che raccontano le barzellette oscene. Scoprii che don Tico aveva messo insieme una banda musicale, tutta di ragazzi tra i dieci e i quattordici anni. I più piccoli suonavano clarini, ottavini, sassofoni soprani, i più grandi sopportavano il bombardino e la grancassa. Erano in divisa, giubbotto cachi e pantaloni blu, con berretto a visiera. Un sogno, e volli essere dei loro. Don Tico disse che gli serviva un genis."

Ci squadrò con superiorità e recitò: "Genis nel gergo bandistico è una specie di tromboncino piccolo che in realtà si chiama flicorno contralto in mi bemolle. È lo strumento più stupido di tutta la banda. Fa umpa-umpa-umpa-umpap quando la marcia è in levare, e dopo il parapapà-pa-pa-pa-paaa passa in battere e fa pa-pa-pa-pa-pa... Però s'impara facilmente, appartiene alla famiglia degli ottoni come la tromba e la sua meccanica non è diversa da quella della tromba. La tromba richiede più fiato e una buona imboccatura – sapete, quella specie di callo circolare che si forma sulle labbra, come Armstrong. Con una buona imboccatura risparmi il fiato e il suono esce limpido e pulito, senza che si senta il soffio – d'altra parte non si debbono gonfiare le gote, guai, accade solo nella finzione e nelle caricature."

"Ma la tromba?"

"La tromba la imparavo da solo, in quei pomeriggi d'estate in cui in oratorio non c'era nessuno, e io mi nascondevo nella platea del teatrino... Ma studiavo la tromba per ragioni erotiche. Vedete quella villetta laggiù, a un chilometro dall'oratorio? Lì abitava Cecilia, figlia della benefattrice dei salesiani. Così ogni volta che la banda si esibiva, nelle feste comandate, dopo la processione, nel cortile dell'oratorio e soprattutto in teatro, prima delle recite della filodrammatica, Cecilia con la mamma era sempre in prima fila al posto d'onore, vicino al prevosto della cattedrale. E in quei casi la banda iniziava con una marcia che si chiamava *Buon Principio*, e la marcia era aperta dalle trombe, le trombe in si bemolle, d'oro e d'argento, ben lucidate per l'occasione. Le trombe si alzavano in piedi e facevano un assolo. Poi si sedevano e la banda attaccava. Suonare la tromba era l'unico modo per farmi notare da Cecilia."

"Altrimenti?" chiese Lorenza intenerita.

"Non c'era altrimenti. Primo, io avevo tredici anni e lei tredici e mezzo, e una ragazza a tredici e mezzo è una donna, e un ragazzo un moccioso. E poi amava un sassofono contralto, un tal Papi, orrido e spelacchiato, a me pareva, e aveva sguardi solo per lui, che belava lascivo, perché il sassofono, quando non è quello di Ornette Coleman e suona in banda – ed è suonato dall'orrido Papi – è (o pareva a me allora) uno strumento caprino e vulvare, ha la voce, come dire, di un'indossatrice che si è messa a bere e a far marchette..."

"Come fanno le indossatrici che fan marchette? Cosa ne sai tu?"

"Insomma, Cecilia non sapeva neppure che io esistessi. Certo, mentre scarpinavo la sera in collina per andare a prendere il latte in una cascina a monte, mi inventavo storie splendide, con lei rapita dalle Brigate Nere e io che correvo a salvarla, mentre le pallottole mi fischiavano intorno alla testa e facevano ciacc ciacc cadendo nelle stoppie, le rivelavo quello che lei non poteva sapere, che sotto mentite spoglie dirigevo la resistenza in tutto il Monferrato, e lei mi confessava che l'aveva sempre sperato, e a quel punto mi vergognavo, perché sentivo come una colata di miele nelle vene – vi giuro, non mi si inumidiva neppure il prepuzio, era un'altra cosa, ben più terribile e grandiosa – e tornato a casa andavo a confessarmi... Credo che il peccato, l'amore e la gloria siano quello, quando tu ti cali con le lenzuola intrecciate dalla finestra di Villa Triste, lei che ti stringe al collo, sospesa nel vuoto, e ti sussurra che aveva sempre sognato di te. Il resto è solo sesso, copula, perpetuazione della semenza infame. Ma insomma, se fossi passato alla tromba Cecilia non avrebbe potuto ignorarmi, io in piedi, sfavillante, e il miserabile sassofono seduto. La tromba è guerresca, angelica, apocalittica, vittoriosa, suona la carica, il sassofono fa ballare bulletti di periferia coi capelli unti di brillantina, guancia a guancia con ragazze sudate. E io studiavo la tromba, come un pazzo, sino a che non mi sono presentato a don Tico e gli ho detto mi ascolti, ed ero come Oscar Levant quando fa il primo provino a Broadway con Gene Kelly. E don Tico disse : tu sei una tromba. Ma..."

"Com'è drammatico," disse Lorenza, "racconta, non farci stare col fiato in sospeso."

"Ma dovevo trovare qualcuno che mi sostituisse al genis. Arrangiati, aveva detto don Tico. E io mi sono arrangiato. Dovete dunque sapere, o bambini miei, che in quei tempi vivevano a *** due miserabili, miei compagni di classe benché avessero due anni più di me, e questo molto vi dice sulla loro attitudine all'apprendimento. Questi due bruti si chiamavano Annibale Cantalamessa e Pio Bo. Uno: storico."

"Cosa cosa?" chiese Lorenza.

Spiegai, complice: "Quando Salgari riferisce un fatto vero (o che lui credeva vero) – diciamo che Toro Seduto dopo Little Big Horn mangia il cuore del generale Custer – alla fine del racconto mette una nota a piè di pagina che dice: 1. Storico."

"Ecco. Ed è storico che Annibale Cantalamessa e Pio Bo si chiamassero così, né era il loro lato peggiore. Erano infingardi, ladri di fumetti al chiosco dei giornali, rubavano i bossoli a chi ne aveva una bella collezione e appoggiavano il panino col salame sul libro d'avventure di terra e di mare che gli avevi appena prestato dopo che te l'avevano regalato per Natale. Il Cantalamessa si diceva comunista, il Bo fascista, erano entrambi disposti a vendersi all'avversario per una fionda, raccontavano storie di argomento sessuale, con imprecise cognizioni anatomiche, e facevano a gara a chi si era masturbato più a lungo la sera prima. Erano individui pronti a tutto, perché non al genis? Così ho deciso di sedurli. Gli magnificavo la divisa dei suonatori, li portavo alle pubbliche esecuzioni, gli facevo intravedere successi amatori con le Figlie di Maria... Caddero nella pania. Passavo le giornate nel teatrino, con una lunga canna, come avevo visto nelle illustrazioni degli opuscoli sui missionari, gli davo bacchettate sulle dita quando sbagliavano nota – il genis ha solo tre tasti, si muovono l'indice, il medio e l'anulare, ma per il resto è questione di imboccatura, l'ho detto. Non vi attedierò più oltre, miei piccoli ascoltatori: venne il giorno che potei presentare a don Tico due genis, non dirò perfetti ma, almeno alla prima prova, preparata lungo pomeriggi insonni, accettabili. Don Tico si era convinto, li aveva rivestiti della divisa, e mi aveva passato alla tromba. E nel giro di una settimana, alla festa di Maria Ausiliatrice, all'apertura della stagione teatrale con *Il piccolo parigino*, a sipario chiuso, davanti alle autorità, io ero in piedi, a suonare l'inizio di *Buon Principio*."

"Oh splendore," disse Lorenza, con il viso ostentatamente soffuso di tenera gelosia. " E Cecilia?"

"Non c'era. Forse era malata. Che so? Non c'era."

Levò lo sguardo circolarmente sulla platea, perché a quel punto si sentiva bardo – o giullare. Calcolò la pausa. "Due giorni dopo don Tico mi mandava a chiamare e mi spiegava che Annibale Cantalamessa e Pio Bo avevano rovinato la serata. Non tenevano il tempo, si distraevano nelle pause lanciandosi frizzi e lazzi, non attaccavano al momento giusto. 'Il genis,' mi disse don Tico, 'è l'ossatura della banda, ne è la coscienza ritmica, l'anima. La banda è come un gregge, gli strumenti sono le pecore, il maestro è il pastore, ma il genis è il cane fedele e ringhioso che tiene al passo le pecorelle. Il maestro guarda anzitutto al genis, e se il genis lo segue, le pecorelle lo seguiranno. Jacopo mio ti debbo chiedere un grande sacrificio, ma tu devi tornare al genis, insieme a quei due. Tu hai senso del ritmo, tu me li devi tenere al passo. Ti giuro, appena diventeranno autonomi ti rimetto alla tromba.' Dovevo tutto a don Tico. Ho detto di sì. E alla festa seguente le trombe si sono ancora alzate in piedi e hanno suonato l'attacco di *Buon Principio* davanti a Cecilia, di nuovo in prima fila. Io stavo nel buio, genis tra i genis. Quanto ai due miserabili, non sono mai divenuti autonomi. Io non sono più tornato alla tromba. La guerra è finita, sono rientrato in città, ho abbandonato gli ottoni, e di Cecilia non ho mai saputo neppure il cognome."

"Povera stella," disse Lorenza abbracciandolo alle spalle. "Ma ti rimango io."

"Credevo ti piacessero i sassofoni," disse Belbo. Poi le baciò la mano, girando appena il capo. Ridivenne serio. "Al lavoro," disse. "Dobbiamo fare una storia del futuro, non una cronaca del tempo perduto."

A sera molto si celebrò la caduta del bando antialcolico. Jacopo sembrava aver dimenticato i suoi umori elegiaci, e si misurò con Diotallevi. Immaginarono macchine assurde, per scoprire a ogni passo che erano già state inventate. A mezzanotte, dopo una giornata piena, tutti decisero che occorreva sperimentare cosa si prova a dormire sulle colline.

Mi misi a letto nella vecchia stanza, con le lenzuola più umide di quanto non fossero nel pomeriggio. Jacopo aveva insistito perché vi mettessimo di buonora il prete, quella sorta di intelaiatura ovale che tiene le coperte sollevate, e su cui si posa uno scaldino con la brace – ed era probabilmente per farci assaporare tutti i piaceri della vita in villa. Ma quando l'umidità è latente, il prete la porta allo scoperto, si sente un tepore delizioso ma la tela sembra bagnata. Pazienza. Accesi un abat-jour di quelli con le frange, dove le effimere battono le ali prima di morire, come vuole il poeta. E cercai di prender sonno leggendo il giornale.

Ma per circa un'ora o due udii dei passi nel corridoio, un aprirsi e chiudersi di usci, l'ultima volta (l'ultima che udii) una porta sbatté con violenza. Lorenza Pellegrini stava mettendo i nervi di Belbo alla prova.

Stavo già prendendo sonno quando udii grattare alla mia, di porta. Non si capiva se fosse un animale (ma non avevo visto né cani né gatti), ed ebbi l'impressione che fosse un invito, una richiesta, un'esca. Forse Lorenza lo stava facendo perché sapeva che Belbo la osservava. Forse no. Avevo sino ad allora considerato Lorenza come proprietà di Belbo – almeno nei miei confronti – e poi da quando ero con Lia ero diventato insensibile ad altri fascini. Gli sguardi maliziosi, spesso di intesa, che Lorenza mi lanciava talora in ufficio o al bar, quando prendeva in giro Belbo, come per cercare un alleato o un testimonio, facevano parte – avevo sempre pensato – di un gioco di società – e poi Lorenza Pellegrini aveva la virtù di guardare chiunque con l'aria di voler sfidare le sue capacità amatorie – ma in un modo curioso, come se suggerisse "ti voglio, ma per mostrarti che hai paura"... Quella sera, sentendo quel raspio, quello strisciare di unghie contro la vernice del battente, provai una sensazione diversa: mi resi conto che desideravo Lorenza.

Misi il capo sotto il cuscino e pensai a Lia. Voglio fare un figlio con Lia, mi dissi. E a lui (o a lei) farò suonare subito la tromba, appena saprà soffiare.

57

Su ogni terzo albero, da entrambi i lati, era stata appesa una lanterna, e una splendida vergine, anch'ella vestita di blu, le accese con una torcia meravigliosa e io mi attardai, più del necessario, per ammirare lo spettacolo che era di una bellezza indicibile.

(Johann Valentin Andreae, *Die Chymische Hochzeit des Christian Rosencreutz*, Strassburg, Zetzner, 1616, 2, p. 21)

Verso mezzogiorno Lorenza ci raggiunse sul terrazzo, sorridente, e annunciò che aveva trovato un splendido treno che passava da *** alle dodici e mezzo e con una sola coincidenza l'avrebbe riportata a Milano nel pomeriggio. Chiese se l'accompagnavamo alla stazione.

Belbo continuò a sfogliare degli appunti e disse: "Mi pareva che Agliè stesse aspettando anche te, mi pareva anzi che avesse organizzato l'intera spedizione solo per te."

"Peggio per lui," disse Lorenza. "Chi mi accompagna?"

Belbo si alzò e ci disse: "Faccio in un attimo e torno. Poi possiamo restare qui ancora due orette. Lorenza, avevi una borsa?"

Non so se si dissero altro nel tragitto verso la stazione. Belbo tornò in una ventina di minuti e riprese a lavorare senza accennare all'incidente.

Alle due trovammo un confortevole ristorante sulla piazza del mercato, e la scelta dei cibi e dei vini permise a Belbo di rievocare altri eventi della sua infanzia. Ma parlava come se citasse da una biografia altrui. Aveva perduto la felicità narrativa del giorno prima. A metà pomeriggio ci avviammo per ricongiungerci con Agliè e Garamond.

Belbo guidava verso sudovest, mentre il paesaggio mutava a poco a poco di chilometro in chilometro. I colli di ***, anche ad autunno avanzato, erano minuti e dolci; ora invece, man mano che procedevamo, l'orizzonte si faceva più vasto, benché a ogni curva aumentassero i picchi, su cui si arroccava qualche villaggio. Ma tra picco e picco si aprivano orizzonti interminati – al di là della siepe, come osservava Diotallevi, verbalizzando giudiziosamente le nostre scoperte. Così mentre salivamo in terza si scorgevano a ogni tornante vaste distese dal profilo ondulato e continuo, che al limite del pianoro già sfumava in una foschia quasi invernale. Pareva una pianura modulata da dune, ed era mezza montagna. Come se la mano di un demiurgo inabile avesse pressato cime che gli erano parse eccessive, trasformandole in una cotognata gibbosa senza soste, sino al mare, chissà, o sino ai pendii di catene più aspre e decise.

Arrivammo al villaggio dove, al bar della piazza centrale, avevamo appuntamento con Agliè e Garamond. Alla notizia che Lorenza non era con noi Agliè, se pure ne fu contrariato, non lo dette a vedere. "La nostra squisita amica non vuole partecipare con altri i misteri che la definiscono. Singolare pudore, che apprezzo," disse. E fu tutto.

Procedemmo, in testa la Mercedes di Garamond e in coda la Renault di Belbo, per valli e colline, sino a che, mentre la luce del sole stava scemando, arrivammo in vista di una strana costruzione inerpicata su un colle, una sorta di castello settecentesco, giallo, da cui si dipartivano, così mi parve da lontano, delle terrazze fiorite e alberate, rigogliose nonostante la stagione.

Come arrivammo ai piedi dell'erta, ci trovammo su uno spiazzo dove erano parcheggiate molte macchine. "Qui ci si ferma," disse Agliè, "e si prosegue a piedi."

Il crepuscolo stava ormai diventando notte. La salita ci appariva nella luce di una moltitudine di fiaccole, accese lungo le pendici.

È curioso, ma di tutto quel che avvenne, da quel momento sino a notte tarda, ho ricordi insieme limpidi e confusi. Rievocavo l'altra sera nel periscopio e avvertivo un'aria di famiglia tra le due esperienze. Ecco, mi dicevo, ora sei qui, in una situazione innaturale, stordito da un impercettibile tanfo di legni vecchi, sospettando di essere in una tomba, o nel ventre di un vaso ove si stia compiendo una trasformazione. Se solo sporgessi la testa oltre la cabina vedresti nella penombra oggetti, che oggi ti apparivano immobili, agitarsi come ombre eleusine tra i vapori di un incantamento. E così era stata la sera al castello: le luci, le sorprese del percorso, le parole che udivo, e più tardi certamente gli incensi, tutto cospirava a farmi credere di sognare un sogno, ma in forma anomala, così come si è prossimi al risveglio quando si sogna di sognare.

Non dovrei ricordare nulla. Invece ricordo tutto, come se non l'avessi vissuto io e mi fosse stato raccontato da un altro.

Non so se quanto ricordo, con tanta confusa lucidità, sia quello che è avvenuto o quello che desiderai fosse avvenuto, ma certamente fu quella sera che il Piano prese forma nella nostra mente, come volontà di dare una forma qualsiasi a quell'esperienza informe, trasformando in realtà fantasticata quella fantasia che qualcuno aveva voluto reale.

"Il percorso è rituale," ci stava dicendo Agliè mentre salivamo. "Questi sono giardini pensili, gli stessi – o quasi – che Salomon de Caus aveva ideato per gli orti di Heidelberg – voglio dire, per l'elettore palatino Federico V, nel gran secolo rosacrociano. La luce è poca, ma così dev'essere, perché è meglio intuire che vedere: il nostro anfitrione non ha riprodotto con fedeltà il progetto di Salomon de Caus, ma lo ha concentrato in uno spazio più angusto. I giardini di Heidelberg imitavano il macrocosmo, ma chi li ha ricostruiti qui ha solo imitato quel microcosmo. Vedano quella grotta, costruita a rocaille... Decorativa, senza dubbio. Ma de Caus aveva presente quell'emblema dell'*Atalanta Fugiens* di Michael Maier dove il corallo è la pietra filosofale. De Caus sapeva che attraverso la forma dei giardini si possono influenzare gli astri, perché ci sono caratteri che per la loro configurazione mimano l'armonia dell'universo..."

"Prodigioso," disse Garamond. "Ma come fa un giardino a influenzare gli astri?"

"Ci sono segni che piegano gli uni verso gli altri, che guardano gli uni agli altri e che si abbracciano, e costringono all'amore. E non hanno, non debbono avere, forma certa e definita. Chiunque, a seconda che detti il suo furore o lo slancio del suo spirito, esperimenta determinate forze, come accadeva con i geroglifici degli egizi. Non ci può essere rapporto tra noi e gli esseri divini se non per sigilli, figure, caratteri e altre cerimonie. Per la stessa ragione le divinità ci parlano per mezzo di sogni ed enigmi. E così sono questi giardini. Ogni aspetto di questa terrazza riproduce un mistero dell'arte alchemica, ma purtroppo non siamo più in grado di leggerlo, nemmeno il nostro ospite. Singolare dedizione al segreto, ne converranno, in quest'uomo che spende quanto ha accumulato lungo gli anni per far disegnare ideogrammi di cui non conosce più il senso."

Salivamo, e di terrazza in terrazza i giardini mutavano fisionomia. Alcuni avevano forma di labirinto, altri figura di emblema, ma si poteva vedere il disegno delle terrazze inferiori solo dalle terrazze superiori, così che scorsi dall'alto la sagoma di una corona e molte altre simmetrie che non avevo potuto notare mentre le percorrevo, e che in ogni caso non sapevo decifrare. Ogni terrazzo, visto da chi vi si muoveva tra le siepi, per effetto di prospettiva mostrava alcune immagini ma, rivisto dal terrazzo superiore, provvedeva nuove rivelazioni, magari di senso opposto – e ogni grado di quella scala parlava così due diverse lingue nello stesso momento.

Scorgemmo, a mano a mano che salivamo, piccole costruzioni. Una fontana dalla struttura fallica, che si apriva sotto una specie di arco o portichetto, con un Nettuno che calpestava un delfino, una porta con colonne vagamente assire, e un arco di forma imprecisa, come se avessero sovrapposto triangoli e poligoni a poligoni, e ciascun vertice era sovrastato dalla statua di un animale, un alce, una scimmia, un leone...

"E tutto questo rivela qualcosa?" chiese Garamond.

"Indubbiamente! Basterebbe leggere il *Mundus Symbolicus* del Picinelli, che l'Alciato aveva anticipato con singolare furore profetico. Tutto il giardino è leggibile come un libro, o come un incantesimo, che è poi la stessa cosa. Potreste, sapendo, pronunciare a bassa voce le parole che il giardino dice, e sareste capaci di dirigere una delle innumerevoli forze che agiscono nel mondo sublunare. Il giardino è un apparato per dominare l'universo."

Ci mostrò una grotta. Una malattia di alghe e scheletri di animali marini, non so se naturali, in gesso, in pietra... Si intravedeva una naiade abbracciata a un toro dalla coda squamosa di gran pesce biblico, adagiato in una corrente d'acqua, che fluiva dalla conchiglia che un tritone teneva a modo d'anfora.

"Vorrei che loro cogliessero il significato profondo di questo che altrimenti sarebbe un banale gioco idraulico. De Caus sapeva bene che se si prende un vaso, lo si riempie d'acqua e lo si chiude in alto, anche se poi si apre un foro sul fondo, l'acqua non ne esce. Ma se si apre anche un foro al di sopra, l'acqua defluisce o zampilla in basso."

"Non è ovvio?" chiesi. "Nel secondo caso entra l'aria dall'alto e spinge l'acqua in basso."

"Tipica spiegazione scientista, in cui si scambia la causa per l'effetto, o viceversa. Lei non deve chiedersi perché l'acqua esce nel secondo caso. Deve chiedersi perché si rifiuta di uscire nel primo."

"E perché si rifiuta?" chiese ansioso Garamond.

"Perché se uscisse rimarrebbe del vuoto nel vaso, e la natura ha orrore del vuoto. *Nequaquam vacui*, era un principio rosacrociano, che la scienza moderna ha dimenticato."

"Impressionante," disse Garamond. "Casaubon, nella nostra meravigliosa storia dei metalli queste cose debbono venire fuori, mi raccomando. E non mi dica che l'acqua non è un metallo. Fantasia, ci vuole."

"Mi scusi," disse Belbo ad Agliè, "ma il suo è l'argomento *post hoc ergo ante hoc*. Quello che viene dopo causa quello che veniva prima."

"Non bisogna ragionare secondo sequenze lineari. L'acqua di queste fontane non lo fa. La natura non lo fa, la natura ignora il tempo. Il tempo è un'invenzione dell'Occidente."

Mentre salivamo incrociavamo altri invitati. Scorgendo alcuni di costoro Belbo dava di gomito a Diotallevi che commentava sottovoce: "Eh sì, facies hermetica."

Fu tra i pellegrini dalla facies hermetica, un poco isolato, con un sorriso di severa indulgenza sulle labbra, che incrociai il signor Salon. Gli sorrisi, mi sorrise.

"Lei conosce Salon?" mi chiese Agliè.

"Lei conosce Salon?" gli chiesi io. "Per me è naturale, abito nel suo palazzo. Che cosa pensa di Salon?"

"Lo conosco poco. Alcuni amici degni di fede mi dicono che è un confidente della polizia."

Ecco perché Salon sapeva della Garamond e di Ardenti. Qual era la connessione tra Salon e De Angelis? Ma mi limitai a chiedere ad Agliè: "E che cosa fa un confidente della polizia in una festa come questa?"

"I confidenti della polizia," disse Agliè, "vanno ovunque. Qualsiasi esperienza è utile per inventare confidenze. Presso la polizia si diventa tanto più potenti quante più cose si sanno, o si fa mostra di sapere. E non importa se le cose siano vere. L'importante, ricordi, è possedere un segreto."

"Ma perché Salon viene invitato qui?" chiesi.

"Amico mio," rispose Agliè, "probabilmente perché il nostro ospite segue quella regola aurea del pensiero sapienziale per cui qualsiasi errore può essere il portatore misconosciuto della verità. Il vero esoterismo non ha paura dei contrari."

"Lei mi dice che alla fine costoro sono tutti d'accordo tra loro."

"*Quod ubique, quod ab omnibus et quod semper*. L'iniziazione è la scoperta di una filosofia perenne."

Così filosofando eravamo giunti al sommo delle terrazze, imboccando un sentiero in mezzo a un ampio giardino che portava all'ingresso della villa, o castelletto che fosse. Alla luce di una torcia più grande delle altre, montata sopra una colonna, vedemmo una ragazza, avvolta in una veste blu costellata di stelle d'oro, che teneva in mano una tromba, di quelle che nell'opera suonano gli araldi. Come in una di quelle sacre rappresentazioni dove gli angeli ostentano piume di cartavelina, la ragazza aveva sulle spalle due grandi ali bianche decorate con forme amigdaloidi segnate al centro da un punto, che con un poco di buona volontà avrebbero potuto passare per occhi.

Vedemmo il professor Camestres, uno dei primi diabolici che ci avevano fatto visita alla Garamond, l'avversario dell'Ordo Templi Orientis. Stentammo a riconoscerlo perché si era mascherato in modo che ci parve singolare, ma che Agliè stava definendo come appropriato all'evento: era vestito di lino bianco coi fianchi cinti di un nastro rosso incrociato sul petto e dietro alle spalle, e un curioso cappello di foggia secentesca su cui aveva appuntato quattro rose rosse. Si inginocchiò di fronte alla ragazza della tromba e disse alcune parole.

"Davvero," mormorò Garamond, "ci sono più cose in cielo e in terra..."

Passammo attraverso un portale istoriato, che mi evocò il cimitero di Staglieno. In alto, sopra una complessa allegoria neoclassica, vidi scolpite le parole CONDOLEO ET CONGRATULOR.

All'interno, molti e animati erano gli invitati, che si affollavano a un buffet in un ampio salone d'ingresso, da cui si dipartivano due scalinate verso i piani superiori. Scorsi altri volti non ignoti, tra cui Bramanti e – sorpresa – il commendator De Gubernatis, APS già sfruttato da Garamond, ma forse non ancora messo di fronte all'orrenda possibilità di avere tutte le copie del suo capolavoro al macero, perché si fece incontro al mio principale esternandogli ossequio e riconoscenza. A ossequiare Agliè si fece avanti un tipo minuto, con gli occhi esaltati. Dall'inconfondibile accento francese, riconoscemmo Pierre, colui che avevamo udito accusar Bramanti di sortilegio attraverso la porta dello studiolo di Agliè.

Mi avvicinai al buffet. C'erano caraffe con liquidi colorati, ma non riuscivo a identificarli. Mi versai una bevanda gialla che sembrava vino, non era cattivo, sapeva di vecchio rosolio, ma era certamente alcolico. Forse conteneva qualcosa: incominciò a girarmi la testa. Intorno a me si affollavano facies hermeticae accanto a volti severi di prefetti a riposo, coglievo squarci di conversazione...

"Al primo stadio dovresti riuscire a comunicare con altre menti, poi proiettare in altri esseri pensieri e immagini, caricare i luoghi con stati emotivi, acquisire autorità sul regno animale. In un terzo tempo tenti di proiettare un tuo doppio in qualsiasi punto dello spazio: bilocazione, come gli yogi, dovresti apparire simultaneamente in più forme distinte. Dopo si tratta di passare alla conoscenza sovrasensibile delle essenze vegetali. Infine tenti la dissociazione, si tratta di investire la compagine tellurica del corpo, di dissolversi in un luogo e riapparire in un altro, integralmente – dico – e non nel solo doppio. Ultimo stadio, il prolungamento della vita fisica..."

"Non l'immortalità..."

"Non subito."

"Ma tu?"

"Ci vuole concentrazione. Non ti nascondo che è faticoso. Sai, non ho più vent'anni..."

Ritrovai il mio gruppo. Stavano entrando in una stanza dalle pareti bianche con gli angoli ricurvi. Sul fondo, come in un museo Grévin – ma l'immagine che mi affiorò alla mente quella sera fu quella dell'altare che avevo visto a Rio nella tenda de umbanda – due statue di grandezza pressoché naturale, in cera, rivestite con materiale scintillante che mi parve di pessimo trovarobato. Una era una dama su di un trono, con una veste immacolata, o quasi, costellata di paillettes. Sopra di essa pendevano, appesi a dei fili, delle creature di forma imprecisa, che mi parvero realizzate in panno Lenci. In un angolo un amplificatore lasciava pervenire un suono lontano di trombe, questo di buona qualità, forse era qualche cosa di Gabrieli, e l'effetto sonoro era di gusto più sicuro di quello visivo. Verso destra, un'altra figura femminile, vestita di velluto cremisi con una cintura bianca, e sul capo una corona di lauro, accanto a una bilancia dorata. Agliè ci stava spiegando i vari riferimenti, ma mentirei se dicessi che vi prestavo molta attenzione. Mi interessava l'espressione di molti invitati, che passavano da immagine a immagine con aria di reverenza, e commozione.

"Non sono diversi da quelli che vanno nel santuario a vedere la madonna nera con veste ricamata coperta di cuori d'argento," dissi a Belbo. "Pensano forse che quella sia la madre di Cristo in carne e ossa? No, ma neppure pensano il contrario. Si dilettano della similitudine, sentono lo spettacolo come visione, e la visione come realtà."

"Sì," disse Belbo, "ma il problema non è di sapere se costoro siano meglio o peggio di quelli che vanno al santuario. Mi stavo chiedendo chi siamo noi. Noi che riteniamo Amleto più vero del nostro portinaio. Ho diritto di giudicare costoro, io che vado in giro cercando Madame Bovary per farle una scenata?"

Diotallevi scuoteva il capo e mi diceva a bassa voce che non si dovrebbero riprodurre immagini delle cose divine, e che quelle erano tutte epifanie del vitello d'oro. Ma si divertiva.

58

È pertanto l'alchimia una casta meretrice, che ha molti amanti, ma tutti delude e a nessuno concede il suo amplesso. Trasforma gli stolti in mentecatti, i ricchi in miserabili, i filosofi in allocchi, e gli ingannati in loquacissimi ingannatori...

(Tritemio, *Annalium Hirsaugensium Tomi* II, S. Gallo, 1690, 141)

Improvvisamente la sala cadde nella penombra e le pareti si illuminarono. Mi accorsi che erano ricoperte per tre quarti da uno schermo semicircolare su cui stavano per essere proiettate delle immagini. Come apparvero mi resi conto che parte del soffitto e del pavimento erano di materiale riflettente, e riflettenti erano anche alcuni degli oggetti che prima mi avevano colpito per la loro rozzezza, le paillettes, la bilancia, uno scudo, alcune coppe di rame. Ci trovammo immersi in un ambiente acquoreo, dove le immagini si moltiplicavano, si segmentavano, si fondevano con le ombre degli astanti, il pavimento rifletteva il soffitto, questo il pavimento, e tutti insieme le figure che apparivano sulle pareti. Insieme alla musica, si diffusero per la sala odori sottili, dapprima incensi indiani, poi altri, più imprecisi, a tratti sgradevoli.

Dapprima la penombra sfumò in un buio assoluto, poi, mentre si udiva un borbottio glutinoso, un ribollire di lava, fummo in un cratere, dove una materia vischiosa e scura sussultava al bagliore intermittente di vampe gialle e bluastre.

Un'acqua grassa e collosa evaporava verso l'alto per ridiscendere sul fondo come rugiada o pioggia, e vagava d'intorno un odore di terra fetida, un tanfo di muffa. Respiravo il sepolcro, il tartaro, le tenebre, mi colava d'intorno un liquame velenoso che scorreva tra lingue di letame, terriccio, polvere di carbone, fango, mestruo, fumo, piombo, sterco, scorza, schiuma, nafta, nero più nero del nero, che si stava ora rischiarando per lasciar apparire due rettili – l'uno azzurrino e l'altro rossastro – allacciati in una sorta di amplesso, a mordersi reciprocamente la coda, formando come un'unica figura circolare.

Era come se avessi bevuto alcool oltre misura, non vedevo più i miei compagni, scomparsi nella penombra, non riconoscevo le figure che scivolavano accanto a me e le avvertivo come sagome scomposte e fluide... Fu allora che mi sentii afferrare per una mano. So che non era vero, eppure allora non osai voltarmi per non scoprire che mi ero ingannato. Ma avvertivo il profumo di Lorenza e solo allora capii quanto la desideravo. Doveva essere Lorenza. Era lì, a riprendere quel dialogo fatto di fruscii, di strusciare d'unghie contro la porta, che aveva lasciato in sospeso la sera prima. Zolfo e mercurio parevano congiungersi in un caldo umido che mi faceva palpitare l'inguine, ma senza violenza.

Attendevo il Rebis, il fanciullo androgino, il sale filosofale, il coronamento dell'opera al bianco.

Mi pareva di sapere tutto. Forse mi riaffioravano alla mente letture degli ultimi mesi, forse Lorenza mi comunicava il suo sapere attraverso il tocco della sua mano, e ne sentivo la palma leggermente sudata.

E mi sorprendevo a mormorare nomi remoti, nomi che certamente, lo sapevo, i Filosofi avevano dato al Bianco, ma con cui io – forse – stavo chiamando trepidamente Lorenza – non so, o forse soltanto ripetevo tra me e me come una litania propiziatoria: Rame bianco, Agnello immacolato, Aibathest, Alborach, Acqua benedetta, Mercurio purificato, Orpimento, Azoch, Baurach, Cambar, Caspa, Cerusa, Cera, Chaia, Comerisson, Elettro, Eufrate, Eva, Fada, Favonio, Fondamento dell'Arte, Pietra preziosa di Givinis, Diamante, Zibach, Ziva, Velo, Narciso, Giglio, Ermafrodito, Hae, Ipostasi, Hyle, Latte di Vergine, Pietra unica, Luna piena, Madre, Olio vivente, Legume, Uovo, Flemma, Punto, Radice, Sale della Natura, Terra fogliata, Tevos, Tincar, Vapore, Stella della Sera, Vento, Virago, Vetro del Faraone, Orina di Bambino, Avvoltoio, Placenta, Mestruo, Servo fuggitivo, Mano sinistra, Sperma dei Metalli, Spirito, Stagno, Succo, Zolfo untuoso...

Nella pece, ora grigiastra, si stava disegnando un orizzonte di rocce e alberi rinsecchiti, oltre al quale stava tramontando un sole nero. Poi fu una luce quasi abbacinante, e apparvero immagini sfavillanti, che si riflettevano per ogni dove creando un effetto di caleidoscopio. Gli effluvi ora erano liturgici, chiesastici, cominciai ad avvertire male alla testa, una sensazione di peso alla fronte, intravedevo una sala sfarzosa coperta di arazzi dorati, forse un banchetto nuziale, con uno sposo principesco e una sposa biancovestita, poi un re anziano e una regina sul trono, accanto a loro un guerriero, e un altro re scuro di pelle. Davanti al re un piccolo altarino su cui posavano un libro coperto di velluto nero e un lume in un candelabro d'avorio. Accanto al candelabro un globo ruotante e un orologio sormontato da una piccola fontana di cristallo, dalla quale scorreva un liquido color sangue. Sopra la fontana c'era forse un teschio, dalle occhiaie strisciava un serpente bianco...

Lorenza mi stava alitando parole all'orecchio. Ma non udivo la sua voce.

Il serpente si muoveva al ritmo di una musica triste e lenta. I vecchi monarchi indossavano ora una veste nera e davanti a loro stavano sei bare coperte. Si udirono alcuni suoni cupi di basso tuba, e apparve un uomo incappucciato di nero. Fu dapprima un'esecuzione ieratica, come se si svolgesse al rallentatore, che il re accettava con dolente letizia, chinando il capo docile. Poi l'incappucciato vibrò un'ascia, una lama, e fu la falcata rapida di un pendolo, l'impatto della lama si moltiplicò per ciascuna superficie riflettente, e in ciascuna superficie per ciascuna superficie, furono mille le teste che rotolarono, e da quel momento le immagini si susseguirono senza che riuscissi a seguire la vicenda. Credo che a poco a poco tutti i personaggi, compreso il re dalla pelle scura, venissero decapitati e adagiati nelle bare, poi tutta la sala si trasformò in una riva marina, o lacustre, e vedemmo attraccare sei vascelli illuminati sui quali furono portati i feretri, i vascelli si allontanarono sullo specchio d'acqua sfumando nella notte, tutto si svolse mentre gli incensi si erano fatti palpabili sotto forma di vapori densi, per un momento temetti di essere tra i condannati, e molti intorno a me mormoravano "le nozze, le nozze..."

Avevo perduto il contatto con Lorenza, e solo allora mi ero voltato per cercarla tra le ombre.

Ora la sala era una cripta, o una tomba sontuosa, dalla volta illuminata da un carbonchio di straordinaria grandezza.

In ogni angolo apparivano delle donne in abiti virginali, intorno a una caldaia a due piani, un castelletto con un basamento di pietra dal portico che pareva un forno, due torri laterali da cui uscivano due alambicchi che terminavano in una boccia ovoidale, e una terza torre centrale, che terminava in forma di fontana...

Nel basamento del castelletto si scorgevano i corpi dei decapitati. Una delle donne portò una cassetta da cui trasse un oggetto rotondo che depose sopra il basamento, in un fornice della torre centrale, e subito la fontana sul culmine prese a zampillare. Feci in tempo a riconoscere l'oggetto, era la testa del moro, che ora ardeva come un ceppo, ponendo in ebollizione l'acqua della fontana. Vapori, soffi, gorgoglii...

Lorenza questa volta mi stava posando la mano sulla nuca, l'accarezzava come l'avevo vista fare, furtiva, a Jacopo sulla macchina. La donna stava portando una sfera d'oro, apriva un rubinetto nel forno del basamento e faceva colare nella sfera un liquido rosso e denso. Poi la sfera fu aperta e in luogo del liquido rosso conteneva un uovo grande e bello, bianco come la neve. Le donne lo presero e lo posero a terra, in un mucchio di sabbia gialla, sino a che l'uovo si aprì e ne uscì un uccello, ancora deforme e sanguinante. Ma abbeverato col sangue dei decapitati cominciò a crescere sotto i nostri occhi diventando bello e splendente.

Ora stavano decapitando l'uccello e riducendolo in cenere sopra un piccolo altare. Alcuni stavano impastando la cenere, versavano quella pasta in due stampi, e ponevano gli stampi a cuocere in un forno, soffiando sul fuoco con dei tubi. Alla fine gli stampi vennero aperti e apparvero due figure pallide e graziose, quasi trasparenti, un fanciullo e una fanciulla, alti non più di quattro spanne, morbidi e carnosi come creature vive, ma con gli occhi ancora vitrei, minerali. Furono posti sopra due cuscini e un vecchio versò loro in bocca gocce di sangue...

Arrivarono altre donne portando delle trombe dorate, decorate con corone verdi e ne porsero una al vegliardo, il quale l'accostò alla bocca delle due creature, ancora sospese tra un languore vegetale e un dolce sonno animale, e cominciò a insufflare anima nei loro corpi... La sala si riempì di luce, la luce si affievolì in penombra, poi in un'oscurità interrotta da lampi arancione, quindi fu un immenso chiarore d'alba mentre alcune trombe suonavano alte e squillanti, e fu un fulgore di rubino, insopportabile. E a quel punto perdetti di nuovo Lorenza, e compresi che non l'avrei più ritrovata.

Tutto si fece di un rosso fiammeggiante che lentamente si smorzò in indaco e violetto, e lo schermo si spense. Il dolore alla fronte mi si era fatto insopportabile.

"Mysterium Magnum," diceva Agliè, ora ad alta voce e quietamente, al mio fianco. "La rinascita dell'uomo nuovo attraverso la morte e la passione. Buona esecuzione, debbo dire, anche se il gusto allegorico ha forse inciso sulla precisione delle fasi. Quella che avete visto era una rappresentazione, è naturale, ma parlava di una Cosa. E il nostro ospite questa Cosa pretende di averla prodotta. Venite, andiamo a vedere il miracolo compiuto."

59

E se si generano tali mostri, occorre pensare che siano opera di natura, anche se sembrano diversi dall'uomo.

(Paracelso, *De Homunculis*, in *Operum Volumen Secundum*, Genevae, De Tournes, 1658, p. 475)

Ci condusse fuori in giardino, e di colpo mi sentii meglio. Non osavo chiedere agli altri se Lorenza fosse davvero tornata. Avevo sognato. Ma dopo pochi passi entrammo in una serra, e di nuovo il calore soffocante mi stordì. Tra le piante, per lo più tropicali, stavano sei ampolle di vetro, a forma di pera – o di lacrima – ermeticamente chiuse con un sigillo, piene di un liquido cilestrino. Dentro ciascun vaso fluttuava un essere alto una ventina di centimetri: riconoscemmo il re dai capelli grigi, la regina, il moro, il guerriero e i due adolescenti coronati di lauro, uno azzurro e l'altro rosa... Si muovevano con un movimento natatorio aggraziato, come se fossero nel loro elemento.

Era difficile stabilire se si trattasse di modelli in plastica, in cera, o di esseri viventi, anche perché la leggera torbidezza del liquido non lasciava capire se il lieve ansimare che li animava fosse effetto ottico o realtà.

"Pare che crescano di giorno in giorno," disse Agliè. "Ogni mattina i vasi vengono seppelliti in un mucchio di letame equino fresco, ovvero caldo, che provvede la temperatura utile per la crescita. Per questo in Paracelso appaiono prescrizioni dove si dice che gli omuncoli debbono venir cresciuti a temperatura di ventre di cavallo. Secondo il nostro ospite, questi omuncoli gli parlano, gli comunicano segreti, emettono vaticini, chi gli rivela le vere misure del Tempio di Salomone, chi come esorcizzare i demoni.... Onestamente, io non li ho mai uditi parlare."

Avevano volti mobilissimi. Il re guardava con tenerezza la regina e aveva uno sguardo assai dolce.

"Il nostro ospite mi ha detto di aver trovato un mattino l'adolescente azzurro, chissà come sfuggito alla sua prigione, mentre stava cercando di dissigillare il vaso della sua compagna... Ma era fuori del suo elemento, respirava a fatica, e lo salvarono appena in tempo, rimettendolo nel suo liquido."

"Terribile," disse Diotallevi. "Così non li vorrei. Devi sempre portarti dietro il vaso e trovare quel letame in tutti i posti che vai. Che cosa fai d'estate? Li lasci al portinaio?"

"Ma forse," concluse Agliè, "sono soltanto dei ludioni, dei diavoletti di Cartesio. O degli automi."

"Diavolo, diavolo," diceva Garamond. "Lei, dottor Agliè, mi sta rivelando un nuovo universo. Dovremmo diventare tutti più umili, cari amici. Ci sono più cose in cielo e in terra... Ma infine, à la guerre comme à la guerre..."

Garamond era semplicemente folgorato. Diotallevi manteneva un'aria di incuriosito cinismo, Belbo non palesava alcun sentimento.

Volevo togliermi ogni dubbio e gli dissi: "Che peccato che Lorenza non sia venuta, si sarebbe divertita."

"Eh già," rispose, assente.

Lorenza non era venuta. E io ero come Amparo a Rio. Stavo male. Mi sentivo come defraudato. Non mi avevano porto l'agogõ.

Lasciai il gruppo, rientrai nell'edificio facendomi largo tra la folla, passai dal buffet, presi qualcosa di fresco, temendo che contenesse un filtro. Cercavo una toeletta per bagnarmi le tempie e la nuca. La trovai, e mi sentii sollevato. Ma come ne uscii fui incuriosito da una scaletta a chiocciola e non seppi rinunciare alla nuova avventura. Forse, anche se credevo di essermi riavuto, cercavo ancora Lorenza.

60

> Povero stolto! Sarai così ingenuo da credere che ti insegniamo apertamente il più grande e il più importante dei segreti? Ti assicuro che chi vorrà spiegare secondo il senso ordinario e letterale delle parole ciò che scrivono i Filosofi Ermetici, si troverà preso nei meandri di un labirinto dal quale non potrà fuggire, e non avrà filo di Arianna che lo guidi per uscirne.
>
> (Artefio)

Finii in una sala sotto il livello del suolo, illuminata con parsimonia, dalle pareti in rocaille come le fontane del parco. In un angolo scorsi un'apertura, simile alla campana di una tromba murata, e già da lontano sentii che ne provenivano rumori. Mi avvicinai e i rumori si fecero più distinti, sino a che potei cogliere delle frasi, nitide e precise come se fossero pronunciate accanto a me. Un orecchio di Dioniso!

L'orecchio era evidentemente collegato a una delle sale superiori e coglieva i discorsi di quelli che passavano accanto alla sua imboccatura.

"Signora, le dirò quello che non ho mai detto a nessuno. Sono stanco... Ho lavorato sul cinabro, e sul mercurio, ho sublimato spiriti, fermenti, sali del ferro, dell'acciaio e loro schiume, e non ho trovato la Pietra. Poi ho preparato delle acque forti, delle acque corrosive, delle acque ardenti, ma il risultato era sempre lo stesso. Ho usato gusci d'uovo, zolfo, vetriolo, arsenico, sale ammoniaco, sale di vetro, sale alkali, sale comune, salgemma, salnitro, sale di soda, sale attincar, sale di tartaro, sale alembrot; ma mi creda, ne diffidi. Bisogna evitare i metalli imperfetti rubificati, altrimenti sarà ingannata come sono stato ingannato io. Ho provato tutto: il sangue, i capelli, l'anima di Saturno, le marcassiti, l'aes ustum, lo zafferano di Marte, le scaglie e la schiuma del ferro, il litargirio, l'antimonio; niente. Ho lavorato per ricavare l'olio e l'acqua dall'argento, ho calcinato l'argento sia con un sale preparato sia senza sale, e con l'acquavite, e ne ho ricavato degli oli corrosivi, ecco tutto. Ho adoperato il latte, il vino, il caglio, lo sperma delle stelle che cade sulla terra, la chelidonia, la placenta dei feti, ho mescolato il mercurio ai metalli riducendoli in cristalli, ho cercato nelle stesse ceneri... Finalmente..."

"Finalmente?"

"Non c'è cosa al mondo che richieda più cautela della verità. Dirla è come farsi un salasso al cuore..."

"Basta, basta, lei mi esalta..."

"Solo a voi oso confessare il mio segreto. Non sono di alcuna epoca né di alcun luogo. Al di fuori del tempo e dello spazio vivo la mia eterna esistenza. Vi sono esseri che non hanno più angeli custodi: io sono uno di costoro..."

"Ma perché mi avete condotto qui?"

Altra voce: "Caro Balsamo, stiamo giocando al mito dell'immortale?"

"Imbecille! L'immortalità non è un mito. È un fatto."

Stavo per andarmene, annoiato da quel cicaleccio, quando udii Salon. Parlava sottovoce, con tensione, come se stesse trattenendo qualcuno per il braccio. Riconobbi la voce di Pierre.

"Suvvia," diceva Salon, "non mi dirà che anche lei è qui per la buffonata alchemica. Non mi dirà che è venuto a prendere il fresco nei giardini. Lo sa che dopo Heidelberg de Caus ha accettato un invito del re di Francia per occuparsi della pulitura di Parigi?"

"Les façades?"

"Non era Malraux. Sospetto che si trattasse delle fogne. Curioso, vero? Questo signore inventava aranceti e pomari simbolici per gli imperatori, ma quello che gli interessava erano i sotterranei di Parigi. A quei tempi a Parigi non esisteva una vera rete fognaria. Era un misto di canali a fior di terra e condotti interrati, di cui si sapeva pochissimo. I romani sin dai tempi della repubblica sapevano tutto sulla loro Cloaca Massima, e millecinquecento anni dopo a Parigi non si sa nulla di ciò che passa sottoterra. E de Caus accetta l'invito del re perché vuole saperne di più. Che cosa voleva sapere? Dopo de Caus, Colbert per pulire i condotti coperti – questo era il pretesto, e noti che siamo al tempo della Maschera di Ferro – vi invia dei galeotti, ma questi si mettono a navigare nello sterco, seguono la corrente sino alla Senna, e si allontanano su di un battello, senza che nessuno osi affrontare queste temibili creature avvolte di una puzza insopportabile e da nugoli di mosche... Allora Colbert piazza gendarmi alle varie uscite sul fiume, e i forzati moriranno nei cunicoli. In tre secoli a Parigi sono riusciti a coprire appena tre chilometri di fogne. Ma nel Settecento si coprono ventisei chilometri, e proprio alla vigilia della rivoluzione. Le dice nulla?"

"Oh, voi sapete, questo..."

"È che sta arrivando al potere gente nuova, che sa qualcosa che la gente di prima non sapeva. Napoleone manda squadre di uomini ad avanzare nel buio, fra i detriti umani della metropoli. Chi ha avuto il coraggio di lavorare laggiù in quel tempo ha trovato molte cose. Anelli, oro, collane, gioielli, cosa non era caduto da chissà dove in quei corridoi. Gente che aveva lo stomaco di mangiarsi quel che trovava, per poi uscire, prendere un lassativo, e diventare ricco. E si è scoperto che molte case avevano un passaggio sotterraneo che menava direttamente alla fogna."

"Ça, alors..."

"In un periodo in cui si gettava il vaso dalle finestre? E perché si trovarono sin d'allora fogne con una specie di marciapiede laterale, e anelli di ferro murati, perché ci si potesse afferrare? Questi passaggi corrispondono a quei *tapis francs* dove la malavita – la *pègre*, come si diceva allora – si riuniva, e se la polizia arrivava si poteva fuggire e riemergere da un'altra parte."

"Fogliettone..."

"Ah sì? Chi cerca di proteggere lei? Sotto Napoleone III il barone Haussmann obbliga per legge tutte le case di Parigi a costruire un serbatoio autonomo, e poi un corridoio sotterraneo che porti alle fogne generali... Una galleria di due metri e trenta di altezza e di un metro e trenta di larghezza. Si rende conto? Ogni casa di Parigi collegata per un corridoio sotterraneo alle fogne. E sa quanto sono lunghe oggi le fogne di Parigi? Duemila chilometri, e su vari strati o livelli. E tutto è iniziato con colui che ha progettato a Heidelberg questi giardini..."

"E allora?"

"Vedo che non vuole proprio parlare. Eppure lei sa qualcosa che non vuole dirmi."

"Ve ne prego, lasciatemi, egli è tardi, mi si attende per una riunione."

Rumore di passi.

Non capivo a che cosa mirasse Salon. Mi guardai intorno, stretto com'ero tra la rocaille e l'apertura dell'orecchio, e mi sentii nel sottosuolo, anch'io sotto una volta, e mi parve che l'imbocco di quel canale fonurgico altro non fosse che l'inizio di una discesa in cunicoli oscuri che scendevano verso il centro della terra, brulicanti di Nibelunghi. Sentii freddo. Stavo per allontanarmi quando udii ancora una voce: "Venga. Stiamo per iniziare. Nella sala segreta. Chiami gli altri."

61

Questo Vello d'Oro è custodito da un Dragone tricipite, di cui il primo capo deriva dalle acque, il secondo dalla terra e il terzo dall'aria. È necessario che questi tre capi finiscano in un solo Dragone potentissimo, che divorerà tutti gli altri Dragoni.

(Jean d'Espagnet, *Arcanum Hermeticae Philosophiae Opus*, 1623, 138)

Ritrovai il mio gruppo. Dissi ad Agliè che avevo sentito qualcuno mormorare di una riunione.

"Ah," disse Agliè, "siamo curiosi! Ma la capisco. Se si inoltra nei misteri ermetici vorrà saperne tutto. Ebbene, questa sera dovrebbe avvenire, per quel che ne so, l'iniziazione di un nuovo membro dell'Ordine della Rosa-Croce Antico e Accettato."

"Si può vedere?" chiese Garamond.

"Non si può. Non si deve. Non si dovrebbe. Non si potrebbe. Ma faremo come quei personaggi del mito greco, che videro quello che non dovevano, e affronteremo l'ira degli dei. Vi consento di gettare uno sguardo." Ci fece salire per una scaletta sino a un corridoio buio, scostò un tendaggio, e da una vetrata chiusa potemmo gettare un'occhiata nella sala sottostante, illuminata da alcuni bracieri ardenti. Le pareti erano tappezzate in damasco, ricamato a fiori di giglio, e sul fondo si ergeva un trono ricoperto da un baldacchino dorato. Ai fianchi del trono, sagomati in cartone, o in materiale plastico, posati su due treppiedi, un sole e una luna, piuttosto rozzi come esecuzione, ma ricoperti di stagnola o lamine di metallo, naturalmente d'oro e d'argento, e di un certo effetto, perché ciascun luminare era direttamente animato dalle fiamme di un braciere. Al di sopra del baldacchino pendeva dal soffitto un'enorme stella, rilucente di pietre preziose, o di vetrini. Il soffitto era rivestito in damasco azzurro costellato di grandi stelle argentate.

Davanti al trono, un lungo tavolo decorato con palme su cui era posata una spada, e immediatamente davanti al tavolo un leone impagliato, dalle fauci spalancate. Qualcuno gli aveva evidentemente predisposto una lampadina rossa all'interno della testa, perché gli occhi brillavano incandescenti e la gola sembrava mandare fiamme. Pensai che doveva esserci la mano del signor Salon, e mi resi finalmente conto a quali clienti curiosi alludesse quel giorno nella miniera a Monaco.

Al tavolo stava Bramanti, addobbato con una tunica scarlatta e paramenti verdi ricamati, una cappa bianca dalla frangia d'oro, una croce scintillante sul petto, e un cappello di forma vagamente mitrale, ornato di un pennacchio bianco e rosso. Davanti a lui, ieraticamente composte, una ventina di persone, egualmente in tunica scarlatta, ma senza paramenti. Tutti portavano sul petto qualcosa di dorato che mi parve di riconoscere.

Mi ricordai di un ritratto rinascimentale, di un gran naso asburgico, di quel curioso agnello dalle zampe pendule, impiccato alla vita. Coloro si adornavano di un'imitazione accettabile del Toson d'Oro.

Bramanti stava parlando, con le braccia alzate, come se pronunciasse una litania, e gli astanti rispondevano a tratti. Poi Bramanti alzò la spada e tutti trassero dalla tunica uno stiletto, o un tagliacarte, e lo levarono in alto. E fu allora che Agliè abbassò il tendaggio. Avevamo visto troppo.

Ci allontanammo (a passo di Pantera Rosa, come precisò Diotallevi, eccezionalmente informato sulle perversioni del mondo contemporaneo), e ci ritrovammo in giardino, un poco ansanti.

Garamond era sbalordito. "Ma sono... massoni?"

"Oh," disse Agliè, "che cosa vuol dire massoni? Sono gli adepti di un ordine cavalleresco, che si richiama ai Rosa-Croce e indirettamente ai Templari."

"Ma tutto questo non c'entra con la massoneria?" chiese ancora Garamond.

"Se c'è qualcosa in comune con la massoneria, in quanto avete visto, è che anche il rito di Bramanti è un hobby per professionisti e politicanti di provincia. Ma fu così sin dagli inizi: la massoneria fu una scialba speculazione sulla leggenda templare. E questa è la caricatura di una caricatura. Salvo che quei signori la stanno prendendo terribilmente sul serio. Ahimè! Il mondo pullula di rosicruciani e templaristi come quelli che avete visto questa sera. Non è da costoro che ci si dovrà attendere una rivelazione, anche se è tra loro che si potrebbe incontrare un iniziato degno di fede."

"Ma infine," chiese Belbo, e senza ironia, senza diffidenza, come se la domanda lo riguardasse personalmente, "infine, lei li frequenta. A chi crede... a chi credeva lei – mi scusi – fra tutti costoro?"

"A nessuno, naturalmente. Ho l'aria di un individuo credulo? Li guardo con la freddezza, la comprensione, l'interesse con cui un teologo può guardare alle folle napoletane che urlano attendendo il miracolo di san Gennaro. Quelle folle testimoniano una fede, un bisogno profondo, e il teologo si aggira tra quella gente sudata e bavosa perché potrebbe incontrarvi il santo che si ignora, il portatore di una superiore verità, capace un giorno di gettare nuova luce sul mistero della santissima trinità. Ma la santissima trinità non è san Gennaro."

Era imprendibile. Non sapevo come definire il suo scetticismo ermetico, il suo cinismo liturgico, quella miscredenza superiore che lo portava a riconoscere la dignità di ogni superstizione che disprezzasse.

"È semplice," stava rispondendo a Belbo, "se i Templari, quelli veri, hanno lasciato un segreto e istituito una continuità, occorrerà pure andare alla loro ricerca, e negli ambienti in cui più facilmente potrebbero mimetizzarsi, dove forse essi stessi inventano riti e miti per muoversi inosservati come un pesce nell'acqua. Che fa la polizia quando cerca l'evaso sublime, il genio del male? Fruga nei bassifondi, nei bar malfamati dove si aggirano di solito i furfanti di piccola tacca, che non arriveranno mai a concepire i crimini grandiosi del ricercato. Che cosa fa lo stratega del terrore per reclutare i propri futuri accoliti, e incontrarsi coi suoi, e riconoscerli? Si muove in quei ritrovi di pseudoeversori dove tanti, che non saranno mai tali per difetto di tempra, mimano allo scoperto i presunti comportamenti dei loro idoli. Si cerca la luce perduta negli incendi, o in quei sottoboschi dove, dopo la vampata, le fiamme borbottano sotto gli sterpi, la morcia, il fogliame semicombusto. E dove meglio potrebbe mascherarsi il vero Templare se non tra la folla delle sue caricature?”

62

> Consideriamo come società druidiche per definizione le società che si definiscono druidiche nel titolo o negli scopi, e che conferiscono iniziazioni che fanno appello al druidismo.
>
> (M. Raoult, *Les druides. Les sociétés initiatiques celtes contemporaines*, Paris, Rocher, 1983, p. 18)

Si appressava la mezzanotte, e secondo il programma di Agliè ci attendeva la seconda sorpresa della serata. Lasciammo gli orti palatini e riprendemmo il viaggio attraverso le colline.

Dopo tre quarti d'ora di viaggio Agliè fece parcheggiare le due macchine ai bordi di una boscaglia. Occorreva attraversare una macchia, disse, per arrivare a una radura, e non c'erano né strade né sentieri.

Procedevamo, leggermente in salita, scalpicciando nel sottobosco: non era bagnato, ma le scarpe scivolavano su un deposito di foglie marce e di radici viscide. Agliè ogni tanto accendeva una pila per individuare passaggi praticabili, ma la spegneva subito perché – diceva – non bisognava segnalare la nostra presenza ai celebranti. Diotallevi tentò a un certo punto un commento, non ricordo bene, forse evocò Cappuccetto Rosso, ma Agliè, e con una certa tensione, lo pregò di astenersi.

Mentre stavamo per uscire dalla macchia, incominciammo a udire voci lontane. Finalmente arrivammo ai margini della radura, che ormai appariva illuminata da luci soffuse, come fiaccole, o meglio, lumi che ondeggiavano quasi raso terra, bagliori fievoli e argentati, come se una sostanza gassosa bruciasse con freddezza chimica in bolle di sapone che vagavano sull'erba. Agliè ci disse di arrestarci in quel luogo, ancora al riparo dei cespugli, e di attendere, senza farci scorgere.

"Tra poco arriveranno le sacerdotesse. Le druidesse, anzi. Si tratta di un'invocazione della grande vergine cosmica Mikil – san Michele ne rappresenta un adattamento popolare cristiano, non a caso san Michele è un angelo, dunque androgino, e ha potuto prendere il posto di una divinità femminile..."

"Da dove vengono?" sussurrò Diotallevi.

"Da vari posti, dalla Normandia, dalla Norvegia, dall'Irlanda... L'evento è piuttosto singolare e questa è un'area propizia per il rito."

"Perché?" chiese Garamond.

"Perché certi luoghi sono più magici di altri."

"Ma chi sono... nella vita?" chiese ancora Garamond.

"Gente. Dattilografe, assicuratrici, poetesse. Gente che potreste incontrare domani senza riconoscere."

Stavamo ora intravedendo una piccola folla che si apprestava a invadere il centro della radura. Compresi che le luci fredde che avevo visto erano piccole lampade che le sacerdotesse recavano in mano, e mi erano parse a filo d'erba perché la radura era al sommo di un colle, e da lontano avevo scorto nel buio le druidesse che, salendo da valle, ne emergevano sul ciglio, al margine estremo del pianoro. Erano vestite di tuniche bianche, che fluttuavano nel vento leggero. Si disposero a cerchio, e al centro si misero tre celebranti.

"Sono le tre *hallouines* di Lisieux, di Clonmacnois e di Pino Torinese," disse Agliè. Belbo domandò perché proprio loro e Agliè si strinse nelle spalle: "Silenzio, aspettiamo. Non posso riassumervi in tre parole il rituale e la gerarchia della magia nordica. Accontentatevi di quel che vi dico. Se non dico di più è perché non lo so... o non lo posso dire. Debbo rispettare alcuni vincoli di riservatezza..."

Avevo notato al centro della radura un cumulo di pietre, che richiamava sia pure vagamente un dolmen. Probabilmente la radura era stata scelta proprio a causa della presenza di quei massi. Una celebrante salì sul dolmen e soffiò in una tromba. Pareva, più ancora di quella che avevamo visto qualche ora prima, una buccina da marcia trionfale dell'Aida. Ma ne usciva un suono feltrato e notturno, che sembrava venire da molto lontano. Belbo mi toccò il braccio: "È il ramsinga, il ramsinga dei thugs presso il baniano sacro..."

Fui indelicato. Non mi resi conto che stava celiando proprio per rimuovere altre analogie, e affondai il coltello nella piaga. "Certo sarebbe meno suggestivo col genis," dissi.

Belbo annuì. "Sono qui proprio perché non vogliono il genis," disse. Mi chiedo se non fu quella sera che egli incominciò a intravedere un legame tra i suoi sogni e quanto gli stava avvenendo in quei mesi.

Agliè non aveva seguito il nostro discorso ma ci aveva sentiti sussurrare. "Non si tratta di un avviso, né di un richiamo," disse, "si tratta di una sorta di ultrasuono, per stabilire il contatto con le onde sotterranee. Vedete, ora le druidesse si tengono tutte per mano, in cerchio. Creano una sorta di accumulatore vivente, per raccogliere e concentrare le vibrazioni telluriche. Ora dovrebbe apparire la nube..."

"Che nube?" sussurrai.

"La tradizione la chiama nube verde. Aspettate..."

Non mi attendevo alcuna nube verde. Ma quasi repentinamente dalla terra si levò una foschia soffice – una nebbia, l'avrei detta, se fosse stata uniforme e massiccia. Era una formazione a fiocchi, che si raggrumava in un punto e poi, mossa dal vento, si levava a sbuffi come una matassa di zucchero filato, si spostava alitando nell'aria, andava a raggomitolarsi in un altro punto della radura. L'effetto era singolare, talora apparivano gli alberi sullo sfondo, talora tutto si confondeva in un vapore biancastro, talora il bioccolo sfumigava al centro della radura, sottraendoci la vista di quanto avveniva, e lasciando sgombri i margini e il cielo, dove continuava a risplendere la luna. I movimenti dei fiocchi erano repentini, inattesi, come se ubbidissero all'impulso di un soffio capriccioso.

Pensai a un artificio chimico, poi riflettei: eravamo a circa seicento metri d'altezza, ed era possibile che si trattasse di nubi vere e proprie. Previste dal rito, evocate? Forse no, ma le celebranti avevano calcolato che su quell'altura, in circostanze favorevoli, si potessero formare quei banchi erratici a fior di terra.

Era difficile sottrarsi al fascino della scena, anche perché le vesti delle celebranti si amalgamavano col biancore dei fumi, e le loro figure parevano uscire da quella oscurità lattea, e rientrarvi, come se ne fossero generate.

Ci fu un momento in cui la nube aveva invaso tutto il centro del prato e alcuni batuffoli, che salivano sfilacciandosi verso l'alto, stavano quasi nascondendo la luna, seppur non tanto da illividire la radura, sempre chiara ai margini. Allora vedemmo una druidessa uscire dalla nube, e correre verso il bosco, urlando, le braccia tese in avanti, così che pensai che ci avesse scoperti, e ci lanciasse maledizioni. Ma, arrivata a pochi metri da noi, mutò direzione e si mise a correre in circolo intorno alla nebulosa, scomparve verso sinistra nel biancore per riapparire da destra dopo alcuni minuti, di nuovo ci arrivò vicinissima, e potei vederne il volto. Era una sibilla dal grande naso dantesco sopra una bocca sottile come una ragade, che si apriva come un fiore sottomarino, priva di denti, salvo due soli incisivi e un canino asimmetrico. Gli occhi erano mobili, grifagni, pungenti. Udii, o mi parve di udire, o credo ora di ricordare d'aver udito – e sovrappongo a quel ricordo altre memorie – insieme a una serie di parole che allora giudicai gaeliche, alcune evocazioni in una sorta di latino, qualche cosa come "o pegnia (oh, e oh!, intus) et eee uluma!!!", e di colpo la nebbia quasi scomparve, la radura si rifece limpida, e vidi che era stata invasa da una torma di maiali, il collo tozzo circondato da una collana di mele acerbe. La druidessa che aveva suonato la tromba, ancora sul dolmen, stava brandendo un coltello.

"Andiamo," disse Agliè, secco. "È finito."

Mi accorsi, udendolo, che la nube era ora sopra di noi e attorno a noi, e quasi non scorgevo più i miei vicini.

"Come è finito?" disse Garamond. "Mi sembra che il meglio incominci ora!"

"È finito quello che loro potevano vedere. Non si può. Rispettiamo il rito. Andiamo."

Rientrò nel bosco, subito assorbito dall'umidità che ci avviluppava. Ci muovemmo rabbrividendo, scivolando sul fondo di foglie putride, ansanti e disordinati come un'armata in fuga. Ci ritrovammo sulla strada. Avremmo potuto essere a Milano in meno di due ore. Prima di risalire sulla sua auto con Garamond, Agliè ci salutò: "Mi perdonino se ho interrotto lo spettacolo. Volevo far loro conoscere qualcosa, qualcuno che vive intorno a noi, e per cui in fondo anche loro ormai lavorano. Ma non si poteva vedere di più. Quando sono stato informato di questo evento ho dovuto promettere che non avrei turbato la cerimonia. La nostra presenza avrebbe influenzato negativamente le fasi successive."

"Ma i maiali? E cosa succede ora?" domandò Belbo.

"Quello che potevo dire l'ho detto."

63

"A che cosa ti fa pensare quel pesce?"
"Ad altri pesci."
"A che cosa ti fanno pensare gli altri pesci?"
"Ad altri pesci."
(Joseph Heller, *Catch 22*, New York, Simon & Schuster, 1961, XXVII)

Tornai dal Piemonte con molti rimorsi. Ma, come rividi Lia, dimenticai tutti i desideri che mi avevano sfiorato.

Tuttavia quel viaggio mi aveva lasciato altre tracce, e trovo ora preoccupante che allora non me ne preoccupassi. Stavo mettendo definitivamente in ordine, capitolo per capitolo, le immagini per la storia dei metalli, e non riuscivo più a sottrarmi al demone della somiglianza, come già mi era accaduto a Rio. Che cosa c'era di diverso tra questa stufa cilindrica di Réaumur, 1750, questa camera calda per la cova delle uova, e questo atanòr secentesco, ventre materno, utero oscuro per la cova di chissà quali metalli mistici? Era come se avessero installato il Deutsches Museum nel castello piemontese che avevo visitato una settimana prima.

Mi riusciva sempre più difficile districare il mondo della magia da quello che oggi chiamiamo l'universo della precisione. Ritrovavo personaggi che avevo studiato a scuola come portatori della luce matematica e fisica in mezzo alle tenebre della superstizione, e scoprivo che avevano lavorato con un piede nella Cabbala e l'altro in laboratorio. Stavo forse rileggendo la storia intera attraverso gli occhi dei nostri diabolici? Ma poi trovavo testi insospettabili che mi raccontavano come i fisici positivisti appena usciti dall'università andassero a pasticciare per sedute medianiche e cenacoli astrologici, e come Newton fosse arrivato alle leggi della gravitazione universale perché credeva che esistessero forze occulte (mi ricordavo delle sue esplorazioni nella cosmologia rosacrociana).

Mi ero fatto un dovere scientifico dell'incredulità, ma ora dovevo diffidare anche dei maestri che mi avevano insegnato a diventare incredulo.

Mi dissi: sono come Amparo, non ci credo ma ci casco. E mi sorprendevo a riflettere sul fatto che in fondo la grande piramide era davvero alta un miliardesimo della distanza terra-sole, o davvero si disegnavano analogie tra mitologia celtica e mitologia amerindia. E stavo incominciando a interrogare tutto quanto mi circondava, le case, le insegne dei negozi, le nubi nel cielo e le incisioni in biblioteca, perché mi raccontassero non la loro ma un'altra storia, che certo celavano ma che in definitiva svelavano a causa e in virtù delle loro misteriose somiglianze.

Mi salvò Lia, almeno per il momento.

Le avevo raccontato tutto (o quasi) della visita in Piemonte, e sera per sera tornavo a casa con nuove notizie curiose da aggiungere al mio schedario degli incroci. Lei commentava: "Mangia, che sei magro come un chiodo." Una sera si era seduta accanto alla scrivania, si era divisa il ciuffo in mezzo alla fronte per guardarmi dritto negli occhi, si era messa le mani in grembo come fa una massaia. Non si era mai seduta così, allargando le gambe, con la gonna tesa da un ginocchio all'altro. Pensai che era una posa sgraziata. Ma poi le osservai il volto, e mi pareva più luminoso, soffuso di un colorito tenue. L'ascoltai – ma non sapevo ancora perché – con rispetto.

"Pim," mi aveva detto, "non mi piace il modo con cui vivi la storia della Manuzio. Prima raccoglievi fatti come si raccolgono conchiglie. Ora sembra che ti segni i numeri del lotto."

"È solo perché mi diverto di più, con quelli."

"Non ti diverti, ti appassioni, ed è diverso. Sta' attento, quelli ti fanno diventare malato."

"Adesso non esageriamo. Al massimo son malati loro. Non diventi mica matto a fare l'infermiere del manicomio."

"Questo è ancora da dimostrare."

"Sai che ho sempre diffidato delle analogie. Adesso mi trovo in una festa di analogie, una Coney Island, un Primo maggio a Mosca, un Anno Santo di analogie, mi accorgo che alcune sono migliori delle altre e mi chiedo se per caso non ci sia davvero una ragione."

"Pim," mi aveva detto Lia, "ho visto le tue schede, perché le debbo riordinare io. Qualsiasi cosa i tuoi diabolici scoprano è già qui, guarda bene," e si batteva la pancia, i fianchi, le cosce e la fronte. Seduta così, le gambe larghe che tendevano la gonna, frontalmente, sembrava una balia solida e florida – lei così esile e flessuosa – perché una saggezza pacata la illuminava di autorità matriarcale.

"Pim, non ci sono gli archetipi, c'è il corpo. Dentro la pancia è bello, perché ci cresce il bambino, si infila il tuo uccellino tutto allegro e scende il cibo buono saporito, e per questo sono belli e importanti la caverna, l'anfratto, il cunicolo, il sotterraneo, e persino il labirinto che è fatto come le nostre buone e sante trippe, e quando qualcuno deve inventare qualcosa di importante lo fa venire di lì, perché sei venuto di lì anche tu il giorno che sei nato, e la fertilità è sempre in un buco, dove qualcosa prima marcisce e poi ecco là, un cinesino, un dattero, un baobab. Ma alto è meglio che basso, perché se stai a testa in giù ti viene il sangue alla testa, perché i piedi puzzano e i capelli meno, perché è meglio salire su un albero a coglier frutti che finire sottoterra a ingrassare i vermi, perché raramente ti fai male toccando in alto (devi essere proprio in solaio) e di solito ti fai male cascando verso il basso, ed ecco perché l'alto è angelico e il basso diabolico. Ma siccome è anche vero quel che ho detto prima sulla mia pancina, sono vere tutte e due le cose, è bello il basso e il dentro, in un senso, e nell'altro è bello l'alto e il fuori, e non c'entra lo spirito di Mercurio e la contraddizione universale. Il fuoco tiene caldo e il freddo ti fa venire la broncopolmonite, specie se sei un sapiente di quattromila anni fa, e dunque il fuoco ha misteriose virtù, anche perché ti cuoce il pollo. Ma il freddo conserva lo stesso pollo e il fuoco se lo tocchi ti fa venire una vescica grossa così, quindi se pensi a una cosa che si conserva da millenni, come la sapienza, devi pensarla su un monte, in alto (e abbiam visto che è bene), ma in una caverna (che è altrettanto bene) e al freddo eterno delle nevi tibetane (che è benissimo). E se poi vuoi sapere perché la sapienza viene dall'oriente e non dalle Alpi svizzere, è perché il corpo dei tuoi antenati alla mattina, quando si svegliava che era ancora buio, guardava a est sperando che sorgesse il sole e non piovesse, governo ladro."

"Sì, mamma."

"Certo che sì, bambino mio. Il sole è buono perché fa bene al corpo, e perché ha il buon senso di riapparire ogni giorno, quindi è buono tutto quello che ritorna, non quello che passa e va e chi s'è visto s'è visto. Il modo più comodo per ritornare da dove si è passati senza rifare due volte la stessa strada è camminare in circolo. E siccome l'unica bestia che si acciambella a cerchio è il serpente, ecco perché tanti culti e miti del serpente, perché è difficile rappresentare il ritorno del sole arrotolando un ippopotamo. Inoltre se devi fare una cerimonia per invocare il sole, ti conviene muovere in circolo, perché se muovi in linea retta ti allontani da casa e la cerimonia dovrebbe essere brevissima, e d'altra parte il circolo è la struttura più comoda per un rito, e lo sanno anche quelli che mangiano fuoco sulle piazze, perché in circolo tutti vedono nello stesso modo chi sta al centro, mentre se un'intera tribù si mettesse in linea retta come una squadra di soldati, quelli più lontano non vedrebbero, ed ecco perché il cerchio e il movimento rotatorio e il ritorno ciclico sono fondamentali in ogni culto e in ogni rito."

"Sì, mamma."

"Certo che sì. E adesso passiamo ai numeri magici che piacciono tanto ai tuoi autori. Uno sei tu che non sei due, uno è quel tuo affarino lì, una è la mia affarina qui e uni sono il naso e il cuore e quindi vedi quante cose importanti sono uno. E due sono gli occhi, le orecchie, le narici, i miei seni e le tue palle, le gambe, le braccia e le natiche. Tre è più magico di tutti perché il nostro corpo non lo conosce, non abbiamo nulla che sia tre cose, e dovrebbe essere un numero misteriosissimo che attribuiamo a Dio, in qualunque posto viviamo. Ma se ci pensi, io ho una sola cosina e tu hai un solo cosino – sta' zitto e non fare dello spirito – e se mettiamo questi due cosini insieme viene fuori un nuovo cosino e diventiamo tre. Ma allora ci vuole un professore universitario per scoprire che tutti i popoli hanno strutture ternarie, trinità e cose del genere? Ma le religioni non le facevano mica col computer, era tutta gente per bene, che scopava come si deve, e tutte le strutture trinitarie non sono un mistero, sono il racconto di quel che fai tu, di quel che facevano loro. Ma due braccia e due gambe fanno quattro, ed ecco che quattro è lo stesso un bel numero, specie se pensi che gli animali hanno quattro zampe e a quattro zampe vanno i bambini piccoli, come sapeva la Sfinge. Cinque non parliamone, sono le dita della mano, e con due mani hai quell'altro numero sacro che è dieci, e per forza sono dieci persino i comandamenti, altrimenti se fossero dodici quando il prete dice uno, due, tre e mostra le dita, arrivato agli ultimi due deve farsi prestar la mano dal sacrestano. Adesso prendi il corpo e conta tutte le cose che spuntano dal tronco, con braccia, gambe, testa e pene sono sei, ma per la donna sette, per questo mi pare che tra i tuoi autori il sei non sia mai stato preso sul serio se non come doppio di tre, perché funziona solo per i maschi, i quali non hanno nessun sette, e quando comandano loro preferiscono vederlo come numero sacro, dimenticando che anche le mie tette spuntano in fuori, ma pazienza. Otto – mio dio, non abbiamo nessun otto.... no, aspetta, se braccia e gambe non contano per uno, ma per due, per via del gomito e del ginocchio, abbiamo otto grandi ossa lunghe che sballonzolano in fuori, e prendi queste otto più il tronco e hai nove, che se poi ci metti la testa fa dieci. Ma sempre girando intorno al corpo ne cavi fuori tutti i numeri che vuoi, pensa ai buchi."

"I buchi?"

"Sì, quanti buchi ha il tuo corpo?"

"Be'," mi contavo. "Occhi narici orecchie bocca culo, fa otto."

"Vedi? Un'altra ragione per cui otto è un bel numero. Ma io ne ho nove! E col nono ti faccio venire al mondo, ed ecco perché nove è più divino di otto! Ma vuoi la spiegazione di altre figure ricorrenti? Vuoi l'anatomia dei tuoi menhir, che i tuoi autori ne parlano sempre? Si sta in piedi di giorno e sdraiati di notte – anche il tuo cosino, no, non dirmi cosa fa di notte, il fatto è che lavora diritto e si riposa sdraiato. E quindi la stazione verticale è vita, ed è in rapporto col sole, e gli obelischi si rizzano in su come gli alberi, mentre la stazione orizzontale e la notte sono sonno e quindi morte, e tutti adorano menhir, piramidi, colonne e nessuno adora balconi e balaustrate. Hai mai sentito parlare di un culto arcaico della ringhiera sacra? Vedi? E anche perché il corpo non te lo permette, se adori una pietra verticale, anche se siete in tanti la vedete tutti, se invece adori una cosa orizzontale la vedono solo quelli in prima fila e gli altri spingono dicendo anch'io anch'io e non è un bello spettacolo per una cerimonia magica..."

"Ma i fiumi..."

"I fiumi non è perché sono orizzontali, ma perché c'è dentro l'acqua, e non vorrai che ti spieghi il rapporto tra acqua e corpo... Oh insomma, siamo fatti così, con questo corpo, tutti, e per questo elaboriamo gli stessi simboli a milioni di chilometri di distanza e per forza tutto si assomiglia, e allora vedi che le persone con sale nella testa se vedono il fornello dell'alchimista, tutto chiuso e caldo dentro, pensano alla pancia della mamma che fa il bambino, e solo i tuoi diabolici vedono la Madonna che sta per fare il bambino e pensano che sia un'allusione al fornello dell'alchimista. Così hanno passato migliaia di anni a cercare un messaggio, e tutto era già lì, bastava si guardassero allo specchio."

"Tu mi dici sempre la verità. Tu sei il mio Me, che poi è il mio Sé visto da Te. Voglio scoprire tutti i segreti archetipi del corpo." Quella sera inaugurammo l'espressione "fare gli archetipi" per indicare i nostri momenti di tenerezza.

Mentre già mi abbandonavo al sonno, Lia mi toccò una spalla. "Dimenticavo," disse. "Sono incinta."

Avrei dovuto ascoltare Lia. Parlava con la saggezza di chi sa dove nasce la vita. Inoltrandoci nei sotterranei di Agarttha, nella piramide di Iside Svelata, eravamo entrati in Geburah, la sefirah del terrore, il momento in cui la collera si fa sentire nel mondo. Non mi ero lasciato sedurre, sia pure per un attimo, dal pensiero di Sophia? Dice Mosè Cordovero che il Femminile è a sinistra, e tutte le sue direzioni sono di Geburah... A meno che il maschio metta in opera queste tendenze per adornare la sua Sposa, e intenerendole le faccia marciare verso il bene. Come a dire che ogni desiderio deve restare entro i propri limiti. Altrimenti Geburah diventa la Severità, l'apparenza oscura, l'universo dei dèmoni.

Disciplinare il desiderio... Così avevo fatto nella tenda de umbanda, avevo suonato l'agogõ, avevo preso parte allo spettacolo dalla parte dell'orchestra, e mi ero sottratto alla trance. E così avevo fatto con Lia, avevo regolato il desiderio nell'omaggio alla Sposa, ed ero stato premiato nel profondo dei miei lombi, la mia semenza era stata benedetta.

Ma non ho saputo perseverare. Stavo per essere sedotto dalla bellezza di Tiferet.

6
TIFERET

64

Sognare di abitare in una città nuova e sconosciuta significa morire entro breve. Infatti altrove abitano i morti, né si sa dove.

(Gerolamo Cardano, *Somniorum Synesiorum*, Basilea, 1562, 1, 58)

Se Geburah è la sefirah del male e della paura, Tiferet è la sefirah della bellezza e dell'armonia. Diceva Diotallevi: è la speculazione illuminante, l'albero di vita, il piacere, l'apparenza porporina. È l'accordo della Regola con la Libertà.

E quell'anno fu per noi l'anno del piacere, del sovvertimento giocoso del gran testo dell'universo, in cui si celebrarono gli sponsali della Tradizione con la Macchina Elettronica. Creavamo, e ne traevamo diletto. Fu l'anno in cui inventammo il Piano.

Almeno per me, sicuramente, fu un anno felice. La gravidanza di Lia stava procedendo serenamente, tra la Garamond e la mia agenzia cominciavo a vivere senza ristrettezze, avevo conservato l'ufficio nel vecchio fabbricato di periferia, ma avevamo ristrutturato l'appartamento di Lia.

La meravigliosa avventura dei metalli era ormai nelle mani dei tipografi e dei correttori. E a quel punto il signor Garamond aveva avuto la sua idea geniale: "Una storia illustrata delle scienze magiche ed ermetiche. Con il materiale che arriva dai diabolici, con le competenze che avete acquisito, con la consulenza di quell'uomo incredibile che è Agliè, in un annetto sarete in grado di mettere insieme un volume grande formato, quattrocento pagine tutte illustrate, tavole a colori da mozzare il fiato. Riciclando parte del materiale iconografico della storia dei metalli."

"Be'," obiettavo, "il materiale è diverso. Che cosa me ne faccio della foto di un ciclotrone?"

"Che cosa se ne fa? Immaginazione, Casaubon, immaginazione! Che cosa avviene in quelle macchine atomiche, in quei positroni megatronici o come si chiamano? La materia si spappola, ci metti groviera e viene fuori quark, buchi neri, uranio centrifugato o che so io! La magia fatta cosa, Hermes et Alchermes – insomma siete voi che dovete darmi la risposta. Qui a sinistra l'incisione di Paracelso, dell'Abracadabra coi suoi lambicchi, su fondo oro, e a destra i quasar, il frullatore di acqua pesante, l'antimateria gravitazionalgalattica, insomma, debbo fare tutto io? Non è il mago quello che non capiva niente e pasticciava con lo spago negli occhi, è lo scienziato che ha carpito i segreti occulti della materia. Scoprire il meraviglioso intorno a noi, far sospettare che a Monte Palomar ne sappian più di quello che dicono..."

Per incoraggiarmi mi aumentò i compensi, in modo quasi sensibile. Mi buttai alla scoperta delle miniature del *Liber Solis* di Trismosin, del *Liber Mutus*, dello Pseudo-Lullo. Riempivo i raccoglitori di pentacoli, alberi sefirotici, decani, talismani. Battevo le sale più dimenticate delle biblioteche, acquistavo decine di volumi da quei librai che un tempo vendevano la rivoluzione culturale.

Mi muovevo tra i diabolici con la disinvoltura di uno psichiatra che si affeziona ai suoi pazienti, e trova balsamiche le brezze che spirano dal parco secolare della sua clinica privata. Dopo un poco inizia a scrivere pagine sul delirio, poi pagine di delirio. Non si rende conto che i suoi malati lo hanno sedotto: crede di essere divenuto un artista. Così nacque l'idea del Piano.

Diotallevi stette al gioco perché per lui era preghiera. Quanto a Jacopo Belbo, credetti che si divertisse quanto me. Solo ora capisco che non ne traeva un vero godimento. Vi partecipava come qualcuno si mangia le unghie.

Ovvero giocava per trovare almeno uno dei falsi indirizzi, o il palcoscenico senza ribalta, di cui parla nel *file* detto Sogno. Teologie sostitutive per un Angelo che non sarebbe mai arrivato.

---

filename: Sogno

Non ricordo se mi è accaduto di sognarne uno dentro l'altro, o se si succedono nel corso della stessa notte, o se semplicemente si alternano.

Cerco una donna, una donna che conosco, con cui ho avuto rapporti intensi, tanto che non riesco a capacitarmi perché li abbia allentati – io, per colpa mia, non facendomi più vedere. Mi pare inconcepibile che abbia lasciato passare tanto tempo. Cerco certamente lei, anzi loro, la donna non è una sola, sono molte, tutte perdute nello stesso modo, per mia ignavia – e sono preso dall'incertezza, e una mi basterebbe, perché questo so, di avere perduto molto perdendole. Di solito non trovo, non ho più, non riesco a decidermi ad aprire l'agenda dove c'è il numero di telefono, e se pure la apro è come se fossi presbite, non riesco a leggere i nomi.

So dove lei stia, ovvero, non so quale sia il luogo, ma so com'è, ho chiara memoria di una scala, di un androne, di un pianerottolo. Non percorro la città per ritrovare il luogo, sono piuttosto preso da una sorta di angoscia, di blocco, continuo ad arrovellarmi sul perché abbia permesso, o voluto, che il rapporto si spegnesse – magari mancando all'ultimo appuntamento. Sono sicuro che lei attende una mia chiamata. Se solo sapessi come si chiama, so benissimo chi è, salvo che non riesco a ricostruirne i tratti.

Talora, nel dormiveglia che segue, contesto il sogno. Cerca di ricordare, conosci e ricordi tutto e con tutto hai chiuso i conti, o non li hai neppure aperti. Non c'è nulla che tu non sappia dove sia. Non c'è nulla.

Rimane il sospetto di aver scordato qualcosa, di averla lasciata tra le pieghe della sollecitudine, come si dimentica una banconota, o un biglietto con un dato prezioso in un marsupio minore dei pantaloni o in una vecchia giacca, e solo a un certo punto ci si rende conto che quella era la cosa più importante, la decisiva, l'unica.

Della città ho un'immagine più chiara. È Parigi, io sono sulla riva sinistra, so che attraversando il fiume mi troverei in una piazza che potrebbe essere place des Vosges... no, più aperta, perché sullo sfondo si erge una sorta di Madeleine. Superando la piazza, girando dietro al tempio, trovo una via (c'è una libreria antiquaria sull'angolo) che piega curvando verso destra, in una serie di vicoli, e sono certamente nel Barrio Gotico di Barcellona. Si potrebbe sfociare su di una strada, molto ampia, piena di luci, ed è su quella strada, e lo ricordo con evidenza eidetica, che sulla destra, in fondo a un vicolo cieco, c'è il Teatro.

È incerto cosa avvenga in quel luogo di delizie, sicuramente qualcosa di leggermente e gaiamente losco, come uno spogliarello (per questo non oso domandare informazioni), di cui so già abbastanza da volervi tornare, pieno di eccitazione. Ma invano, verso Chatam Road le strade si confondono.

Mi sveglio col sapore di questo incontro fallito. Non riesco a rassegnarmi di non sapere che cosa abbia perduto.

Talora sono in una grande casa di campagna. È ampia, ma io so che c'è un'altra ala, e non so più come raggiungerla, come se i passaggi fossero stati murati. E in quell'altra ala vi sono stanze e stanze, io le ho ben viste una volta, è impossibile che me le sia sognate in un altro sogno, con mobili vecchi e incisioni sbiadite, consolle con teatrini ottocenteschi di cartone fustellato, divani con grandi coperte ricamate, e scaffali con tanti libri, tutte le annate del Giornale Illustrato dei Viaggi e delle Avventure di Terra e di Mare, non è vero che si sono sfasciate per il gran leggere, e la mamma le ha date all'uomo degli stracci. Mi chiedo chi abbia confuso i corridoi e le scale, perché è lì che avrei voluto costruirmi il mio buen retiro, tra quell'odore di rigatteria preziosa.

Perché non posso sognare l'esame di maturità come tutti?

65

Era una struttura di sei metri di lato, posta al centro della sala: la superficie era formata da molti cubetti di legno, grandi come dadi, alcuni più grandi degli altri e collegati tra di loro con fili sottili. Su ogni faccia dei cubi era incollato un quadratino di carta, e su quei quadratini erano scritte tutte le parole della loro lingua, in tutte le coniugazioni e declinazioni, ma senza ordine alcuno... Gli allievi a un suo comando afferrarono ciascuno una delle quaranta manovelle di ferro che erano fissate intorno al telaio, e impressero loro un rapido giro, modificando la disposizione delle parole. Il professore ordinò quindi a *trentasei* allievi di leggere sottovoce le diverse righe, così come apparivano sul telaio e, ove avessero trovato tre o quattro parole consecutive che potessero costituire un frammento di frase, le dettassero a quattro altri studenti...
(J. Swift, *Gulliver's Travels*, III, 5)

Credo che nel ricamare sul sogno Belbo, ancora una volta, tornasse al pensiero dell'occasione perduta, e al suo voto di rinuncia, per non aver saputo cogliere – se mai c'era stato – il Momento. Il Piano iniziò perché egli si era rassegnato a costruirsi momenti fittizi.

Gli avevo chiesto non so quale testo, ed egli aveva rovistato sul tavolo, tra una pila di manoscritti posati perigliosamente, e senza alcun criterio di mole e grandezza, gli uni sugli altri. Aveva individuato il testo che cercava e aveva tentato di sfilarlo, facendo rovinare il resto per terra. Le cartelle si erano aperte e i fogli erano sfuggiti ai loro labili raccoglitori.

"Non poteva cominciare sollevando e spostando la prima metà?" chiesi. Fiato sprecato: faceva sempre così.

E rispondeva invariabilmente: "Li raccoglierà Gudrun stasera. Deve avere una missione nella vita, altrimenti perde la propria identità."

Ma quella volta ero personalmente interessato alla salvezza dei manoscritti, perché ormai facevo parte della casa: "Però Gudrun non è capace di ricomporli, metterà i fogli sbagliati nelle carpette sbagliate."

"Se la sentisse Diotallevi esulterebbe. Ne usciranno libri diversi, eclettici, casuali. È nella logica dei diabolici."

"Ma ci troveremmo nella situazione dei cabalisti. Millenni per trovare la combinazione giusta. Lei sostituisce semplicemente Gudrun alla scimmia che batte per l'eternità sulla macchina da scrivere. La differenza è solo nella durata. In termini di evoluzione non avremmo guadagnato nulla. Non c'è un programma che permetta ad Abulafia di fare questo lavoro?"

Intanto era entrato Diotallevi.

"Certo che c'è," aveva detto Belbo, "e in teoria consente l'inserzione di duemila dati. Basta aver voglia di scriverli. Ponga che siano versi di poesie possibili. Il programma le chiede di quanti versi dev'essere lunga la poesia, e lei decide, dieci, venti, cento. Poi il programma trae dall'orologio interno del computer il numero dei secondi, e lo randomizza, in parole povere ne trae una formula di combinazione sempre nuova. Con dieci versi può ottenere migliaia e migliaia di poesie casuali. Ieri ho immesso versi del tipo *fremono i tigli freschi*, *ho le palpebre spesse*, *se l'aspidistra volesse*, *la vita ecco ti dono* e simili. Ecco alcuni risultati."

Conto le notti, suona il sistro...
Morte, la tua vittoria
Morte, la tua vittoria...
Se l'aspidistra volesse...

Dal cuore d'alba (oh cuore)
tu albatros sinistro
(se l'aspidistra volesse...)
Morte, la tua vittoria.

Fremono i tigli freschi,
conto le notti, suona il sistro,
l'upupa ormai mi guata.
Fremono i tigli freschi.

"Ci sono delle ripetizioni, non sono riuscito a evitarle, pare che complichi troppo il programma. Ma anche le ripetizioni hanno un senso poetico."

"Interessante," disse Diotallevi. "Questo mi riconcilia con la tua macchina. Quindi se io ci mettessi dentro tutta la Torah e poi gli dicessi – com'è il termine? – di randomizzare, lei farebbe della vera e propria Temurah e ricombinerebbe i versetti del Libro?"

"Certo, è questione di tempo. Te la cavi in pochi secoli."

Dissi: "Ma se invece ci mette qualche decina di proposizioni prese dalle opere dei diabolici, per esempio che i Templari sono fuggiti in Scozia, o che il Corpus Hermeticum è arrivato a Firenze nel 1460, più qualche connettivo come *è evidente che* o *questo prova che*, potremmo ottenere delle sequenze rivelatrici. Poi si colmano i vuoti, o si valutano le ripetizioni come vaticini, insinuazioni e moniti. Al peggio, inventiamo un capitolo inedito della storia della magia."

"Geniale," disse Belbo, "partiamo subito."

"No, sono le sette. Domani."

"Io lo faccio stasera. Mi aiuti soltanto un istante, raccolga da terra una ventina di quei fogli a caso, butti l'occhio sulla prima frase che incontra, e quella diventa un dato."

Mi chinai e raccolsi: "Giuseppe d'Arimatea porta il Graal in Francia."

"Ottimo, segnato. Vada avanti."

"Secondo la tradizione templare, Goffredo di Buglione costituisce a Gerusalemme il Gran Priorato di Sion. Debussy era un Rosa-Croce."

"Scusate," disse Diotallevi, "ma occorre anche inserire qualche dato neutro, per esempio che il koala vive in Australia o che Papin inventa la pentola a pressione."

"Minnie è la fidanzata di Topolino," suggerii.

"Non esageriamo."

"Esageriamo, anzi. Se incominciamo ad ammettere la possibilità che ci sia anche un solo dato, nell'universo, che non rivela qualcosa d'altro, siamo già fuori dal pensiero ermetico."

"È vero. Vada per Minnie. E se permettete, metterei un dato fondamentale: i Templari c'entrano sempre."

"Questo va senza dire," confermò Diotallevi.

Continuammo per alcune decine di minuti. Poi era davvero tardi. Ma Belbo ci disse di non preoccuparci. Avrebbe continuato da solo. Gudrun venne a dire che stava chiudendo, Belbo le comunicò che sarebbe rimasto a lavorare e la pregò di raccogliere i fogli per terra. Gudrun emise alcuni suoni che potevano appartenere sia al latino sine flexione come alla lingua cheremis, e che esprimevano sdegno e disappunto in entrambe, segno della parentela universale fra tutte le lingue, discendenti da un unico ceppo adamico. Eseguì, randomizzando meglio di un computer.

La mattina dopo, Belbo era raggiante. "Funziona," disse. "Funziona e produce risultati insperati." Ci porse l'output stampato.

I Templari c'entrano sempre
Non è vero quel che segue
Gesù è stato crocifisso sotto Ponzio Pilato
Il saggio Ormus fondò in Egitto i Rosa-Croce
Ci sono cabalisti in Provenza
Chi si è sposato alla nozze di Cana?
Minnie è la fidanzata di Topolino
Ne consegue che
Se
I druidi veneravano le vergini nere
Allora
Simon Mago identifica la Sophia in una prostituta di Tiro
Chi si è sposato alle nozze di Cana?
I Merovingi si dicono re per diritto divino
I Templari c'entrano sempre

"Un poco confuso," disse Diotallevi.

"Non sai vedere le connessioni. E non dai la dovuta importanza a quell'interrogativo che ricorre due volte: chi si è sposato alle nozze di Cana? Le ripetizioni sono chiavi magiche. Naturalmente ho integrato, ma integrare la verità è il diritto dell'iniziato. Ecco la mia interpretazione: Gesù non è stato crocifisso, ed è per questo che i Templari rinnegavano il crocifisso. La leggenda di Giuseppe d'Arimatea copre una verità più profonda:

Gesù, non il Graal, sbarca in Francia presso i cabalisti di Provenza. Gesù è la metafora del Re del Mondo, del fondatore reale dei Rosa-Croce. E con chi sbarca Gesù? Con sua moglie. Perché nei Vangeli non si dice chi si è sposato a Cana? Ma perché erano le nozze di Gesù, nozze di cui non si poteva parlare perché erano con una peccatrice pubblica, Maria Maddalena. Ecco perché da allora tutti gli illuminati, da Simon Mago a Postel, vanno a cercare il principio dell'eterno femminino in un bordello. Pertanto Gesù è il fondatore della stirpe reale di Francia."

66

> Se la nostra ipotesi è esatta, il Santo Graal... era la stirpe e i discendenti di Gesù, il 'Sang real' di cui erano guardiani i Templari... Nel contempo il Santo Graal doveva essere, alla lettera, il ricettacolo che aveva ricevuto e contenuto il sangue di Gesù. In altre parole doveva essere il grembo della Maddalena.
>
> (M. Baigent, R. Leigh, H. Lincoln, *The Holy Blood and the Holy Grail*, 1982, London, Cape, XIV)

"Be'," disse Diotallevi, "nessuno ti prenderebbe sul serio."

"Al contrario, venderebbe alcune centinaia di migliaia di copie," dissi cupo. "La storia esiste, è stata scritta, con minime variazioni. Si tratta di un libro sul mistero del Graal e sui segreti di Rennes-le-Château. Invece di leggere solo manoscritti dovreste leggere anche quello che esce a stampa presso altri editori."

"Santi Serafini," disse Diotallevi. "Lo avevo detto. Questa macchina dice solo quello che tutti sanno già." E se ne uscì sconsolato.

"Serve invece," disse Belbo piccato. "Mi è venuta un'idea che era già venuta ad altri? E allora? Si chiama poligenesi letteraria. Il signor Garamond direbbe che è la prova che dico la verità. Quei signori debbono averci ragionato su per anni, mentre io ho risolto tutto in una serata."

"Sono con lei, il gioco vale la candela. Ma credo che la regola sia inserire molti dati che non provengono dai diabolici. Il problema non è trovare relazioni occulte fra Debussy e i Templari. Lo fanno tutti. Il problema è trovare relazioni occulte, per esempio, tra la Cabbala e le candele dell'automobile."

Dicevo a caso, ma avevo dato a Belbo uno spunto. Me ne parlò qualche mattina dopo.

"Aveva ragione lei. Qualsiasi dato diventa importante se è connesso a un altro. La connessione cambia la prospettiva. Induce a pensare che ogni parvenza del mondo, ogni voce, ogni parola scritta o detta non abbia il senso che appare, ma ci parli di un Segreto. Il criterio è semplice: sospettare, sospettare sempre. Si può leggere in trasparenza anche un cartello di senso vietato."

"Certo. Moralismo cataro. Orrore della riproduzione. Il senso è vietato perché è inganno del Demiurgo. Non è per quella via che si troverà il Cammino."

"Ieri sera mi è capitato tra le mani il manuale per la patente B. Sarà stata la penombra, o quel che lei mi aveva detto, mi ha colto il sospetto che quelle pagine dicessero Qualche Cosa d'Altro. E se l'automobile esistesse solo come metafora della creazione? Ma non bisogna limitarsi all'esterno, o all'illusione del cruscotto, bisogna saper vedere ciò che vede solo l'Artefice, quello che sta sotto. Ciò che è sotto è come ciò che è sopra. È l'albero delle sefirot."

"Non me lo dica."

"Non sono io che dico. *Esso* si dice. Anzitutto l'albero motore è un Albero, come dice la parola stessa. Ebbene, si calcoli il motore di testa, due ruote anteriori, la frizione, il cambio, due giunti, il differenziale e le due ruote posteriori. Dieci articolazioni, come le sefirot."

"Ma le posizioni non coincidono."

"Chi lo ha detto? Diotallevi ci ha spiegato che in certe versioni Tiferet non era la sesta ma l'ottava sefirah, e stava sotto Nezah e Hod. Il mio è l'albero di Belboth, altra tradizione."

"Fiat."

"Ma seguiamo la dialettica dell'Albero. Al sommo il Motore, Omnia Movens, di cui diremo, che è la Sorgente Creativa. Il Motore comunica la sua energia creativa alle due Ruote Sublimi – la Ruota dell'Intelligenza e la Ruota della Sapienza."

"Sì, se la macchina è a trazione anteriore..."

"Il bello dell'albero di Belboth è che sopporta metafisiche alternative. Immagine di un cosmo spirituale con la trazione anteriore, dove il Motore davanti comunica immediatamente i suoi voleri alle Ruote Sublimi, mentre nella versione materialistica è immagine di un cosmo degradato, dove il Movimento viene impresso da un Motore Ultimo alle due Ruote Infime: dal fondo dell'emanazione cosmica si sprigionano le forze basse della materia."

"E con motore e trazione posteriore?"

"Satanico. Coincidenza del Supero e dell'Infimo. Dio si identifica con i moti della materia grossolana posteriore. Dio come aspirazione eternamente frustrata alla divinità. Deve dipendere dalla Rottura dei Vasi."

"Non sarà la Rottura della Marmitta?"

"Questo nei Cosmi Abortiti, dove il fiato venefico degli Arconti si spande nell'Etere Cosmico. Ma non perdiamoci per strada. Dopo il Motore e le due Ruote viene la Frizione, la sefirah della Grazia che stabilisce o interrompe la corrente d'Amore che lega il resto dell'Albero all'Energia Superna. Un Disco, un mandala che accarezza un altro mandala. Di lì lo Scrigno del Mutamento – o del cambio, come dicono i positivisti, che è il principio del Male perché permette all'umana volontà di rallentare o accelerare il processo continuo dell'emanazione. Per questo il cambio automatico costa di più, perché qui è l'Albero stesso che decide secondo l'Equilibrio Sovrano. Poi viene un Giunto, che guarda caso prende il nome da un mago rinascimentale, Cardano, e quindi una Coppia Conica – si noti l'opposizione con la quaterna di Cilindri nel motore – in cui c'è una Corona (Keter Minore) che trasmette il moto alle ruote terrestri. E qui diventa evidente la funzione della sefirah della Differenza, o differenziale, che con maestoso senso della Bellezza distribuisce le forze cosmiche sulle due Ruote della Gloria e della Vittoria, che in un cosmo non abortito (a trazione anteriore) seguono il moto dettato dalle Ruote Sublimi."

"La lettura è coerente. E il cuore del Motore, sede dell'Uno, Corona?"

"Ma basta leggere con occhi da iniziato. Il Motore Sommo vive di un moto di Aspirazione e Scarico. Un complesso respiro divino, dove originariamente le unità, dette i Cilindri (evidente archetipo geometrico), erano due, poi ne generarono un terzo, e infine si contemplano e si muovono per mutuo amore nella gloria del quarto. In questo respiro nel Primo Cilindro (nessuno di essi è primo per gerarchia, ma per mirabile alternanza di posizione e rapporto), il Pistone – etimologia da *Pistis Sophia* – discende dal Punto Morto Superiore al Punto Morto Inferiore mentre il Cilindro si riempie di energia allo stato puro. Semplifico, perché qui entrerebbero in gioco gerarchie angeliche, o Mediatori della Distribuzione, che come dice il mio manuale 'consentono l'apertura e la chiusura delle Luci che mettono in comunicazione l'interno dei Cilindri con i condotti di aspirazione della miscela'... La sede interna del Motore può comunicare col resto del cosmo solo attraverso questa mediazione, e qui credo si riveli, forse, ma non vorrei dire eresia, il limite originario dell'Uno, che in qualche modo dipende, per creare, dai Grandi Eccentrici. Occorrerà dare una lettura più attenta del Testo. In ogni caso quando il Cilindro si riempie di Energia, il Pistone risale al Punto Morto Superiore e realizza la Compressione Massima. È lo *tsimtsum*. E a questo punto ecco la gloria del Big Bang, lo Scoppio e l'Espansione. Scocca una Scintilla, la miscela sfolgora e avvampa, questa è, dice il manuale, l'unica Fase Attiva del Ciclo. E guai, guai se nella Miscela si insinuano le conchiglie, le *qelippot*, gocce di materia impura come acqua o Coca-Cola, l'Espansione non avviene, o avviene a scatti abortivi..."

"Shell non vorrà dire *qelippot*? Ma allora occorre diffidarne. D'ora in poi solo Latte di Vergine..."

"Controlleremo. Potrebbe essere una macchinazione delle Sette Sorelle, principi inferiori che vogliono controllare il procedere della Creazione... In ogni caso, dopo l'Espansione, ecco il grande sfiato divino, che nei testi più antichi è detto lo Scarico. Il Pistone risale al Punto Morto Superiore ed espelle la materia informe ormai combusta. Solo se riesce questa operazione di purificazione ricomincia il Nuovo Ciclo. Che se ci si pensa bene è anche il meccanismo neoplatonico dell'Esodo e del Parodo, mirabile dialettica di Via all'In Su e Via all'In Giù."

"*Quantum mortalia pectora caecae noctis habent!* E i figli della materia non se ne erano mai accorti!"

"Per questo i maestri della Gnosi dicono che non bisogna fidarsi degli Ilici ma degli Pneumatici."

"Per domani preparo un'interpretazione mistica dell'elenco telefonico..."

"Sempre ambizioso il nostro Casaubon. Badi che lì dovrà risolvere il problema insondabile dell'Uno e dei Molti. Meglio andare avanti con calma. Si veda prima il meccanismo della lavatrice."

"Quello parla da sé. Trasformazione alchemica, dall'opera al nero all'opera più bianca del bianco."

67

Da Rosa, nada digamos agora...
(Sampayo Bruno, *Os Cavaleiros do Amor*, Lisboa, Guimarães, 1960, p. 155)

Quando ci si mette in uno stato di sospetto non si trascura più nessuna traccia. Dopo le fantasticherie sull'albero motore ero disposto a vedere segnature rivelatrici in ogni oggetto che mi capitasse tra le mani.

Avevo mantenuto rapporti coi miei amici brasiliani, e in quei giorni si teneva a Coimbra un convegno sulla cultura lusitana. Più per desiderio di rivedermi che per omaggio alle mie competenze, gli amici di Rio riuscirono a farmi invitare. Lia non venne, era al settimo mese, la gravidanza le aveva appena ritoccato la linea minuta, trasformandola in un'esile madonna fiamminga, ma preferiva non affrontare un viaggio.

Passai tre gaie serate coi vecchi compagni e, mentre rientravamo in pullman verso Lisbona, sorse una discussione se ci si dovesse arrestare a Fatima o a Tomar. Tomar era il castello dove i Templari portoghesi si erano arroccati dopo che la benignità del re e del papa li aveva salvati dal processo e dalla rovina, trasformandoli nell'ordine dei Cavalieri di Cristo. Non potevo perdermi un castello dei Templari, e per fortuna il resto della comitiva non era entusiasta di Fatima.

Se potevo immaginarmi un castello templare, tale era Tomar. Vi si sale lungo una strada fortificata che costeggia i bastioni esterni, dalle feritoie a forma di croce, e vi si respira aria crociata sin dal primo istante. I Cavalieri di Cristo avevano prosperato per secoli in quel luogo: la tradizione vuole che sia Enrico il Navigatore che Cristoforo Colombo fossero dei loro, e in effetti si erano dati alla conquista dei mari – facendo la fortuna del Portogallo. La lunga e felice esistenza di cui avevano goduto laggiù ha fatto sì che il castello sia stato ricostruito e ampliato in vari secoli, così che alla sua parte medievale ha aggiunto ali rinascimentali e barocche. Mi commossi entrando nella chiesa dei Templari, con la sua rotonda ottagonale che riproduce quella del Santo Sepolcro. Mi incuriosì il fatto che nella chiesa, a seconda della zona, le croci templari fossero di foggia diversa: era un problema che mi ero già posto guardando la confusa iconografia in merito. Mentre la croce dei cavalieri di Malta era rimasta più o meno la stessa, quella templare sembrava aver subito le influenze del secolo o della tradizione locale. Ecco perché ai cacciatori di Templari basta trovar da qualche parte una croce qualsiasi per scoprire una traccia dei Cavalieri.

Poi la nostra guida ci portò a vedere la finestra manuelina, la *janela* per eccellenza, un traforo, un collage di reperti marini e sottomarini, alghe, conchiglie, ancore, gomene e catene, a celebrazione delle vicende dei Cavalieri sugli oceani. Ma ai due lati della finestra, a serrare come in una cintura le due torri che la inquadravano, si vedevano scolpite le insegne della Giarrettiera. Che cosa ci stava a fare il simbolo di un ordine inglese in quel monastero fortificato portoghese? La guida non ce lo seppe dire, ma poco dopo, su di un altro lato, credo quello di nordovest, ci mostrò le insegne del Toson d'Oro. Non potei evitare di pensare al sottile gioco di alleanze che univa la Giarrettiera al Toson d'Oro, questo agli Argonauti, gli Argonauti al Graal, il Graal ai Templari. Ricordavo le affabulazioni di Ardenti e alcune pagine trovate nei manoscritti dei diabolici... Ebbi un sussulto quando la nostra guida ci fece visitare un sala secondaria, dal soffitto serrato in alcune chiavi di volta. Erano piccole rosette, ma su alcune vidi scolpita una faccia barbuta e vagamente caprina. Bafometto....

Discendemmo in una cripta. Dopo sette scalini, una pietra nuda conduce all'abside, dove potrebbe sorgere un altare o un seggio del gran maestro. Ma vi si perviene passando sotto a sette chiavi di volta, ciascuna in forma di rosa, una più grande dell'altra, e l'ultima, più espansa, sovrasta un pozzo. La croce e la rosa, e in un monastero templare, e in una sala certamente costruita prima dei manifesti rosacrociani... Feci qualche domanda alla guida che sorrise: "Sapesse quanti studiosi di scienze occulte vengono qui in pellegrinaggio... Si dice che questa fosse la sala dell'iniziazione..."

Penetrando per caso in una stanza non ancora restaurata, arredata con pochi mobili polverosi, trovai il pavimento ingombro di scatoloni di cartone. Rovistai a caso, e mi capitarono tra le mani brandelli di volumi in ebraico, presumibilmente del XVII secolo. Che cosa ci facevano gli ebrei a Tomar? La guida mi disse che i Cavalieri avevano buone relazioni con la comunità ebraica locale. Mi fece affacciare alla finestra e mi mostrò un giardino alla francese, strutturato come un piccolo elegante labirinto. Opera, mi disse, di un architetto ebreo settecentesco, Samuel Schwartz.

Il secondo appuntamento a Gerusalemme... E il primo al Castello. Non recitava così il messaggio di Provins? Perdio, il Castello della Ordonation trovata da Ingolf non era l'improbabile Monsalvato dei romanzi cavallereschi, Avalon l'Iperborea. Se avessero dovuto fissare un primo luogo di riunione che cosa avrebbero potuto scegliere i Templari di Provins, più adusi a dirigere capitanerie che a leggere romanzi della Tavola Rotonda? Ma Tomar, il castello dei Cavalieri di Cristo, un luogo in cui i sopravvissuti dell'ordine godevano di piena libertà, di guarentigie immutate, e in cui erano in contatto con gli agenti del secondo gruppo!

Ripartii da Tomar e dal Portogallo con la mente in fiamme. Stavo prendendo finalmente sul serio il messaggio esibitoci da Ardenti. I Templari, costituitisi in ordine segreto, elaborano un piano che deve durare seicento anni e concludersi nel nostro secolo. I Templari erano persone serie. Quindi se parlavano di un castello, parlavano di un luogo vero. Il piano partiva da Tomar. E allora quale avrebbe dovuto essere il percorso ideale? Quale la sequenza degli altri cinque appuntamenti? Luoghi dove i Templari potessero contare su amicizie, protezioni, complicità. Il colonnello parlava di Stonehenge, Avalon, Agarttha... Sciocchezze. Il messaggio era tutto da rileggere.

Naturalmente, mi dicevo ritornando a casa, non si tratta di scoprire il segreto dei Templari, ma di costruirlo.

Belbo sembrava disturbato all'idea di tornare al documento lasciatogli dal colonnello, e lo ritrovò frugando a malincuore in un cassetto basso. Però, osservai, lo aveva conservato. Insieme rileggemmo il messaggio di Provins. Dopo tanti anni.

Cominciava con la frase cifrata secondo Tritemio: *Les XXXVI inuisibles separez en six bandes*. E poi:

a la ... Saint Jean
36 p charrete de ſein
6 ... entiers avec saiel
p ... les blancs mantiax
r ... s ... chevaliers de Pruins pour la ... j . nc
6 ſoiz 6 en 6 places
chascune ſoiz 20 a .... 120 a ....
iceste est l'ordonation
al donjon li premiers
it li secunz joste iceus qui ... pans
it al reſuge
it a Nostre Dame de l'altre part de l'iau
it a l'ostel des popelicans
it a la pierre
3 ſoiz 6 avant la ſeste ... la Grant Pute.

"Trentasei anni dopo la carretta di fieno, la notte di San Giovanni dell'anno 1344, sei messaggi sigillati per i cavalieri dai bianchi mantelli, cavalieri relapsi di Provins, per la vendetta. Sei volte sei in sei luoghi, ogni volta venti anni per un complesso di centoventi anni, questo è il Piano. I primi al castello, poi di nuovo da coloro che han mangiato il pane, di nuovo al rifugio, di nuovo a Nostra Signora al di là dal fiume, di nuovo alla casa dei popelicans, e di nuovo alla pietra. Vedete, nel 1344 il messaggio dice che i primi debbono andare al Castello. E infatti i cavalieri si installeranno a Tomar nel 1357. Ora dobbiamo chiederci dove debbono andare quelli del secondo nucleo. Avanti: immaginate di essere dei Templari in fuga, dove andate a costituire il secondo nucleo?"

"Mah... Se è vero che quelli della carretta sono fuggiti in Scozia... Però perché mai in Scozia avrebbero dovuto mangiare il pane?"

Ero diventato imbattibile nelle catene associative. Bastava partire da un punto qualsiasi. Scozia, Highlands, riti druidici, notte di San Giovanni, solstizio d'estate, fuochi di San Giovanni, Ramo d'oro... Ecco una traccia, se pur fragile. Avevo letto dei fuochi di San Giovanni nel *Ramo d'Oro* di Frazer.

Telefonai a Lia. "Fammi la cortesia, prendi il *Ramo d'Oro* e vedi cosa dice sui fuochi di San Giovanni."

Lia in queste cose era bravissima. Trovò subito il capitolo. "Che cosa vuoi sapere? È un rito antichissimo, praticato in quasi tutti i paesi d'Europa. Si celebra il momento in cui il sole è al sommo del proprio cammino, san Giovanni è stato aggiunto per cristianizzare la faccenda..."

"Mangiano del pane, in Scozia?"

"Lasciami vedere... Non mi pare... Ah, ecco, il pane non lo mangiano a San Giovanni, ma nella notte del primo maggio, la notte dei fuochi di Beltane, una festa di origine druidica, specie nelle Highlands scozzesi..."

"Ci siamo! Perché mangiano il pane?"

"Impastano una torta di farina e d'avena e l'abbrustoliscono sulla brace... Poi segue un rito che ricorda gli antichi sacrifici umani... Sono delle focacce che si chiamano *bannock*..."

"Come? Fammi lo spelling!" Me lo fece, la ringraziai, le dissi che era la mia Beatrice, la mia fata Morgana e altre cose affettuose. Cercai di ricordare la mia tesi. Il nucleo segreto, secondo la leggenda, ripara in Scozia presso il re Robert the Bruce e i Templari aiutano il re a vincere la battaglia di Bannock Burn. Come ricompensa il re li costituisce nel nuovo ordine dei Cavalieri di Sant'Andrea di Scozia.

Tirai giù da uno scaffale un grande dizionario d'inglese e cercai: *bannok* in inglese medievale (*bannuc* in antico sassone, *bannach* in gaelico) è una sorta di tortino, cotto sulla piastra o sulla griglia, di orzo, di avena o di altra granaglia. *Burn* è torrente. Non c'era che da tradurre come avrebbero tradotto i Templari francesi mandando notizie dalla Scozia ai loro compatrioti di Provins, e ne veniva fuori qualcosa come il torrente della focaccia, o della pagnotta, o del pane. Chi ha mangiato il pane è chi ha vinto al torrente del pane, ed è quindi il nucleo scozzese, che forse a quell'epoca si era già esteso per tutte le isole britanniche. Logico: dal Portogallo all'Inghilterra, ecco la via più corta, altro che viaggio dal Polo alla Palestina.

> Che le tue vesti siano candide... Se fa notte, accendi molte luci, sino a che tutto sfolgori... Ora inizia a combinare qualche lettera, o molte, spostale e combinale sino a che il tuo cuore sia caldo. Stai attento al movimento delle lettere e a ciò che puoi produrre mescolandole. E quando avvertirai che il tuo cuore è caldo, quando vedi che attraverso la combinazione delle lettere cogli delle cose che non avresti potuto conoscere da solo o con l'aiuto della tradizione, quando sei pronto a ricevere l'influsso della potenza divina che penetra in te, impiega allora tutta la profondità del tuo pensiero a immaginare nel tuo cuore il Nome e i Suoi angeli superiori, come se fossero esseri umani che ti stanno accanto.
>
> (Abulafia, *Hayye ha-'Olam ha-Ba*)

"Fa senso," disse Belbo. "E in tal caso quale sarebbe il Rifugio?"

"I sei gruppi si installano in sei luoghi, ma uno solo viene chiamato il Rifugio. Curioso. Questo significa che negli altri luoghi, come il Portogallo o l'Inghilterra, i Templari possono vivere indisturbati, sia pure sotto altro nome, mentre in questo si nascondono. Direi che il Rifugio è il luogo dove si sono rifugiati i Templari di Parigi, dopo aver abbandonato il Tempio. Siccome mi sembra anche economico che il percorso vada dall'Inghilterra verso la Francia, perché non pensare che i Templari abbiano costituito un rifugio nella stessa Parigi, in un luogo segreto e protetto? Erano buoni politici e immaginavano che in duecento anni le cose sarebbero cambiate e avrebbero potuto agire alla luce del sole, o quasi."

"Vada per Parigi. E come la mettiamo col quarto luogo?"

"Il colonnello pensava a Chartres, ma se abbiamo collocato Parigi al terzo posto non possiamo mettere Chartres al quarto, perché evidentemente il piano deve interessare tutti i centri d'Europa. E poi stiamo abbandonando la pista mistica per elaborare una pista politica. Lo spostamento sembra avvenire secondo una sinusoide, per cui dovremmo risalire al nord della Germania. Ora, al di là dal fiume o dall'acqua, e cioè oltre il Reno, in terra tedesca c'è una città, non una chiesa, di Nostra Signora. Vicino a Danzica c'era una città della Vergine e cioè Marienburg."

"E perché un appuntamento a Marienburg?"

"Perché era la capitale dei Cavalieri Teutonici! I rapporti fra Templari e Teutonici non sono avvelenati come quelli fra Templari e Ospitalieri, che sono lì come avvoltoi ad attendere la soppressione del Tempio per impadronirsi dei suoi beni. I Teutonici sono stati creati in Palestina dagli imperatori tedeschi come contraltare ai Templari, ma ben presto sono stati chiamati al nord, a fermare l'invasione dei barbari prussiani. E lo hanno fatto talmente bene che nel giro di due secoli sono diventati uno stato che si estende su tutti i territori baltici. Si muovono tra Polonia, Lituania e Livonia. Fondano Koenigsberg, vengono sconfitti una sola volta da Aleksandr Nevskij in Estonia, e più o meno quando i Templari vengono arrestati a Parigi fissano la capitale del loro regno a Marienburg. Se c'era un piano della cavalleria spirituale per la conquista del mondo, Templari e Teutonici si erano divisi le zone di influenza."

"Sa cosa le dico?" disse Belbo. "Ci sto. Adesso il quinto gruppo. Dove sono questi popelicans?"

"Non lo so," dissi.

"Lei mi delude, Casaubon. Forse lo dovremo chiedere ad Abulafia."

"Nossignore," risposi piccato. "Abulafia ci deve suggerire connessioni inedite. Ma i popelicans sono un dato, non una connessione, e i dati sono affari di Sam Spade. Datemi qualche giorno di tempo."

"Le do due settimane," disse Belbo. "Se entro due settimane non mi consegna i popelicans, mi consegna una bottiglia di Ballantine 12 Years Old."

Troppo per la mia borsa. In capo a una settimana consegnavo i popelicans ai miei voraci sodali.

"Tutto è chiaro. Seguitemi perché dobbiamo risalire verso il quarto secolo, in territorio bizantino, mentre nell'area mediterranea si sono già diffusi vari movimenti di ispirazione manichea. Cominciamo con gli arcontici, fondati in Armenia da Pietro di Cafarbarucha che dovrete ammettere è un gran bel nome. Antigiudaici, il diavolo si identifica con Sabaoth, il dio dei giudei, che vive nel settimo cielo. Per raggiungere la Gran Madre della Luce nell'ottavo cielo occorre rifiutare e Sabaoth e il battesimo. Va bene?"

"Rifiutiamoli," disse Belbo.

"Ma gli arcontici sono ancora dei bravi ragazzi. Nel quinto secolo appaiono i messaliani, che tra l'altro sopravviveranno in Tracia sino all'undicesimo secolo. I messaliani non sono dualisti, ma monarchici. Però hanno le mani in pasta con le potenze infernali, tant'è vero che in alcuni testi sono indicati come borboriti, da *borboros*, fango, a causa delle cose innominabili che facevano."

"Che cosa facevano?"

"Le solite cose. Uomini e donne levavano al cielo, raccolta nel palmo della mano, la loro propria ignominia, e cioè sperma o mestruo, e poi lo mangiavano dicendo che era il corpo di Cristo. E se per caso mettevano incinta la loro donna, al momento giusto le ficcavano la mano nel ventre, ne strappavano l'embrione, lo sbattevano in un mortaio, lo mescolavano con miele e pepe e mangia che ti mangio."

"Che schifo," disse Diotallevi, "miele e pepe!"

"Questi sono dunque i messaliani, che alcuni chiamano stratiotici e fibioniti, altri barbeliti, composti di naasseani e femioniti. Ma per altri padri della chiesa i barbeliti erano degli gnostici in ritardo, e dunque dualisti, adoravavano la Gran Madre Barbelo, e i loro iniziati chiamavano borboriani gli ilici, e cioè i figli della materia, distinti dagli psichici, che erano già meglio, e dagli pneumatici che erano proprio gli eletti, il Rotary Club di tutta la faccenda. Ma forse gli stratiotici erano solo gli ilici dei mitraisti."

"Non è tutto un po' confuso?" chiese Belbo.

"Per forza. Tutta questa gente non ha lasciato documenti. Le uniche cose che sappiamo su di loro ci provengono dai pettegolezzi dei loro nemici. Ma non importa. È per dire quale bailamme fosse a quel tempo l'area mediorientale. Ed è per dire da dove vengono fuori i pauliciani. Questi sono i seguaci di un certo Paolo di Samosata, a cui si uniscono degli iconoclasti espulsi dell'Albania. Dall'ottavo secolo in avanti questi pauliciani crescono in fretta, da setta diventano comunità, da comunità banda, da banda potere politico e gli imperatori di Bisanzio cominciano a preoccuparsi e a mandargli contro le armate imperiali. Si diffondono sino ai confini del mondo arabo, dilagano verso l'Eufrate, invadono il territorio bizantino sino al mar Nero. Installano colonie un poco dovunque, e li troviamo ancora nel XVII secolo quando vengono convertiti dai gesuiti, e ne esistono ancora alcune comunità nei Balcani o giù di lì. Ora a che cosa credono i pauliciani? In Dio, uno e trino, salvo che il Demiurgo si è intestardito a creare il mondo, coi risultati che tutti vediamo. Rigettano l'Antico Testamento, rifiutano i sacramenti, disprezzano la croce, e non onorano la Vergine, perché Cristo si è incarnato direttamente in cielo ed è passato attraverso Maria come attraverso un tubo. I bogomili, che si ispireranno in parte a loro, diranno che Cristo, a Maria, è entrato da un orecchio ed è uscito dall'altro, senza che lei neppure se n'accorgesse. Qualcuno li accusa anche di adorare il sole e il diavolo e di mescolare il sangue dei fanciulli al pane e al vino eucaristico."

"Come tutti."

"Erano tempi che per un eretico andare a messa doveva essere una sofferenza. Tanto valeva farsi musulmani. Ma era gente così. E ve ne parlo perché, quando gli eretici dualisti si saranno diffusi in Italia e in Provenza, per dire che sono come i pauliciani saranno chiamati popelicani, publicani, populicani, i quali *gallice etiam dicuntur ab aliquis popelicant*!"

"Eccoli lì."

"Infatti. I pauliciani continuano nel nono secolo a far impazzire gli imperatori di Bisanzio sino a che l'imperatore Basilio giura che se mette le mani sul loro capo, Chrysocheir, che aveva invaso la chiesa di San Giovanni di Dio a Efeso e abbeverato i cavalli nelle acquasantiere..."

"...sempre quel vizio," disse Belbo.

"...gli avrebbe piantato tre frecce nel capo. Gli manda incontro l'armata imperiale, quelli lo catturano, gli tagliano la testa, la mandano all'imperatore, e quello la mette su un tavolo, su un trumeau, su una colonnetta di porfido e zac zac zac gli pianta tre frecce, immagino una per occhio e la terza in bocca."

"Bella gente," disse Diotallevi.

"Non lo facevano per cattiveria," disse Belbo. "Erano questioni di fede. Sustanza di cose sperate. Vada avanti Casaubon, che il nostro Diotallevi non capisce le finezze teologiche, lui è uno sporco deicida."

"Per finire: i crociati incontrano i pauliciani. Li incontrano vicino ad Antiochia nel corso della prima crociata, dove quelli combattono accanto agli arabi, e li incontrano all'assedio di Costantinopoli dove la comunità pauliciana di Filippopoli cerca di consegnare la città allo zar bulgaro Joannitsa per far dispetto ai francesi, e lo dice Villehardouin. Ecco il nesso coi Templari ed ecco risolto il nostro enigma. La leggenda vede i Templari come ispirati dai catari, e invece sono i Templari che hanno ispirato i catari. Hanno incontrato le comunità pauliciane nel corso delle crociate e hanno stabilito con loro misteriosi rapporti, così come li avevano stabiliti coi mistici e gli eretici musulmani. E d'altra parte, basta seguire la pista dell'Ordonation. Non può che passare per i Balcani."

"Perché?"

"Perché mi pare chiaro che il sesto appuntamento sia a Gerusalemme. Il messaggio dice di andare alla pietra. E dove c'è una pietra, che oggi i musulmani venerano e se vogliamo vederla dobbiamo toglierci le scarpe? Ma proprio nel centro della Moschea di Omar a Gerusalemme, dove un tempo c'era il Tempio dei Templari. Non so chi dovesse aspettare a Gerusalemme, forse un nucleo di Templari superstiti e travestiti, o dei cabalisti legati ai portoghesi, ma è certo che per arrivare a Gerusalemme provenendo dalla Germania la strada più logica è quella dei Balcani, e lì aspettava il quinto nucleo, quello dei pauliciani. Vedete come a questo punto il Piano diventi limpido ed economico."

"Le dirò che mi persuade," disse Belbo. "Ma in che punto dei Balcani attendevano i popelicant?"

"Secondo me i naturali successori dei pauliciani erano i bogomili bulgari, ma i Templari di Provins non potevano ancora sapere che pochi anni dopo la Bulgaria sarebbe stata invasa dai turchi e sarebbe rimasta sotto il loro dominio per cinque secoli."

"Quindi si può pensare che il Piano si arresti nel passaggio fra i tedeschi e i bulgari. Quando dovrebbe accadere?"

"Nel 1824," disse Diotallevi.

"Scusa, perché?"

Diotallevi tracciò rapidamente un diagramma.

PORTOGALLO	INGHILTERRA	FRANCIA	GERMANIA	BULGARIA	GERUSALEMME
1344	1464	1584	1704	1824	1944

"Nel 1344 i primi gran maestri di ciascun gruppo si insediano nei sei luoghi prescritti. Nel corso di centoventi anni si susseguono in ogni gruppo sei gran maestri e nel 1464 il sesto maestro di Tomar incontra il sesto maestro del gruppo inglese. Nel 1584 il dodicesimo maestro inglese incontra il dodicesimo maestro francese. La catena prosegue con questo ritmo, e se fallisce l'appuntamento coi pauliciani, fallisce nel 1824."

"Ammettiamo che fallisca," dissi. "Ma non capisco perché uomini così accorti, quando abbiano avuto tra le mani quattro sesti del messaggio finale non siano stati capaci di ricostruirlo. Oppure perché, se è saltato l'appuntamento coi bulgari, non si siano messi in contatto con il nucleo successivo."

"Casaubon," disse Belbo, "ma crede proprio che i legislatori di Provins fossero degli allocchi? Se volevano che la rivelazione rimanesse occultata per seicento anni avranno preso le loro precauzioni. Ogni maestro di un nucleo sa dove trovare il maestro del nucleo successivo, ma non dove trovare gli altri, e nessuno degli altri sa dove trovare i maestri dei nuclei precedenti. Basta che i tedeschi abbiano perso i bulgari e non sapranno mai dove trovare i gerosolimitani, mentre i gerosolimitani non sapranno dove trovare nessuno degli altri. E quanto a ricostruire un messaggio da frammenti incompleti, dipende da come i frammenti sono stati divisi. Certo, non in sequenza logica. Basta che manchi un solo pezzo e il messaggio è incomprensibile, e chi ha il pezzo mancante non sa che farsene."

"Pensate," disse Diotallevi, "se l'incontro non è avvenuto, l'Europa è oggi teatro di un balletto segreto, tra gruppi che si cercano e non si trovano, e ciascuno sa che basterebbe un nulla per diventare padrone del mondo. Come si chiama quell'impagliatore di cui ci ha parlato, Casaubon? Forse il complotto c'è davvero e la storia altro non è che il risultato di questa battaglia per ricostruire un messaggio perduto. Noi non li vediamo, ed essi, invisibili, agiscono intorno a noi."

A Belbo e a me venne evidentemente la stessa idea, e incominciammo a parlare insieme. Ma ci voleva poco per operare la connessione giusta. Avevamo pure appreso che almeno due espressioni del messaggio di Provins, il riferimento a trentasei invisibili separati in sei gruppi, e la scadenza di centoventi anni, apparivano anche nel corso del dibattito sui Rosa-Croce.

"Al postutto erano tedeschi," dissi. "Leggerò i manifesti rosacrociani."

"Ma lei ha detto che erano falsi," disse Belbo.

"E allora? Anche noi stiamo costruendo un falso."

"È vero," disse. "Me ne stavo scordando."

69

> Elles deviennent le Diable: débiles, timorées, vaillantes à des heures exceptionnelles, sanglantes sans cesse, lacrymantes, caressantes, avec des bras qui ignorent les lois... Fi! Fi! Elles ne valent rien, elles sont faites d'un côté, d'un os courbe, d'une dissimulation rentrée... Elles baisent le serpent...
>
> (Jules Bois, *Le satanisme et la magie*, Paris, Chailley, 1895, p. 12)

Se ne stava scordando, ora lo so. E certamente a questo periodo appartiene questo *file*, breve e stordito.

---

filename: Ennoia

Sei arrivata in casa, all'improvviso. Avevi quell'erba. Non volevo, perché non consento ad alcuna sostanza vegetale di interferire col funzionamento del mio cervello (ma mento, perché fumo tabacco e bevo distillati di grano). Comunque, le poche volte che all'inizio dei sessanta qualcuno mi costringeva a partecipare al giro del joint, con quella cartaccia viscida impregnata di saliva, e l'ultima tirata con lo spillo, mi veniva da ridere.

Ma ieri me l'offrivi tu, e ho pensato che forse era il tuo modo di offrirti, e ho fumato con fede. Abbiamo ballato stretti, come non si fa più da anni, e – che vergogna – mentre girava la Quarta di Mahler. Sentivo come se tra le braccia mi stesse lievitando una creatura antica, dal volto dolce e rugoso di vecchia capra, un serpe che sorgeva dal profondo dei miei lombi, e ti adoravo come una zia antichissima e universale. Probabilmente continuavo a muovermi stretto al tuo corpo, ma sentivo anche che ti stavi alzando a volo, ti trasformavi in oro, aprivi porte chiuse, muovevi gli oggetti a mezz'aria. Stavo penetrando nel tuo ventre oscuro, Megale Apophasis. Prigioniera degli angeli.

Non è forse te che cercavo? Forse sono qui ad attendere sempre te. Ogni volta ti ho perso perché non ti ho riconosciuto? Ogni volta ti ho perso perché ti ho riconosciuto e non ho osato? Ogni volta ti ho perso perché riconoscendoti sapevo che dovevo perderti?

Ma dove sei finita ieri sera? Mi sono risvegliato stamane, e avevo male alla testa.

70

> Ricordiamo bene, però, le segrete allusioni a un periodo di 120 anni che fratello A..., il successore di D e ultimo della seconda linea di successione – vissuto tra molti di noi – rivolse a noi della terza linea di successione...
>
> (*Fama Fraternitatis*, in *Allgemeine und general Reformation*, Cassel, Wessel, 1614)

Mi precipitai a leggere per intero i due manifesti dei Rosa-Croce, la *Fama* e la *Confessio*. E diedi una occhiata anche alla *Nozze Chimiche di Christian Rosencreutz*, di Johann Valentin Andreae, perché Andreae era il presunto autore dei manifesti.

I due manifesti erano apparsi in Germania tra il 1614 e il 1616. Una trentina d'anni dopo l'incontro del 1584 tra francesi e inglesi, ma quasi un secolo prima che i francesi dovessero congiungersi coi tedeschi.

Lessi i manifesti col proposito di non credere a quel che dicevano, ma di vederli in trasparenza, come se dicessero altro. Sapevo che per fargli dire altro dovevo saltare dei brani, e considerare certe proposizioni come più rilevanti di altre. Ma era esattamente quello che i diabolici e i loro maestri ci stavano insegnando. Se ci si muove nel tempo sottile della rivelazione non si debbono seguire le catene puntigliose e ottuse della logica e la loro monotona sequenzialità. D'altra parte, a prenderli alla lettera, i due manifesti erano un cumulo di assurdità, enigmi, contraddizioni.

Dunque non potevano dire quel che dicevano in apparenza, e quindi non erano né un richiamo a una profonda riforma spirituale, né la storia del povero Christian Rosencreutz. Erano un messaggio in codice da leggere sovrapponendogli una griglia e una griglia lascia liberi certi spazi e ne copre altri. Come il messaggio in cifra di Provins, dove contavano solo le iniziali. Io non avevo una griglia, ma bastava presupporla, e per presupporla occorreva leggere con diffidenza.

Che i manifesti parlassero del Piano di Provins era indubbio. Nella tomba di C.R. (allegoria della Grange-aux-Dîmes, la notte del 23 giugno 1344!) era stato messo in riserbo un tesoro affinché lo scoprissero i posteri, un tesoro "nascosto... per centoventi anni". Che questo tesoro non fosse di tipo pecuniario era altrettanto chiaro. Non solo si polemizzava con l'ingenua avidità degli alchimisti, ma si diceva apertamente che ciò che era stato promesso era un grande mutamento storico. E se qualcuno non avesse capito, il manifesto successivo ripeteva che non si doveva ignorare un'offerta che concerneva i *miranda sextae aetatis* (le meraviglie del sesto e finale appuntamento!) e si reiterava: "Se solo fosse piaciuto a Dio di portare sino a noi la luce del suo sesto *Candelabrum*... se si potesse leggere tutto in un solo libro e leggendolo si capisse e ricordasse ciò che è stato.... Come sarebbe piacevole se si potessero trasformare per mezzo del canto (del messaggio letto a viva voce!) le rocce (*lapis exillis*!) in perle e pietre preziose..." E si parlava ancora di arcani segreti, e di un governo che avrebbe dovuto essere instaurato in Europa, e di una "grande opera" da compiere...

Si diceva che C.R. era andato in Spagna (o in Portogallo?) e aveva mostrato ai dotti di laggiù "dove attingere ai veri *indicia* dei secoli futuri" ma invano. Perché invano? Perché un gruppo templare tedesco, agli inizi del Seicento, metteva in pubblico un segreto gelosissimo, come se occorresse uscire allo scoperto per reagire a un qualche blocco del processo di trasmissione?

Nessuno poteva negare che i manifesti tentassero di ricostruire le fasi del Piano così come le aveva sintetizzate Diotallevi. Il primo fratello di cui si accennava alla morte, o al fatto che fosse pervenuto al "limite", era il fratello I.O. che moriva in Inghilterra. Dunque qualcuno era arrivato trionfalmente al primo appuntamento. E si menzionava una seconda e una terza linea di successione. E sin qui tutto avrebbe dovuto essere regolare: la seconda linea, quella inglese, incontra la terza linea, quella francese, nel 1584, e della gente che scrive all'inizio del Seicento può parlare solo di quanto è accaduto ai primi tre gruppi. Nelle *Nozze Chimiche*, scritte da Andreae in epoca giovanile, e quindi prima dei manifesti (anche se appaiono nel 1616), si menzionavano tre maestosi templi, i tre luoghi che avrebbero già dovuto essere noti.

Però mi rendevo conto che invece i due manifesti parlavano, sì, negli stessi termini, ma come se si fosse verificato qualcosa di inquietante.

Per esempio, perché tanta insistenza sul fatto che il tempo fosse giunto, che fosse giunto il momento, malgrado il nemico avesse posto in opera tutte le sue astuzie perché l'occasione non si realizzasse? Quale occasione? Si diceva che la meta finale di C.R. era Gerusalemme, ma che non aveva potuto arrivarci. Perché? Si lodavano gli arabi perché essi si scambiavano messaggi, mentre in Germania i dotti non sapevano aiutarsi l'uno con l'altro. E si accennava a "un gruppo più grosso che vuole il pascolo tutto per sé". Qui non solo si parlava di qualcuno che stava cercando di stravolgere il Piano per perseguire un interesse particolare, ma anche di uno stravolgimento effettivo.

La *Fama* diceva che all'inizio qualcuno aveva elaborato una scrittura magica (ma certo, il messaggio di Provins) ma che l'orologio di Dio batte ogni minuto "mentre il nostro non riesce a suonare neppure le ore". Chi aveva mancato ai battiti dell'orologio divino, chi non aveva saputo arrivare a un certo punto nel momento giusto? Si accennava a un nucleo originario di fratelli che avrebbero potuto rivelare una filosofia segreta, ma avevano deciso di disperdersi per il mondo.

I manifesti denunciavano un disagio, un'incertezza, un senso di smarrimento. I fratelli delle prime linee di successione avevano fatto in modo di essere sostituiti ciascuno "da un successore degno", ma "essi avevano stabilito di tener segreto... il luogo della loro sepoltura e ancor oggi non sappiamo dove siano sepolti."

A che cosa si alludeva? Che cosa non si sapeva? Di quale "sepolcro" mancava l'indirizzo? Era evidente che i manifesti erano stati scritti perché una qualche informazione era andata perduta, e si faceva appello a chi per caso la conoscesse, affinché si facesse vivo.

Il finale della *Fama* era inequivocabile: "Chiediamo nuovamente a tutti i dotti in Europa... di considerare con animo benevolo la nostra offerta... di farci sapere le loro riflessioni... Perché anche se per ora non abbiamo rivelato i nostri nomi.... chiunque ci farà pervenire il proprio nome potrà conferire con noi a viva voce, o – se vi fosse qualche impedimento – per iscritto."

Esattamente quello che si proponeva di fare il colonnello pubblicando la sua storia. Costringere qualcuno a uscire dal silenzio.

C'era stato un salto, una pausa, una parentesi, una smagliatura. Nel sepolcro di R.C. non c'era scritto soltanto *post 120 annos patebo*, per rammentare il ritmo degli appuntamenti, stava anche scritto *Nequaquam vacuum*. Non "il vuoto non esiste", bensì "non dovrebbe esistere il vuoto". E invece si era creato un vuoto che doveva essere riempito!

Ma ancora una volta mi chiedevo: perché questo discorso veniva fatto in Germania, dove semmai la quarta linea doveva semplicemente attendere con santa pazienza che venisse il proprio turno? I tedeschi non potevano dolersi – nel 1614 – di un appuntamento mancato a Marienburg, perché l'appuntamento di Marienburg era previsto per il 1704!

Solo una conclusione era possibile: i tedeschi recriminavano che non si fosse verificato l'appuntamento precedente!

Ecco la chiave! I tedeschi della quarta linea si stavano lamentando che gli inglesi della seconda linea avessero perso i francesi della terza linea! Ma certo. Si potevano individuare nel testo allegorie di una trasparenza addirittura puerile: si apre il sepolcro di C.R. e vi si trovano le firme dei fratelli del primo e del secondo circolo, ma non del terzo! Portoghesi e inglesi sono lì, ma dove sono i francesi?

Insomma, i due manifesti Rosa-Croce alludevano, a saperli leggere, al fatto che gli inglesi avevano perduto i francesi. E secondo quello che noi avevamo stabilito gli inglesi erano gli unici a sapere dove avrebbero potuto trovare i francesi, e i francesi gli unici a sapere dove trovare i tedeschi. Ma anche se nel 1704 i francesi avessero scovato i tedeschi, si sarebbero presentati senza i due terzi di quel che dovevano consegnare.

I Rosa-Croce escono allo scoperto, rischiando quel che rischiano, perché quello è l'unico modo di salvare il Piano.

71

Non sappiamo neppure con certezza se i Fratelli della seconda linea abbiano posseduto la stessa sapienza della prima, né se siano stati ammessi alla conoscenza di tutti i segreti.

(*Fama Fraternitatis*, in *Allgemeine und general Reformation*, Cassel, Wessel, 1614)

Lo dissi perentoriamente a Belbo e a Diotallevi: convennero che il senso segreto dei manifesti era apertissimo persino per un occultista.

"Ora tutto è chiaro," disse Diotallevi. "Noi ci eravamo incaponiti a pensare che il piano si fosse bloccato nel passaggio tra tedeschi e pauliciani, e invece si era arrestato nel 1584 nel passaggio tra Inghilterra e Francia."

"Ma perché?" chiese Belbo. "Abbiamo una buona ragione perché nel 1584 gli inglesi non riescano a realizzare l'appuntamento coi francesi? Gli inglesi sapevano dove fosse il Refuge, anzi, erano gli unici a saperlo."

Voleva la verità. E attivò Abulafia. Chiese, per provare, una connessione di due soli dati. E l'output fu:

Minnie è la fidanzata di Topolino
Trenta giorni ha novembre con april giugno e settembre

"Come interpretare?" chiese Belbo. "Minnie ha un appuntamento con Topolino, ma per sbaglio glielo dà il trentuno settembre e Topolino..."

"Fermi tutti!" dissi. "Minnie avrebbe potuto commettere un errore solo se avesse dato il suo appuntamento il 5 ottobre del 1582!"

"E perché?"

"La riforma gregoriana del calendario! Ma è naturale. Nel 1582 entra in vigore la riforma gregoriana che corregge il calendario giuliano, e per ristabilire l'equilibrio abolisce dieci giorni del mese di ottobre, dal 5 al 14!"

"Ma l'appuntamento in Francia è per il 1584, la notte di San Giovanni, il 23 giugno," disse Belbo.

"Infatti. Ma se ben ricordo, la riforma non è entrata subito in vigore dappertutto." Consultai il Calendario Perpetuo che avevamo negli scaffali. "Ecco, la riforma viene promulgata nel 1582, e si aboliscono i giorni dal 5 al 14 ottobre, ma questo funziona solo per il papa. La Francia adotta la riforma nel 1583 e abolisce i giorni dal 10 al 19 dicembre. In Germania succede uno scisma e le regioni cattoliche adottano la riforma nel 1584, come in Boemia, mentre le regioni protestanti l'adottano nel 1775, capite, quasi duecento anni dopo, per non dire della Bulgaria – questo è un dato da tener presente – che l'adotta solo nel 1917. Vediamo ora l'Inghilterra.... Passa alla riforma gregoriana nel 1752! Naturale, in odio ai papisti quegli anglicani resistono anche loro due secoli. E allora capite cosa è successo. La Francia abolisce dieci giorni a fine '83 e per il giugno 1584 tutti si sono abituati. Ma quando in Francia è il 23 giugno del 1584 in Inghilterra è ancora il 13 giugno e immaginatevi se un bravo inglese, per quanto templare, e specie in quei tempi in cui le informazioni andavano ancora a rilento, ha tenuto conto della faccenda. Guidano a sinistra ancora oggi e ignorano il sistema metrico decimale... Quindi gli inglesi si presentano al Refuge il loro 23 giugno, che per i francesi è ormai il 3 luglio. Ora supponete che l'appuntamento non dovesse essere realizzato con le fanfare, fosse un incontro furtivo nell'angolo giusto e all'ora giusta. I francesi vanno sul luogo al 23 giugno, aspettano un giorno, due, tre, sette, e poi se ne vanno pensando che sia successo qualcosa. Magari rinunciano disperati proprio alla vigilia del 2 luglio. Gli inglesi arrivano il 3 luglio e non trovano nessuno. Magari aspettano anche loro otto giorni, e continuano a non trovare nessuno. A quel punto i due gran maestri si sono perduti."

"Sublime," disse Belbo. "È andata così. Ma perché si muovono i Rosa-Croce tedeschi, e non gli inglesi?"

Chiesi un altro giorno di tempo, rovistai nel mio schedario e tornai in ufficio sfavillante di orgoglio. Avevo trovato una traccia, apparentemente minima, ma così lavora Sam Spade, nulla è irrilevante per il suo sguardo grifagno. Verso il 1584 John Dee, mago e cabalista, astrologo della regina d'Inghilterra, viene incaricato di studiare la riforma del calendario giuliano!

"Gli inglesi hanno incontrato i portoghesi nel 1464. Dopo quella data sembra che le isole britanniche vengano investite da un fervore cabalistico. Si lavora su quel che si è appreso, preparandosi al prossimo incontro. John Dee è il capofila di questa rinascita magica ed ermetica. Costituisce una libreria personale di quattromila volumi che sembra organizzata dai Templari di Provins. La sua *Monas Ierogliphica* pare direttamente ispirata dalla *Tabula smaragdina*, bibbia degli alchimisti. E che cosa fa John Dee dal 1584 in avanti? Legge la *Steganographia* di Tritemio! E la legge in manoscritto, perché uscirà per la prima volta a stampa solo ai primi del Seicento. Gran maestro del nucleo inglese che ha subito lo scacco dell'appuntamento mancato, Dee vuole scoprire che cosa sia avvenuto, dove è stato l'errore. E siccome è anche un buon astronomo, si dà una pacca sulla fronte e dice che imbecille che sono stato. E si mette a studiare la riforma gregoriana, cavandone un appannaggio da Elisabetta, per vedere come riparare all'errore. Ma si rende conto che è troppo tardi. Non sa con chi prendere contatti in Francia, ma ha contatti con l'area mitteleuropea. La Praga di Rodolfo II è un laboratorio alchemico, e infatti è proprio in quegli anni che Dee va a Praga e si incontra con Khunrath, l'autore di quell'*Amphitheatrum sapientiae aeternae* le cui tavole allegoriche ispireranno sia Andreae che i manifesti rosacrociani. Quali rapporti stabilisce Dee? Non so. Distrutto dal rimorso di aver commesso un errore irreparabile, muore nel 1608. Nessuna paura, perché a Londra si muove un'altra figura che ormai per consenso delle genti è stato un Rosa-Croce e dei Rosa-Croce ha parlato nella *Nuova Atlantide*. Dico Francis Bacon."

"Davvero Bacone ne parla?" chiese Belbo.

"Non proprio, ma un certo John Heydon riscrive la *Nuova Atlantide* sotto il titolo di *The Holy Land*, e ci mette dentro i Rosa-Croce. Ma per noi va bene così. Bacone non ne parla apertamente per ovvie ragioni di riservatezza, ma è come se ne parlasse."

"E chi non ci sta, peste lo colga."

"Esatto. Ed è proprio per ispirazione di Bacone che si cerca di stringere ancor più i rapporti tra ambiente inglese e ambiente tedesco. Nel 1613 avvengono le nozze tra Elisabetta, figlia di Giacomo I che è ora sul trono, con Federico V, elettore palatino del Reno. Dopo la morte di Rodolfo II, Praga non è più il luogo adatto, e lo diventa Heidelberg. Le nozze dei due principi sono un trionfo di allegorie templari. Nel corso delle cerimonie londinesi la regia è curata dallo stesso Bacone, e viene rappresentata un'allegoria della cavalleria mistica con un'apparizione di Cavalieri sulla cima di un colle. È chiaro che Bacone, succeduto a Dee, è ormai gran maestro del nucleo templare inglese..."

"... e siccome è chiaramente l'autore dei drammi di Shakespeare, dovremmo rileggerci anche tutto Shakespeare, che certamente di altro non parlava che del Piano," disse Belbo. "Notte di San Giovanni, sogno di una notte di mezza estate."

"Il 23 giugno è prima estate."

"Licenza poetica. Mi domando come mai nessuno abbia posto mente a questi sintomi, a queste evidenze. Tutto mi pare di una chiarezza quasi insopportabile."

"Siamo stati sviati dal pensiero razionalista," disse Diotallevi, "io l'ho sempre detto."

"Lascia continuare Casaubon, che mi pare abbia fatto un eccellente lavoro."

"Poco da dire. Dopo le feste londinesi iniziano i festeggiamenti a Heidelberg, dove Salomon de Caus aveva costruito per l'elettore i giardini pensili di cui abbiamo visto una pallida rievocazione quella sera in Piemonte, ricorderete. E nel corso di queste feste appare un carro allegorico che celebra lo sposo come Giasone, e sui due alberi della nave rappresentata sul carro appaiono i simboli del Toson d'Oro e della Giarrettiera, spero non vi siate dimenticati che Toson d'Oro e Giarrettiera appaiono anche sulle colonne di Tomar... Tutto coincide. Nel giro di un anno appaiono i manifesti rosacrociani, il segnale che i Templari inglesi, avvalendosi dell'aiuto di alcuni amici tedeschi, lanciano per tutta Europa, per ricostruire le fila del Piano interrotto."

"Ma dove vogliono arrivare?"

72

Nos inuisibles pretendus sont (à ce que l'on dit) au nombre de 36, separez en six bandes.

(*Effroyables pactions faictes entre le diable & les pretendus Inuisibles*, Paris, 1623, p. 6)

"Forse tentano una doppia operazione, da un lato lanciare un segnale ai francesi e dall'altro riannodare le fila sparse del nucleo tedesco, che probabilmente è stato frammentato dalla Riforma luterana. Ma è proprio in Germania che succede il pasticcio più grosso. Dall'uscita dei manifesti al 1621 circa, gli autori dei manifesti ricevono troppe risposte..."

Citai alcuni degli innumerevoli libelli che erano apparsi in materia, quelli con cui m'ero divertito quella notte a Salvador con Amparo. "Probabilmente fra tutti costoro c'è chi sa qualcosa, ma si confonde in una pletora di esaltati, di entusiasti che prendono alla lettera i manifesti, di provocatori forse, che tentano di impedire l'operazione, di pasticcioni... Gli inglesi cercano di intervenire nel dibattito, di regolarlo, non è un caso se Robert Fludd, altro templare inglese, nel giro di un anno scrive tre opere per suggerire la giusta interpretazione dei manifesti... Ma la reazione è ormai incontrollabile, è iniziata la guerra dei trent'anni, l'elettore palatino è stato sconfitto dagli spagnoli, il Palatinato e Heidelberg sono terra di saccheggio, la Boemia è in fiamme... Gli inglesi decidono di ripiegare sulla Francia e di provare laggiù. Ed ecco perché nel 1623 i Rosa-Croce si fanno vivi coi loro manifesti a Parigi, e rivolgono ai francesi più o meno le stesse offerte che avevano rivolto ai tedeschi. E che cosa si legge in uno dei libelli scritti contro i Rosa-Croce a Parigi, da qualcuno che diffidava di essi o voleva confondere le acque? Che erano degli adoratori del diavolo, è ovvio, ma siccome anche nella calunnia non si riesce a cancellare la verità, si insinua che essi si riunissero nel Marais."

"E allora?"

"Ma non conoscete Parigi? Il Marais è il quartiere del Tempio e, guarda caso, il quartiere del ghetto ebreo! A parte il fatto che questi libelli dicono che i Rosa-Croce sono in contatto con una setta di cabalisti iberici, gli Alumbrados! Forse i pamphlet contro i Rosa-Croce, con l'aria di attaccare i trentasei invisibili, cercano di favorire la loro identificazione... Gabriel Naudé, bibliotecario di Richelieu, scrive delle *Instructions à la France sur la vérité de l'histoire des Frères de la Rose-Croix*. Quali istruzioni? È un portavoce dei Templari del terzo nucleo, è un avventuriero che s'inserisce in un gioco non suo? Da un lato sembra che voglia anche lui far passare i Rosa-Croce per dei diabolisti da strapazzo, dall'altro lancia delle insinuazioni, dice che ci sono ancora in giro tre collegi rosacrociani, e sarebbe vero, dopo il terzo nucleo ve ne sono ancora tre. Dà delle indicazioni pressoché fiabesche (uno è in India nelle isole galleggianti) ma suggerisce che uno dei collegi sia nei sotterranei di Parigi."

"Lei crede che tutto questo spieghi la guerra dei trent'anni?" chiese Belbo.

"Senza alcun dubbio," dissi, "Richelieu ha informazioni privilegiate da Naudé, vuole aver le mani in pasta in questa storia, ma sbaglia tutto, interviene per via militare e confonde ancor più le acque. Però non trascurerei altri due fatti. Nel 1619 si riunisce il capitolo dei Cavalieri di Cristo a Tomar, dopo quarantasei anni di silenzio. Si era riunito nel 1573, pochi anni prima del 1584, probabilmente per preparare il viaggio a Parigi insieme agli inglesi, e dopo l'affare dei manifesti rosacrociani si riunisce di nuovo, per decidere quale linea tenere, se associarsi all'operazione degli inglesi o tentare altre strade."

"Certo," disse Belbo, "ormai è gente smarrita in un labirinto, chi sceglie una strada, chi un'altra, qualcuno lancia delle voci, non si capisce se le risposte che si odono sono la voce di qualcun altro o un'eco della propria... Tutti procedono a tentoni. E che faranno nel frattempo pauliciani e gerosolimitani?"

"Saperlo," disse Diotallevi. "Ma non trascurerei che è in quest'epoca che si diffonde la Cabbala luriana e che si incomincia a parlare della Rottura dei Vasi... E in quell'epoca circola sempre più l'idea della Torah come messaggio incompleto. C'è uno scritto hasidico polacco che dice: se invece si fosse verificato un altro evento sarebbero nate altre combinazioni di lettere. Però sia chiaro, ai cabalisti non piace che i tedeschi abbiano voluto anticipare i tempi. La giusta successione e l'ordine della Torah è rimasto nascosto, ed è conosciuto soltanto dal Santo, che Egli sia lodato. Ma non fatemi dire follie. Se anche la santa Cabbala viene coinvolta nel Piano..."

"Se c'è il Piano, deve coinvolgere tutto. O è globale o non spiega nulla," disse Belbo. "Ma Casaubon aveva accennato a un secondo indizio."

"Sì. Anzi, è una serie di indizi. Prima ancora che l'incontro del 1584 fallisca, John Dee aveva incominciato a occuparsi di studi cartografici e a promuovere spedizioni navali. E in congrega con chi? Con Pedro Nuñez, cosmografo reale del Portogallo... Dee influenza i viaggi di scoperta per il passaggio a nordovest verso il Catai, investe denaro nella spedizione di un tale Frobisher, che si spinge verso il Polo e ne torna con un eschimese che tutti scambiano per un mongolo, sobilla Francis Drake e lo spinge a fare il suo viaggio intorno al mondo, vuole che si viaggi verso l'est perché l'est è il principio di ogni conoscenza occulta, e alla partenza di non so più quale spedizione evoca gli angeli."

"E questo che cosa vorrebbe dire?"

"Mi sembra che Dee non fosse proprio interessato alla scoperta dei luoghi, ma alla loro rappresentazione cartografica, e per questo aveva lavorato in contatto con Mercator e con Ortelius, grandi cartografi. È come se, dai brandelli di messaggio che aveva tra le mani, egli avesse capito che la ricostruzione finale doveva portare alla scoperta di una mappa, e cercasse di arrivarci per conto proprio. Anzi, sarei tentato di dire di più, come il signor Garamond. Possibile che a uno studioso del suo stampo fosse davvero sfuggita la discrepanza tra i calendari? E se l'avesse fatto apposta? Dee ha l'aria di voler ricostruire il messaggio da solo, scavalcando gli altri nuclei. Sospetto che con Dee si faccia strada l'idea che il messaggio possa essere ricostruito con mezzi magici o scientifici, ma senza attendere che il Piano si compia. Sindrome d'impazienza. Sta nascendo il borghese conquistatore, si inquina il principio di solidarietà su cui si reggeva la cavalleria spirituale. Se questa era l'idea di Dee, non parliamo di Bacone. Da quel momento gli inglesi cercano di procedere alla scoperta del segreto mettendo a frutto tutti i segreti della nuova scienza."

"E i tedeschi?"

"I tedeschi sarà bene fargli seguire la via della tradizione. Così possiamo spiegare almeno due secoli di storia della filosofia, empirismo anglosassone contro idealismo romantico..."

"Stiamo gradatamente ricostruendo la storia del mondo," disse Diotallevi. "Stiamo riscrivendo il Libro. Mi piace, mi piace."

73

Un altro caso curioso di crittografia fu presentato al pubblico nel 1917 da uno dei migliori storiografi di Bacone, il dottor Alfred Von Weber Ebenhoff di Vienna. Basandosi sugli stessi sistemi già provati sulle opere di Shakespeare, iniziò ad applicarli sulle opere di Cervantes... Proseguendo l'indagine scoprì una sconvolgente prova materiale: la prima traduzione inglese del *Don Chisciotte* fatta da Shelton porta correzioni a mano fatte da Bacone. Ne ha concluso che questa versione inglese sarebbe l'originale del romanzo e che Cervantes ne avrebbe pubblicato una versione spagnola.

(J. Duchaussoy, *Bacon, Shakespeare ou Saint-Germain?*, Paris, La Colombe, 1962, p. 122)

Che i giorni seguenti Jacopo Belbo si mettesse a leggere in modo vorace opere storiche intorno al periodo dei Rosa-Croce mi parve ovvio. Però quando ci raccontò le sue conclusioni, delle sue fantasie ci dette la nuda trama, dalla quale traemmo preziosi suggerimenti. So ora che invece stava scrivendo su Abulafia una storia ben più complessa in cui il frenetico gioco di citazioni si mescolava ai suoi miti personali. Messo di fronte alla possibilità di combinare frammenti di una storia altrui, stava ritrovando l'impulso a scrivere, in forma narrativa, la propria. A noi non lo disse mai. E mi rimane il dubbio se stesse sperimentando, con qualche coraggio, le sue possibilità di articolare una finzione o non stesse immedesimandosi, come un diabolico qualsiasi, nella Grande Storia che stava stravolgendo.

---

filename: Lo strano gabinetto del dottor Dee

A lungo mi dimentico di essere Talbot. Da quando ho deciso di farmi chiamare Kelley, almeno. In fondo avevo solo contraffatto dei documenti, lo fanno tutti. Gli uomini della regina sono spietati. Per coprire le mie povere orecchie mozzate sono costretto a portare questa papalina nera, e tutti hanno sussurrato che io fossi un mago. E sia. Il dottor Dee su questa fama prospera.

Sono stato a trovarlo a Mortlake e stava esaminando una mappa. È stato vago, il diabolico vecchio. Bagliori sinistri nei suoi occhi astuti, la mano ossuta che accarezzava la barbetta caprina.

– È un manoscritto di Ruggiero Bacone, mi disse, e mi è stato prestato dall'imperatore Rodolfo II. Conosce Praga? Le consiglio di visitarla. Potrebbe trovarvi qualcosa che cambierà la sua vita. Tabula locorum rerum et thesaurorum absconditorum Menabani...

Sbirciando vidi qualcosa della trascrizione che il dottore stava tentando di un alfabeto segreto. Ma egli nascose subito il manoscritto sotto un pila di altri fogli ingialliti. Vivere in un'epoca, e in un ambiente, in cui ogni foglio, anche se è appena uscito dal laboratorio del cartaio, è ingiallito.

Avevo mostrato al dottor Dee alcune mie prove, più che altro le mie poesie sulla Dark Lady. Luminosissima immagine della mia infanzia, scura perché riassorbita dall'ombra del tempo, e sottrattasi al mio possesso. E un mio canovaccio tragico, la storia di Jim della Canapa, che torna in Inghilterra al seguito di sir Walter Raleigh, e scopre il padre ucciso dal fratello incestuoso. Giusquiamo.

– Lei ha dell'ingegno, Kelley, mi aveva detto Dee. E ha bisogno di denaro. C'è un giovane, figlio naturale di chi lei neppure può ardire immaginare, che voglio far salire in fama e onori. È di scarso talento, lei sarà la sua anima segreta. Scriva, e viva all'ombra della gloria di lui, solo lei ed io sapremo che è sua, Kelley.

Ed eccomi da anni a stilare i canovacci che, per la regina e l'Inghilterra tutta passano sotto il nome di questo giovane pallido. If I have seen further it is by standing on ye sholders of a Dwarf. Avevo trent'anni e non permetterò a nessuno di dire che questa è la più bella età della vita.

– William, gli ho detto, fatti crescere i capelli sulle orecchie, ti dona. Avevo un piano (sostituirmi a lui?).

Si può vivere odiando lo Scrollalancia che in realtà si è? That sweet thief which sourly robs from me. – Calma Kelley, mi dice Dee, crescere nell'ombra è il privilegio di chi si dispone alla conquista del mondo. Keepe a Lowe Profyle. William sarà una delle nostre facciate. E mi ha messo al corrente – oh, solo in parte – del Complotto Cosmico. Il segreto dei Templari! – La posta, ho chiesto? – Ye Globe.

A lungo mi sono coricato di buon'ora, ma una sera, a mezzanotte, ho frugato nello scrigno privato di Dee, ho scoperto delle formule, ho voluto evocare gli angeli come egli fa nelle notti di plenilunio. Dee mi ha trovato riverso, al centro del cerchio del Macrocosmo, come colpito da una staffilata. Sulla fronte, il Pentacolo di Salomone. Ora debbo tirare ancor più sugli occhi la papalina.

– Non sai ancora come si fa, mi ha detto Dee. Bada a te, o ti farò strappare anche il naso. I will show you Fear in a Handful of Dust...

Ha alzato una mano scarna e ha pronunciato la parola terribile: Garamond! Mi sono sentito ardere di una fiamma interna. Sono fuggito (nella notte).

È occorso un anno perché Dee mi perdonasse e mi dedicasse il suo Quarto Libro dei Misteri, "post reconciliationem kellianam".

Quell'estate ero in preda ad astratti furori. Dee mi ha convocato a Mortlake, eravamo io, William, Spenser e un giovane aristocratico dallo sguardo fuggente, Francis Bacon. He had a delicate, lively, hazel Eie. Doctor Dee told me it was like the Eie of a Viper. Dee ci ha messi al corrente di una parte del Complotto Cosmico. Si trattava di incontrare a Parigi l'ala franca dei Templari, e congiungere insieme due parti della stessa mappa. Sarebbero andati Dee e Spenser, accompagnati da Pedro Nuñez. A me e a Bacon confidò alcuni documenti, sotto giuramento, da aprire nel caso essi non fossero tornati.

Tornarono, coprendosi di insulti a vicenda. – Non è possibile, diceva Dee, il Piano è matematico, ha la perfezione astrale della mia Monas Ierogliphica. Dovevamo incontrarli, era la notte di San Giovanni.

Odio essere sottovalutato. Dissi: – La notte di San Giovanni per noi o per loro?

Dee si diede una pacca sulla fronte, e vomitò orribili bestemmie. – Oh, disse, from what power hast thou this powerful might? Il pallido William si annotava la frase, l'imbelle plagiario. Dee consultava febbrile lunari ed effemeridi. – Sangue di Dio, Nome di Dio, come ho potuto essere così stolto? Insultava Nuñez e Spenser: – Debbo dunque pensare io a tutto? Cosmografo dei miei stivali, urlò livido a Nuñez. E poi: – Amanasiel Zorobabel, gridò. E Nuñez fu colpito come da un invisibile ariete nello stomaco, arretrò pallido di alcuni passi, e si afflosciò a terra. – Imbecille, gli disse Dee.

Spenser era pallido. Disse a fatica: – Si può lanciare un'esca. Sto terminando un poema, un'allegoria sulla regina delle fate, dove ero tentato di mettere un Cavaliere dalla Croce Rossa... Lasciatemi scrivere. I veri Templari si riconosceranno, capiranno che noi sappiamo, e prenderanno contatto con noi...

– Ti conosco, gli disse Dee. Prima che tu abbia scritto e la gente si accorga del tuo poema passerà un lustro e anche più. Però l'idea dell'esca non è sciocca.

– Perché non comunica con loro per mezzo dei suoi angeli, dottore? gli chiesi.

– Imbecille, disse di nuovo, e questa volta a me. Non hai letto Tritemio? Gli angeli del destinatario intervengono a mettere in chiaro un messaggio se lui lo riceve. I miei angeli non sono corrieri a cavallo. I francesi sono perduti. Ma ho un piano. So come trovare qualcuno della linea tedesca. Occorre andare a Praga.

Udimmo un rumore, una pesante cortina di damasco si stava sollevando, intravedemmo una mano diafana, poi Ella apparve, la Vergine Altera. – Maestà, dicemmo inginocchiandoci. – Dee, disse Ella, so tutto. Non crediate che i miei antenati abbiano salvato i Cavalieri per poi conceder loro il dominio del mondo. Esigo, capite, esigo, che alla fine il segreto sia appannaggio della Corona.

– Maestà, voglio il segreto, a ogni costo, e lo voglio per la Corona. Voglio ritrovarne gli altri possessori, se questa è la via più breve, ma quando mi abbiano stolidamente confidato ciò che sanno, non mi sarà difficile eliminarli, o col pugnale o con l'acqua tofana.

Sul volto della Regina Vergine si dipinse un sorriso atroce. – Bene così, disse, mio buon Dee... Non voglio molto, solo il Potere Totale. A voi, se riuscirete, la Giarrettiera. A te, William – e si rivolgeva lubrica dolcezza al piccolo parassita – un'altra giarrettiera, e un altro vello d'oro. Seguimi.

Sussurrai all'orecchio a William: – Perforce I am thine, and that is in me... William mi gratificò con uno sguardo di untuosa riconoscenza e seguì la regina, scomparendo oltre la cortina. Je tiens la reine!

....

Fui con Dee nella Città d'Oro. Percorrevamo passaggi stretti e maleodoranti non lontano dal cimitero ebraico, e Dee mi diceva di fare attenzione. – Se la notizia del mancato contatto si è diffusa, diceva, gli altri gruppi si staranno già muovendo per conto proprio. Temo i giudei, i gerosolimitani hanno qui a Praga troppi agenti...

Era sera. La neve luccicava bluastra. All'ingresso oscuro del quartiere ebraico s'accoccolavano le bancarelle del mercato natalizio, e nel mezzo, rivestito di panno rosso, l'osceno palcoscenico di un teatro di burattini illuminato da fiaccole fumiganti. Ma subito dopo si passava sotto un'arcata in pietra quadra e vicino a una fontana in bronzo, dalla cui griglia pendevano lunghi ghiaccioli, si apriva l'androne di un altro passaggio. Su vecchie porte teste auree di leoni azzannavano anelli di bronzo. Un lieve fremito trascorreva per quelle mura, inspiegabili rumori rantolavano dai tetti bassi, e si infiltravano nelle grondaie. Le case tradivano una loro vita fantomatica, occulte signore della vita... Un vecchio prestatore a usura, avvolto di una logora zimarra, quasi ci sfiorò passando, e mi parve di sentirlo mormorare: – Guardatevi da Athanasius Pernath... Dee mormorò: – Temo ben altro Athanasius... E di colpo fummo nel vicolo dei Fabbricanti d'Oro...

Quivi, e le orecchie che più non ho fremono al ricordo sotto la logora papalina, di colpo, nel buio di un nuovo inopinato passaggio ci si parò di fronte un gigante, un'orribile creatura grigia dall'espressione atona, il corpo catafratto di una patina bronzea, appoggiato a un nodoso bastone a spirale di legno bianco. Un intenso odore di sandalo emanava da quell'apparizione. Provai una sensazione di orrore mortale, coagulato per incanto, tutto, in quell'essere che mi stava di fronte. E tuttavia non potevo distogliere lo sguardo dal diafano globo nebuloso che gli avvolgeva le spalle, e a malapena riuscivo a scorgere il volto rapace di un ibis egizio, e dietro di esso una pluralità di volti, incubi della mia immaginazione e della mia memoria. I contorni del fantasma che si stagliavano nel buio del passaggio si dilatavano e si restringevano, come se un lento respiro minerale pervadesse l'intera figura... E – orrore – in luogo dei piedi, fissando colui, vidi sulla neve monconi informi la cui carne, grigia ed esangue, si era arrotolata come in gonfiori concentrici.

Oh miei voraci ricordi...

– Il Golem! disse Dee. Poi alzò ambo le braccia al cielo, e la sua zimarra nera ricadeva con le sue ampie maniche al suolo, come a creare un cingulum, un cordone ombelicale tra la posizione aerea delle mani e la superficie, o le profondità, della terra. – Jezebel, Malkuth, Smoke Gets in Your Eyes! disse. E di colpo il Golem si dissolse come un castello di sabbia percosso da un impeto di vento, fummo quasi accecati dalle particole del suo corpo di creta che si frammentavano come atomi nell'aria, e alla fine avemmo ai nostri piedi un mucchietto di cenere riarsa. Dee si chinò, frugò in quella polvere con le sue dita scarne, e ne trasse un cartiglio che nascose in seno.

Fu a quel punto che sorse dall'ombra un vecchio rabbino, dalla berretta unta che molto assomigliava alla mia papalina. – Il Dottor Dee, suppongo, disse. – Here Comes Everybody, rispose umile Dee, Rabbi Allevi. Che piacere vedervi... E quello: – Per caso avete visto un essere che si aggirasse da queste parti?

– Un essere? disse Dee fingendo stupore. Di che fattura?

– Al diavolo Dee, disse Rabbi Allevi. Era il mio Golem.

– Il vostro Golem? Non ne so nulla.

– Attenzione a voi dottor Dee, disse livido Rabbi Allevi. State giocando un gioco più grande di voi.

– Non so di che cosa parliate Rabbi Allevi, disse Dee. Noi siamo qui per fabbricare qualche oncia d'oro al vostro imperatore. Non siamo negromanti da strapazzo.

– Ridatemi almeno il cartiglio, implorò Rabbi Allevi.

– Quale cartiglio? chiese Dee con diabolica ingenuità.

– Che siate maledetto dottor Dee, disse il rabbino. E in verità io vi dico che non vedrete l'alba del nuovo secolo. E si allontanò nella notte, mormorando oscure consonanti senza alcuna vocale. Oh, Lingua Diabolica e Santa!

Dee stava addossato al muro umido del passaggio, terreo in volto, i capelli irti sul capo, come quelli del serpente. – Conosco Rabbi Allevi, disse. Morirò il cinque agosto del 1608, calendario gregoriano. E dunque Kelley, aiutatemi a mettere in opera il mio progetto. Sarete voi che dovrete portarlo a termine. Gilding pale streams with heavenly alchymy, ricordate. Me lo sarei ricordato, e William con me, e contro di me.

Non disse più nulla. La nebbia pallida che strofina la schiena contro i vetri, il fumo giallo che strofina la schiena contro i vetri, lambiva con la sua lingua gli angoli della sera. Eravamo ora in un altro vicolo, vapori biancastri emanavano dalle inferriate a filo terra, da dove si scorgevano stamberghe dalle mura sghembe, scandite attraverso una gradazione di grigi caliginosi... Intravidi, mentre scendeva a tentoni da una scala (i gradini innaturalmente ortogonali), la figura di un vecchio dalla redingote lisa e dall'alto cappello a cilindro. Anche Dee lo vide: – Caligari! esclamò. Anche lui qui, e in casa di Madame Sosostris, The Famous Clairvoyante! Dobbiamo far presto.

Affrettammo il passo e pervenimmo alla porta di una casupola, in una viuzza incertamente illuminata, sinistramente semita.

Bussammo, e la porta si aprì come per incanto. Entrammo in un ampio salone, adorno di candelabri a sette braccia, tetragrammi in rilievo, stelle di Davide a raggiera. Vecchi violini, color della velatura di quadri antichi, si ammassavano all'ingresso su una fratina di anamorfica irregolarità. Un gran coccodrillo pendeva, mummificato, dall'alta volta della spelonca, oscillando lievemente alla brezza della sera, al fioco chiarore di una sola torcia, o di molte – o di nessuna. Sul fondo, davanti a una sorta di tenda o baldacchino, sotto il quale si ergeva un tabernacolo, in ginocchio orante, mormorando senza sosta e blasfemamente i settantadue Nomi di Dio, stava un Veglio. Seppi, per subitanea folgorazione del Nous, che era Heinrich Khunrath.

– Al solido Dee, disse colui, voltandosi e interrompendo l'orazione, che volete? Sembrava un armadillo impagliato, un iguana senza età.

– Khunrath, disse Dee, il terzo incontro non è avvenuto.

Khunrath esplose in un'orribile imprecazione: – Lapis Exillis! E allora?

– Khunrath, disse Dee, voi potreste lanciare un'esca e mettermi in contatto con la linea templare tedesca.

– Vediamo, disse Khunrath. Potrei chiedere a Maier, che è in contatto con molta gente a corte. Ma voi mi direte il segreto del Latte Virginale, del Forno Segretissimo dei Filosofi.

Dee sorrise – oh il sorriso divino di quel Sofo! Si contrasse quindi come in preghiera e sussurrò a mezza voce: – Quando vorrai trasmutare e risolvere in acqua o in Latte Virginale il Mercurio sublimato, mettilo sopra la lamina tra i mucchietti e la coppa con la Cosa diligentemente polverizzata, non coprirla ma fai in modo che l'aria calda colpisca la materia nuda, somministrale il fuoco di tre carboni, e tienilo vivo per otto giorni solari, quindi toglilo e pestalo bene sul marmo fino a quando non sarà divenuto impalpabile. Fatto ciò metti la materia entro un alambicco di vetro e fa distillare a Balneum Mariae, sopra un calderone d'acqua, posto in maniera tale che non si avvicini all'acqua al di sotto di due dita, ma resti sospeso in aria, e contemporaneamente fai fuoco sotto il bagno. Allora, e solo allora, benché la materia dell'argento non tocchi l'acqua, ma trovandosi in questo ventre caldo e umido, si tramuterà in acqua.

– Maestro, disse Khunrath cadendo in ginocchio e baciando la mano scarna e diafana del dottor Dee. Maestro, così farò. E tu avrai quel che vuoi. Ricorda queste parole, la Rosa e la Croce. Ne sentirai parlare.

Dee si avvolse nella sua zimarra a ferraiuolo e ne uscivano solo gli occhi scintillanti e maligni. – Andiamo, Kelley, disse. Quest'uomo è ormai nostro. E tu Khunrath, tienici lontano il Golem sino al nostro ritorno a Londra. E dopo, che di Praga sia un solo rogo.

Fece per allontanarsi. Khunrath strisciando lo afferrò per il lembo del mantello: – Verrà forse da te, un giorno, un uomo. Vorrà scrivere su di te. Siigli amico.

– Dammi il Potere, disse Dee con un'indicibile espressione sul viso scarno, e la sua fortuna è assicurata.

Uscimmo. Sull'Atlantico un minimo barometrico avanzava in direzione orientale incontro a un massimo incombente sulla Russia.

– Andiamo a Mosca, gli dissi.

– No, rispose, ritorniamo a Londra.

– A Mosca, a Mosca, mormoravo demente. Sapevi bene, Kelley, che non ci saresti andato mai. Ti attendeva la Torre.

....

Siamo tornati a Londra. Il dottor Dee ha detto: – Essi stanno cercando di arrivare alla Soluzione prima di noi. Kelley, scriverai per William qualcosa di... di diabolicamente insinuante su di loro.

Ventre del demonio, l'ho pur fatto, e poi William ha inquinato il testo e ha trasportato tutto da Praga a Venezia. Dee era andato su tutte le furie. Ma il pallido, viscido William si sentiva protetto dalla sua regale concubina. Né gli bastava. Come io, mano a mano, gli passavo i suoi migliori sonetti, mi chiedeva con sguardo inverecondo di Lei, di Te, my Dark Lady. Che orrore sentire il tuo nome sulle sue labbra di guitto (non sapevo che, spirito per dannazione duplice e vicario, egli la stava cercando per Bacone). – Basta, gli ho detto. Sono stanco di costruire nell'ombra la tua gloria. Scrivi tu per te.

– Non posso, mi ha risposto, lo sguardo di chi ha visto un Lemure. Egli non me lo consente.

– Chi, Dee?

– No, il Verulamio. Non ti sei accorto che ormai è lui che regola il gioco? Mi sta costringendo a scrivere le opere che egli poi vanterà come sue. Hai capito Kelley, io sono il vero Bacone, e i posteri non lo sapranno. Oh parassita! Come odio quel tizzone d'inferno!

– Bacone è un miserabile, ma ha ingegno, dissi. Perché non scrive di mano sua?

Non sapevo che egli non ne aveva il tempo. Ce ne rendemmo conto quando anni dopo la Germania fu invasa dalla follia Rosa-Croce. Allora, collegando accenni sparsi, parole che a mala pena egli si era lasciato sfuggire, compresi che l'autore dei manifesti dei Rosa-Croce era lui. Egli scriveva sotto il falso nome di Johann Valentin Andreae!

Non avevo allora capito per chi scrivesse Andreae, ma ora, dal buio di questa cella ove languisco, più lucido di don Isidro Parodi, ora so. Me lo ha detto Soapes, il mio compagno di prigionia, un ex templare portoghese: Andreae scriveva un romanzo cavalleresco per uno spagnolo che frattanto giaceva in un'altra prigione. Non so perché, ma il progetto serviva all'infame Bacone, che avrebbe voluto passare alla storia come l'autore segreto delle avventure del cavaliere della Mancha, e che chiedeva ad Andreae di stilargli in segreto l'opera di cui poi egli si sarebbe finto il vero autore occulto, per poter godere nell'ombra (ma perché, ma perché?) del trionfo di un altro.

Ma divago, ora che ho freddo in questa segreta e il pollice mi duole. Sto stilando, al fioco chiarore di una lucerna moribonda, le ultime opere che passeranno sotto il nome di William.

....

Il dottor Dee è morto, mormorando Luce, più Luce, e domandando uno stuzzicadenti. Poi ha detto: Qualis Artifex Pereo! È stato fatto uccidere da Bacone. Da anni, prima che la regina scomparisse, sconnessa di mente e di cuore, in qualche modo il Verulamio l'aveva sedotta. Ormai i suoi tratti erano alterati ed era ridotta allo stato di uno scheletro. Il suo cibo si era ridotto a un piccolo pane bianco e a una minestra di cicoria. Conservava al proprio fianco una spada e nei momenti di collera l'immergeva con violenza nelle tende e nei damaschi che coprivano le pareti del suo ritiro. (E se dietro vi fosse stato qualcuno, in ascolto? O un topo, un topo? Buona idea vecchio Kelley, bisogna che me l'annoti.) La vecchia ridotta in questo stato, fu facile a Bacone farle credere di essere William, suo bastardo – presentandosi ai suoi ginocchi, lei ormai cieca, coperto dalla pelle di un montone. Il Vello d'Oro! Dissero mirasse al trono, ma sapevo che egli voleva ben altro, il controllo del Piano. Fu allora che divenne visconte di Sant'Albano. E, come si sentì forte, eliminò Dee.

....

La regina è morta, viva il re... Io ero ormai un testimone importuno. Mi ha tratto in un agguato, una sera in cui finalmente la Dark Lady avrebbe potuto essere mia, e danzava abbracciata a me, perduta sotto il controllo di erbe capaci di donar visioni, essa la Sophia eterna, col suo volto rugoso di vecchia capra... È entrato con un pugno di armati, mi ha fatto coprire gli occhi con una pezzuola, ho capito di colpo: il vetriolo! E come rideva, Essa, come ridevi tu, Pin Ball Lady – oh maiden virtue rudely strumpeted, oh gilded honor shamefully misplac'd! – mentre egli ti toccava con le sue mani rapaci, e tu lo chiamavi Simone, e ne baciavi la cicatrice sinistra...

Nella Torre, nella Torre, rideva il Verulamio. E da allora quivi io giaccio, con quella larva umana che si dice Soapes, e i carcerieri mi conoscono solo come Jim della Canapa. Ho studiato a fondo, e con ardente zelo, filosofia, giurisprudenza e medicina, e purtroppo anche teologia. Ed eccomi qui, povero pazzo, e ne so quanto prima.

....

Da una feritoia ho assistito alle nozze regali, coi cavalieri dalla rossa croce che caracollavano al suono delle trombe. Io avrei dovuto essere lì a suonare la tromba, Cecilia lo sapeva, e ancora una volta mi era stato sottratto il premio, la meta. Suonava William. Io scrivevo nell'ombra, per lui.

– Ti dirò come vendicarti, mi ha sussurrato Soapes, e quel giorno si è rivelato per quello che veramente era, un abate bonapartista, da secoli sepolto in quella segreta.

– Ne uscirai? gli ho chiesto.

– If..., aveva cominciato a rispondere. Ma poi tacque. Battendo con il cucchiaio sul muro, in un misterioso alfabeto che egli mi confidò aver ricevuto da Tritemio, ha iniziato a trasmettere messaggi a qualcuno nella cella accanto. Il conte di Monsalvato.

....

Sono passati anni. Soapes non ha mai cessato di battere al muro. Ora so per chi e per quali fini. Si chiama Noffo Dei. Il Dei (per quale misteriosa cabbala Dei e Dee suonano così affini? Chi ha denunciato i Templari?), istruito da Soapes, ha denunciato Bacone. Cosa abbia detto non so, ma giorni fa il Verulamio è stato incarcerato. Accusato di sodomia perché, dissero (tremo al pensiero che fosse vero), tu, la Dark Lady, la Vergine Nera dei druidi e dei Templari, altro non eri, altro non sei che l'eterno androgino, uscito dalle mani sapienti di chi, di chi? Ora, ora so, del tuo amante, il conte di San Germano! Ma chi è San Germano se non lo stesso Bacone (quante cose sa Soapes, quest'oscuro templare dalle molte vite...)?

....

Il Verulamio è uscito di prigione, ha riacquistato per arti magiche il favore del monarca. Ora, mi dice William, passa le notti lungo il Tamigi, nel Pilad's Pub, a giocare con quella strana macchina, inventatagli da un Nolano che egli ha poi fatto orribilmente bruciare a Roma, dopo averlo attirato a Londra per carpirgli il suo segreto, una macchina astrale, divoratrice di sfere dissennate, che per infiniti et universi mondi, tra un rutilare di luci angeliche, dando osceni colpi di bestia trionfante col pube alla cassa, per fingere le vicende dei corpi celesti nella dimora dei Decani e comprendere gli ultimi segreti della sua magna instaurazione, e il segreto stesso della Nuova Atlantide, egli ha chiamato Gottlieb's, parodiando la lingua sacra dei Manifesti attribuiti a Andreae..... Ah! mi esclamo (s'écria-t-il), ormai lucidamente conscio, ma troppo tardi e indarno, mentre il cuore mi pulsa vistosamente sotto i merletti del corsetto: ecco perché mi ha sottratto la tromba, amuleto, talismano, vincolo cosmico che poteva comandare ai demoni. Che cosa starà tramando nella sua Casa di Salomone? È tardi, mi ripeto, ormai gli è stato dato troppo potere.

....

Dicono che Bacone è morto. Soapes mi assicura che non è vero. Nessuno ne ha visto il cadavere. Vive sotto falso nome presso il landgravio di Hesse, ormai iniziato ai massimi misteri, e dunque immortale, pronto a proseguire la sua cupa battaglia per il trionfo del Piano, in suo nome e sotto suo controllo.

Dopo questa morte presunta è venuto a trovarmi William, col suo sorriso ipocrita, che la grata non riusciva a celarmi. Mi ha chiesto perché nel sonetto 111 gli avessi scritto di un certo Tintore, mi ha citato il verso: To What It Works in, Like the Dyer's Hand....

– Io non ho mai scritto queste parole, gli ho detto. Ed era vero.... È chiaro, le ha inserite Bacone, prima di scomparire, per lanciare qualche misterioso segnale a coloro che poi dovranno ospitare San Germano di corte in corte, come esperto in tinture... Credo che in futuro cercherà di far credere di aver scritto lui le opere di William. Come tutto diventa evidente, guardando dal buio di una segreta!

....

Where Art Thou, Muse, That Thou Forget'st So Long? Mi sento stanco, malato. William si attende da me nuovo materiale per le sue cialtronesche clowneries là al Globe.

Soapes sta scrivendo. Guardo al di sopra delle sue spalle. Sta tracciando un messaggio incomprensibile: Rivverrun, past Eve and Adam's... Nasconde il foglio, mi guarda, mi vede più pallido di uno Spettro, legge nei miei occhi la Morte. Mi sussurra: – Riposa. Non temere. Scriverò io per te.

E così sta facendo, maschera di una maschera. Io lentamente mi spengo, ed egli mi sottrae anche l'ultima luce, quella dell'oscurità.

74

> Benché la volontà sia buona, tuttavia il suo spirito e le sue profezie paiono essere evidenti illusioni del demonio... Esse sono in grado di ingannare molte persone curiose e di causare gran danno e scandalo alla chiesa di Dio Nostro Signore.
>
> (Parere su Guglielmo Postel inviato a Ignazio di Loyola dai padri gesuiti Salmeron, Lhoost e Ugoletto, 10 maggio 1545)

Belbo ci raccontò con distacco quanto aveva immaginato, senza leggerci le sue pagine, ed eliminando i riferimenti personali. Ci diede anzi a credere che Abulafia gli avesse fornito le combinazioni. Che Bacone fosse l'autore dei manifesti Rosa-Croce l'avevo già trovato detto da qualche parte. Ma un accenno mi colpì: che Bacone fosse visconte di Sant'Albano.

Qualcosa mi ronzava per il capo, qualcosa che aveva a che fare con la mia vecchia tesi. Passai la notte seguente a rovistare tra le mie schede.

"Signori," dissi il mattino dopo con qualche solennità ai miei complici, "non possiamo inventare connessioni. Ci sono. Quando nel 1164 san Bernardo lancia l'idea di un concilio a Troyes per legittimare i Templari, tra gli incaricati di organizzare la faccenda c'è il priore di Sant'Albano, che tra l'altro porta il nome del primo martire inglese, evangelizzatore delle isole britanniche, nato appunto a Verulam, che fu feudo di Bacone. Sant'Albano, celta e indubbiamente druida, iniziato come san Bernardo."

"È poco," disse Belbo.

"Aspettate. Questo priore di Sant'Albano è abate di Saint-Martin-des-Champs, l'abbazia dove verrà installato il Conservatoire des Arts et des Métiers!"

Belbo reagì. "Perdio!"

"Non solo," aggiunsi, "ma il Conservatoire fu pensato come omaggio a Bacone. Il 25 brumaio dell'anno III la Convenzione autorizza il suo Comité d'Instruction Publique a far stampare l'opera omnia di Bacone. E il 18 vendemmiaio dello stesso anno la stessa Convenzione vota una legge per fare costruire una casa delle arti e dei mestieri che avrebbe dovuto riprodurre l'idea della Casa di Salomone di cui parla Bacone nella *Nuova Atlantide*, come il luogo in cui si sarebbero ammassate tutte le invenzioni tecniche dell'umanità."

"E allora?" chiese Diotallevi.

"È che al Conservatoire c'è il Pendolo," disse Belbo. E dalla reazione di Diotallevi compresi che Belbo lo aveva messo a parte delle sue riflessioni sul pendolo di Foucault.

"Andiamo adagio," dissi. "Il pendolo viene inventato e installato nel secolo scorso. Per ora trascuriamolo."

"Trascuriamolo?" disse Belbo. "Ma non avete mai dato uno sguardo alla Monade Geroglifica di John Dee, il talismano che dovrebbe concentrare tutta la sapienza dell'universo? Non sembra un pendolo?"

"Va bene," dissi, "ammettiamo che possiamo stabilire un rapporto tra i due fatti. Ma come si passa da Sant'Albano al Pendolo?"

Lo seppi nel giro di pochi giorni.

"Dunque, il priore di Sant'Albano è abate di Saint-Martin-des-Champs, che quindi diventa un centro filo-templare. Bacone, per via del suo feudo, stabilisce un contatto iniziatico coi druidi seguaci di sant'Albano. Ora ascoltate: mentre Bacone inizia la sua carriera in Inghilterra, finisce la propria in Francia Guillaume Postel."

(Avvertii un'impercettibile contrazione sul volto di Belbo, mi ricordai del dialogo alla mostra di Riccardo, Postel gli evocava chi gli aveva sottratto idealmente Lorenza. Ma fu cosa di un istante.)

"Postel studia l'ebraico, cerca di mostrare che è la matrice comune di tutte le lingue, traduce lo *Zohar* e il *Bahir*, ha contatti coi cabalisti, lancia un progetto di pace universale affine a quello dei gruppi rosacrociani tedeschi, cerca di convincere il re di Francia a un'alleanza col sultano, visita Grecia, Siria, Asia Minore, studia l'arabo, in una parola riproduce l'itinerario di Christian Rosencreutz. E non a caso firma alcuni scritti col nome di Rosispergius, colui che sparge la rugiada. E Gassendi nel suo *Examen Philosophiae Fluddanae* dice che Rosencreutz non viene da *rosa* ma da *ros*, rugiada. In un suo manoscritto parla di un segreto da custodire sino a che non vengano i tempi e dice: 'Perché le perle non siano gettate ai porci.' E sapete dove appare questa citazione evangelica? Nel frontespizio delle *Nozze Chimiche*. E padre Marino Mersenne, nel denunciare il rosacrociano Fludd, dice che è della stessa pasta di quell'*atheus magnus* che è Postel. D'altra parte pare che Dee e Postel si siano incontrati nel 1550, e magari non sapevano ancora, e non avrebbero potuto sapere sino a trent'anni dopo, che erano loro due i gran maestri del Piano destinati a incontrarsi nel 1584. Ora Postel dichiara, udite udite, che in quanto discendente diretto del figlio maggiore di Noè, e visto che Noè è il fondatore della stirpe celtica e quindi della civiltà dei druidi, il re di Francia è l'unico legittimo pretendente al titolo di Re del Mondo. Proprio così, il Re del Mondo di Agarttha, ma lo dice tre secoli prima. Lasciamo stare il fatto che s'innamora di una vecchiaccia, Joanna, e la considera la Sophia divina, l'uomo non doveva avere tutte le rotelle a posto. Badiamo bene che aveva dei nemici potenti, lo hanno definito cane, mostro esecrabile, cloaca di tutte le eresie, posseduto da una legione di demoni. Tuttavia, anche con lo scandalo di Joanna, l'Inquisizione non lo considera eretico, bensì *amens*, diciamo un poco tocco. Cioè, non si osa distruggere l'uomo perché si sa che è il portavoce di un qualche gruppo abbastanza potente.

Segnalo a Diotallevi che Postel viaggia anche in oriente ed è contemporaneo di Isaac Luria, traetene le conseguenze che vi pare. Bene, nel 1564 (l'anno in cui Dee scrive la *Monas Ieroglifica*) Postel ritratta le sue eresie e si ritira.... indovinate dove? Nel monastero di Saint-Martin-des-Champs! Che cosa aspetta? Evidentemente aspetta il 1584."

"Evidentemente," confermò Diotallevi.

Proseguii: "Ci rendiamo conto? Postel è gran maestro del nucleo francese, che attende il contatto col gruppo inglese. Ma muore nel 1581, tre anni prima dell'incontro. Conclusioni: primo, l'incidente del 1584 accade perché al momento giusto manca una mente acuta come Postel, che sarebbe stato in grado di capire cosa stava avvenendo con la confusione dei calendari; secondo, Saint-Martin era un luogo in cui i Templari eran di casa da sempre e in cui si arrocca in attesa l'uomo incaricato di stabilire il terzo contatto. Saint-Martin-des-Champs era il Refuge!"

"Tutto va a posto come in un mosaico."

"Ora seguitemi. All'epoca del mancato appuntamento Bacone ha solo vent'anni. Ma nel 1621 diventa visconte di Sant'Albano. Che cosa trova nei possedimenti aviti? Mistero. Fatto sta che è proprio in quell'anno che qualcuno lo accusa di corruzione e lo fa chiudere per qualche tempo in carcere. Bacone aveva trovato qualcosa che faceva paura. A chi? Ma è certamente a quell'epoca che Bacone capisce che Saint-Martin va tenuto sotto controllo, e concepisce l'idea di realizzare laggiù la sua Casa di Salomone, il laboratorio in cui si possa pervenire, per mezzi sperimentali, a scoprire il segreto."

"Ma," domandò Diotallevi, "che cosa possiamo trovare che metta in contatto gli eredi di Bacone coi gruppi rivoluzionari di fine Settecento?"

"Sarà mica la massoneria?" disse Belbo.

"Splendida idea. In fondo ce l'ha suggerito Agliè quella sera al castello."

"Bisognerebbe ricostruire gli avvenimenti. Che cos'è successo esattamente in quegli ambienti?"

75

> Al sonno eterno... non scamperebbero dunque che quelli che già in vita abbiano saputo orientare la loro coscienza verso il modo superiore. Gli Iniziati, gli Adepti, stanno al limite di tale via. Conseguito il ricordo, l'anamnesis, secondo le espressioni di Plutarco, essi diventano liberi, vanno senza vincoli, coronati celebrano i "misteri" e vedono sulla terra la folla di coloro che non sono iniziati e che non sono "puri" schiacciarsi e spingersi nel fango e nelle tenebre.
>
> (Julius Evola, *La tradizione ermetica*, Roma, Edizioni Mediterranee, 1971, p. 111)

Con bella baldanza mi candidai per una ricerca rapida e precisa. Non l'avessi mai promesso. Mi trovai in una palude di libri che comprendevano studi storici e pettegolezzi ermetici, senza riuscire facilmente a distinguere le notizie attendibili da quelle fantasiose. Lavorai come un automa per una settimana e alla fine mi decisi a produrre una lista quasi incomprensibile di sette, logge, conventicole. Non senza che nel farla non avessi avuto qualche fremito, quando incontravo nomi noti che non mi attendevo di trovare in quella compagnia, e coincidenze cronologiche che mi era parso curioso registrare. Mostrai il documento ai miei due complici.

1645 Londra: Ashmole fonda l'Invisible College, d'ispirazione rosacrociana.

1662 Dall'Invisible College nasce la Royal Society, e dalla Royal Society, come tutti sanno, la Massoneria.

1666 Parigi: Académie des Sciences.

1707 Nasce Claude-Louis de Saint Germain, se davvero è nato.

1717 Creazione di una Grande Loggia Londinese.

1721 Anderson stende le Costituzioni della massoneria inglese. Iniziato a Londra, Pietro il Grande fonda una loggia in Russia.

1730 Montesquieu di passaggio a Londra viene iniziato.

1737 Ramsay asserisce l'origine templare della massoneria. Origine del Rito Scozzese, d'ora in poi in lotta con la Grande Loggia Londinese.

1738 Federico, allora principe ereditario di Prussia, viene iniziato. Sarà il protettore degli enciclopedisti.

1740 Nascono intorno a questi anni in Francia varie logge: gli Ecossais Fidèles di Tolosa, il Souverain Conseil Sublime, la Mère Loge Ecossaise du Grand Globe Français, il Collège des Sublimes Princes du Royal Secret di Bordeaux, la Cour des Souverains Commandeurs du Temple di Carcassonne, i Philadelphes di Narbona, il Chapitre des Rose-Croix di Montpellier, i Sublimes Elus de la Vérité...

1743 Prima apparizione pubblica del conte di San Germano. A Lione nasce il grado di Cavaliere Kadosch, che deve vendicare i Templari.

1753 Willermoz fonda la loggia della Parfaite Amitié.

1754 Martines de Pasqually fonda il Tempio degli Elus Cohen (o forse lo fa nel 1760).

1756 Il barone von Hund fonda la Stretta Osservanza Templare. Qualcuno dice che sia ispirata da Federico II di Prussia. Vi si parla per la prima volta dei Superiori Sconosciuti. Qualcuno insinua che i Superiori Sconosciuti siano Federico e Voltaire.

1758 Arriva a Parigi San Germano e offre i suoi servizi al re come chimico esperto in tinture. Frequenta la Pompadour.

1759 Si formerebbe un Conseil des Empereurs d'Orient et d'Occident che tre anni dopo stenderebbe le Constitutions et règlement de Bordeaux da cui prenderebbe origine il Rito Scozzese Antico e Accettato (che però non appare ufficialmente che nel 1801). Tipico del rito scozzese sarà la moltiplicazione degli alti gradi sino a trentatré.

1760 San Germano in un'ambigua missione diplomatica in Olanda. Deve fuggire, viene arrestato a Londra e poi rilasciato. Dom Pernety fonda gli Illuminati di Avignone. Martines de Pasqually fonda i Chevaliers Maçons Elus de l'Univers.

1762 San Germano in Russia.

1763 Casanova incontra San Germano in Belgio: si fa chiamare de Surmont, e trasforma una moneta in oro.

Willermoz fonda il Souverain Chapitre des Chevaliers de l'Aigle Noire Rose-Croix.

1768 Willermoz entra negli Elus Cohen di Pasqually. Si stampa apocrifo a Gerusalemme *Les plus secrets mystères des hauts grades de la maçonnerie devoilée, ou le vrai Rose-Croix*: vi si dice che la loggia dei Rosa-Croce è sulla montagna di Heredon, a sessanta miglia da Edimburgo. Pasqually incontra Louis Claude de Saint Martin, che diventerà noto come Le Philosophe Inconnu. Dom Pernety diventa bibliotecario del re di Prussia.

1771 Il duca di Chartres, noto poi come Philippe Egalité, diventa gran maestro del Grand Orient, poi Grand Orient de France, e cerca di unificare tutte le logge. Resistenza da parte delle logge di rito scozzese.

1772 Pasqually parte per Santo Domingo e Willermoz e Saint Martin fondano un Tribunal Souverain che diventerà poi la Grande Loge Ecossaise.

1774 Saint Martin si ritira per diventare Philosophe Inconnu e un delegato della Stretta Osservanza Templare va a trattare con Willermoz. Ne nasce un Direttorio Scozzese della Provincia di Alvernia. Dal Direttorio di Alvernia nascerà il Rito Scozzese Rettificato

1776 San Germano, sotto il nome di conte Welldone, presenta progetti chimici a Federico II.

Nasce la Société des Philathètes per riunire tutti gli ermetisti.

Loggia delle Neuf Soeurs: vi aderiscono Guillotin e Cabanis, Voltaire e Franklin. Weishaupt fonda gli Illuminati di Baviera. Secondo alcuni è iniziato da un mercante danese, Kölmer, di ritorno dall'Egitto, che sarebbe il misterioso Altotas maestro di Cagliostro.

1778 San Germano si incontra a Berlino con Dom Pernety. Willermoz fonda l'Ordre des Chevaliers Bienfaisants de la Cité Sainte. La Stretta Osservanza Templare si accorda col Grande Oriente perché venga accettato il Rito Scozzese Rettificato.

1782 Grande convegno di tutte le logge iniziatiche a Wilhelmsbad.

1783 Il marchese Thomé fonda il Rito di Swedenborg.

1784 San Germano morirebbe mentre al servizio del landgravio di Hesse mette a punto una fabbrica di colori.

1785 Cagliostro fonda il Rito di Memphis, che diventerà il Rito Antico e Primitivo di Memphis-Misraim e che aumenterà il numero degli alti gradi sino a novanta.
Scoppia, manovrato da Cagliostro, lo scandalo del Collare della Regina. Dumas lo descrive come un complotto massonico per screditare la monarchia.
Viene soppresso l'ordine degli Illuminati di Baviera, sospetto di trame rivoluzionarie.

1786 Mirabeau viene iniziato dagli Illuminati di Baviera a Berlino. Appare a Londra un manifesto rosicruciano attribuito a Cagliostro. Mirabeau scrive una lettera a Cagliostro e a Lavater.

1787 Ci sono circa settecento logge in Francia. Viene pubblicato il *Nachtrag* di Weishaupt che descrive il diagramma di un'organizzazione segreta in cui ogni aderente può conoscere solo il proprio immediato superiore.

1789 Inizia la Rivoluzione Francese. Crisi delle logge in Francia.

1794 L'otto vendemmiaio il deputato Grégoire presenta alla Convenzione il progetto di un Conservatorio delle Arti e dei Mestieri. Sarà installato a Saint-Martin-des-Champs nel 1799, dal Consiglio dei Cinquecento.
Il duca di Brunswick invita le logge a sciogliersi perché una velenosa setta sovversiva le ha ormai tutte inquinate.

1798 Arresto di Cagliostro a Roma.

1801 A Charleston viene annunciata la fondazione ufficiale di un Rito Scozzese Antico e Accettato, con 33 gradi.

1824 Documento della corte di Vienna al governo francese: si denunciano associazioni segrete come gli Assoluti, gli Indipendenti, l'Alta Vendita Carbonara.

1835 Il cabalista Oettinger dice di aver incontrato San Germano a Parigi.

1846 Lo scrittore viennese Franz Graffer pubblica la relazione di un incontro tra suo fratello e San Germano tra il 1788 e il 1790; San Germano accoglie il visitatore sfogliando un libro di Paracelso.

1864 Bakunin fonda l'Alleanza Socialdemocratica ispirata, secondo alcuni, agli Illuminati di Baviera.

1865 Fondazione della Societas Rosicruciana in Anglia (secondo altre fonti, nel 1860 o nel 1867). Vi aderisce Bulwer-Lytton, autore del romanzo rosicruciano *Zanoni*.

1875 Helena Petrovna Blavatsky fonda la Società Teosofica. Esce *Iside Svelata*.
Il barone Spedalieri si proclama membro della Gran Loggia dei Fratelli Solitari della Montagna, Fratello Illuminato dell'Antico e Restaurato Ordine dei Manichei e Alto Illuminato dei Martinisti.

1877 Madame Blavatsky parla del ruolo teosofico di San Germano. Tra le sue incarnazioni ci sono stati Ruggero e Francesco Bacone, Rosencreutz, Proclo, sant'Albano.
Il Grande Oriente di Francia sopprime l'invocazione al Grande Architetto dell'Universo e proclama libertà di coscienza assoluta. Rompe i legami con la Gran Loggia Inglese, e diventa decisamente laico e radicale.

1879 Fondazione della Societas Rosicruciana in USA.

1880 Inizia l'attività di Saint-Yves d'Alveidre. Leopold Engler riorganizza gli Illuminati di Baviera.

1884 Leone XIII con l'enciclica *Humanum Genus* condanna la massoneria. I cattolici la disertano e i razionalisti vi si buttano.

1888 Stanislas de Guaita fonda l'Ordre Kabbalistique de la Rose-Croix. Fondazione in Inghilterra dell'Hermetic Order of the Golden Dawn. Undici gradi, dal neofita all'Ipsissimus. Ne è imperator McGregor Mathers. Sua sorella sposa Bergson.

1890 Joséphin Péladan abbandona Guaita e fonda la Rose+Croix Catholique du Temple et du Graal, proclamandosi Sar Merodak. La contesa tra i rosicruciani di Guaita e quelli di Péladan si chiamerà guerra delle due rose.

1898 Aleister Crowley iniziato alla Golden Dawn. Fonderà poi l'ordine di Thelema per conto proprio.

1907 Dal Golden Dawn nasce la Stella Matutina, a cui aderisce Yeats.

1909 In America Spencer Lewis "risveglia" l'Anticus Mysticus Ordo Rosae Crucis e nel 1916 esegue con successo in un hotel la trasformazione di un pezzo di zinco in oro. Max Heidel fonda la Rosicrucian Fellowship. In date incerte seguono il Lectorium Rosicrucianum, Les Frères Aînés de la Rose-Croix, la Fraternitas Hermetica, il Templum Rosae-Crucis.

1912 Annie Besant, discepola della Blavatsky, fonda a Londra l'ordine del Tempio della Rosa-Croce.

1918 Nasce in Germania la Società Thule.

1936 Nasce in Francia il Grand Prieuré des Gaules. Sui "Cahiers de la fraternité polaire", Enrico Contardi-Rhodio parla di una visita che gli ha fatto il conte di San Germano.

"Che cosa significa tutto questo?" chiese Diotallevi.

"Non chiedetelo a me. Volevate dei dati? Eccoli. Non so altro."

"Occorrerà consultare Agliè. Scommetto che neppure lui conosce tutte queste organizzazioni."

"Figuriamoci, è il suo pane. Ma possiamo metterlo alla prova. Aggiungiamo una setta che non esiste. Fondata di recente."

Mi tornò alla mente la curiosa domanda di De Angelis, se avessi sentito parlare del Tres. E dissi: "Il Tres."

"E che cos'è?" chiese Belbo.

"Se c'è l'acrostico ci dev'essere il testo soggiacente," disse Diotallevi, "altrimenti i miei rabbini non avrebbero potuto praticare il Notarikon. Vediamo... Templi Resurgentes Equites Synarchici. Vi va?"

Il nome ci piacque, lo scrivemmo in coda alla lista.

"Con tutte quelle conventicole, inventarne una di più non era cosa da poco," diceva Diotallevi, preso da una crisi di vanità.

76

Se poi si trattasse di definire con una semplice parola il carattere dominante della massoneria francese del XVIII secolo, una sola sarebbe adeguata: dilettantismo.

(René Le Forestier, *La Franc-Maçonnerie Templière et Occultiste*, Paris, Aubier, 1970, 2)

La sera dopo invitammo Agliè a visitare Pilade. Per quanto i nuovi frequentatori del bar fossero ritornati alla giacca e alla cravatta, la presenza del nostro ospite, col suo blu gessato e la sua camicia immacolata, la cravatta assicurata da una spilla d'oro, provocò qualche sensazione. Per fortuna alle sei di sera Pilade era abbastanza spopolato.

Agliè confuse Pilade ordinando un cognac di marca. C'era, naturalmente, ma troneggiava sugli scaffali dietro al banco di zinco, intatto, forse da anni.

Agliè parlava osservando il liquore controluce, per poi scaldarlo con le mani, esibendo sui polsini dei gemelli d'oro di stile vagamente egizio.

Gli mostrammo la lista, dicendo di averla desunta dai dattiloscritti dei diabolici.

"Che i Templari fossero legati alle antiche logge dei maestri muratori formatesi durante la costruzione del Tempio di Salomone, è certo. Come è certo che da allora questi associati si richiamassero al sacrificio dell'architetto del Tempio, Hiram, vittima di un misterioso assassinio, e si votassero alla sua vendetta. Dopo la persecuzione molti dei cavalieri del Tempio certamente confluirono in quelle confraternite di artigiani, fondendo il mito della vendetta di Hiram con quello della vendetta di Jacques de Molay. Nel Settecento a Londra esistevano logge di muratori veri e propri, le cosiddette logge operative, ma gradatamente alcuni gentiluomini annoiati, ancorché rispettabilissimi, attratti dai loro riti tradizionali, andarono a gara nel farne parte. Così la massoneria operativa, storia di muratori veri, si è trasformata nella massoneria speculativa, storia di muratori simbolici. In questo clima un certo Desaguliers, divulgatore di Newton, influenza un pastore protestante, Anderson, che stende le costituzioni di una loggia di Fratelli Muratori, di ispirazione deista, e inizia a parlare delle confraternite massoniche come di corporazioni che risalgono a quattromila anni prima, ai fondatori del Tempio di Salomone. Ecco le ragioni della mascherata massonica, il grembiule, la squadra, il martello. Ma forse proprio per questo la massoneria diventa di moda, attrae i nobili, per gli alberi genealogici che lascia intravedere, ma ancor più piace ai borghesi, che non solo possono riunirsi da pari a pari coi nobili ma sono persino autorizzati a portare lo spadino. Miseria del mondo moderno che nasce, i nobili hanno bisogno di un ambiente dove entrare in contatto coi nuovi produttori di capitale, quegli altri – figuriamoci – cercano una legittimazione."

"Ma pare che i Templari vengano fuori dopo."

"Chi per primo stabilisce un rapporto diretto coi Templari è Ramsay, di cui però preferirei non parlare. Io sospetto che fosse ispirato dai gesuiti. È dalla sua predicazione che nasce l'ala scozzese della massoneria."

"Scozzese in che senso?"

"Il rito scozzese è un'invenzione franco-tedesca. La massoneria londinese aveva istituito i tre gradi di apprendista, compagno e maestro. La massoneria scozzese moltiplica i gradi, perché moltiplicare i gradi significa moltiplicare i livelli di iniziazione e di segreto... I francesi, che son fatui per natura, ne vanno pazzi..."

"Ma quale segreto?"

"Nessuno, è ovvio. Se vi fosse stato un segreto – ovvero se quelli l'avessero posseduto – la sua complessità avrebbe giustificato la complessità dei gradi di iniziazione. Ramsay invece moltiplica i gradi per far credere di avere un segreto. Possono immaginarsi il fremito dei bravi commercianti che finalmente potevano diventare principi della vendetta..."

Agliè ci fu prodigo di pettegolezzi massonici. E parlando, come suo costume, gradatamente passava alla rievocazione in prima persona. "A quei tempi ormai in Francia si scrivevano *couplets* sulla nuova moda dei Frimaçons, le logge si moltiplicavano e vi circolavano monsignori, frati, marchesi e bottegai, e i membri della real casa diventavano gran maestri. Nella Stretta Osservanza Templare di quel figuro di von Hund entravano Goethe, Lessing, Mozart, Voltaire, sorgevano logge tra i militari, nei reggimenti si complottava per vendicare Hiram e si discuteva della rivoluzione imminente. E per gli altri la massoneria era una *société de plaisir*, un club, un simbolo di status. Ci si trovava di tutto, Cagliostro, Mesmer, Casanova, il barone d'Holbach, d'Alembert... Enciclopedisti e alchimisti, libertini ed ermetisti. E lo si vide allo scoppiare della rivoluzione, quando i membri di una stessa loggia si trovarono divisi, e sembrò che la grande fratellanza entrasse in crisi per sempre..."

"Non c'era un'opposizione tra Grande Oriente e Loggia Scozzese?"

"A parole. Un esempio: nella loggia delle Neuf Soeurs era entrato Franklin, che naturalmente mirava alla sua trasformazione laica – a lui interessava solo sostenere la sua rivoluzione americana... Ma al tempo stesso uno dei gran maestri era il conte di Milly, che cercava l'elisir di lunga vita. Siccome era un imbecille, nel fare i suoi esperimenti si è avvelenato ed è morto. D'altra parte pensi a Cagliostro: da un lato inventava riti egizi, dall'altro era implicato nell'affare della collana della regina, uno scandalo architettato dai nuovi ceti dirigenti per screditare l'Ancien Régime. C'era di mezzo anche Cagliostro, capiscono? Cerchino di immaginarsi con che razza di gente occorreva convivere..."

"Deve essere stata dura," disse Belbo con comprensione.

"Ma chi sono," domandai, "questi baroni von Hund che cercano i Superiori Sconosciuti..."

"Intorno alla farsa borghese erano sorti gruppi dagli intenti ben diversi, che per fare adepti magari si identificavano con le logge massoniche, ma perseguivano fini più iniziatici. È a questo punto che avviene la discussione sui Superiori Sconosciuti. Ma purtroppo von Hund non era una persona seria. All'inizio fa credere agli adepti che i Superiori Sconosciuti siano gli Stuart. Poi stabilisce che il fine dell'ordine è riscattare i beni originari dei Templari, e rastrella fondi da ogni parte. Non trovandone abbastanza, cade nelle mani di un certo Starck, che diceva di aver ricevuto il segreto della fabbricazione dell'oro dai veri Superiori Sconosciuti che stavano a Pietroburgo. Si precipitano intorno a von Hund e a Starck teosofi, alchimisti a un tanto all'oncia, rosicruciani dell'ultimo momento, e tutti insieme eleggono gran maestro un gentiluomo integerrimo, il duca di Brunswick. Il quale capisce subito di trovarsi in pessima compagnia. Uno dei membri dell'Osservanza, il landgravio di Hesse, chiama presso di sé il conte di San Germano credendo che quel gentiluomo possa produrgli l'oro, e pazienza, a quel tempo occorreva assecondare i capricci dei potenti. Ma per soprammercato si crede san Pietro. Assicuro loro, una volta Lavater, che era ospite del landgravio, dovette fare una scenata alla duchessa del Devonshire che si credeva Maria Maddalena."

"Ma questi Willermoz, questi Martines de Pasqually, che fondano una setta dietro l'altra..."

"Pasqually era un avventuriero. Praticava operazioni teurgiche in una sua camera segreta, gli spiriti angelici gli si mostravano sotto forma di passaggi luminosi e di caratteri geroglifici. Willermoz l'aveva preso sul serio perché era un entusiasta, onesto ma ingenuo. Era affascinato dall'alchimia, pensava a una Grande Opera a cui gli eletti avrebbero dovuto dedicarsi, per scoprire il punto d'alleanza dei sei metalli nobili studiando le misure racchiuse nelle sei lettere del primo nome di Dio, che Salomone aveva fatto conoscere ai suoi eletti."

"E allora?"

"Willermoz fonda molte obbedienze ed entra in molte logge contemporaneamente, come si usava a quei tempi, sempre alla ricerca di una rivelazione definitiva, temendo che essa si annidasse sempre altrove – come in verità accade – anzi questa è forse l'unica verità... E così si unisce agli Elus Cohen di Pasqually. Ma nel '72 Pasqually scompare, parte per Santo Domingo, lascia tutto in alto mare. Perché si eclissa? Sospetto che fosse venuto in possesso di qualche segreto e non avesse voluto condividerlo. In ogni caso, pace all'anima sua, scompare in quel continente, oscuro come aveva meritato..."

"E Willermoz?"

"In quegli anni si era tutti scossi per la morte di Swedenborg, un uomo che avrebbe potuto insegnare molte cose all'Occidente malato, se l'Occidente gli avesse dato ascolto, ma ormai il secolo correva verso la follia rivoluzionaria per seguire le ambizioni del Terzo Stato... Ora è in quegli anni che Willermoz sente parlare della Stretta Osservanza Templare di von Hund e ne rimane affascinato. Gli era stato detto che un Templare che si dichiara, dico fondando un'associazione pubblica, non è un Templare, ma il Settecento era un'epoca di grande credulità. Willermoz tenta con von Hund le varie alleanze di cui si dice nella loro lista, sino a che von Hund viene smascherato – voglio dire che si scopre che era uno di quei personaggi che fuggono con la cassa – e il duca di Brunswick lo estromette dall'organizzazione."

Diede un'altra scorsa alla lista: "Eh già, Weishaupt, dimenticavo. Gli Illuminati di Baviera, con un nome così, all'inizio attraggono tante menti generose. Ma questo Weishaupt era un anarchico, oggi lo diremmo un comunista, e sapessero cosa non si farneticava in quell'ambiente, colpi di stato, detronizzazione di sovrani, bagni di sangue... Notino che ho ammirato molto Weishaupt, ma non per le sue idee, bensì per la sua concezione limpidissima di come debba funzionare una società segreta. Ma si possono avere splendide idee organizzative e finalità assai confuse. Insomma il duca di Brunswick si trova a gestire la confusione lasciata da von Hund e capisce che ormai nell'universo massonico tedesco si scontrano almeno tre anime, il filone sapienziale e occultista, compresi alcuni Rosa-Croce, il filone razionalista, e il filone anarchico rivoluzionario degli Illuminati di Baviera. E allora propone ai vari ordini e riti di incontrarsi a Wilhelmsbad per un 'convento', come lo chiamavano allora, diciamo degli stati generali. Si doveva rispondere alle seguenti domande: l'ordine ha davvero per origine un'antica società, e quale? ci sono davvero Superiori Sconosciuti, custodi della tradizione antica, e chi sono? quali sono i fini veri dell'ordine? questo fine è la restaurazione dell'ordine dei Templari? E via dicendo, compreso il problema se l'ordine dovesse occuparsi di scienze occulte. Willermoz aderisce entusiasta, finalmente avrebbe trovato risposta alle domande che si era posto, onestamente, per tutta la vita... E qui nasce il caso de Maistre."

"Quale de Maistre?" chiesi. "Joseph o Xavier?"

"Joseph."

"Il reazionario?"

"Se fu reazionario non lo fu abbastanza. Era un uomo curioso. Notate che questo sostenitore della chiesa cattolica, proprio mentre i primi pontefici incominciavano a emettere bolle contro la massoneria, si fa membro di una loggia, col nome di Josephus a Floribus. Anzi, si avvicina alla massoneria quando nel 1773 un breve papale condanna i gesuiti. Naturalmente de Maistre si avvicina alle logge di tipo scozzese, è ovvio, non è un illuminista borghese, è un illuminato – ma debbono porre attenzione a queste distinzioni, perché gli italiani chiamano illuministi i giacobini, mentre in altri paesi si chiamano con lo stesso nome i seguaci della tradizione – curiosa confusione..."

Stava sorseggiando il suo cognac, traeva da un portasigarette di metallo quasi bianco dei *cigarillos* di foggia inusitata ("me li confeziona il mio tabaccaio di Londra," diceva, "come i sigari che avete trovato a casa mia, prego, sono eccellenti..."), parlava con gli occhi perduti nei ricordi.

"De Maistre... Un uomo dal tratto squisito, ascoltarlo era un godimento spirituale. E aveva acquistato grande autorità nei circoli iniziatici. Eppure a Wilhelmsbad tradisce le aspettative di tutti. Invia una lettera al duca, dove nega decisamente la filiazione templare, i Superiori Sconosciuti e l'utilità delle scienze esoteriche. Rifiuta per fedeltà alla chiesa cattolica, ma lo fa con argomenti da enciclopedista borghese. Quando il duca ha letto la lettera in un cenacolo di intimi, nessuno voleva crederci. De Maistre ora affermava che il fine dell'ordine era solo una reintegrazione spirituale e che i cerimoniali e i riti tradizionali servivano solo a tener in allerta lo spirito mistico. Lodava tutti i nuovi simboli massonici ma diceva che l'immagine che rappresenta più cose non rappresenta più nulla. Il che – mi scusino – è contrario a tutta la tradizione ermetica, perché il simbolo tanto è più pieno, rivelante, possente, quanto più è ambiguo, fugace, altrimenti dove finisce lo spirito di Hermes, il dio dai mille volti? E a proposito dei Templari, de Maistre diceva che l'ordine del Tempio era stato creato dall'avarizia e l'avarizia lo aveva distrutto, ecco tutto. Il savoiardo non poteva dimenticare che l'ordine era stato distrutto con il consenso del papa. Mai fidarsi dei legittimisti cattolici, per quanto ardente sia la loro vocazione ermetica. Anche la risposta sui Superiori Sconosciuti era risibile: non ci sono, e la prova è che non li conosciamo. Gli fu obiettato che certamente non li conosciamo, altrimenti non sarebbero sconosciuti, pare loro che il suo fosse un bel modo di ragionare? Curioso come un credente di quella tempra fosse così impermeabile al senso del mistero. Dopo di che de Maistre lanciava l'appello finale, torniamo al vangelo e abbandoniamo le follie di Memphis. Non faceva che riproporre la linea millenaria della chiesa. Comprende in che clima sia avvenuta la riunione di Wilhelmsbad. Con la defezione di un'autorità come de Maistre, Willermoz venne messo in minoranza, e si poté realizzare al massimo un compromesso. Si mantenne il rito templare, si rinviò ogni conclusione circa le origini, insomma un fallimento. Fu in quel momento che lo scozzesismo perdette la sua occasione: se le cose fossero andate diversamente forse la storia del secolo a venire sarebbe stata diversa."

"E dopo?" chiesi. "Non si è rappezzato più nulla?"

"Ma cosa vuole si rappezzasse, per usare i suoi termini... Tre anni dopo un predicatore evangelico che si era unito agli Illuminati di Baviera, certo Lanze, muore colpito da un fulmine in un bosco. Gli si trovano addosso istruzioni dell'ordine, interviene il governo bavarese, si scopre che Weishaupt stava tramando contro il governo, e l'ordine viene soppresso l'anno seguente. Non solo, ma si pubblicano degli scritti di Weishaupt con i presunti progetti degli illuminati, che screditano per un secolo tutto il neotemplarismo francese e tedesco... Noti che probabilmente gli illuminati di Weishaupt stavano dalla parte della massoneria giacobina e si erano infiltrati nel filone neotemplare per distruggerlo. Non sarà un caso se quella mala genia aveva attirato dalla propria parte Mirabeau, il tribuno della rivoluzione. Vogliono una confidenza?"

"Dica."

"Uomini come me, interessati a riallacciare le fila di una Tradizione perduta, si trovano smarriti di fronte a un evento come Wilhelmsbad. Qualcuno aveva indovinato e ha taciuto, qualcuno sapeva e ha mentito. E dopo è stato troppo tardi, prima il turbine rivoluzionario, poi la canea dell'occultismo ottocentesco... Guardino la loro lista, una sagra della malafede e della credulità, sgambetti, scomuniche reciproche, segreti che circolano sulla bocca di tutti. Il teatro dell'occultismo."

"Gli occultisti sono poco attendibili, non dice?" chiese Belbo.

"Bisogna saper distinguere occultismo da esoterismo. L'esoterismo è la ricerca di un sapere che non si trasmette se non per simboli, sigillati per i profani. L'occultismo invece, che si diffonde nell'Ottocento, è la punta dell'iceberg, quel poco che affiora del segreto esoterico. I Templari erano degli iniziati, e la prova è che, sottoposti a tortura, muoiono per salvare il loro segreto. È la forza con cui lo hanno occultato che ci fa sicuri della loro iniziazione, e nostalgici di ciò che essi avevano saputo. L'occultista è esibizionista. Come diceva Péladan, un segreto iniziatico rivelato non serve a nulla. Sfortunatamente Péladan non era un iniziato, ma un occultista. L' Ottocento è il secolo della delazione. Tutti si affannano a pubblicizzare i segreti della magia, della teurgia, della Cabbala, dei tarocchi. E magari ci credono."

Agliè continuava a scorrere la nostra lista, con qualche sogghigno di commiserazione. "Helena Petrovna. Brava donna, in fondo, ma non ha detto una sola cosa che non fosse già scritta su tutti i muri.... De Guaita, un bibliomane drogato. Papus: buono quello." Poi si arrestò di colpo. "Tres... Da dove viene fuori questa notizia? Da quale dattiloscritto?"

Bravo, pensai, si è accorto dell'interpolazione. Ci tenemmo sul vago: "Sa, la lista è stata messa insieme sfogliando diversi testi, e la maggior parte li abbiamo già rinviati, era proprio robaccia. Si ricorda da dove venga fuori questo Tres, Belbo?"

"Non mi pare. Diotallevi?"

"Son già passati tanti giorni... È importante?"

"Per nulla," ci rassicurò Agliè. "È perché non l'avevo mai sentito nominare. Davvero non sanno dirmi chi lo citasse?"

Ci spiaceva tanto, non ricordavamo.

Agliè trasse il suo orologio dal panciotto. "Dio mio, avevo un altro appuntamento. Mi scuseranno."

Ci aveva lasciati, e noi eravamo rimasti a discutere.

"Ormai tutto è chiaro. Gli inglesi lanciano la proposta massonica per coalizzare tutti gli iniziati d'Europa intorno al progetto baconiano."

"Ma il progetto riesce solo a metà: l'idea che i baconiani elaborano è così affascinante che produce risultati contrari alle loro aspettative. Il filone detto scozzese intende la nuova conventicola come un modo per ricostituire la successione, e prende contatto coi templari tedeschi."

"Agliè trova la storia incomprensibile. È ovvio. Solo noi ora possiamo dire che cosa è successo, che cosa vogliamo che sia successo. A quel punto i vari nuclei nazionali si mettono in lizza gli uni contro gli altri, non escluderei che quel Martines de Pasqually fosse un agente del gruppo di Tomar, gli inglesi sconfessano gli scozzesi, che poi sono francesi, i francesi sono evidentemente divisi in due gruppi, quello filo-inglese e quello filo-tedesco. La massoneria è la copertura esterna, il pretesto grazie al quale tutti questi agenti di gruppi diversi – Dio sa dove stiano i pauliciani e i gerosolimitani – si incontrano e si scontrano cercando di strapparsi qualche brandello di segreto a vicenda."

"La massoneria come il Rick's Bar di Casablanca," disse Belbo. "Il che capovolge l'opinione comune. La massoneria non è una società segreta."

"Macché, solo un porto franco, come Macao. Una facciata. Il segreto stava altrove."

"Poveri massoni."

"Il progresso vuole le sue vittime. Ammetterete però che stiamo ritrovando una razionalità immanente della storia."

"La razionalità della storia è effetto di una buona riscrittura della Torah," disse Diotallevi. "E noi così stiamo facendo, e che sempre sia benedetto il nome dell'Altissimo."

"Va bene," disse Belbo. "Ora i baconiani hanno Saint-Martin-des-Champs, l'ala neotemplare franco-tedesca si sta dissolvendo in una miriade di sette... Ma non abbiamo ancora deciso di quale segreto si tratti."

"Qui vi voglio," disse Diotallevi.

"Vi? Ci siamo dentro tutti, se non ce la caviamo onorevolmente facciamo una figura miserabile."

"Con chi?"

"Ma con la storia, con il tribunale della Verità."

"Quid est veritas?" chiese Belbo.

"Noi," dissi.

77

Quest'erba è chiamata Scacciadiavoli dai Filosofi. È cosa sperimentata che solamente questo seme scacci i diavoli e le loro allucinazioni... Ne è stata somministrata a una giovinetta che durante la notte veniva tormentata da un diavolo, e tale erba lo ha fatto fuggire.

(Johannes de Rupescissa, *Trattato sulla Quintessenza*, II)

Nei giorni che seguirono trascurai il Piano. La gravidanza di Lia stava volgendo al termine e appena potevo stavo con lei. Lia calmava le mie ansie perché, diceva, non era ancora il momento. Stava seguendo il corso per il parto indolore e io cercavo di seguire i suoi esercizi. Lia aveva rifiutato l'aiuto che la scienza le porgeva per farci sapere in anticipo il sesso del nascituro. Voleva la sorpresa. Avevo accettato quella sua bizzarria. Le tastavo il ventre, non mi chiedevo che cosa ne sarebbe venuto fuori, avevamo deciso di chiamarlo la Cosa.

Chiedevo solo come avrei potuto partecipare al parto. "È anche mia, la Cosa," dicevo. "Non voglio fare il padre che si vede nei film, che passeggia avanti e indietro nel corridoio accendendo le sigarette coi mozziconi."

"Pim, più di tanto non potrai fare. Viene un momento che è faccenda mia. E poi tu non fumi e non vorrai prendere il vizio per l'occasione."

"E allora che cosa faccio?"

"Partecipi prima e dopo. Dopo, se è maschio, lo educherai, lo plasmerai, gli creerai il suo bell'edipo come si conviene, ti presterai sorridente al parricidio rituale quando sarà giunto il momento, e senza far storie, e poi un giorno gli mostrerai il tuo miserabile ufficio, le schede, le bozze della meravigliosa storia dei metalli e gli dirai figlio mio tutto questo un giorno sarà tuo."

"E se è femmina?"

"Le dirai figlia mia tutto questo un giorno sarà di quel fannullone di tuo marito."

"E prima?"

"Durante le doglie, tra doglia e doglia passa tempo e bisogna contare, perché man mano che l'intervallo si accorcia il momento si avvicina. Conteremo insieme e tu mi darai il ritmo, come ai rematori sulle galere. Sarà come se facessi uscire la Cosa anche tu a poco a poco dal suo cunicolino scuro. Poverino poverina... Senti, ora sta così bene al buio, succhia umori come una piovra, tutto gratis, e poi puffete, schizzerà fuori alla luce del sole, sbatterà gli occhi e dirà dove diavolo sono capitato capitata?"

"Poverino poverina. E non avrà ancora conosciuto il signor Garamond. Vieni, proviamo a fare la conta."

Contavamo al buio tenendoci per mano. Fantasticavo. La Cosa era una cosa vera che nascendo avrebbe dato senso a tutte le fole dei diabolici. Poveri diabolici, che spendevano le notti a fingere le nozze chimiche chiedendosi se davvero ne sarebbe uscito l'oro a diciotto carati e se la pietra filosofale fosse il lapis exillis, un miserabile Graal di coccio: e il mio Graal era lì nella pancia di Lia.

"Sì," diceva Lia facendo passare la mano sul suo vaso panciuto e teso, "è qui che si macera la tua buona materia prima. Quella gente che hai visto al castello, cosa pensava che succedesse nel vaso?"

"Oh, che vi borbottasse la melanconia, la terra solforosa, il piombo nero, l'olio di Saturno, che vi fosse uno Stige di mollificazioni, assazioni, humazioni, liquefazioni, impasti, impregnazioni, sommersioni, terra fetida, sepolcro puzzolente..."

"Ma che erano, impotenti? Non sapevano che nel vaso matura la nostra Cosa, una cosa tutta bianca bella e rosa?"

"Sì che lo sapevano, ma per loro anche il tuo pancino è una metafora, piena di segreti..."

"Non ci sono segreti, Pim. Sappiamo bene come si forma la Cosa coi suoi nervini, i suoi muscolini, i suoi occhini, le sue milzine, i suoi pancreasini..."

"O Dio santo, quante milze? Che è, Rosemary's Baby?"

"Si fa per dire. Ma dobbiamo essere pronti a prenderla anche con due teste."

"Come no? Le insegnerei a fare i duetti con trombetta e clarinetto... No, che dovrebbe avere quattro mani e sarebbe troppo, benché pensa che solista di pianoforte ne verrebbe fuori, altro che il concerto per la mano sinistra. Brr... Ma poi, anche i miei diabolici lo sanno che quel giorno alla clinica ci sarà anche l'opera al bianco, nascerà il Rebis, l'androgino..."

"Ecco, ci manca anche quello. Senti, piuttosto. Lo chiameremo Giulio, o Giulia, come mio nonno, ti va?"

"Non mi dispiace, suona bene."

Sarebbe bastato che mi fossi fermato lì. Che avessi scritto un libro bianco, un grimoire buono, per tutti gli adepti di Iside Svelata, per spiegargli che il secretum secretorum non doveva più essere cercato, che la lettura della vita non celava alcun senso riposto, e che tutto era lì, nelle pance di tutte le Lie del mondo, nelle camere delle cliniche, sui pagliericci, sui greti dei fiumi, e che le pietre che escono dall'esilio e il santo Graal altro non sono che scimmiette che gridano col cordone ombelicale che gli sballonzola e il dottore che gli dà schiaffi sul culo. E che i Superiori Sconosciuti, per la Cosa, eravamo io e Lia, e poi ci avrebbe riconosciuto subito, senza andarlo a chiedere a quel babbione di de Maistre.

Ma no, noi – i sardonici – volevamo giocare a rimpiattino coi diabolici mostrandogli che, se complotto cosmico aveva da esserci, noi sapevamo inventarne uno che più cosmico non ce n'è.

Ben ti sta – mi dicevo l'altra sera – ora sei qui ad aspettare che cosa avverrà sotto il pendolo di Foucault.

78

> Direi certamente che questo mostruoso incrocio non proviene da un utero materno, ma sicuramente da un Efialte, da un Incubo, o da qualche altro orrendo demone, come se fosse stato concepito da un fungo putrido e velenoso, figlio di Fauni e di Ninfe, più simile a un demone che a un uomo.
>
> (Athanasius Kircher, *Mundus Subterraneus*, Amsterdam, Jansson, 1665, II, pp. 279-280)

Quel giorno volevo stare a casa, presentivo qualcosa, ma Lia mi aveva detto di non fare il principe consorte e di andare a lavorare. "C'è tempo, Pim, non nasce ancora. Anch'io debbo uscire. Vai."

Stavo per arrivare alla porta dell'ufficio e si aprì quella del signor Salon. Apparve il vecchio, nel suo grembiule giallo da lavoro. Non potei evitare di salutarlo e mi disse di entrare. Non avevo mai visto il suo laboratorio, ed entrai.

Se dietro a quella porta c'era stato un appartamento, Salon doveva aver fatto abbattere i muri divisori perché quello che vidi era un antro, dalle dimensioni vaste e imprecise. Per qualche remota ragione architettonica quell'ala del casamento era coperta a mansarda, e la luce penetrava da vetrate oblique. Non so se i vetri fossero sporchi o smerigliati, o se Salon li avesse schermati per evitare il sole a picco, o se fosse la catasta degli oggetti che proclamavano per ogni dove il timore di lasciar spazi vuoti, ma nell'antro si spandeva una luce da tardo crepuscolo anche perché il gran vano era diviso da scaffali da vecchia farmacia in cui si aprivano arcate che scandivano varchi, passaggi, prospettive. La tonalità dominante era il marrone, marroni gli oggetti, le scansie, i tavoli, l'amalgama diffuso della luce del giorno e di quella di vecchie lampade che illuminavano a chiazze alcune zone. La prima impressione fu di essere entrato nel laboratorio di un liutaio ove l'artigiano fosse scomparso ai tempi di Stradivarius e la polvere si fosse accumulata a poco a poco sulle pance zebrate delle tiorbe.

Poi, abituati gli occhi a poco a poco, capii che mi trovavo, come avrei dovuto attendermi, in uno zoo pietrificato. Laggiù un orsetto si arrampicava su un ramo artificiale, con occhi lucidi e vitrei, al mio fianco sostava un barbagianni attonito e ieratico, davanti sul tavolo avevo una donnola – o una faina, o una puzzola, non so. Al centro del tavolo, un animale preistorico che a tutta prima non riconobbi, come un felino scrutato ai raggi X.

Poteva essere un puma, un gattopardo, un cane di grandi dimensioni, ne intravedevo lo scheletro su cui si era impastata in parte un'imbottitura stopposa sostenuta da un'armatura in ferro.

"L'alano di una ricca signora dal cuore di burro," sogghignò Salon, "che se lo vuole ricordare come ai tempi della loro vita coniugale. Vede? Si spella l'animale, si spalma la pelle internamente con sapone arsenicale, poi si fanno macerare e imbiancare le ossa... Guardi in quello scaffale che bella collezione di colonne vertebrali e casse toraciche. Un bell'ossario, le pare? Poi si legano le ossa con fili metallici e una volta ricostruito lo scheletro vi si monta un'armatura, di solito uso il fieno, oppure cartapesta o gesso. Infine si monta la pelle. Io riparo ai danni della morte e della corruzione. Guardi questo gufo, non sembra vivo?"

Da allora ogni gufo vivo mi sarebbe parso morto, consegnato da Salon a quella sclerotica eternità. Guardai in viso quell'imbalsamatore di faraoni bestiali, le sue sopracciglia cespugliose, le sue gote grigie, e cercai di capire se fosse un essere vivente o non piuttosto un capolavoro della sua stessa arte.

Per guardarlo meglio feci un passo indietro e mi sentii sfiorare la nuca. Mi voltai con un brivido e vidi che avevo messo in moto un pendolo.

Un grande uccello squartato oscillava seguendo il moto della lancia che lo trafiggeva. Questa gli entrava per il capo e dal petto aperto si vedeva che gli penetrava là dove un tempo erano il cuore e il gozzo, e qui si annodava per diramarsi a tridente capovolto. Una parte, più spessa, gli traforava il luogo dove aveva avuto le viscere e puntava verso terra come una spada, mentre due fioretti penetravano le zampe e fuoriuscivano simmetricamente dagli artigli. L'uccello dondolava lievemente e le tre punte indicavano sul suolo la traccia che avrebbero lasciato se lo avessero sfiorato.

"Bell'esemplare di aquila reale," disse Salon. "Ma debbo ancora lavorarci qualche giorno. Stavo appunto scegliendo gli occhi." E mi mostrava una scatola piena di cornee e pupille di vetro, come se il carnefice di santa Lucia avesse raccolto i cimeli della sua carriera. "Non è sempre facile come con gli insetti, dove basta la scatola e uno spillo. Gli invertebrati per esempio vanno trattati con la formalina."

Ne sentivo l'odore da obitorio. "Dev'essere un lavoro appassionante," dissi. E intanto pensavo alla cosa viva che palpitava nel ventre di Lia. Mi assalì un pensiero gelido: se la Cosa morisse, mi dissi, la voglio seppellire io stesso, che nutra tutti i vermi del sottosuolo e ingrassi la terra. Solo così la sentirei ancora viva...

Mi scossi, perché Salon stava parlando, e traeva una strana creatura da uno dei suoi scaffali. Sarà stata lunga una trentina di centimetri ed era certamente un drago, un rettile dalle grandi ali nere e membranose, con una cresta di gallo e le fauci spalancate irte di minuscoli denti a sega. "Bello vero? Una mia composizione. Ho usato una salamandra, un pipistrello, le scaglie di un serpente... Un drago del sottosuolo. Mi sono ispirato a questo..." Mi mostrò su un altro tavolo un grosso volume in folio, dalla rilegatura di pergamena antica, con lacci di cuoio. "Mi è costato un occhio della testa, non sono un bibliofilo, ma questo volevo averlo. È il *Mundus Subterraneus* di Athanasius Kircher, prima edizione, 1665. Ecco il dragone. Uguale, non le pare? Vive negli anfratti dei vulcani, diceva quel buon gesuita, che sapeva tutto, del noto, dell'ignoto e dell'inesistente..."

"Lei pensa sempre ai sotterranei," dissi, ricordando la nostra conversazione a Monaco e le frasi che avevo colto attraverso l'orecchio di Dioniso.

Aprì il volume a un'altra pagina: v'era un'immagine del globo che appariva come un organo anatomico tumido e nero, attraversato da una ragnatela di vene luminescenti, serpentine e fiammeggianti. "Se Kircher aveva ragione, ci sono più sentieri nel cuore della terra di quanti non ve ne siano in superficie. Se qualcosa accade in natura, viene dal calore che fumiga lì sotto..." Io pensavo all'opera al nero, al ventre di Lia, alla Cosa che cercava di erompere dal suo dolce vulcano.

"... e se qualcosa avviene nel mondo degli uomini, è lì sotto che si trama."

"Lo dice padre Kircher?"

"No, lui si occupa della natura, soltanto... Ma è singolare che la seconda parte di questo libro sia sull'alchimia e gli alchimisti e che proprio lì, veda, a questo punto, vi sia un attacco ai Rosa-Croce. Perché attacca i Rosa-Croce in un libro sul mondo sotterraneo? La sapeva lunga il nostro gesuita, sapeva che gli ultimi Templari si erano rifugiati nel regno sotterraneo di Agarttha..."

"E ci sono ancora, pare," azzardai.

"Ci sono ancora," disse Salon. "Non ad Agarttha, in altri budelli. Forse sotto di noi. Ora anche Milano ha la sua metropolitana. Chi l'ha voluta? Chi ha diretto gli scavi?"

"Direi, degli ingegneri specializzati."

"Ecco, mettetevi le mani sugli occhi. E intanto in quella vostra casa editrice pubblicate libri di non si sa chi. Quanti ebrei avete tra i vostri autori?"

"Non chiediamo schede genetiche agli autori," risposi secco.

"Non mi crederà un antisemita. Alcuni dei miei migliori amici sono ebrei. Io penso a un certo tipo di ebrei..."

"Quali?"

"So io..."

79

Aprì il suo cofanetto. In un disordine indescrivibile c'erano colletti, elastici, utensili da cucina, insegne di diverse scuole tecniche, persino il monogramma dell'imperatrice Alessandra Feodorovna e la croce della Legion d'Onore. Su tutti la sua allucinazione gli faceva individuare il sigillo dell'Anticristo, sotto forma di un triangolo o di due triangoli incrociati.

(Alexandre Chayla, "Serge A. Nilus et les Protocoles", *La Tribune Juive*, 14 maggio 1921, p. 3)

"Vede," aggiunse, "io sono nato a Mosca. Fu proprio in Russia, quand'ero giovane, che apparvero dei documenti segreti ebrei in cui si diceva a chiare lettere che per soggiogare i governi occorre lavorare nel sottosuolo. Ascolti." Prese un quadernetto dove aveva copiato a mano delle citazioni: " 'In quel tempo tutte le città avranno ferrovie metropolitane e passaggi sotterranei: da questi faremo saltare in aria tutte le città del mondo.' Protocolli dei Savi Anziani di Sion, documento numero nove!"

Mi venne in mente che la collezione di vertebre, la scatola con gli occhi, le pelli che stendeva sulle armature, venissero da qualche campo di sterminio. Ma no, avevo a che fare con un vecchio nostalgico, che si portava dietro antichi ricordi dell'antisemitismo russo.

"Se capisco bene, c'è una conventicola di ebrei, non tutti, che trama qualcosa. Ma perché nei sotterranei?"

"Mi pare evidente! Chi trama, se trama, trama sotto, non alla luce del sole. È dal tempo dei tempi che tutti lo sanno. Il dominio del mondo significa il dominio di quello che sta sotto. Delle correnti sotterranee."

Mi ricordai di una domanda di Agliè nel suo studio, e delle druidesse in Piemonte, che evocavano le correnti telluriche.

"Perché i celti scavavano santuari nel cuore della terra, con gallerie che comunicavano con un pozzo sacro?" continuava Salon. "Il pozzo affondava in falde radioattive, è noto. Com'è costruita Glanstonbury? E non si tratta forse dell'isola di Avalon, da dove si origina il mito del Graal? E chi inventa il Graal se non un ebreo?"

Di nuovo il Graal, santo iddio. Ma quale Graal, di Graal ce n'è uno solo, è la mia Cosa, in contatto con le falde radioattive dell'utero di Lia, e forse ora sta navigando lieta verso la bocca del pozzo, forse si appresta a uscire e io me ne sto qui fra questi gufi impagliati, cento morti e uno che finge di essere vivo.

"Tutte le cattedrali sono costruite là dove i celti avevano i loro menhir. Perché piantavano pietre nel terreno, con la fatica che costava?"

"E perché gli egizi facevano tanta fatica a tirar su le piramidi?"

"Appunto. Antenne, termometri, sonde, aghi come quelli dei medici cinesi, piantati dove il corpo reagisce, nei punti nodali. Al centro della terra c'è un nucleo di fusione, qualche cosa di simile al sole, anzi un sole vero e proprio intorno a cui gira qualcosa, su traiettorie differenti. Orbite di correnti telluriche. I celti sapevano dove fossero, e come dominarle. E Dante, e Dante? Che cosa vuole raccontarci con la storia della sua discesa nel profondo? Mi capisce, caro amico?"

Non mi piaceva essere il suo caro amico, ma continuavo ad ascoltarlo. Giulio Giulia, il mio Rebis piantato come Lucifero al centro del ventre di Lia, ma lui, lei, la Cosa si sarebbe capovolta, si sarebbe proiettata verso l'alto, in qualche modo sarebbe uscita. La Cosa è fatta per uscire dalle viscere, per svelarsi nel suo segreto limpido, non per entrarvi a testa bassa e cercarvi un segreto vischioso.

Salon continuava, ormai era perduto in un monologo che sembrava ripetere a memoria: "Sa che cosa sono i leys inglesi? Sorvoli l'Inghilterra con un aereo e vedrà che tutti i siti sacri sono uniti da linee rette, una griglia di linee che si intrecciano su tutto il territorio, ancora visibili perché hanno suggerito il tracciato delle strade successive..."

"Se c'erano dei siti sacri, erano collegati da strade, e le strade avranno cercato di farle più dritte possibili..."

"Sì? E perché lungo queste linee migrano gli uccelli? Perché segnano i tragitti seguiti dai dischi volanti? È un segreto che è stato smarrito dopo l'invasione romana, ma c'è chi lo conosce ancora..."

"Gli ebrei," suggerii.

"Anche loro scavano. Il primo principio alchemico è VITRIOL: Visita Interiora Terrae, Rectificando Invenies Occultum Lapidem."

Lapis exillis. La mia Pietra che stava lentamente uscendo dall'esilio, dal dolce smemorato ipnotico esilio nel vaso capace di Lia, senza cercare altre profondità, la mia Pietra bella e bianca che vuole la superficie.... Volevo correre a casa da Lia, attendere con lei l'apparizione della Cosa, ora per ora, il trionfo della superficie riconquistata. Nell'antro di Salon c'era il tanfo dei sotterranei, i sotterranei sono l'origine da abbandonare, non la meta da raggiungere. E tuttavia seguivo Salon, e mi turbinavano in testa nuove idee maliziose per il Piano. Mentre attendevo l'unica Verità di questo mondo sublunare mi stavo corrucciando per architettare nuove menzogne. Cieco come gli animali del sottosuolo.

Mi scossi. Dovevo uscire dal tunnel. "Debbo andare," dissi. "Caso mai mi consiglierà dei libri su questo argomento."

"Bah, tutto quello che hanno scritto su queste faccende è falso, falso come l'anima di Giuda. Quello che so l'ho imparato da mio padre..."

"Geologo?"

"Oh no," rideva Salon, "no, proprio no. Mio padre – non c'è da vergognarsi, è acqua passata – lavorava nell'Ochrana. Direttamente agli ordini del Capo, il leggendario Račkovskij."

Ochrana, Ochrana, qualcosa come il KGB, non era la polizia segreta zarista? E Račkovskij, chi era? Chi aveva un nome simile? Perdio, il misterioso visitatore del colonnello, il conte Rakosky... No, suvvia, mi stavo facendo sorprendere dalle coincidenze. Io non impagliavo animali morti, io generavo animali vivi.

80

> Quando sopravviene il Bianco nella materia della Grande Opera, la Vita ha vinto la Morte, il loro Re è risuscitato, la Terra e l'Acqua sono diventate Aria, è il regime della Luna, il loro Fanciullo è nato... Allora la Materia ha acquistato un tal grado di fissità che il Fuoco non saprebbe più distruggerla... Quando l'artista vede la bianchezza perfetta i Filosofi dicono che bisogna stracciare i libri, perché essi sono divenuti inutili.
>
> (Dom J. Pernety, *Dictionnaire mytho-hermétique*, Paris, Bauche, 1758, "Blancheur")

Farfugliai una scusa, in fretta. Credo di aver detto "la mia ragazza deve partorire domani", Salon mi fece tanti auguri, con l'aria di non aver capito chi fosse il padre. Corsi a casa, per respirare aria buona.

Lia non c'era. Sul tavolo, in cucina, un foglio: "Amore, mi si sono rotte le acque. Non ti ho trovato in ufficio. Corro in clinica col tassì. Raggiungimi, mi sento sola."

Ebbi un momento di panico, io dovevo essere laggiù a contare con Lia, io dovevo stare in ufficio, io avrei dovuto rendermi reperibile. Era colpa mia, la Cosa sarebbe nata morta, Lia sarebbe morta con lei, Salon avrebbe impagliato entrambe.

Entrai in clinica come se avessi la labirintite, chiesi a chi non ne sapeva nulla, sbagliai due volte di reparto. Dicevo a tutti che dovevano ben sapere dove stava partorendo Lia, e tutti mi dicevano di calmarmi perché in quel posto tutti stavano partorendo.

Finalmente, non so come, mi trovai in una camera. Lia era pallida, ma di un pallore perlaceo, e sorrideva. Qualcuno le aveva sollevato il ciuffo, racchiudendolo in una cuffia bianca. Per la prima volta vedevo la fronte di Lia in tutto il suo splendore. Aveva accanto una Cosa.

"È Giulio," disse.

Il mio Rebis. Lo avevo fatto anch'io, e non con brandelli di corpi morti, e senza sapone arsenicale. Era intero, aveva tutte le sue dita al posto giusto.

Pretesi di vederlo tutto. "O che bel pistolino, oh che palle grosse che ha!" Poi mi misi a baciare Lia sulla fronte nuda: "Ma è merito tuo, cara, dipende dal vaso."

"Certo che è merito mio, stronzo. Ho contato da sola."

"Tu per me conti moltissimo," le dissi.

81

Il popolo sotterraneo ha raggiunto il massimo sapere... Se la nostra folle umanità iniziasse una guerra contro di loro, sarebbero capaci di far saltare la superficie del pianeta.

(Ferdinand Ossendowski, *Beasts, Men and Gods*, 1924, V)

Stetti accanto a Lia anche quando uscì dalla clinica, perché appena a casa, mentre stava per cambiare i pannolini al piccolo, scoppiò a piangere e disse che non ce l'avrebbe mai fatta. Qualcuno poi ci spiegò che era normale: dopo l'eccitazione per la vittoria del parto sopraggiunge il senso d'impotenza di fronte all'immensità del compito. In quei giorni, in cui bighellonavo per casa sentendomi inutile, e in ogni caso inadatto all'allattamento, passai lunghe ore a leggere tutto quello che avevo potuto trovare sulle correnti telluriche.

Al ritorno ne parlai con Agliè. Fece un gesto eccessivamente annoiato: "Povere metafore per alludere al segreto del serpente Kundalini. Anche la geomanzia cinese cercava nella terra le tracce del dragone, ma il serpente tellurico stava solo a significare il serpente iniziatico. La dea riposa in forma di serpente arrotolato e dorme il suo eterno letargo. Kundalini palpita dolcemente, palpita con un lieve sibilo e lega i corpi pesanti ai corpi sottili. Come un vortice, o un turbine nell'acqua, come la metà della sillaba OM."

"Ma a quale segreto allude il serpente?"

"Alle correnti telluriche. Ma a quelle vere."

"Ma che cosa sono le vere correnti telluriche?"

"Una grande metafora cosmologica, e alludono al serpente."

Al diavolo Agliè, mi dissi. Io ne so di più.

Rilessi i miei appunti a Belbo e Diotallevi, e non avemmo più dubbi. Eravamo finalmente in grado di provvedere ai Templari un dignitoso segreto. Era la soluzione più economica, più elegante, e andavano a posto tutti i pezzi del nostro puzzle millenario.

Dunque, i celti sapevano delle correnti telluriche: ne avevano appreso dagli atlantidi, quando i superstiti del continente sommerso erano emigrati parte in Egitto e parte in Bretagna.

Gli atlantidi a loro volta avevano appreso tutto da quei nostri progenitori che si erano spinti da Avalon, attraverso il continente di Mu, sino al deserto centrale dell'Australia – quando tutti i continenti erano un unico nucleo percorribile, la meravigliosa Pangèa. Basterebbe saper leggere ancora (come sanno gli aborigeni, che però tacciono) il misterioso alfabeto inciso sul grande masso di Ayers Rock, per avere la Spiegazione. Ayers Rock è l'antipode del grande monte (ignoto) che è il Polo, quello vero, il Polo iniziatico, non quello dove arriva qualsiasi esploratore borghese. Come al solito, e com'è evidente a chi non abbia gli occhi abbacinati dal falso sapere della scienza occidentale, il Polo che si vede è quello che non c'è, e quello che c'è è quello che nessuno sa vedere, salvo qualche adepto, che ha le labbra sigillate.

I celti però credevano che bastasse scoprire la pianta globale delle correnti. Ecco perché erigevano megaliti: i menhir erano apparati radioestesici, come degli spinotti, delle prese elettriche infitte nei punti dove le correnti si diramavano in diverse direzioni. I leys segnavano il percorso di una corrente già individuata. I dolmen erano camere di condensazione dell'energia dove i druidi con artifici geomantici cercavano di estrapolare il disegno globale, i cromlech e Stonehenge erano osservatori micro-macrocosmici da dove ci si affannava a indovinare, attraverso l'ordine delle costellazioni, l'ordine delle correnti – perché, come vuole la Tabula Smaragdina, ciò che sta sopra è isomorfo a ciò che sta sotto.

Ma il problema non era quello, o almeno non era solo quello. Lo aveva capito l'altra ala dell'emigrazione atlantidea. Le conoscenze occulte degli egizi erano passate da Ermete Trismegisto a Mosè, il quale si era guardato bene dal comunicarle ai suoi straccioni col gozzo ancora pieno di manna – ai quali aveva offerto i dieci comandamenti, che quelli almeno li potevano capire. La verità, che è aristocratica, Mosè l'aveva messa in cifra nel Pentateuco. Questo avevano capito i cabalisti.

"Pensate," dicevo io, "tutto era già scritto come in un libro aperto nelle misure del Tempio di Salomone, e i custodi del segreto erano i Rosa-Croce che costituivano la Grande Fraternità Bianca, ovvero gli esseni, i quali come è noto mettono a parte Gesù dei loro segreti, ed ecco il motivo, altrimenti incomprensibile, per cui Gesù viene crocifisso..."

"Certo, la passione di Cristo è un'allegoria, un annuncio del processo dei Templari."

"Infatti. E Giuseppe d'Arimatea porta o riporta il segreto di Gesù nel paese dei celti. Ma evidentemente il segreto è ancora incompleto, i druidi cristiani ne conoscono solo un frammento, ed ecco il significato esoterico del Graal: c'è qualcosa, ma non sappiamo che cosa sia. Che cosa dovesse essere, che cosa il Tempio già dicesse per esteso, lo sospetta solo un nucleo di rabbini rimasto in Palestina. Essi lo confidano alle sette iniziatiche musulmane, ai sufi, agli ismailiti, ai motocallemin. E da costoro lo apprendono i Templari."

"Finalmente i Templari. Ero preoccupato."

Davamo colpi di pollice al Piano che, come creta molle, ubbidiva ai nostri voleri fabulatori. I Templari avevano scoperto il segreto durante quelle notti insonni, abbracciati al loro compagno di sella, nel deserto dove soffiava inesorabile il simun. Lo avevano strappato a brano a brano a coloro che conoscevano i poteri di concentrazione cosmica della Pietra Nera della Mecca, retaggio dei magi babilonesi – perché era chiaro a questo punto che la Torre di Babele altro non era stata che il tentativo, ahimè troppo affrettato e giustamente fallito per la superbia dei suoi progettisti, di costruire il menhir più potente di tutti, salvo che gli architetti babilonesi avevano fatto male i conti perché, come aveva dimostrato padre Kircher, se la torre avesse raggiunto il suo culmine, per il peso eccessivo avrebbe fatto ruotare di novanta gradi e forse più l'asse terrestre, e il nostro povero globo si sarebbe trovato, anziché con una corona itifallica che puntava erettile verso l'alto, con un'appendice sterile, una mentula afflosciata, una coda scimmiesca, che sballonzolava verso il basso, una Shekinah perduta negli abissi vertiginosi di un Malkut antartico, flaccido geroglifico per pinguini.

"Ma insomma, qual è il segreto scoperto dai Templari?"

"Calma, ci arriviamo. Ci sono voluti sette giorni per fare il mondo. Proviamo."

82

La Terra è un corpo magnetico: di fatto, come alcuni scienziati hanno scoperto, è un unico grande magnete, come Paracelso ha affermato circa trecento anni fa.

(H.P. Blavatsky, *Isis Unveiled*, New York, Bouton, 1877, I, p. XXIII)

Provammo, e ci arrivammo. La terra è un grande magnete e la forza e la direzione delle sue correnti sono determinate anche dall'influenza delle sfere celesti, dai cicli stagionali, dalla precessione degli equinozi, dai cicli cosmici. Per questo il sistema delle correnti è mutevole. Ma deve muoversi come i capelli, che per quanto crescano su tutta la calotta cranica, sembrano originarsi a spirale da un punto posto sulla nuca, là dove proprio sono più ribelli al pettine. Identificato quel punto, posta in quel punto la stazione più potente, si sarebbero potuti dominare, dirigere, comandare tutti i flussi tellurici del pianeta. I Templari avevano capito che il segreto non consisteva soltanto nell'avere la mappa globale, ma nel conoscere il punto critico, l'Omphalos, l'Umbilicus Telluris, il Centro del Mondo, l'Origine del Comando.

Tutta l'affabulazione alchemica, la discesa ctonia dell'opera al nero, la scarica elettrica dell'opera al bianco, non erano che simboli, trasparenti per gli iniziati, di questa auscultazione centenaria il cui risultato finale avrebbe dovuto essere l'opera al rosso, la conoscenza globale, il dominio sfolgorante del sistema planetario delle correnti. Il segreto, il vero segreto alchemico e templare stava nell'identificare la Scaturigine di quel ritmo interno, dolce, tremendo e regolare come il palpitare del serpente Kundalini, ancora ignoto in molti suoi aspetti, ma certo preciso come un orologio, dell'unica, vera Pietra che mai fosse caduta in esilio dal cielo, la Gran Madre Terra.

Quello d'altra parte voleva capire Filippo il Bello. Di qui la maliziosa insistenza degli inquisitori sul misterioso bacio *in posteriori parte spine dorsi*. Volevano il segreto di Kundalini. Altro che sodomia.

"Tutto perfetto," diceva Diotallevi. "Ma quando poi sai dirigere le correnti telluriche, che ci fai? La birra?"

"Ma andiamo," dicevo, "non cogliete il senso della scoperta? Fissate nell'Ombelico Tellurico lo spinotto più potente.. Possedere quella stazione vi dà modo di prevedere piogge e siccità, di scatenare uragani, maremoti, terremoti, di spaccare i continenti, di inabissare le isole (certamente Atlantide è scomparsa per un esperimento avventato), di far lievitare le foreste e le montagne... Vi rendete conto? Altro che la bomba atomica, che fa male anche a chi la tira. Tu dalla tua torre di comando telefoni, che so, al presidente degli Stati Uniti e gli dici: entro domani voglio un fantastilione di dollari, oppure l'indipendenza dell'America Latina, o le Hawaii, o la distruzione delle tue riserve nucleari, altrimenti la falda della California si apre definitivamente e Las Vegas diventa una bisca galleggiante..."

"Ma Las Vegas è nel Nevada..."

"E che importa, controllando le correnti telluriche tu stacchi anche il Nevada, anche il Colorado. E poi telefoni al Soviet Supremo e gli dici amici miei, entro lunedì voglio tutto il caviale del Volga, e la Siberia per farci un magazzino di surgelati, altrimenti ti risucchio gli Urali, ti faccio tracimare il Caspio, ti mando la Lituania e l'Estonia alla deriva e te le faccio sprofondare nella Fossa delle Filippine."

"È vero," diceva Diotallevi. "Un potere immenso. Riscrivere la terra come la Torah. Spostare il Giappone nel Golfo di Panama."

"Panico a Wall Street."

"Altro che scudo spaziale. Altro che tramutare i metalli in oro. Dirigi la scarica giusta, metti in orgasmo le viscere della terra, gli fai fare in dieci secondi quello che ha fatto in miliardi di anni, e tutta la Ruhr ti diventa un giacimento di diamanti. Eliphas Levi diceva che la conoscenza delle maree fluidiche e delle correnti universali rappresenta il segreto dell'onnipotenza umana."

"Dev'essere così," diceva Belbo, "è come trasformare la terra intera in una camera orgonica. È ovvio, Reich era certamente un Templare."

"Tutti lo erano, meno noi. Meno male che ce ne siamo accorti. Ora li battiamo sul tempo."

Infatti che cosa aveva fermato i Templari una volta colto il segreto? Dovevano sfruttarlo. Ma tra il sapere e il saper fare, ce ne corre. Per intanto, istruiti dal diabolico san Bernardo, i Templari avevano sostituito ai menhir, poveri spinotti celtici, le cattedrali gotiche, ben più sensibili e potenti, con le loro cripte sotterranee abitate dalle vergini nere, in diretto contatto con le falde radioattive, e avevano coperto l'Europa di un reticolo di stazioni ricetrasmittenti che si comunicavano a vicenda le potenze e le direzioni dei fluidi, gli umori e le tensioni delle correnti.

"Io dico che hanno individuato le miniere d'argento nel Nuovo Mondo, hanno provocato delle eruzioni, poi controllando la Corrente del Golfo hanno fatto defluire il minerale sulle coste portoghesi. Tomar era il centro di smistamento, la Foresta d'Oriente il granaio principale. Ecco l'origine delle loro ricchezze. Ma erano briciole. Essi hanno capito che per sfruttare appieno il loro segreto avrebbero dovuto attendere uno sviluppo tecnologico che richiedeva almeno seicento anni."

Dunque i Templari avevano organizzato il Piano in modo che solo i loro successori, nel momento in cui fossero in grado di usare bene quello che sapevano, scoprissero dove si trovava l'Umbilicus Telluris. Ma come avevano distribuito i frammenti della rivelazione ai trentasei sparsi per il mondo? Erano tante parti di uno stesso messaggio? Ma ci vuole un messaggio tanto complesso per dire che l'Umbilicus è, metti, a Baden Baden, a Cuneo, a Chattanooga?

Una carta? Ma una carta ha un segno sul punto dell'Umbilicus. E chi ha in mano il frammento col segno sa già tutto e non ha bisogno degli altri frammenti. No, la cosa doveva essere più complicata. Ci arrovellammo per qualche giorno sino a che Belbo non decise di ricorrere ad Abulafia. E il responso fu:

Guglielmo Postel muore nel 1581.
Bacone è visconte di Sant'Albano.
Al Conservatoire c'è il Pendolo di Foucault.

Era giunto il momento di trovare una funzione al Pendolo.

Fui in grado di proporre entro pochi giorni una soluzione piuttosto elegante. Un diabolico ci aveva proposto un testo sul segreto ermetico delle cattedrali. Secondo il nostro autore i costruttori di Chartres un giorno avevano lasciato un filo a piombo appeso a una chiave di volta, e ne avevano facilmente dedotta la rotazione della terra. Ecco il perché del processo a Galileo, aveva osservato Diotallevi, la chiesa aveva subodorato in lui il Templare – no, aveva detto Belbo, i cardinali che avevano condannato Galileo erano adepti templari infiltrati a Roma, che si erano affrettati a chiudere la bocca al maledetto toscano, Templare traditore che stava per spifferare tutto, per vanità, con quattrocento anni di anticipo sulla data di scadenza del Piano.

In ogni caso questa scoperta spiegava perché sotto il Pendolo quei maestri muratori avevano tracciato un labirinto, immagine stilizzata del sistema delle correnti sotterranee. Cercammo un'immagine del labirinto di Chartres: un orologio solare, una rosa dei venti, un sistema venoso, una traccia bavosa dei movimenti sonnacchiosi del Serpente. Una carta globale delle correnti.

"Bene, poniamo che i Templari si servissero del Pendolo per indicare l'Umbilicus. Invece del labirinto, che è pur sempre uno schema astratto, sul pavimento metti una carta del mondo e dici, poniamo, che il punto segnato dal becco del Pendolo a una data ora è quello dove sta l'Umbilicus. Ma dove?"

"Il luogo è fuori questione: è Saint-Martin-des-Champs, il Refuge."

"Sì," sottilizzava Belbo, "ma poniamo che a mezzanotte il Pendolo oscilli lungo un asse – dico a caso – Copenhagen-Capetown. Dove sta l'Umbilicus, in Danimarca o in Sudafrica?"

"Osservazione giusta," dissi. "Ma il nostro diabolico racconta anche che a Chartres c'è una fessura in una vetrata del coro e che a una data ora del giorno un raggio di sole penetra dalla fessura e va a illuminare sempre lo stesso punto, sempre la stessa pietra del pavimento. Non ricordo quale conclusione se ne tragga, ma in ogni caso si tratta di un gran segreto. Ecco il meccanismo. Nel coro di Saint-Martin c'è una finestra con una scrostatura nel punto in cui due vetri colorati o smerigliati sono assicurati dai piombi di riunione. È stata calcolata a puntino, e probabilmente da seicento anni c'è qualcuno che si dà la pena di mantenerla in forma. Al sorgere del sole di un determinato giorno dell'anno..."

"... che non può essere che l'alba del 24 giugno, giorno di san Giovanni, festa del solstizio d'estate..."

"... ecco, in quel giorno e a quell'ora, il primo raggio di sole che penetra dalla finestra batte sul Pendolo e là dove il Pendolo sta nel momento che viene colpito dal raggio di sole, in quel preciso punto della mappa c'è l'Umbilicus!"

"Perfetto," disse Belbo. "Ma se è nuvolo?"

"Si aspetta l'anno successivo."

"Scusate," disse Belbo. "L'ultimo incontro è a Gerusalemme. Non sarà al sommo della cupola della Moschea di Omar che dovrebbe essere appeso il Pendolo?"

"No," lo convinsi. "In certi punti del globo il Pendolo compie il proprio ciclo in 36 ore, al Polo Nord ci metterebbe 24 ore, all'equatore il piano di oscillazione non varierebbe mai. Dunque il luogo conta. Se i Templari hanno fatto la loro scoperta a Saint-Martin, il loro calcolo vale solo per Parigi, perché in Palestina il Pendolo segnerebbe una curva diversa."

"E chi ci dice che abbiano fatto la scoperta a Saint-Martin?"

"Il fatto che hanno eletto Saint-Martin a loro Rifugio, che dal priore di Sant'Albano, a Postel, alla Convenzione, lo abbiano tenuto sotto controllo, che dopo i primi esperimenti di Foucault abbiano fatto porre il Pendolo laggiù. Ci sono troppi indizi."

"Ma l'ultimo incontro è a Gerusalemme."

"Ebbene? A Gerusalemme si ricompone il messaggio, e non è cosa da pochi minuti. Poi ci si prepara per un anno, e il 23 giugno seguente tutti e sei i gruppi si incontrano a Parigi, per sapere finalmente dove sia l'Umbilicus, e poi mettersi al lavoro per conquistare il mondo."

"Però," insistette Belbo, "c'è un'altra cosa che non mi torna. Che la rivelazione finale riguardasse l'Umbilicus, lo sapevano tutti i trentasei. Il Pendolo era già usato nelle cattedrali e quindi non era un segreto. Che cosa ci voleva a Bacone o a Postel o a Foucault stesso – perché certamente se ha montato la manfrina del Pendolo è perché faceva parte della cricca anche lui – che cosa ci voleva, dico, santiddio, a mettere una mappa del mondo sul pavimento e a orientarla secondo i punti cardinali? Siamo fuori strada."

"Non siamo fuori strada," dissi. "Il messaggio dice una cosa che nessuno poteva sapere: quale mappa usare!"

83

Una mappa non è il territorio.

(Alfred Korzybski, *Science and sanity*, 1933; 4ª ed., The International Non-Aristotelian Library, 1958, II, 4, p. 58)

"Avrete presente la situazione della cartografia al tempo dei Templari," dicevo. "In quel secolo circolano mappe arabe, che tra l'altro pongono l'Africa in alto e l'Europa in basso, mappe di navigatori, tutto sommato abbastanza precise, e mappe di tre o quattrocento anni prima, che nelle scuole venivano prese ancora per buone. Notate che per rivelare dove stia l'Umbilicus non si ha bisogno di una mappa precisa, nel senso che diamo noi al termine. Basta che sia una mappa che abbia questa caratteristica: una volta orientata, mostra l'Umbilicus nel punto in cui il Pendolo si illumina all'alba del 24 giugno. Ora state attenti: poniamo, per pura ipotesi, che l'Umbilicus sia a Gerusalemme. Sulle nostre carte moderne, Gerusalemme sta in un certo posto, e anche oggi dipende dal tipo di proiezione. Ma i Templari disponevano di una mappa fatta chissà come. Ebbene, che importava a loro? Non è il Pendolo che è in funzione della mappa, è la mappa che è in funzione del Pendolo. Mi seguite? Poteva essere la mappa più insensata del mondo, purché una volta posta sotto il Pendolo, il raggio di sole fatidico dell'alba del 24 giugno identificasse il punto dove lì, su quella mappa, e non su altre, appariva Gerusalemme."

"Ma questo non risolve il nostro problema," disse Diotallevi.

"Certo che no, e neppure quello dei trentasei invisibili. Perché se non individui la mappa giusta, niente. Proviamo a pensare a una mappa orientata in modo canonico con l'est in direzione dell'abside e l'ovest verso la navata, perché così sono orientate le chiese. Ora facciamo un'ipotesi qualsiasi, e dico a caso: che in quell'alba fatale il Pendolo debba trovarsi su una zona vagamente a est, quasi ai limiti del quadrante sud-est. Se si trattasse di un orologio, diremmo che il Pendolo deve segnare le cinque e venticinque. Va bene? Ora state a vedere."

Andai a cercare una storia della cartografia.

"Ecco, numero uno, una mappa del XII secolo. Riprende la struttura delle mappe a T, in alto c'è l'Asia con il Paradiso Terrestre, a sinistra l'Europa, a destra l'Africa, e qui oltre l'Africa ci hanno messo anche gli Antipodi. Numero due, una mappa ispirata al *Somnium Scipionis* di Macrobio, ma che sopravvive in varie redazioni sino al sedicesimo secolo. L'Africa è un po' stretta, ma pazienza. Ora attenti, orientate le due mappe nello stesso modo e vi accorgete che sulla prima le cinque e venticinque corrispondono all'Arabia, e sulla seconda alla Nuova Zelanda, visto che in questo punto ci sono gli Antipodi. Puoi sapere tutto sul Pendolo, ma se non sai che mappa usare sei perduto. Il messaggio conteneva istruzioni, cifratissime, su dove trovare la mappa giusta, magari disegnata

THIL
RIPHEI MONTES.
EVRO.
FRIGIDA
GAL HISPA
AFPHRICA.
ARMENI IND.
AETIOPIA. PERVSTA.
MARE RVBEVM
ALVEVS OCEANI.
PERVS T A
TEMPERATA ANTIPODVM.
NOBIS INCOGNITA.
FRIGI DA
October
Augustus
December
Februarius
Martius
Aprilis

all'uopo. Il messaggio diceva dove si doveva cercare la mappa, in che manoscritto, in quale biblioteca, abbazia, castello. E potrebbe persino darsi che Dee o Bacone o chi altri avessero anche ricostruito il messaggio, chi lo sa, il messaggio diceva la mappa è al posto tale, ma nel frattempo, con tutto quello che era successo in Europa, l'abbazia che lo conteneva era bruciata, o la mappa era stata rubata, occultata chissà dove. Forse c'è qualcuno che ha la mappa, ma non sa a che cosa serve, o sa che serve a qualcosa ma non sa esattamente a cosa, e gira per il mondo a cercare un acquirente. Pensate, tutto un circolare di offerte, false piste, messaggi che dicevano altro e venivano letti come se parlassero della mappa, e messaggi che parlano della mappa e vengono letti come se alludessero, che so, alla produzione dell'oro. E probabilmente alcuni stanno cercando di ricostruire direttamente la mappa su basi congetturali."

"Che tipo di congetture?"

"Per esempio corrispondenze micro-macrocosmiche. Ecco qui un'altra mappa. Sapete da dove viene? Appare nel secondo trattato della *Utriusque Cosmi Historia* di Robert Fludd. Fludd è l'uomo dei Rosa-Croce a Londra, non dimentichiamolo. Ora che cosa fa il nostro Roberto de Fluctibus, come amava farsi chiamare? Non presenta più una mappa ma una strana proiezione del globo intero dal punto di vista del Polo, del Polo mistico naturalmente, e dunque dal punto di vista di un Pendolo ideale appeso a una chiave di volta ideale. Questa è una carta concepita per essere messa sotto un Pendolo! Sono evidenze inconfutabili, com'è potuto accadere che nessuno ci abbia ancora pensato..."

"È che i diabolici sono lenti, lenti," diceva Belbo.

"È che noi siamo gli unici degni eredi dei Templari. Ma lasciatemi proseguire: avete riconosciuto lo schema, è una rotula mobile, come quelle che usava Tritemio per i suoi messaggi cifrati. Questa non è una mappa. È un progetto di macchina per tentare delle variazioni, per produrre mappe alternative, sino a che non si trovi quella giusta! E Fludd lo dice, nella didascalia: questo è l'abbozzo di un *instrumentum*, bisogna ancora lavorarci sopra."

"Ma Fludd non era quello che si ostinava a negare la rotazione della terra? Come poteva pensare al Pendolo?"

"Abbiamo a che fare con degli iniziati. Un iniziato nega quello che sa, nega di saperlo, mente per coprire un segreto."

"Questo," diceva Belbo, "spiegherebbe perché già Dee si dava tanto da fare con quei cartografi reali. Non per conoscere la forma 'vera' del mondo, ma per ricostruire, tra tutte le mappe sbagliate, l'unica che gli serviva, e dunque l'unica giusta."

"Non male, non male," diceva Diotallevi. "Trovare la verità ricostruendo esattamente un testo mendace."

84

La principale occupazione di questa Assemblea, e la più utile, deve essere – a mio avviso – quella di lavorare sulla storia naturale seguendo i disegni del Verulamio.

(Christian Huygens, Lettera a Colbert, *Oeuvres Complètes*, La Haye, 1888-1950, VI, pp. 95-96)

Le vicissitudini dei sei gruppi non si erano limitate alla ricerca della mappa. Probabilmente i Templari, nelle prime due parti del messaggio, quelle in mano ai portoghesi e agli inglesi, alludevano a un Pendolo, ma le idee sui pendoli erano ancora oscure. Un conto è far ballare un filo a piombo e un conto costruire un meccanismo di precisione tale da venir illuminato dal sole proprio al secondo spaccato. Per questo i Templari avevano calcolato sei secoli. L'ala baconiana si mette al lavoro in quella direzione, e tenta di tirare dalla sua parte tutti gli iniziati che cerca disperatamente di contattare.

Coincidenza non casuale, l'uomo dei Rosa-Croce, Salomon de Caus, scrive per Richelieu un trattato sugli orologi solari. Dopo, da Galileo in avanti è una ricerca forsennata sui pendoli. Il pretesto è come usarli per determinare le longitudini, ma quando nel 1681 Huygens scopre che un pendolo, preciso a Parigi, ritarda in Caienna, capisce subito che questo dipende dalla variazione della forza centrifuga dovuta alla rotazione della Terra. E quando pubblica il suo *Horologium*, in cui sviluppa le intuizioni galileiane sul pendolo, chi lo chiama a Parigi? Colbert, lo stesso che chiama a Parigi Salomon de Caus per occuparsi del sottosuolo!

Quando nel 1661 l'Accademia del Cimento anticipa le conclusioni di Foucault, Leopoldo di Toscana la scioglie nel giro di cinque anni, e subito dopo riceve da Roma, come occulto guiderdone, un cappello da cardinale.

Ma non bastava. Anche nei secoli successivi la caccia al pendolo continua. Nel 1742 (un anno prima della prima apparizione documentata del conte di San Germano!) un certo De Mairan presenta una memoria sui pendoli alla Académie Royale des Sciences; nel 1756 (quando in Germania nasce la Stretta Osservanza Templare!) un tal Bouger scrive "sur la direction qu'affectent tous les fils à plomb".

Trovavo titoli fantasmagorici, come quello di Jean Baptiste Biot, del 1821: *Recueil d'observations géodesiques, astronomiques et physiques, exécutées par ordre du Bureau des Longitudes de France, en Espagne, en France, en Angleterre et en Ecosse, pour déterminer la variation de la pésanteur et des degrès terrestres sur le prolongement du meridien de Paris.* In Francia, Spagna, Inghilterra e Scozia! E in rapporto al meridiano di Saint-Martin! E Sir Edward Sabine che nel 1823 pubblica *An Account of Experiments to Determine the Figure of the Earth by Means of the Pendulum Vibrating Seconds in Different Latitudes*? E quel misterioso Graf Feodor Petrovich

Litke, che nel 1836 pubblica i risultati delle sue ricerche sul comportamento del pendolo nel corso di una navigazione intorno al mondo? E per conto dell'Accademia Imperiale delle Scienze di Pietroburgo. Perché anche i russi?

E se frattanto un gruppo, certamente di eredità baconiana, avesse deciso di scoprire il segreto delle correnti senza mappa e senza pendolo, interrogando di nuovo, dall'inizio, il respiro del serpente? Ecco che venivano buone le intuizioni di Salon: è più o meno al tempo di Foucault che il mondo industriale, creatura dell'ala baconiana, inizia lo scavo delle reti metropolitane nel cuore delle metropoli europee.

"È vero," diceva Belbo, "l'Ottocento è ossessionato dai sotterranei, Jean Valjean, Fantomas e Javert, Rocambole, tutto un va e vieni tra condotti e cloache. Oddio, ora che ci penso, tutta l'opera di Verne è una rivelazione iniziatica dei misteri del sottosuolo! Viaggio al centro della terra, ventimila leghe sotto i mari, le caverne dell'isola misteriosa, l'immenso regno sotterraneo delle Indie Nere! Occorre ricostruire una pianta dei suoi viaggi straordinari, certamente troveremmo un abbozzo delle volute del Serpente, una carta dei leys ricostruita per ogni continente. Verne esplora dall'alto e dal basso la rete delle correnti telluriche."

Collaboravo. "Come si chiama il protagonista delle Indie Nere? John Garral, quasi un anagramma di Graal."

"Non siamo cervellotici, stiamo coi piedi per terra. Verne lancia segnali ben più espliciti. Robur le Conquérant, R.C. Rosa-Croce. E Robur letto al contrario dà Rubor, il rosso della rosa."

85

> Phileas Fogg. Un nome che è una firma: Eas, in greco, ha il senso della globalità (è dunque l'equivalente di pan e di poly) e Phileas è lo stesso che Poliphile. Quanto a Fogg, è la nebbia, in inglese... Senza dubbio Verne appartiene alla Società "Le Brouillard". Egli ha persino avuto la cortesia di precisarci i rapporti tra questa società e la Rosa+Croce, perché infine, che cosa è questo nobile viaggiatore chiamato Phileas Fogg se non un Rosa+Croce?... E poi, non appartiene forse al Reform-Club, le cui iniziali R.C. designano la Rosa+Croce riformatrice? E questo Reform-Club sorge nel Pall-Mall, evocando così una volta di più il Sogno di Polifilo.
>
> (Michel Lamy, *Jules Verne, initié et initiateur*, Paris, Payot, 1984, pp. 237-238)

La ricostruzione ci prese giorni e giorni, interrompevamo i nostri lavori per confidarci l'ultima connessione, leggevamo tutto quel che ci capitava sottomano, enciclopedie, giornali, storie a fumetti, cataloghi editoriali, in modo trasversale, alla ricerca di cortocircuiti possibili, ci fermavamo a frugare in tutte le bancarelle, annusavamo nelle edicole, rubavamo a mansalva dai dattiloscritti dei nostri diabolici, ci precipitavamo trionfanti in ufficio buttando sul tavolo l'ultima trouvaille. Mentre rievoco quelle settimane tutta la vicenda mi appare fulminea, frenetica, come in un film di Larry Semon, a scatti e saltelli, con porte che si aprono e si chiudono a velocità supersonica, torte alla crema che volano, fughe per le scale, in avanti e in dietro, scontri di vecchie automobili, crolli di scaffalature in drogheria tra raffiche di scatolette, bottiglie, formaggi molli, schizzi di selz, esplosione di sacchi di farina. E invece, a ricordare gli interstizi, i tempi morti – il resto della vita che si svolgeva intorno a noi – posso rileggere tutto come una storia al rallentatore, col Piano che si formava a passo di ginnastica artistica, come la rotazione lenta del discobolo, le caute oscillazioni del lanciatore del peso, i tempi lunghi del golf, le attese insensate del baseball. In ogni caso, e quale fosse il ritmo, la sorte ci premiava, perché a voler trovare connessioni se ne trovano sempre, dappertutto e tra tutto, il mondo esplode in una rete, in un vortice di parentele e tutto rimanda a tutto, tutto spiega tutto...

Ne tacevo a Lia, per non indisporla, ma stavo persino trascurando Giulio. Mi svegliavo di notte, e mi accorgevo che Renato Cartesio faceva R.C., e che con troppa energia aveva cercato e poi negato di aver trovato i Rosa-Croce. Perché tanta ossessione del Metodo? Il metodo serviva per cercare la soluzione del mistero che stava affascinando ormai tutti gli iniziati d'Europa... E chi aveva celebrato la magia del gotico? René de Chateaubriand. E chi aveva scritto, ai tempi di Bacone, *Steps to the Temple*? Richard Crashaw. E allora Ranieri de' Calzabigi, René Char, Raymond Chandler? E Rick di Casablanca?

86

Questa scienza, che non si è perduta, almeno per la sua parte materiale, è stata insegnata ai costruttori religiosi dai monaci di Cîteaux... Li si conosceva, nel secolo scorso, come Compagnons de la Tour de France. È ad essi che Eiffel si rivolse per costruire la sua torre.

(R. Charpentier, *Les mystères de la cathédrale de Chartres*, Paris, Laffont, 1966, pp. 55-56)

Ora avevamo l'intera modernità percorsa da talpe laboriose che traforavano il sottosuolo spiando il pianeta dal di sotto. Ma ci doveva essere qualche cosa d'altro, un'altra impresa che i baconiani avevano iniziato, i cui risultati, le cui tappe erano sotto gli occhi di tutti, e nessuno se ne era reso conto... Perché perforando il suolo si saggiavano le falde profonde, ma i celti ed i Templari non si erano limitati a perforare pozzi, avevano piantato i loro spinotti dritti verso il cielo, per comunicare da megalite a megalite, e cogliere gli influssi delle stelle...

L'idea si presentò a Belbo in una notte d'insonnia. Si era affacciato alla finestra e aveva visto lontano, sopra i tetti di Milano, le luci della torre metallica della RAI, la grande antenna cittadina. Una moderata e prudente torre di Babele. E a quel punto aveva capito.

"La Tour Eiffel," ci aveva detto il mattino dopo. "Come non averci ancora pensato? Il megalite di metallo, il menhir degli ultimi celti, la guglia cava più alta di tutte le guglie gotiche. Ma perché Parigi avrebbe avuto bisogno di questo monumento inutile? È la sonda celeste, l'antenna che raccoglie informazioni da tutti gli spinotti ermetici infissi sulla crosta del globo, dalle statue dell'Isola di Pasqua, dal Machu Picchu, dalla Libertà di Staten Island, voluta dall'iniziato Lafayette, dall'obelisco di Luxor, dalla torre più alta di Tomar, dal Colosso di Rodi che continua a trasmettere dal profondo del porto dove non lo trova più nessuno, dai templi della giungla brahmanica, dalle torrette della Grande Muraglia, dalla cima di Ayers Rock, dalle guglie di Strasburgo su cui si deliziava l'iniziato Goethe, dai volti di Mount Rushmore, quante cose aveva capito l'iniziato Hitchkock, dall'antenna dell'Empire State, dite voi a che impero alludesse questa creazione di iniziati americani se non all'impero di Rodolfo di Praga! La Tour capta informazioni dal sottosuolo e le confronta con quelle che le provengono dal cielo. E chi ci dà la prima terrificante immagine cinematografica della Tour? René Clair in *Paris qui dort*. René Clair, R.C."

Andava riletta l'intera storia della scienza: la stessa gara spaziale diventava comprensibile, con quei satelliti folli che altro non fanno che fotografare la crosta del globo per individuarvi tensioni invisibili, flussi sottomarini, correnti d'aria calda. E per parlarsi tra loro parlare alla Tour, parlare a Stonehenge....

87

È una curiosa coincidenza che l'edizione in-folio del 1623, che va sotto il nome di Shakespeare, contenga esattamente *trentasei* opere.

(W.F.C. Wigston, *Francis Bacon versus Phantom Captain Shakespeare: The Rosicrucian Mask*, London, Kegan Paul, 1891, p. 353)

Quando ci scambiavamo le risultanze del nostro fantasticare ci sembrava, e giustamente, di procedere per associazioni indebite, cortocircuiti straordinari, a cui ci saremmo vergognati di prestar fede – se ce lo avessero imputato. È che ci confortava l'intesa – ormai tacita, come impone l'etichetta dell'ironia – che stavamo parodiando la logica degli altri. Ma nelle lunghe pause in cui ciascuno accumulava prove per le riunioni collettive, e con la tranquilla coscienza di accumulare pezzi per una parodia di mosaico, il nostro cervello si abituava a collegare, collegare, collegare ogni cosa a qualsiasi altra cosa, e per farlo automaticamente doveva assumere delle abitudini. Credo non ci sia più differenza, a un certo punto, tra abituarsi a fingere di credere e abituarsi a credere.

È la storia delle spie: si infiltrano nei servizi segreti dell'avversario, si abituano a pensare come lui, se sopravvivono è perché ci riescono, ovvio che dopo un poco passino dall'altra parte, che è diventata la loro. O come quelli che vivono soli con un cane, gli parlano tutto il giorno, all'inizio si sforzano di comprendere la sua logica, poi pretendono che lui comprenda la loro, prima lo scoprono timido, poi geloso, poi permaloso, infine passano il tempo a fargli dispetti e scenate di gelosia, quando sono sicuri che lui sia diventato come loro, loro son diventati come lui, e quando sono fieri di averlo umanizzato, di fatto si sono rincagnati.

Forse perché ero in contatto quotidiano con Lia, e col bambino, io ero, dei tre, quello meno affetto dal gioco. Avevo la persuasione di condurlo, mi sentivo come suonassi ancora l'agogõ durante il rito: stai dalla parte di chi produce e non di chi patisce le emozioni. Di Diotallevi non sapevo allora, ora so, Diotallevi stava abituando il suo corpo a pensare in diabolico. Quanto a Belbo si stava immedesimando anche a livello di coscienza. Io mi abituavo, Diotallevi si corrompeva, Belbo si convertiva. Ma tutti stavamo lentamente smarrendo quel lume intellettuale che ci fa sempre distinguere il simile dall'identico, la metafora dalle cose, quella qualità misteriosa e folgorante e bellissima per cui siamo sempre in grado di dire che un tale si è imbestialito ma non pensiamo affatto che gli siano cresciuti peli e zanne, e invece il malato pensa "imbestialito" e subito vede colui che abbaia o grufola o striscia o vola.

Di Diotallevi avremmo potuto accorgerci, se non fossimo stati così eccitati. Direi che tutto era cominciato alla fine dell'estate. Era riapparso più magro, ma non era la snellezza nervosa di chi avesse passato alcune settimane a marciare in montagna. La sua delicata carnagione di albino rivelava ora sfumature giallastre. Se lo notammo, pensammo che avesse passato le vacanze chino sui suoi rotoli rabbinici. Ma in verità pensavamo ad altro.

Infatti, nei giorni che seguirono fummo in grado di sistemare a poco a poco anche le ali estranee al filone baconiano.

Per esempio, la massonologia corrente vede gli Illuminati di Baviera, che perseguivano la distruzione delle nazioni e la destabilizzazione dello stato, non solo come gli ispiratori dell'anarchismo di Bakunin ma anche dello stesso marxismo. Puerile. Gli Illuminati erano provocatori che i baconiani avevano infiltrato fra i teutonici, ma a ben altro pensavano Marx ed Engels quando iniziavano il Manifesto del '48 con la frase eloquente "uno spettro si aggira per l'Europa". Perché mai quella metafora così gotica? Il Manifesto comunista allude sarcasticamente alla fantomatica caccia al Piano che agita la storia del continente da alcuni secoli. E propone un'alternativa sia ai baconiani che ai neotemplari. Marx era un ebreo, forse inizialmente era il portavoce dei rabbini di Gerona, o di Safed, e cercava di inserire nella ricerca l'intero popolo di Dio. Poi l'iniziativa gli prende la mano, identifica la Shekinah, il popolo in esilio nel Regno con il proletariato, tradisce le aspettative dei suoi ispiratori, rovescia le linee di tendenza del messianismo giudaico. Templari di tutto il mondo, unitevi. La mappa agli operai. Splendido! Quale migliore giustificazione storica per il comunismo?

"Sì," diceva Belbo, "ma anche i baconiani hanno i loro incidenti di percorso, non credete? Alcuni dei loro partono per la tangente con un sogno scientista e finiscono in un vicolo cieco. Dico, alla fine della dinastia, gli Einstein, i Fermi, che cercando il segreto nel cuore del microcosmo fanno l'invenzione sbagliata. Invece dell'energia tellurica, pulita, naturale, sapienziale, scoprono l'energia atomica, tecnologica, sporca, inquinata...."

"Spazio-tempo, l'errore dell'Occidente," diceva Diotallevi.

"È la perdita del Centro. Il vaccino e la penicillina come caricatura dell'Elisir di lunga vita," interloquivo.

"Come l'altro Templare, Freud," diceva Belbo, "che invece di scavare nei labirinti del sottosuolo fisico scava in quelli del sottosuolo psichico, come se su quello non avessero già detto tutto e meglio gli alchimisti."

"Ma sei tu," insinuava Diotallevi, "che cerchi di pubblicare i libri del dottor Wagner. Per me la psicoanalisi è roba per nevrotici."

"Sì, e il pene è soltanto un simbolo fallico," concludevo io. "Suvvia signori, non andiamo a ruota libera. E non perdiamo tempo. Non sappiamo ancora dove collocare i pauliciani e i gerosolimitani."

Ma prima di aver potuto rispondere al nuovo quesito ci eravamo incontrati con un altro gruppo che non faceva parte dei trentasei invisibili, ma si era inserito nel gioco assai presto e ne aveva sconvolto in parte i progetti, agendo come elemento di confusione. I gesuiti.

88

> Il Barone von Hund, il Cavalier Ramsay... e molti altri che fondarono i gradi in questi riti, lavorarono sotto le istruzioni del Generale dei Gesuiti... Il Templarismo è Gesuitismo.
>
> (Lettera a Mme Blawatsky di Charles Sotheran, 32 ∴ A e P.R. 94 ∴ Memphis, K.R ✠, K. Kadosch, M.M. 104, Eng. etc., Iniziato della Fratellanza Inglese dei Rosa-Croce e altre società segrete, 11.1.1877; da *Isis Unveiled*, 1877, p. 390)

Li avevamo incontrati troppe volte, sin dal tempo dei primi manifesti Rosa-Croce. Già nel 1620 appare in Germania una *Rosa Jesuitica*, dove si ricorda che il simbolismo della rosa è cattolico e mariano, prima che rosacrociano, e si insinua che i due ordini siano solidali, e i Rosa-Croce soltanto una delle riformulazioni della mistica gesuitica a uso delle popolazioni della Germania riformata.

Mi ricordavo le parole di Salon sull'astio con cui padre Kircher aveva messo alla gogna i Rosa-Croce e proprio mentre parlava delle profondità del globo terraqueo.

"Padre Kircher," dicevo, "è un personaggio centrale in questa storia. Perché quest'uomo, che tante volte ha dimostrato di aver senso dell'osservazione e gusto dell'esperimento, ha poi annegato queste poche idee buone in migliaia di pagine che traboccano di ipotesi incredibili? Era in corrispondenza coi migliori scienziati inglesi, e poi ciascuno dei suoi libri riprende i tipici temi rosacrociani, apparentemente per contestarli, di fatto per farli suoi, per offrirne la sua versione controriformistica. Nella prima edizione della *Fama*, quel signor Haselmayer, condannato alle galere dai gesuiti a causa delle sue idee riformatrici, si affanna a dire che i veri e buoni gesuiti sono loro, i Rosa-Croce. Bene, Kircher scrive i suoi trenta e passa volumi per suggerire che i veri e buoni Rosa-Croce sono loro, i gesuiti. I gesuiti stanno cercando di metter le mani sul Piano. I pendoli se li vuole studiare lui, padre Kircher, e lo fa, anche se a modo suo, inventando un orologio planetario per sapere l'ora esatta in tutte le sedi della Compagnia disperse per il mondo."

"Ma come facevano i gesuiti a sapere che c'era il Piano, quando i Templari si erano fatti ammazzare pur di non confessare?" chiedeva Diotallevi. Non valeva rispondere che i gesuiti ne sanno sempre una più del diavolo. Volevamo una spiegazione più seducente.

La scoprimmo ben presto. Guglielmo Postel, di nuovo. Sfogliando la storia dei gesuiti di Cretineau-Joly (e quanto avevamo cachinnato su questo nome infelice) scoprimmo che Postel, preso dai suoi furori mistici, dalla sua sete di rigenerazione spirituale, nel 1544 aveva raggiunto sant'Ignazio di Loyola a Roma. Ignazio lo aveva accolto con entusiasmo, ma Postel non era riuscito a rinunciare alle sue idee fisse, ai suoi cabalismi, al suo ecumenismo, e queste cose ai gesuiti non potevano andare a genio, e men che meno l'idea più fissa di tutte, su cui Postel proprio non transigeva, che il Re del Mondo dovesse essere il re di Francia. Ignazio era santo, ma spagnolo.

Così a un certo punto si era arrivati alla rottura, Postel aveva lasciato i gesuiti – o i gesuiti lo avevano messo alla porta. Ma se Postel era stato gesuita, sia pure per un breve periodo, a sant'Ignazio – a cui aveva giurato obbedienza *perinde ac cadaver* – doveva pure aver confidato la sua missione. Caro Ignazio, doveva avergli detto, sappi che prendendo me prendi anche il segreto del Piano templare di cui indegnamente sono il rappresentante francese, ed anzi, stiamo tutti aspettando il terzo incontro secolare del 1584, e tanto vale attenderlo *ad majorem Dei gloriam*.

Dunque i gesuiti, attraverso Postel, e in forza di un suo momento di debolezza, vengono a sapere del segreto dei Templari. Un segreto di tal fatta va sfruttato. Sant'Ignazio passa all'eterna beatitudine, ma i suoi successori vegliano, e continuano a tenere d'occhio Postel. Vogliono sapere chi incontrerà in quel fatidico 1584. Ma ahimè, Postel muore prima, né vale che – come asseriva una delle nostre fonti – un gesuita sconosciuto fosse presente al suo letto di morte. I gesuiti non sanno chi sia il suo successore.

"Scusi Casaubon," aveva detto Belbo, "c'è qualcosa che non mi torna. Se le cose stanno così, i gesuiti non hanno potuto sapere che nel 1584 l'incontro è fallito."

"Però non bisogna dimenticare," aveva osservato Diotallevi, "che, a quanto mi dicono i gentili, questi gesuiti erano uomini di ferro che non si lasciavano mettere nel sacco così facilmente."

"Ah, se è per questo," aveva detto Belbo, "un gesuita si pappa due Templari a colazione e due a cena. Anche loro sono stati disciolti, e più di una volta, e ci si son messi i governi di tutta Europa, eppure sono ancora lì."

Occorreva mettersi nei panni di un gesuita. Che cosa fa un gesuita se Postel gli sfugge di mano? Io un'idea l'avevo avuta subito, ma era così diabolica che neppure i nostri diabolici, pensavo, l'avrebbero digerita: i Rosa-Croce erano un'invenzione dei gesuiti!

"Morto Postel," proponevo, "i gesuiti – astuti come sono – hanno previsto matematicamente la confusione dei calendari e hanno deciso di prendere l'iniziativa. Mettono in piedi la mistificazione rosacrociana, calcolando esattamente quello che sarebbe avvenuto. Fra tanti esaltati che abboccano, qualcuno dei nuclei autentici, preso di sorpresa, si fa avanti. In tal caso, immaginarsi l'ira di Bacone: Fludd, imbecille, non potevi stare zitto? Ma visconte, My Lord, quelli sembravano dei nostri... Cretino, non ti avevano insegnato a diffidare dei papisti? Te dovevano bruciare, non quel disgraziato di Nola!"

"Ma allora," diceva Belbo, "perché quando i Rosa-Croce si trasferiscono in Francia i gesuiti, o quei polemisti cattolici che lavorano per loro, li attaccano come eretici e indemoniati?"

"Ma non vorrà pretendere che i gesuiti lavorino linearmente, che gesuiti sarebbero?"

Avevamo litigato a lungo sulla mia proposta, e finalmente avevamo deciso, di comune accordo, che era meglio l'ipotesi originale: i Rosa-Croce erano l'esca lanciata ai francesi dai baconiani e dai tedeschi. Ma i gesuiti, non appena erano apparsi i manifesti, avevano mangiato la foglia. E si erano immediatamente buttati nel gioco, per confondere le carte. Lo scopo dei gesuiti era stato evidentemente quello di impedire la riunione dei gruppi inglese e tedesco con quello francese, e ogni colpo, per basso che fosse, era buono.

E intanto registravano notizie, accumulavano informazioni e le mettevano... dove? Su Abulafia, aveva scherzato Belbo. Ma Diotallevi, che nel frattempo si era documentato per conto proprio, aveva detto che non si trattava di uno scherzo. Certamente, i gesuiti stavano costruendo l'immenso, potentissimo calcolatore elettronico che avrebbe dovuto trarre una conclusione dal rimescolio paziente e centenario di tutti i brandelli di verità e di menzogna che essi stavano raccogliendo.

"I gesuiti," diceva Diotallevi, "avevano capito quello che né i poveri vecchi Templari di Provins né l'ala baconiana avevano ancora intuito, e cioè che la ricostruzione della mappa poteva essere raggiunta per via combinatoria e cioè con procedimenti che anticipano quelli dei moderni cervelli elettronici! I gesuiti sono i primi a inventare Abulafia! Padre Kircher rilegge tutti i trattati sull'arte combinatoria, da Lullo in avanti. E vedete cosa pubblica nella sua *Ars Magna Sciendi...*"

"Mi pare un modello per l'uncinetto," diceva Belbo.

"Nossignore, sono tutte le combinazioni possibili tra n elementi. Il calcolo fattoriale, quello del *Sefer Jesirah*. Il calcolo delle combinazioni e delle permutazioni, l'essenza stessa della Temurah!"

Era certamente così. Un conto era concepire il vago progetto di Fludd, per individuare la mappa partendo da una proiezione polare, un conto sapere quante prove ci volevano, e saperle tentare tutte, per arrivare alla soluzione ottimale. E soprattutto un conto era creare il modello astratto delle combinazioni possibili e un conto pensare a una macchina in grado di metterle in atto. Ed ecco che sia Kircher che il suo discepolo Schott progettano organetti meccanici, meccanismi a schede perforate, computer ante litteram. Fondati sul calcolo binario. Cabbala applicata alla meccanica moderna.

IBM: Iesus Babbage Mundi, Iesum Binarium Magnificamur. AMDG: Ad Maiorem Dei Gloriam? Macché: Ars Magna, Digitale Gaudium! IHS: Iesus Hardware & Software!

EPILOGISMUS

Combinationis Linearis.

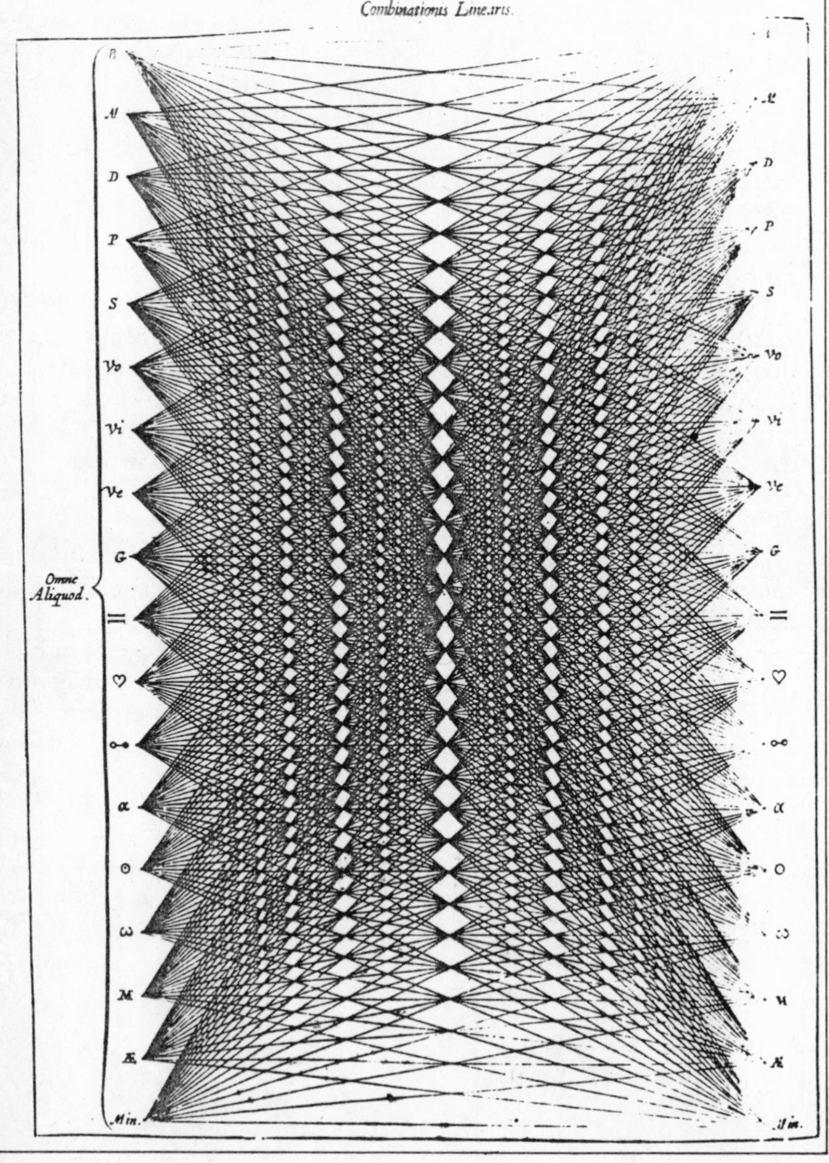

89

Si è formata in seno alle tenebre più dense una società di nuovi esseri che si conoscono senza essersi mai visti, s'intendono senza essersi spiegati, si servono senza amicizia... Questa società adotta del regime gesuitico l'obbedienza cieca, della massoneria le prove e le cerimonie esteriori, dei Templari le evocazioni sotterranee e l'incredibile audacia... Forse che il conte di San Germano ha fatto altro che imitare Guillaume Postel, che aveva la mania di farsi credere più vecchio di quanto non fosse?

(Marquis de Luchet, *Essai sur la secte des illuminés*, Paris, 1789, V e XII)

I gesuiti avevano capito che, se si vuole destabilizzare l'avversario, la tecnica migliore è creare delle sette segrete, attendere che gli entusiasti pericolosi vi si precipitino, e poi arrestarli tutti. Ovvero, se temi un complotto, organizzalo, così tutti quelli che potrebbero aderirvi cadono sotto il tuo controllo.

Ricordavo una riserva che Agliè aveva espresso su Ramsay, il primo a porre una diretta connessione tra massoneria e Templari, insinuando che avesse dei legami con ambienti cattolici. In effetti già Voltaire aveva denunciato Ramsay come uomo dei gesuiti. Di fronte alla nascita della massoneria inglese, i gesuiti rispondono dalla Francia con il neotemplarismo scozzese.

In tal modo si capiva perché, in risposta a questa trama, nel 1789 un certo marchese de Luchet avesse scritto, anonimo, un celebre *Essai sur la secte des illuminés*, dove se la prendeva con gli illuminati di tutte le razze, di Baviera o d'altro che fossero, anarchici mangiapreti o mistici neotemplari, e metteva nel mazzo (incredibile come tutti i pezzi del nostro mosaico stessero andando a posto, a poco a poco e mirabilmente!) persino i pauliciani, per non dire di Postel e di San Germano. E il suo lamento era che queste forme di misticismo templare avessero tolto attendibilità alla massoneria, la quale per contro era proprio una società di brave e oneste persone.

I baconiani avevano inventato la massoneria come il Rick's Bar di Casablanca, il neotemplarismo gesuita vanificava la loro invenzione, e Luchet era inviato come killer per far fuori tutti i gruppi che baconiani non erano.

A questo punto però dovevamo tener conto di un altro fatto, di cui il povero Agliè non riusciva a capacitarsi. Perché de Maistre, che era uomo dei gesuiti, e ben sette anni prima che si facesse vivo il marchese de Luchet, era andato a Wilhelmsbad a seminar zizzania fra i neotemplari?

"Il neotemplarismo andava bene nella prima metà del Settecento," diceva Belbo, "e andava malissimo a fine secolo, prima perché se ne erano impadroniti i rivoluzionari, per i quali tra Dea Ragione e Ente Supremo tutto faceva brodo pur di tagliar la testa al re, vedi Cagliostro, e poi perché in Germania vi avevano messo lo zampino i principi tedeschi, massime Federico di Prussia, i cui fini non coincidevano certo con quelli dei gesuiti. Quando il neotemplarismo mistico, chiunque lo abbia inventato, produce il *Flauto Magico*, è naturale che gli uomini di Loyola decidano di sbarazzarsene. È come in finanza, tu comperi una società, la rivendi, la liquidi, la metti in fallimento, ne rivaluti il capitale, dipende dal piano generale, non ti preoccupi certo dove finirà il portinaio. O come una macchina usata: quando non funziona più la mandi dallo sfasciacarrozze."

90

> Non si troverà nel vero codice massonico altro Dio che quello di Mani. È quello del massone cabalista, degli antichi Rosa-Croce: è quello del massone martinista... D'altra parte tutte le infamie attribuite ai Templari sono esattamente quelle che si attribuivano ai Manichei.
>
> (Abbé Barruel, *Mémoires pour servir à l'histoire du jacobinisme*, Amburgo, 1798, 2, XIII)

La strategia dei gesuiti ci fu chiara quando scoprimmo padre Barruel. Costui, tra il '97 e il '98, per reagire alla rivoluzione francese, scrive i suoi *Mémoires pour servir à l'histoire du jacobinisme*, un vero e proprio romanzo d'appendice che inizia guarda caso coi Templari. Essi, dopo il rogo di Molay, si trasformano in società segreta per distruggere monarchia e papato e per creare una repubblica mondiale. Nel Settecento si impadroniscono della frammassoneria che diventa il loro strumento. Nel 1763 creano un'accademia letteraria composta da Voltaire, Turgot, Condorcet, Diderot e d'Alembert che si riunisce nella casa del barone d'Holbach e, complotta complotta, nel 1776 fan nascere i giacobini. I quali peraltro sono marionette in mano ai veri capi, gli Illuminati di Baviera – regicidi per vocazione.

Altro che sfasciacarrozze. Dopo aver spezzato la massoneria in due con l'aiuto di Ramsay, i gesuiti la riunivano di nuovo per batterla frontalmente.

Il libro di Barruel aveva fatto un certo effetto, tanto che dalle Archives Nationales francesi risultavano almeno due rapporti di polizia richiesti da Napoleone sulle sette clandestine. Questi rapporti li stende un certo Charles de Berkheim, il quale – come fanno tutti i servizi segreti, che vanno a prendere le notizie riservate là dove sono già state pubblicate – non trova di meglio che scopiazzare prima il libro del marchese de Luchet, e poi quello di Barruel.

Di fronte a quelle agghiaccianti descrizioni degli Illuminati e a quella lucida denuncia di un direttorio di Superiori Sconosciuti capaci di dominare il mondo, Napoleone non ha esitazioni: decide di diventare dei loro. Fa nominare suo fratello Giuseppe gran maestro del Grande Oriente e lui stesso, a detta di molte fonti, prende contatti con la massoneria, e a detta di altre ne diventa addirittura un altissimo dignitario. Non è chiaro però di quale rito. Forse, per prudenza, di tutti.

Che cosa Napoleone sapesse non sapevamo, ma non dimenticavamo che aveva trascorso alquanto tempo in Egitto e chissà con quali saggi aveva parlato all'ombra delle piramidi (a questo punto anche un bambino capiva che i famosi quaranta secoli che lo guardavano erano una chiara allusione alla Tradizione Ermetica).

Ma di cose doveva saperne molte, perché nel 1806 aveva convocato un'assemblea di ebrei francesi. Le ragioni ufficiali erano banali, tentativo di ridurre l'usura, di assicurarsi la fedeltà della minoranza israelita, di trovare nuovi finanziatori... Ma questo non spiega perché avesse deciso di chiamare quell'assemblea Gran Sinedrio, evocando l'idea di un direttorio di Superiori, più o meno Sconosciuti. In verità l'astuto corso aveva individuato i rappresentanti dell'ala gerosolimitana, e cercava di ricongiungere i vari gruppi dispersi.

"Non a caso nel 1808 le truppe del maresciallo Ney sono a Tomar. Cogliete il nesso?"

"Siamo qui solo per cogliere nessi."

"Ora Napoleone, in procinto di battere l'Inghilterra, ha in mano quasi tutti i centri europei, e attraverso gli ebrei francesi anche i gerosolimitani. Chi gli manca ancora?"

"I pauliciani."

"Appunto. E noi non abbiamo ancora deciso dove siano andati a finire. Ma ce lo suggerisce Napoleone, che va a cercarli dove sono, in Russia."

Bloccati da secoli nell'area slava, era naturale che i pauliciani si fossero riorganizzati sotto le varie etichette dei gruppi mistici russi. Uno dei consiglieri influenti di Alessandro I era il principe Galitzin, legato ad alcune sette di ispirazione martinista. E chi trovavamo in Russia, con ben dodici anni di anticipo su Napoleone, plenipotenziario dei Savoia, ad annodar legami coi cenacoli mistici di San Pietroburgo? De Maistre.

A quel punto egli ormai diffidava di ogni organizzazione d'illuminati, che per lui faceva tutt'uno con gli illuministi, responsabili del bagno di sangue della rivoluzione. In quel periodo infatti parlava, ripetendo quasi alla lettera Barruel, di una setta satanica che voleva conquistare il mondo, e probabilmente pensava a Napoleone. Se quindi il nostro grande reazionario si proponeva di sedurre i gruppi martinisti era perché aveva lucidamente intuito che essi, pur ispirandosi alle stesse fonti del neotemplarismo francese e tedesco, erano però l'espressione dell'unico gruppo non ancora corrotto dal pensiero occidentale: i pauliciani.

Però il piano di de Maistre, a quanto pare, non era riuscito. Nel 1816 i gesuiti sono espulsi da Pietroburgo e de Maistre se ne torna a Torino.

"Va bene," diceva Diotallevi, "abbiamo ritrovato i pauliciani. Facciamo uscire di scena Napoleone che evidentemente non è riuscito nel suo intento, altrimenti da Sant'Elena schioccando un dito avrebbe fatto tremare i suoi avversari. Che cosa accade ora fra tutta questa gente? Io sto perdendo la testa."

"Metà di loro l'avevano già persa," diceva Belbo.

91

> Oh come avete voi bene smascherato quelle sette infernali che preparano la via dell'Anticristo... Ve n'è tuttavia una di queste sette che voi non avete toccata che leggermente.
>
> (Lettera del capitano Simonini a Barruel, da *La civiltà cattolica*, 21.10.1882)

La mossa di Napoleone con gli ebrei aveva provocato una correzione di rotta presso i gesuiti. I *Mémoires* del Barruel non contenevano nessuna allusione agli ebrei. Ma nel 1806 Barruel riceve la lettera di un certo capitano Simonini il quale gli ricorda che anche Mani e il Veglio della Montagna erano ebrei, che i massoni erano stati fondati dagli ebrei e che gli ebrei avevano infiltrato tutte le società segrete esistenti.

La lettera di Simonini, fatta abilmente circolare a Parigi, aveva messo in difficoltà Napoleone che aveva appena contattato il Gran Sinedrio. Quel contatto aveva evidentemente preocccupato anche i Pauliciani, perché in quegli anni il Santo Sinodo della Chiesa Ortodossa Moscovita dichiarava: "Napoleone si propone di riunire oggi tutti gli ebrei che la collera di Dio ha disperso sulla faccia della terra per far loro rovesciare la chiesa di Cristo e proclamare Lui come il vero Messia."

Il buon Barruel accetta l'idea che il complotto non sia solo massonico ma giudaico-massonico. Tra l'altro, l'idea di questo complotto satanico faceva comodo per attaccare un nuovo nemico, e cioè l'Alta Vendita Carbonara, e quindi i padri anticlericali del Risorgimento, da Mazzini a Garibaldi.

"Ma tutto questo avviene agli inizi dell'Ottocento," diceva Diotallevi. "Invece la grande offensiva antisemita inizia a fine secolo, con la pubblicazione dei *Protocolli dei Savi di Sion*. E i Protocolli appaiono nell'area russa. Dunque sono una iniziativa pauliciana."

"Naturale," disse Belbo. "È chiaro che a questo punto il gruppo gerosolimitano si è diviso in tre tronconi. Il primo, attraverso i cabalisti spagnoli e provenzali, è andato a ispirare l'ala neotemplare, il secondo è stato assorbito dall'ala baconiana, e sono diventati scienziati e banchieri. È contro costoro che si scagliano i gesuiti. Ma c'è ancora un terzo troncone, e questo si è stabilito in Russia. Gli ebrei russi sono in buona parte piccoli commercianti e prestatori di denaro, e quindi sono malvisti dai contadini poveri; e in buona parte, siccome la cultura ebraica è una cultura del Libro e tutti gli ebrei sanno leggere e scrivere, vanno a ingrossare le fila dell'intellighenzia liberale e rivoluzionaria. I pauliciani sono mistici, reazionari, legati a filo doppio coi feudatari, e si sono infiltrati a corte. Ovvio che tra loro e i gerosolimitani non possano esservi fusioni. Quindi sono interessati a screditare gli ebrei e, attraverso gli ebrei – lo hanno imparato dai gesuiti – mettono in difficoltà i loro avversari all'esterno, sia i neotemplaristi che i baconiani."

92

Non vi può essere alcun dubbio. Con tutta la potenza ed il terrore di Satana, il regno del Re trionfatore di Israele si avvicina al nostro mondo non rigenerato; il Re nato dal sangue di Sionne, l'Anti-Cristo, si avvicina al trono della potenza universale.

(Sergiej Nilus, *Epilogo ai Protocolli*)

L'idea era accettabile. Bastava considerare chi aveva introdotto i Protocolli in Russia.

Uno dei più influenti martinisti di fine secolo, Papus, aveva sedotto Nicola II durante una sua visita a Parigi, poi era andato a Mosca e aveva condotto con sé un tale Philippe, ovvero Philippe Nizier Anselme Vachod. Posseduto dal diavolo a sei anni, guaritore a tredici, magnetizzatore a Lione, aveva affascinato sia Nicola II che quell'isterica di sua moglie. Philippe era stato invitato a corte, nominato medico dell'accademia militare di Pietroburgo, generale e consigliere di stato.

I suoi avversari decidono allora di contrapporgli una figura altrettanto carismatica che ne minasse il prestigio. E si trova Nilus.

Nilus era un monaco peregrinante, che in abiti talari peregrinava (e che altro?) per i boschi ostentando una gran barba da profeta, due mogli, una figlioletta e un'assistente o amante che fosse, tutte che pendevano dalle sue labbra. Metà guru, di quelli che poi scappano con la cassa, e metà eremita, di quelli che gridano che la fine è vicina. E infatti la sua idea fissa erano le trame dell'Anticristo.

Il piano dei sostenitori di Nilus era di farlo ordinare pope in modo che poi sposando (moglie più moglie meno) Elena Alexandrovna Ozerova, damigella d'onore della zarina, diventasse il confessore dei sovrani.

"Io sono un uomo mite," diceva Belbo, "ma incomincio a sospettare che la strage di Tsarkoie Tselo forse è stata un'operazione di derattizzazione."

Insomma, a un certo punto i partigiani di Philippe avevano accusato Nilus di vita lasciva, e Dio sa se non avessero ragione anche loro. Nilus aveva dovuto lasciare la corte, ma a questo punto qualcuno gli era venuto in aiuto passandogli il testo dei Protocolli. Siccome tutti facevano una gran confusione tra martinisti (che si ispiravano a Saint Martin) e martinesisti (seguaci di quel Martines de Pasqually che piaceva così poco ad Agliè), e siccome Pasqually secondo una voce corrente era ebreo, screditando gli ebrei si screditavano i martinisti e screditando i martinisti si liquidava Philippe.

In effetti una prima versione incompleta dei Protocolli era già apparsa nel 1903 sullo *Znamia*, un giornale di Pietroburgo diretto dall'antisemita militante Kruscevan. Nel 1905, col benestare della censura governativa, questa prima versione, completa, era ripresa anonimamente in un libro,

La fonte dei nostri mali, presumibilmente edito da certo Boutmi, che con Kruscevan aveva partecipato alla fondazione dell'Unione del Popolo Russo, poi nota come Centurie Nere, la quale arruolava criminali comuni per compiere pogrom e attentati di estrema destra. Boutmi avrebbe continuato a pubblicare, questa volta sotto il suo nome, altre edizioni dell'opera, col titolo *I nemici della razza umana – Protocolli provenienti dagli archivi segreti della cancelleria centrale di Sion.*

Ma si trattava di libretti a buon mercato. La versione estesa dei Protocolli, quella che sarebbe stata tradotta in tutto il mondo, esce nel 1905 nella terza edizione del libro di Nilus *Il Grande nel Piccolo: l'Anticristo è una possibilità politica imminente*, Tsarkoie Tselo, sotto l'egida di una sezione locale della Croce Rossa. La cornice era quella di più ampia riflessione mistica, e il libro finisce nelle mani dello zar. Il metropolita di Mosca ne prescrive la lettura in tutte le chiese moscovite.

"Ma qual è," avevo chiesto, "la connessione dei Protocolli col nostro Piano? Qui si parla sempre di questi Protocolli, vogliamo leggerli?"

"Nulla di più semplice," ci aveva detto Diotallevi, "c'è sempre un editore che li ripubblica – anzi una volta lo facevano mostrando indignazione, per dovere documentario, poi a poco a poco hanno ricominciato a farlo con soddisfazione."

"Come sono Gentili."

93

L'unica società da noi conosciuta che sarebbe capace di farci concorrenza in queste arti potrebbe essere quella dei gesuiti. Ma siamo riusciti a screditare i gesuiti agli occhi della plebe stupida per la ragione che questa società è un'organizzazione palese, mentre noi ci teniamo dietro le quinte, mantenendo il segreto.

(Protocolli, V)

I Protocolli sono una serie di ventiquattro dichiarazioni programmatiche attribuite ai Savi di Sion. I propositi di questi Savi ci erano apparsi abbastanza contraddittori, talora vogliono abolire la libertà di stampa, talora incoraggiare il libertinismo. Criticano il liberalismo, ma sembrano enunciare il programma che le sinistre radicali attribuiscono alle multinazionali capitalistiche, compreso l'uso dello sport e dell'educazione visiva per rimbecillire il popolo. Analizzano varie tecniche per impadronirsi del potere mondiale, elogiano la forza dell'oro. Decidono di favorire le rivoluzioni in ogni paese sfruttando il malcontento e confondendo il popolo proclamando idee liberali, però vogliono incoraggiare la disuguaglianza. Calcolano come instaurare ovunque regimi presidenziali controllati da uomini di paglia dei Savi. Decidono di far scoppiare guerre, aumentare la produzione degli armamenti e (lo aveva detto anche Salon) costruire metropolitane (sotterranee!) per aver modo di minare le grandi città.

Dicono che il fine giustifica i mezzi e si propongono di incoraggiare l'antisemitismo sia per controllare gli ebrei poveri che per intenerire il cuore dei gentili di fronte alle loro sventure (costoso, diceva Diotallevi, ma efficace). Affermano con candore "abbiamo un'ambizione senza limiti, un'ingordigia divoratrice, un desiderio spietato di vendetta e un odio intenso" (esibendo uno squisito masochismo perché riproducono con gusto il cliché dell'ebreo malvagio che già stava circolando nella stampa antisemita e che adornerà le copertine di tutte le edizioni del loro libro), e decidono di abolire lo studio dei classici e della storia antica.

"Insomma," osservava Belbo, "i Savi di Sion erano una manica di coglioni."

"Non scherziamo," diceva Diotallevi. "Questo libro è stato preso molto sul serio. Piuttosto mi colpisce una cosa. Che volendo apparire come un piano ebraico antico di secoli, tutti i suoi riferimenti sono a piccole polemiche francesi fin de siècle. Pare che il cenno all'educazione visiva che serve a rimbecillire le masse alludesse al programma educativo di Léon Bourgeois che fa entrare nove massoni nel suo governo. Un altro brano consiglia di far eleggere persone compromesse con lo scandalo di Panama e tale era Emile Loubet che nel '99 diverrà presidente della repubblica. L'accenno al metró è dovuto al fatto che in quel tempo i giornali di destra protestavano perché la Compagnie du Métropolitain aveva troppi azionisti ebrei. Per questo si suppone che il testo sia stato messo insieme in Francia nell'ultimo decennio dell'Ottocento, al tempo dell'affare Dreyfus, per indebolire il fronte liberale."

"Non è questo che m'impressiona," aveva detto Belbo. "È il *déjà vu.* La sintesi della faccenda è che questi Savi raccontano un piano per la conquista del mondo, e noi questo discorso l'abbiamo già sentito. Provate a togliere alcuni riferimenti a fatti e problemi del secolo scorso, sostituite i sotterranei del metró coi sotterranei di Provins, e tutte le volte che c'è scritto ebrei scrivete Templari e tutte le volte che c'è scritto Savi di Sion scrivete Trentasei Invisibili divisi in sei bande... Amici miei, questa è l'Ordonation di Provins!"

94

Voltaire lui-même est mort jésuite: en avoit-il le moindre soupçon?

(F.N. de Bonneville, *Les Jésuites chassés de la Maçonnerie et leur poignard brisé par les Maçons*, Orient de Londres, 1788, 2, p. 74)

Avevamo tutto sotto gli occhi da tempo, e non ce n'eravamo mai resi conto appieno. Lungo sei secoli sei gruppi si battono per realizzare il Piano di Provins, e ciascun gruppo prende il testo ideale di quel Piano, vi cambia semplicemente il soggetto, e lo attribuisce all'avversario.

Dopo che i Rosa-Croce si fan vivi in Francia, i gesuiti volgono il piano in negativo: screditando i Rosa-Croce, screditano i baconiani e la nascente massoneria inglese.

Quando i gesuiti inventano il neotemplarismo, il marchese de Luchet attribuisce il piano ai neotemplari. I gesuiti, che ormai stanno scaricando anche i neotemplari, attraverso Barruel copiano Luchet, ma attribuiscono il piano a tutti i frammassoni in genere.

Controffensiva baconiana. Andando a spulciare tutti i testi della polemica liberale e laicista avevamo scoperto che da Michelet e Quinet sino a Garibaldi e a Gioberti, si attribuiva l'Ordonation ai gesuiti (e forse l'idea veniva dal templare Pascal e dai suoi amici). Il tema diventava popolare con *L'ebreo errante* di Eugène Sue e col suo personaggio del malvagio monsieur Rodin, quintessenza del complotto gesuitico nel mondo. Ma cercando in Sue avevamo trovato ben di più: un testo che sembrava ricalcato – ma in anticipo di mezzo secolo – sui Protocolli, parola per parola. Si trattava dell'ultimo capitolo de *I misteri del Popolo*. Qui il diabolico piano gesuita era spiegato sino all'ultimo delittuoso dettaglio in un documento inviato dal generale della Compagnia, padre Roothaan (personaggio storico) a monsieur Rodin (già personaggio dell'*Ebreo errante*). Rodolfo di Gerolstein (già eroe dei *Misteri di Parigi*) ne veniva in possesso e lo rivelava ai democratici: "Vedete caro Lebrenn, come questa trama infernale è ben ordita, quali spaventevoli dolori, quale orrenda dominazione, quale dispotismo terribile riserva all'Europa e al mondo, se per sventura riesce..."

Sembrava la prefazione di Nilus ai Protocolli. E Sue attribuiva ai gesuiti il motto (che ritroveremo poi nei Protocolli, attribuito agli ebrei) "il fine giustifica i mezzi".

95

> Non ci si chiederà di moltiplicar le prove per stabilire che questo grado di Rosa-Croce fu abilmente introdotto dai capi della massoneria... L'identità della sua dottrina, del suo odio e delle sue pratiche sacrileghe con quelle della Cabbala, degli Gnostici e dei Manichei, ci indica l'identità degli autori, e cioè gli Ebrei Cabalisti.
>
> (Mons. Léon Meurin, S.J., *La Franc-Maçonnerie, Synagogue de Satan*, Paris, Retaux, 1893, p. 182)

Quando escono i *Misteri del popolo*, i gesuiti vedono che l'Ordonation è attribuita a loro, e si buttano sull'unica tattica offensiva che non era ancora stata sfruttata da nessuno e, recuperando la lettera di Simonini, attribuiscono l'Ordonation agli ebrei.

Nel 1869 Gougenot de Mousseaux, celebre per due libri sulla magia nel diciannovesimo secolo, pubblica *Les Juifs, le judaïsme et la judaïsation des peuples chrétiens*, dove si dice che i giudei usano la Cabbala e sono adoratori di Satana, visto che una filiazione segreta lega direttamente Caino agli gnostici, ai Templari e ai massoni. De Mousseaux riceve una benedizione speciale da Pio IX.

Ma il Piano romanzato da Sue viene riciclato anche da altri, che gesuiti non sono. C'era una bella storia, quasi gialla, accaduta molto tempo dopo. Dopo l'apparizione dei Protocolli, che aveva preso molto sul serio, nel 1921 il *Times* aveva scoperto che un proprietario terriero russo monarchico rifugiatosi in Turchia aveva comperato da un ex ufficiale della polizia segreta russa rifugiato a Costantinopoli un gruppo di vecchi libri tra cui uno senza copertina, dove sulla costa si leggeva solo "Joli", con una prefazione datata 1864 e che sembrava la fonte letterale dei Protocolli. Il *Times* aveva fatto ricerche al British Museum e aveva scoperto il libro originale di Maurice Joly, *Dialogue aux enfers entre Montesquieu et Machiavel*, Bruxelles (ma con l'indicazione Genève, 1864). Maurice Joly non aveva nulla a che vedere con Cretineau-Joly, ma l'analogia andava comunque rilevata, qualche cosa doveva pur significare.

Il libro di Joly era un pamphlet liberale contro Napoleone III dove Machiavelli, che rappresentava il cinismo del dittatore, discuteva con Montesquieu. Joly era stato arrestato per questa iniziativa rivoluzionaria, aveva fatto quindici mesi di prigione e nel 1878 si era ucciso. Il programma degli ebrei dei Protocolli era ripreso quasi letteralmente da quello che Joly attribuiva a Machiavelli (il fine giustifica i mezzi), e attraverso Machiavelli a Napoleone. Il *Times* però non si era accorto (ma noi sì) che Joly aveva copiato a man salva dal documento di Sue, anteriore di almeno sette anni.

Un'autrice antisemita, un'appassionata della teoria del complotto e dei Superiori Sconosciuti, tale Nesta Webster, di fronte a questo fatto che riduceva i Protocolli a una banale scopiazzatura, ci aveva provvisto un'intuizione luminosissima, come solo il vero iniziato, o il cacciatore di iniziati, sa avere. Joly era un iniziato, conosceva il piano dei Superiori Sconosciuti, odiando Napoleone III lo aveva attribuito a lui, ma questo non significava che il piano non esistesse indipendentemente da Napoleone. Siccome il piano raccontato dai Protocolli si attaglia esattamente a quello che gli ebrei di solito fanno, dunque era il piano degli ebrei. A noi non restava che correggere la signora Webster secondo la stessa logica: siccome il piano si attagliava perfettamente a quello che avrebbero dovuto pensare i Templari, era il piano dei Templari.

E poi la nostra era la logica dei fatti. Ci era piaciuta molto la faccenda del cimitero di Praga. Era la storia di un certo Hermann Goedsche, un piccolo funzionario postale prussiano. Costui aveva già pubblicato documenti falsi per screditare il democratico Waldeck, accusandolo di voler assassinare il re di Prussia. Smascherato, era diventato il redattore dell'organo dei grandi proprietari conservatori, *Die Preussische Kreuzezeitung*. Poi sotto il nome di sir John Retcliffe aveva iniziato a scrivere romanzi a sensazione, tra cui *Biarritz*, nel 1868. Quivi descriveva una scena occultistica che si svolgeva nel cimitero di Praga, molto simile alla riunione degli Illuminati che Dumas aveva descritto all'inizio del *Giuseppe Balsamo*, dove Cagliostro, capo dei Superiori Sconosciuti, tra cui Swedenborg, ordisce il complotto della collana della regina. Nel cimitero di Praga si riuniscono i rappresentanti delle dodici tribù di Israele che espongono i loro piani per la conquista del mondo.

Nel 1876 un pamphlet russo riporta la scena di *Biarritz*, ma come se fosse avvenuta realmente. E così fa nel 1881, in Francia, *Le Contemporain*. E si dice che la notizia viene da fonte sicura, il diplomatico inglese sir John Readcliff. Nel 1896 tale Bournand pubblica un libro, *Les Juifs, nos contemporains*, e riporta la scena del cimitero di Praga, e dice che il discorso eversore viene fatto dal gran rabbino John Readclif. Una tradizione posteriore dirà invece che il vero Readclif era stato condotto nel cimitero fatale da Ferdinand Lassalle, genero di Marx.

E questi piani sono più o meno quelli descritti nel 1880, pochi anni prima, dalla *Revue des Etudes Juives* (antisemita) che aveva pubblicato due lettere attribuite a ebrei del XV secolo. Gli ebrei di Arles chiedono aiuto agli ebrei di Costantinopoli perché sono perseguitati, e costoro rispondono: "Beneamati fratelli in Mosè, se il re di Francia vi obbliga a farvi cristiani, fatelo, perché non potete fare altrimenti, ma conservate la legge di Mosè nei vostri cuori. Se vi spogliano dei vostri beni fate che i vostri figli diventino mercanti, in modo che a poco a poco spoglino i cristiani dei loro. Se si attenta alle vostre vite fate diventare i vostri figli medici e farmacisti, così che essi tolgano ai cristiani le loro vite. Se distruggono le vostre sinagoghe, fate diventare i vostri figli canonici e chierici in modo che distruggano le loro chiese. Se vi fanno altre vessazioni, fate che i vostri figli diventino avvocati e notai e che si mescolino agli affari di tutti gli stati, in modo che mettendo i cristiani sotto il vostro giogo, voi dominiate il mondo e possiate vendicarvi di essi."

Si trattava sempre del piano dei gesuiti e, a monte, della Ordonation templare. Poche variazioni, permutazioni minime: i Protocolli si stavano facendo da soli. Un progetto astratto di complotto migrava da complotto a complotto.

E quando ci eravamo ingegnati di individuare l'anello mancante, che univa tutta questa bella storia a Nilus, avevamo incontrato Račkovskij, il capo della terribile Ochrana, la polizia segreta dello zar.

96

Una copertura è sempre necessaria. Nel nascondimento sta gran parte della nostra forza. Perciò dobbiamo sempre nasconderci sotto il nome di un'altra società.

(*Die neuesten Arbeiten des Spartacus und Philo in dem Illuminaten-Orden*, 1794, p. 143)

Proprio in quei giorni leggendo qualche pagina dei nostri diabolici avevamo trovato che il conte di San Germano, tra i suoi vari travestimenti, aveva assunto anche quello di Rackoczi, o almeno così lo aveva identificato l'ambasciatore di Federico II a Dresda. E il landgravio di Hesse, presso cui San Germano, apparentemente, era morto, aveva detto che era di origine transilvana e si chiamava Ragozki. Si aggiungesse che Comenio aveva dedicato la sua *Pansofia* (opera certamente in odore di rosicrucianesimo) a un landgravio (quanti landgravi in questa nostra storia) che si chiamava Ragovsky. Ultimo tocco al mosaico, frugando in una bancarella in piazza Castello, avevo trovato un'opera tedesca sulla massoneria, anonima, dove una mano ignota aveva aggiunto in antiporta una nota secondo la quale il testo era dovuto a tale Karl Aug. Ragotgky. Considerando che Rakosky si chiamava il misterioso individuo che aveva forse ucciso il colonnello Ardenti, ecco che trovavamo sempre modo di inserire, sulle tracce del Piano, il nostro conte di San Germano.

"Non diamo troppo potere a questo avventuriero?" chiedeva preoccupato Diotallevi.

"No, no," rispondeva Belbo, "ci vuole. Come la salsa di soia nei piatti cinesi. Se non c'è, non è cinese. Guarda Agliè che se ne intende: ha mica preso come modello Cagliostro o Willermoz. San Germano è la quintessenza dell'Homo Hermeticus."

Pierre Ivanovitch Račkovskij. Gioviale, insinuante, felino, intelligente e astuto, falsario geniale. Piccolo funzionario, poi in contatto coi gruppi rivoluzionari, nel 1879 viene arrestato dalla polizia segreta e accusato di aver dato asilo ad amici terroristi che avevano attentato al generale Drentel. Passa dalla parte della polizia e si iscrive (guarda guarda) alle Centurie Nere. Nel 1890 scopre a Parigi un'organizzazione che fabbricava bombe per attentati in Russia, e riesce a far arrestare in patria sessantatré terroristi. Dieci anni dopo si scoprirà che le bombe erano state fatte dai suoi uomini.

Nel 1887 diffonde la lettera di un certo Ivanov, rivoluzionario pentito, che assicura che la maggioranza dei terroristi sono ebrei; nel '90 una "confession par un vieillard ancien révolutionnaire" dove i rivoluzionari esiliati a Londra sono accusati di essere agenti britannici. Nel '92 un falso testo di Plechanov in cui si accusa la direzione del partito Narodnaia Volia di aver fatto pubblicare quella confessione.

Nel 1902 cerca di costituire una lega franco-russa antisemita. Per riuscirvi usa una tecnica affine a quella dei Rosa-Croce. Afferma che la lega esiste, in modo che qualcuno poi la crei. Ma usa anche un'altra tecnica: mescola accortamente il vero con il falso, e il vero apparentemente lo danneggia, così nessuno dubita del falso. Fa circolare a Parigi un misterioso appello ai francesi per sostenere una Lega Patriottica Russa con sede a Karkov. Nell'appello attacca se stesso come colui che vuole far fallire la lega e auspica che lui, Račkovskij, cambi idea. Si autoaccusa di servirsi di personaggi screditati come Nilus, il che è esatto.

Perché si possono attribuire a Račkovskij i Protocolli?

Il protettore di Račkovskij era il ministro Sergeij Witte, un progressista che voleva trasformare la Russia in un paese moderno. Perché il progressista Witte si servisse del reazionario Račkovskij, lo sapeva solo Iddio, ma noi eravamo ormai preparati a tutto. Witte aveva un avversario politico, tale Elie de Cyon, che già lo aveva attaccato pubblicamente con spunti polemici che ricordano certi brani dei Protocolli. Ma negli scritti di Cyon non vi erano accenni agli ebrei, perché lui stesso era di origine ebraica. Nel 1897, per ordine di Witte, Račkovskij fa perquisire la villa di Cyon a Territat, e trova un pamphlet di Cyon derivato dal libro di Joly (o da quello di Sue), dove si attribuivano a Witte le idee di Machiavelli-Napoleone III. Račkovskij, col suo genio per la falsificazione, sostituisce gli ebrei a Witte e fa circolare il testo. Il nome Cyon pare fatto apposta per ricordare Sion, e si può dimostrare che un autorevole esponente ebraico denuncia un complotto ebraico. Ecco che sono nati i Protocolli. A questo punto il testo cade anche nelle mani di Iuliana o Justine Glinka, che frequenta a Parigi l'ambiente di Madame Blawatsky, e nei ritagli di tempo spia e denuncia i rivoluzionari russi in esilio. La Glinka è certamente un agente dei pauliciani, i quali sono legati agli agrari e quindi vogliono convincere lo zar che i programmi di Witte sono gli stessi del complotto internazionale ebraico. La Glinka invia il documento al generale Orgeievskij, e questo attraverso il comandante della guardia imperiale lo fa pervenire allo zar. Witte si trova nei guai.

Così Račkovskij, trascinato dal suo livore antisemita, contribuisce alla disgrazia del suo protettore. E probabilmente anche alla propria. Infatti da quel momento perdevamo le sue tracce. San Germano forse si era mosso verso nuovi travestimenti e nuove reincarnazioni. Ma la nostra storia aveva assunto un profilo plausibile, razionale, limpido, perché era suffragata da una serie di fatti, veri – diceva Belbo – come è vero Dio.

Tutto questo mi faceva tornare alla mente le storie di De Angelis sulla sinarchia. Il bello di tutta la storia – certo della nostra storia, ma forse della Storia, come insinuava Belbo, con sguardo febbricitante, mentre mi porgeva le sue schede – era che gruppi in lotta mortale si stavano sterminando a vicenda usando ciascuno le stesse armi dell'altro. "Il primo dovere di un bravo infiltrato," commentavo, "è denunciare come infiltrati coloro presso cui si è infiltrato."

Belbo aveva detto: "Ricordo una storia a ***. Incontravo sempre al tramonto, nel viale, su una Balilla nera, un certo Remo, o un nome del genere. Baffi neri, capelli ricci neri, camicia nera, e denti neri, orribilmente cariati. E baciava una ragazza. E io avevo schifo di quei denti neri che baciavano quella cosa bella e bionda, non ricordo neppure che viso avesse, ma per me era vergine e prostituta, era l'eterno femminino. E molto ne fremevo." Aveva adottato d'istinto un tono aulico per dichiarare il suo intento ironico, conscio di essersi lasciato trasportare dai languori innocenti della memoria. "Mi chiedevo e avevo chiesto perché questo Remo, che apparteneva alle Brigate Nere, poteva farsi vedere in giro così, anche nei periodi in cui *** non era occupata dai fascisti. E mi avevano detto che si sussurrava che fosse un infiltrato dei partigiani. Come è come non è, una sera me lo vedo sulla stessa Balilla nera, con gli stessi denti neri, a baciare la stessa ragazza bionda, ma con un fazzoletto rosso al collo e una camicia cachi. Era passato alle Brigate Garibaldine. Tutti lo festeggiavano, e aveva assunto un nome di battaglia, X9, come il personaggio di Alex Raymond, di cui aveva letto sull'*Avventuroso*. Bravo X9, gli dicevano... E io lo odiavo ancora di più, perché possedeva la ragazza col consenso del popolo. Ma alcuni dicevano che era un infiltrato fascista tra i partigiani, e credo fossero coloro che desideravano la ragazza, ma così era, X9 era sospetto..."

"E poi?"

"Scusi Casaubon, perché le interessano tanto i fatti miei?"

"Perché lei racconta, e i racconti sono fatti dell'immaginario collettivo."

"Good point. Allora una mattina X9 stava transitando fuori zona, forse aveva dato appuntamento alla ragazza nei campi, per andare al di là di quel petting miserabile e mostrare che la sua verga era meno cariata dei suoi denti – scusatemi, ma non riesco ancora ad amarlo – insomma, ecco che i fascisti gli tendono un agguato, lo portano in città e alle cinque di mattina, il giorno dopo, lo fucilano."

Pausa. Belbo si era guardato le mani, che stava tenendo giunte, come fosse in preghiera. Poi le aveva allargate e aveva detto: "Era la prova che non era un infiltrato."

"Significato della parabola?"

"Chi le ha detto che le parabole debbono avere un significato? Ma ripensandoci bene, forse vuol dire che spesso per provare qualcosa bisogna morire."

97

Ego sum qui sum.
(*Esodo* 3,14)

Ego sum qui sum. An axiom of hermetic philosophy.
(Mme Blawatsky, *Isis Unveiled*, p. 1)

– Chi sei tu? chiesero a un tempo trecento voci mentre venti spade sfavillavano tra le mani dei fantasmi più vicini...
– Ego sum qui sum, disse.
(Alexandre Dumas, *Giuseppe Balsamo*, II)

Avevo rivisto Belbo il mattino dopo. "Ieri abbiamo scritto una bella pagina di feuilleton," gli avevo detto. "Ma forse, se vogliamo fare un Piano attendibile, dovremmo rimanere più aderenti alla realtà."

"Quale realtà?" mi aveva chiesto. "Forse è solo il feuilleton che ci dà la vera misura della realtà. Ci hanno ingannato."

"Chi?"

"Ci hanno fatto credere che da una parte c'è la grande arte, quella che rappresenta personaggi tipici in circostanze tipiche, e dall'altra il romanzo d'appendice, che racconta di personaggi atipici in circostanze atipiche. Pensavo che un vero dandy non avrebbe mai fatto all'amore con Scarlett O'Hara e neppure con Costanza Bonacieux, o con la Perla di Labuan. Io col feuilleton giocavo, per passeggiare un poco fuori della vita. Mi rassicurava, perché proponeva l'irraggiungibile. Invece no."

"No?"

"No. Aveva ragione Proust: la vita è rappresentata meglio dalla cattiva musica che non da una Missa Solemnis. L'arte ci prende in giro e ci rassicura, ci fa vedere il mondo come gli artisti vorrebbero che fosse. Il feuilleton finge di scherzare, ma poi il mondo ce lo fa vedere così com'è, o almeno così come sarà. Le donne sono più simili a Milady che a Lucia Mondella, Fu Manchu è più vero di Nathan il Saggio, e la Storia è più simile a quella raccontata da Sue che a quella progettata da Hegel. Shakespeare, Melville, Balzac e Dostoevskij hanno fatto del feuilleton. Quello che è successo davvero è quello che avevano raccontato in anticipo i romanzi d'appendice."

"È che è più facile imitare il feuilleton che l'arte. Diventare la Gioconda è un lavoro, diventare Milady segue il nostro naturale penchant alla facilità."

Diotallevi, che sino ad allora era restato in silenzio, aveva osservato: "Vedete il nostro Agliè. Trova più facile imitare San Germano che Voltaire."

"Sì," aveva detto Belbo, "in fondo anche le donne trovano più interessante San Germano di Voltaire."

Ho ritrovato dopo questo *file*, dove Belbo aveva riassunto le nostre conclusioni in termini romanzeschi. Dico in termini romanzeschi perché mi rendo conto che si era divertito a ricostruire la vicenda senza metterci, di suo, che poche frasi di raccordo. Non individuo tutte le citazioni, i plagi e i prestiti, ma ho riconosciuto molti brani di questo furibondo collage. Ancora una volta, per sfuggire all'inquietudine della Storia, Belbo aveva scritto e rivisitato la vita per interposta scrittura.

---

filename: Il ritorno di San Germano

Ormai da cinque secoli la mano vendicatrice dell'Onnipotente mi ha spinto, dalle profondità dell'Asia, sino su queste terre. Porto con me lo spavento, la desolazione, la morte. Ma orsù, sono il notaio del Piano, anche se gli altri non lo sanno. Ne ho ben viste di peggio, e il macchinar la notte di San Bartolomeo m'è costato più tedio di quanto non stia accingendomi a fare. Oh, perché le mie labbra si increspano in questo sorriso satanico? Io sono colui che è, se il maledetto Cagliostro non mi avesse usurpato anche quest'ultimo diritto.

Ma il trionfo è vicino. Soapes, quand'ero Kelley, mi ha insegnato tutto, nella Torre di Londra. Il segreto è diventare un altro.

Con astuti raggiri ho fatto rinchiudere Giuseppe Balsamo nella fortezza di San Leo, e mi sono impadronito dei suoi segreti. Come San Germano sono scomparso, tutti ora mi credono il conte di Cagliostro.

La mezzanotte è da poco suonata in tutti gli orologi della città. Quale innaturale quiete. Questo silenzio non mi convince. La sera è splendida, sebbene freddissima, la luna alta nel cielo illumina di un chiarore algido i vicoli impenetrabili della vecchia Parigi. Potrebbero essere le dieci di sera: il campanile dell'abbazia dei Black Friars ha da poco battuto lentamente le otto. Il vento scuote con lugubre stridio le banderuole di ferro sulla desolata distesa dei tetti. Una spessa coltre di nubi ricopre il cielo.

Capitano, risaliamo? No, al contrario, precipitiamo. Dannazione, tra poco il *Patna* colerà a picco, salta Jim della Canapa, salta. Non darei forse, per sfuggire a questa angoscia, un diamante grande come una nocciola? Orza la barra, la randa, il pappafico, e che altro vuoi, oste della malora, laggiù soffia!

Digrigno orribilmente la chiostra dei denti mentre un pallore di morte mi infiamma il viso cereo di vampe verdastre.

Come sono arrivato qui, io che sembro l'immagine stessa della vendetta? Gli spiriti dell'inferno sorrideranno con spregio alle lagrime dell'essere la cui voce minacciosa li ha fatti tremare sì sovente nel seno stesso del loro abisso di fuoco.

Orsù, una face.

Quanti scalini ho disceso prima di penetrare in questa stamberga? Sette? Trentasei? Non c'è pietra che abbia sfiorato, passo che abbia compiuto, che non celasse un geroglifico. Quando l'avrò palesato, ai miei fidi sarà rivelato finalmente il Mistero. Dopo non ci sarà che da decifrarlo, e la sua soluzione sarà la Chiave, dietro la quale si nascode il Messaggio, che all'iniziato, e solo a quello, dirà a chiare lettere quale sia la natura dell'Enigma.

Dall'enigma al decrittaggio, il passo è breve, e ne uscirà lampante lo Ierogramma, su cui affinare la preghiera dell'interrogazione. Poi più a nessuno potrà essere ignoto l'Arcano, velo, coltre, arazzo egizio che copre il Pentacolo. E di lì verso la luce a dichiarare del pentacolo il Senso Occulto, la Domanda Cabalistica a cui solo pochi risponderanno, per dire con voce di tuono quale sia il Segno Insondabile. Su di esso piegati, Trentasei Invisibili dovranno dare la risposta, l'enunciazione della Runa il cui senso è aperto solo ai figli d'Ermete, e a essi sia dato il Sigillo Beffardo, Maschera dietro a cui si profili il volto che essi cercano di mettere a nudo, il Rebus Mistico, l'Anagramma Sublime...

– Sator Arepo! grido con voce da far fremere uno spettro. E abbandonando la ruota che tiene con l'opera accorta delle sue mani omicide, Sator Arepo appare, prono al mio comando. Lo riconosco, e già sospettavo chi fosse. È Luciano, lo spedizioniere mutilato, che i Superiori Sconosciuti hanno destinato a esecutore del mio compito infame e sanguinoso.

– Sator Arepo, chiedo beffardo, sai tu quale sia la risposta finale che si cela dietro il Sublime Anagramma?

– No conte, risponde l'incauto, e l'attendo dalle tue parole.

Una risata infernale esce dalle mie labbra pallide e risuona sotto le antiche volte.

– Illuso! Solo il vero iniziato sa di non saperla!

– Sì padrone, risponde ottuso lo spedizioniere mutilato, come volete voi. Io sono pronto.

Siamo in una stamberga sordida di Clignancourt. Questa sera debbo punire te, prima di tutti, tu che mi hai iniziato alla nobile arte del delitto. Di te, che fingi di amarmi, e quel che è peggio il credi, e dei nemici senza nome con cui passerai il prossimo week end. Luciano, testimone importuno delle mie umiliazioni, mi presterà il suo braccio – l'unico – poi ne morrà.

Una stamberga con una botola nel pavimento, che sovrasta una specie di botro, di réservoir, di budello sotterraneo, usato da tempi immemorabili per deporvi merce di contrabbando, inquietantemente umido perché confina coi condotti delle fogne di Parigi, labirinto del delitto, e le vecchie pareti trasudano indicibili miasmi, così che basta, con l'aiuto di Luciano, fedelissimo nel male, praticare un buco nella parete e l'acqua entra a fiotti, allaga lo scantinato, fa crollare i muri già pericolanti, rende il botro tutt'uno col resto dei condotti, ora vi galleggiano pantegane putrefatte, la superficie nerastra che s'intravede dal sommo della botola è ormai vestibolo alla perdizione notturna: lontano lontano, la Senna, poi il mare....

Dalla botola pende una scaletta a pioli assicurata al bordo superiore, e su questa, a pelo d'acqua, si sistema Luciano, con un coltello: una mano salda sul primo piolo, l'altra che stringe il pugnale, la terza pronta ad afferrar la vittima. Ora aspetta, e in silenzio – gli dico – vedrai.

Ti ho convinto a eliminare tutti gli uomini con la cicatrice – vieni con me, sii mia per sempre, eliminiamo quelle presenze importune, so bene che tu non li ami, me l'hai detto, rimarremo tu ed io, e le correnti sotterranee.

Ora sei entrata, altera come una vestale, chioccia e rattrappita come una megera – o visione d'inferno che scuoti i miei lombi centenari e mi serri il petto nella morsa del desiderio, o splendida mulatta, strumento della mia perdizione. Con le mani adunche mi lacero la camicia di fine batista che m'orna il petto, e con l'unghie lo strio di solchi sanguinosi, mentre un'arsura atroce mi brucia le labbra fredde come le mani del serpente. Un sordo ruggito sale dalle più nere caverne dell'anima mia ed erompe dalla chiostra dei denti miei ferini – io centauro vomitato dal tartaro – e quasi non s'ode volare una salamandra, perché l'urlo trattengo, e mi ti avvicino con un sorriso atroce.

– Mia cara, mia Sophia, ti dico con la grazia felina con cui sa parlare solo il capo segreto dell'Ochrana. Vieni, ti attendevo, acquattati con me nella tenebra, e attendi – e tu ridi chioccia, viscida, pregustando una qualche eredità o bottino, un manoscritto dei Protocolli da vendere alio zar... Come sai celare dietro quel volto d'angelo la tua natura di demone, pudicamente fasciata dai tuoi androgini blue-jeans, la T-shirt quasi trasparente che tuttavia cela il giglio infame stampato sulle tue carni bianche dal boia di Lilla!

È giunto il primo insipiente, da me attratto nel tranello. Ne scorgo a fatica le fattezze, sotto il ferraiuolo che lo avviluppa, ma mi mostra il segno dei templari di Provins. È Soapes, il sicario del gruppo di Tomar. – Conte, mi dice, il momento è giunto. Per troppi anni abbiamo errato dispersi per il mondo. Voi avete il brandello finale del messaggio, io quello che apparve all'inizio del Grande Gioco. Ma questa è un'altra storia. Riuniamo le nostre forze, e gli altri...

Completo la sua frase: – Gli altri, all'inferno. Va', fratello, al centro della stanza vi è uno scrigno, nello scrigno ciò che cerchi da secoli. Non temere l'oscurità, essa non ci minaccia ma ci protegge.

L'insipiente muove i suoi passi, quasi a tentoni. Un tonfo, cupo. È precipitato nella botola, a pelo d'acqua Luciano lo afferra e vibra la sua lama, un taglio di gola rapido, il gorgoglio del sangue si confonde col ribollire del liquame ctonio.

Bussano alla porta. – Sei tu Disraeli?

– Sì, mi risponde lo sconosciuto, in cui i miei lettori avranno riconosciuto il gran maestro del gruppo inglese, ormai salito ai fastigi del potere, ma ancora non pago. Egli parla: – My Lord, it is useless to deny, because it is impossible to conceal, that a great part of Europe is covered with a network of these secret societies, just as the superficies of the earth is now being covered with railroads...

– Lo hai già detto ai Comuni, 14 luglio 1856, nulla mi sfugge. Veniamo al sodo.

Il giudeo baconiano impreca tra i denti. Prosegue: – Sono troppi. I trentasei invisibili ora sono trecentosessanta. Moltiplica per due, settecentoventi. Sottrai i centoventi anni al termine dei quali si aprono le porte, e hai seicento, come la carica di Balaklava.

Diavolo di un uomo, la scienza segreta dei numeri non ha segreti per lui. – Ebbene?

– Noi abbiamo l'oro, tu la mappa. Uniamoci, e saremo invincibili.

Con un gesto ieratico gli addito lo scrigno fantasmatico che egli, accecato dalla sua brama, crede di scorgere nell'ombra. Si avvia, cade.

Odo il sinistro balenio della lama di Luciano, malgrado la tenebra vedo il rantolo che luccica nella tacita pupilla dell'inglese. Giustizia è fatta.

Attendo il terzo, l'uomo dei Rosa-Croce francesi, Montfaucon de Villars, pronto a tradire, già ne son prevenuto, i segreti della sua setta.

– Sono il conte di Gabalis, si presenta, mendace e fatuo.

Ho poche parole da sussurrare per indurlo ad avviarsi verso il suo destino. Cade, e Luciano, avido di sangue, compie la sua bisogna.

Tu sorridi con me nell'ombra, e mi dici che tu sei mia, e tuo sarà il mio segreto. Illuditi illuditi, sinistra caricatura della Shekinah. Sì, sono il tuo Simone, attendi, ignori ancora il meglio. E quando l'avrai saputo avrai cessato di saperlo.

Che aggiungere? Uno a uno entrano gli altri.

Padre Bresciani mi aveva informato che a rappresentare gli illuminati tedeschi sarebbe venuta Babette d'Interlaken, pronipote di Weishaupt, la gran vergine del comunismo elvetico, cresciuta tra le crapule, la rapina e il sangue, esperta nel carpire segreti impenetrabili, nell'aprire dispacci senza violarne i sigilli, nel propinar veleni secondo che la sua setta le comandasse.

Entra dunque, il giovane agatodèmone del delitto, avvolta di una pelliccia d'orso bianco, i lunghi capelli biondi che le fluiscon da sotto lo spavaldo colbacco, sguardo altero, piglio sarcastico. E con il solito raggiro la dirigo verso la perdizione.

Ah, ironia del linguaggio – questo dono che natura ci ha dato per tacere i segreti dell'animo nostro! L'Illuminata cade vittima del Buio. L'odo vomitare orribili bestemmie, l'impenitente, mentre Luciano le rigira il coltello tre volte nel cuore. Déjà vu, déjà vu...

È la volta di Nilus, che per un istante aveva creduto di avere e la zarina e la mappa. Sudicio monaco lussurioso, volevi l'Anticristo? Te lo trovi davanti, ma l'ignori. E cieco lo avvio, tra mille mistiche lusinghe, al trabocchetto infame che lo attende. Luciano gli squarcia il petto con una ferita in forma di croce, ed egli sprofonda nel sonno eterno.

Debbo superare l'ancestrale diffidenza dell'ultimo, il Savio di Sion, che si pretende Asvero, l'Ebreo Errante, come me immortale. Non si fida, mentre sorride untuoso con la barba ancora intrisa del sangue delle tenere creature cristiane di cui è uso far scempio nel cimitero di Praga. Mi sa Račkovskij, debbo superarlo in astuzia. Gli faccio intendere che lo scrigno non contenga solo la mappa, ma anche diamanti grezzi, ancora da tagliare. Conosco il fascino che i diamanti grezzi esercitano su questa genia deicida. Va verso il suo destino trascinato dalla sua cupidigia ed è al Dio suo, crudele e vendicativo, che impreca mentre muore, trafitto come Hiram, e difficile gli è puranco imprecare, perché del suo Dio non riesce a pronunciare il nome.

Illuso, che credevo di aver portato la Grande Opera a termine.

Come percossa da un turbine, ancora una volta si apre la porta della stamberga ed appare una figura dal volto livido, le mani rattrappite divotamente sul petto, lo sguardo fugace, che non riesce a celare la sua natura perché veste le nere vesti della sua nera Compagnia. Un figlio di Loyola!

– Cretineau! grido, tratto in inganno.

Egli leva la mano in un ipocrita gesto di benedizione. – Non sono colui che sono, mi dice con un sorriso che più nulla ha d'umano.

È vero, questa è sempre stata la loro tecnica: talora essi negano a se medesimi la loro propria esistenza, talora proclamano la potenza del loro ordine per intimidare l'ignavo.

– Noi siamo sempre altro da ciò che voi pensate, figli di Belial (dice ora quel seduttore di sovrani). Ma tu, o San Germano...

– Come sai ch'io sia davvero? domando turbato.

Sorride minaccioso: – Mi hai conosciuto in altri tempi, quando hai cercato di trarmi via dal capezzale di Postel, quando sotto il nome di Abate d'Herblay ti ho condotto a terminare una delle tue incarnazioni nel cuore della Bastiglia (oh, come ancora sento sul volto la maschera di ferro a cui la Compagnia, con l'aiuto di Colbert, mi aveva condannato!), mi hai conosciuto quando spiavo i tuoi conciliaboli con d'Holbach e Condorcet...

– Rodin! esclamo, come colpito da una folgore.

– Sì Rodin, il generale segreto dei gesuiti! Rodin, che non ingannerai facendolo cadere nella botola, come hai fatto con gli altri illusi. Sappi, o San Germano, che non vi è delitto, artificio nefasto, trappola criminale, che noi non abbiamo inventato prima di voi, per la maggior gloria di quel nostro Dio che giustifica i mezzi! Quante teste coronate non abbiamo fatto cadere nella notte che non ha mattino, in trabocchetti ben più sottili, per ottenere il dominio del mondo. Ed ora tu vuoi impedire che, a un passo dalla meta, non mettiamo le nostre mani rapaci sul segreto che muove da cinque secoli la storia del mondo?

Rodin, parlando in tal guisa, diventa spaventevole. Tutti quegli istinti di ambizione sanguinaria, sacrilega, esecrabile che si erano manifestati nei papi del Rinascimento, traspaiono ora sulla fronte di quel figlio d'Ignazio. Ben vedo: una sete di dominazione insaziabile agita il suo sangue impuro, un sudore bruciante lo inonda, una specie di vapore nauseabondo si diffonde intorno a lui.

Come colpire quell'ultimo nemico? Mi sovviene l'intuizione inattesa, che solo sa nutrire colui per cui l'animo umano, da secoli, non ha penetrali inviolati.

– Guardami, dico, anch'io sono una Tigre.

D'un sol colpo spingo te in mezzo alla stanza, e ti strappo la T-shirt, lacero la cintura dell'attillata corazza che cela le grazie del tuo ventre ambrato. Ora tu, alla pallida luce della luna che penetra dalla porta socchiusa, ti ergi, più bella del serpente che sedusse Adamo, altera e lasciva, vergine e prostituta, vestita solo del tuo carnale potere, perché la donna nuda è la donna armata.

Il klaft egiziano scende sui tuoi folti capelli, azzurri a forza d'esser neri, il seno palpitante sotto la mussola leggera. Intorno alla piccola fronte arcuata e ostinata si avvolge l'uraeus d'oro dagli occhi di smeraldo, dardeggiando sul tuo capo la sua triplice lingua di rubino. Oh la tua tunica di velo nero dai riflessi d'argento, serrata da una sciarpa ricamata d'iridi funeste, in perle nere. Il tuo pube rigonfio raso a filo affinché tu abbia, agli occhi dei tuoi amanti, la nudità di una statua! La punta dei tuoi capezzoli già soavemente sfiorata dal pennello della tua schiava del Malabar, intinto dello stesso carminio che ti insanguina le labbra, invitanti come una ferita!

Rodin ora ansima. Le lunghe astinenze, la vita spesa in un sogno di potenza, altro non han fatto che prepararlo vieppiù al suo desiderio incontenibile. Di fronte a questa regina bella ed impudica, dagli occhi neri come quelli del demonio, dagli omeri rotondi, dai capelli odorosi, dalla pelle bianca e tenera, Rodin è preso dalla speranza di carezze ignorate, di voluttà ineffabili, freme nella sua stessa carne, come freme un dio silvano nel mirare una ninfa ignuda che si specchi nell'acqua che ha già dannato Narciso. Ne indovino in controluce il rictus incontenibile, egli è come pietrificato da Medusa, scolpito nel desiderio di una virilità repressa e ora al tramonto, fiamme ossessionanti di libidine gli torcono le carni, è come un arco teso alla meta, teso sino al punto in cui cede e si spezza.

Di colpo è caduto al suolo, strisciante davanti a questa apparizione, la mano come un artiglio proteso a invocare un sorso di elisire.

– Oh, rantola, oh come sei bella, oh quei piccoli denti di lupatta che balenano quando schiudi le labbra rosse e tumide... Oh i tuoi grandi occhi di smeraldo che ora sfavillano e ora languono. Oh demonio di voluttà.

Ne ha ben donde, il miserabile, mentre tu muovi ora le anche fasciate dal panno bluastro e protendi il pube per spingere il flipper all'ultima demenza.

– Oh visione, dice Rodin, sii mia, per un istante solo, colma con un attimo di piacere una vita spesa al servizio di una divinità gelosa, consola con un baleno di lussuria l'eternità di fiamma a cui la tua visione ora mi spinge e trascina. Ti prego, sfiora il mio volto con le tue labbra, tu Antinea, tu Maria Maddalena, tu che ho desiderato nel volto delle sante sbigottite dall'estasi, che ho concupito nel corso delle mie ipocrite adorazioni di volti virginali, o Signora, bella tu sei qual sole, bianca come la luna, ecco e io rinnego e Iddio, e i Santi, e lo stesso Pontefice Romano, dirò di più, rinnego il Loyola, e il giuramento criminoso che mi lega alla mia Compagnia, impetro un solo bacio, e poi ch'io ne muoia.

Ha fatto ancora un passo, strisciando sulle ginocchia rattrappite, la tonaca sollevata sui lombi, la mano ancor più tesa verso questa irraggiungibile felicità. Improvvisamente è ricaduto all'indietro, gli occhi che sembrano uscirgli dall'orbite. Atroci convulsioni imprimono ai suoi lineamenti scosse disumane, simili a quelle che la pila di Volta produce sul viso dei cadaveri. Una schiuma bluastra gli imporpora le labbra, da cui esce una voce sibilante e strozzata, come quella di un idrofobo, perché quando giunge alla sua fase parossistica, come ben dice Charcot, questa spaventosa malattia che è la satiriasi, punizione della lussuria, imprime le stesse stimmate della follia canina.

È la fine. Rodin prorompe in un riso insensato. Quindi piomba al suolo esanime, immagine vivente del rigor cadaverico.

In un solo istante egli è diventato pazzo ed è morto dannato.

Mi sono limitato a spingere il corpo verso la botola, con cautela, per non sporcare i miei polacchini di coppale contro la tonaca untuosa dell'ultimo mio nemico.

Non c'è bisogno del pugnale omicida di Luciano, ma il sicario non riesce più a controllare i suoi gesti, teso in una ferale coazione a ripetere. Ride, e pugnala un cadavere ormai privo di vita.

Ora mi porto con te sull'orlo della botola, ti accarezzo il collo e la nuca mentre tu ti protendi per godere la scena, ti dico: – Sei contenta del tuo Rocambole, amore mio inaccessibile?

E mentre tu annuisci lasciva e sogghigni salivando nel vuoto, stringo impercettibilmente le dita, che fai amore mio, niente Sophia, ti uccido, ormai sono Giuseppe Balsamo e non ho più bisogno di te.

La druda degli Arconti spira, precipita in acqua, Luciano ratifica con un colpo di lama il verdetto della mia mano impietosa e io gli dico: – Ora puoi risalire, mio fido, mia anima dannata, e mentre risale e mi offre la schiena gli infiggo nelle scapole un sottile stiletto dalla lama triangolare, che quasi non lascia cicatrice. Egli precipita, chiudo la botola, è fatta, abbandono la stamberga, mentre otto corpi stanno navigando verso lo Chatelet, per condotti noti a me solo.

Torno nel mio quartierino del Faubourg Saint-Honoré, mi guardo allo specchio. Ecco, mi dico, sono il Re del Mondo. Dalla mia guglia cava domino l'universo. In certi momenti la mia potenza mi fa girar la testa. Sono un maestro di energia. Sono ebro di autorità.

Ahimè, che la vendetta della vita non sarà tarda a venire. Mesi dopo, nella cripta più profonda del castello di Tomar, ormai padrone del segreto delle correnti sotterranee e signore dei sei luoghi sacri di coloro che erano stati i Trentasei Invisibili, ultimo degli ultimi Templari e Superiore Sconosciuto di tutti i Superiori Sconosciuti, dovrei impalmare Cecilia, l'androgina dagli occhi di ghiaccio, dalla quale più nulla ormai mi separa. L'ho ritrovata dopo secoli, da che mi era stata sottratta dall'uomo del sassofono. Ora essa cammina in bilico sullo schienale della panchina, azzurra e bionda, né ancora so cosa abbia sotto il tulle vaporoso che l'adorna.

La cappella è scavata nella roccia, l'altare è sormontato da una tela inquietante che raffigura i supplizi dei dannati nelle viscere dell'inferno. Alcuni monaci incappucciati mi fanno tenebrosamente ala, e ancora non mi turbo, affascinato come sono dalla fantasia iberica....

Ma – orrore – la tela si solleva, e al di là da essa, opera mirabile di un Arcimboldo delle spelonche, appare un'altra cappella, in tutto simile a quella dove sono, e là, davanti a un altro altare sta inginocchiata Cecilia e accanto a lei – un sudore gelido mi imperla la fronte, i capelli mi si rizzano sul capo – chi vedo ostentare beffardo la sua cicatrice? L'Altro, il vero Giuseppe Balsamo, che qualcuno ha liberato dalla segreta di San Leo!

E io? È a questo punto che il più anziano dei monaci solleva il cappuccio, e riconosco l'orribile sorriso di Luciano, chissà come scampato al mio stiletto, alle fogne, alla melma sanguinosa che avrebbe dovuto trascinarlo ormai cadavere nel fondo silenzioso degli oceani, passato ai miei nemici per giusta sete di vendetta.

I monaci si liberano dalle loro tonache e appaiono catafratti in un'armatura sino ad allora celata, una croce fiammeggiante sul mantello candido come la neve. Sono i templari di Provins!

Mi afferrano, mi costringono a voltare il capo, e dietro di me è ora apparso un carnefice con due aiutanti deformi, vengo piegato su di una sorta di garrota, e con un marchio a fuoco mi si consacra preda eterna del carceriere, il sorriso infame del Bafometto si imprime per sempre sulla mia spalla – ora comprendo, affinché possa sostituire Balsamo a San Leo, ovvero riprendere il posto che mi era assegnato sin dall'eternità.

Ma mi riconosceranno, mi dico, e poiché tutti credono ormai che io sia colui, e quello il dannato, qualcuno mi verrà pure in aiuto – i miei complici almeno – non si può sostituire un prigioniero senza che nessuno se ne accorga, non siamo più ai tempi della Maschera di Ferro... Illuso! In un lampo comprendo, mentre il carnefice mi piega la testa su di un bacile di rame da cui si levano vapori verdastri.... Il vetriolo!

Mi viene posta una pezzuola sugli occhi, e il volto è spinto a contatto col liquido vorace, un dolore insopportabile, lancinante, la pelle delle mie gote, del naso, della bocca, del mento, si raggriccia, si squama, basta un istante, e come vengo risollevato per i capelli il mio viso è ormai irriconoscibile, una tabe, un vaiuolo, un indicibile nulla, un inno alla ripugnanza, tornerò alla segreta come vi tornano molti fuggitivi che ebbero il coraggio di sfigurarsi per non essere ripresi.

Ah, grido sconfitto e, a detta del narratore, una parola esce dalle mie labbra corrotte, un sospiro, un grido di speranza: Redenzione!

Ma redenzione da che, vecchio Rocambole, lo sapevi bene che non dovevi tentare di essere un protagonista! Sei stato punito, e con le tue stesse arti. Hai umiliato gli scrivani dell'illusione, e ora – lo vedi – scrivi, con l'alibi della macchina. Ti illudi di essere spettatore, perché ti leggi sullo schermo come se le parole fossero di un altro, ma sei caduto nella trappola, ecco che cerchi di lasciare tracce nella sabbia. Hai osato cambiare il testo del romanzo del mondo, e il romanzo del mondo ti riprende nelle sue trame, e ti avvinghia al suo intreccio, che tu non hai deciso.

Meglio fossi restato nelle tue isole, Jim della Canapa, e lei ti avesse creduto morto.

98

Il partito nazionalsocialista non tollerava le società segrete perché era una società segreta esso stesso, col suo gran maestro, la sua gnosi razzista, i suoi riti e le sue iniziazioni.

(René Alleau, *Les sources occultes du nazisme*, Paris, Grasset, 1969, p. 214)

Credo sia stato in quel periodo che Agliè sfuggì al nostro controllo. Era l'espressione che aveva usato Belbo, in tono eccessivamente distaccato. Io l'avevo attribuita ancora una volta alla sua gelosia. Silenziosamente ossessionato dal potere di Agliè su Lorenza, ad alta voce motteggiava sul potere che Agliè stava acquistando su Garamond.

Forse era stata anche colpa nostra. Agliè aveva iniziato a sedurre Garamond quasi un anno prima, sin dai giorni della festa alchemica in Piemonte. Garamond gli aveva affidato lo schedario degli APS affinché individuasse nuove vittime da stimolare per impinguare il catalogo di Iside Svelata, lo consultava ormai per ogni decisione, certamente gli passava un assegno mensile. Gudrun, che compiva esplorazioni periodiche in fondo al corridoio, oltre la porta a vetri che immetteva nel regno ovattato della Manuzio, ci diceva ogni tanto con tono preoccupato che Agliè si era praticamente insediato nello studio della signora Grazia, le dettava lettere, conduceva nuovi visitatori nello studio di Garamond, insomma – e qui l'astio sottraeva a Gudrun ancor più vocali – la faceva da padrone. Veramente avremmo potuto chiederci perché Agliè passasse ore e ore sopra l'indirizzario della Manuzio. Aveva avuto tempo sufficiente per individuare gli APS che potevano essere sobillati come nuovi autori di Iside Svelata. Eppure continuava a scrivere, a contattare, a convocare. Ma noi stavamo in fondo incoraggiando la sua autonomia.

La situazione non dispiaceva a Belbo. Più Agliè in via Marchese Gualdi significava meno Agliè in via Sincero Renato, e quindi la possibilità che certe repentine irruzioni di Lorenza Pellegrini – a cui egli sempre più pateticamente si illuminava, senza alcun tentativo, ormai, di celare la sua eccitazione – fossero turbate dall'improvviso ingresso di "Simone".

Non dispiaceva a me, ormai disamorato di Iside Svelata e sempre più preso dalla mia storia della magia. Pensavo di avere appreso dai diabolici tutto quello che potevo apprendere, e lasciavo che Agliè gestisse i contatti (e i contratti) coi nuovi autori.

Non dispiaceva a Diotallevi, nel senso che il mondo sembrava importargli sempre meno. Ripensandoci ora, continuava a dimagrire in modo preoccupante, certe volte lo sorprendevo nel suo ufficio, chino su un manoscritto, lo sguardo nel vuoto, la penna che stava per cadergli di mano. Non era addormentato, era spossato.

Ma c'era un'altra ragione per cui accettavamo che Agliè facesse apparizioni sempre più rade, ci restituisse i manoscritti che aveva bocciato e scomparisse lungo il corridoio. In realtà non volevamo che ascoltasse i nostri discorsi. Se ci avessero chiesto perché, avremmo detto per vergogna, o per delicatezza, dato che stavamo parodiando metafisiche a cui lui in qualche modo credeva. In realtà lo facevamo per diffidenza, ci lasciavamo prendere a poco a poco dalla naturale riservatezza di chi sa di possedere un segreto, e stavamo insensibilmente respingendo Agliè nel volgo dei profani, noi che lentamente, e sempre meno sorridendo, venivamo a conoscere ciò che avevamo inventato. D'altra parte, come disse Diotallevi in un momento di buonumore, ora che avevamo un San Germano vero non sapevamo che farcene di un San Germano presunto.

Agliè non pareva adontarsi di queste nostre ritrosie. Ci salutava con molta grazia e si eclissava. Con una grazia che rasentava ormai l'alterigia.

Un lunedì mattina ero arrivato tardi in ufficio, e Belbo impaziente mi aveva invitato da lui, chiamando anche Diotallevi. "Grandi novità," aveva detto. Stava per iniziare a parlare quando era arrivata Lorenza. Belbo era diviso tra la gioia per quella visita e l'impazienza di dirci le sue scoperte. Subito dopo avevamo udito bussare e si era affacciato Agliè: "Non li voglio importunare, prego, stiano comodi. Non ho il potere di turbare tanto concistoro. Avverto solo la carissima Lorenza che sono di là dal signor Garamond. E spero di avere almeno il potere di convocarla per uno sherry a mezzogiorno, nel mio ufficio."

Nel suo ufficio. Quella volta Belbo aveva perso il controllo. Almeno, come poteva perdere il controllo lui. Aveva atteso che Agliè fosse uscito e aveva detto tra i denti: "Ma gavte la nata."

Lorenza, che stava ancora facendo gesti complici di allegrezza, gli aveva chiesto che cosa volesse dire.

"È torinese. Significa levati il tappo, ovvero, se preferisci, voglia ella levarsi il tappo. In presenza di persona altezzosa e impettita, la si suppone enfiata dalla propria immodestia, e parimenti si suppone che tale smodata autoconsiderazione tenga in vita il corpo dilatato solo in virtù di un tappo che, infilato nello sfintere, impedisca che tutta quella aerostatica dignità si dissolva, talché, invitando il soggetto a togliersi esso turacciolo, lo si condanna a perseguire il proprio irreversibile afflosciamento, non di rado accompagnato da sibilo acutissimo e riduzione del superstite involucro esterno a povera cosa, scarna immagine ed esangue fantasma della prisca maestà."

"Non ti credevo così volgare."

"Adesso lo sai."

Lorenza era uscita, fingendo irritazione. Sapevo che Belbo ne soffriva ancor più: una rabbia vera lo avrebbe pacificato, ma un malumore messo in scena lo induceva a pensare che teatrali, in Lorenza, fossero anche le parvenze di passione, sempre.

E fu per questo, credo, che con determinazione disse subito: "Andiamo avanti." E voleva dire procediamo col Piano, lavoriamo sul serio.

"Non ne ho voglia," aveva detto Diotallevi. "Non mi sento bene. Ho male qui," e si toccava lo stomaco, "credo sia gastrite."

"Figurati," gli aveva detto Belbo, "non ho la gastrite io... Cosa ti ha fatto venire la gastrite, l'acqua minerale?"

"Potrebbe essere," aveva sorriso Diotallevi, tirato. "Ieri sera ho ecceduto. Sono abituato alla Fiuggi e ho bevuto della San Pellegrino."

"Allora devi stare attento, questi eccessi potrebbero ucciderti. Ma andiamo avanti, perché è due giorni che muoio dalla voglia di raccontarvi. Finalmente so perché da secoli i trentasei invisibili non riescono a determinare la forma della mappa. John Dee si era sbagliato, la geografia è da rifare. Noi viviamo all'interno di una terra cava, avvolti dalla superficie terrestre. E Hitler lo aveva capito."

99

> Il nazismo fu il momento in cui lo spirito di magia si impadronì delle leve del progresso materiale. Lenin diceva che il comunismo è il socialismo più l'elettricità. In un certo senso, l'hitlerismo era il guenonismo più le divisioni blindate.
>
> (Pauwels e Bergier, *Le matin des magiciens*, Paris, Gallimard, 1960, 2, VII)

Belbo era riuscito a collocare anche Hitler nel piano. "Tutto scritto, carta canta. È provato che i fondatori del nazismo erano legati al neotemplarismo teutonico."

"Non ci piove."

"Non sto inventando, Casaubon, una volta tanto non sto inventando!"

"Calma, quando mai abbiamo inventato? Siamo sempre partiti da dati oggettivi, in ogni caso notizie di pubblico dominio."

"Anche questa volta. Nel 1912 nasce un Germanenorden che propugna una ariosofia, ovvero una filosofia della superiorità ariana. Nel 1918 un certo barone von Sebottendorff ne fonda una filiazione, la Thule Gesellschaft, una società segreta, un'ennesima variazione della Stretta Osservanza Templare, ma con forti venature razzistiche, pangermanistiche, neo-ariane. E nel '33 questo Sebottendorff scriverà di aver seminato quello che Hitler ha poi fatto crescere. E d'altra parte è nell'ambiente della Thule Gesellschaft che appare la croce uncinata. E chi appartiene subito alla Thule? Rudolf Hess, l'anima dannata di Hitler! E poi Rosenberg! E Hitler stesso! Oltretutto lo avrete letto sui giornali, Hess nel suo carcere a Spandau ancora oggi si occupa di scienze esoteriche. Von Sebottendorff nel '24 scrive un libello sull'alchimia, e osserva che i primi esperimenti di fissione atomica dimostrano le verità della Grande Opera. E scrive un romanzo sui Rosa-Croce! Inoltre dirigerà una rivista astrologica, l'*Astrologische Rundschau*, e Trevor-Roper ha scritto che i gerarchi nazisti, Hitler in testa, non si muovevano prima di essersi fatti fare un oroscopo. Nel 1943, pare che sia stato consultato un gruppo di sensitivi per scoprire dov'era tenuto prigioniero Mussolini. Insomma, tutto il gruppo dirigente nazista è connesso al neo-occultismo teutonico."

Belbo sembrava aver dimenticato l'incidente con Lorenza, e io lo assecondavo, dando colpi di acceleratore alla ricostruzione: "In fondo possiamo considerare sotto questa luce anche il potere di Hitler come trascinatore di folle. Fisicamente era un ranocchio, aveva la voce stridula, come faceva a far impazzire la gente? Doveva possedere facoltà medianiche. Probabilmente, istruito da qualche druida delle sue parti, sapeva mettersi in contatto con le correnti sotterranee. Anche lui uno spinotto, un menhir biologico. Trasmetteva l'energia delle correnti ai fedeli dello stadio di Norimberga. Per un po' deve essergli riuscito, poi gli si son consumate le batterie."

A tutto il mondo: io dichiaro che la terra è vuota e abitabile all'interno, che essa contiene un certo numero di sfere solide, concentriche, cioè poste l'una dentro l'altra, e che è aperta ai due poli per una estensione di dodici o sedici gradi.

(J. Cleves Symmes, capitano di fanteria, 10 aprile 1818; cit. in Sprague de Camp e Ley, *Lands Beyond*, New York, Rinehart, 1952, x)

"Mi compiaccio, Casaubon, nella sua innocenza ha avuto un'intuizione esatta. La vera, unica ossessione di Hitler erano le correnti sotterranee. Hitler aderiva alla teoria della terra cava, la *Hohlweltlehre.*"

"Ragazzi, io me ne vado, ho la gastrite," diceva Diotallevi.

"Aspetta, che adesso viene il bello. La terra è vuota: noi non abitiamo fuori, sulla crosta esterna, convessa, ma dentro, nella superficie concava interna. Quello che noi crediamo il cielo è una massa di gas con delle zone di luce brillante, gas che riempie l'interno del globo. Tutte le misure astronomiche vanno riviste. Il cielo non è infinito, è circoscritto. Il sole, se pure esiste, non è più grande di quello che appare. Un bruscolino di trenta centimetri di diametro al centro della terra. Lo avevano già sospettato i greci."

"Questa te la sei inventata tu," disse stancamente Diotallevi.

"Questa me la sono inventata io proprio no! L'idea l'aveva già tirata fuori ai primi dell'Ottocento, in America, un certo Symmes. Poi la riprende a fine secolo un altro americano, un certo Teed, che si appoggia su esperimenti alchemici e sulla lettura di Isaia. E dopo la prima guerra mondiale la teoria viene perfezionata da un tedesco, come si chiama, che fonda addirittura il movimento della *Hohlweltlehre* che come dice la parola stessa è la teoria della terra vuota. Ora Hitler e i suoi trovano che la teoria della terra vuota corrisponde esattamente ai loro principi, e addirittura – si dice – sbagliano alcuni tiri con le V1 proprio perché calcolano le traiettoria partendo dall'ipotesi di una superficie concava e non convessa. Hitler si è ormai convinto che il Re del Mondo è lui, e che lo stato maggiore nazista sono i Superiori Sconosciuti. E dove abita il Re del Mondo? Dentro, sotto, non fuori. È partendo da questa ipotesi che Hitler decide di rovesciare tutto l'ordine delle ricerche, la concezione della mappa finale, il modo di interpretare il Pendolo! Occorre ricompattare i sei gruppi e rifare tutti i conti da capo. Pensate alla logica della conquista hitleriana... Prima rivendicazione, Danzica, per aver sotto il suo potere i luoghi classici del gruppo teutonico. Poi conquista Parigi, mette il Pendolo e la Tour Eiffel sotto controllo, contatta i gruppi sinarchici e li inserisce nel governo di Vichy. Quindi si assicura la neutralità, e in effetti la complicità del gruppo portoghese. Quarto obiettivo, è ovvio, l'Inghilterra, ma sappiamo che non è facile. Nel frattempo, con le campagne d'Africa cerca di raggiungere la Palestina, ma anche in quel caso non gli riesce. Allora punta alla sottomissione dei territori pauliciani, invadendo i Balcani e la Russia. Quando presume di avere tra le mani i quattro sesti del Piano, manda Hess in missione segreta in Inghilterra per proporre un'alleanza. Siccome i baconiani non abboccano, ha un'intuizione: coloro che hanno in mano la parte più importante del segreto non possono essere che i nemici di sempre, gli ebrei. E non è necessario cercarli a Gerusalemme, dove sono rimasti in pochi. Il frammento di messaggio del grupppo gerosolimitano non si trova affatto in Palestina, ma nelle mani di qualche gruppo della diaspora. Ed ecco spiegato l'Olocausto."

"In che senso?"

"Ma pensateci un istante. Immaginate di voler commettere un genocidio..."

"Ti prego," disse Diotallevi, "adesso esageriamo, ho male allo stomaco, io vado."

"Aspetta, perdio, quando i Templari sbudellavano i saraceni ti divertivi, perché era passato tanto tempo, e ora fai del moralismo da piccolo intellettuale. Qui stiamo cercando di rifare la Storia, nulla ci deve fare paura."

Lo lasciammo continuare, soggiogati dalla sua energia.

"Quello che colpisce nel genocidio degli ebrei è la lunghezza dei procedimenti, prima vengono tenuti nei campi a far la fame, poi li si spoglia nudi, poi le docce, poi la conservazione meticolosa di montagne di cadaveri, e l'archiviazione dei vestiti, il censimento dei beni personali... Non era un procedimento razionale, se si trattava solo di uccidere. Diventava razionale se si fosse trattato di cercare, cercare un messaggio che uno di quei milioni di persone, il rappresentante gerosolimitano dei Trentasei Invisibili, conservava, nelle pieghe dell'abito, in bocca, tatuato sulla pelle... Solo il Piano spiega la inspiegabile burocrazia del genocidio! Hitler cerca addosso agli ebrei il suggerimento, l'idea che gli permetta di determinare, grazie al Pendolo, il punto esatto in cui, sotto la volta concava che la terra cava provvede a se stessa, si intersecano le correnti sotterranee – che a questo punto, badate alla perfezione della concezione, si identificano con le correnti celesti, per cui la teoria della terra cava materializza, per così dire, l'intuizione ermetica millenaria: ciò che sta sotto è eguale a ciò che sta sopra! Il Polo Mistico coincide col Cuore della Terra, il disegno segreto degli astri altro non è che il disegno segreto dei sotterranei di Agarttha, non c'è più differenza tra cielo e inferno, e il Graal, il *lapis exillis*, è il *lapis ex coelis* nel senso che è la Pietra Filosofale che nasce come avvolgimento, termine, limite, utero ctonio dei cieli! E quando Hitler avrà identificato quel punto, al centro cavo della terra che è il centro perfetto del cielo, sarà il padrone del mondo di cui è Re per diritto di razza. Ed ecco perché sino all'ultimo, dall'abisso del suo bunker, egli pensa di poter determinare ancora il Polo Mistico."

"Basta," aveva detto Diotallevi. "Ora sto male davvero. Mi fa male."

"Sta male davvero, non è una polemica ideologica," dissi.

Belbo parve capire solo allora. Si alzò sollecito e andò a sostenere l'amico che si appoggiava al tavolo, e sembrava sul punto di svenire. "Scusa, caro, mi stavo lasciando trascinare. Davvero non è che ti senti male perché ho detto quelle cose? È vent'anni che scherziamo insieme, no? Ma tu stai male sul serio, davvero forse è gastrite. Guarda che in tal caso basta una pastiglia di Merankol. E una borsa d'acqua calda. Dai, ti accompagno a casa, poi però è meglio se chiami un dottore, meglio avere un controllo."

Diotallevi disse che poteva andare a casa da solo in tassì, che non era ancora moribondo. Doveva sdraiarsi. Avrebbe subito chiamato un medico, promesso. E che non era la storia di Belbo che lo aveva scosso, stava già male dalla sera prima. Belbo parve sollevato e lo accompagnò al tassì.

Tornò preoccupato: "Pensandoci adesso, da qualche settimana quel ragazzo ha una brutta cera. Ha delle occhiaie... Ma santa pazienza, io dovrei essere morto di cirrosi da dieci anni ed eccomi qui, e lui che vive come un asceta ha la gastrite, e magari peggio, secondo me è un'ulcera. Al diavolo il Piano. Stiamo facendo tutti una vita da pazzi."

"Ma io dico che con una pastiglia di Merankol gli passa," dissi.

"Lo dico anch'io. Però se si mette una borsa d'acqua calda è meglio. Speriamo che faccia giudizio."

101

Qui operatur in Cabala... si errabit in opere aut non purificatus accesserit, deuorabitur ab Azazale.

(Pico della Mirandola, *Conclusiones Magicae*)

La crisi di Diotallevi era avvenuta a fine novembre. Lo attendevamo in ufficio il giorno dopo e ci aveva telefonato dicendo che si faceva ricoverare. Il medico aveva detto che i sintomi non erano preoccupanti, ma era meglio fare degli esami.

Belbo e io stavamo associando la sua malattia al Piano, che forse avevamo portato troppo avanti. Con mezze parole ci dicevamo che era irragionevole, ma ci sentivamo colpevoli. Era la seconda volta che mi sentivo complice di Belbo: una volta avevamo taciuto insieme (a De Angelis), questa volta – insieme – avevamo parlato troppo. Era irragionevole sentirsi colpevoli – allora ne eravamo convinti – ma non potevamo evitare il disagio. E così smettemmo per un mese e più di parlare del Piano.

Dopo due settimane Diotallevi era riapparso e con tono disinvolto ci aveva detto che aveva chiesto a Garamond un periodo di malattia. Gli avevano consigliato una cura, sulla quale non si era dilungato troppo, che lo obbligava a presentarsi in clinica ogni due o tre giorni, e che lo avrebbe un poco debilitato. Non so quanto potesse debilitarsi ancora: ora aveva la faccia dello stesso colore dei capelli. "E smettetela con quelle storie," aveva detto, "fanno male alla salute, come vedete. È la vendetta dei Rosa-Croce."

"Non ti preoccupare," gli aveva detto Belbo sorridendo, "noi ai Rosa-Croce gli facciamo un sedere così, e ti lasciano in pace. Basta un gesto." E aveva schioccato le dita.

La cura era durata sino all'inizio dell'anno nuovo. Io mi ero immerso nella storia della magia – quella vera, quella seria, mi dicevo, non la nostra. Garamond capitava dalle nostre parti almeno una volta al giorno per chiedere notizie di Diotallevi. "E mi raccomando signori, avvertitemi di ogni esigenza, voglio dire, di ogni problema che sorga, di ogni circostanza in cui io, l'azienda, possiamo fare qualcosa per il nostro valoroso amico. Per me è come un figlio, dirò di più, un fratello. In ogni caso siamo in un paese civile, grazie al cielo, e checché se ne dica godiamo di un'eccellente assistenza mutualistica."

Agliè si era mostrato sollecito, aveva chiesto il nome della clinica e aveva telefonato al direttore, suo carissimo amico (oltretutto, aveva detto, fratello di un APS con cui era ormai in rapporti cordialissimi). Diotallevi sarebbe stato trattato con particolari riguardi.

Lorenza si era commossa. Passava alla Garamond quasi ogni giorno, per domandar notizie. Questo avrebbe dovuto rendere Belbo felice, ma ne aveva tratto motivo per una diagnosi fosca. Così presente, Lorenza gli sfuggiva perché non veniva per lui.

Poco prima di Natale avevo sorpreso un frammento di conversazione. Lorenza gli diceva: "Ti assicuro, una neve magnifica e hanno delle camerette deliziose. Tu puoi fare del fondo. Sì?" Ne avevo tratto la conclusione che avrebbero trascorso il Capodanno insieme. Ma dopo l'Epifania, un giorno Lorenza era apparsa in corridoio e Belbo le aveva detto: "Buon anno," sottraendosi al suo tentativo di abbraccio.

102

> De qui partendone venemmo in una contrada chiamata Milestre... nel quale dice che solea stare uno che se chiama el Vecchio de la Montagna... E havìa facto sopra altissimi monti, che circhiava intorno una valle, un muro grossissimo et alto, et gyrava intorno XXX miglia, et andavase per doi porte dentro et erano occulte, forate nel monte.
>
> (Odorico da Pordenone, *De rebus incognitis*, Impressus Esauri, 1513, c. 21, p. 15)

Un giorno, alla fine di gennaio, passavo per via Marchese Gualdi, dove avevo parcheggiato la macchina, e avevo visto uscire Salon dalla Manuzio. "Una chiacchierata con l'amico Agliè..." mi aveva detto. Amico? Per quanto ricordassi dalla festa in Piemonte, Agliè non lo amava. Era Salon che ficcava il naso alla Manuzio o Agliè che lo stava usando per chissà quale contatto?

Non mi aveva dato tempo di rifletterci sopra perché mi aveva proposto un aperitivo, ed eravamo finiti da Pilade. Non l'avevo mai visto da quelle parti, ma aveva salutato il vecchio Pilade come se si conoscessero da gran tempo. Ci eravamo seduti, mi aveva domandato come andasse la mia storia della magia. Sapeva anche quello. Lo avevo provocato sulla terra cava, e su quel Sebottendorff citato da Belbo.

Aveva riso. "Ah, certo che di matti da voi ne vengono parecchi! Su questa storia della terra cava non ne so niente. Quanto a Von Sebottendorff, eh, quello era un tipo strano... Ha rischiato di mettere in testa a Himmler e compagnia delle idee suicide per il popolo tedesco."

"Quali idee?"

"Fantasie orientali. Quell'uomo si guardava dagli ebrei e cadeva in adorazione degli arabi e dei turchi. Ma lo sa che sullo scrittoio di Himmler, oltre a *Mein Kampf* c'era sempre il Corano? Sebottendorff in gioventù si era invaghito di non so quale setta iniziatica turca, e aveva iniziato a studiare la gnosi islamica. Lui diceva 'Führer', ma pensava al Veglio della Montagna. E quando tutti insieme hanno fondato le SS, pensavano a un'organizzazione simile a quella degli Assassini... Si chieda perché nella prima guerra mondiale Germania e Turchia sono alleate..."

"Ma lei come sa queste cose?"

"Le ho detto, credo, che il povero papà lavorava per l'Ochrana russa. Bene, ricordo che a quei tempi la polizia zarista si era preoccupata degli Assassini, credo che la prima intuizione l'avesse avuta Račkovskij... Poi avevano abbandonato la pista, perché se c'entravano gli Assassini non c'entravano più gli ebrei, e il pericolo allora erano gli ebrei. Come sempre. Gli ebrei sono tornati in Palestina e hanno costretto quegli altri a uscire dalle caverne. Ma quella di cui parlavamo è una storia confusa, finiamola qui."

Sembrava pentito di aver detto troppo, e si era accomiatato in fretta. Ed era accaduto qualche cosa d'altro. Dopo tutto quello che è successo, ora sono convinto di non aver sognato, ma quel giorno avevo creduto di avere qualche allucinazione, perché accompagnando Salon con gli occhi mentre usciva dal bar, mi era parso di vederlo incontrare, sull'angolo, un individuo con la faccia orientale.

In ogni caso Salon mi aveva detto abbastanza per rimettere in orgasmo la mia immaginazione. Veglio della Montagna e Assassini non erano per me degli sconosciuti: ne avevo accennato nella tesi, i Templari erano stati accusati di aver collusioni anche con loro. Come avevamo potuto dimenticarcene?

Fu così che ricominciai a far lavorare la mente, e soprattutto i polpastrelli, sfogliando vecchie schede, ed ebbi un'idea così folgorante che non riuscii a trattenermi.

Piombai una mattina nello studio di Belbo: "Avevano sbagliato tutto. Abbiamo sbagliato tutto."

"Calma Casaubon, chi? Oh, mio dio, il Piano." Ebbe un momento di esitazione. "Sa che ci sono cattive notizie di Diotallevi? Lui non parla, ho telefonato alla clinica e non hanno voluto dirmi nulla di preciso perché non sono un parente – lui non ha parenti, chi si occupa di lui allora? Non mi è piaciuta la loro reticenza. Qualcosa di benigno, dicono, ma la terapia non è stata sufficiente, sarà meglio che si ricoveri in modo definitivo per un mesetto, e forse vale la pena di tentare un interventino chirurgico... Insomma, quella gente non me la dice tutta e la storia mi piace sempre meno."

Non seppi cosa rispondere, mi misi a sfogliare qualcosa per far dimenticare la mia entrata trionfale. Ma fu Belbo a non resistere. Era come un giocatore a cui avessero fatto vedere di colpo un mazzo di carte. "Al diavolo," disse. "La vita purtroppo continua. Mi dica."

"Hanno sbagliato tutto. Abbiamo sbagliato tutto, o quasi. Allora: Hitler fa quello che fa con gli ebrei, ma non ci cava un ragno dal buco. Gli occultisti di mezzo mondo, per secoli e secoli si danno a imparar l'ebraico, scabaleggiano da tutte le parti, e al massimo ci tiran fuori l'oroscopo. Perché?"

"Mah... Ma perché il frammento dei gerosolimitani è ancora nascosto da qualche parte. D'altra parte è mica venuto fuori il frammento dei pauliciani, per quel che ne sappiamo..."

"Questa è una risposta da Agliè, non da noi. Ho di meglio. Gli ebrei non c'entrano."

"In che senso?"

"Gli ebrei non c'entrano col Piano. Non possono entrarci. Cerchiamo di immaginare la situazione dei Templari, a Gerusalemme prima, e nelle capitanerie d'Europa poi. I cavalieri francesi si incontrano coi tedeschi, con i portoghesi, con gli spagnoli, con gli italiani, con gli inglesi, tutti insieme hanno rapporti con l'area bizantina, e soprattutto si misurano con l'avversario, il turco. Un avversario con cui ci si batte ma con cui anche si tratta, lo abbiamo visto. Quelle erano le forze in campo, e i rapporti avvenivano tra gentiluomini di pari rango. Chi erano gli ebrei a quel tempo in Palestina? Una minoranza religiosa e razziale, tollerata, rispettata dagli arabi che li trattavano con benevola condiscendenza, e trattati malissimo dai cristiani, perché non dimentichiamo che nel corso delle varie crociate, strada facendo, si saccheggiavano i ghetti, e massacra che ti massacro. E noi pensiamo che i Templari, con tutta la puzza che avevano sotto il naso, stessero a scambiarsi informazioni mistiche con gli ebrei? Mai no. E nelle capitanerie d'Europa gli ebrei apparivano come usurai, gente mal vista, da sfruttare ma a cui non dare confidenza. Qui stiamo parlando di un rapporto tra cavalieri, stiamo costruendo il piano di una cavalleria spirituale, e abbiamo potuto immaginare che i Templari di Provins introducano nell'affare dei cittadini di seconda categoria? Mai no."

"Ma tutta la magia rinascimentale che si mette a studiare la Cabbala..."

"Per forza, siamo già vicini al terzo incontro, si morde il freno, si cercano delle scorciatoie, l'ebraico appare come lingua sacra e misteriosa, i cabalisti si sono dati da fare per conto proprio e per altri fini, e i trentasei sparsi per il mondo si mettono in testa che una lingua incomprensibile possa celare chissà quali segreti. Sarà Pico della Mirandola a dire che *nulla nomina, ut significativa et in quantum nomina sunt, in magico opere virtutem habere non possunt, nisi sint Hebraica*. Ebbene? Pico della Mirandola era un cretino."

"Diciamolo!"

"E inoltre come italiano era escluso dal Piano. Che cosa ne sapeva lui? Peggio per i vari Agrippa, Reuchlin e compagnia brutta che si gettano su quella falsa pista. Sto ricostruendo la storia di una falsa pista, è chiaro? Noi ci siamo fatti influenzare da Diotallevi che cabaleggiava. Diotallevi cabaleggiava, e noi abbiamo inserito gli ebrei nel Piano. Ma se Diotallevi si fosse occupato di cultura cinese, avremmo messo nel Piano i cinesi?"

"Forse sì."

"Forse no. Ma non è il caso di strapparsi le vesti, siamo stati indotti in errore da tutti. L'errore lo hanno fatto tutti, da Postel in avanti, probabilmente. Si erano convinti, duecento anni dopo Provins, che il sesto gruppo fosse quello gerosolimitano. Non era vero."

"Ma scusi, Casaubon, siamo noi che abbiamo corretto l'interpretazione di Ardenti, e abbiamo detto che l'appuntamento sulla pietra non era a Stonehenge bensì sulla pietra della Moschea di Omar."

"E ci siamo sbagliati. Di pietre ce ne sono altre. Dovevamo pensare a un luogo fondato sulla pietra, sulla montagna, sul sasso, sullo sperone, sul dirupo... I sesti attendono nella fortezza di Alamut."

103

> E apparve Kairos che teneva in mano uno scettro che significava la regalità, e lo diede al primo dio creato, e costui lo prese e disse: “Il tuo nome segreto sarà di 36 lettere.”
>
> (Hasan-i Sabbāh, *Sargoẕašt-i Sayyid-nā*)

Avevo eseguito il mio pezzo di bravura, ora dovevo delle spiegazioni. Le avevo provviste nei giorni a venire, lunghe, minuziose, documentate, mentre sui tavolini di Pilade mostravo a Belbo prove su prove, che egli seguiva con l’occhio sempre più annebbiato, accendendo le sigarette coi mozziconi, stendendo ogni cinque minuti il braccio in fuori, il bicchiere vuoto con una parvenza di ghiaccio sul fondo, e Pilade che si precipitava a rifornire, senza attendere altri comandi.

Le prime fonti erano proprio quelle in cui apparivano le prime narrazioni sui Templari, da Gerardo di Strasburgo a Joinville. I Templari erano entrati in contatto, talora in conflitto, più spesso in misteriosa alleanza, con gli Assassini del Veglio della Montagna.

La storia era naturalmente più complessa. Incominciava dopo la morte di Maometto, con la scissione tra i seguaci della legge ordinaria, i sunniti, e i sostenitori di Alì, il genero del Profeta, marito di Fatima, che si era visto sottrarre la successione. Erano gli entusiasti di Alì, che si riconoscevano nella *shi’a*, il gruppo degli adepti, che avevano dato vita all’ala eretica dell’Islam, gli sciiti. Una dottrina iniziatica, che vedeva la continuità della rivelazione non nella rimeditazione tradizionale delle parole del Profeta, ma nella persona stessa dell’Imam, signore, capo, epifania del divino, realtà teofanica, Re del Mondo.

Ora che cosa accadeva a quest’ala eretica dell’islamismo, che veniva via via infiltrata da tutte le dottrine esoteriche del bacino mediterraneo, dai manichei agli gnostici, dai neoplatonici alla mistica iranica, da tutte quelle suggestioni che avevamo da anni seguito nel corso del loro sviluppo occidentale? La storia era lunga, non riuscivamo a dipanarla, anche perché i vari autori e protagonisti arabi avevano nomi lunghissimi, i testi più seri li trascrivevano con i segni diacritici, e a tarda sera non riuscivamo più a distinguere fra Abū ‘Abdi’l-lā Muḥammad b. ‘Alī ibn Razzām aṭ-Ṭā’ī al-Kūfī, Abū Muḥammad ‘Ubaydu’l-lāh, Abū Mu’ini’d-Dīn Nāṣir ibn Ḫosrow Marwāzī Qobādyānī (credo che un arabo si sarebbe trovato nello stesso imbarazzo a distinguere tra Aristotele, Aristosseno, Aristarco, Aristide, Anassimandro, Anassimene, Anassagora, Anacreonte e Anacarsi).

Ma una cosa era certa. Lo sciismo si scinde in due tronconi, uno detto duodecimano, che resta in attesa di un Imam scomparso e venturo, e l’altro che è quello degli ismailiti, che nasce nel regno dei Fatimidi del Cairo, e poi per varie vicende si afferma come ismailismo riformato in Persia, per opera di un personaggio affascinante, mistico e feroce, Hasan

Sabbāh. E quivi Sabbāh pone il proprio centro, il proprio imprendibile seggio a sudovest del Caspio, nella fortezza di Alamut, il Nido del Rapace.

Quivi Sabbāh si attorniava dei suoi accoliti, i *fidā'iyyūn* o *fedain*, fedeli sino alla morte che egli usava per compiere i suoi assassinii politici, strumenti della *gihād hafī*, la guerra santa segreta. I *fedain*, o come egli li chiamasse, che sarebbero poi stati tristemente famosi col nome di Assassini – che non è un bel nome, ora, ma allora e per loro era splendido, emblema di una razza di monaci guerrieri che molto assomigliavano ai Templari, pronti a morire per la fede. Cavalleria spirituale.

La rocca o il castello di Alamut: la Pietra. Costruita su di una cresta aerea lunga quattrocento metri e larga talora pochi passi, al massimo trenta, da lontano, a chi arrivasse sulla strada per l'Azerbaigian, appariva come una muraglia naturale, bianca abbacinata dal sole, azzurrina nel tramonto purpureo, pallida nell'alba e sanguinosa nell'aurora, in certi giorni sfumata tra le nubi o balenante di lampi. Lungo i suoi bordi superiori si distingueva a fatica una rifinitura imprecisa e artificiale di torri tetragone, da sotto appariva come una serie di lame di roccia che precipitavano verso l'alto per centinaia di metri, che ti incombevano addosso, il versante più accessibile era una sdrucciolosa slavina di ghiaia, che anche oggi gli archeologi non riescono a salire, a quel tempo vi si accedeva per qualche scalinata segreta morsicata a chiocciola nella roccia, come a sbucciare una mela fossile, che un solo arciere bastava a difendere. Imprendibile, vertiginosa nell'Altrove. Alamut, la rocca degli Assassini. Potevi raggiungerla solo cavalcando delle aquile.

Quivi Sabbāh regnava, e dopo di lui coloro che sarebbero stati conosciuti come il Veglio della Montagna, primo fra tutti il suo sulfureo successore Sinān.

Sabbāh aveva inventato una tecnica di dominio, sui suoi e sugli avversari. Ai nemici annunciava che se non fossero stati proni ai suoi voleri li avrebbe uccisi. E agli Assassini non si poteva sfuggire. Nizāmu'l-Mulk, primo ministro del sultano, quando i crociati si affannavano ancora a conquistar Gerusalemme, mentre veniva portato in lettiga al luogo delle sue donne, viene pugnalato a morte da un sicario che gli si avvicina travestito da derviscio. L'atabeg di Hims, mentre scendeva dal suo castello per recarsi alla preghiera del venerdì, circondato da un drappello di armati sino ai denti, viene pugnalato dai sicari del Veglio.

Sinān decide di uccidere il marchese cristiano Corrado di Montefeltro, e istruisce due dei suoi, che si insinuano tra gli infedeli mimandone gli usi e la lingua, dopo dura preparazione. Travestiti da monaci, mentre il vescovo di Tiro offriva un banchetto all'inconsapevole marchese, gli saltano addosso e lo feriscono. Un Assassino viene subito ucciso dalle guardie del corpo, l'altro ripara in una chiesa, attende che vi venga portato il ferito, lo assale, lo finisce, soccombe beato.

Perché, dicevano gli storiografi arabi di linea sunnita, e poi i cronisti cristiani, da Odorico da Pordenone a Marco Polo, il Veglio aveva scoperto un modo atroce per rendere i suoi cavalieri fedelissimi sino all'estremo sacrificio, macchine di guerra invincibili. Li trascinava giovanetti in sonno al sommo della rocca, li snervava di delizie, vino, donne, fiori, deliquescenti banchetti, li stordiva di hashish – da cui il nome della setta. E quando non avrebbero più saputo rinunciare alle beatitudini perverse di quella finzione di Paradiso, ne li trascinava fuori nel sonno, e li poneva di fronte all'alternativa: vai e uccidi, se riesci questo Paradiso che lasci sarà di nuovo tuo per sempre, se fallisci ripiombi nella gheenna quotidiana.

E quelli, storditi dalla droga, proni ai suoi voleri, si sacrificavano per sacrificare, uccisori a morte condannati, vittime dannate a fare vittime.

Come li temevano, come ne favoleggiavano i crociati nelle notti illuni mentre sibilava il simun del deserto! Come li ammiravano i Templari, bestioni soggiogati da quella limpida volontà di martirio, che si sottomettevano a pagar loro pedaggi, chiedendone in cambio formali tributi, in un gioco di mutue concessioni, complicità, fratellanza d'armi, sbudellandosi in campo aperto, accarezzandosi in segreto, sussurrandosi a vicenda di visioni mistiche, formule magiche, raffinatezze alchemiche....

Dagli Assassini, i Templari apprendono i loro riti occulti. Solo l'imbelle insipienza dei balivi e degli inquisitori di re Filippo aveva impedito loro di comprendere che lo sputo sulla croce, il bacio sull'ano, il gatto nero e l'adorazione del Bafometto altro non erano che la ripetizione di altri riti, che i Templari compivano sotto l'influsso del primo segreto che avevano appreso in oriente, l'uso dell'hashish.

E allora era ovvio che il Piano nascesse, dovesse nascere lì: dagli uomini di Alamut i Templari apprendevano delle correnti sotterranee, con gli uomini di Alamut si erano riuniti a Provins e avevano istituito l'occulta trama dei trentasei invisibili, e per quello Christian Rosencreutz avrebbe viaggiato a Fez e in altri luoghi dell'oriente, per questo all'oriente si sarebbe rivolto Postel, per questo dall'oriente, e dall'Egitto, sede degli ismailiti fatimidi, i maghi del Rinascimento avrebbero importato la divinità eponima del Piano, Hermes, Ermete-Teuth o Toth, e per figure egizie aveva fantasmato i suoi riti il mestatore Cagliostro. E i gesuiti, i gesuiti, meno stolidi di quanto avessimo supposto, col buon Kircher si erano subito buttati sui geroglifici, e sul copto, e sugli altri linguaggi orientali, l'ebraico essendo solo una copertura, una concessione alla moda dell'epoca.

104

> Questi testi non si rivolgono ai comuni mortali... L'appercezione gnostica è una via riservata a una élite... Perché, secondo le parole della Bibbia: non gettate le vostre perle ai porci.
>
> (Kamal Jumblatt, Intervista a *Le Jour*, 31.3.1967)

> Arcana publicata vilescunt: et gratiam prophanata amittunt. Ergo: ne margaritas obijce porcis, seu asinus substerne rosas.
>
> (Johann Valentin Andreae, *Die Chymische Hochzeit des Christian Rosencreutz*, Strassburg, Zetzner, 1616, frontespizio)

E d'altra parte, dove trovare qualcuno che sapesse attendere sulla pietra per sei secoli e che sulla pietra avesse atteso? Certo, Alamut alla fine era caduta sotto la pressione mongola, ma la setta degli ismailiti era sopravvissuta in tutto l'oriente, da un lato si era mescolata col sufismo non sciita, dall'altro aveva generato la terribile setta dei drusi, dall'altro infine era sopravvissuta tra i khoja indiani, i seguaci dell'Aga Khan, a poca distanza dal luogo di Agarttha.

Ma avevo scoperto anche altro. Sotto la dinastia dei Fatimidi le nozioni ermetiche degli antichi egizi, attraverso l'accademia di Heliopolis, erano state riscoperte al Cairo, dove era stata istituita una Casa delle Scienze. La Casa delle Scienze! Da dove aveva preso ispirazione Bacone per la sua Casa di Salomone, qual era stato il modello del Conservatoire?

"È così, è così, non c'è più alcun dubbio," diceva Belbo inebriato. Poi: "Ma allora, i cabalisti?"

"È solo una storia parallela. I rabbini di Gerusalemme intuiscono che qualche cosa è accaduto fra Templari e Assassini, e i rabbini di Spagna, circolando con l'aria di prestar denaro a usura per le capitanerie europee, subodorano qualcosa. Sono esclusi dal segreto, e in un atto di orgoglio nazionale decidono di capire da soli. Come, noi, il Popolo Eletto, siamo tenuti all'oscuro del segreto dei segreti? E zac, inizia la tradizione cabalistica, il tentativo eroico dei diasporati, degli emarginati, per farla in barba ai signori, ai dominatori che pretendono di saper tutto."

"Ma facendo così, danno ai cristiani l'impressione di saper tutto davvero."

"E a un certo punto qualcuno compie la gaffe madornale. Confonde tra Ismael e Israel."

"Quindi Barruel, e i Protocolli, e l'Olocausto sono solo il frutto di uno scambio di consonante."

"Sei milioni di ebrei uccisi per un errore di Pico della Mirandola."

"O forse c'è un'altra ragione. Il popolo eletto si era assunto il carico dell'interpretazione del Libro. Ha diffuso un'ossessione. E gli altri, non trovando nulla nel Libro, si sono vendicati. La gente ha paura di chi ci pone faccia a faccia con la Legge. Ma gli Assassini, perché non si fanno vivi prima?"

"Ma Belbo! Pensi a come si deprime quella zona dalla battaglia di Lepanto in avanti. Il suo Sebottendorff capisce pure che qualcosa dev'essere cercato tra i dervisci turchi, ma Alamut non c'è più, quelli si sono rintanati chissà dove. Aspettano. Ed ora è venuto il loro momento, sull'ala dell'irredentismo islamico ritirano fuori la testa. Mettendo Hitler nel Piano abbiamo trovato una buona ragione per la seconda guerra mondiale. Mettendoci gli Assassini di Alamut stiamo spiegando tutto quello che avviene da anni tra il Mediterraneo e il golfo Persico. E qui troviamo la collocazione per il Tres, Templi Resurgentes Equites Synarchici. Una società che si propone di ristabilire finalmente i contatti con le cavallerie spirituali di fedi diverse."

"O che stimola i conflitti per bloccare tutto e pescare nel torbido. È chiaro. Siamo arrivati alla fine del nostro lavoro di ricucitura della Storia. Non sarà che al momento supremo il Pendolo dovrà rivelare che l'Umbilicus Mundi è ad Alamut?"

"Adesso non esageriamo. Io lascerei quest'ultimo punto in sospeso."

"Come il Pendolo."

"Se vuole. Non si può dire tutto quello che ci passa per la testa."

"Certo, certo. Il rigore innanzi tutto."

Quella sera io ero solo fiero di aver costruito una bella storia. Ero un esteta, che usa la carne e il sangue del mondo per farne Bellezza. Belbo ormai era un adepto. Come tutti, non per illuminazione, ma *faute de mieux.*

105

Claudicat ingenium, delirat lingua, labat mens.
(Lucrezio, *De rerum natura*, III, 453)

Deve essere stato in quei giorni che Belbo ha cercato di rendersi conto di quanto gli avvenisse. Ma senza che la severità con cui aveva saputo analizzarsi potesse distoglierlo dal male a cui si stava abituando.

Filename: E se fosse?

Inventare un Piano: il Piano ti giustifica a tal punto che non sei neppure responsabile del Piano stesso. Basta tirare il sasso e nascondere la mano. Non ci sarebbe fallimento se davvero ci fosse un Piano.

Non hai mai avuto Cecilia perché gli Arconti hanno fatto Annibale Cantalamessa e Pio Bo inabili al più amichevole degli ottoni. Sei fuggito di fronte al Canaletto perché i Decani hanno voluto risparmiarti per un altro olocausto. E l'uomo della cicatrice ha un talismano più potente del tuo.

Un Piano, un colpevole. Il sogno della specie. An Deus sit. Se c'è, è colpa sua.

La cosa di cui ho perduto l'indirizzo non è il Fine, è il Principio. Non l'oggetto da possedere ma il soggetto che mi possiede. Mal comune mezzo gaudio, cosa d'altro dice il Mito? Ottonario doppio.

Chi ha scritto quel pensiero, il più rasserenante che sia mai stato pensato? Niente potrà togliermi dalla mente che questo mondo sia il frutto di un dio tenebroso di cui io prolungo l'ombra. La fede porta all'Ottimismo Assoluto.

È vero, ho fornicato (o non ho fornicato): ma è Dio che non ha saputo risolvere il problema del Male. Suvvia pestiamo il feto nel mortaio, con miele e pepe. Dio lo vuole.

Se proprio bisogna credere, che sia una religione che non ti fa sentire colpevole. Una religione sconnessa, fumigante, sotterranea, che non finisce mai. Come un romanzo, non come una teologia.

Cinque vie per un solo punto d'arrivo. Che spreco. Un labirinto, invece, che porti dappertutto e da nessuna parte. Per morire con stile, vivere in barocco.

Solo un Demiurgo cattivo ci fa sentire buoni.

Ma se il Piano cosmico non ci fosse?

Che beffa, vivere in esilio quando nessuno ti ci ha mandato. E in esilio da un posto che non c' è.

E se ci fosse, il Piano, ma ti sfuggisse per l'eternità?

Quando cede la religione, l'arte provvede. Il Piano l'inventi, metafora di quello inconoscibile. Anche un complotto umano può riempire il vuoto. Non mi hanno pubblicato *Quore e pasione* perché non appartengo alla cricca templare.

Vivere come se un Piano ci fosse: la pietra dei filosofi.

If you cannot beat them, join them. Se il Piano c'è, basta adeguarsi...

Lorenza mi mette alla prova. Umiltà. Se avessi l'umiltà di evocare gli Angeli, anche senza credervi, e di tracciare il cerchio giusto, avrei la pace. Forse.

Credi che ci sia un segreto e ti sentirai iniziato. Non costa nulla.

Creare un'immensa speranza che non possa mai essere sradicata perché la radice non c'è. Degli antenati che non ci sono non saranno mai lì a dire che hai tradito. Una religione che si può osservare tradendola all'infinito.

Come Andreae: creare per gioco la più grande rivelazione della storia e mentre gli altri vi si perdono, giurare per il resto della tua vita che non sei stato tu.

Creare una verità dai contorni sfumati: non appena qualcuno cerca di definirla, lo scomunichi. Giustificare solo chi è più sfumato di te. Jamais d'ennemis à droite.

Perché scrivere romanzi? Riscrivere la Storia. La Storia che poi diventi.

Perché non lo mette in Danimarca, signor Guglielmo S.? Jim della Canapa Johann Valentin Andreae Lucamatteo gira per l'arcipelago della Sonda tra Patmos e Avalon, dalla Montagna Bianca a Mindanao, da Atlantide a Tessalonica... Al concilio di Nicea, Origene si taglia i testicoli e li mostra sanguinanti ai padri della Città del Sole, a Hiram che digrigna filioque filioque mentre Costantino pianta le unghie rapaci nelle orbite vuote di Robert Fludd, morte morte ai giudei del ghetto di Antiochia, Dieu et mon droit, sventoli il Beauceant, addosso agli ofiti e ai borboriti che borborigmano velenosi. Squilli di tromba, e arrivano i Chevaliers Bienfaisants de la Cité Sainte con la testa del Moro irta sulla picca, il Rebis, il Rebis! Uragano magnetico, crolla la Tour. Sogghigna Račkovskij sul cadavere abbrustolito di Jacques de Molay.

Non ti ho avuto, ma posso far esplodere la storia.

Se il problema è questa assenza di essere, se l'essere è ciò che si dice in molti modi, più parliamo più essere c'è.

Il sogno della scienza è che di essere ve ne sia poco, concentrato e dicibile, $E=mc^2$. Errore. Per salvarsi sin dall'inizio dell'eternità è necessario volere che ci sia un essere a vanvera. Come un serpente annodato da un marinaio alcolizzato. Inestricabile.

Inventare, forsennatamente inventare, senza badare ai nessi, da non riuscire più a fare un riassunto. Un semplice gioco a staffetta tra emblemi, uno che dica l'altro, senza sosta. Scomporre il mondo in una sarabanda di anagrammi a catena. E poi credere all'Inesprimibile. Non è questa la vera lettura della Torah? La verità è l'anagramma di un anagramma. Anagrams = ars magna.

Così dev'essere avvenuto in quei giorni. Belbo aveva deciso di prendere sul serio l'universo dei diabolici non per eccesso ma per difetto di fede.

Umiliato della sua incapacità a creare (e per tutta la vita aveva usato i desideri frustrati e le pagine mai scritte, gli uni come metafora delle altre e viceversa, il tutto all'insegna di quella sua presunta, impalpabile viltà), ora si stava rendendo conto che costruendo il Piano in realtà aveva creato. Si stava innamorando del suo Golem e ne traeva motivo di consolazione. La vita – la sua e quella dell'umanità – come arte, e in mancanza dell'arte l'arte come menzogna. *Le monde est fait pour aboutir à un livre (faux)*. Ma a questo libro falso ora cercava di credere perché, lo aveva pur scritto, se complotto ci fosse stato, egli non sarebbe più stato vile, sconfitto e ignavo.

Di lì quello che è accaduto dopo, il suo usare il Piano – che sapeva irreale – per battere un rivale – che credeva reale. E poi, quando si è accorto che il Piano lo stava avvolgendo come se ci fosse, o come se lui, Belbo, fosse fatto della stessa pasta di cui era fatto il suo Piano, è andato a Parigi come incontro a una rivelazione, a una riscossa.

Preso dal rimorso quotidiano, per anni e anni, di aver soltanto frequentato i propri fantasmi, stava trovando sollievo nell'intravedere dei fantasmi che stavano diventando oggettivi, noti anche a un altro, fosse egli pure il Nemico. È andato a buttarsi nella bocca del lupo? Certo, perché quel lupo prendeva forma, era più vero di Jim della Canapa, forse di Cecilia, forse della stessa Lorenza Pellegrini.

Belbo, malato di tanti appuntamenti mancati, si sentiva ora dare un appuntamento reale. E in modo tale che non poteva neppure disertarlo per viltà, perché era stato messo con le spalle al muro. La paura lo obbligava a essere coraggioso. Inventando aveva creato il principio di realtà.

106

> La lista n. 5, sei magliette, sei mutande e sei fazzoletti, ha sempre intrigato gli studiosi, fondamentalmente per la totale mancanza di calzini.
>
> (Woody Allen, *Getting even*, New York, Random House, 1966, "The Metterling List", p. 8)

È stato in quei giorni, non più di un mese fa, che Lia ha deciso che mi avrebbe fatto bene un mese di vacanza. Hai l'aria stanca, mi diceva. Forse il Piano mi aveva esausto. D'altra parte il bambino, come dicevano i nonni, aveva bisogno di aria buona. Degli amici ci avevano prestato una casetta in montagna.

Non siamo partiti subito. C'erano alcune faccende da sbrigare a Milano, e poi Lia aveva detto che non c'è nulla di più riposante di una vacanza in città, quando si sa che poi si va via.

In quei giorni ho parlato per la prima volta a Lia del Piano. Prima era troppo occupata col bambino: sapeva vagamente che con Belbo e Diotallevi stavamo risolvendo una specie di puzzle che ci portava via giorni e notti interi, ma non le avevo detto più nulla, da quando mi aveva fatto il suo sermone sulla psicosi della somiglianza. Forse mi vergognavo.

In quei giorni le ho raccontato tutto il Piano, finito nei suoi minimi particolari. Lei sapeva della malattia di Diotallevi, e io mi sentivo la coda di paglia, come se avessi fatto qualcosa che non dovevo, e cercavo di raccontarlo per quel che era, solo un gioco di bravura.

E Lia mi ha detto: "Pim, la tua storia non mi piace."

"Non è bella?"

"Anche le sirene erano belle. Senti: che cosa sai tu del tuo inconscio?"

"Niente, non so neppure se c'è."

"Ecco. Ora immagina che un buontempone viennese, per tener allegri gli amici, si fosse divertito a inventare tutta la faccenda dell'Es, e dell'edipo, e avesse immaginato dei sogni che non aveva mai fatto, e dei piccoli Hans che non aveva mai visto... E poi che cos'è successo? Che c'erano milioni di persone pronte a diventare nevrotiche sul serio. E altre migliaia pronte a sfruttarle."

"Lia, tu sei paranoica."

"Io? Tu!"

"Saremo dei paranoici, ma almeno questo devi concedermi: siamo partiti dal testo di Ingolf. Scusami, ti trovi di fronte a un messaggio dei Templari, ti viene voglia di decifrarlo sino in fondo. Magari esageri, per prendere in giro i decifratori di messaggi, ma il messaggio c'era."

"Intanto tu sai solo quello che ti ha detto quell'Ardenti, che a quanto mi racconti era un cacciapalle matricolato. E poi questo messaggio mi piacerebbe proprio vederlo."

Niente di più facile, lo avevo nelle mie cartelle.

Lia ha preso il foglio, lo ha guardato davanti e di dietro, ha arricciato il naso, si è sollevata il ciuffo dagli occhi per vedere meglio la prima parte, quella cifrata. Ha detto: "Tutto qui?"

"Non ti basta?"

"Basta e avanza. Dammi due giorni per rifletterci." Quando Lia chiede due giorni per rifletterci è per dimostrarmi che sono stupido. L'accuso sempre di questo, e lei risponde: "Se capisco che sei stupido sono sicura che ti voglio bene davvero. Ti voglio bene anche se sei stupido. Non ti rassicura?"

Per due giorni non abbiamo più toccato l'argomento, e d'altra parte è stata quasi sempre fuori casa. Alla sera la vedevo accucciata in un angolo che prendeva appunti, stracciando un foglio dietro l'altro.

Arrivati in montagna, il bambino ha razzolato per tutto il giorno sul prato, Lia ha preparato la cena, e mi ha detto di mangiare perché ero magro come un chiodo. Dopo cena mi ha chiesto di prepararle un doppio whisky con tanto ghiaccio e poca soda, ha acceso una sigaretta come fa solo nei momenti importanti, mi ha fatto sedere e mi ha spiegato.

"Stai attento Pim, perché ti dimostro che le spiegazioni più semplici sono sempre le più vere. Quel vostro colonnello vi ha detto che Ingolf ha trovato un messaggio a Provins, e io non lo metto in dubbio. Sarà sceso nel sotterraneo e avrà davvero trovato un astuccio con questo testo qui," e batteva il dito sui versicoli in francese. "Nessuno ci dice che abbia trovato un astuccio tempestato di diamanti. L'unica cosa che il colonnello vi ha raccontato è che secondo gli appunti di Ingolf era stato venduto un astuccio: e perché no, era una cosa antica, ci avrà anche ricavato qualche soldarello, ma nessuno ci dice che poi ci sia campato sopra. Avrà avuto una piccola eredità da suo padre."

"E perché l'astuccio doveva essere un astuccio da poco?"

"Perché questo messaggio è una nota della lavandaia. Avanti, rileggiamolo."

a la ... Saint Jean
36 p charrete de fein
6 ... entiers avec saiel
p ... les blancs mantiax
r ... s ... chevaliers de Pruins pour la ... j . nc
6 foiz 6 en 6 places
chascune foiz 20 a .... 120 a ....
iceste est l'ordonation
al donjon li premiers
it li secunz joste iceus qui ... pans
it al refuge
it a Nostre Dame de l'altre part de l'iau
it a l'ostel des popelicans
it a la pierre
3 foiz 6 avant la feste ... la Grant Pute.

"E allora?"

"Ma santa pazienza, non vi è mai venuto in mente di andare a vedere una guida turistica, un sommario storico su questa Provins? E scopri subito che la Grange-aux-Dîmes dove è stato trovato il messaggio era un luogo dove si riunivano i mercanti, perché Provins era il centro delle fiere della Champagne. E che la Grange si trova sulla rue St. Jean. A Provins si commerciava di tutto, ma in particolare andavano molto le pezze di stoffa, i *draps* o *dras* come si scriveva allora, e ogni pezza era contrassegnata da una marca di garanzia, una specie di sigillo. Il secondo prodotto di Provins erano le rose, le rose rosse che i crociati avevano portato dalla Siria. Talmente famose che quando Edmondo di Lancaster sposa Bianca d'Artois e prende anche il titolo di conte di Champagne, mette la rosa rossa di Provins nelle sue armi, ed ecco il perché della guerra delle due rose, visto che gli York avevano come insegna una rosa bianca."

"E chi te l'ha detto?"

"Un libretto di duecento pagine edito dall'Ufficio del turismo di Provins, che ho trovato al Centro francese. Ma non è finita. A Provins c'è una rocca che si chiama il Donjon, come dice la parola stessa, c'è una Porte-aux-Pains, c'era un'Eglise du Refuge, c'erano come è ovvio varie chiese intitolate a Nostra Signora di qui e di là, c'erano o ci sono ancora una rue de la Pierre Ronde, dove c'era una *pierre de cens*, su cui i sudditi del conte andavano a deporre le monete delle decime. E poi una rue des Blancs Manteaux e una strada detta della Grande Putte Muce, per le ragioni che ti lascio indovinare, ovvero perché era una strada di bordelli."

"E i popelicans?"

"A Provins c'erano stati dei catari, che poi erano stati dovutamente bruciati, e il grande inquisitore era un cataro pentito, e veniva chiamato Robert le Bougre. Quindi nulla di strano che ci fosse una strada o una zona che veniva indicata ancora come il posto dei catari anche se i catari non c'erano più."

"Ancora nel 1344..."

"Ma chi ti ha mai detto che questo documento è del 1344? Il tuo colonnello ha letto *36 anni post la carretta di fieno*, ma guarda che a quei tempi una *p* fatta in un certo modo con una specie di apostrofo voleva dire *post*, ma un'altra *p* senza apostrofo voleva dire *pro*. L'autore di questo testo è un pacifico mercante che ha preso qualche appunto sugli affari fatti alla Grange, e cioè alla rue St. Jean, non nella notte di San Giovanni, e ha registrato un prezzo di trentasei soldi, o denari o altre monete che fossero per una o per ogni carretta di fieno."

"E i centoventi anni?"

"E chi parla di anni? Ingolf ha trovato qualcosa che ha trascritto come *120 a...* Chi ha detto che fosse una *a*? Ho controllato su una tabella delle abbreviazioni in uso a quei tempi e ho trovato che per *denier* o *dinarium* si usavano strani segni, uno che sembra un delta e l'altro una teta, una specie di cerchio spezzato a sinistra. Scrivilo male e in fretta, e da povero mercante, ed ecco che un esaltato come il colonnello può scambiarlo per una *a*, perché aveva già letto da qualche parte la storia dei 120 anni, mi insegni tu che poteva leggerlo su qualsiasi storia dei Rosa-Croce, lui voleva trovare qualcosa che assomigliasse a *post 120 annos patebo*! E allora che ti fa? Trova delle *it* e le legge come *iterum*. Ma *iterum* si abbreviava *itm*, mentre *it* vuole dire *item*, parimenti, viene appunto usato per delle liste ripetitive. Il nostro mercante sta calcolando quanto gli rendono certe ordinazioni che ha ricevuto, e fa la lista delle consegne. Deve consegnare dei mazzi di rose di Provins, ecco cosa vuol dire *r* ... *s* ... *chevaliers de Pruins*. E là dove il colonnello leggeva *vainjance* (perché aveva in testa i cavalieri Kadosch) si deve leggere *jonchée*. Le rose venivano usate o per fare dei cappelli di fiori o dei tappeti floreali, in occasione di varie feste. E quindi, ecco come va letto il tuo messaggio di Provins:

Nella via Saint Jean.
36 soldi per carretta di fieno.
Sei drappi nuovi con sigillo
alla via dei Blancs Manteaux.
Rose dei crociati per fare una jonchée:
sei mazzi da sei nei sei posti che seguono,
ciascuno 20 deniers, che fa in tutto 120 deniers.
Ecco in che ordine:
i primi alla Rocca
item i secondi a quelli della Porte-aux-Pains
item alla Chiesa del Rifugio
item alla Chiesa di Notre Dame, al di là del fiume
item al vecchio edificio dei catari
item alla strada della Pierre Ronde.
E tre mazzi da sei prima della festa, alla via delle puttane

perché anche loro, poverine, magari volevano celebrare la festa facendosi un bel cappellino di rose."

"Gesù," dissi, "mi sa che hai ragione."

"Ho ragione sì. È una nota della lavandaia, ti ripeto."

"Un momento. Questo sarà anche una nota della lavandaia, ma il primo è un messaggio cifrato che parla di trentasei invisibili."

"Infatti. Il testo in francese l'ho sistemato in un'ora, ma l'altro mi ha fatto penare due giorni. Ho dovuto studiarmi Tritemio, all'Ambrosiana e alla Trivulziana, e sai come sono i bibliotecari, prima di lasciarti mettere mano su un libro antico ti guardano come se volessi mangiarlo. Ma la storia è semplicissima. Anzitutto, e questo lo avresti dovuto scoprire da solo, sei sicuro che 'les 36 inuisibles separez en six bandes' sia lo stesso francese del nostro mercante? E infatti anche voi vi eravate accorti che si trattava dell'espressione usata da un pamphlet secentesco, quando i Rosa-Croce sono apparsi a Parigi. Ma voi avete ragionato come i vostri diabolici: se il messaggio è cifrato secondo il metodo di Tritemio, significa che Tritemio ha copiato dai Templari, e siccome cita una frase che circolava nell'ambiente dei Rosa-Croce, vuol dire che il piano attribuito ai Rosa-Croce era già il piano dei Templari. Ma prova a rovesciare il ragionamento, come farebbe qualsiasi persona assennata: siccome il messaggio è scritto alla Tritemio, è stato scritto dopo Tritemio, e siccome cita espressioni che circolavano nel Seicento rosacrociano, è stato scritto dopo il Seicento. Qual è a questo punto l'ipotesi più economica? Ingolf trova il messaggio di Provins, siccome anche lui come il colonnello è un patito di misteri ermetici, legge trentasei e centoventi e pensa subito ai Rosa-Croce. E siccome è un patito delle crittografie, si diverte a riassumere il messaggio di Provins in chiave. Fa un esercizio, scrive secondo un criptosistema di Tritemio la sua bella frase rosacrociana."

"Spiegazione ingegnosa. Ma vale quanto la congettura del colonnello."

"Sino a questo punto sì. Ma immagina che di congetture ne fai più d'una, e tutte insieme si sostengono l'una con l'altra. Sei già più sicuro di avere indovinato, no? Io sono partita da un sospetto. Le parole usate da Ingolf non sono quelle suggerite da Tritemio. Sono dello stesso stile assiro babilonese cabalistico, ma non sono le stesse. Eppure se Ingolf voleva delle parole che iniziassero con le lettere che gli interessavano, in Tritemio ne trovava quante ne voleva. Perché non ha scelto quelle?"

"Perché?"

"Forse aveva bisogno di certe lettere precise anche in seconda, in terza, in quarta posizione. Forse il nostro ingegnoso Ingolf voleva un messaggio a cifratura multipla. Voleva essere più bravo di Tritemio. Tritemio suggerisce quaranta criptosistemi maggiori: in uno valgono solo le iniziali, nell'altro la prima e la terza lettera, nell'altro ancora un'iniziale sì e una no, e così via, in modo che con un poco di buona volontà di sistemi può inventarne cento altri ancora. Quanto ai dieci criptosistemi minori, il colonnello ha considerato solo la prima rotula, che è la più facile. Ma le seguenti funzionano secondo il principio della seconda, di cui eccoti la copia. Immagina che il cerchio interno sia mobile e che tu possa farlo ruotare in modo che la A iniziale coincida con qualsiasi lettera del cerchio esterno. Avrai così un sistema dove la A si trascrive X e via di seguito, un altro dove la A coincide con la U e via di seguito... Con ventidue lettere su ciascun cerchio, tiri fuori non dieci ma ventuno criptosistemi, e resta nullo solo il ventiduesimo, dove la A coincide con la A..."

"Non dirmi che tu per ciascuna lettera di ogni parola hai provato tutti i ventuno sistemi..."

"Ho avuto sale in zucca e fortuna. Siccome le parole più corte sono di sei lettere, è ovvio che solo le prime sei sono importanti, e il resto sta per bellezza. Perché sei lettere? Ho immaginato che Ingolf avesse cifrato la prima, poi ne avesse saltato una, avesse cifrato la terza, poi ne avesse saltato due e avesse cifrato la sesta. Se per l'iniziale ha usato la rotula numero uno, per la terza lettera ho provato la rotula numero due, e faceva senso. Allora ho provato la rotula numero tre per la sesta lettera, e faceva di nuovo senso. Non escludo che Ingolf abbia usato anche altre lettere, ma tre evidenze mi bastano, e se vuoi continua da te."

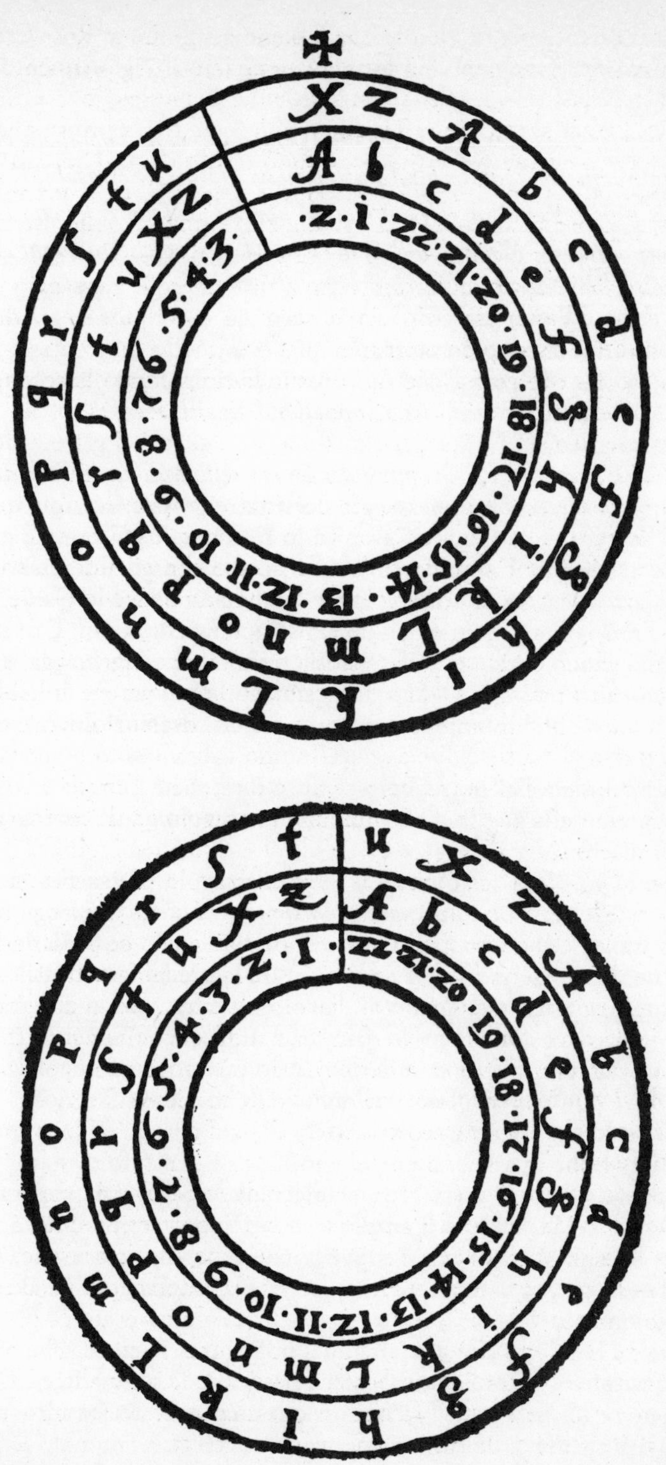

"Non tenermi in sospeso. Che cosa ti è venuto fuori?"
"Riguardati il messaggio, ho sottolineato le lettere che contano."

Kuabris Defrabax Rexulon Ukkazaal Ukzaab Urpaefel Taculbain Habrak Hacoruin Maquafel Tebrain Hmcatuin Rokasor Himesor Argaabil Kaquaan Docrabax Reisaz Reisabrax Decaiquan Oiquaquil Zaitabor Qaxaop Dugraq Xaelobran Disaeda Magisuan Raitak Huidal Uscolda Arabaom Zipreus Mecrim Cosmae Duquifas Rocarbis

"Ora, il primo messaggio sappiamo qual è, è quello sui trentasei invisibili. Ora ascolta che cosa viene fuori sostituendo secondo la seconda rotula le terze lettere: *chambre des demoiselles, l'aiguille creuse.*"
"Ma lo conosco, è..."
"*En aval d'Etretat – La Chambre des Demoiselles – Sous le Fort du Fréfossé – Aiguille Creuse.* È il messaggio decrittato da Arsène Lupin quando scopre il segreto della Guglia Cava! Te lo ricorderai: a Etretat si erge al bordo della spiaggia l'Aiguille Creuse, un castello naturale, abitabile all'interno, arma segreta di Giulio Cesare quando invadeva le Gallie, e poi dei re di Francia. La sorgente dell'immensa potenza di Lupin. E tu sai che i lupinologi vanno pazzi per questa storia, vanno in pellegrinaggio a Etretat, cercano altri passaggi segreti, anagrammano ogni parola di Leblanc... Ingolf era anche un lupinologo così come era un rosacrociologo, e quindi cifra che ti cifro."
"Ma i miei diabolici potrebbero sempre dire che i Templari conoscevano il segreto della guglia, e che quindi il messaggio è stato scritto a Provins nel Trecento..."
"Certo, lo so. Ma adesso viene il terzo messaggio. Terza rotula applicata alle seste lettere. Sentilo: *merde j'en ai marre de cette steganographie.* E questo è francese moderno, i Templari non parlavano così. Parlava così Ingolf, che dopo essersi rotto la testa a cifrare le sue fanfaluche, si è divertito ancora una volta mandando al diavolo, in cifra, quello che stava facendo. Ma siccome non era privo di arguzia, ti faccio notare che i tre messaggi sono ciascuno di trentasei lettere. Mio povero Pim, Ingolf giocava quanto voi, e quell'imbecille del colonnello lo ha preso sul serio."
"E allora perché Ingolf è scomparso?"
"Chi ti dice che lo abbiano assassinato? Ingolf era stufo di stare ad Auxerre, vedendo solo il farmacista e una figlia zitella che piagnucolava tutto il giorno. Magari va a Parigi, fa un bel colpo rivendendo uno dei suoi libri vecchi, si trova una vedovella che ci sta e cambia vita. Come quelli che escono per comperare le sigarette e la moglie non li vede più."
"E il colonnello?"
"E non mi hai detto che neppure quel poliziotto era sicuro che lo avessero ammazzato? Ha combinato qualche pasticcio, le sue vittime lo hanno individuato, e lui ha alzato i tacchi. In questo momento sta magari vendendo la Tour Eiffel a un turista americano e si chiama Dupont."

Non potevo cedere su tutti i fronti. "Va bene, siamo partiti da una nota della lavandaia, ma a maggior ragione siamo stati ingegnosi. Lo sapevamo anche noi che stavamo inventando. Abbiamo fatto della poesia."

"Il vostro piano non è poetico. È grottesco. Alla gente non viene in mente di tornare a bruciare Troia perché ha letto Omero. Con lui l'incendio di Troia è diventato qualcosa che non è mai stato, non sarà mai eppure sarà sempre. Ha tanti sensi perché è tutto chiaro, tutto limpido. I tuoi manifesti dei Rosa-Croce non erano né chiari né limpidi, erano un borborigmo e promettevano un segreto. Per questo tanti hanno cercato di farli diventare veri, e ciascuno ci ha trovato quel che voleva. In Omero non c'è nessun segreto. Il vostro piano è pieno di segreti, perché è pieno di contraddizioni. Per questo potresti trovare migliaia di insicuri disposti a riconoscervisi. Buttate via tutto. Omero non ha fatto finta. Voi avete fatto finta. Guai a fare finta, ti credono tutti. La gente non ha creduto a Semmelweis, che diceva ai medici di lavarsi le mani prima di toccare le partorienti. Diceva cose troppo semplici. La gente crede a chi vende la lozione per far ricrescere i capelli. Sentono per istinto che quello mette insieme verità che non stanno insieme, che non è logico e non è in buona fede. Ma gli hanno detto che Dio è complesso, e insondabile, e quindi l'incoerenza è la cosa che avvertono più simile alla natura di Dio. L'inverosimile è la cosa più simile al miracolo. Voi avete inventato una lozione per far ricrescere i capelli. Non mi piace, è un brutto gioco."

Non è che questa storia ci abbia rovinato le settimane di montagna. Ho fatto delle belle camminate, ho letto dei libri seri, non sono mai stato tanto accanto al bambino. Ma tra me e Lia era rimasto qualcosa di non detto. Da un lato Lia mi aveva messo con le spalle al muro e le spiaceva di avermi umiliato, dall'altro non era convinta di avermi convinto.

Infatti io provavo nostalgia del Piano, non volevo buttarlo via, ci avevo convissuto troppo.

Poche mattine fa mi sono alzato presto, per prendere l'unico treno per Milano. E a Milano avrei ricevuto la telefonata di Belbo da Parigi, e avrei dato inizio alla vicenda che non ho ancora finito di vivere.

Lia aveva ragione. Dovevamo parlarne prima. Ma non le avrei creduto lo stesso. Avevo vissuto la creazione del Piano come il momento di Tiferet, il cuore del corpo sefirotico, l'accordo della regola con la libertà. Diotallevi mi aveva detto che Mosè Cordovero ci aveva avvertito: "Chi si inorgoglisce a causa della sua Torah sull'ignorante, vale a dire sull'insieme del popolo di Iahveh, porta Tiferet a inorgoglirsi su Malkut." Ma cosa sia Malkut, il Regno di questa terra, nella sua sfolgorante semplicità, lo capisco solo ora. In tempo per capire ancora, troppo tardi forse per sopravvivere alla verità.

Lia, non so se ti rivedrò. Se così fosse, l'ultima immagine che ho di te è di poche mattine fa, insonnolita sotto le coperte. Ti ho baciata ed esitavo a uscire.

7
NEZAH

107

> Non vedi quel cane nero che si aggira per i seminati e per le stoppie?... Mi sembra che egli tenda attorno ai nostri piedi dei sottili lacci magici... Il circolo si restringe, egli è già vicino.
>
> (*Faust*, I, Fuori porta)

Quello che era accaduto durante la mia assenza, e in particolare negli ultimi giorni prima del mio ritorno, lo potevo desumere solo dai *files* di Belbo. Ma di questi uno solo era chiaro, scandito per notizie ordinate, ed era l'ultimo, quello che egli aveva probabilmente scritto prima di partire per Parigi, perché io o qualcun altro – a futura memoria – lo potessimo leggere. Gli altri testi, che certamente aveva come al solito scritto per sé, non erano di facile interpretazione. Solo io, che ormai ero entrato nell'universo privato delle sue confidenze ad Abulafia, potevo decrittarli, o almeno trarne delle congetture.

Era inizio giugno. Belbo era agitato. I medici si erano adattati all'idea che gli unici parenti di Diotallevi fossero lui e Gudrun, e finalmente avevano parlato. Alle domande dei tipografi e dei correttori Gudrun ora rispondeva abbozzando un bisillabo con le labbra protese, senza lasciar uscire alcun suono. Così si nomina la malattia tabù.

Gudrun andava a trovare Diotallevi ogni giorno, e credo lo disturbasse per via dei suoi occhi lucidi di pietà. Egli sapeva, ma si vergognava che lo sapessero gli altri. Parlava a fatica. Belbo aveva scritto: "Il volto è tutto zigomi." Gli stavano cadendo i capelli, ma quella era la terapia. Belbo aveva scritto: "Le mani sono tutte dita."

Credo che nel corso di uno dei loro penosi colloqui Diotallevi avesse anticipato a Belbo quello che poi gli avrebbe detto l'ultimo giorno. Belbo si stava già rendendo conto che immedesimarsi nel Piano era male, forse era il Male. Ma, forse per oggettivare il Piano e restituirlo alla sua dimensione puramente fittizia, lo aveva scritto, parola per parola, come se fossero le memorie del colonnello. Lo raccontava come un iniziato che comunicasse il suo ultimo segreto. Credo che per lui fosse la cura: restituiva alla letteratura, per cattiva che fosse, quello che non era vita.

Ma il 10 giugno doveva essere accaduto qualcosa che lo aveva sconvolto. Gli appunti in proposito sono confusi, tento di congetturare.

Dunque Lorenza gli aveva chiesto di accompagnarla in macchina in Riviera, dove doveva passare da un'amica a ritirare non so che cosa, un documento, un atto notarile, una sciocchezza che avrebbe potuto essere spedita per posta. Belbo aveva acconsentito, folgorato dall'idea di passare una domenica al mare con lei.

Erano andati in quel luogo, non sono riuscito a capire esattamente dove, forse vicino a Portofino. La descrizione di Belbo era fatta di umori, non ne trasparivano paesaggi ma eccessi, tensioni, scoramenti. Lorenza aveva fatto la sua commissione mentre Belbo aspettava in un bar, e poi aveva detto che potevano andare a mangiar pesce in un posto proprio a picco sul mare.

Da questo momento la storia si frammentava, la deduco da spezzoni di dialogo che Belbo allineava senza virgolette, come se trascrivesse a caldo per non lasciar sfumare una serie di epifanie. Erano andati in macchina sinché si poteva, poi avevano proseguito per quei sentieri liguri lungo la costa, fioriti e impervi, e avevano trovato il ristorante. Ma appena seduti, sul tavolo accanto al loro avevano visto un cartellino che lo riservava per il dottor Agliè.

Ma guarda che combinazione, doveva aver detto Belbo. Una brutta combinazione, aveva detto Lorenza, non voleva che Agliè sapesse che lei era lì e con lui. Perché non voleva, che cosa c'era di male, perché Agliè aveva il diritto di essere geloso? Ma che diritto, è un fatto di buon gusto, mi aveva invitata fuori per oggi e ho detto che ero occupata, non vorrai che faccia la figura della bugiarda. Non fai la figura della bugiarda, eri davvero occupata con me, è una cosa di cui bisogna vergognarsi? Vergognarsi no, ma mi permetterai di avere le mie regole di delicatezza.

Avevano abbandonato il ristorante, e avevano iniziato a risalire il sentiero. Ma di colpo Lorenza si era fermata, aveva visto arrivare della gente che Belbo non conosceva, amici di Agliè, diceva lei, e non voleva farsi vedere. Situazione umiliante, lei appoggiata a un ponticello a picco su una discesa di ulivi, con la faccia coperta dal giornale, come se morisse dalla voglia di sapere cosa stava succedendo nel mondo, lui a dieci passi di distanza, fumando come se passasse di lì per caso.

I commensali di Agliè erano passati ma ora, diceva Lorenza, a continuare lungo il sentiero avrebbero incontrato lui, che certo stava arrivando. Belbo diceva al diavolo, al diavolo, e se così fosse? E Lorenza gli diceva che non aveva un minimo di sensibilità. Soluzione, raggiungere il luogo del parcheggio evitando il sentiero, tagliando lungo le balze. Fuga ansimante, per una serie di terrazze assolate, e a Belbo si era rotto un tacco. Lorenza diceva non vedi come è più bello così, certo che se continui a fumare tanto poi ti manca il fiato.

Avevano raggiunto la macchina e Belbo aveva detto che tanto valeva tornare a Milano. No, gli aveva detto Lorenza, forse Agliè è in ritardo, lo incrociamo sull'autostrada, lui conosce la tua macchina, guarda che bella giornata, tagliamo attraverso l'interno, dev'essere delizioso, raggiungiamo l'autostrada del Sole e andiamo a cena nell'Oltrepò pavese.

Ma perché nell'Oltrepò pavese, ma che cosa vuol dire attraverso l'interno, c'è una sola soluzione, guarda la carta, dobbiamo montare sui monti dopo Uscio, e poi valicare tutto l'Appennino, e far sosta a Bobbio, e di lì si arriva a Piacenza, sei matta, peggio che Annibale con gli elefanti. Non hai il senso dell'avventura, aveva detto lei, e poi pensa quanti bei ristorantini troviamo su quelle colline. Prima di Uscio c'è Manuelina che ha dodici stelle sulla Michelin, tutto il pesce che vogliamo.

Manuelina era pieno, con una fila di clienti che guatavano i tavoli dove stava arrivando il caffè. Lorenza aveva detto non importa, salendo qualche chilometro si trovano cento altri posti meglio di questo. Avevano trovato un ristorante alle due e mezzo, in un borgo infame che a detta di Belbo anche le carte militari si vergognavano di registrare, e avevano mangiato pasta scotta condita con carne in scatola. Belbo le chiedeva cosa c'era sotto, perché non era un caso che si fosse fatta portare proprio dove doveva arrivare Agliè, voleva provocare qualcuno e lui non riusciva a capire chi dei due, e lei gli chiedeva se era paranoico.

Dopo Uscio avevano tentato un passo, e attraversando un paesino che sembrava di essere la domenica pomeriggio in Sicilia e al tempo dei Borboni, un grande cane nero si era parato attraverso la strada, come se non avesse mai visto un'automobile. Belbo l'aveva colpito col paraurti anteriore, pareva niente, e invece appena erano scesi si erano accorti che la povera bestia aveva l'addome rosso di sangue, con alcune cose strane e rosa (pudenda, viscere?) che spuntavano fuori, e guaiva sbavando. Erano accorsi alcuni villici, si era creata un'assemblea popolare. Belbo chiedeva chi era il padrone, avrebbe pagato i danni, ma il cane non aveva padrone. Rappresentava forse il dieci per cento della popolazione di quel posto abbandonato da Dio, ma nessuno sapeva chi fosse anche se tutti lo conoscevano di vista. Qualcuno diceva che bisognava trovare il maresciallo dei carabinieri che gli avrebbe sparato un colpo, e via.

Stavano cercando il maresciallo, quando era arrivata una signora che si era dichiarata zoofila. Ho sei gatti, aveva detto. Che c'entra, aveva detto Belbo, questo è un cane, ormai sta morendo e io ho fretta. Cane o gatto, ci vuole un poco di cuore, aveva detto la signora. Niente maresciallo, occorre andare a cercare qualcuno della protezione animali, o dell'ospedale del paese vicino, forse la bestia si salva.

Il sole picchiava su Belbo, su Lorenza, sulla macchina, sul cane e sugli astanti, e non tramontava mai, Belbo aveva l'impressione di essere uscito in mutande, ma non riusciva a svegliarsi, la signora non demordeva, il maresciallo era irreperibile, il cane continuava a sanguinare e ansimava con flebili suoni. Uggiola, aveva detto Belbo, cruscante, e la signora diceva certo, certo che uggiola, soffre povero caro, anche lei non poteva stare attento? Il villaggio stava gradatamente subendo un boom demografico, Belbo Lorenza e il cane erano diventati lo spettacolo di quella triste domenica. Una ragazzina con un gelato si era avvicinata e aveva domandato se loro erano quelli della Tv che stavano organizzando il concorso di Miss Appennino Ligure, Belbo le aveva risposto di andare via subito altrimenti l'avrebbe ridotta come il cane, la ragazzina si era messa a piangere. Era arrivato il medico condotto dicendo che la ragazzina era sua figlia e Belbo non sapeva chi era lui. In un rapido scambio di scuse e presentazioni era emerso che il medico aveva pubblicato un *Diario da una condotta sperduta* presso il celebre Manuzio editore Milano. Belbo era caduto nella trappola e aveva detto di essere magna pars nella Manuzio, il dottore ora voleva che lui e Lorenza si fermassero a cena, Lorenza smaniava e gli dava di gomito nelle costole, così adesso finiremo sui giornali, gli amanti diabolici, non potevi startene zitto?

C'era sempre il sole a picco mentre il campanile suonava a compieta (siamo all'Ultima Thule, commentava Belbo tra i denti, sole per sei mesi, da mezzanotte a mezzanotte, e ho finito le sigarette), il cane si limitava a soffrire e nessuno badava più a lui, Lorenza diceva che aveva un attacco d'asma, Belbo era ormai sicuro che il cosmo fosse un errore del Demiurgo. E finalmente aveva avuto l'idea che loro avrebbero potuto partire con la macchina e cercare soccorsi al centro più vicino. La signora zoofila era d'accordo, che andassero e facessero presto, di un signore che lavorava da un editore di poesia si fidava, anche lei amava tanto Marino Moretti.

Belbo era ripartito e aveva superato cinicamente il centro più vicino, Lorenza malediceva tutti gli animali di cui il Signore aveva lordato la terra dal primo al quinto giorno compreso, e Belbo era d'accordo ma si spingeva a criticare anche l'opera del sesto giorno, e forse il riposo del settimo, perché trovava che era la domenica più maledetta che mai gli fosse capitata.

Avevano iniziato a valicare l'Appennino, ma mentre sulle carte sembrava facile, ci avevano messo molte ore, avevano saltato Bobbio, e verso sera erano arrivati a Piacenza. Belbo era stanco, voleva stare con Lorenza almeno a cena, e aveva preso una camera doppia nell'unico albergo libero, vicino alla stazione. Com'erano saliti di sopra, Lorenza aveva detto che in un posto del genere non avrebbe dormito. Belbo aveva detto che avrebbero cercato qualcosa d'altro, che gli desse tempo di scendere al bar e farsi un Martini. Aveva trovato solo un cognac nazionale, era ritornato in camera e Lorenza non c'era più. Era andato a chiedere notizia al banco e aveva trovato un messaggio: "Amore, ho scoperto uno splendido treno per Milano. Parto. Ci vediamo in settimana."

Belbo era corso alla stazione, e il binario era ormai vuoto. Come in un western.

Belbo aveva dormito a Piacenza. Aveva cercato un libro giallo, ma anche l'edicola della stazione era chiusa. In albergo aveva trovato solo una rivista del Touring Club.

Per sua sventura la rivista aveva un servizio sui passi appenninici che aveva appena varcato. Nel suo ricordo – appassito come se la vicenda gli fosse accaduta tanto tempo prima – erano una terra arida, assolata, polverosa, cosparsa di detriti minerali. Sulle pagine patinate della rivista erano territori di sogno, da ritornare indietro anche a piedi, e riassaporarli passo per passo. Le Samoa di Jim della Canapa.

Come può un uomo correre incontro alla sua rovina solo perché ha investito un cane? Eppure così è stato. Belbo ha deciso quella notte a Piacenza che ritirandosi di nuovo a vivere nel Piano non avrebbe subito altre sconfitte, perché lì era lui che poteva decidere chi, come e quando.

E dev'essere stato quella sera che ha stabilito di vendicarsi di Agliè, anche se non sapeva bene perché e per che cosa. Aveva progettato di far entrare Agliè nel Piano, senza che lo sapesse. E d'altra parte era tipico di Belbo cercar rivincite di cui egli fosse l'unico testimone. Non per pudore, ma per sfiducia nella testimonianza altrui. Fatto scivolare nel Piano, Agliè sarebbe stato annullato, si sarebbe dissolto in fumo come il lucignolo di una candela. Irreale come i Templari di Provins, i Rosa-Croce, e Belbo stesso.

Non dev'essere difficile, pensava Belbo: abbiamo ridotto alla nostra misura Bacone e Napoleone, perché non Agliè? Lo mandiamo anche lui a cercare la Mappa. Di Ardenti e del suo ricordo mi sono liberato collocandolo in una finzione migliore della sua. Succederà così anche con Agliè.

Credo che ci credesse sul serio, tanto può il desiderio deluso. Quel suo *file* terminava, né poteva essere altrimenti, con la citazione d'obbligo di tutti coloro che la vita ha sconfitto: *Bin ich ein Gott*?

108

Qual è l'influenza nascosta che agisce attraverso la stampa, dietro a tutti i movimenti sovversivi che ci circondano? Ci sono diversi Poteri all'opera? O c'è un solo Potere, un gruppo che dirige tutti gli altri, la cerchia dei Veri Iniziati?

(Nesta Webster, *Secret Societies and Subversive Movements*, London, Boswell, 1924, p. 348)

Forse avrebbe dimenticato il suo proposito. Forse gli bastava averlo scritto. Forse sarebbe stato sufficiente che avesse rivisto subito Lorenza. Sarebbe stato ripreso dal desiderio e il desiderio l'avrebbe obbligato a scendere a patti con la vita. E invece proprio il lunedì pomeriggio gli era capitato in ufficio Agliè, odoroso di colonie esotiche, sorridente, a consegnargli alcuni manoscritti da condannare, e dicendo che li aveva letti durante uno splendido week end in Riviera. Belbo era stato ripreso dal suo rancore. E aveva deciso di beffarlo e di fargli intravedere l'elitropia.

Così, con aria da buffalmacco, gli aveva lasciato capire che da più di dieci anni era oppresso da un segreto iniziatico. Un manoscritto, affidatogli da un certo colonnello Ardenti, che si diceva in possesso del Piano dei Templari... Il colonnello era stato rapito o ucciso da qualcuno che si era impadronito delle sue carte, e aveva lasciato la Garamond portando con sé un testo civetta, volutamente errato, fantasioso, addirittura puerile, che serviva solo a far capire che egli aveva messo gli occhi sul messaggio di Provins e sui veri appunti finali di Ingolf, quelli che i suoi assassini stavano ancora cercando. Ma una cartella assai esile, che conteneva solo dieci paginette, e in quelle dieci pagine c'era il vero testo, quello veramente trovato tra le carte di Ingolf, quella era rimasta in mano a Belbo.

Ma che cosa curiosa, aveva reagito Agliè, mi dica, mi dica. E Belbo gli aveva detto. Gli aveva raccontato tutto il Piano così come lo avevamo concepito, e come se fosse la rivelazione di quel manoscritto lontano. Gli aveva persino detto, in tono sempre più circospetto e confidenziale, che anche un poliziotto, tale De Angelis, era arrivato sull'orlo della verità, ma si era urtato contro il suo silenzio ermetico – era il caso di dirlo – di lui, Belbo, il custode del più grande segreto dell'umanità. Un segreto che poi, alla fin fine, si riduceva al segreto della Mappa.

E a quel punto aveva fatto una pausa, piena di sottintesi come tutte le grandi pause. La sua reticenza sulla verità finale garantiva la verità delle premesse. Nulla, per chi davvero crede a una tradizione segreta (calcolava), è più fragoroso del silenzio.

"Ma che interessante, che interessante," diceva Agliè, traendo la tabacchiera dal panciotto, con l'aria di pensare ad altro. "E... e la mappa?"

E Belbo pensava: vecchio voyeur, ti stai eccitando, ben ti sta, con tutte le tue arie da San Germano sei soltanto un cialtroncello che vive sul gioco delle tre carte, e poi comperi il Colosseo dal primo cialtrone più cialtrone di te. Adesso ti spedisco a cercar mappe, così scompari nelle viscere della terra, travolto dalle correnti, e vai a sbattere la testa contro il polo sud di qualche spinotto celtico.

E con aria circospetta: "Naturalmente nel manoscritto c'era anche la mappa, ovvero la sua descrizione precisa, e il riferimento all'originale. È sorprendente, lei non immagina quanto fosse semplice la soluzione del problema. La mappa era alla portata di tutti, chiunque la poteva vedere, migliaia di persone ci sono passate davanti ogni giorno, per secoli. E d'altra parte, il sistema di orientamento è così elementare che basta memorizzarne lo schema, e la mappa si potrebbe riprodurre seduta stante, ovunque. Così semplice e così imprevedibile... Faccia conto – dico solo per rendere l'idea – è come se la mappa fosse iscritta nella piramide di Cheope, squadernata davanti agli occhi di tutti, e tutti per secoli hanno letto e riletto e decifrato la piramide per trovarvi altre allusioni, altri calcoli, senza intuirne l'incredibile, splendida semplicità. Un capolavoro di innocenza. E di perfidia. I Templari di Provins erano dei maghi."

"Lei mi incuriosisce davvero. E non me la farebbe vedere?"

"Le confesso, ho distrutto tutto, le dieci pagine e la mappa. Ero spaventato, lei capisce, vero?"

"Non mi dirà che ha distrutto un documento di tale portata..."

"L'ho distrutto, ma le ho detto che la rivelazione era di assoluta semplicità. La mappa è qui," e si toccava la fronte – e gli veniva da ridere, perché si ricordava della barzelletta del tedesco che dice "tutto qvi in mio kulo". "È più di dieci anni che lo porto con me, quel segreto, è più di dieci anni che porto quella mappa qui," e si toccava ancora la fronte, "come un'ossessione, e sono spaventato dal potere che potrei ottenere se solo mi decidessi ad assumere l'eredità dei Trentasei Invisibili. Ora capisce perché ho convinto Garamond a pubblicare Iside Svelata e la Storia della Magia. Attendo il contatto giusto." E poi, sempre più trascinato nella parte che si era assunto, e per mettere alla prova definitivamente Agliè, gli aveva recitato quasi alla lettera le parole ardenti che Arsenio Lupin pronunciava di fronte a Beautrelet nel finale dell'*Aiguille Creuse*: "In certi momenti la mia potenza mi fa girar la testa. Sono ebbro di forza e di autorità."

"Andiamo caro amico," aveva detto Agliè, "e se lei avesse dato credito eccessivo alle fantasie di un esaltato? È sicuro che quel testo fosse autentico? Perché non si fida della mia esperienza in queste cose? Sapesse quante rivelazioni del genere ho avuto in vita mia, e ho se non altro il merito di averne dimostrato l'inconsistenza. Mi basterebbe uno sguardo alla mappa per valutarne l'attendibilità. Vanto qualche competenza, forse modesta, ma precisa, nel campo della cartografia tradizionale."

"Dottor Agliè," aveva detto Belbo, "lei sarebbe il primo a ricordarmi che un segreto iniziatico rivelato non serve più a nulla. Ho taciuto per anni, posso tacere ancora."

E taceva. Anche Agliè, gaglioffo o meno che fosse, viveva sul serio il suo ruolo. Aveva passato la vita a dilettarsi con segreti impenetrabili, e credeva fermamente, ormai, che le labbra di Belbo sarebbero state sigillate per sempre.

In quel momento era entrata Gudrun e aveva annunciato che l'appuntamento a Bologna era stato fissato per il venerdì a mezzogiorno. "Può prendere il TEE della mattina," aveva detto.

"Treno delizioso il TEE," aveva detto Agliè. "Ma occorrerebbe sempre prenotare, specie di questa stagione." Belbo aveva detto che anche salendo all'ultimo momento si trovava posto, magari al vagone ristorante, dove servivano la prima colazione. "Glielo auguro," aveva detto Agliè. "Bologna, bella città. Ma è così calda di giugno..."

"Ci sto solo due o tre ore. Debbo discutere un testo di epigrafia, abbiamo dei problemi con le riproduzioni." E poi aveva sparato: "Non è ancora la mia vacanza. Le ferie le prenderò intorno al solstizio d'estate, può darsi che mi decida a... Lei mi ha capito. E confido nella sua riservatezza. Le ho parlato come a un amico."

"So tacere anche meglio di lei. La ringrazio in ogni caso per la fiducia, davvero." E se n'era andato.

Belbo era uscito rasserenato da quell'incontro. Piena vittoria della sua astrale narratività sulle miserie e le vergogne del mondo sublunare.

Il giorno dopo aveva ricevuto una telefonata da Agliè: "Mi deve scusare, caro amico. Mi trovo di fronte a un piccolo problema. Lei sa che pratico un mio modesto commercio di libri antichi. Mi arrivano in serata da Parigi una dozzina di volumi rilegati, del Settecento, di un certo pregio, che debbo fare assolutamente avere a un mio corrispondente di Firenze entro domani. Dovrei portarli io, ma sono trattenuto qui da un altro impegno. Ho pensato a una soluzione. Lei deve andare a Bologna. Io l'attendo domani al treno, dieci minuti prima della partenza, le consegno una piccola valigetta, lei la pone sulla reticella e la lascia dove sta a Bologna, caso mai scende per ultimo, in modo di esser certo che nessuno la sottragga. A Firenze il mio corrispondente sale durante la fermata, e la ritira. Per lei è una noia, lo so, ma se può rendermi questo servizio le sarò grato in eterno."

"Volentieri," aveva risposto Belbo, "ma come farà il suo amico a Firenze a sapere dove ho lasciato la valigia?"

"Sono più previdente di lei e ho prenotato un posto, posto 45, vettura 8. Sino a Roma, così né a Bologna né a Firenze sale qualcuno a occuparlo. Vede, in cambio dell'incomodo che le do, le offro la sicurezza di viaggiare seduto, senza doversi accampare nel vagone ristorante. Non ho osato farle anche il biglietto, non volevo che lei pensasse che intendevo sdebitarmi in modo così indelicato."

Proprio un vero signore, aveva pensato Belbo. Mi invierà una cassetta di vini pregiati. Da bere alla sua salute. Ieri volevo farlo scomparire e ora gli sto facendo anche un favore. Pazienza, non posso dirgli di no.

Il mercoledì mattina Belbo era andato in stazione per tempo, aveva acquistato il biglietto per Bologna, e aveva trovato Agliè accanto alla vettura 8, con la valigetta. Era abbastanza pesante, ma non ingombrante.

Belbo aveva sistemato la valigia sopra il posto 45, e si era installato col suo pacco di giornali. La notizia del giorno erano i funerali di Berlinguer. Dopo poco un signore con la barba era venuto a occupare il posto accanto al suo. A Belbo pareva di averlo già visto (col senno di poi, forse alla festa in Piemonte, ma non ne era sicuro). Alla partenza lo scompartimento era al completo.

Belbo leggeva il giornale, ma il passeggero con la barba tentava di attaccar discorso con tutti. Aveva iniziato con osservazioni sul caldo, sull'inefficienza del sistema di condizionamento, sul fatto che a giugno non si sa mai se vestirsi d'estate o di mezza stagione. Aveva fatto notare che la tenuta migliore era un blazer leggiero, proprio come quello di Belbo, e aveva chiesto se era inglese. Belbo aveva risposto che era inglese, Burberry, e si era rimesso a leggere. "Sono i migliori," aveva detto il signore, "ma questo è particolarmente bello perché non ha quei bottoni d'oro che sono troppo vistosi. E se mi permette s'intona bene a quella cravatta bordò." Belbo aveva ringraziato e aveva riaperto il giornale. Il signore continuava a parlare con gli altri della difficoltà di intonare le cravatte alle giacche, e Belbo leggeva. Lo so, pensava, mi guardano tutti come un maleducato, ma in treno io vado per non aver rapporti umani. Ne ho già troppi a terra.

Allora il signore gli aveva detto: "Quanti giornali legge lei, e di tutte le tendenze. Dev'essere un giudice o un uomo politico." Belbo aveva risposto che no, che lui lavorava in una casa editrice che pubblicava libri di metafisica araba, lo aveva detto sperando di terrorizzare l'avversario. L'altro si era evidentemente terrorizzato.

Poi era arrivato il controllore. Aveva chiesto come mai Belbo aveva un biglietto per Bologna e la prenotazione era per Roma. Belbo aveva detto che aveva cambiato idea all'ultimo minuto. "Che bello," aveva detto il signore con la barba, "poter prendere le proprie decisioni così come tira il vento, senza dover fare i conti col borsellino. La invidio." Belbo aveva sorriso e si era voltato dall'altra parte. Ecco, si diceva, ora tutti mi guardano come se fossi uno sprecone, o avessi svaligiato una banca.

A Bologna Belbo si era alzato e si era disposto a scendere. "Guardi che dimentica quella valigetta," aveva detto il suo vicino. "No, deve passare a ritirarla un signore a Firenze," aveva detto Belbo, "anzi, la prego di darci un'occhiata."

"Ci penso io," aveva detto il signore con la barba. "Si fidi di me."

Belbo era rientrato a Milano verso sera, si era messo in casa con due scatolette di carne e alcuni cracker, aveva acceso la televisione. Ancora Berlinguer, naturale. Così la notizia era apparsa quasi di sfuggita, in chiusura.

Nella tarda mattinata, sul TEE nel tratto Bologna-Firenze, sulla vettura 8, un passeggero con la barba aveva espresso dei sospetti su un viaggiatore sceso a Bologna lasciando una valigetta sulla reticella. È vero che aveva detto che qualcuno l'avrebbe ritirata a Firenze, ma non è così che agiscono i terroristi? E poi perché aveva prenotato il posto sino a Roma, se era sceso a Bologna?

Una spessa inquietudine si era diffusa tra i coabitanti dello scompartimento. A un certo punto il passeggero con la barba aveva detto che non resisteva alla tensione. Meglio commettere un errore che morire, e aveva avvertito il capotreno. Il capotreno aveva fatto arrestare il convoglio e aveva chiamato la Polfer. Non so esattamente che cosa fosse successo, il treno fermo in montagna, i passeggeri che sciamavano inquieti lungo la linea, gli artificieri che arrivavano... Gli esperti avevano aperto la valigetta e vi avevano trovato un dispositivo a orologeria fissato sull'ora di arrivo a Firenze. Abbastanza per far fuori qualche decina di persone.

La polizia non era più riuscita a trovare il signore con la barba. Forse aveva cambiato vettura ed era sceso a Firenze perché non voleva finire sui giornali. Gli si lanciava un appello perché si facesse vivo.

Gli altri passeggeri ricordavano in modo eccezionalmente lucido l'uomo che aveva lasciato la valigia. Doveva essere un individuo che suscitava sospetto a prima vista. Aveva una giacca inglese blu senza bottoni d'oro, una cravatta bordò, era un tipo taciturno, sembrava voler passare inosservato a ogni costo. Ma si era lasciato sfuggire che lavorava per un giornale, per un editore, per qualche cosa in cui c'entrava (e qui le opinioni dei testimoni variavano) la fisica, il metano o la metempsicosi. Ma sicuramente c'entravano gli arabi.

Questure e tenenze dei carabinieri in allarme. Stavano già arrivando segnalazioni, al vaglio degli inquirenti. Due cittadini libici fermati a Bologna. Il disegnatore della polizia aveva tentato un identikit, che campeggiava ora sullo schermo. Il disegno non assomigliava a Belbo, ma Belbo assomigliava al disegno.

Belbo non poteva aver dubbi. L'uomo della valigetta era lui. Ma la valigetta conteneva i libri di Agliè. Aveva chiamato Agliè, ma il telefono non rispondeva.

Era già sera tardi, non aveva osato andare in giro, si era messo a dormire con un sonnifero. Il mattino dopo aveva riprovato a cercare Agliè. Silenzio. Era sceso a comperare i giornali. Per fortuna la prima pagina era ancora occupata dai funerali, e la notizia del treno con l'identikit era nelle pagine interne. Era risalito tenendo il bavero alzato, poi si era accorto che portava ancora il blazer. Per fortuna era senza cravatta bordò.

Mentre cercava di ricostruire ancora una volta i fatti, aveva ricevuto una telefonata. Una voce sconosciuta, straniera, con un accento vagamente balcanico. Una telefonata melliflua, come di uno che non c'entrasse per nulla e che parlasse per puro buon cuore. Povero signor Belbo, diceva, si era trovato compromesso in una storia spiacevole. Non si dovrebbe mai accettare di fare il corriere per altri, senza controllare il contenuto dei colli. Sarebbe stato un bel guaio se qualcuno avesse segnalato alla polizia che il signor Belbo era lo sconosciuto del posto 45.

Certo, si sarebbe potuto evitare quel passo estremo, se solo Belbo avesse deciso di collaborare. Per esempio, se avesse detto dov'era la mappa dei Templari. E siccome Milano era diventata città calda, perché tutti sapevano che l'attentatore del TEE era partito da Milano, era più prudente trasferire l'intera faccenda in territorio neutro, diciamo a Parigi. Perché non darsi appuntamento alla libreria Sloane, 3 rue de la Manticore, entro una settimana? Ma forse Belbo avrebbe fatto meglio a mettersi in viaggio subito, prima che qualcuno lo identificasse. Libreria Sloane, 3 rue de la Manticore. A mezzogiorno di mercoledì 20 giugno vi avrebbe trovato un volto noto, quel signore con la barba con cui aveva conversato così amabilmente in treno. Lui gli avrebbe detto dove trovare altri amici, e poi pian piano, in buona compagnia, in tempo per il solstizio d'estate, finalmente avrebbe raccontato quel che sapeva, e tutto sarebbe finito senza traumi. Rue de la Manticore, numero 3, facile da ricordare.

109

San Germano... Molto fine e spiritoso... Diceva di possedere ogni genere di segreto... Si serviva spesso, per le sue apparizioni, di quel famoso specchio magico che fece parte della sua fama... Siccome evocava, per effetti catottrici, le ombre attese, e quasi sempre riconosciute, il suo contatto con l'altro mondo era cosa provata.

(Le Coulteux de Canteleu, *Les sectes et les sociétés secrètes*, Paris, Didier, 1863, pp. 170-171)

Belbo si era sentito perduto. Tutto era chiaro. Agliè riteneva che la sua storia fosse vera, voleva la mappa, gli aveva organizzato una trappola, e ora lo aveva in pugno. O Belbo andava a Parigi, a rivelare quel che non sapeva (ma che non lo sapesse lo sapeva solo lui, io ero partito senza lasciare un indirizzo, Diotallevi stava morendo), oppure tutte le questure d'Italia gli sarebbero saltate addosso.

Ma possibile che Agliè si fosse piegato a un gioco tanto sordido? Che cosa gliene veniva in tasca? Bisognava prendere per il bavero quel vecchio pazzo, e solo trascinando lui in questura avrebbe potuto uscire da quella storia.

Aveva preso un tassì ed era andato alla palazzina, vicino a piazza Piola. Finestre chiuse, e sul cancello il cartello di un'agenzia immobiliare: AFFITTASI. Ma siamo matti, Agliè abitava lì sino a una settimana prima, gli aveva telefonato lui. Aveva suonato alla porta della palazzina adiacente. "Quel signore? Ma ha traslocato proprio ieri. Non so proprio dove sia andato, lo conoscevo appena di vista, era una persona così riservata, ed era sempre in viaggio, credo."

Non restava che informarsi all'agenzia. Ma laggiù di Agliè non avevano mai sentito parlare. La palazzina era stata affittata a suo tempo da una ditta francese. I pagamenti arrivavano regolarmente per via bancaria. L'affitto era stato disdetto nel giro di ventiquattr'ore, e avevano rinunciato al deposito cauzionale. Tutti i loro rapporti, e per lettera, erano stati con un certo signor Ragotgky. E non sapevano altro.

Non era possibile. Rakosky o Ragotgky che fosse, il misterioso visitatore del colonnello, ricercato dall'astuto De Angelis e dall'Interpol, ecco che andava in giro ad affittare immobili. Nella nostra storia il Rakosky di Ardenti era una reincarnazione del Račkovskij dell'Ochrana, e questi del solito San Germano. Ma che cosa c'entrava con Agliè?

Belbo era andato in ufficio, salendo come un ladro, chiudendosi nella sua stanza. Aveva cercato di fare il punto.

C'era di che perdere il senno, e Belbo era certo di averlo già perduto. E nessuno con cui potersi confidare. E mentre stava ad asciugarsi il sudore, quasi macchinalmente sfogliava dei dattiloscritti sul tavolo, arrivati il giorno prima, senza sapere neppure che cosa si facesse, e di colpo ad apertura di pagina aveva visto scritto il nome di Agliè.

Aveva guardato il titolo del dattiloscritto. L'operetta di un diabolico qualsiasi, *La verità sul Conte di Saint-Germain*. Era tornato a rileggere la pagina. Vi si diceva, citando la biografia di Chacornac, che Claude-Louis de Saint-Germain si era fatto via via passare per Monsieur de Surmont, conte Soltikof, Mister Welldone, Marchese di Belmar, principe Rackoczi o Ragozki, e così via, ma i nomi di famiglia erano conte di Saint-Martin e marchese di Agliè, da un possedimento piemontese dei suoi avi.

Benissimo, ora Belbo poteva stare tranquillo. Non solo lui era ricercato senza scampo per terrorismo, non solo il Piano era vero, non solo Agliè era scomparso nel giro di due giorni, ma per soprammercato non era un mitomane bensì il vero e immortale conte di San Germano, né aveva mai fatto nulla per nasconderlo. L'unica cosa vera, in quel vortice di falsità che si stavano verificando, era il suo nome. Oppure no, anche il suo nome era falso, Agliè non era Agliè, ma non importava chi fosse veramente, perché di fatto si stava comportando, e ormai da anni, come il personaggio di una storia che noi avremmo inventato solo più tardi.

In qualsiasi caso, Belbo era senza alternative. Scomparso Agliè, non poteva mostrare alla polizia chi gli aveva dato la valigia. E se pure la polizia gli avesse creduto, ne sarebbe venuto fuori che egli l'aveva avuta da un ricercato per omicidio, che da almeno due anni lui usava come consulente. Bell'alibi.

Ma per poter concepire tutta questa storia – che già da sola era passabilmente romanzesca – e per indurre la polizia a prenderla per buona, occorreva presupporne un'altra, che andava al di là della stessa finzione. E cioè che il Piano, inventato da noi, corrispondesse punto per punto, compresa l'affannosa ricerca finale della mappa, a un piano vero, dentro a cui Agliè, Rakosky, Račkovskij, Ragotgky, il signore con la barba, il Tres, tutti, su su sino ai Templari di Provins, ci fossero già. E che il colonnello avesse visto giusto. Ma che avesse visto giusto sbagliando, perché in fin dei conti il Piano nostro era diverso dal suo, e se era vero il suo non avrebbe potuto essere vero il nostro, o il contrario, e dunque se avevamo ragione noi perché dieci anni prima Rakosky doveva rubare al colonnello un memoriale falso?

Al solo leggere quanto Belbo aveva confidato ad Abulafia, l'altra mattina mi veniva la tentazione di battere la testa contro il muro. Per convincermi che il muro, almeno il muro, c'era davvero. Immaginavo come doveva essersi sentito lui, Belbo, quel giorno, e nei giorni seguenti. Ma non era finita.

Alla ricerca di qualcuno da interrogare aveva telefonato a Lorenza. E non c'era. Era pronto a scommettere che non l'avrebbe più rivista. In qualche modo Lorenza era una creatura inventata da Agliè, Agliè era una creatura inventata da Belbo e Belbo non sapeva più da chi era stato inventato lui. Aveva ripreso in mano il giornale. L'unica cosa certa era che lui era l'uomo dell'identikit. Per convincerlo gli era arrivata proprio in quel momento, in ufficio, una nuova telefonata. Lo stesso accento balcanico, le stesse raccomandazioni. Appuntamento a Parigi.

"Ma chi siete?" aveva gridato Belbo.

"Siamo il Tres," aveva risposto la voce. "E lei sul Tres ne sa più di noi."

Allora si era deciso. Aveva preso il telefono e aveva chiamato De Angelis. In questura gli avevano fatto delle difficoltà, pareva che il commissario non lavorasse più lì. Poi avevano ceduto alle sue insistenze e gli avevano passato un ufficio.

"Oh chi si sente, il dottor Belbo," aveva detto De Angelis in tono che a Belbo era parso sarcastico. "Mi trova per caso. Sto facendo le valigie."

"Le valigie?" Belbo aveva temuto a un'allusione.

"Sono stato trasferito in Sardegna. Pare che sia un lavoro tranquillo."

"Dottor De Angelis, devo parlarle d'urgenza. Per quella storia..."

"Storia? Quale?"

"Quella del colonnello. E per quell'altra... Una volta lei aveva domandato a Casaubon se avesse sentito parlare del Tres. Ne ho sentito parlare io. Ho delle cose da dirle, importanti."

"Non me le dica. Non è più affar mio. E poi non le pare un po' tardi?"

"Lo ammetto, le avevo taciuto qualcosa, anni fa. Ma ora voglio parlarle."

"No dottor Belbo, non mi parli. Intanto sappia che qualcuno sta certamente ascoltando la nostra telefonata e voglio che si sappia che io non voglio sentire nulla e non so nulla. Ho due figli. Piccoli. E qualcuno mi ha fatto sapere che potrebbe succedergli qualcosa. E per mostrarmi che non scherzavano, ieri mattina mia moglie ha messo in moto la macchina ed è saltato in aria il cofano. Una carica molto piccola, poco più di un mortaretto, ma abbastanza per farmi capire che se si vuole si può. Sono andato dal questore e gli ho detto che ho sempre fatto il mio dovere, più del necessario, ma che non sono un eroe. Arriverei a dare la mia vita, ma non quella di mia moglie e dei bambini. Ho chiesto di essere trasferito. E poi sono andato a dire a tutti che sono un vigliacco, che me la sto facendo addosso. E adesso lo dico anche a lei e a quelli che ci ascoltano. Mi sono rovinato la carriera, ho perso la stima in me stesso, detto alla buona mi accorgo di essere un uomo senza onore, ma salvo i miei cari. La Sardegna è bellissima, mi dicono, non dovrò neppure più risparmiare per mandare i bambini al mare d'estate. Arrivederci."

"Aspetti, la cosa è grave, io sono nei guai..."

"È nei guai? Sono proprio contento. Quando le ho chiesto aiuto non me lo ha dato. E neppure il suo amico Casaubon. Ma adesso che si trova nei guai chiede aiuto a me. Sono nei guai anch'io. Lei è arrivato in ritardo. La polizia è al servizio del cittadino, come dicono nei film, è a questo che lei pensa? Bene, si rivolga alla polizia, al mio successore."

Belbo aveva messo giù il telefono. Tutto perfetto: gli avevano anche impedito di ricorrere all'unico poliziotto che avrebbe potuto credergli.

Poi aveva pensato che Garamond, con tutte le sue conoscenze, prefetti, questori, alti funzionari, avrebbe potuto dargli una mano. Era corso da lui.

Garamond aveva ascoltato con affabilità la sua storia, interrompendolo con cortesi esclamazioni come "ma non mi dica", "guarda che cosa mi tocca sentire", "ma sembra proprio un romanzo, dirò di più, un'invenzione". Poi aveva congiunto le mani, aveva fissato Belbo con infinita simpatia, e aveva detto: "Ragazzo mio, permetta che la chiami così perché potrei essere suo padre – oh dio, suo padre forse no, perché sono ancora un uomo giovane, dirò di più, giovanile, ma un fratello maggiore, se me lo consente. Le parlo col cuore, e ci conosciamo da tanti anni. La mia impressione è che lei sia sovreccitato, al limite delle sue forze, coi nervi a pezzi, dirò di più, affaticato. Non creda che non apprezzi, so che lei si dà corpo e anima alla casa editrice, e un giorno occorrerà tenerne conto anche in termini, come dire, materiali, perché anche quello non guasta. Ma se fossi in lei mi prenderei una vacanza. Dice che si trova in una situazione imbarazzante. Francamente, non drammatizzerei anche se, mi consenta, sarebbe spiacevole per la Garamond se un suo funzionario, il migliore, fosse coinvolto in una storia poco chiara. Lei dice che qualcuno la vuole a Parigi. Non voglio entrare nei dettagli, semplicemente io le credo. E allora? Ci vada, non è meglio mettere subito le cose in chiaro? Lei dice che si trova in termini – come dire – conflittuali con un gentiluomo come il dottor Agliè. Non voglio sapere che cosa sia accaduto esattamente tra voi due, e non starei a rimuginare troppo su quel caso di omonimia di cui mi parla. Quanta gente a questo mondo si chiama Germani, non le pare? Se Agliè le fa dire, lealmente, venga a Parigi che si chiarisce tutto, ebbene, vada a Parigi e non sarà la fine del mondo. Nei rapporti umani ci vuole schiettezza. Vada a Parigi e se ha delle cose sullo stomaco non sia reticente. Quello che si ha nel cuore sia anche sulla bocca. Che cosa sono tutti questi segreti! Il dottor Agliè, se ho capito bene, si duole perché lei non vuole dirgli dove si trova una mappa, una carta, un messaggio o che so io, che lei ha e di cui non si fa nulla, mentre magari al buon Agliè fa comodo per ragioni di studio. Siamo al servizio della cultura, o sbaglio? E gliela dia, questa mappa, questo atlante, questa carta topografica che io non voglio neppure sapere che cosa sia. Se lui ci tiene tanto ci sarà una ragione, certamente rispettabile, un gentiluomo è sempre un gentiluomo. Vada a Parigi, una bella stretta di mano e tutto è finito. Va bene? E non si affligga più del necessario. Lei sa che sono sempre qui." Poi aveva attivato l'interfonico: "Signora Grazia... Ecco, non c'è, non c'è mai quando si ha bisogno di lei. Lei ha i suoi fastidi caro Belbo, ma sapesse i miei. Arrivederci, se vede in corridoio la signora Grazia me la mandi. E si riposi, mi raccomando."

Belbo era uscito. Nella segreteria la signora Grazia non c'era, e aveva visto accendersi la luce rossa della linea personale di Garamond, che evidentemente stava chiamando qualcuno. Non era riuscito a resistere (credo che fosse la prima volta in vita sua che commetteva un'indelicatezza). Aveva alzato il microfono e aveva intercettato la conversazione. Garamond stava dicendo a qualcuno: "Non si preoccupi. Credo di averlo convinto. Verrà a Parigi... Mio dovere. Non per nulla apparteniamo alla stessa cavalleria spirituale."

Dunque anche Garamond era parte del segreto. Di quale segreto? Di quello che solo lui, Belbo, ormai poteva rivelare. E che non esisteva.

Era ormai sera. Era andato da Pilade, aveva scambiato quattro parole con chissà chi, aveva ecceduto con l'alcool. E la mattina dopo aveva cercato l'unico amico che gli fosse rimasto. Era andato da Diotallevi. Era andato a chiedere aiuto a un uomo che stava morendo.

E dell'ultimo loro colloquio aveva lasciato su Abulafia un resoconto febbrile in cui non riuscivo a dire quanto ci fosse di Diotallevi o di Belbo, perché in entrambi i casi era come il mormorio di chi dice la verità sapendo che non è più il momento di trastullarsi con l'illusione.

110

E così accadde a Rabbi Ismahel ben Elisha con i suoi discepoli, che studiarono il libro Jesirah e sbagliarono i movimenti e camminarono all'indietro, finché sprofondarono essi stessi nella terra sino all'ombelico, a causa della forza delle lettere.

(Pseudo Saadya, *Commento al Sefer Jesirah*)

Non lo aveva visto mai così albino, anche se non aveva quasi più peli, né capelli, né sopracciglia, né palpebre. Sembrava una palla da biliardo.

"Scusa," gli aveva detto, "posso parlarti dei casi miei?"

"Fai pure. Io non ho più casi. Solo necessità. Con la enne maiuscola."

"So che hanno trovato una nuova terapia. Queste cose divorano chi ha vent'anni, ma a cinquanta vanno adagio e si fa in tempo a trovare la soluzione."

"Parla per te. Io non ho ancora cinquant'anni. Io ho ancora un fisico giovane. Ho il privilegio di morire più in fretta di te. Ma lo vedi che parlo a fatica. Dimmi la tua storia, così io mi riposo."

Per obbedienza, per rispetto, Belbo gli aveva raccontato tutta la sua storia.

E allora Diotallevi, respirando come la Cosa dei film di fantascienza, aveva parlato. E della Cosa aveva ormai le trasparenze, quell'assenza di limite tra l'esterno e l'interno, tra la pelle e la carne, tra la lieve peluria bionda che gli traspariva ancora dal pigiama aperto sul ventre e la mucillaginosa vicenda di viscere che solo i raggi x, o una malattia a stadio avanzato, riescono a rendere evidente.

"Jacopo, sono qui in un letto, non posso vedere quello che accade fuori. Per quel che io so, o quello che mi racconti si svolge solo dentro di te, o accade fuori. In un caso o nell'altro, che siate diventati matti tu o il mondo, è la stessa cosa. In tutti e due i casi qualcuno ha elaborato e mescolato e accavallato le parole del Libro più del dovuto."

"Che cosa vuoi dire?"

"Abbiamo peccato contro la Parola, quella che ha creato e mantiene in piedi il mondo. Tu ora ne sei punito, come ne sono punito io. Non c'è differenza tra te e me."

Era venuta un'infermiera, gli aveva dato qualcosa da umettare le labbra, aveva detto a Belbo che occorreva non affaticarlo, ma Diotallevi si era ribellato: "Mi lasci stare. Gli devo dire la Verità. Lei conosce la Verità?"

"Oh io, cosa mi chiede mai, dottore..."

"E allora vada via. Debbo dire al mio amico una cosa importante. Sta' a sentire, Jacopo. Come nel corpo dell'uomo ci sono membra e articolazioni e organi, così ci sono nella Torah, va bene? E così come nella Torah ci sono membra e articolazioni e organi, così ci sono nel corpo dell'uomo, va bene?"

"Va bene."
"E rabbi Meir, quando imparava da rabbi Akiba, mescolava vetriolo nell'inchiostro, e il maestro non diceva nulla. Ma quando rabbi Meir aveva chiesto a rabbi Ismahel se faceva bene, lui gli aveva detto: figliolo, sii cauto nel tuo lavoro, perché è un lavoro divino, e se soltanto ometti una lettera o scrivi una lettera di troppo, distruggi il mondo intero... Noi abbiamo cercato di riscrivere la Torah, ma non ci siamo occupati delle lettere in più o in meno..."
"Scherzavamo..."
"Non si scherza con la Torah."
"Ma noi scherzavamo con la storia, con le scritture degli altri..."
"C'è una scrittura che fondi il mondo e che non sia il Libro? Dammi un po' d'acqua, no, non con il bicchiere, bagna quella pezzuola. Grazie. Ora ascolta. Mescolare le lettere del Libro significa mescolare il mondo. Non si scappa. Qualsiasi libro, anche il sillabario. Quei tipi là, come il tuo dottor Wagner, non dicono che uno che gioca con le parole, e anagramma, e stravolge il lessico, ha delle cose brutte nell'animo e odia suo padre?"
"Non è proprio così. Quelli sono psicoanalisti, dicono così per far soldi, non sono i tuoi rabbini."
"Rabbini, rabbini tutti. Parlano tutti della stessa cosa. Credi che i rabbini che parlavano della Torah parlassero di un rotolo? Parlavano di noi, che cerchiamo di rifare il nostro corpo attraverso il linguaggio. Ora ascolta. Per manipolare le lettere del Libro ci vuole molta pietà, e noi non l'abbiamo avuta. Ogni libro è intessuto del nome di Dio, e noi abbiamo anagrammato tutti i libri della storia, senza pregare. Stai zitto, ascolta. Colui che si occupa della Torah mantiene il mondo in movimento e mantiene in movimento il suo corpo mentre legge, o riscrive, perché non c'è parte del corpo che non abbia un equivalente nel mondo... Bagna la pezzuola, grazie. Se tu alteri il Libro, alteri il mondo, se alteri il mondo alteri il corpo. Questo non abbiamo capito. La Torah lascia uscire una parola dal suo scrigno, appare per un momento e subito si nasconde. E si rivela per un momento solo al suo amante. È come una donna bellissima che si nasconde nel suo palazzo in una piccola camera sperduta. Ha un unico amante, di cui nessuno conosce l'esistenza. E se qualcuno che non è lui vuole violarla, e porle le sue sudice mani addosso, si ribella. Lei conosce il suo amante, apre un piccolo spiraglio, e si mostra per un attimo. E subito si nasconde di nuovo. La parola della Torah si rivela solo a colui che l'ama. E noi abbiamo cercato di parlare di libri senza amore e per irrisione..."
Belbo gli aveva ancora bagnato le labbra con la pezzuola. "E allora?"
"E allora noi abbiamo voluto fare quello che non ci era consentito e che non eravamo preparati a fare. Manipolando le parole del Libro abbiamo voluto costruire il Golem."
"Non capisco..."
"Non puoi più capire. Sei prigioniero della tua creatura. Ma la tua storia si svolge ancora nel mondo esterno. Non so come, ma puoi uscirne.

Per me è diverso, io sto esperimentando nel mio corpo quello che noi abbiamo fatto per gioco nel Piano."

"Non dire sciocchezze, è una faccenda di cellule..."

"E che sono le cellule? Per mesi come rabbini devoti abbiamo pronunciato con le nostre labbra una diversa combinazione delle lettere del Libro. GCC, CGC, GCG, CGG. Quello che le nostre labbra dicevano, le nostre cellule imparavano. Che cosa hanno fatto le mie cellule? Hanno inventato un Piano diverso, e ora vanno per conto proprio. Le mie cellule stanno inventando una storia che non è quella di tutti. Le mie cellule hanno ormai imparato che si può bestemmiare anagrammando il Libro e tutti i libri del mondo. E così hanno imparato a fare col mio corpo. Invertono, traspongono, alternano, permutano, creano cellule mai viste e senza senso, o con sensi contrari al senso giusto. Ci dev'essere un senso giusto, e dei sensi sbagliati, altrimenti si muore. Ma loro giocano, senza fede, alla cieca. Jacopo, sino a che potevo ancora leggere, in questi mesi ho letto molti dizionari. Studiavo storie di parole per capire che cosa avvenisse nel mio corpo. Noi rabbini facciamo così. Hai mai riflettuto che il termine retorico metatesi è simile al termine oncologico metastasi? Che cos'è la metatesi? Invece di 'palude' dici 'padule'. E invece di 'amori' puoi dire 'aromi'. È la Temurah. Il vocabolario dice che metathesis vuol dire spostamento, mutazione. E metastasis vuol dire mutamento e spostamento. Che stupidi i dizionari. La radice è la stessa, o è il verbo metatithemi o il verbo methistemi. Ma metatithemi vuole dire metto in mezzo, trasloco, trasferisco, metto invece di, abrogo una legge, cambio il senso. E methistemi? Ma è la stessa cosa, trasloco, permuto, traspongo, cambio l'opinione comune, esco di senno. Noi, e chiunque cerca un senso segreto oltre la lettera, noi siamo usciti di senno. E così hanno fatto le mie cellule, obbedienti. Per questo io muoio, Jacopo, e tu lo sai."

"Adesso dici così perché stai male..."

"Adesso dico così perché finalmente ho capito tutto del mio corpo. Lo studio giorno per giorno, so quello che vi avviene, salvo che non posso intervenire, le cellule non obbediscono più. Muoio perché ho convinto le mie cellule che la regola non c'è, e di ogni testo si può fare ciò che si vuole. Ho speso la vita a convincermene, io, col mio cervello. E il mio cervello deve avergli trasmesso il messaggio, a loro. Perché debbo pretendere che loro siano più prudenti del mio cervello? Muoio perché siamo stati fantasiosi oltre ogni limite."

"Ascolta, quel che ti succede non ha nulla a che fare col nostro Piano..."

"No? E perché ti accade quello che ti accade? Il mondo sta comportandosi come le mie cellule."

Si era abbandonato esausto. Era entrato il dottore e aveva sibilato sottovoce che non si poteva sottomettere a quello stress uno che stava morendo.

Belbo era uscito, ed era stata l'ultima volta che aveva visto Diotallevi.

Va bene, scriveva, io sono ricercato dalla polizia per le stesse ragioni per cui Diotallevi ha il cancro. Povero amico, lui muore, ma io, io che non ho il cancro, che faccio? Io vado a Parigi a cercare la regola della neoplasia.

Non si era arreso subito. Era rimasto chiuso in casa per quattro giorni, aveva rimesso in ordine i suoi *files*, frase dopo frase, per trovare una spiegazione. Poi aveva steso il suo racconto, come un testamento, raccontando a se stesso, ad Abulafia, a me o a chiunque avesse potuto leggere. E infine martedì era partito.

Credo che Belbo fosse andato a Parigi per dir loro che non c'erano segreti, che il vero segreto era lasciar andar le cellule secondo la loro saggezza istintiva, che a cercar segreti sotto la superficie si riduceva il mondo a un cancro immondo. E che più immondo e più stupido di tutti era lui, che non sapeva nulla e si era inventato tutto – e doveva costargli molto, ma ormai aveva accettato da troppo tempo l'idea di essere un vile, e De Angelis gli aveva dimostrato che di eroi ce ne sono pochi.

A Parigi doveva aver avuto il primo contatto e si era accorto che Essi non credevano alle sue parole. Erano troppo semplici. Ormai si attendevano una rivelazione, pena la morte. Belbo non aveva rivelazioni da fare e, ultima tra le sue viltà, aveva temuto di morire. E allora aveva cercato di far perdere le sue tracce, e mi aveva chiamato. Ma lo avevano preso.

111

> C'est une leçon par la suite. Quand votre ennemi se reproduira, car il n'est pas à son dernier masque, congédiez-le brusquement, et surtout n'allez pas le chercher dans les grottes.
>
> (Jacques Cazotte, *Le diable amoureux*, 1772, pagina soppressa nelle edizioni seguenti)

Adesso, mi chiedevo nell'appartamento di Belbo, terminando di leggere le sue confessioni, che debbo fare io? Da Garamond non ha senso andare, De Angelis è partito, Diotallevi ha detto tutto quello che aveva da dire. Lia sta lontano in un posto senza telefono. Sono le sei di mattina di sabato 23 giugno, e se qualcosa deve accadere accadrà questa notte, al Conservatoire.

Dovevo prendere una decisione rapida. Perché, mi chiedevo l'altra sera nel periscopio, non hai scelto di far finta di nulla? Avevi davanti a te i testi di un pazzo, che raccontava dei suoi colloqui con altri pazzi e dell'ultimo colloquio con un moribondo sovreccitato, o sovradepresso. Non eri neppure sicuro che Belbo ti avesse telefonato da Parigi, forse parlava a pochi chilometri da Milano, forse dalla cabina all'angolo. Perché dovevi impegnarti su una storia forse immaginaria, che non ti tocca?

Ma questo me lo chiedevo nel periscopio, mentre i piedi mi si intorpidivano, e la luce scemava, e provavo la paura innaturale e naturalissima che ogni essere umano deve provare di notte da solo, in un museo deserto. Quella mattina invece non avevo paura. Solo curiosità. E forse senso del dovere, o dell'amicizia.

E mi ero detto che dovevo andare anch'io a Parigi, non sapevo bene a far cosa, ma non potevo lasciare Belbo da solo. Forse lui si aspettava questo da me, solo questo, che penetrassi nottetempo nella caverna dei thugs e, mentre Suyodhana stava per immergergli il coltello sacrificale nel cuore, io irrompessi sotto le volte del tempio con i miei cipays dal fucile caricato a ferraglia, e lo traessi in salvo.

Per fortuna avevo un po' di soldi con me. A Parigi avevo preso un tassì e mi ero fatto condurre in rue de la Manticore. Il tassista aveva bestemmiato a lungo, perché non la si trovava neppure su quelle guide che hanno loro, e in effetti era una straducola larga come il corridoio di un treno, dalle parti della vecchia Bièvre, dietro a Saint Julien le Pauvre. Il tassì non poteva neppure entrarci, e mi aveva lasciato sull'angolo.

Mi ero inoltrato dubbioso per quel vicolo su cui non si apriva alcuna porta, ma a un certo punto la strada si allargava di poco, e c'era la libreria. Non so perché avesse il numero civico 3, visto che non c'era alcun numero uno, né due, né altro. Era una botteguccia con una sola luce, e metà della porta faceva da vetrina. Ai lati poche decine di libri, abbastanza per indicare il genere. In basso una serie di pendoli radioestesici, di confezioni polverose di bacchette d'incenso, di piccoli amuleti orientali o sudamericani. Molti mazzi di tarocchi, in stili e confezioni diverse.

L'interno non era più confortevole, un ammasso di libri alle pareti e per terra, con un tavolino in fondo, ed un libraio che sembrava messo apposta per consentire a uno scrittore di scrivere che era più vecchio dei suoi libri. Compulsava un grande registro scritto a mano, disinteressandosi ai clienti. D'altra parte c'erano in quel momento solo due visitatori, che sollevavano nuvole di polvere traendo vecchi volumi, quasi tutti privi di copertina, da scaffali pericolanti, e si mettevano a leggerli, senza aver l'aria di voler comprare.

L'unico spazio non ingombro di scaffali era preso da un manifesto. Colori squillanti, una serie di ritratti in tondo a doppio bordo, come nei manifesti del mago Houdini. "Le Petit Cirque de l'Incroyable. Madame Olcott et ses liens avec l'Invisible." Una faccia olivastra e mascolina, due bande di capelli neri raccolti a crocchia sulla nuca, mi pareva di aver già visto quel volto. "Les Derviches Hurleurs et leur danse sacrée. Les Freaks Mignons, ou Les Petits-fils de Fortunio Liceti." Un'accolta di mostriciattoli pateticamente immondi. "Alex et Denys, les Géants d'Avalon. Theo, Leo et Geo Fox, Les Enlumineurs de l'Ectoplasme..."

La libreria Sloane forniva davvero tutto, dalla culla alla tomba, anche il sano divertimento serale, da portarvi i bambini prima di pestarli nel mortaio. Avevo udito un telefono squillare, e avevo visto il libraio scostare una pila di fogli, sino a individuare la cornetta. "Oui monsieur," stava dicendo, "c'est bien ça." Aveva ascoltato per alcuni minuti in silenzio, prima annuendo, poi assumendo un'aria perplessa, ma – avrei detto – a uso degli astanti, come se tutti potessero ascoltare quello che lui udiva e non volesse assumersene la responsabilità. Poi aveva preso quell'aria scandalizzata del negoziante parigino quando gli chiedete qualcosa che non ha in negozio, o dei portieri d'albergo quando debbono dirvi che non ci sono camere libere. "Ah non, monsieur. Ah, ça... Non, non, monsieur, c'est pas notre boulot. Ici, vous savez, on vend des livres, on peut bien vous conseiller sur des catalogues, mais ça... Il s'agit de problèmes très personnels, et nous... Oh, alors, il-y-a – sais pas, moi – des curés, des... oui, si vous voulez, des exorcistes. D'accord, je le sais, on connais des confrères qui se prêtent... Mais pas nous. Non, vraiment la description ne me suffit pas, et quand même... Désolé monsieur. Comment? Oui... si vous voulez. C'est un endroit bien connu, mais ne demandez pas mon avis. C'est bien ça, vous savez, dans ces cas, la confiance c'est tout. A votre service, monsieur."

Gli altri due clienti erano usciti, mi sentivo a disagio. Mi ero deciso, avevo attirato l'attenzione del vecchio con un colpo di tosse, e gli avevo detto che cercavo un conoscente, un amico che di solito passava da quelle parti, monsieur Agliè. Mi aveva guardato come se fossi l'uomo della telefonata. Forse, avevo detto, lui non lo conosceva come Agliè, ma come Rakosky, o Soltikoff, o... Mi aveva guardato ancora, stringendo gli occhi, senza alcuna espressione, e mi aveva fatto notare che avevo degli amici curiosi con molti nomi. Gli avevo detto che non importava, avevo chiesto tanto per chiedere. Aspetti, mi aveva detto, il mio socio sta arrivando e forse lui conosce la persona che lei cerca. Anzi, si accomodi, là in fondo c'è una sedia. Faccio una telefonata e controllo. Aveva sollevato la cornetta componendo un numero, e si era messo a parlare a bassa voce.

Casaubon, mi ero detto, sei più stupido di Belbo. Adesso che cosa aspetti? Che Essi arrivino e dicano oh che bella combinazione, anche l'amico di Jacopo Belbo, venga, venga anche lei...

Mi alzai di colpo, salutai e uscii. Percorsi in un minuto rue de la Manticore, girai per altre viuzze, mi ritrovai lungo la Senna. Imbecille, mi dicevo, che cosa pretendevi? Di arrivare là, trovare Agliè, prenderlo per la giacca, lui si scusava, era stato tutto un equivoco, ecco il suo amico, non gli abbiamo torto un capello. E adesso sanno che anche tu sei qui.

Era mezzogiorno passato, in serata sarebbe accaduto qualcosa al Conservatoire. Che dovevo fare? Avevo imboccato rue Saint Jacques e ogni tanto mi voltavo indietro. A un certo punto mi era parso che un arabo mi seguisse. Ma perché pensavo che fosse un arabo? La caratteristica degli arabi è che non sembrano arabi, almeno a Parigi, a Stoccolma sarebbe diverso.

Ero passato davanti a un albergo, ero entrato e avevo chiesto una camera. Mentre salivo con la chiave, per una scala di legno che dava su un primo piano con ringhiera, da cui si scorgeva il banco, avevo visto entrare il presunto arabo. Poi avevo notato nel corridoio altre persone che avrebbero potuto essere arabe. Naturale, da quelle parti c'erano solo alberghetti per arabi. Che cosa pretendevo?

Ero entrato in camera. Era decente, c'era persino un telefono, peccato che non sapessi proprio a chi telefonare.

E lì mi ero appisolato, inquieto, sino alle tre. Poi mi ero lavato la faccia e mi ero avviato verso il Conservatoire. Ormai non mi restava altro da fare, entrare nel museo, restarvi oltre la chiusura, e attendere la mezzanotte.

Così avevo fatto. E a poche ore dalla mezzanotte mi trovavo nel periscopio, ad attendere qualcosa.

Nezah è per alcuni interpreti la sefirah della Resistenza, della Sopportazione, della Pazienza costante. Ci attendeva infatti una Prova. Ma per altri interpreti è la Vittoria. La vittoria di chi? Forse in quella storia di sconfitti, di diabolici beffati da Belbo, di Belbo beffato dai diabolici, di Diotallevi beffato dalle sue cellule, per il momento io ero l'unico vittorioso. Ero in agguato nel periscopio, io sapevo degli altri e gli altri non sapevano di me. La prima parte del mio progetto era andata secondo i piani.

E la seconda? Sarebbe andata secondo i miei piani, o secondo il Piano, che ormai non mi apparteneva più?

8
HOD

112

> Per le nostre Cerimonie e Riti, abbiamo due lunghe e belle Gallerie, nel Tempio dei Rosa-Croce. In una di queste poniamo modelli ed esempi di tutte le invenzioni più rare ed eccellenti, nell'altra le Statue dei principali Inventori.
>
> (John Heydon, *The English Physitians Guide: Or A Holy Guide*, London, Ferris, 1662, The Preface)

Stavo nel periscopio da troppo tempo. Saranno state le dieci, o le dieci e mezzo. Se qualcosa doveva accadere, sarebbe accaduto nella navata, davanti al Pendolo. E dunque dovevo apprestarmi a scendere, per trovar un rifugio, e un punto d'osservazione. Se fossi arrivato troppo tardi, dopo che erano entrati (da dove?), Essi mi avrebbero scorto.

Scendere. Muovermi... Non desideravo far altro da alcune ore, ma ora che potevo, ora che era saggio farlo, mi sentivo come paralizzato. Avrei dovuto attraversare le sale di notte, usando la pila con moderazione. Poca luce notturna filtrava dai finestroni, se mi ero immaginato un museo reso spettrale dal chiarore della luna, mi ero ingannato. Le vetrine ricevevano dalle finestre imprecisi riflessi. Se non mi fossi mosso con cautela, avrei potuto rovinare a terra urtando qualcosa con fragore di cristalli, o di ferraglia. Accendevo la pila ogni tanto. Mi sentivo come al Crazy Horse, a tratti una luce improvvisa mi rivelava una nudità, ma non di carne, bensì di viti, di morse, di bulloni.

E se di colpo avessi illuminato una presenza viva, la figura di qualcuno, un inviato dei Signori, che stava ripetendo specularmente il mio percorso? Chi avrebbe gridato per primo? Tendevo l'orecchio. A che pro? Io non facevo rumore, strisciavo. Dunque anche lui.

Nel pomeriggio mi ero studiato attentamente la sequenza delle sale, ero convinto che anche al buio avrei potuto trovare lo scalone. Invece stavo vagando quasi a tentoni, e avevo perso l'orientamento.

Forse in qualche sala stavo passando per la seconda volta, forse non sarei mai più uscito di lì, forse quello, quell'errare tra macchine senza senso, quello era il rito.

In verità non volevo discendere, in verità volevo ritardare l'appuntamento.

Ero uscito dal periscopio dopo un lungo, spietato esame di coscienza, nel corso di molte ore avevo rivisto il nostro errore degli ultimi anni e avevo cercato di rendermi conto del perché, senza alcuna ragione ragionevole, io adesso fossi lì alla ricerca di Belbo, caduto in quel luogo per ragioni ancor meno ragionevoli. Ma non appena avevo posto piede fuori, tutto era cambiato. Mentre avanzavo io stavo pensando con la testa di un altro. Ero diventato Belbo. E come Belbo ormai al termine del suo lungo viaggio verso l'illuminazione, sapevo che ogni oggetto terreno, anche il più squallido, va letto come il geroglifico di qualcosa d'altro, e non vi è

Altro altrettanto reale del Piano. Oh, ero astuto, mi bastava un lampo, uno sguardo in uno sprazzo di luce, per capire. Non mi lasciavo ingannare.

... Motore di Froment: una struttura verticale a base romboidale, che rinserrava, come una cera anatomica che esibisse le proprie costole artificiali, una serie di bobine, che so, pile, ruttori, come diavolo li chiamano i libri scolastici, azionati da una cinghia di trasmissione che si innervava a un pignone attraverso una ruota dentata... A che cosa poteva esser servito? Risposta, per misurare le correnti telluriche, ovvio.

Accumulatori. Che cosa accumulano? Non c'era altro che immaginare i Trentasei Invisibili come tanti ostinati segretari (i custodi del segreto) che battessero di notte sul loro cembalo scrivano per farne venir fuori un suono, una scintilla, un richiamo, tesi in un dialogo tra costa e costa, tra abisso e superficie, dal Machu Picchu ad Avalon, zip zip zip, pronto pronto pronto, Pamersiel Pamersiel, ho captato il fremito, la corrente Mu 36, quella che i brahmani adoravano come pallido respiro di Dio, ora inserisco lo spinotto, circuito micro-macrocosmico in azione, fremono sotto la crosta del globo tutte le radici di mandragora, odi il canto della Simpatia Universale, passo e chiudo.

Dio mio, gli eserciti si insanguinavano per le pianure d'Europa, i papi lanciavano anatemi, gli imperatori si incontravano emofilitici e incestuosi nel casino di caccia degli Orti Palatini, per fornire una copertura, una facciata sontuosa al lavoro di costoro, che nella Casa di Salomone auscultavano i pallidi richiami dell'Umbilicus Mundi.

Essi erano qui, ad azionare questi elettrocapillatori pseudotermici esatetragrammatici – così avrebbe detto Garamond, no? – e ogni tanto, che so, qualcuno avrebbe inventato un vaccino, o una lampadina, per giustificare la meravigliosa avventura dei metalli, ma il compito era ben altro, eccoli tutti qui adunati a mezzanotte a far girare questa macchina statica di Ducretet, una ruota trasparente che sembra una bandoliera, e dietro due palline vibratili sostenute da due bacchette ad arco, forse allora si toccavano, ne scaturivano scintille, Frankenstein sperava che così avrebbe potuto dar vita al suo golem e invece no, il segnale da attendere era un altro: congettura, lavora, scava scava vecchia talpa...

... Una macchina da cucire (che altro era, di quelle pubblicizzate con l'incisione, insieme alla pillola per sviluppare il seno, e alla grande aquila che vola tra le montagne recando negli artigli l'amaro rigeneratore, Robur le Conquerant, R–C), ma se la si aziona fa girare una ruota, la ruota un anello, l'anello... che cosa fa, chi ascolta l'anello? Il cartellino diceva "le correnti indotte dal campo terrestre". Con impudicizia, lo possono leggere anche i bambini durante le loro visite pomeridiane, tanto l'umanità credeva di andare in un'altra direzione, si poteva tentare tutto, l'esperimento supremo, dicendo che serviva per la meccanica. I Signori del Mondo ci hanno ingannato per secoli. Eravamo avvolti, fasciati, sedotti dal Complotto, e scrivevamo poemi in lode della locomotiva.

Andavo e venivo. Avrei potuto immaginarmi più piccolo, microscopico, ed ecco che sarei stato viaggiatore attonito per le vie di una città meccanica, turrita di grattacieli metallici. Cilindri, batterie, bottiglie di Leida una sull'altra, piccola giostra alta venti centimetri, tourniquet électrique à attraction et repulsion. Talismano per stimolare le correnti di simpatia. Colonnade étincelante formée de neuf tubes, électroaimant, una ghigliottina, al centro – e sembrava un torchio da stampa – pendevano dei ganci sostenuti da catene da stalla. Un torchio in cui si può infilare una mano, una testa da schiacciare. Campana di vetro mossa da una pompa pneumatica a due cilindri, una specie di alambicco e poi sotto c'è una coppa e a destra una sfera di rame. San Germano vi concuoceva le sue tinture per il landgravio di Hesse.

Un portapipe con tante piccole clessidre dalla strozzatura allungata come una donna di Modigliani, con un materiale impreciso dentro, su due file di dieci ciascuna, in ciascuna il rigonfiamento superiore si espandeva a un'altezza diversa, come piccole mongolfiere che stessero per prendere il volo, trattenute a terra da un peso a palla. Apparato per la produzione del Rebis, sotto gli occhi di tutti.

Sezione della verrerie. Ero tornato sui miei passi. Bottigliette verdi, un ospite sadico stava offrendomi veleni in quintessenza. Macchine di ferro per fare le bottiglie, si aprivano e si chiudevano con due manopole, e se qualcuno invece che la bottiglia ci metteva dentro il polso? Zac, come doveva accadere con quei tenaglioni, quelle forbiciattole, quei bisturi a becco ricurvo che potevano essere infilati nello sfintere, nelle orecchie, nell'utero, per trarne il feto ancora fresco da pestare col miele e col pepe per soddisfare la sete di Astarte... La sala che attraversavo ora aveva vetrine ampie, intravedevo dei bottoni per mettere in moto punte elicoidali che sarebbero avanzate inesorabili verso l'occhio della vittima, il Pozzo e il Pendolo, eravamo quasi alla caricatura, alle macchine inutili di Goldberg, ai torchi di tortura dove Gambadilegno legava Topolino, l'engrenage extérieur à trois pignons, trionfo della meccanica rinascimentale, Branca, Ramelli, Zonca, conoscevo questi ingranaggi, li avevo impaginati per la meravigliosa avventura dei metalli, ma qui erano stati posti dopo, nel secolo scorso, erano già pronti per contenere i riottosi dopo la conquista del mondo, i Templari avevano appreso dagli Assassini come far tacere Noffo Dei, il giorno che lo avessero catturato, la svastica di von Sebottendorff avrebbe torto in direzione del sole le membra spasimanti dei nemici dei Signori del Mondo, tutto pronto, aspettavano un cenno, tutto sotto gli occhi di tutti, il Piano era pubblico, ma nessuno avrebbe potuto indovinarlo, fauci scricchiolanti avrebbero cantato il loro inno di conquista, grande orgia di bocche ridotte a puro dente che si inchiavardano l'una contro l'altra, in uno spasimo fatto di tic tac come se tutti i denti fossero caduti per terra nello stesso momento.

E infine ero capitato di fronte all'émetteur à étincelles soufflées progettato per la Tour Eiffel, per l'emissione di segnali orari tra Francia Tunisia e Russia (Templari di Provins, Pauliciani e Assassini di Fez – Fez non è in Tunisia e gli Assassini erano in Persia, e che vuol dire, non si può sottilizzare quando si vive nelle spire del Tempo Sottile), io avevo già visto quella macchina immensa, più alta di me, con le pareti traforate da una serie di boccaporti, di prese d'aria, chi voleva convincermi che fosse un apparecchio radio? Ma sì, lo conoscevo, vi ero passato accanto ancora nel pomeriggio. Il Beaubourg!

Sotto i nostri occhi. E infatti a che cosa sarebbe dovuto servire quell'immenso scatolone al centro di Lutezia (Lutezia, il boccaporto del mare di fango sotterraneo), là dove un tempo era il Ventre di Parigi, con quelle proboscidi prensili di correnti aeree, quella insania di tubi, di condotti, quell'orecchio di Dioniso spalancato sul vuoto esterno per immettere suoni, messaggi, segnali, sino al centro del globo e restituirli vomitando informazioni dall'inferno? Prima il Conservatoire, come laboratorio, poi la Tour come sonda, infine il Beaubourg, come macchina ricetrasmittente globale. Forse che avevano messo in piedi quell'immensa ventosa per intrattenere quattro studenti capelluti e puzzolenti che andavano ad ascoltare l'ultimo disco con un auricolare giapponese? Sotto i nostri occhi. Il Beaubourg come porta sul regno sotterraneo di Agarttha, il monumento degli Equites Synarchici Resurgentes. E gli altri, due, tre, quattro miliardi di Altri, lo ignoravano, o si sforzavano di ignorarlo. Stupidi ed Ilici. E gli Pneumatici, dritti al loro scopo, per sei secoli.

A un tratto avevo trovato lo scalone. Ero disceso, sempre più accorto. La mezzanotte era vicina. Dovevo nascondermi nel mio osservatorio prima che Essi arrivassero.

Credo fossero le undici, forse meno. Avevo attraversato la sala di Lavoisier, senza accendere la pila, memore delle allucinazioni del pomeriggio, avevo percorso il corridoio dei modelli ferroviari.

Nella navata c'era già qualcuno. Vedevo delle luci, mobili e fioche. Udivo scalpiccii, rumori di oggetti spostati o trascinati.

Spensi la pila. Avrei fatto ancora in tempo ad arrivare alla garitta? Strisciavo lungo le vetrine dei treni, e fui presto vicino alla statua di Gramme, nel transetto. Su di un basamento di legno, di forma cubica (la pietra cubica di Esod!), si ergeva come a guardare l'ingresso del coro. Ricordavo che più o meno la mia statua della Libertà era immediatamente alle sue spalle.

La faccia anteriore del basamento si era ribaltata in avanti, formando come una passerella che permetteva l'uscita da un condotto. E di lì uscì infatti un individuo con una lanterna – forse a gas, dai vetri colorati, che gli illuminava il volto di vampe rossastre. Mi schiacciai in un angolo e non mi vide. Qualcuno dal coro lo raggiunse. "Vite," gli disse, "presto, tra un'ora arrivano."

Quella era dunque l'avanguardia, che stava predisponendo qualcosa per il rito. Se non erano molti, potevo ancora eluderli e raggiungere la Libertà. Prima che Essi arrivassero, chissà da dove, e in quanti, lungo la stessa via. Stetti acquattato a lungo, seguendo i riflessi delle lanterne nella chiesa, l'alternarsi periodico delle luci, i momenti di maggiore e minore intensità. Calcolavo di quanto si allontanassero dalla Libertà e quanto essa potesse rimanere in ombra. A un certo momento giocai d'azzardo, scivolai sul lato sinistro di Gramme – schiacciandomi a fatica contro il muro e contraendo i muscoli addominali. Fortuna che ero magro come un chiodo. Lia... Mi buttai, scivolando nella garitta.

Per rendermi meno percepibile, mi lasciai cadere a terra, obbligato a rattrappirmi in posizione quasi fetale. Accelerai i battiti del cuore, e dei denti.

Dovevo distendermi. Respirai ritmicamente col naso, aumentando via via l'intensità delle aspirazioni. Credo che sia così che, sotto tortura, si può decidere di perdere i sensi per sottrarsi al dolore. Infatti mi sentii sprofondare lentamente nell'abbraccio del Mondo Sotterraneo.

113

> La nostra causa è un segreto dentro un segreto, il segreto di qualcosa che rimane velato, un segreto che solo un altro segreto può spiegare, è un segreto su un segreto che si appaga di un segreto.
>
> (Jafar al-Said, sesto Imam)

Emersi lentamente alla coscienza. Udivo suoni, ero disturbato da una luce ora più forte. Mi sentivo i piedi intorpiditi. Cercai di alzarmi lentamente senza far rumore e mi pareva di reggermi su di una distesa di ricci di mare. La Sirenetta. Feci alcuni movimenti silenziosi, flettendomi sulle punte, e la sofferenza diminuì. Solo allora, sporgendo cautamente il capo, a destra e a sinistra, e rendendomi conto che la garitta era rimasta abbastanza in ombra, riuscii a dominare la situazione.

La navata era illuminata ovunque. Erano le lanterne, ma ora erano decine e decine, portate dai convenuti che stavano giungendo alle mie spalle. Uscendo certamente dal condotto, sfilavano alla mia sinistra entrando nel coro e si disponevano nella navata. Mio Dio, mi dissi, la Notte sul Monte Calvo versione Walt Disney.

Non vociavano, sussurravano, ma tutti insieme producevano un brusio accentuato, come le comparse dell'opera: rabarbaro rabarbaro.

Alla mia sinistra le lanterne erano poste per terra a semicerchio, completando con una circonferenza schiacciata la curva orientale del coro, toccando al punto estremo di quello pseudo semicerchio, verso sud, la statua di Pascal. Laggiù era stato posto un braciere ardente, su cui qualcuno gettava delle erbe, delle essenze. Il fumo mi raggiungeva nella garitta, seccandomi la gola, e procurandomi un senso di sovreccitato stordimento.

Tra l'oscillare delle lanterne, mi accorsi che al centro del coro si agitava qualcosa, un'ombra sottile e mobilissima.

Il Pendolo! Il Pendolo non oscillava più nel suo luogo consueto a mezza crociera. Era stato appeso, più grande, alla chiave di volta, al centro del coro. Più grande la sfera, più robusto il filo, che mi pareva un canapo, o un cavo di metallo attorcigliato.

Il Pendolo era ora enorme come doveva apparire al Panthéon. Come veder la luna al telescopio.

Avevano voluto ripristinarlo così come i Templari dovevano averlo sperimentato la prima volta, mezzo millennio prima di Foucault. Per permettergli di oscillare liberamente avevano eliminato alcune infrastrutture, creando all'anfiteatro del coro quella rozza antistrofe simmetrica segnata dalle lanterne.

Mi chiesi come il Pendolo facesse a mantenere la costanza delle oscillazioni, ora che sotto il pavimento del coro non poteva esserci il regolatore magnetico. Poi compresi. Al bordo del coro, vicino ai motori Diesel, stava un individuo che – pronto a spostarsi come un gatto per seguire le variazioni del piano di oscillazione – imprimeva alla sfera, ogni qualvolta piombava verso di lui, un lieve impulso, con un colpo preciso della mano, con un tocco leggero delle dita.

Era in frac, come Mandrake. Dopo, vedendo gli altri suoi compagni avrei capito che era un prestidigitatore, un illusionista del Petit Cirque di Madame Olcott, un professionista capace di dosare la pressione dei polpastrelli, dal polso sicuro, abile a lavorare sugli scarti infinitesimali. Forse era capace di percepire, con la suola sottile delle sue scarpe lucide, le vibrazioni delle correnti, e di muovere le mani secondo la logica della sfera, e della terra a cui la sfera rispondeva.

I suoi compagni. Ora vedevo anch'essi. Si muovevano tra le automobili della navata, scivolavano accanto alle *draisiennes* e ai motocicli, quasi rotolavano nell'ombra, chi portando uno scranno e un tavolo coperto di panno rosso nel vasto ambulacro sul fondo, chi collocando altre lanterne. Piccoli, notturni, ciangottanti, come bambini rachitici, e di uno che mi stava passando accanto scorsi i tratti mongoloidi e la testa calva. Les Freaks Mignons di Madame Olcott, gli immondi piccoli mostri che avevo visto nel manifesto da Sloane.

Il circo era lì al completo, staff, polizia, coreografi del rito. Vidi Alex et Denys, les Géants d'Avalon, fasciati da un'armatura di cuoio borchiato, veramente giganteschi, i capelli biondi, appoggiati contro la grande mole dell'Obéissant, con le braccia conserte in attesa.

Non ebbi tempo per farmi altre domande. Qualcuno era entrato con solennità, imponendo il silenzio a mano tesa. Riconobbi Bramanti solo perché portava la tunica scarlatta, la cappa bianca e la mitria che gli avevo visto addosso quella sera in Piemonte. Bramanti si avvicinò al braciere, gettò qualcosa, ne levò una fiammata, poi una fumata grassa e bianca, e il profumo si sparse lentamente per la sala. Come a Rio, pensavo, come alla festa alchemica. E non ho l'agogõ. Portai il fazzoletto al naso e alla bocca, come un filtro. Ma già i Bramanti mi parevano due, e il Pendolo mi oscillava davanti in molteplici direzioni, come una giostra.

Bramanti iniziò a salmodiare: "Alef bet gimel dalet he waw zain het tet jod kaf lamed mem nun samek ajin pe sade qof resh shin tau!"

La folla rispose, orante: "Parmesiel, Padiel, Camuel, Aseliel, Barmiel, Gediel, Asyriel, Maseriel, Dorchtiel, Usiel, Cabariel, Raysiel, Symiel, Armadiel..."

Bramanti fece un cenno, e qualcuno emerse dalla folla, ponendosi in ginocchio ai suoi piedi. Solo per un istante ne vidi il volto. Era Riccardo, l'uomo dalla cicatrice, il pittore.

Bramanti lo stava interrogando e quello rispondeva, recitando a memoria le formule del rituale.

"Chi sei tu?"

"Sono un adepto, non ancora ammesso ai misteri più alti del Tres. Mi sono preparato nel silenzio, nella meditazione analogica del mistero del

Bafometto, nella coscienza che la Grande Opera ruota intorno a sei sigilli intatti, e che solo alla fine conosceremo il segreto del settimo."

"Come sei stato ricevuto?"

"Passando per la perpendicolare al Pendolo."

"Chi ti ha ricevuto?"

"Un Mistico Legato."

"Lo riconosceresti?"

"No, perché era mascherato. Io conosco solo il Cavaliere di grado superiore al mio e questi il Naometra di grado superiore al suo e ciascuno conosce uno soltanto. E così voglio."

"Quid facit Sator Arepo?"

"Tenet Opera Rotas."

"Quid facit Satan Adama?"

"Tabat Amata Natas. Mandabas Data Amata, Nata Sata."

"Hai portato la donna?"

"Sì, è qui. L'ho consegnata a chi mi è stato ordinato. Essa è pronta."

"Vai, e tieniti in attesa."

Il dialogo si era svolto in un francese approssimativo, da entrambe le parti. Poi Bramanti aveva detto: "Fratelli, siamo qui riuniti nel nome dell'Ordine Unico, dell'Ordine Ignoto, a cui sino a ieri non sapevate di appartenere e appartenevate da sempre! Giuriamo. Sia anatema sui profanatori del segreto. Sia anatema sui sicofanti dell'Occulto, sia anatema su chi ha fatto spettacolo dei Riti e dei Misteri!"

"Sia anatema!"

"Anatema sull'Invisibile Collegio, sui figli bastardi di Hiram e della vedova, sui maestri operativi e speculativi della menzogna d'oriente o di occidente, Antica, Accettata o Rettificata, su Misraim e Memphis, sui Filateti e sulle Nove Sorelle, sulla Stretta Osservanza e sull'Ordo Templi Orientis, sugli Illuminati di Baviera e di Avignone, sui Cavalieri Kadosch, sugli Eletti Cohen, sulla Perfetta Amicizia, sui Cavalieri dell'Aquila Nera e della Città Santa, sui Rosicruciani d'Anglia, sui Cabalisti della Rosa+Croce d'Oro, sulla Golden Dawn, sulla Rosa Croce Cattolica del Tempio e del Graal, sulla Stella Matutina, sull'Astrum Argentinum e su Thelema, sul Vril e sulla Thule, su ogni antico e mistico usurpatore del nome della Grande Fraternità Bianca, sui Veglianti del Tempio, su ogni Collegio e Priorato di Sion o delle Gallie!"

"Sia anatema!"

"Chiunque per ingenuità, comando, proselitismo, calcolo o malafede sia stato iniziato a loggia, collegio, priorato, capitolo, ordine che illecitamente si rifaccia all'obbedienza ai Superiori Sconosciuti e ai Signori del Mondo, faccia questa notte abiura e implori esclusiva reintegrazione nello spirito e nel corpo dell'unica e vera osservanza, il Tres, Templi Resurgentes Equites Synarchici, il triuno e trinosofico ordine mistico e segretissimo dei Cavalieri Sinarchici della Rinascita Templare!"

"Sub umbra alarum tuarum!"

"Entrino ora i dignitari dei 36 gradi ultimi e segretissimi."

E mentre Bramanti chiamava a uno a uno gli eletti, questi entravano in vestimenti liturgici, tutti recando sul petto l'insegna del Toson d'Oro.

"Cavaliere del Bafometto, Cavaliere dei Sei Sigilli Intatti, Cavaliere del Settimo Sigillo, Cavaliere del Tetragrammaton, Cavaliere Giustiziere di Florian e Dei, Cavaliere dell'Atanòr.... Venerabile Naometra della Turris Babel, Venerabile Naometra della Grande Piramide, Venerabile Naometra delle Cattedrali, Venerabile Naometra del Tempio di Salomone, Venerabile Naometra dell'Hortus Palatinus, Venerabile Naometra del Tempio di Heliopolis..."

Bramanti recitava le dignità e i nominati entravano a gruppi, così che non riuscivo ad assegnare a ciascuno il proprio titolo, ma certamente tra i primi dodici vidi De Gubernatis, il vecchio della libreria Sloane, il professor Camestres e altri che avevo incontrato quella sera in Piemonte. E, credo come Cavaliere del Tetragrammaton, vidi il signor Garamond, composto e ieratico, compreso del suo nuovo ruolo, che con le mani tremanti si toccava il Tosone che aveva sul petto. E intanto Bramanti continuava: "Mistico Legato di Karnak, Mistico Legato di Baviera, Mistico Legato dei Barbelognostici, Mistico Legato di Camelot, Mistico Legato di Montsegur, Mistico Legato dell'Imam Nascosto... Supremo Patriarca di Tomar, Supremo Patriarca di Kilwinning, Supremo Patriarca di Saint-Martin-des-Champs, Supremo Patriarca di Marienbad, Supremo Patriarca dell'Ochrana Invisibile, Supremo Patriarca in partibus della Rocca di Alamut..."

E certamente il patriarca dell'Ochrana Invisibile era Salon, sempre grigio in volto ma senza palandrana e ora risplendente di una tunica gialla bordata di rosso. Lo seguiva Pierre, lo psicopompo dell'Eglise Luciferienne, che però portava sul petto, in luogo del Toson d'Oro, un pugnale in una guaina dorata. E intanto Bramanti continuava: "Sublime Ierogamo delle Nozze Chimiche, Sublime Psicopompo Rodostaurotico, Sublime Referendario degli Arcani Arcanissimi, Sublime Steganografo della Monas Ieroglifica, Sublime Connettore Astrale Utriusque Cosmi, Sublime Guardiano della Tomba di Rosencreutz.... Imponderabile Arconte delle Correnti, Imponderabile Arconte della Terra Cava, Imponderabile Arconte del Polo Mistico, Imponderabile Arconte dei Labirinti, Imponderabile Arconte del Pendolo dei Pendoli..." Bramanti fece una pausa, e mi parve pronunciasse l'ultima formula a malincuore: "E l'Imponderabile fra gli Imponderabili Arconti, il Servo dei Servi, Umilissimo Segretario dell'Edipo Egizio, Messaggero Infimo dei Signori del Mondo e Portiere di Agarttha, Ultimo Turiferario del Pendolo, Claude-Louis, conte di Saint-Germain, principe Rakoczi, conte di Saint-Martin e marchese di Agliè, signore di Surmont, marchese di Welldone, marchese di Monferrato, di Aymar e Belmar, conte Soltikof, cavaliere Schoening, conte di Tzarogy!"

Mentre gli altri si disponevano nell'ambulacro, facendo fronte al Pendolo e ai fedeli della navata, entrava Agliè, in doppiopetto blu gessato, pallido e contratto in volto, conducendo per mano, come se accompagnasse un'anima sul sentiero dell'Ade, pallida anch'essa e come stupita da una droga, abbigliata solo di un'unica tunica bianca e semitrasparente, Lorenza Pellegrini, i capelli sciolti sulle spalle. La vidi di profilo mentre passava, pura e languida come un'adultera preraffaellita. Troppo diafana per non stimolare ancora una volta il mio desiderio.

Agliè portò Lorenza presso al braciere, vicino alla statua di Pascal, le fece una carezza sul volto assente e fece un cenno ai Géants d'Avalon, che le si posero a lato, sostenendola. Poi andò a sedersi al tavolo, di fronte ai fedeli, e potevo vederlo benissimo, mentre traeva dal panciotto la sua tabacchiera e l'accarezzava in silenzio prima di parlare.

"Fratelli, cavalieri. Siete qui perché in questi giorni i Mistici Legati vi hanno informato, e quindi ormai tutti sapete per quale ragione ci riuniamo. Avremmo dovuto riunirci la notte del 23 giugno 1945, e forse alcuni di voi allora non erano ancor nati – almeno nella forma attuale, intendo. Siamo qui perché dopo seicento anni di dolorosissimo errare abbiamo trovato uno che sa. Come abbia saputo – e abbia saputo più di noi – è un inquietante mistero. Ma confido che sia presente tra noi – e non potresti mancare, vero, amico mio già troppo curioso una volta – confido dicevo che sia presente tra noi chi potrebbe confessarcelo. Ardenti!"

Il colonnello Ardenti – certamente lui, corvino come sempre, se pure insenilito – si fece strada tra gli astanti e si portò davanti a quello che stava diventando il suo tribunale, tenuto a distanza dal Pendolo che segnava uno spazio invalicabile.

"Da quanto non ci vediamo, fratello," sorrideva Agliè. "Sapevo che diffondendo la notizia, non avresti resistito. Allora? Tu sai che cosa ha detto il prigioniero, e dice di averlo saputo da te. Tu dunque sapevi e tacevi."

"Conte," disse Ardenti, "il prigioniero mente. Mi umilio nel dirlo, ma l'onore anzitutto. La storia che gli ho confidato non è quella di cui i Mistici Legati mi hanno detto. L'interpretazione del messaggio – sì, è vero, avevo messo le mani su un messaggio, non ve l'avevo nascosto anni fa a Milano – è diversa... Io non sarei stato in grado di leggerlo come il prigioniero lo ha letto, per questo quella volta cercavo aiuto. E debbo dire che non ho incontrato incoraggiamenti, ma solo diffidenza, sfida e minacce..." Forse voleva dir altro, ma fissando Agliè fissava anche il Pendolo, che stava agendo su di lui come un incantamento. Ipnotico, cadde in ginocchio e disse soltanto: "Perdono, perché non so."

"Sei perdonato, perché sai di non sapere," disse Agliè. "Vai. Dunque, fratelli, il prigioniero sa troppe cose che nessuno di noi sapeva. Sa persino chi siamo noi, e noi lo abbiamo appreso da lui. Occorre procedere in fretta, tra poco sarà l'alba. Mentre voi rimanete qui in meditazione, io ora mi ritirerò ancora una volta con lui per strappargli la rivelazione."

"Ah non, signor conte!" Pierre si era fatto avanti nell'emiciclo con le iridi dilatate. "Per due giorni avete parlato con lui, senza prevenirci, ed egli non ha visto niente, non ha detto niente, non ha udito niente, come le tre scimmiette. Che cosa volete chiedergli in più, questa notte? No, qui, qui davanti a tutti!"

“Si calmi caro Pierre. Ho fatto condurre qui questa sera colei che ritengo la più squisita incarnazione della Sophia, legame mistico tra il mondo dell’errore o l’Ogdoade Superiore. Non mi chieda come e perché, ma con questa mediatrice l’uomo parlerà. Dillo a costoro, chi sei tu, Sophia?”

E Lorenza, sempre sonnambolica, quasi scandendo le parole a fatica: “Io sono... la prostituta e la santa.”

“Ah buona questa,” rise Pierre. “Abbiamo qui la crème de l’initiation e ricorriamo alle pute. No, l’uomo qui e subito, di fronte al Pendolo!”

“Non siamo puerili,” disse Agliè. “Datemi un’ora di tempo. Perché credete che parlerebbe qui, di fronte al Pendolo?”

“Egli andrà parlare nel dissolversi. Le sacrifice humain!” gridò Pierre alla navata.

E la navata, a gran voce: “Le sacrifice humain!”

Si avanzò Salon: “Conte, puerilità a parte, il fratello ha ragione. Non siamo dei poliziotti...”

“Non dovrebbe dirlo lei,” motteggiò Agliè.

“Non siamo dei poliziotti e non riteniamo dignitoso procedere coi mezzi d’indagine consueti. Ma non credo neppure che possano valere i sacrifici alle forze del sottosuolo. Se esse avessero voluto darci un segno, lo avrebbero fatto da tempo. Oltre al prigioniero qualcun altro sapeva, tranne che è scomparso. Ebbene, questa sera abbiamo la possibilità di mettere a confronto con il prigioniero coloro che sapevano e...” fece un sorriso, fissando Agliè con gli occhi socchiusi sotto le sopracciglia irsute, “di metterli anche a confronto con noi, o con alcuni di noi...”

“Cosa intende dire, Salon?” chiese Agliè, con voce certamente insicura.

“Se il signor conte permette, vorrei spiegarlo io,” disse Madame Olcott. Era lei, la riconoscevo dal manifesto. Livida in una veste olivastra, i capelli lucidi di oli, raccolti sulla nuca, la voce di un uomo rauco. Mi pareva, nella libreria Sloane, di conoscere quel viso, e ora ricordavo: era la druidessa che ci era corsa quasi incontro nella radura, quella notte. “Alex, Denys, portate qui il prigioniero.”

Aveva parlato in modo imperioso, il brusio della navata sembrava esserle favorevole, i due giganti avevano ubbidito affidando Lorenza a due Freaks Mignons, Agliè aveva le mani contratte sui braccioli dello scranno e non aveva osato opporsi.

Madame Olcott aveva fatto segno ai suoi mostriciattoli, e fra la statua di Pascal e l’Obéissant erano state poste tre poltroncine, sulle quali essa ora stava facendo accomodare tre individui. Tutti e tre scuri di carnagione, piccoli di statura, nervosi, con grandi occhi bianchi. “I gemelli Fox, li conoscete bene, conte. Theo, Leo, Geo, sedete, e preparatevi.”

In quel momento riapparvero i giganti di Avalon tenendo per le braccia proprio Jacopo Belbo, che ai due arrivava a malapena alle spalle. Il mio povero amico era terreo, con la barba di molti giorni, aveva le mani legate dietro la schiena e una camicia aperta sul petto. Entrando in quell’agone fumoso sbatté gli occhi. Non sembrò stupirsi per l’accolta di ierofanti che si vedeva di fronte, in quegli ultimi giorni doveva essersi abituato ad attendersi di tutto.

Non si attendeva però di vedere il Pendolo, non in quella posizione. Ma i giganti lo trascinarono davanti allo scranno di Agliè. Del Pendolo ormai udiva solo il lievissimo stormire che faceva sfiorandolo alle spalle.

Un solo istante si voltò, e vide Lorenza. Si emozionò, fece per chiamarla, cercò di divincolarsi ma Lorenza, che pure lo fissava atona, parve non riconoscerlo.

Belbo stava certamente per domandare ad Agliè che cosa le avevano fatto, ma non ne ebbe il tempo. Dal fondo della navata, verso la zona della cassa e dei banchi dei libri, si udì un rullo di tamburi, e alcune note stridenti di flauti. Di colpo le portiere di quattro automobili si aprirono e ne uscirono quattro esseri che già avevo visto, anch'essi, sul manifesto del Petit Cirque.

Un cappello di feltro senza tesa, come un fez, ampi mantelli neri chiusi sino al collo, Les Derviches Hurleurs uscirono dalle automobili come risorti che sorgessero dal sepolcro e si accovacciarono ai bordi del cerchio magico. Sul fondo i flauti modulavano ora una musica dolce, mentre essi con uguale dolcezza battevano le mani sul suolo e chinavano la testa.

Dalla carlinga dell'aeroplano di Breguet, come il muezzin dal minareto, si sporse un quinto dei loro, che iniziò a salmodiare in una lingua ignota, gemendo, lamentandosi, con toni striduli, mentre riprendevano i tamburi, crescendo d'intensità.

Madame Olcott si era chinata dietro ai fratelli Fox e sussurrava loro frasi di incoraggiamento. I tre si erano abbandonati sulle poltrone, le mani strette ai braccioli, con gli occhi chiusi, iniziando a traspirare e agitando tutti i muscoli del viso.

Madame Olcott si rivolgeva all'assemblea dei dignitari. "Ora i miei bravi fratellini porteranno tra noi tre persone che sapevano." Fece una pausa, poi annunciò: "Edward Kelley, Heinrich Khunrath e ..." altra pausa, "il conte di San Germano."

Per la prima volta vidi Agliè perdere il controllo. Si levò dallo scranno, e commise un errore. Poi si lanciò verso la donna – evitando quasi per caso la traiettoria del Pendolo – gridando: "Vipera, bugiarda, sai benissimo che non può essere..." Poi alla navata: "Impostura, impostura! Fermatela!"

Ma nessuno si mosse, anzi, Pierre andò a prendere posto sullo scranno e disse: "Proseguiamo, madame."

Agliè si calmò. Riprese il suo sangue freddo, e si fece da parte, confondendosi tra gi astanti. "Avanti," sfidò, "proviamo, allora."

Madame Olcott mosse il braccio come per dare il via a una corsa. La musica assunse toni sempre più acuti, si frantumò in una cacofonia di dissonanze, i tamburi rullarono aritmici, i danzatori, che già avevano iniziato a muovere il busto avanti e indietro, a destra e a sinistra, si erano alzati, buttando i mantelli e tendendo le braccia rigide, come se stessero per prendere il volo. Dopo un attimo di immobilità avevano preso a vorticare su se stessi, usando il piede sinistro come perno, il volto levato in alto, concentrati e perduti, mentre la loro giubba plissettata accompagnava le loro piroette allargandosi a campana, e sembravano fiori battuti da un uragano.

Nel contempo i medium si erano come rattrappiti, il volto teso e sfigurato, sembrava che volessero defecare senza riuscirci, respiravano rauchi. La luce del braciere si era attenuata, e gli accoliti di Madame Olcott avevano spento tutte le lanterne poste a terra. La chiesa era solo illuminata dal lucore delle lanterne della navata.

E a poco a poco si verificò il prodigio. Dalle labbra di Theo Fox iniziava a uscire come una spuma biancastra che a poco a poco si solidificava, e una spuma analoga, con un poco di ritardo, stava uscendo dalle labbra dei suoi fratelli.

"Forza fratellini," sussurrava insinuante Madame Olcott, "forza, fatevi forza, così, così..."

I danzatori cantavano, in modo rotto e isterico, facevano oscillare e poi ciondolare la testa, le grida che lanciavano erano prima convulse, poi furono rantoli.

I medium parevano trasudare una sostanza dapprima gassosa, poi più consistente, era come una lava, un albume che si snodava lentamente, saliva e discendeva, strisciava loro sulle spalle, sul petto, sulle gambe, con movimenti sinuosi che ricordavano quelli di un rettile. Non capivo più se gli uscisse dai pori della pelle, dalla bocca, dalle orecchie, dagli occhi. La folla premeva in avanti, spingendosi sempre più contro i medium, verso i danzatori. Io avevo perduto ogni paura: sicuro di confondermi tra tutti coloro, ero uscito dalla garitta, esponendomi ancor più ai vapori che si spandevano sotto le volte.

Intorno ai medium aleggiava una luminescenza dai contorni lattiginosi e imprecisi. La sostanza stava per scorporarsi da essi e assumeva forme ameboidi. Dalla massa che proveniva da uno dei fratelli si era staccata una specie di punta, che si incurvava e risaliva sul suo corpo, quasi fosse un animale che volesse colpire col becco. Al sommo della punta stavano per formarsi due escrescenze retrattili, come le corna di un lumacone...

I danzatori avevano gli occhi chiusi, la bocca piena di schiuma, senza cessare il movimento di rotazione intorno a se stessi avevano iniziato in circolo, per quanto lo spazio poteva permettergli, un movimento di rivoluzione intorno al Pendolo, miracolosamente riuscendo a muoversi senza incrociarne la traiettoria. Sempre più vorticando, avevano gettato il loro berretto, lasciando fluttuare lunghi capelli neri, le teste che sembravano volar via dal collo. Gridavano, come quella sera a Rio, houu houu houuuuu...

Le forme bianche si definivano, una di esse aveva assunto una vaga sembianza umana, l'altra era ancora un fallo, un'ampolla, un alambicco, e la terza stava assumendo chiaramente l'aspetto di un uccello, di una civetta dai grandi occhiali e dalle orecchie ritte, il becco adunco di vecchia professoressa di scienze naturali.

Madame Olcott interrogava la prima forma: "Kelley, sei tu?" E dalla forma uscì una voce. Non era certamente Theo Fox a parlare, era una voce lontana, che sillabava a fatica: "Now... I do reveale, a... a mighty Secret if you marke it well..."

"Sì, sì," insisteva la Olcott. E la voce: "This very place is call'd by many names... Earth... Earth is the lowest element of All... When thrice yee have turned this Wheele about... thus my greate Secret I have revealed..."

Theo Fox fece un gesto con la mano, come a chieder grazia. "Rilassati un poco soltanto, mantieni la cosa..." gli disse Madame Olcott. Poi si rivolse alla forma della civetta: "Ti riconosco Khunrath, che cosa ci vuoi dire?"

La civetta parve parlare: "Hallelu...Iàah... Hallelu... Iaàh... Was..."

"Was?"

"Was helfen Fackeln Licht... oder Briln... so die Leut... nicht sehen... wollen..."

"Noi vogliamo," diceva Madame Olcott, "dicci quello che sai..."

"Symbolon kósmou... tâ ántra... kaì tân enkosmiôn... dunámeôn eríthento... oi theológoi..."

Anche Leo Fox era allo stremo, la voce della civetta si era affievolita verso la fine. Leo aveva reclinato il capo, e sosteneva la forma a fatica. Implacabile Madame Olcott lo incitava a resistere e si rivolgeva all'ultima forma, che ora aveva assunto fattezze antropomorfe anch'essa. "Saint-Germain, Saint-Germain, sei tu? Che cosa sai?"

E la forma si era messa a solfeggiare una melodia. Madame Olcott aveva imposto ai musicanti di attenuare il loro frastuono, mentre i danzatori non ululavano più ma continuavano a piroettare sempre più spossati.

La forma cantava: "Gentle love this hour befriends me..."

"Sei tu, ti riconosco," diceva invitante Madame Olcott. "Parla, dicci dove, cosa..."

E la forma: "Il était nuit... La tête couverte du voile de lin... j'arrive.. je trouve un autel de fer, j'y place le rameau mystérieux... Oh, je crus descendre dans un abîme... des galeries composées de quartiers de pierre noire... mon voyage souterrain..."

"È falso, è falso," gridava Agliè, "fratelli, conoscete tutti questo testo, è la *Très Sainte Trinosophie*, l'ho ben scritta io, chiunque può leggerla per sessanta franchi!" Era corso verso Geo Fox e stava scuotendolo per il braccio.

"Ferma impostore," gridò Madame Olcott, "lo uccidi!"

"E quando fosse!" gridò Agliè rovesciando il medium dalla sedia.

Geo Fox cercò di sostenersi afferrandosi alla sua stessa secrezione che, trascinata in quella caduta, si dissolse sbavando verso terra. Geo si accasciò nella gora vischiosa che stava continuando a vomitare, quindi si irrigidì senza vita.

"Fermati pazzo," gridava Madame Olcott, afferrando Agliè. E poi agli altri due fratelli: "Resistete piccoli miei, essi debbono parlare ancora. Khunrath. Khunrath, digli che siete veri!"

Leo Fox, per sopravvivere, stava tentando di riassorbire la civetta. Madame Olcott gli si era posta alle spalle e gli stringeva le tempie, per piegarlo alla sua protervia. La civetta si accorse che stava per scomparire e si rivoltò verso il suo stesso partoriente: "Phy, Phy Diabolo," sibilava, cercando di beccargli gli occhi. Leo Fox emise un gorgoglio come se gli avessero reciso la carotide e cadde in ginocchio. La civetta scomparve in una melma ributtante (phiii, phiii, faceva), e in essa cadde a soffocare il medium, rimanendovi infagottato e immobile. La Olcott furente si era rivolta a Theo, che stava resistedo bravamente: "Parla Kelley, mi senti?"

Kelley non parlava più. Tendeva a scorporarsi dal medium, che ora urlava come se gli strappassero le viscere e cercava di riprendersi ciò che aveva prodotto, battendo le mani nel vuoto. "Kelley, orecchie mozze, non barare ancora una volta," gridava la Olcott. Ma Kelley, non riuscendo a separarsi dal medium, cercava di soffocarlo. Era diventato come un chewing-gum da cui l'ultimo fratello Fox tentava invano di districarsi. Poi anche Theo cadde sulle ginocchia, tossiva, si stava confondendo con la cosa parassita che lo divorava, rotolò per terra dimenandosi come se fosse avvolto dalle fiamme. Ciò che era stato Kelley lo ricoprì dapprima come un sudario, poi morì liquefacendosi e lo lasciò svuotato al suolo, la metà di se stesso, la mummia di un bambino imbalsamato da Salon. In quello stesso momento i quattro danzatori si arrestarono all'unisono, agitarono le braccia in aria, per pochi secondi furono annegati che stavano colando a picco, quindi si accasciarono guaendo come cuccioli e coprendosi la testa con le mani.

Agliè intanto si era riportato nell'ambulacro, tergendosi il sudore dalla fronte, con il fazzolettino che gli ornava il taschino della giacca. Inspirò due volte, e si portò alla bocca una pasticca bianca. Poi impose silenzio.

"Fratelli, cavalieri. Avete visto a quali miserie questa donna ha voluto sottoporci. Ricomponiamoci e torniamo al mio progetto. Datemi un'ora per condurre di là il prigioniero."

Madame Olcott era fuori gioco, china sui suoi medium, in un dolore quasi umano. Ma Pierre, che aveva seguito la vicenda sempre seduto sullo scranno, riprese il controllo della situazione. "Non," disse, "non c'è che un mezzo. Le sacrifice humain! Il prisoniero a me!"

Magnetizzati dalla sua energia i giganti di Avalon avevano afferrato Belbo, che aveva seguito attonito la scena, e lo avevano sospinto davanti a Pierre. Costui, con l'agilità di un giocoliere, si era alzato, aveva messo lo scranno sul tavolo e aveva spinto entrambi al centro del coro, quindi aveva afferrato il filo del Pendolo al passaggio e aveva arrestato la sfera, arretrando per il contraccolpo. Fu un attimo: come seguendo un piano – e forse durante la confusione c'era stato un accordo – i giganti erano saliti su quel podio, avevano issato Belbo sullo scranno e uno di essi aveva avvolto intorno al suo collo, due volte, il filo del Pendolo, mentre il secondo teneva sospesa la sfera, appoggiandola poi sul bordo del tavolo.

Bramanti si era precipitato davanti alla forca, avvampando di maestà nella sua zimarra scarlatta, e aveva salmodiato: "Exorcizo igitur te per

Pentagrammaton, et in nomine Tetragrammaton, per Alfa et Omega qui sunt in spiritu Azoth. Saddai, Adonai, Jotchavah, Eieazereie! Michael, Gabriel, Raphael, Anael. Fluat Udor per spiritum Eloim! Maneat Terra per Adam Iot-Cavah! Per Samael Zebaoth et in nomine Eloim Gibor, veni Adramelech! Vade retro Lilith!"

Belbo rimase ritto sullo scranno, la corda al collo. I giganti non avevano più bisogno di trattenerlo. Se avesse fatto un solo movimento falso sarebbe caduto da quell'instabile posizione, e il cappio gli avrebbe serrato la gola.

"Imbecilli," gridava Agliè, "come lo rimetteremo sul suo asse?" Pensava alla salvezza del Pendolo.

Bramanti aveva sorriso: "Non si preoccupi, conte. Qui non stiamo miscelando le sue tinture. Esso è il Pendolo, come è stato concepito da Loro. Esso saprà dove andare. E in ogni caso, per convincere una Forza ad agire, nulla di meglio di un sacrificio umano."

Sino a quel momento Belbo aveva tremato. Lo vidi distendersi, non dico rasserenarsi, ma guardare la platea con curiosità. Credo che in quell'istante, di fronte al diverbio tra i due avversari, vedendo davanti a sé i corpi disarticolati dei medium, ai suoi lati i dervisci che ancora sussultavano gemendo, i paramenti dei dignitari scomposti, avesse riacquistato la sua dote più autentica, il senso del ridicolo.

In quel momento, ne sono sicuro, ha deciso che non doveva più lasciarsi spaventare. Forse la sua posizione elevata gli aveva dato un senso di superiorità, mentre osservava dal boccascena quella accolta di forsennati perduti in una faida da Grand Guignol, e in fondo, quasi nell'atrio, i mostriciattoli ormai disinteressati alla vicenda, a darsi di gomito e a ridacchiare, come Annibale Cantalamessa e Pio Bo.

Volse soltanto l'occhio ansioso verso Lorenza, tenuta di nuovo per le braccia dai giganti, agitata da rapidi sussulti. Lorenza aveva riacquistato coscienza. Piangeva.

Non so se Belbo abbia deciso di non darle spettacolo della sua paura, o se la sua decisione sia stata piuttosto l'unico modo con cui poteva far pesare il suo disprezzo, e la sua autorità, su quella masnada. Ma si teneva ritto, la testa alta, la camicia aperta sul petto, le mani legate dietro la schiena, fieramente, come chi non avesse mai conosciuto la paura.

Placato dalla pacatezza di Belbo, rassegnato in ogni caso alla interruzione delle oscillazioni, sempre ansioso di conoscere il segreto, ormai alla resa dei conti con la ricerca di una vita, o di molte, risoluto a riprendere in mano i suoi seguaci, Agliè si era rivolto di nuovo a Jacopo: "Andiamo, Belbo, si decida. Lo vede, si trova in una situazione, a dir poco, imbarazzante. La smetta con la sua commedia."

Belbo non aveva risposto. Guardava altrove, come se per discrezione volesse evitare di ascoltare un dialogo che aveva sorpreso per caso.

Agliè aveva insistito, conciliante come se parlasse a un bambino: "Capisco il suo risentimento, e se mi permette, il suo riserbo. Capisco le ripugni confidare un segreto così intimo, e geloso, a una plebe che le ha appena offerto uno spettacolo così poco edificante. Ebbene, il suo segreto lo potrà confidare solo a me, all'orecchio. Ora io la faccio scendere e so che lei mi dirà una parola, una sola parola."

E Belbo: "Lei dice?"

Allora Agliè aveva cambiato tono. Per la prima volta in vita sua lo vedevo imperioso, sacerdotale, eccessivo. Parlava come se stesse indossando uno dei vestimenti egizi dei suoi amici. Avvertii che il suo tono era falso, pareva stesse parodiando coloro a cui non aveva mai lesinato la sua indulgente commiserazione. Ma al tempo stesso parlava assai compreso di quel suo ruolo inedito. Per qualche suo disegno – poiché non poteva essere per istinto – egli stava introducendo Belbo in una scena da melodramma. Se recitò, recitò bene, perché Belbo non avvertì alcun raggiro, e ascoltò il suo interlocutore come se altro non si attendesse da lui.

"Ora tu parlerai," disse Agliè, "parlerai, e non rimarrai fuori da questo grande gioco. Tacendo, sei perduto. Parlando parteciperai della vittoria. Perché in verità ti dico, questa notte tu, io e noi tutti siamo in Hod, la sefirah dello splendore, della maestà e della gloria, Hod che governa la magia cerimoniale e rituale, Hod il momento in cui si schiude l'eternità. Questo momento l'ho sognato per secoli. Parlerai e ti unirai ai soli che, dopo la tua rivelazione, potranno dichiararsi i Signori del Mondo. Umiliati, e sarai esaltato. Parlerai perché così io comando, parlerai perché io lo dico, e le mie parole efficiunt quod figurant!"

E Belbo aveva detto, ormai invincibile: "Ma gavte la nata..."

Agliè, se pure si attendeva un diniego, impallidì all'insulto. "Che cosa ha detto?" aveva chiesto Pierre isterico. "Non parla," aveva riassunto Agliè. Aveva allargato le braccia, con un gesto tra la resa e la condiscendenza, e aveva detto a Bramanti: "È vostro."

E Pierre, stravolto: "Assai, assai, le sacrifice humain, le sacrifice humain!"

"Sì, che muoia, troveremo lo stesso la risposta," gridava altrettanto stravolta Madame Olcott, ritornata in scena, e si era lanciata verso Belbo.

Quasi contemporaneamente si era mossa Lorenza. Si era svincolata dalla stretta dei giganti e si era messa davanti a Belbo, ai piedi della forca, con le braccia allargate come per arrestare un'invasione, gridando tra le lacrime: "Ma siete tutti pazzi, ma è così che si fa?" Agliè, che già stava ritirandosi, era rimasto un attimo interdetto, quindi l'aveva rincorsa per trattenerla.

Poi tutto si è svolto in un secondo. Alla Olcott si era sciolta la crocchia di capelli, livore e fiamme come una medusa, e protendeva i suoi artigli contro Agliè, graffiandogli il viso e poi spingendolo da parte con la violenza dell'impeto che aveva accumulato in quel balzo, Agliè arretrava, incespicava in una gamba del braciere, piroettava su se stesso come un derviscio e andava a battere col capo contro una macchina piombando a terra col viso coperto di sangue. Pierre nello stesso istante si era gettato su Lorenza, mentre si lanciava aveva tratto dalla guaina il pugnale che gli pendeva sul petto, io ormai lo vedevo di schiena, non capii subito quello che era accaduto, ma vidi Lorenza scivolare ai piedi di Belbo col volto di cera, e Pierre che levava la lama urlando: "Enfin, le sacrifice humain!" E quindi, volgendosi alla navata, a gran voce: "I'a Cthulhu! I'a S'ha-t'n!"

Insieme, la massa che gremiva la navata si era mossa, e alcuni cadevano travolti, altri minacciavano di far crollare la macchina di Cugnot. Udii – credo almeno, ma non posso essermi immaginato un particolare così grottesco – la voce di Garamond che diceva: "Prego, signori, un minimo di educazione..." Bramanti, estatico, s'inginocchiava davanti al corpo di Lorenza, declamando: "Asar, Asar! Chi mi afferra alla gola? Chi mi inchioda al suolo? Chi pugnala il mio cuore? Sono indegno di varcare la soglia della casa di Maat!"

Forse nessuno voleva, forse il sacrificio di Lorenza doveva bastare, ma gli accoliti stavano ormai spingendosi dentro il cerchio magico, reso accessibile dalla stasi del Pendolo, e qualcuno – e avrei giurato fosse Ardenti – fu scaraventato dagli altri contro il tavolo, che scomparve letteralmente sotto ai piedi di Belbo, schizzò via, mentre, in virtù della stessa spinta, il Pendolo iniziava un'oscillazione rapida e violenta strappando la sua vittima con sé. La corda si era tesa sotto il peso della sfera e si era avvolta, ora strettamente come un laccio, intorno al collo del mio povero amico, sbalzato a mezz'aria, pendulo lungo il filo del Pendolo e, volato di colpo verso l'estremità orientale del coro, ora stava tornando indietro, già privo di vita (spero), nella mia direzione.

La folla calpestandosi si era di nuovo ritirata ai bordi, per lasciar spazio al prodigio. L'addetto alle oscillazioni, inebriato dalla rinascita del Pendolo, ne assecondava l'impeto agendo direttamente sul corpo dell'impiccato. L'asse di oscillazione formava una diagonale dai miei occhi a una delle finestre, certamente quella con la scrostatura, da cui avrebbe dovuto penetrare tra poche ore il primo raggio di sole. Io quindi non vedevo Jacopo oscillare di fronte a me, ma credo che così siano andate le cose, che questa sia la figura che egli tracciava nello spazio...

Il collo di Belbo appariva come una seconda sfera inserita lungo il tratto del filo che andava dalla base alla chiave di volta e – come dire – mentre la sfera di metallo si tendeva a destra, il capo di Belbo, l'altra sfera, inclinava a sinistra, e poi l'inverso. Per lungo tratto le due sfere andarono in direzioni opposte così che quello che sciabolava nello spazio non era più una retta, ma una struttura triangolare. Ma, mentre il capo di Belbo seguiva la trazione del filo teso, il suo corpo – forse, prima nell'ultimo spasimo, ora con la spastica agilità di una marionetta di legno – tracciava altre direzioni nel vuoto, indipendente dal capo, dal filo e dalla sfera sottostante, le braccia qua, le gambe là – ed ebbi la sensazione che se qualcuno avesse fotografato la scena col fucile di Muybridge, inchiodando sulla lastra ogni momento in una successione spaziale, registrando i due punti estremi in cui veniva a trovarsi la testa a ogni periodo, i due punti di arresto della sfera, i punti dell'incrocio ideale dei fili, indipendenti, di entrambi, e i punti intermedi segnati dall'estremità del piano di oscillazione del tronco e delle gambe, Belbo impiccato al Pendolo, dico, avrebbe disegnato nel vuoto l'albero delle sefirot riassumendo nel suo estremo momento la vicenda stessa di tutti gli universi, fissando nel suo vagare le dieci tappe dello sfiato esangue e della deiezione del divino nel mondo.

Poi, mentre l'oscillatore continuava a incoraggiare quella funebre altalena, per un atroce comporsi di forze, una migrazione di energie, il corpo di Belbo era divenuto immobile, e il filo con la sfera si muovevano a pendolo soltanto dal suo corpo verso terra, il resto – che collegava Belbo con la volta – rimanendo ormai a piombo. Così Belbo, sfuggito all'errore del mondo e dei suoi moti, era divenuto lui, ora, il punto di sospensione, il Perno Fisso, il Luogo a cui si sostiene la volta del mondo, e solo sotto i suoi piedi oscillavano il filo e la sfera, dall'uno all'altro polo, senza pace, con la terra che sfuggiva sotto di essi, mostrando sempre un continente nuovo – né la sfera sapeva indicare, e avrebbe mai saputo, dove stesse l'Umbilico del Mondo.

Mentre la canea dei diabolici, per un istante attonita di fronte al portento, riprendeva a vociare, mi dissi che la storia era veramente finita. Se Hod è la sefirah della Gloria, Belbo aveva avuto la gloria. Un solo gesto impavido lo aveva riconciliato con l'Assoluto.

114

> Il pendolo ideale consiste di un filo sottilissimo, incapace di resistenza a flessione e torsione, di lunghezza L, cui è attaccata una massa al suo baricentro. Per la sfera il baricentro è il centro, per un corpo umano è un punto a 0.65 della sua altezza, misurato dai piedi. Se l'impiccato è alto m. 1.70 il baricentro è a m. 1.10 dai suoi piedi e la lunghezza L comprende questa lunghezza. Cioè, se la testa fino al collo è lunga m. 0.30, il baricentro è a 1.70 – 1.10 = 0.60 m. dalla testa e a m. 0.60 – 0.30 = m. 0.30 dal collo dell'impiccato.
>
> Il periodo di piccole oscillazioni del pendolo, determinato da Huygens, è dato da:
>
> $$T\,(\text{secondi}) = \frac{2\pi}{\sqrt{g}}\sqrt{L} \qquad (1)$$
>
> dove L è in metri, π = 3.1415927... e g = 9.8 m/sec^2. Ne risulta che la (1) dà:
>
> $$T = \frac{2 \cdot 3.1415927}{\sqrt{9,8}}\sqrt{L} = 2.00709\ \sqrt{L}$$
>
> cioè pressapoco:
>
> $$T = 2\sqrt{L} \qquad (2)$$
>
> Nota bene: T è indipendente dal peso dell'impiccato (uguaglianza degli uomini davanti a Dio)...
>
> Un doppio pendolo con due masse attaccato allo stesso filo... Se sposti A, A oscilla e dopo un po' si ferma e oscilla B. Se i pendoli accoppiati hanno masse o lunghezze diverse, l'energia passa dall'uno all'altro ma i tempi di queste oscillazioni dell'energia non sono uguali... Questo vagolare dell'energia avviene anche se invece di cominciare a far oscillare A liberamente dopo averlo spostato, seguiti a spostarlo periodicamente con una forza. Cioè se il vento soffia a raffiche sull'impiccato in anti-sintonia, dopo un po' l'impiccato non si muove e la forza oscilla come se fosse imperniata sull'impiccato.
>
> (Da una lettera privata di Mario Salvadori, Columbia University, 1984)

Non avevo più nulla da apprendere, in quel luogo. Approfittai del trambusto, per arrivare alla statua di Gramme.

Il basamento era ancora aperto. Entrai, discesi, e al termine della scaletta mi trovai su di un piccolo pianerottolo, illuminato dalla lampadina, su cui si apriva una scala a chiocciola, in pietra. E alla fine di questa entrai in un corridoio dalle volte piuttosto alte, illuminato fiocamente. A tutta prima non mi resi conto dov'ero, e da dove provenisse lo sciacquio che udivo. Poi abituai gli occhi: ero in un condotto fognario, una sorta di ringhiera con un corrimano mi avrebbe impedito di cadere nell'acqua, ma non mi impediva di percepire un tanfo disgustoso, tra il chimico e l'organico. Almeno qualcosa, di tutta la nostra storia, era vero: le fogne di Parigi. Quelle di Colbert, di Fantomas, di de Caus?

Seguivo il condotto maggiore scartando le deviazioni più buie, e sperando che qualche segnale mi avrebbe avvisato dove por termine alla mia corsa sotterranea. In ogni caso correvo lontano dal Conservatoire, e rispetto a quel regno della notte le fogne di Parigi erano il sollievo, la libertà, l'aria pulita, la luce.

Avevo negli occhi una sola immagine, il geroglifico tracciato nel coro dal corpo morto di Belbo. Non riuscivo a capacitarmi di quel disegno, a quale disegno corrispondesse. Ora so che era una legge fisica, ma il modo in cui lo so rende ancor più emblematico il fenomeno. Qui, nella casa di campagna di Jacopo, fra i tanti suoi appunti, ho trovato una lettera di qualcuno, che in risposta a una sua questione gli raccontava come funziona un pendolo, e come si comporterebbe se lungo il suo filo fosse appeso un altro peso. Dunque Belbo, chissà da quando, pensando al Pendolo, lo immaginava e come un Sinai e come un Calvario. Non era morto vittima di un Piano di recente fattura, aveva preparato nella fantasia la sua morte da tempo, senza sapere che, credendosi negato alla creazione, il suo rimuginare stava progettando la realtà. O forse no, in tal modo aveva voluto morire per provare a se stesso e agli altri che, anche in difetto del genio, l'immaginazione è sempre creatrice.

In qualche modo, perdendo, aveva vinto. O ha perso tutto, chi si voti a quest'unico modo di vincere? Ha perso tutto chi non abbia capito che la vittoria era stata un'altra. Ma io sabato sera non l'avevo ancora scoperto.

Andavo per il condotto, amens come Postel, forse smarrito nella stessa tenebra, e all'improvviso ebbi il segnale. Una lampada più forte, fissata al muro, mi mostrava un'altra scala, di natura provvisoria, che arrivava a una botola di legno. Tentai l'impresa, e mi trovai in uno scantinato ingombro di bottiglie vuote, che immetteva in un corridoio con due cessi, sulle porte l'omino e la donnina. Ero nel mondo dei vivi.

Mi fermai ansimando. Solo in quel momento pensai a Lorenza. Ora piangevo io. Ma essa stava scivolando via dalle mie vene, come se non fosse mai esistita. Non riuscivo neppure più a ricordarne il volto. Di quel mondo di morti, era la più morta.

Alla fine del corridoio trovai una nuova scala, una porta. Entrai in un ambiente fumoso e maleodorante, una taverna, un bistrot, un bar orientale, camerieri di colore, avventori sudaticci, spiedini grassi e boccali di birra. Uscivo dalla porta come uno che fosse già lì, e fosse andato a orinare. Nessuno mi notò, o forse l'uomo della cassa che, vedendomi emergere dal fondo, mi fece un segno impercettibile con gli occhi socchiusi, un okay, come per dire ho capito, passa, io non ho visto niente.

115

Se l'occhio potesse vedere i demoni che popolano l'universo, l'esistenza sarebbe impossibile.

(*Talmud, Berakhoth*, 6)

Ero uscito dal bar e mi ero trovato tra le luci della Porte St-Martin. Orientale era la taverna da cui ero uscito, orientali le altre botteghe intorno, ancora illuminate. Odore di cuscus e di falafel, e folla. Giovani a frotte, affamati, molti col sacco a pelo, comitive. Non potevo entrare in un bar a bere qualcosa. Avevo chiesto a un ragazzo cosa succedeva. La manifestazione, il giorno dopo c'era la grande manifestazione contro la legge Savary. Arrivavano coi pullman.

Un turco – un druso, un ismailita travestito mi invitava in cattivo francese a entrare in qualche luogo. Giammai, fuggire da Alamut. Non so chi sia al servizio di chi. Diffidare.

Attraverso l'incrocio. Ora odo solo il rumore dei miei passi. Il vantaggio delle grandi città, ti sposti di pochi metri e ritrovi la solitudine.

Ma di colpo, dopo pochi isolati, alla mia sinistra, il Conservatoire, pallido nella notte. Dall'esterno, perfetto. Un monumento che dorme il sonno del giusto. Proseguo a sud, verso la Senna. Avevo una meta in mente, ma non mi era chiara. Volevo chiedere a qualcuno che cosa era successo.

Belbo morto? Il cielo è sereno. Incrocio un gruppo di studenti. Silenziosi, presi dal genius loci. A sinistra la sagoma di Saint-Nicolas-des-Champs.

Proseguo per rue St-Martin, attraverso rue aux Ours, grande, sembra un boulevard, temo di perdere la direzione, che peraltro non conosco. Mi guardo intorno e alla mia destra, sull'angolo, vedo le due vetrine delle Editions Rosicruciennes. Sono spente, ma un poco alla luce dei lampioni, un poco con la pila, riesco a decifrarne il contenuto. Libri e oggetti. Histoire des juifs, comte de St-Germain, alchimie, monde caché, les maisons secrètes de la Rose-Croix, il messaggio dei costruttori delle cattedrali, catari, Nuova Atlantide, medicina egiziana, il tempio di Karnak, Bagavad Gita, reincarnazione, croci e candelabri rosicruciani, busti di Iside e Osiride, incensi in scatola e a tavolette, tarocchi. Un pugnale, un tagliacarte di stagno, col manico rotondo che reca il sigillo dei Rosa-Croce. Che fanno, mi prendono in giro?

Ora incrocio la facciata del Beaubourg. Di giorno è una sagra paesana, adesso la piazza è quasi deserta, qualche gruppo silenzioso e addormentato, rade luci dalle brasseries di fronte. È vero. Grandi sfiatatoi che assorbono energia dalla terra. Forse le folle che lo riempiono di giorno servono a fornire vibrazioni, la macchina ermetica si nutre di carne fresca.

Chiesa di Saint-Merri. Di fronte, una Librairie la Vouivre, per tre quarti occultistica. Non debbo farmi prendere dall'isteria. Giro per rue des Lombards, forse per evitare una schiera di ragazze scandinave che escono ridendo da una taverna ancora aperta. Tacete, non sapete che anche Lorenza è morta?

Ma è morta? E se fossi morto io? Rue des Lombards: vi si innerva perpendicolare rue Flamel, e in fondo a rue Flamel si scorge, bianca, la Tour Saint-Jacques. All'incrocio, la libreria Arcane 22, tarocchi e pendoli. Nicolas Flamel, l'alchimista, una libreria alchemica, e la Tour Saint-Jacques: con quei grandi leoni bianchi alla base, questa inutile torre tardogotica lungo la Senna, a cui era intitolata anche una rivista esoterica, la torre dove Pascal aveva compiuto esperimenti sul peso dell'aria e pare che ancora oggi, a 52 metri d'altezza, vi sia una stazione per ricerche climatologiche. Forse avevano incominciato lì, prima di erigere la Tour Eiffel. Ci sono zone privilegiate. E nessuno se ne accorge.

Torno verso Saint-Merri. Altre risate di fanciulle. Non voglio vedere gente, giro intorno alla chiesa, per rue du Cloître Saint-Merri – una porta del transetto, vecchia, di legno grezzo. Sulla sinistra si apre una piazza, confine estremo del Beaubourg, illuminata a giorno. Sullo spiazzo le macchine di Tinguely e altri artefatti multicolori che galleggiano sull'acqua di una piscina o laghetto artificiale, in un sornione dinoccolare di ruote dentate, e sullo sfondo ritrovo l'impalcatura a tubi Dalmine e le grandi bocche beanti del Beaubourg – come un Titanic abbandonato contro una parete mangiata dall'edera, naufragato in un cratere della luna. Dove le cattedrali non sono riuscite, i grandi boccaporti transoceanici bisbigliano in contatto con le Vergini Nere. Li scopre solo chi sa circumnavigare Saint-Merri. E dunque bisogna continuare, ho una traccia, sto mettendo a nudo una delle trame di Coloro, al centro stesso della Ville Lumière, la trama degli Oscuri.

Piego per rue des Juges Consules, mi ritrovo sulla facciata di Saint-Merri. Non so perché, ma qualcosa mi spinge ad accendere la pila e a dirigerla verso il portale. Gotico fiorito, archi in accolade.

E di colpo, cercando quello che non mi attendevo di trovare, sull'archivolto del portale lo vedo.

Bafometto. Proprio dove i semiarchi si congiungono, mentre al culmine del primo c'è una colomba dello spirito santo con una gloria in raggi di pietra, sul secondo, assediato da angeli oranti, lui, il Bafometto, con le sue ali tremende. Sulla facciata di una chiesa. Senza pudore.

Perché lì? Perché siamo poco lontani dal Tempio. Dove sta il Tempio, o quel che ne è restato? Ritorno indietro, risalgo verso nordest, e mi trovo all'angolo di rue de Montmorency. Al numero 51, la casa di Nicolas Flamel. Tra il Bafometto e il Tempio. L'accorto spagirico sapeva bene con chi doveva fare i conti. Poubelles piene di sporcizia immonda, davanti una casa di epoca imprecisa, Taverne Nicolas Flamel. La casa è vecchia, l'hanno restaurata a scopi turistici, per diabolici di infimo rango, Ilici. C'è accanto un american bar con una pubblicità dell'Apple: "secouez vous les puces" (le pulci sono i bugs, gli errori di programma). Soft-Hermes. Dir Temurah.

Ora sono in rue du Temple, la percorro e arrivo all'angolo con rue de Bretagne dove c'è lo square du Temple, un giardino livido come un cimitero, la necropoli dei cavalieri sacrificati.

Rue de Bretagne sino all'incrocio con rue Vieille du Temple. Rue Vieille du Temple dopo l'incrocio con rue Barbette ha degli strani negozi di lampade elettriche di forme bizzarre, ad anatra, a foglia d'edera. Troppo ostentatamente moderni. Non m'ingannano.

Rue des Francs-Bourgeois: sono nel Marais, lo conosco, tra poco appariranno le vecchie macellerie kosher, che cosa c'entrano gli ebrei coi Templari, ora che abbiamo stabilito che il loro posto nel Piano competeva agli Assassini di Alamut? Perché sono qui? Cerco una risposta? No, forse voglio solo allontanarmi dal Conservatoire. Oppure mi dirigo confusamente verso un luogo, so che non può essere qui, ma cerco solo di ricordarmi dove sia, come Belbo che cercava in sogno un indirizzo scordato.

Incontro un gruppo osceno. Ridono male, marciano in ordine sparso obbligandomi a scendere dal marciapiede. Per un momento temo che siano inviati del Veglio della Montagna, e che siano lì per me. Non è vero, scompaiono nella notte, ma parlano una lingua straniera, che sibila sciita, talmudica, copta come un serpente del deserto.

Mi vengono incontro figure androgine con lunghe palandrane. Palandrane Rosa-Croce. Mi oltrepassano, voltano in rue de Sévigné. Ormai è notte alta. Sono fuggito dal Conservatoire per ritrovare la città di tutti, e mi accorgo che la città di tutti è concepita come una catacomba di percorsi preferenziali per gli iniziati.

Un ubriaco. Forse finge. Diffidare, diffidare sempre. Incrocio un bar ancora aperto, i camerieri coi grembialoni lunghi sino alla caviglia stanno già radunando le sedie e i tavolini. Faccio in tempo a entrare e mi danno una birra. La tracanno e ne chiedo un'altra. "Una bella sete, eh?" dice uno di loro. Ma senza cordialità, con sospetto. Certo, ho sete, è dalle cinque del pomeriggio che non bevo, ma si può aver sete anche senza aver passato la notte sotto un pendolo. Imbecilli. Pago e me ne vado, prima che possano imprimersi i miei tratti nella memoria.

E sono all'angolo di place des Vosges. Percorro i portici. Qual era quel vecchio film che risuonava dei passi solitari di Mathias, l'accoltellatore folle, di notte, per place des Vosges? Mi arresto. Sento passi dietro di me? Certo che no, si sono fermati anche loro. Basterebbero alcune teche, e questi portici diventerebbero sale del Conservatoire.

Soffitti bassi del Cinquecento, archi a tutto sesto, gallerie di stampe e antiquariato, mobili. Place des Vosges, così bassa coi portoni vecchi e rigati e slabbrati e lebbrosi, ci sta gente che non si è mossa da centinaia d'anni. Uomini con la palandrana gialla. Una piazza abitata solo da taxidermisti. Escono solo di notte. Conoscono la piastra, il tombino, da cui si penetra nel Mundus Subterraneus. Sotto gli occhi di tutti.

L'Union de Recouvrement des Cotisation de sécurité sociale et d'allocations familiales de la Patellerie numero 75, u 1. Porta nuova, forse ci stanno dei ricchi, ma subito dopo c'è una porta vecchia scrostata come una casa di via Sincero Renato, poi al numero 3 una porta rifatta di recente. Alternanza di Ilici e Pneumatici. I Signori e i loro schiavi. Qui dove ci sono assi inchiodate su quello che doveva essere un arco. È evidente, qui c'era una libreria occultistica e ora non c'è più. Un intero blocco è stato svuotato. Evacuato in una notte. Come Agliè. Ora sanno che qualcuno sa, incominciano a entrare nella clandestinità.

Sono sull'angolo di rue de Birague. Vedo la teoria dei portici infinita senza anima viva, preferirei fosse buio, ma c'è la luce gialla delle lampade. Potrei gridare e nessuno mi ascolterebbe. Silenziosi, dietro quelle finestre chiuse da cui non trapela un filo di luce, i taxidermisti sogghignerebbero nelle loro palandrane gialle.

Eppure no, tra i portici e il giardino centrale ci sono automobili parcheggiate e qualche rara ombra che passa. Ma questo non rende più affabile il rapporto. Un grande pastore tedesco mi attraversa la strada. Un cane nero solo di notte. Dov'è Faust? Forse manda il fido Wagner a far pisciare il cane?

Wagner. Ecco l'idea che mi stava girando per il capo senza affiorare. Il dottor Wagner, è lui che voglio. Lui potrà dirmi se deliro, a quali fantasmi ho dato sostanza. Potrà dirmi che non è vero niente, che Belbo è vivo e il Tres non esiste. Che sollievo se fossi malato.

Abbandono la piazza quasi di corsa. Sono seguito da una macchina. No, forse sta solo cercando di parcheggiare. Inciampo su sacchi di plastica per spazzatura. La macchina parcheggia. Non voleva me. Sono su rue St-Antoine. Cerco un tassì. Come per evocazione, passa.

Gli dico: "Sept, avenue Elisée Reclus."

116

> Je voudrais être la tour, pendre à la Tour Eiffel.
>
> (Blaise Cendrars)

Non sapevo dove fosse, non osavo chiederlo al tassista, perché chi prende il tassì a quell'ora lo fa per andare a casa propria, altrimenti è come minimo un assassino, e d'altra parte lui bofonchiava che il centro era ancora pieno di quei maledetti studenti, pullman parcheggiati ovunque, uno schifo, se dipendeva da lui, tutti al muro, e che valeva la pena di fare il giro lungo. Aveva fatto praticamente il periplo di Parigi, lasciandomi infine al numero sette di una via solitaria.

Non risultava alcun dottor Wagner. Allora era il diciassette? O il ventisette? Feci due o tre tentativi, poi tornai in me. Anche se avessi individuato il portone, stavo forse pensando di tirare il dottor Wagner giù dal letto a quell'ora per raccontargli la mia storia? Ero finito lì per le stesse ragioni per cui avevo vagato dalla Porte St-Martin a place des Vosges. Fuggivo. E ora ero fuggito dal luogo in cui ero fuggito fuggendo dal Conservatoire. Non avevo bisogno di uno psicoanalista, ma di una camicia di forza. O della cura del sonno. O di Lia. Che mi prendesse la testa, me la stringesse forte tra il seno e l'ascella sussurrandomi di stare buono.

Avevo cercato il dottor Wagner o avenue Elisée Reclus? Perché ora me ne ricordavo, quel nome lo avevo incontrato nel corso delle mie letture per il Piano, era qualcuno del secolo scorso che aveva scritto non ricordo quale libro sulla terra, sul sottosuolo, sui vulcani, qualcuno che col pretesto di far geografia accademica metteva il naso nel Mundus Subterraneus. Uno dei loro. Li sfuggivo, e me li ritrovavo sempre intorno. A poco a poco nel giro di qualche secolo avevano occupato tutta Parigi. E il resto del mondo.

Dovevo tornare all'albergo. Avrei trovato un altro tassì? Per quel che ne avevo capito, avrei potuto essere in estrema banlieue. Avevo puntato verso la direzione da dove perveniva una luce più chiara e diffusa e si intravedeva il cielo aperto. La Senna?

E arrivato all'angolo la vidi.

Alla mia sinistra. Avrei dovuto sospettare che era lì, in agguato nei pressi, in quella città i nomi delle vie tracciavano un messaggio inequivocabile, si era sempre messi sull'avviso, peggio per me che non ci avevo pensato.

Era lì, l'immondo ragno minerale, il simbolo, lo strumento del loro potere: avrei dovuto fuggire e invece mi sentivo attratto verso la tela, muovendo la testa dal basso all'alto e viceversa, perché ormai non potevo più coglierla con un solo colpo d'occhio, ero praticamente dentro, ero sciabolato dai suoi mille spigoli, mi sentivo bombardato di saracinesche che calavano da ogni parte, se appena essa si fosse mossa avrebbe potuto schiacciarmi con una di quelle sue zampe di meccano.

La Tour. Ero nell'unico punto della città in cui non la si vede da lontano, di profilo, affacciarsi amichevole dall'oceano dei tetti, frivola come in un quadro di Dufy. Era sopra di me, mi planava addosso. Ne indovinavo la punta, ma mi muovevo prima intorno e poi dentro il basamento, stretto tra un piede e l'altro, ne scorgevo i garretti, il ventre, le pudenda, ne indovinavo il vertiginoso intestino, tutt'uno con l'esofago di quel suo collo di giraffa politecnica. Traforata, aveva il potere di oscurare la luce che aveva intorno, e come mi muovevo mi offriva, da prospettive diverse, diversi fornici cavernosi che inquadravano zumate sulla tenebra.

Ora alla sua destra, ancora bassa sull'orizzonte, verso nordest, era sorta una falce di luna. Talora la torre me la incorniciava come se fosse un'illusione ottica, una fluorescenza di uno di quei suoi schermi sbilenchi, ma bastava che mi muovessi, gli schermi cambiavano formato, la luna non c'era più, era andata ad aggrovigliarsi tra qualche costola metallica, l'animale l'aveva stritolata, digerita, fatta scomparire in un'altra dimensione.

Tesseract. Cubo tetradimensionale. Ora vedevo attraverso un'arcata una luce mobile, anzi due, rosso e bianco, che lampeggiavano, certamente un aereo in cerca di Roissy, o di Orly, che so. Ma subito – mi ero spostato io, o l'aereo, o la Torre – le luci scomparivano dietro una nervatura, attendevo di vederle riapparire nell'altro riquadro, e non c'erano più. La Tour aveva cento finestre, tutte mobili, e ciascuna dava su un segmento diverso dello spazio tempo. Le sue costole non segnavano delle pieghe euclidee, spezzavano il tessuto del cosmo, ribaltavano catastrofi, sfogliavano pagine di mondi paralleli.

Chi aveva detto che questa guglia di Notre Dame de la Brocante serviva a "suspendre Paris au plafond de l'univers"? Al contrario, serviva a sospendere l'universo alla propria guglia – è naturale, non è l'Ersatz del Pendolo?

Come l'avevano chiamata? Supposta solitaria, obelisco vuoto, gloria del fil di ferro, apoteosi della pila, altare aereo di un culto idolatrico, ape nel cuore della rosa dei venti, triste come una rovina, laido colosso colore della notte, simbolo difforme di forza inutile, prodigio assurdo, insensata piramide, chitarra, calamaio, telescopio, prolissa come il discorso di un ministro, dio antico e bestia moderna... Questo e altro, era, e se avessi avuto il sesto senso dei Signori del Mondo, ora che ero preso nel suo fascio di corde vocali incrostate di polipi bullonati l'avrei sentita bisbigliare roca la musica delle sfere, la Tour stava in quel momento succhiando onde dal cuore della terra cava e le ritrasmetteva a tutti i menhir del mondo. Rizoma di snodi chiodati, artrosi cervicale, protesi di una protesi – che orrore, da dove mi trovavo, per sfracellarmi nell'abisso avrebbero dovuto precipitarmi verso il culmine. Stavo certo uscendo da un viaggio attraverso il centro della terra, ero nella vertigine antigravitazionale degli antipodi.

Non avevamo fantasticato, essa ora mi appariva la prova incombente del Piano, ma tra poco si sarebbe accorta che ero la spia, il nemico, il granello di polvere nell'ingranaggio di cui essa era l'immagine e il motore, avrebbe dilatato insensibilmente una losanga di quel suo merletto plumbeo e mi avrebbe inghiottito, sarei sparito in una piega del suo niente, trasferito nell'Altrove.

Se fossi restato ancora un poco sotto il suo traforo, i suoi grandi artigli si sarebbero rinserrati, si sarebbero incurvati come zanne, mi avrebbero succhiato, e poi l'animale avrebbe ripreso la sua posizione sorniona di temperamatite criminale e sinistro.

Un altro aereo: questo non arrivava da nessuna parte, lo aveva generato lei tra l'una e l'altra delle sue vertebre di mastodonte spolpato. La guardavo, non finiva mai, come il progetto per cui era nata. Se fossi restato senza essere divorato avrei potuto seguire i suoi spostamenti, le sue rivoluzioni lente, il suo scomporsi e ricomporsi infinitesimale sotto la brezza fredda delle correnti, forse i Signori del Mondo la sapevano interpretare come un tracciato geomantico, nelle sue impercettibili metamorfosi avrebbero letto segnali decisivi, mandati inconfessabili. La Torre mi girava sopra il capo, cacciavite del Polo Mistico. Oppure no, stava immobile come un perno magnetizzato, e faceva roteare la volta celeste. La vertigine era la stessa.

Come si difende bene la Tour, mi dicevo, da lontano ammicca affettuosa, ma se ti appressi, se cerchi di penetrare il suo mistero, ti uccide, ti gela le ossa, semplicemente ostentando lo spavento insensato di cui è fatta. Ora so che Belbo è morto e che il Piano è vero, perché è vera la Torre. Se non riesco a fuggire, a fuggire ancora una volta, non potrò dirlo a nessuno. Bisogna dare l'allarme.

Rumore. Alt, si torna alla realtà. Un tassì che avanzava a gran velocità. Riuscii con un balzo a sottrarmi alla cinta magica, feci ampi segni, quasi rischiai di farmi travolgere, perché il tassista frenò solo all'ultimo secondo, come se si fermasse malvolentieri – nel percorso mi avrebbe detto che anche a lui, quando vi passa sotto di notte, la Torre fa paura, e accelera. "Perché?" gli avevo chiesto. "Parce que... parce que ça fait peur, c'est tout."

Fui in breve al mio albergo. Dovetti suonare a lungo per svegliare un portiere sonnacchioso. Mi dissi: devi dormire, ora. Il resto a domani. Presi qualche pastiglia, tante da avvelenarmi. Poi non ricordo.

117

Ha la follia un enorme padiglione
che d'ogni luogo ricetta persone,
specie se han oro e potenza a profusione.
(Sebastian Brant, *Das Narrenschiff*, 46)

Mi ero svegliato alle due del pomeriggio, intontito e catatonico. Ricordavo esattamente tutto, ma non avevo alcuna garanzia che quel che ricordavo fosse vero. Dapprima avevo pensato di correre da basso per comperare i giornali, poi mi ero detto che in ogni caso, quand'anche una compagnia di spahi fosse penetrata nel Conservatoire subito dopo l'evento, la notizia non avrebbe fatto in tempo ad apparire sui giornali del mattino.

E poi Parigi quel giorno aveva altro a cui pensare. Me lo aveva detto subito il portiere, appena ero sceso a cercare un caffè. La città era in subbuglio, molte stazioni del metró erano state chiuse, in alcuni luoghi la polizia caricava, gli studenti erano troppi e stavano esagerando.

Avevo trovato sulla guida telefonica il numero del dottor Wagner. Avevo anche provato a telefonare, ma era ovvio che di domenica non fosse in studio. Dovevo in ogni caso andare a controllare al Conservatoire. Ricordavo che apriva anche la domenica pomeriggio.

Il quartiere latino era agitato. Passavano gruppi vocianti con bandiere. Sull'Ile de la Cité avevo visto uno sbarramento di polizia. Sul fondo si sentivano dei colpi. Doveva essere stato così nel sessantotto. All'altezza della Sainte Chapelle c'era stata maretta, sentivo un odore di lacrimogeni. Avevo udito una sorta di carica, non sapevo se fossero gli studenti o i flic, la gente intorno a me correva, ci eravamo rifugiati dietro una cancellata, con un cordone di poliziotti davanti, mentre nella strada avvenivano dei trambusti. Che vergogna, io ormai coi borghesi attempati, ad aspettare che la rivoluzione si calmasse.

Poi avevo trovato via libera, facendo strade secondarie intorno alle vecchie Halles, e mi ero ritrovato in rue St-Martin. Il Conservatoire era aperto, col suo cortile bianco, la placca sulla facciata: "Il conservatoire des arts et métiers istituito per decreto della convenzione del 19 vendemmiaio anno III... nell'antico priorato di Saint-Martin-des-Champs fondato nell'undicesimo secolo." Tutto regolare, con una piccola folla domenicale, insensibile alla kermesse studentesca.

Ero entrato – gratis di domenica – e ogni cosa era come il pomeriggio prima alle cinque. I guardiani, i visitatori, il Pendolo al suo posto consueto... Cercavo le tracce di quanto era avvenuto ma, se era avvenuto, qualcuno aveva fatto una coscienziosa pulizia. Se era avvenuto.

Non mi ricordo come ho passato il resto del pomeriggio. Non mi ricordo neppure che cosa ho visto bighellonando per le strade, costretto ogni tanto a svicolare per evitare un trambusto. Ho chiamato Milano, tanto per provare. Scaramanticamente, ho fatto il numero di Belbo. Poi quello di Lorenza. Poi la Garamond, che non poteva essere che chiusa. Eppure, se stanotte è ancora oggi, tutto è avvenuto ieri. Ma dall'altro ieri a questa notte è passata un'eternità.

Verso sera mi sono accorto che ero digiuno. Volevo tranquillità, e qualche fasto. Presso al Forum des Halles sono entrato in un ristorante che mi prometteva del pesce. Anche troppo. Il tavolo proprio di fronte a un acquario. Un universo abbastanza irreale da ripiombarmi in un clima di sospetto assoluto. Nulla è per caso. Quel pesce sembra un esicasta asmatico che sta perdendo la fede e accusa Dio di aver diminuito di senso l'universo. Sabaoth Sabaoth, come fai a essere così maligno da farmi credere che non ci sei? Come una cancrena, la carne si stende sul mondo... Quell'altro sembra Minnie, sbatte le lunghe ciglia e fa la boccuccia a cuore. Minnie è la fidanzata di Topolino. Mangio una salade folle con un haddock morbido come carni di bimbi. Con miele e pepe. I pauliciani sono qui. Quello plana tra i coralli come l'aeroplano di Breguet – lunghi battiti d'ali di lepidottero, cento a uno che ha addocchiato il suo feto di homunculus abbandonato sul fondo di un atanòr ormai bucato, gettato tra la spazzatura di fronte alla casa di Flamel. E poi un pesce templare, tutto loricato di nero, cerca Noffo Dei. Sfiora l'esicasta asmatico, che naviga assorto e corrucciato verso l'indicibile. Volgo lo sguardo, al di là della strada scorgo l'insegna di un altro ristorante, CHEZ R... Rosa-Croce? Reuchlin? Rosispergius? Račkovskijragotzitzarogi? Segnature, segnature...

Vediamo, l'unico modo di mettere in imbarazzo il diavolo è fargli credere che non ci credi. Non c'è da ragionar molto sulla corsa notturna per Parigi, e sulla visione della Torre. Uscire dal Conservatoire, dopo che si è visto o creduto di vedere quel che si è visto, e vivere la città come un incubo, è normale. Ma che cosa ho visto al Conservatoire?

Dovevo assolutamente parlare col dottor Wagner. Non so perché mi fossi messo in testa che quella era la panacea, ma era così. Terapia della parola.

Come ho fatto venire stamattina? Mi pare di essere entrato in un cinema dove davano *La signora di Shanghai*, di Orson Welles. Quando sono arrivato alla scena degli specchi, non ho retto e sono uscito. Ma forse non è vero, me lo sono immaginato.

Questa mattina ho telefonato alle nove al dottor Wagner, il nome Garamond mi ha permesso di superare la barriera della segretaria, il dottore è parso ricordarsi di me, di fronte all'urgenza che gli prospettavo mi ha detto di andare subito, alle nove e mezzo, prima che arrivassero gli altri pazienti. Mi era parso gentile e comprensivo.

Forse ho sognato anche la visita al dottor Wagner. La segretaria mi ha chiesto le generalità, ha preparato una scheda, mi ha fatto pagare l'onorario. Per fortuna avevo già il biglietto di ritorno.

Uno studio di dimensioni ridotte, senza divanetto. Finestre sulla Senna, a sinistra l'ombra della Tour. Il dottor Wagner mi ha accolto con affabilità professionale – in fondo è giusto, non ero più uno dei suoi editori, ero un suo cliente. Con un gesto ampio e pacato mi ha invitato a sedere davanti a lui, dall'altra parte del tavolo, come un impiegato del ministero. "Et alors?" Ha detto così, e ha impresso un impulso alla sua poltrona girevole, dandomi le spalle. Stava a capo chino, e mi pareva tenesse le mani giunte. Non mi rimaneva che parlare.

Ho parlato, come una cateratta, ho tirato fuori tutto, dall'inizio alla fine, quello che pensavo due anni fa, quello che pensavo l'anno scorso, quello che pensavo che Belbo avesse pensato, e Diotallevi. E soprattutto quello che è accaduto la notte di San Giovanni.

Wagner non mi ha mai interrotto, non ha mai annuito, o mostrato disapprovazione. Per quel che ne so, poteva essere sprofondato nel sonno. Ma dev'essere la sua tecnica. E io parlavo. Terapia della parola.

Poi ho atteso, di parola, la sua, che mi salvasse.

Wagner si è alzato, lentissimamente. Senza voltarsi verso di me ha fatto un giro intorno alla scrivania e si è portato alla finestra. Ora guardava dai vetri, con le mani incrociate dietro la schiena, assorto.

In silenzio, per circa dieci, quindici minuti.

Poi, sempre dandomi le spalle, con voce incolore, calma, rassicurante: "Monsieur, vous êtes fou."

Lui è rimasto immobile, io lo stesso. Dopo altri cinque minuti, ho capito che non avrebbe più continuato. Fine della seduta.

Sono uscito senza salutare. La segretaria mi ha fatto un ampio sorriso, e mi sono ritrovato in avenue Elisée Reclus.

Erano le undici. Ho raccolto le mie cose all'albergo e mi sono precipitato all'aeroporto, fidando nella buona sorte. Ho dovuto attendere due ore, e frattanto ho chiamato a Milano la Garamond, collect, perché non avevo più un soldo. Ha risposto Gudrun, sembrava inebetita più del solito, le ho dovuto gridare tre volte che dicesse sì, oui, yes, che accettava la chiamata.

Piangeva: Diotallevi è morto sabato sera a mezzanotte.

"E nessuno, nessuno dei suoi amici al funerale, stamattina, che vergogna! Neppure il signor Garamond, che dicono che è in viaggio all'estero. Io, la Grazia, Luciano, e un signore tutto nero, la barba, le basette a ricciolo e un cappellone che sembrava un beccamorto. Dio sa da dove veniva. Ma dov'era lei, Casaubon? E dov'è Belbo? Che cosa sta succedendo?"

Ho mormorato spiegazioni confuse e ho messo giù il telefono. Mi hanno chiamato, e sono salito sull'aereo.

9
JESOD

118

La teoria sociale della cospirazione... è una conseguenza del venir meno del riferimento a Dio, e della conseguente domanda: "Chi c'è al suo posto?"

(Karl Popper, *Conjectures and refutations*, London, Routledge, 1969, I, 4)

Il viaggio mi ha fatto bene. Non solo avevo lasciato Parigi, ma avevo lasciato il sottosuolo, addirittura il suolo, la crosta terrestre. Cielo e montagne ancora bianche di neve. La solitudine a diecimila metri, e quel senso di ebbrezza che dà sempre il volo, la pressurizzazione, l'attraversamento di una lieve turbolenza. Pensavo che solo lassù stavo ritornando coi piedi per terra. E ho deciso di fare il punto, dapprima elencando dei punti sul mio taccuino, poi lasciandomi andare, a occhi chiusi.

Ho deciso di elencare anzitutto le evidenze inconfutabili.

È indubbio che Diotallevi è morto. Me lo ha detto Gudrun. Gudrun è sempre rimasta fuori della nostra storia, non l'avrebbe capita, e dunque è rimasta la sola a dire la verità. Poi è vero che Garamond non era a Milano. Certo, potrebbe essere ovunque, ma il fatto che non ci sia e non ci fosse nei giorni scorsi lascia credere che fosse a Parigi, dove l'ho visto.

Del pari, non c'è Belbo.

Ora, proviamo a pensare che quello che ho visto sabato sera a Saint-Martin-des-Champs sia realmente accaduto. Forse non come l'ho visto io, sedotto dalla musica e dagli incensi, ma qualcosa è avvenuto. È come la storia di Amparo. Rientrando a casa lei non era certo sicura di essere stata invasata dalla Pomba Gira, ma sapeva di certo che nella tenda de umbanda c'era stata, e che aveva creduto che – o si era comportata come se – la Pomba Gira l'avesse posseduta.

Infine, quello che mi ha detto Lia in montagna è vero, la sua lettura era assolutamente convincente, il messaggio di Provins era una nota della lavandaia. Non ci sono mai state riunioni di Templari alla Grange-aux-Dîmes. Non c'era Piano e non c'era messaggio.

La nota della lavandaia per noi è stato un cruciverba dalle caselle ancora vuote, ma senza le definizioni. Dunque occorre riempire le caselle in modo che tutto si incroci a dovere. Ma forse l'esempio è impreciso. Nel cruciverba si incrociano parole e le parole debbono incrociarsi su una lettera comune. Nel nostro gioco non incrociavamo parole, ma concetti e fatti, e dunque le regole erano diverse, ed erano fondamentalmente tre.

Prima regola, i concetti si collegano per analogia. Non ci sono regole per decidere all'inizio se un'analogia sia buona o cattiva, perché qualsiasi cosa è simile a qualsiasi altra sotto un certo rapporto. Esempio. Patata si incrocia con mela, perché entrambe sono vegetali e tondeggianti. Da mela a serpente, per connessione biblica. Da serpente a ciambella, per similitudine formale, da ciambella a salvagente e di lì a costume da bagno, dal bagno alla carta nautica, dalla carta nautica alla carta igienica, dall'igiene all'alcool, dall'alcool alla droga, dalla droga alla siringa, dalla siringa al buco, dal buco al terreno, dal terreno alla patata.

Perfetto. La seconda regola dice infatti che, se alla fine tout se tient, il gioco è valido. Da patata a patata, tout se tient. Dunque è giusto.

Terza regola: le connessioni non debbono essere inedite, nel senso che debbono essere già state poste almeno una volta, e meglio se molte, da altri. Solo così gli incroci appaiono veri, perché sono ovvi.

Che era poi l'idea del signor Garamond: i libri dei diabolici non debbono innovare, debbono ripetere il già detto, altrimenti dove va a finire la forza della Tradizione?

Così abbiamo fatto noi. Non abbiamo inventato nulla, salvo la disposizione dei pezzi. Così aveva fatto Ardenti, non aveva inventato nulla, salvo che aveva disposto i pezzi in modo goffo, e inoltre era meno colto di noi, i pezzi non li aveva tutti.

Essi avevano i pezzi, ma non avevano lo schema del cruciverba. E poi noi – ancora una volta – eravamo più bravi.

Ricordavo una frase che mi aveva detto Lia in montagna, quando mi rimproverava per aver fatto un brutto gioco: "La gente è affamata di piani, se gliene offri uno ci si getta sopra come una muta di lupi. Tu inventi e loro credono. Non bisogna suscitare più immaginario di quanto ce ne sia."

In fondo accade sempre così. Un giovane Erostrato si rode perché non sa come diventare famoso. Poi vede un film in cui un ragazzo fragile spara contro la diva della country music e crea l'evento del giorno. Ha trovato la formula, va e spara a John Lennon.

È come per gli APS. Come faccio a diventare un poeta pubblicato che finisce sulle enciclopedie? E Garamond gli spiega: semplice, paghi. L'APS non ci aveva mai pensato prima, ma visto che esiste il piano della Manuzio, vi si identifica. L'APS è convinto che attendeva la Manuzio sin dall'infanzia, solo che non sapeva che c'era.

Conseguenza, noi abbiamo inventato un Piano inesistente ed Essi non solo lo hanno preso per buono, ma si sono convinti di esserci dentro da tempo, ovvero hanno identificato i frammenti dei loro progetti disordinati e confusi come momenti del Piano nostro, scandito secondo un'inconfutabile logica dell'analogia, della parvenza, del sospetto.

Ma se inventando un piano gli altri lo realizzano, il Piano è come se ci fosse, anzi, ormai c'è.

Da questo momento torme di diabolici percorreranno il mondo alla ricerca della mappa.

Abbiamo offerto una mappa a persone che cercavano di vincere una loro oscura frustrazione. Quale? Me lo aveva suggerito l'ultimo *file* di Belbo: non ci sarebbe fallimento se davvero ci fosse un Piano. Sconfitta, ma non per colpa tua. Soccombere di fronte a un complotto cosmico non è vergogna. Non sei vile, sei martire.

Non ti lamenti di essere mortale, preda di mille microrganismi che non domini, non sei responsabile dei tuoi piedi poco prensili, della scomparsa della coda, dei capelli e dei denti che non ricrescono, dei neuroni che semini strada facendo, delle vene che si induriscono. Sono gli Angeli Invidiosi.

E lo stesso vale per la vita di tutti i giorni. Come i crolli in borsa. Avvengono perché ciascuno fa un movimento sbagliato, e tutti i movimenti sbagliati insieme creano il panico. Poi chi non ha i nervi saldi si chiede: ma chi ha ordito questo complotto, a chi giova? E guai a non trovare un nemico che abbia complottato, ti sentiresti colpevole. Ovvero, siccome ti senti colpevole, inventi un complotto, anzi molti. E per batterli, devi organizzare il tuo complotto.

E più escogiti i complotti altrui, per giustificare la tua incomprensione, più te ne innamori, e concepisci il tuo sulla loro misura. Che è poi quello che era successo quando tra gesuiti e baconiani, pauliciani e neotemplari, ciascuno si rinfacciava il piano dell'altro. Allora Diotallevi aveva osservato: "Certo, attribuisci agli altri quello che stai facendo tu, e siccome tu stai facendo una cosa odiosa gli altri diventano odiosi. Siccome però gli altri vorrebbero, di solito, fare proprio quella cosa odiosa che stai facendo tu, essi collaborano con te lasciando credere che – sì – in realtà quello che gli attribuisci è quello che essi hanno sempre desiderato. Dio accieca coloro che vuol perdere, basta aiutarLo."

Un complotto, se complotto dev'essere, è segreto. Ci dev'essere un segreto conoscendo il quale noi non saremmo più frustrati, perché o sarebbe il segreto che ci porta alla salvezza o il conoscere il segreto si identificherebbe con la salvezza. Esiste un segreto così luminoso?

Certo, a patto di non conoscerlo mai. Svelato, non potrebbe che deluderci. Non mi aveva parlato Agliè della tensione verso il mistero, che agitava l'epoca degli Antonini? Eppure era appena arrivato qualcuno che si era dichiarato il figlio di Dio, il figlio di Dio che si fa carne, e redime i peccati del mondo. Era un mistero da poco? E prometteva la salvezza a tutti, bastava amare il prossimo loro. Era un segreto da nulla? E lasciava in legato che chiunque pronunciasse le parole giuste nel momento giusto poteva trasformare un pezzo di pane e mezzo bicchiere di vino nella carne e nel sangue del figlio di Dio, e nutrirsene. Era un enigma da buttar via? E induceva i padri della chiesa a congetturare, e poi a dichiarare, che Dio fosse e Uno e Trino e che lo Spirito procedesse dal Padre e dal Figlio, ma non il Figlio dal Padre e dallo Spirito. Era una formuletta per gli Ilici? Eppure quelli, che avevano ormai la salvezza a portata di mano – *do it yourself* – niente. La rivelazione è tutta qui? Che banalità: e via a girare isterici con le loro liburne per tutto il Mediterraneo a cercare un altro sapere perduto, di cui quei dogmi da trenta denari fossero solo il velo superficiale, la parabola per i poveri di spirito, il geroglifico allusivo, la strizzata d'occhi agli Pneumatici. Il mistero trinitario? Troppo facile, ci dev'essere qualcosa d'altro sotto.

C'era un tale, forse Rubinstein, che quando gli avevano chiesto se credeva in Dio aveva risposto: "Oh no, io credo... in qualcosa di molto più grande..." Ma c'era un altro (forse Chesterton?) che aveva detto: da quando gli uomini non credono più in Dio, non è che non credano più a nulla, credono a tutto.

Tutto non è un segreto più grande. Non ci sono segreti più grandi, perché appena rivelati appaiono piccoli. C'è solo un segreto vuoto. Un segreto che slitta. Il segreto della pianta orchis è che significa e agisce sui testicoli, ma i testicoli stanno a significare un segno zodiacale, questo una gerarchia angelica, questa una gamma musicale, la gamma un rapporto tra umori, e così di seguito, l'iniziazione è apprendere a non fermarsi mai, si sbuccia l'universo come una cipolla, e una cipolla è tutta buccia, immaginiamoci una cipolla infinita, che abbia il centro da ogni parte e la circonferenza in nessun luogo, o fatta ad anello di Moebius.

Il vero iniziato è colui che sa che il più potente dei segreti è un segreto senza contenuto, perché nessun nemico riuscirà a farglielo confessare, nessun fedele riuscirà a sottrarglielo.

Ora mi risultava più logica, conseguente, la dinamica del rito notturno davanti al Pendolo. Belbo aveva sostenuto di possedere un segreto, e per questo aveva acquistato potere su di Essi. Il loro impulso, persino di un uomo così avveduto come Agliè, che aveva subito battuto il tam tam per convocare tutti gli altri, è stato di carpirglielo. E quanto più Belbo si rifiutava di rivelarlo, tanto più Essi ritenevano che il segreto fosse grande, e quanto più lui giurava di non possederlo, tanto più erano convinti che lo possedesse, e fosse un segreto vero, perché se fosse stato falso lo avrebbe rivelato.

Per secoli la ricerca di questo segreto era stato il cemento che li aveva tenuti insieme, pur tra le scomuniche, le lotte intestine, i colpi di mano. Ora erano in procinto di conoscerlo. E sono stati assaliti da due terrori: che il segreto fosse deludente, e che – diventando noto a tutti – non rimanesse più alcun segreto. Sarebbe stata la loro fine.

È stato a quel punto che Agliè ha intuito che se Belbo avesse parlato, tutti avrebbero saputo, e lui, Agliè, avrebbe perduto l'aura imprecisata che gli conferiva carisma e potere. Se Belbo si fosse confidato con lui soltanto, Agliè avrebbe continuato a essere San Germano, l'immortale – la dilazione della sua morte coincideva con la dilazione del segreto. Ha tentato di indurre Belbo a parlargli all'orecchio, e quando ha capito che non sarebbe stato possibile, lo ha provocato preconizzando la sua resa, ma ancor più dandogli spettacolo di fatuità. Oh, lo conosceva bene, il vecchio conte, sapeva che su gente di quelle parti la testardaggine e il senso del ridicolo la vincono anche sulla paura. Lo ha obbligato ad alzare il tono della sfida e a dire no in modo definitivo.

E gli altri, per lo stesso timore, hanno preferito ucciderlo. Perdevano la mappa – avrebbero avuto i secoli per cercarla ancora – ma salvavano la freschezza del loro decrepito e bavoso desiderio.

Ricordavo una storia che mi aveva raccontato Amparo. Prima ancora di venire in Italia, era stata alcuni mesi a New York, ed era andata ad abitare in un quartiere di quelli dove al massimo ci girano i telefilm sulla squadra omicidi. Rientrava da sola, alle due di notte. E quando le avevo chiesto se non aveva paura dei maniaci sessuali, mi aveva raccontato il suo metodo. Non appena il maniaco si avvicinava e si dava a divedere per tale, lei lo prendeva sottobraccio e gli diceva: "Allora andiamo a letto." E quello scappava, confuso.

Se sei un maniaco del sesso, il sesso non lo vuoi, vuoi desiderarlo, al massimo rubarlo, ma possibilmente all'insaputa della vittima. Se ti mettono di fronte al sesso e dicono qui Rodi, qui salta, è naturale che scappi, altrimenti che maniaco saresti.

E noi siamo andati a vellicare le loro voglie, a offrirgli un segreto che più vuoto non si può, perché non solo non lo conoscevamo neppure noi, ma per giunta sapevamo che era falso.

L'aereo sorvolava il monte Bianco e i viaggiatori si buttavano tutti insieme dallo stesso lato per non perdere la rivelazione di quell'ottuso bubbone cresciuto per una distonia delle correnti sotterranee. Io pensavo che se quello che stavo pensando era giusto, allora forse le correnti non esistevano, tanto quanto non era esistito il messaggio di Provins, ma la storia della decifrazione del Piano, così come noi l'avevamo ricostruita, altro non era che la Storia.

Ritornavo con la memoria all'ultimo *file* di Belbo. Ma allora, se l'essere è così vuoto e fragile da sostenersi solo sull'illusione di coloro che cercano il suo segreto, davvero – come diceva Amparo la sera nella tenda, dopo la sua sconfitta – allora non c'è redenzione, siamo tutti degli schiavi, dateci un padrone, ce lo meritiamo...

Non è possibile. Non è possibile perché Lia mi ha insegnato che c'è altro, e ne ho la prova, si chiama Giulio e in questo momento sta giocando in una valle, e tira la coda a una capra. Non è possibile perché Belbo ha detto due volte no.

Il primo no l'ha detto ad Abulafia, e a chi avesse tentato di violarne il segreto. "Hai la parola d'ordine?" era la domanda. E la risposta, la chiave del sapere, era "no". C'è qualcosa di vero, ed è che non solo la parola magica non c'è, ma neppure la sappiamo. Ma chi sappia ammetterlo può sapere qualcosa, almeno quello che ho potuto sapere io.

Il secondo no lo ha detto sabato sera, rifiutando la salvezza che gli veniva offerta. Avrebbe potuto inventare una mappa qualsiasi, citare una di quelle che gli avevo mostrato, tanto, col Pendolo appeso a quel modo, quella banda di forsennati l'Umbilicus Mundi non l'avrebbe mai identificato, e se pure l'avesse, avrebbero perso altri decenni a capire che non era quello. Invece no, non ha voluto piegarsi, ha preferito morire.

Non è che non abbia voluto piegarsi alla foia del potere, non ha voluto piegarsi al non senso. E questo vuol dire che egli in qualche modo sapeva che, per fragile che l'essere sia, per infinita e senza scopo che sia la nostra interrogazione del mondo, c'è qualcosa che ha più senso del resto.

Che cosa aveva intuito Belbo, forse soltanto in quel momento, da permettergli di contraddire il suo ultimo *file* disperato, e non delegare il suo destino a chi gli garantiva un Piano qualsiasi? Che cosa aveva capito – finalmente – che gli permetteva di giocarsi la vita, come se tutto quello che doveva sapere l'avesse scoperto da gran tempo, senza che se ne fosse accorto sino ad allora, e come se di fronte a questo suo unico, vero, assoluto segreto, tutto quanto avveniva nel Conservatoire, fosse irrimediabilmente stupido – e stupido a quel punto fosse ostinarsi a vivere?

Mi mancava qualcosa, un anello della catena. Di Belbo mi pareva ormai di conoscere tutte le gesta, dalla vita alla morte, meno una.

All'arrivo, mentre cercavo il passaporto, mi sono ritrovato in tasca la chiave di questa casa. L'avevo presa giovedì scorso insieme a quella dell'appartamento di Belbo. Mi sono ricordato di quel giorno, quando Belbo aveva mostrato il vecchio armadio che avrebbe contenuto, diceva, la sua opera omnia, ovvero i suoi juvenilia. Forse Belbo aveva scritto qualcosa che non poteva trovarsi in Abulafia, e quel qualcosa era seppellito qui a ***.

Non vi era nulla di ragionevole nella mia congettura. Una buona ragione – mi sono detto – per prenderla per buona. Ormai.

Sono andato a recuperare la mia macchina, e sono venuto qui.

Non ho trovato neppure la vecchia parente dei Canepa, o custode che fosse, che avevamo visto allora. Forse è morta anche lei nel frattempo. Qui non c'è nessuno. Ho attraversato le varie stanze, c'è odore di umido, avevo persino pensato di accendere il prete in una delle stanze da letto. Ma non ha senso scaldare il letto in giugno, non appena si aprono le finestre entra l'aria tepida della sera.

Subito dopo il tramonto non c'era luna. Come a Parigi sabato notte. È sorta molto tardi, ne vedo quel poco che c'è – meno che a Parigi – solo ora, che si leva lentamente al di sopra delle colline più basse, in un avvallamento tra il Bricco e un'altra gibbosità giallastra, forse già mietuta.

Credo di essere arrivato qui verso le sei di sera, era ancor chiaro. Non mi ero portato nulla da mangiare, poi, girando a caso, sono entrato in cucina e ho trovato un salame appeso a una trave. Ho cenato a salame e acqua fresca, credo verso le dieci. Ora ho sete, mi sono portato qui nello studio di zio Carlo una grande caraffa d'acqua, e ne ingollo ogni dieci minuti, poi scendo, riempio, e ricomincio. Dovrebbero essere le tre, ora. Ma ho la luce spenta e faccio fatica a leggere l'orologio. Rifletto, guardando alla finestra. Ci sono come delle lucciole, delle stelle cadenti sui fianchi delle colline. Rare macchine che passano, scendono a valle, salgono verso i paesini sui cocuzzoli. Quando Belbo era ragazzo non dovevano esserci queste visioni. Non c'erano le macchine, non c'erano quelle strade, di notte era coprifuoco.

Ho aperto l'armadio dei juvenilia, subito appena arrivato. Ripiani e ripiani di carte, dai compiti scolastici delle elementari a fascicoli e fascicoli di poesie e prose dell'adolescenza. Tutti nell'adolescenza hanno scritto poesie, poi i veri poeti le hanno distrutte e i cattivi poeti le hanno pubblicate. Belbo era troppo smagato per salvarle, troppo indifeso per distruggerle. Le ha seppellite nell'armadio di zio Carlo.

Ho letto per alcune ore. E per altre lunghe ore, sino a questo momento, ho meditato sull'ultimo testo che ho trovato, quando quasi stavo per cedere.

Non so quando Belbo lo abbia scritto. Sono fogli e fogli dove si intrecciano nelle interlinee calligrafie diverse, ovvero la stessa calligrafia in tempi diversi. Come se lo avesse scritto molto presto, a sedici o diciassette anni, poi lo avesse riposto, ci fosse tornato sopra a venti, e poi di nuovo a trenta, e forse dopo. Sino a che non deve aver rinunciato a scrivere – tranne ricominciare con Abulafia, ma senza osare di recuperare queste righe, e di sottometterle all'umiliazione elettronica.

A leggere, sembra di seguire una storia ben nota, le vicende della *** tra 1943 e 1945, zio Carlo, i partigiani, l'oratorio, Cecilia, la tromba. Conosco il prologo, erano i temi ossessivi del Belbo tenero, ubriaco deluso e dolente. La letteratura di memoria, lo sapeva anche lui che era l'ultimo rifugio delle canaglie.

Ma io non sono un critico letterario, sono ancora una volta Sam Spade, che cerca l'ultima traccia.

E così ho ritrovato il Testo Chiave. Rappresenta probabilmente l'ultimo capitolo della storia di Belbo a ***. Dopo, non può essere accaduto più nulla.

119

Fu dato fuoco alla corona della tromba, e allora vidi aprirsi l'apertura della cupola e uno splendido strale di fuoco saettare giù attraverso il tubo della tromba ed entrare nei corpi privi di vita. Dopo, l'apertura fu nuovamente chiusa e anche la tromba fu allontanata.

(Johann Valentin Andreae, *Die Chymische Hochzeit des Christian Rosencreutz*, Strassburg, Zetzner, 1616, 6, pp. 125-126)

Il testo ha dei vuoti, delle sovrapposizioni, delle falle, delle biffature – si vede che sono appena tornato da Parigi. Più che rileggerlo, lo rivivo.

Doveva essere verso la fine di aprile del '45. Le armate tedesche erano ormai in rotta, i fascisti si stavano disperdendo. In ogni caso *** era già, e definitivamente, sotto il controllo dei partigiani.

Dopo l'ultima battaglia, quella che Jacopo ci aveva raccontato proprio in questa casa (quasi due anni fa), varie brigate partigiane si erano date convegno a ***, per puntare poi sulla città. Attendevano un segnale da Radio Londra, si sarebbero mossi quando anche Milano fosse stata pronta per l'insurrezione.

Erano arrivati anche quelli delle formazioni garibaldine, comandati da Ras, un gigante con la barba nera, molto popolare in paese: erano abbigliati con uniformi di fantasia, una diversa dall'altra, salvo i fazzoletti e la stella sul petto, entrambi rossi, ed erano armati in modo casuale, chi con un vecchio moschetto, chi con un mitra sottratto al nemico. Facevano contrasto con le brigate badogliane, dal fazzoletto azzurro, le uniformi cachi simili a quelle degli inglesi, e gli sten nuovissimi. Gli alleati aiutavano i badogliani con generosi lanci di paracadute nella notte, dopo che era passato, come ormai faceva da due anni, tutte le sere alle undici, il misterioso Pippetto, il ricognitore inglese che nessuno capiva cosa riconoscesse, visto che di luci non se ne vedevano per chilometri e chilometri.

C'erano tensioni tra garibaldini e badogliani, si diceva che la sera della battaglia i badogliani si erano scagliati contro il nemico gridando "Avanti Savoia", ma alcuni di loro dicevano che era forza dell'abitudine, che cosa vuoi gridare andando all'assalto, questo non voleva dire che erano necessariamente monarchici e sapevano anche loro che il re aveva delle grandi colpe. I garibaldini sogghignavano, si può gridare Savoia se fai l'assalto alla baionetta in campo aperto, ma non buttandosi dietro un angolo con lo sten. È che si erano venduti agli inglesi.

Si era però raggiunto un modus vivendi, ci voleva un comando unificato per l'attacco alla città, e la scelta era caduta su Terzi, che comandava la brigata meglio attrezzata, era il più anziano, aveva fatto la grande guerra, era un eroe e godeva la fiducia del comando alleato.

Nei giorni seguenti, credo con qualche anticipo sull'insurrezione di Milano, erano partiti per espugnare la città. Erano arrivate buone notizie, l'operazione era riuscita, le brigate stavano tornando vittoriose a ***, ma c'erano stati dei morti, correva voce che Ras era caduto in combattimento, e Terzi era ferito.

Poi un pomeriggio si erano sentiti i rumori degli automezzi, dei canti di vittoria, la gente era corsa sulla piazza grande, dalla statale stavano arrivando i primi contingenti, pugni levati, bandiere, un agitare di armi dai finestrini delle macchine o dai predellini dei camion. Lungo la strada avevano già coperto i partigiani di fiori.

All'improvviso qualcuno aveva gridato Ras Ras, e Ras era lì, accovacciato sul parafango anteriore di un dodge, con la barba arruffata e ciuffi di peli neri sudati che gli uscivano dalla camicia aperta sul petto, e salutava la folla ridendo.

Accanto a Ras era sceso dal Dodge anche Rampini, un ragazzo miope che suonava in banda, poco più anziano degli altri, che era scomparso da tre mesi e si diceva avesse raggiunto i partigiani. E infatti eccolo lì, con il fazzoletto rosso al collo, la giubba cachi, un paio di pantaloni azzurri. Era l'uniforme della banda di don Tico, ma lui aveva ora un cinturone con la fondina, e una pistola. Coi suoi occhiali spessi che gli erano valsi tante ironie da parte dei suoi vecchi compagni dell'oratorio, ora guardava le ragazze che gli si affollavano intorno come fosse Flash Gordon. Jacopo si chiedeva se Cecilia fosse per caso lì tra la gente.

Nel giro di mezz'ora la piazza era colorata di partigiani, e la folla chiamava a gran voce Terzi, e voleva un discorso.

Da un balcone del palazzo comunale era apparso Terzi, appoggiato alla sua stampella, pallido, e con la mano aveva cercato di calmare la folla. Jacopo attendeva il discorso, perché tutta la sua infanzia, come quella dei suoi coetanei, era stata segnata da grandi e storici discorsi del Duce, di cui si mandavano a memoria le citazioni più significative a scuola, e cioè si mandava a memoria tutto perché ogni frase era una citazione significativa.

Sceso il silenzio, Terzi aveva parlato, con la voce roca, che si udiva a fatica. Aveva detto: "Cittadini, amici. Dopo tanti penosi sacrifici... eccoci qui. Gloria ai caduti per la libertà."

E basta. Era rientrato.

E intanto la folla gridava, e i partigiani alzavano i mitra, gli sten, i moschetti, i novantuno, e sparavano raffiche di festa, coi bossoli che cadevano tutt'intorno e i ragazzi che si infilavano tra le gambe degli armati, e dei civili, perché una raccolta così non l'avrebbero più fatta, c'era il rischio che la guerra finisse entro un mese.

Però i morti c'erano stati. Per un caso atroce, erano tutti e due di San Davide, un villaggio a monte di ***, e le famiglie ne richiedevano sepoltura nel piccolo cimitero locale.

Il comando partigiano aveva deciso che doveva essere un funerale solenne, le compagnie in formazione, i carri funebri addobbati, la banda musicale del comune, il prevosto della cattedrale. E la banda dell'oratorio.

Don Tico aveva accettato subito. Anzitutto, diceva lui, perché era sempre stato di sentimenti antifascisti. Poi, come sussurravano i suonatori, perché era un anno che faceva studiare per esercizio due marce funebri, e doveva pur farle eseguire un giorno o l'altro. E infine, dicevano i maligni del paese, per far dimenticare *Giovinezza*.

La storia di *Giovinezza* era andata così.

Mesi prima, prima che arrivassero i partigiani, la banda di don Tico era uscita per non so quale festa patronale, ed erano stati fermati dalle Brigate Nere. "Suoni *Giovinezza*, reverendo," gli aveva comandato il capitano, tamburellando con le dita sulla canna del mitra. Che fare, come si sarebbe imparato a dire dopo? Don Tico aveva detto, ragazzi, proviamo, la pelle è la pelle. Aveva dato il tempo con la sua chiave, e l'immonda accozzaglia di cacofonici aveva attraversato *** suonando qualcosa che solo la più forsennata speranza di riscatto avrebbe permesso di scambiare per *Giovinezza*. Una vergogna per tutti. Per aver ceduto, diceva dopo don Tico, ma soprattutto per aver suonato da cani. Prete sì, e antifascista, ma anzitutto l'arte per l'arte.

Jacopo quel giorno non c'era. Aveva la tonsillite. C'erano solo Annibale Cantalamessa e Pio Bo, e la loro esclusiva presenza deve aver contribuito radicalmente al crollo del nazifascismo. Ma per Belbo il problema era un altro, almeno nel momento in cui ne scriveva. Aveva mancato un'altra occasione per sapere se avrebbe saputo dire di no. Forse per questo era morto impiccato al Pendolo.

Insomma, si era fissato il funerale per la domenica mattina. Sulla piazza del duomo, c'erano tutti. Terzi con le sue schiere, zio Carlo e alcuni notabili comunali, con le decorazioni della grande guerra, e non importava chi era stato fascista e chi no, si trattava di onorare degli eroi. E c'era il clero, la banda del comune, in abiti scuri, e i carri coi cavalli ingualdrappati con monture bianco crema, argento e nero. L'automedonte era vestito come un maresciallo di Napoleone, feluca, mantellina e gran cappa, degli stessi colori delle bardature dei cavalli. E c'era la banda dell'oratorio, berretto a visiera, giubba cachi e pantaloni blu, lucida di ottoni, nera di legni e scintillante di piatti e grancasse.

Tra *** e San Davide c'erano cinque o sei chilometri di curve in salita. Di quelli che i pensionati, le domeniche pomeriggio, percorrevano giocando a bocce, una partita, un arresto, alcuni fiaschi di vino, una seconda partita, e così via, sino al santuario sulla cima.

Alcuni chilometri di salita sono niente per chi gioca a bocce, e forse è niente percorrerli in formazione, le armi sulla spalla, lo sguardo teso, inspirando l'aria fresca della primavera. Ma bisogna provare a farli suonando, le gote gonfie, il sudore che cade a rivoli, il fiato che cede. La banda del comune non faceva altro da una vita, ma per i ragazzi dell'oratorio era stata una prova. Avevano retto da eroi, don Tico batteva la sua chiave nell'aria, i clarini guaivano esausti, i sassofoni belavano asfittici, il bombardino e le trombe lanciavano squilli di agonia, ma ce l'avevano fatta, sino al paese, sino ai piedi dell'erta che recava al cimitero. Da tempo Annibale Cantalamessa e Pio Bo fingevano solo di suonare, ma Jacopo aveva sostenuto il suo ruolo di cane da pastore, sotto l'occhio benedicente di don Tico. A petto della banda comunale, non avevano sfigurato, e l'avevano detto anche Terzi e gli altri comandanti delle brigate: bravi ragazzi, è stata una cosa superba.

Un comandante col fazzoletto azzurro e un arcobaleno di nastrini di due guerre mondiali, aveva detto: "Reverendo, faccia riposare i ragazzi in paese, che non ne possono più. Salite dopo, alla fine. Ci sarà un camioncino che vi ricondurrà a ***."

Si erano precipitati nell'osteria, e quelli della banda comunale, vecchi arnesi fatti coriacei da infiniti funerali, senza alcun ritegno si erano buttati sui tavoli ordinando trippa e vino a volontà. Sarebbero rimasti a far bisboccia sino a sera. I ragazzi di don Tico invece si erano affollati al banco, dove il padrone stava servendo delle granite di menta, verdi come un esperimento chimico. Il ghiaccio colava di colpo in gola e faceva venir male al centro della fronte, come la sinusite.

Poi erano rimontati verso il cimitero, dove attendeva un furgoncino. Erano saliti vociando, ed erano ormai tutti assiepati, tutti in piedi, urtandosi con gli strumenti, quando era uscito dal cimitero il comandante di prima, e aveva detto: "Reverendo, per la cerimonia finale ci serve una tromba, sa, per gli squilli di rito. Cosa di cinque minuti."

"Tromba," aveva detto don Tico, professionale. E lo sciagurato titolare del privilegio, ormai sudato di granita verde e anelante al pasto familiare, infingardo campagnardo impermeabile a ogni fremito estetico e a ogni solidarietà d'idee, aveva cominciato a lamentarsi, che era tardi, che lui voleva tornare a casa, che non aveva più saliva, eccetera eccetera, mettendo nell'imbarazzo don Tico, che si vergognava davanti al comandante.

E a quel punto Jacopo, intravedendo nella gloria del mezzogiorno l'immagine soave di Cecilia, aveva detto: "Se lui mi dà la tromba, vado io."

Luce di riconoscenza negli occhi di don Tico, sudato sollievo dello squallido trombettiere titolare. Scambio degli strumenti, come due sentinelle.

E Jacopo si era inoltrato nel cimitero, guidato dallo psicopompo coi nastrini di Addis Abeba. Tutto intorno era bianco, il muro battuto dal sole, le tombe, la fioritura degli alberi di cinta, la cotta del prevosto pronto a benedire, salvo il marrone fané delle foto sulle lapidi. E la gran macchia di colore data dai drappelli schierati davanti alle due fosse.

"Ragazzo," aveva detto il capo, "tu ti metti qui, di fianco a me, e al comando suoni l'attenti. Poi, al comando, il riposo. È facile, no?"

Facilissimo. Salvo che Jacopo non aveva mai suonato né l'attenti né il riposo.

Teneva la tromba col braccio destro piegato, contro le costole, la punta leggermente in basso, come si fa con una carabina, e aveva atteso, testa alta pancia in dentro e petto in fuori.

Terzi stava pronunciando un discorso asciutto, con frasi molto corte. Jacopo pensava che per emettere lo squillo avrebbe dovuto alzare gli occhi al cielo, e il sole lo avrebbe accecato. Ma così muore un trombettiere e visto che si muore una volta sola tanto valeva farlo bene.

Poi il comandante gli aveva sussurrato: "Ora." E aveva cominciato a gridare: "Aaa..." E Jacopo non sapeva come si suona un at-tenti.

La struttura melodica doveva essere ben più complessa, ma in quel momento era stato capace solo di suonare do-mi-sol-do, e a quei rudi uomini di guerra pareva bastare. Il do finale era stato intonato dopo aver ripreso fiato, in modo da tenerlo a lungo, per dargli il tempo – scriveva Belbo – di raggiungere il sole.

I partigiani erano rigidi sull'attenti. I vivi immobili come i morti.

Si stavano muovendo solo i becchini, si udiva il rumore delle bare che calavano nelle fosse, e lo srotolio delle corde ritirate su, mentre sfregavano contro il legno. Ma era un moto fievole, come il guizzare di un riflesso su di una sfera, dove quella lieve variazione di luce serve solo a dire che nello Sfero nulla scorre.

Quindi il rumore astratto di un presentat-arm. Il prevosto aveva mormorato le formule dell'aspersione, i comandanti si erano avvicinati alle fosse e avevano tirato ciascuno un pugno di terra. E a quel punto un ordine improvviso aveva scatenato una scarica verso il cielo, ta-ta-ta, tapum, con gli uccellini che si levavano schiamazzanti dagli alberi in fiore. Ma anche quello non era moto, era come se sempre lo stesso istante si presentasse sotto prospettive diverse, e guardare un istante per sempre non vuol dire guardarlo mentre il tempo passa.

Per questo Jacopo era rimasto fermo, insensibile alla stessa caduta dei bossoli che gli rotolavano ai piedi, né aveva rimesso la tromba al fianco, ma la teneva ancora alla bocca, le dita sui tasti, rigido sull'attenti, lo strumento che puntava diagonale verso l'alto. Egli stava ancora suonando.

La sua lunghissima nota finale non si era mai interrotta: impercettibile agli astanti, usciva ancora dalla campana della tromba come un soffio leggero, un refolo d'aria che egli continuava a immettere nell'imboccatura tenendo la lingua tra le labbra appena appena aperte, senza premerle sulla ventosa d'ottone. Lo stumento si manteneva proteso senza appoggiarsi al viso, per pura tensione dei gomiti e delle spalle.

Jacopo continuava a emettere quella illusione di nota perché sentiva che in quel momento egli stava sgomitolando un filo che teneva il sole a freno. L'astro si era bloccato nel suo corso, si era fissato in un mezzogiorno che avrebbe potuto durare una eternità. E tutto dipendeva da Jacopo, bastava che egli avesse interrotto quel contatto, mollato il filo, e il sole sarebbe balzato via, come un palloncino, e con lui il giorno, e l'evento di quel giorno, quella azione senza fasi, quella sequenza senza prima e dopo, che si svolgeva immobile solo perché così era in suo potere di volere e di fare.

Se avesse smesso per soffiare l'attacco di una nuova nota, si sarebbe udito come uno strappo, ben più fragoroso delle raffiche che lo stavano assordando, e gli orologi si sarebbero rimessi a palpitare tachicardici.

Jacopo desiderava con tutta l'anima che quell'uomo accanto non comandasse il riposo – potrei rifiutarmi, si diceva, e rimarrebbe così per sempre, fai durare il fiato sin che puoi.

Credo fosse entrato in quello stato di stordimento e vertigine che coglie il tuffatore quando tenta di non riemergere e vuole prolungare l'inerzia che lo fa scivolare sul fondo. Tanto che, a cercar di esprimere quello che lui allora sentiva, le frasi del quaderno che leggevo ora si rompevano asintattiche, mutilate da puntini di sospensione, rachitiche di ellissi. Ma era chiaro che in quel momento – no, non diceva così, ma era chiaro: in quel momento egli stava possedendo Cecilia.

È che Jacopo Belbo allora non poteva aver capito – né capiva ancora mentre scriveva di se stesso inconsapevole – che egli stava celebrando una volta per tutte le sue nozze chimiche, con Cecilia, con Lorenza, con Sophia, con la terra e con il cielo. Unico forse tra i mortali egli stava portando finalmente a termine la Grande Opera.

Nessuno gli aveva detto ancora che il Graal è una coppa ma è anche una lancia, e la sua tromba levata a calice era al tempo stesso un'arma, uno strumento di dolcissimo dominio, che saettava verso il cielo e collegava la terra con il Polo Mistico. Con l'unico Punto Fermo che l'universo avesse mai avuto: con quello che egli faceva essere, per quell'istante solo, col suo soffio.

Diotallevi non gli aveva ancora detto che si può essere in Jesod, la sefirah del Fondamento, il segno dell'alleanza dell'arco superiore che si tende per inviare frecce alla misura di Malkut, che è il suo bersaglio. Jesod è la goccia che scaturisce dalla freccia per produrre l'albero e il frutto, è anima mundi perché è il momento in cui la forza virile, procreando, lega tra loro tutti gli stati dell'essere.

Saper filare questo Cingulum Veneris, significa riparare all'errore del Demiurgo.

Come si può passare una vita cercando l'Occasione, senza accorgersi che il momento decisivo, quello che giustifica la nascita e la morte, è già passato? Non ritorna, ma è stato, irreversibilmente, pieno, sfolgorante, generoso come ogni rivelazione.

Quel giorno Jacopo Belbo aveva fissato negli occhi la Verità. L'unica che gli sarebbe stata concessa, perché la verità che stava apprendendo è che la verità è brevissima (dopo, è solo commento). Per questo stava tentando di domare l'impazienza del tempo.

Non l'aveva capito allora, certamente. E neppure quando ne scriveva, o quando decideva di non scriverne più.

L'ho capito io questa sera: occorre che l'autore muoia perché il lettore si accorga della sua verità.

L'ossessione del Pendolo, che aveva accompagnato Jacopo Belbo per tutta la sua vita adulta, era stata – come gli indirizzi perduti del sogno – l'immagine di questo altro momento, registrato e poi rimosso, in cui egli aveva davvero toccato la volta del mondo. E questo, il momento in cui aveva gelato lo spazio e il tempo scoccando la sua freccia di Zenone, non era stato un segno, un sintomo, un'allusione, una figura, una segnatura, un enigma: era ciò che era e che non stava per niente altro, il momento in cui non c'è più rinvio, e i conti sono pari.

Jacopo Belbo non aveva capito che aveva avuto il suo momento e avrebbe dovuto bastargli per tutta la vita. Non l'aveva riconosciuto, aveva passato il resto dei suoi giorni a cercare altro, sino a dannarsi. O forse lo sospettava, altrimenti non sarebbe tornato così sovente sul ricordo della tromba. Ma la ricordava come perduta, e invece l'aveva avuta.

Credo, spero, prego che nell'istante in cui moriva oscillando col Pendolo, Jacopo Belbo questo abbia capito, e abbia trovato la pace.

Poi era stato comandato il riposo. Avrebbe ceduto in ogni caso, perché gli stava mancando il respiro. Aveva interrotto il contatto, poi aveva squillato una sola nota, alta e a intensità decrescente, teneramente, per abituare il mondo alla melanconia che lo stava attendendo.

Il comandante aveva detto: "Bravo giovinotto. Vai pure. Bella tromba."

Il prevosto era sgusciato via, i partigiani si erano avviati verso un cancello posteriore dove li attendevano i loro automezzi, i becchini se n'erano andati dopo aver colmato le fosse. Jacopo era uscito per ultimo. Non riusciva a lasciare quel luogo di felicità.

Sul piazzale il furgoncino dell'oratorio non c'era più.

Jacopo si era chiesto come mai, don Tico non lo avrebbe mai abbandonato così. A distanza di tempo, la risposta più probabile è che vi fosse stato un equivoco, che qualcuno avesse detto a don Tico che il ragazzo lo riconducevano a valle i partigiani. Ma Jacopo in quel momento aveva pensato – e non senza ragione – che tra l'attenti e il riposo fossero passati troppi secoli, i ragazzi avessero atteso sino alla canizie, alla morte, e le loro polveri si fossero disperse a formar quella lieve foschia che ormai stava azzurrando la distesa delle colline davanti ai suoi occhi.

Jacopo era solo. Alle spalle un cimitero ormai vuoto, tra le mani la tromba, davanti le colline che sfumavano sempre più turchine l'una dietro l'altra verso la cotognata dell'infinito e, vendicativo sul suo capo, il sole in libertà.

Aveva deciso di piangere.

Ma di colpo era apparso il carro funebre col suo automedonte addobbato come un generale dell'imperatore, tutto crema nero e argento, i cavalli bardati da maschere barbariche che lasciavano scoperti solo gli occhi, ingualdrappati come feretri, le colonnine tortili che sostenevano il timpano assiro-greco-egizio, tutto bianco e oro. L'uomo dalla feluca aveva sostato un attimo davanti a quel trombettiere solitario e Jacopo gli aveva chiesto: "Che mi riporta a casa?"

L'uomo era benigno. Jacopo era salito a cassetta accanto a lui, e sul carro dei morti era iniziato il ritorno verso il mondo dei vivi. Quel Caronte fuori servizio spronava taciturno i suoi corsieri funebri lungo le balze, Jacopo ritto e ieratico, con la tromba stretta sotto il braccio, la visiera lucida, compreso del suo nuovo ruolo, insperato.

Avevano disceso le colline, a ogni tornante si apriva una nuova distesa di viti azzurre di verderame, sempre in una luce che abbacinava, e dopo un tempo incalcolabile erano approdati a ***. Avevano attraversato la gran piazza tutta portici, deserta come solo possono esser deserte le piazze monferrine alle due di un pomeriggio domenicale. Un compagno di scuola all'angolo della piazza grande aveva scorto Jacopo sul carro, la tromba sotto il braccio, l'occhio fisso nell'infinito, e gli aveva fatto un cenno di ammirazione.

Jacopo era rientrato, non aveva voluto mangiare, né raccontare nulla. Si era accucciato in terrazzo, e si era messo a suonare la tromba come se avesse la sordina, soffiando piano per non turbare il silenzio di quella siesta.

Suo padre lo aveva raggiunto e senza cattiveria, con la serenità di chi conosce le leggi della vita, gli aveva detto: "Tra un mese, se tutto va come deve andare, si torna a casa. Non puoi pensare di suonare la tromba in città. Il padrone di casa ci caccerebbe via. Quindi incomincia a scordartela. Se proprio hai tendenza alla musica, ti faremo dare lezioni di piano." E poi, vedendolo con gli occhi lucidi: "Su sciocchino. Ti rendi conto che sono finiti i giorni brutti?"

Il giorno dopo Jacopo aveva restituito la tromba a don Tico. Due settimane dopo la famiglia abbandonava *** tornando al futuro.

10
MALKUT

[illegible]
zione... – Non ti affidare [illegible]
perché il fato ha ordinato [illegible]
della luce. – Ma il mare [illegible]
peccato di essere nella luce.
(Giordano Bruno, [illegible])

[illegible]

tutto questo ed ecco l'alte[illegible] superficie.
La saggezza della Terra [illegible]
Perché adorare un [illegible]?
Ma perché [illegible] da pace. [illegible]
Tanto quanto la Provvidenza e il Comp[illegible]
[illegible]

120

> Ma quel che mi par da deplorare, è che veggio alcuni insensati e stolti idolatri, li quali... imitano l'eccellenza del culto de l'Egitto; e che cercano la divinità, di cui non hanno raggione alcuna, ne gli escrementi di cose morte ed inanimate; che con tutto ciò si beffano non solamente di quei divini ed oculati cultori, ma anco di noi.... e quel che è peggio con questo trionfano, vedendo gli lor pazzi riti in tanta riputazione... – Non ti dia fastidio di questo o Momo, disse Iside, perché il fato ha ordinato la vicissitudine delle tenebre e della luce. – Ma il male è, rispose Momo, che essi tengono per certo di essere nella luce.
>
> (Giordano Bruno, *Spaccio della bestia trionfante,* 3)

Dovrei essere in pace. Ho capito. Non dicevano alcuni di coloro che la salvezza giunge quando si è realizzata la pienezza della conoscenza?

Ho capito. Dovrei essere in pace. Chi diceva che la pace sorge dalla contemplazione dell'ordine, dell'ordine compreso, goduto, realizzato senza residui, gioia, trionfo, cessazione dello sforzo? Tutto è chiaro, limpido, e l'occhio si posa sul tutto e sulle parti, e vede come le parti cospirassero al tutto, coglie il centro donde scorre la linfa, il soffio, la radice dei perché...

Dovrei essere estenuato dalla pace. Dalla finestra dello studio di zio Carlo guardo la collina, e quel poco di luna che sta sorgendo. L'ampia gobba del Bricco, i dorsali più modulati delle colline sullo sfondo, raccontano la storia di lenti e sonnacchiosi sommovimenti della madre terra, che stiracchiandosi e sbadigliando faceva e disfaceva ceruli piani nel cupo baleno di cento vulcani. Nessuna direzione profonda delle correnti sotterranee. La terra si sfaldava nel suo dormiveglia e scambiava una superficie con un'altra. Dove prima pascolavano ammoniti, diamanti. Dove prima germogliavano diamanti, vigne. La logica della morena, della slavina, della frana. Metti un sassolino fuori posto, per caso, si agita, scende verso il basso, lascia spazio in discesa (eh, l'horror vacui!), un altro gli cade addosso, ed ecco l'alto. Superfici. Superfici di superfici su superfici. La saggezza della Terra. E di Lia. L'abisso è il risucchio di una pianura. Perché adorare un risucchio?

Ma perché il capire non mi dà pace? Perché amare il Fato, se ti uccide tanto quanto la Provvidenza e il Complotto degli Arconti? Forse non ho ancora capito tutto, mi manca uno spazio, un intervallo.

Dove ho letto che al momento finale, quando la vita, superficie su superficie, si è incrostata di esperienza, sai tutto, il segreto, il potere e la gloria, perché sei nato, perché stai morendo, e come tutto avrebbe potuto andare diversamente? Sei saggio. Ma la saggezza maggiore, in quel momento, è sapere che l'hai saputo troppo tardi. Si capisce tutto quando non c'è più nulla da capire.

Ora so qual è la Legge del Regno, della povera, disperata, smandrappata Malkut in cui si è esiliata la Saggezza, andando a tastoni per ritrovare la propria lucidità perduta. La verità di Malkut, l'unica verità che brilla nella notte delle sefirot, è che la Saggezza si scopre nuda in Malkut, e scopre che il proprio mistero sta nel non essere, se non per un momento, che è l'ultimo. Dopo ricominciano gli Altri.

E con gli altri i diabolici, a cercare abissi dove si celi il segreto che la loro follia è.

Lungo le falde del Bricco si stendono filari e filari di viti. Li so, ne ho visti di simili ai miei tempi. Nessuna Dottrina dei Numeri ha mai potuto dire se sorgono in salita o in discesa. In mezzo ai filari, ma ci devi camminare scalzo col tallone un po' calloso, sin da piccolo, ci sono degli alberi di pesche. Sono pesche gialle che crescono solo tra i filari, si spaccano con la pressione del pollice, e l'osso ne esce quasi da solo, pulito come dopo un trattamento chimico, salvo qualche vermiciattolo grasso e bianco di polpa che vi rimane attaccato per un atomo. Puoi mangiarle senza quasi sentire il velluto della pelle, che ti fa correre i brividi dalla lingua sino all'inguine. Un tempo lì pascolavano i dinosauri. Poi un'altra superficie ha coperto la loro. Eppure, come Belbo nel momento in cui suonava la tromba, quando davo un morso alle pesche capivo il Regno ed ero tutt'uno con lui. Dopo, solo arguzia. Inventa, inventa il Piano, Casaubon. È quello che han fatto tutti, per spiegare i dinosauri e le pesche.

Ho capito. La certezza che non vi era nulla da capire, questo dovrebbe essere la mia pace e il mio trionfo. Ma io sono qui, che tutto ho capito, ed Essi mi cercano, pensando che possegga la rivelazione che sordidamente desiderano. Non basta aver capito, se gli altri si rifiutano e continuano a interrogare. Mi stanno cercando, debbono aver ritrovato le mie tracce a Parigi, sanno che ora sono qui, vogliono ancora la Mappa. E per tanto che io gli dica che mappe non ce ne sono, la vorranno sempre. Aveva ragione Belbo: ma va' a farti fottere, imbecille, che cosa vuoi, uccidermi? Oh, basta là. Ammazzami, ma che la Mappa non c'è, non te lo dico, se uno non impara a farsi furbo da solo...

Mi fa male pensare che non vedrò più Lia e il bambino, la Cosa, Giulio, la mia Pietra Filosofale. Ma le pietre sopravvivono da sole. Forse sta vivendo ora la sua Occasione. Ha trovato una palla, una formica, un filo d'erba, e vi sta vedendo in abisso il paradiso. Anche lui lo saprà troppo tardi. Sarà buono, e bene, che consumi così, da solo, la sua giornata.

Merda. Eppure fa male. Pazienza, appena sono morto me lo dimentico.

È notte alta, sono partito da Parigi questa mattina, ho lasciato troppe tracce. Hanno fatto in tempo a indovinare dove sono. Tra poco arriveranno. Vorrei aver scritto tutto ciò che ho pensato da questo pomeriggio a ora. Ma se Essi lo leggessero, ne trarrebbero un'altra cupa teoria e passerebbero l'eternità a cercare di decifrare il messaggio segreto che si cela dietro la mia storia. È impossibile, direbbero, che costui ci abbia raccontato solo che si stava prendendo gioco di noi. No, magari lui non lo sapeva, ma l'Essere ci lanciava un messaggio attraverso il suo oblio.

Che io abbia scritto o no, non fa differenza. Cercherebbero sempre un altro senso, anche nel mio silenzio. Sono fatti così. Sono ciechi alla rivelazione. Malkut è Malkut e basta.

Ma vaglielo a dire. Non hanno fede.

E allora tanto vale star qui, attendere, e guardare la collina.

È così bella.

INDICE

INDICE DELLE ILLUSTRAZIONI

Letteraria Bompiani

Ultimi titoli
(il numero in esponente si riferisce all'ultima edizione):

Jorge Amado, Frutti d'oro[2]
Colleen McCullough, Uccelli di rovo[15]
Junichiro Tanizaki, Diario di un vecchio pazzo[2]
Marie Cardinal, D'ora in poi
Junichiro Tanizaki, La chiave[16]
Yukio Mishima, Il tempio dell'alba
Erica Jong, Paracadute & baci
Roberto Vacca, Dio e il computer[2]
Andrea De Carlo, Macno[5]
James A. Michener, Polonia
Lisa Alther, Altre donne
Leon Uris, Hagi
Pier Vittorio Tondelli, Rimini[2]
Marie Cardinal, Ascolta il mare
Claudio Angelini, L'occhio del diavolo[2]
Norman Mailer, I duri non ballano
Pasquale Festa Campanile, La strega innamorata
Yukio Mishima, Lo specchio degli inganni
Alcide Paolini, La donna del nemico
Gaetano Afeltra, Desiderare la donna d'altri
John Irving, Le regole della casa del sidro
Leonardo Sciascia, La strega e il capitano
Carl Sagan, Contact
Luca Canali, I delatori
Philip Roth, La lezione di anatomia
Colleen McCullough, La passione del Dr. Christian
Sandra Reberschak, Il pensiero dominante[2]
Gesualdo Bufalino, L'uomo invaso
Maria Corti, Voci dal Nord Est
Enrico Menduni, Caro Pci[3]
Claudio Angelini, La ragazza mia madre
John Irving, Doppia coppia
Pasquale Festa Campanile, Per amore, solo per amore[9]
Pasquale Festa Campanile, Buon Natale Buon Anno
Andrea De Carlo, Yucatan
Dacia Maraini, Il bambino Alberto[2]
Jay McInerney, Le mille luci di New York[2]
James A. Michener, Texas
Aldo Rosselli, Il naufragio dell'Andrea Doria
T.E. Lawrence, I sette pilastri della saggezza[14]

Nanni Balestrini, Gli invisibili[2]
Jay McInerney, Riscatto
Lorrie Moore, Tutto da sola
Luca Canali, Amate ombre
Marco Lodoli - Silvia Bre, Snack Bar Budapest
Patricia Highsmith, Sconosciuti in treno
Pat Conroy, Il principe delle maree
Milan Kundera, Il valzer degli addii[3]
Philip Roth, L'orgia di Praga
Giuliana Morandini, Angelo a Berlino[2]
Erica Jong, Serenissima
Anaïs Nin, Henry & June
James A. Michener, Colorado
Patricia Highsmith, Il piacere di Elsie
Sylvana de Riva, Profili[3]
Tama Janowitz, Schiavi di New York
Ottiero Ottieri, Improvvisa la vita
Dominique Fernandez, La gloria del paria[2]
Gustav Hasford, Nato per uccidere[2]
Umberto Eco, Il nome della rosa[24]
Milan Kundera, Il libro del riso e dell'oblio[4]
Colleen McCullough, Le signore di Missolungi
R. Vacca - C. Ambrosetti, Il labirinto della memoria
David Lodge, Scambi
Claudio Angelini, Gomorra[2]
Sandra Reberschak, La ricognizione
Salvatore Rea, I topi di Napoli
Philip Roth, La controvita
Philippe Sollers, Il cuore assoluto
Antoine de Saint-Exupéry, Il piccolo principe[15]
Yasushi Inoue, La montagna Hira
William Maxwell, Ciao, a domani
Marie Cardinal, Sconvolgimenti
Henry Miller, Misteriosa Cantabile
James A. Michener, Codice d'onore
Leonid Borodin, La separazione
Lorrie Moore, Anagrammi
Richard Wright, Paura
Gore Vidal, Lincoln
Patricia Highsmith, Quella dolce follia
Tama Janowitz, Un cannibale a Manhattan
Umberto Eco, Il pendolo di Foucault[2]
Gesualdo Bufalino, Le menzogne della notte[5]
Eugenio Carmi - Umberto Eco,
I tre cosmonauti. La bomba e il generale
Carrie Fisher, Cartoline dall'inferno

Finito di stampare
nel mese di gennaio 1989
presso ROPES - Settimo Milanese